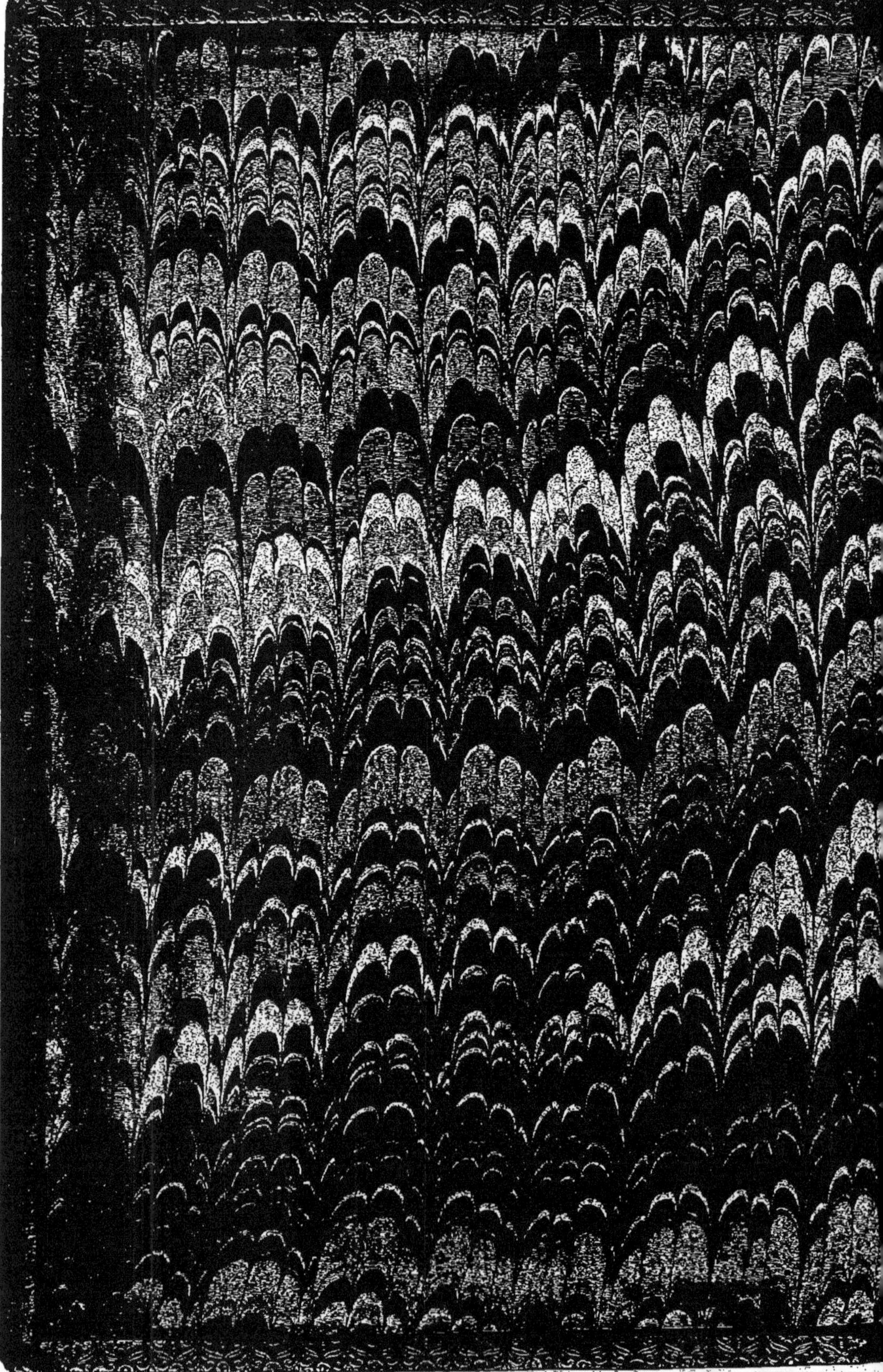

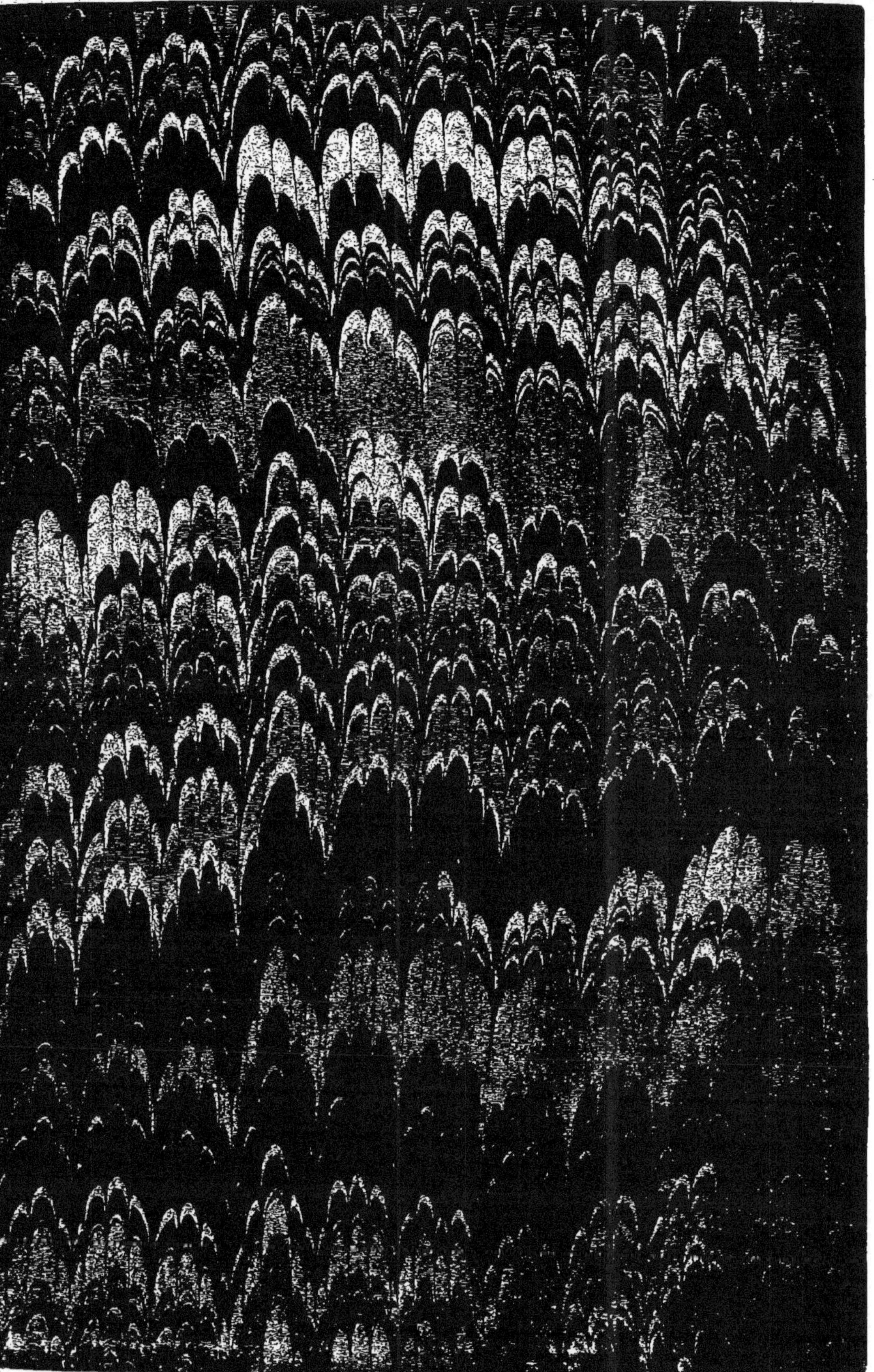

# SERMONS

## DU PERE

# BOURDALOUË,

de la Compagnie de JESUS.

## *POUR LE CARESME.*

### TOME PREMIER.

## A PARIS,

Chez RIGAUD, Directeur de l'Imprimerie
Royale, ruë de la Harpe.

___

### M. DCCVII.

*AVEC PRIVILEGE DU ROY.*

# SERMONS
## CONTENUS DANS CE VOLUME.



ã ij

SERMON

# SERMON
## POUR LE MÉCREDY
## DES
## CENDRES.

### *Sur la Pensée de la mort.*

Memento, homo, quia pulvis es, & in pulverem
revertêris.

*Souvenez-vous, homme, que vous estes poußiere,
& que vous retournerez en poußiere.* Ce sont
les paroles de l'Eglise dans la céremonie de ce
jour.

IL seroit difficile de ne s'en pas souvenir, Chrestiens, lorsque la providence nous en donne une preuve
si recente, mais si douloureuse pour
nous & si sensible. Cette Eglise où nous sommes assemblez, & que nous vismes il n'y a que

.A

trois jours occupée à pleurer la perte de son aimable Prélat, & à luy rendre les devoirs funébres, nous presche bien mieux par son deüil cette verité, que je ne le puis faire par toutes mes paroles. Elle regrette un Pasteur qu'elle avoit reçeû du ciel comme un don pretieux; mais que la mort par une loy commune à tous les hommes, vient de luy ravir. Ni la noblesse du sang, ni l'éclat de la dignité, ni la sainteté du caractere, ni la force de l'esprit, ni les qualitez du cœur, d'un cœur bien-faisant, droit, religieux, ennemi de l'artifice & du mensonge, rien ne l'a pû garentir du coup fatal qui nous l'a enlevé, & qui du siege le plus distingué de nostre France, l'a fait passer dans la poussiere du tombeau. Vous, Messieurs, qui composez ce Corps vénerable dont il estoit le digne chef; vous, qui par un droit naturellement acquis, estes maintenant les depositaires de sa puissance spirituelle, & que nous reconnoissons à sa place comme autant de peres & de pasteurs; vous, sous l'authorité & avec la benediction de qui jé monte dans cette Chaire pour y annoncer l'Evangile, vous n'avez pas oublié, & jamais oublierez-vous les témoignages de bonté, d'estime, de confiance que vous donna jusques à son dernier soupir cet illustre mort; & qui redoublent d'autant plus vostre douleur, qu'ils vous font mieux sentir ce que vous avez perdu, & qu'ils vous rendent sa memoire plus chere.

Cependant, aprés nous eſtre acquitté de ce qu'exigeoient de nous la pieté & la reconnoiſſance, il eſt juſte, mes chers Auditeurs, que nous faſſions un retour ſur nous-meſmes ; & que pour profiter d'une mort ſi chreſtienne & ſi ſainte, nous joignions la cendre de ſon tombeau à celle que nous preſente aujourd'huy l'Egliſe, & nous tirions de l'une & de l'autre une importante inſtruction. Car telle eſt noſtre deſtinée temporelle. Voilà le terme où doivent aboutir tous les deſſeins des hommes & toutes les grandeurs du monde : voilà l'unique & la ſolide penſée qui doit par tout.& en tout temps nous occuper : *Memento, homo, quia pulvis es, & in pulverem revèrtêris :* Souvenez-vous, qui que vous ſoyez, riches ou pauvres, grands ou petits, monarques ou ſujets ; en un mot, hommes, tous en general, chacun en particulier : ſouvenez-vous que vous n'eſtes que poudre & que vous retournerez en poudre. Ce ſouvenir ne vous plaira pas ; cette penſée vous bleſſera, vous troublera, vous affligera : mais en vous bleſſant, elle vous guérira ; en vous troublant & en vous affligeant, elle vous ſera ſalutaire ; & peut-eſtre, comme ſalutaire, vous deviendra-t-elle enfin, non ſeulement ſupportable, mais conſolante & agreable. Quoyqu'il en ſoit, je veux vous en faire voir les avantages, & c'eſt par là que je commence le cours de mes Predications.

Divin Esprit, vous qui d'un charbon de feu purifiastes les lévres du Prophete & les fistes servir d'organe à vostre adorable parole, purifiez ma langue, & faites que je puisse dignement remplir le saint ministere que vous m'avez confié. Esloignez de moy tout ce qui n'est pas de vous. Ne m'inspirez point d'autres pensées, que celles qui sont propres à toucher, à persuader, à convertir. Donnez-moy comme à l'Apostre des Nations, non pas une éloquence vaine, qui n'a pour but que de contenter la curiosité des hommes; mais une éloquence chrestienne, qui tirant toute sa vertu de vostre Evangile, a la force de remüer les consciences, de sanctifier les ames, de gagner les pecheurs & de les soumettre à l'empire de vostre loy. Preparez les esprits de mes Auditeurs, à recevoir les saintes lumieres qu'il vous plaira de me communiquer; & comme en leur parlant, je ne dois point avoir d'autre veüe que leur salut, faites qu'ils m'écoutent avec un desir sincere de ce salut éternel que je leur presche, puisque c'est l'essentielle disposition à toutes les graces qu'ils doivent attendre de vous. C'est ce que je vous demande, Seigneur, & pour eux & pour moy, par l'intercession de Marie à qui j'addresse la priére ordinaire. *Ave Maria.*

C'Est un principe dont les sages mesmes du paganisme sont convenus, que la grande scien-

ce ou la grande estude de la vie, est la science
ou l'estude de la mort; & qu'il est impossible à
l'homme de vivre dans l'ordre & de se maintenir dans une vertu solide & constante, s'il ne
pense souvent qu'il doit mourir. Or je trouve
que toute nostre vie, ou pour mieux dire, tout
ce qui peut estre perfectionné dans nostre vie,
& par la raison, & par la foy, se rapporte à trois
choses; à nos passions, à nos deliberations, &
à nos actions. Je m'explique. Nous avons dans
le cours de la vie des passions à ménager; nous
avons des conseils à prendre, & nous avons des
devoirs à accomplir. En cela, pour me servir
du terme de l'Ecriture, consiste tout l'homme;
tout l'homme, dis-je, raisonnable & chrestien:
*Hoc est enim omnis homo.* Des passions à mé-    Ecclef. 12.
nager, en réprimant leurs saillies & en mode-
rant leurs violences : des conseils à prendre, en
se préservant , & des erreurs qui les accompa-
gnent, & des repentirs qui les suivent : des devoirs à accomplir, & dont la pratique doit estre
prompte & fervente. Or pour tout cela, Chrestiens, je pretends que la pensée de la mort nous
suffit, & j'avance trois propositions que je vous
prie de bien comprendre, parce qu'elles vont faire le partage de ce discours. Je dis que la pensée de la mort est le remede le plus souverain
pour amortir le feu de nos passions, c'est la premiere partie. Je dis que la pensée de la mort est
la regle la plus infaillible pour conclure seûre-

A iij

ment dans nos deliberations, c'est la seconde. Enfin, je dis que la pensée de la mort est le moyen le plus efficace pour nous inspirer une sainte ferveur dans nos actions, c'est la derniere. Trois veritez dont je veux vous convaincre, en vous faisant sentir toute la force de ces paroles de mon texte : *Memento, homo, quia pulvis es, & in pulverem reverteris.* Vos passions vous emportent, & souvent il vous semble que vous n'estes pas maistre de vostre ambition & de vostre cupidité ; *Memento,* souvenez-vous, & pensez ce que c'est que l'ambition & la cupidité d'un homme qui doit mourir. Vous deliberez sur une matiere importante, & vous ne sçavez à quoy vous résoudre ; *Memento,* souvenez-vous, & pensez quelle resolution il convient de prendre à un homme qui doit mourir. Les exercices de la religion vous fatiguent & vous lassent, & vous vous acquittez negligemment de vos devoirs ; *Memento,* souvenez-vous, & pensez comment il importe de les observer à un homme qui doit mourir. Tel est l'usage que nous devons faire de la pensée de la mort, & c'est aussi tout le sujet de vostre attention.



POur amortir le feu de nos passions, il faut commencer par les bien connoistre ; & pour les connoistre parfaitement, dit saint Chrysostome, il suffit de bien comprendre trois choses : sçavoir, que nos passions sont vaines, que nos paſſions ſont inſatiables, & que nos paſſions ſont injuſtes. Qu'elles ſont vaines, par rapport aux objets à quoy elles s'attachent; qu'elles ſont inſatiables & ſans bornes, & par là incapables d'eſtre jamais ſatisfaites & de nous ſatisfaire nous-meſmes; enfin, qu'elles ſont injuſtes, dans les ſentimens préſomptueux qu'elles nous inſpirent, lors qu'aveuglez & enflez d'orgueil, nous pretendons nous diſtinguer, en nous élevant audeſſus des autres. Voilà en quoy ſaint Chryſoſtome a fait particulierement conſiſter le deſordre des paſſions humaines. Il nous falloit donc, pour en réprimer les ſaillies & les mouvemens déreglez, quelque choſe qui nous en decouvriſt ſenſiblement la vanité; qui les ſoumettant à la loy d'une neceſſité ſouveraine, les bornaſt dans nous malgré nous; & qui faiſant ceſſer toute diſtinction, les réduiſiſt au grand principe de la modeſtie, c'eſt à dire à l'égalité que Dieu a miſe entre tous les hommes, & nous obligeaſt qui que nous ſoyons, à nous rendre au moins juſtice, & à rendre aux autres ſans peine les devoirs de la charité. Or ce ſont, mes chers Auditeurs, les merveilleux effets, que produit infailliblement dans les ames touchées de Dieu le ſouvenir & la penſée de la mort. Ecoutez-moy, & ne perdez rien d'une inſtruction ſi édifiante.

Nos paſſions ſont vaines; & pour nous en convaincre, il ne s'agit que de nous former une juste idée de la vanité des objets auxquels elles s'attachent : cela seul doit éteindre dans nos cœurs ce feu de la concupiscence qu'elles y allument, & c'est l'importante leçon que nous fait le Saint Esprit dans le livre de la Sagesse. Car avoüons-le, Chrestiens, quoy qu'à nostre honte : tandis que les biens de la terre nous paroissent grands, & que nous les supposons grands, il nous est comme impossible de ne les pas aimer, & en les aimant, de n'en pas faire le sujet de nos plus ardentes passions. Quelque raison qui s'y oppose, quelque loy qui nous le défende, quelque veüe de conscience & de religion qui nous en detourne, la cupidité l'emporte ; & préoccupez de l'apparence specieuse du bien qui nous flatte & qui nous séduit, nous fermons les yeux à toute autre consideration, pour suivre uniquement l'attrait & le charme de nostre illusion. Si nous resistons quelquefois, & si pour obeïr à Dieu nous remportons sur nous quelque victoire, cette victoire par la violence qu'elle nous couste, est une victoire forcée. La passion subsiste toûjours, & l'erreur où nous sommes que ces biens, dont le monde est idolastre, sont des biens solides, capables de nous rendre heureux, nous fait concevoir des desirs extresmes de les acquerir, une joye immoderée de les posseder, des craintes mortelles de les perdre. Nous nous affligeons d'en avoir peu, nous nous applaudissons d'en avoir beau-

coup; nous nous allarmons, nous nous troublons, nous nous defefperons, à mefure que
ces biens nous échappent, & que nous nous en
voyons privez. Pourquoy ! parce que noftre
imagination trompée & pervertie nous les reprefente comme des biens réels & effentiels,
dont dépend le parfait bonheur.

Pour nous en détacher, dit faint Chryfof-
ftome, le moyen feûr & immanquable eft de
nous en détromper. Car du moment que nous
en comprenons la vanité, ce détachement nous
devient facile ; il nous devient mefmes comme naturel : ni l'ambition, ni l'avarice, fi j'ofe
m'exprimer ainfi , n'ont plus fur nous aucune
prife. Bien loin que nous nous empreffions,
pour nous procurer par des voyes indirectes &
illicites les avantages du monde, convaincus de
leur peu de folidité, à peine pouvons nous mefmes gagner fur nous, d'avoir une attention raifonnable à conferver les biens dont nous nous
trouvons legitimement pourveûs ; & cela fondé, fur ce que les biens du monde, fuppofé cette conviction, ne nous paroiffent prefque plus
valoir nos foins, beaucoup moins nos empreffemens & nos inquietudes. Or d'où nous vient
cette conviction falutaire ! du fouvenir de la
mort, faintement meditée, & envifagée dans les
principes de la foy.

Car la mort, ajoufte faint Chryfoftome, eft
à noftre égard la preuve palpable & fenfible du

néant de toutes les chofes humaines, pour lefquelles nous nous paffionnons. C'eft elle qui
nous le fait connoiftre: tout le refte nous impofe;
la mort feule eft le miroir fidelle, qui nous mon-
ftre fans déguifement l'inftabilité, la fragilité, la
caducité des biens de cette vie; qui nous defa-
bufe de toutes nos erreurs, qui détruit en nous
tous les enchantemens de l'amour du monde,
& qui des ténebres mefmes du tombeau nous
fait une fource de lumieres, dont nos efprits &
nos fens font également pénetrez. *In illâ die*,
dit l'Ecriture, en parlant des enfants du fiecle
*Pfalm. 145.*
livrez à leurs paffions, *In illâ die peribunt omnes cogitationes eorum.* Toutes leurs penfées, à
ce jour-là, s'évanouiront. Ce jour de la mort que
nous nous figurons plein d'obfcurité, les éclai-
rera, & diffipera tous les nüages, dont la verité jufqu'alors avoit efté pour eux enveloppée.
Ils cefferont de croire, ce qu'ils avoient toûjours crû; & ils commenceront à voir, ce qu'ils
n'avoient jamais veû. Ce qui faifoit le fujet de
leur eftime, deviendra le fujet de leur mépris;
ce qui leur donnoit tant d'admiration, les remplira de confufion. En forte qu'il fe fera dans
leur efprit comme une révolution generale,
dont ils feront eux-mefmes furpris, faifis, ef-
frayez. Ces idées chimeriques qu'ils avoient du
monde & de fa pretenduë felicité, s'effaceront
tout à coup, & mefmes s'anéantiront: *Peribunt
omnes cogitationes eorum.* Et comme leurs paf-

sions n'auront point eû d'autre fondement que leurs pensées ; & que leurs pensées periront selon l'expression du Prophete, leurs passions periront de mesmes : c'est à dire qu'ils n'auront plus, ni ces entestemens de se pousser, ni ces desirs de s'enrichir ; parce qu'ils verront dans un plein jour, *In illâ die,* la bagatelle, & si j'ose ainsi parler, l'extravagance de tout cela. Or que faisons-nous, quand nous nous occupons durant la vie du souvenir de la mort ! Nous anticipons ce dernier jour, ce dernier moment ; & sans attendre que la catastrophe & le dénoüement des intrigues du monde nous développe malgré nous ce mystere de vanité, nous nous le développons à nous - mesmes par de saintes réflexions. Car quand je me propose deuant Dieu le tableau de la mort, j'y contemple dés maintenant toutes les choses du monde dans le mesme poinct de veuë, où la mort me les fera considerer ; j'en porte le mesme jugement que j'en porteray ; je les reconnois méprisables, comme je les reconnoistray ; je me reproche de m'y estre attaché, comme je me le reprocheray ; je déplore en cela mon aveuglement, comme je le déploreray ; & de là ma passion se refroidit, la concupiscence n'est plus si vive, je n'ay plus que de l'indifference pour ces biens passagers & perissables ; en un mot, je meurs à tout d'esprit & de cœur, parce que je prévois que bientost j'y dois mourir réellement & par necessité.

Et voilà, mes chers Auditeurs, le secret admirable, que David avoit trouvé, pour tenir ses passions en bride, & pour conserver, jusques dans le centre du monde qui est la Cour, ce parfait détachement du monde où il estoit parvenu ! Que faisoit ce saint Roy ? Il se contentoit de demander à Dieu, comme une souveraine grace, qu'il luy fist connoistre sa fin ; *Notum fac mihi, Domine, finem meum :* & qu'il luy fist mesmes sentir combien il en estoit proche, afin qu'il sceust, mais d'une science efficace & pratique, le peu de temps qui luy restoit encore à vivre ; *Et numerum dierum meorum quis est, ut sciam quid desit mihi.* Il ne doutoit pas que cette seule pensée, il faut mourir, ne dust suffire pour éteindre le feu de ses passions les plus ardentes. Et en effet, ajoustoit-il, vous avez, Seigneur, réduit mes jours à une mesure bien courte, *Ecce mensurabiles posuisti dies meos ;* & par là tout ce que je suis, & tout ce que je puis desirer ou esperer d'estre, n'est qu'un pur néant devant vous, *Et substantia mea tanquam nihilum ante te.* Devant moy ce néant est quelque chose, & mesmes toutes choses : mais devant vous, ce que j'appelle toutes choses se confond & se perd dans ce néant ; & la mort que tout homme vivant doit regarder comme sa destinée inévitable, fait generalement & sans exception, de tous les biens qu'il possede, de tous les plaisirs dont il jouit, de tous les titres dont il

se glorifie, comme un abysme de vanité ; *Ve-* *Ibidem.*
*rumtamen universa vanitas omnis homo vivens.*
L'homme mondain n'en convient pas, & il affecte mesmes de l'ignorer ; mais il est pourtant
vray que sa vie n'est qu'une ombre, & une figure qui passe : *Verumtamen in imagine pertran-*
*sit homo.* Il se trouble ; & comme mondain, il
est dans une continuelle agitation : mais il se
trouble inutilement, parce que c'est pour des
entreprises que la mort déconcertera, pour des
intrigues que la mort confondra, pour des es-
perances que la mort renversera : *Sed & frus-* *Ibidem.*
*trà conturbatur.* Il se fatigue, il s'épuise pour
amasser & pour thésauriser ; mais son malheur
est de ne sçavoir pas mesmes pour qui il amas-
se, ni qui profitera de ses travaux : si ce seront
des enfants, ou des étrangers ; si ce seront des
héritiers reconnoissans, ou des ingrats ; si ce seront des sages, ou des dissipateurs : *Thesaurisat,* *Ibidem.*
*& ignorat cui congregabit ea.* Ces sentimens
dont le Prophete estoit rempli & vivement touché, réprimoient en luy toutes les passions, &
d'un Roy assis sur le throsne en faisoient un
exemple de moderation.

C'est ce que nous éprouvons nous-mesmes
tous les jours : car disons la verité, Chrestiens ;
si nous ne devions point mourir, ou si nous
pouvions nous affranchir de cette dure necessité, qui nous rend tributaires de la mort ; quelque vaines que soient nos passions, nous n'en

voudrions jamais reconnoiſtre la vanité; jamais nous ne voudrions renoncer aux objets qui les flattent, & qu'elles nous font tant rechercher. On auroit beau nous faire là deſſus de longs diſcours; on auroit beau nous redire tout ce qu'en ont dit les Philoſophes; on auroit beau y proceder par voye de raiſonnement & de démonſtration: nous prendrions tout cela pour des ſubtilitez encore plus vaines, que la vanité meſme dont il s'agiroit de nous perſuader. La foy avec tous ſes motifs n'y feroit plus rien: dégagez que nous ſerions de ce ſouvenir de la mort, qui comme un maiſtre ſevere nous retient dans l'ordre, nous nous ferions un poinct de ſageſſe de vivre au gré de nos deſirs; nous compterions pour réel & pour vray, tout ce que le monde a de faux & de brillant; & noſtre raiſon prenant parti contre nous-meſmes, commenceroit à s'accorder & à eſtre d'intelligence avec la paſſion.

Mais quand on nous dit qu'il faut mourir, & quand nous nous le diſons à nous-meſmes, ah! Chreſtiens, noſtre amour propre, tout ingenieux qu'il eſt, n'a plus de quoy ſe défendre. Il ſe trouve deſarmé par cette penſée; la raiſon prend l'empire ſur luy, & il ſe ſoumet ſans reſiſtance au joug de la foy. Pourquoy cela? parce qu'il ne peut plus deſavoüer ſa propre foibleſſe, que la veüë de la mort non ſeulement luy decouvre, mais luy fait ſentir. Belle difference

que saint Chrysostome a remarquée entre les autres pensées chrestiennes, & celle de la mort. Car pourquoy, demande ce saint Docteur, la pensée de la mort fait-elle sur nous une impression plus forte, & nous fait-elle mieux connoistre la vanité des biens créez, que toutes les autres considerations! Appliquez-vous à cecy. Parce que toutes les autres considerations ne renferment tout au plus que des témoignages & des preuves de cette vanité; au lieu que la mort est l'essence mesme de cette vanité, ou que c'est la mort qui fait cette vanité. Il ne faut donc pas s'étonner que la mort ait une vertu speciale pour nous détacher de tout. Et telle estoit l'excellente conclusion que tiroit saint Paul, pour porter les premiers fidelles à s'affranchir de la servitude de leurs passions, & à vivre dans la pratique de ce saint & bienheureux dégagement qu'il leur recommandoit avec tant d'instance. Car le temps est court, leur disoit-il: *Tempus breve est.* 1. Cor. 7.
Et que s'ensuit-il de là! que vous deuez-vous rejoüir, comme ne vous rejoüissant pas; que vous devez posseder, comme ne possedant pas; que vous devez user de ce monde, comme n'en usant pas: *Reliquum est ut qui gaudent tamquam* Ibidem. *non gaudentes, & qui emunt tamquam non possidentes, & qui utuntur hoc mundo tamquam non utuntur.* Quelle consequence ! elle est admirable, reprend saint Augustin : parce qu'en effet se rejoüir & devoir mourir, posseder & devoir

mourir , estre honoré & devoir mourir ; c'est
comme estre honoré & ne l'estre pas , comme
posseder & ne posseder pas , comme se rejoüir
& ne se rejoüir pas. Car ce terme, mourir, est
un terme de privation & de destruction, qui
abolit tout, qui anéantit tout ; qui par une proprieté tout opposée à celle de Dieu , nous fait
paroistre les choses qui sont, comme si elles n'estoient pas , au lieu que Dieu , selon l'Ecriture,
appelle celles qui ne sont pas comme si elles estoient.

Non seulement nos passions sont vaines ; mais
quoyque vaines , elles sont insatiables & sans
bornes. Car quel ambitieux entesté de sa fortune & des honneurs du monde, s'est jamais contenté de ce qu'il estoit ! Quel avare dans la pour-
suite & dans la recherche des biens de la terre
a jamais dit, c'est assez ! Quel voluptueux esclave de ses sens , a jamais mis de fin à ses plaisirs !
La nature, dit ingenieusement Salvien, s'arreste
au necessaire ; la raison veut l'utile & l'hones-
te ; l'amour propre, l'agreable & le delicieux :
mais la passion, le superflu & l'excessif. Or ce superflu est infini ; mais cet infini, tout infini qu'il
est , trouve, si nous voulons, ses limites & ses
bornes dans le souvenir de la mort, comme il
les trouvera malgré nous dans la mort mesme.
Car je n'ay qu'à me servir aujourd'huy des paroles de l'Eglise, *Memento, homo, quia pulvis
es ;* souvenez-vous, homme, que vous estes
pous-

pouſſiere; *& in pulverem revertêris,* & que vous
retournerez en pouſſiere. Je n'ay qu'à l'addreſſer, cet arreſt, à tout ce qu'il y a dans cet auditoire d'ames paſſionnées , pour les obliger à n'a-
voir plus ces deſirs vaſtes & ſans meſure qui les
tourmentent toûjours, & qu'on ne remplit jamais. Je n'ay qu'à leur faire la meſme invitation que firent les Juifs au Sauveur du monde,
quand ils le prierent d'approcher du tombeau
de lazare, & qu'ils luy dirent : *Veni, & vide,* ve- *Joan. 11.*
nez & voyez. Venez, avares : vous bruſlez d'u-
ne inſatiable cupidité, dont rien ne peut amortir l'ardeur ; & parce que cette cupidité eſt inſatiable, elle vous fait commettre mille iniquitez,
elle vous endurcit aux miſeres des pauvres, elle vous jette dans un profond oubli de voſtre
ſalut. Conſiderez bien ce cadavre : *Veni, & vide ,* venez & voyez. C'eſtoit un homme de fortune comme vous; en peu d'années il s'eſtoit en-
richi comme vous; il a eû comme vous la folie
de vouloir laiſſer aprés luy une maiſon opulente
& des enfants avantageuſement pourveûs. Mais
le voyez-vous maintenant ! voyez-vous la nudité, la pauvreté, où la mort l'a réduit ! Où
ſont ſes revenus ! où ſont ſes richeſſes ! où ſont
ſes meubles ſomptueux & magnifiques ! A-t-il
quelque choſe de plus que le dernier des hommes ! cinq pieds de terre & un ſüaire qui l'en-
veloppe, mais qui ne le garantira pas de la pourriture ; rien davantage. Qu'eſt devenu tout le

*Tome I.* .B

reſte! voilà de quoy borner voſtre avarice. *Veni, & vide;* Venez, homme du monde, idolaſtre d'une fauſſe grandeur : vous eſtes poſſedé d'une ambition qui vous dévore; & parce que cette ambition n'a point de terme, elle vous oſte tous les ſentimens de la religion, elle vous occupe, elle vous enchante, elle vous enyvre. Conſiderez ce ſepulcre : qu'y voyez vous! C'eſtoit un Seigneur de marque comme vous, peut-eſtre plus que vous; diſtingué par ſa qualité comme vous, & en paſſe d'eſtre toutes choſes. Mais le reconnoiſſez-vous! voyez-vous où la mort l'a fait deſcendre! voyez-vous à quoy elle a borné ſes grandes idées! voyez-vous comme elle s'eſt jouée de ſes pretentions! c'eſt de quoy regler les voſtres. *Veni, & vide;* venez, femme mondaine, venez: vous avez pour voſtre perſonne des complaiſances extreſmes; la paſſion qui vous domine, eſt le ſoin de voſtre beauté; & parce que cette paſſion eſt demeſurée, elle vous entretient dans une molleſſe honteuſe; elle produit en vous des deſirs criminels de plaire, elle vous rend complice de mille pechez & de mille ſcandales. Venez & voyez : c'eſtoit une jeune perſonne auſſi bien que vous; elle eſtoit l'idole du monde comme vous, auſſi ſpirituelle que vous, auſſi recherchée & auſſi adorée que vous. Mais la voyez-vous à preſent! voyez-vous ces yeux éteints, ce viſage hideux & qui fait horreur! c'eſt de quoy réprimer cet amour infini de vous-meſme. *Veni, & vide.*

Enfin , nos paſſions ſont injuſtes , ſoit dans
les ſentimens qu'elles nous inſpirent à noſtre
propre avantage, ſoit dans ceux qu'elles nous
font concevoir au deſavantage des autres : mais
la mort, dit le Philoſophe, nous réduit aux termes de l'équité ; & par ſon ſouvenir nous oblige à nous faire juſtice à nous-meſmes , & à la
faire aux autres de nous-meſmes : *Mors ſola* Senec.
*jus æquum eſt generis humani.* En effet, quand
nous ne penſons point à la mort, & que nous
n'avons égard qu'à certaines diſtinctions de la
vie, elles nous élevent, elles nous éblouiſſent, elles nous rempliſſent de nous-meſmes. On devient fier & hautain, dédaigneux & mépriſant,
ſenſible & delicat, envieux & vindicatif, entre-
prenant, violent, emporté. On parle avec faſte
ou avec aigreur, on ſe pique aiſément, on pardonne difficilement, on attaque celuy-cy, on
détruit celuy-là ; il faut que tout nous céde, &
l'on pretend que tout le monde aura des ménagemens pour nous, tandis qu'on n'en veut avoir
pour perſonne. N'eſt-ce pas ce qui rend quelquefois la domination des grands ſi peſante &
ſi dure ! Mais meditons la mort, & bientoſt la
mort nous apprendra à nous rendre juſtice, &
à la rendre aux autres de nos fiertez & de nos
hauteurs, de nos dédains & de nos mépris, de
nos ſenſibilitez & de nos delicateſſes, de nos en-
vies, de nos vengeances, de nos chagrins, de
nos violences, de nos emportemens. Comme

B ij

donc il ne faut, selon l'ordre & la parole du Dieu tout-puissant, qu'un grain de sable pour briser les flots de la mer, *Hîc confringes tumentes fluctus tuos ;* il ne faut que cette cendre qu'on nous met sur la teste, & qui nous retrace l'idée de la mort, pour rabbattre toutes les enflûres de nostre cœur, pour en arrester toutes les fougues, pour nous contenir dans l'humilité & dans une sage modestie. Comment cela ! c'est que la mort nous remet devant les yeux la parfaite égalité qu'il y a entre tous les autres hommes & nous. Egalité que nous oublions si volontiers, mais dont la veûë nous est si necessaire, pour nous rendre plus équitables & plus traitables.

Car quand nous repassons, ce que disoit Salomon, & que nous le disons comme luy: Tout sage & tout éclairé que je puis estre, je dois néanmoins mourir comme le plus insensé ; *Unus, & stulti, & meus occasus erit.* Quand nous nous appliquons ces paroles du Prophete Royal: Vous estes les divinitez du monde, vous estes les enfants du Trés-haut; mais, fausses divinitez, vous estes mortelles, & vous mourrez en effet, comme ceux dont vous voulez recevoir l'encens, & de qui vous exigez tant d'hommages & tant d'adorations: *Dii estis, & filii excelsi omnes : vos autem sicut homines moriemini.* Quand selon l'expression de l'Ecriture, nous descendons encore tout vivans & en esprit, dans le tombeau ; & que le sçavant s'y voit

confondu avec l'ignorant, le noble avec l'arti-
fan, le plus fameux conquerant avec le plus vil
efclave : mefme terre qui les couvre, mefmes
ténebres qui les environnent, mefmes vers qui
les rongent, mefme corruption, mefme pourriture, mefme poufliere ; *Parvus & magnus ibi* Job. 3.
*funt, & fervus liber à Domino fuo.* Quand,
dis-je, on vient à faire ces reflexions, & à confiderer que ces hommes au deffus de qui l'on
fe place fi haut dans fa propre eftime ; que ces
hommes à qui l'on eft fi jaloux de faire fentir
fon pouvoir, & fur qui l'on veut prendre un
empire fi abfolu; que ces hommes pour qui l'on
n'a, ni compaffion, ni charité, ni condefcendance, ni égards ; que ces hommes de qui l'on
ne peut rien fupporter, & contre qui l'on agit
avec tant d'animofité & tant de rigueur, font
néanmoins des hommes comme nous, de mefme nature, de mefme efpece que nous ; ou fi
vous voulez, que nous ne fommes que des
hommes comme eux, auffi foibles qu'eux, auffi fujets qu'eux à la mort & à toutes les fuites
de la mort : ah ! mes chers Auditeurs, c'eft
bien alors que l'on entre en d'autres difpofitions. Dés-là l'on n'eft plus fi infatué de foy-mefme, parce que l'on fe connoift beaucoup mieux
foy-mefme. Dés-là l'on n'exerce plus une authorité fi dominante & fi imperieufe fur ceux
que la naiffance, ou que la fortune a mis dans
un rang inferieur au noftre, parce qu'on ne

B iij

trouve plus aprés tout, que d'homme à homme il y ait tant de difference. Dés-là l'on n'eſt plus ſi vif ſur ſes droits, parce que l'on ne voit plus tant de choſes que l'on ſe croye dües. Dés-là l'on ne ſe tient plus ſi griévement offenſé dans les rencontres, & l'on n'eſt plus ſi ardent ni ſi opiniaſtre à demander des ſatisfactions outrées, parce qu'on ne ſe figure plus eſtre ſi fort au deſ-ſus de l'aggreſſeur, ou veritable, ou prétendu, & qu'on n'eſt plus ſi perſuadé qu'il doive nous relaſcher tout & condeſcendre à toutes nos vo-lontez. On a de la douceur, de la retenuë, de l'honneſteté, de la complaiſance, de la patien-ce; on ſçait compatir, prévenir, excuſer, ſou-lager, rendre de bons offices & obliger. Saints & ſalutaires effets de la penſée de la mort. C'eſt le remede le plus ſouverain pour amortir le feu de nos paſſions ; comme c'eſt encore la regle la plus infaillible pour conclure ſeûrement dans nos deliberations. Vous l'allez voir dans la ſe-conde partie.

II. Partie.

Quelque pénetration que nous ayons, & de quelque force d'eſprit que nous puiſſions nous piquer, c'eſt un oracle de la foy, que nos pen-ſées ſont timides, & nos prévoyances incertai-nes. *Cogitationes mortalium timidæ, & incer-tæ providentiæ noſtræ.* Nos penſées ſont timi-des, dit ſaint Auguſtin, expliquant ce paſſage, parce que ſouvent dans les choſes meſmes qui

Sap. 9.

regardent le salut, nous ne sçavons pas si nous prenons le meilleur parti, ni mesmes si le parti que nous prenons est absolument bon ; & que nous n'avons point assez d'évidence, pour en faire un discernement exact, beaucoup moins un discernement seûr & infaillible. D'où il s'ensuit, que malgré toutes nos lumieres nous craignons de nous y tromper, & que nous avons sujet de le craindre, puisque la voye où nous nous engageons, quelque droite qu'elle nous paroisse, peut ne l'estre pas en effet ; & que les veûës courtes & bornées d'une foible raison qui nous sert de guide, n'empeschent pas que nous ne soyons exposez aux funestes égaremens, dont saint Paul vouloit nous garantir, quand il nous avertissoit d'opérer nostre salut avec crainte & avec tremblement : *Cogitationes mortalium timidæ.* Comme nos pensées sont timides, l'Ecriture ajouste, que nos prévoyances sont incertaines, parce que l'avenir n'estant pas en nostre pouvoir, & Dieu s'en estant reservé la connoissance, de quelque précaution que nous usions, nous sommes toûjours dans le doute si ce que nous entreprenons, quoy qu'avec des intentions pures & en apparence chrestiennes, est bien entrepris ; si nous n'aurons point lieu un jour de nous en repentir ; si nostre conscience ne nous le reprochera jamais, & si ce que nous avons crû innocent pendant la vie, ne sera point à la mort la matiere de nos re-

B iiij

grets & de nos defefpoirs : *Et incertæ providen-*
*tiæ noftræ.* Eftat malheureux, que le plus éclairé des hommes déploroit , & qu'il regardoit
comme la fuite fatale du peché. Il feroit donc
important de trouver un moyen , qui nous de-
livraft de ces incertitudes affligeantes, & de ces
craintes fi oppofées à la paix interieure de nos
ames ; qui dans les occafions où il s'agit de nos
devoirs, nous mift en eftat de conclure toûjours
feûrement, & qui dans mille conjonctures, où
le falut & la confcience fe trouvent meflez ,
nous préfervaft également & de l'erreur & du
repentir. Or je foutiens que le moyen pour cela le plus efficace, eft le fouvenir de la mort.
Pourquoy ! le voicy : parce que le fouvenir de la
mort eft une application vive & touchante, que
nous nous faifons à nous-mefmes, de la fin derniere, qui doit eftre le folide fondement de toutes nos deliberations ; & qu'il eft certain qu'en
pratiquant ce faint exercice du fouvenir frequent de la mort, nous prévenons ainfi tous les
remords & tous les troubles dont pourroient
eftre fans cela fuivies nos refolutions. Dans l'engagement indifpenfable où nous fommes de
regler felon Dieu noftre conduite, eft-il rien
de plus inftructif, rien de plus édifiant & mefmes de plus confolant pour nous que ces veritez ! Suivez-moy.

    Pour bien deliberer, & pour bien réfoudre,
il faut toûjours avoir devant les yeux cette fin

derniere, qui eſt la regle de tout, & à laquelle
par conſequent tout ce que nous nous propo-
ſons dans le monde doit aboutir comme autant
de lignes au centre. J'entends par la fin derniere, ce ſouverain bien, cet unique neceſſaire, ce
ſalut que nous ne devons jamais perdre de veûë,
& dont toutes nos actions doivent avoir une
dépendance eſſentielle & immediate. C'eſt un
axiome indubitable dans la morale chreſtienne, & un principe univerſellement reconnu.
Mais le moyen d'avoir toûjours ce regard fixe
ſur un objet auſſi élevé que celuy-là, & de pouvoir eſtre aſſez attentifs ſur nous-meſmes, pour
obſerver dans chaque action de la vie, le rapport qu'elle a, je ne dis pas à la fin particuliere
& prochaine qui nous fait agir, mais à la fin
commune & plus éloignée où nous devons tous
aſpirer ! C'eſt, mes chers Auditeurs, d'enviſa-
ger & de prévoir la mort : la mort malgré nous-
meſmes nous rappelle toute l'éternité qui la
ſuit ; elle la rapproche de nos yeux, comme un
rayon de lumiere, mais un rayon vif & perçant
qui ſe repand dans nos eſprits ; & par là elle
nous decouvre tout ce qu'il y a dans nos entre-
priſes & dans nos deſſeins de bon ou de mauvais, de ſeûr ou de dangereux, d'avantageux
ou de nuiſible.

En effet, penetré que je ſuis de cette penſée,
il faut mourir, je commence à juger bien plus
ſainement de toutes choſes : degagé de mille il-

lufions que la mort & l'éternité diffipent, quelque occafion qui fe prefente, je vois bien plus
clairement & bien plus vifte ce qui m'efloigne
de ma fin ou ce qui peut m'aider à y parvenir :
& dés que je le vois, je ne balance point fur la re-
folution que j'ay à former touchant ce qui m'eft,
ou falutaire, ou préjudiciable dans la voye de
Dieu. Je dis fans hefiter : cecy m'eft pernicieux,
cecy m'eft utile, cecy m'expofera, cecy me perdra. Et puifqu'il m'eft pernicieux , je le dois
donc rejetter ; & puifqu'il m'eft utile, je le dois
donc prendre ; & puifqu'il m'expofera, je le dois
donc craindre ; & puifqu'il me perdra, je le dois
donc éviter. Sans la veûë de la mort, cette confideration de ma derniere fin ne feroit tout au
plus fur moy qu'une impreffion fuperficielle,
qui ne m'empefcheroit pas de donner dans mille écueils, & de faire mille fauffes demarches :
c'eft ce que l'experience nous apprend tous les
jours. Mais quand je medite la mort & l'éternité qui en eft infeparable, elle frappe mon efprit
& toutes les puiffances de mon ame ; en forte
mefmes que je ne puis plus me diftraire ni me
détourner de cette fin bienheureufe à laquelle
je fuis appellé, & pour laquelle j'ay efté crée. Je
me trouve comme determiné à la faire entrer
dans tous les projets que je trace, dans tous les
interefts que je recherche, dans tous les droits
que je pourfuis : & parce que cette fin ainfi ap-
pliquée eft la regle infaillible du mal qu'il faut

fuir, & du bien qu'il faut embraſſer, la medi-
tation de la mort devient pour moy, ſelon l'E-
criture, un fonds de prudence & d'intelligen-
ce: *Utinam ſaperent & intelligerent, ac noviſ-* Deut. 32.
*ſima providerent.*

Auſſi, pourquoy les payens meſmes ren-
doient-ils une eſpece de culte aux tombeaux
de leurs anceſtres ? pourquoy y avoient-ils recours comme à leurs oracles ? pourquoy dans
les traitez & dans les negotiations importantes
y tenoient-ils leurs conſeils & leurs aſſemblées!
C'eſtoit une ſuperſtition : mais cette ſuperſtition, remarque Clement Alexandrin, ne laiſ-
ſoit pas d'eſtre fondée ſur un inſtinct ſecret de
raiſon & de religion. Car ils ſembloient ainſi
reconnoiſtre que leurs conſeils ne pouvoient eſtre, ni regulierement, ni conſtamment ſages,
ſans le ſouvenir & la veüë de la mort. C'eſt
pour cela qu'ils ne s'aſſembloient pas dans des
lieux de réjouiſſance, mais dans le ſejour de
l'affliction & des larmes ; parce que c'eſt-là,
comme dit Salomon, que l'on eſt authentiquement averti de la fin de tous les hommes, &
par conſequent, que l'on eſt plus capable de conſulter & de décider. *Illic enim finis cunctorum* Ecclef. 5.
*admonetur hominum.* Or ce que faiſoient les payens peut nous ſervir de modelle en le recti-
fiant & le ſanctifiant par la foy.

En effet, il n'y a point de jour, mes chers
Auditeurs, où vous ne deviez, pour ainſi di-

re, tenir conseil avec Dieu & avec vous-mesmes; tantost pour le choix de vostre estat, tantost pour le gouvernement de vos familles, tantost pour l'usage de vos biens, tantost pour la disposition de vos emplois, tantost pour la mesure de vos divertissemens, tantost pour l'ordre de vos devotions, tantost pour vostre propre conduite, tantost pour la conduite de ceux dont vous devez répondre : car malheur à nous si nous abandonnons tout cela au hasard, & si nous agissons sans regle & sans principe. En vain dirons-nous que nous n'avons pas eû assez de lumieres pour trouver là-dessus, parmi les embarras du siecle, le poinct fixe & immobile de la vraye sagesse. Abus, Chrestiens, puisque nous en avons le moyen le plus efficace. En voulez-vous une preuve sensible ? faites en l'essay, & jugez en par vous-mesmes. Il s'agit de choisir un estat de vie : choisissez-le comme devant un jour mourir; & vous verrez si la tentation & le desir de vous élever vous y fera prendre un vol trop haut. Il est question de regler l'usage de vos biens : reglez-le comme les devant bientost perdre, parce qu'il faudra bientost mourir; & vous verrez si l'attachement aux richesses tiendra vostre cœur étroitement resserré dans les bornes d'une avare convoitise. On vous propose un interest, un gain, un profit: examinez-le comme estant seûrs d'en rendre compte à Dieu & de mourir; & vous verrez si

les maximes du monde vous y feront rien ha-
zarder contre les loix de la confcience. Vous
eftes embarqué dans une affaire, vous avez un
differend à terminer: vuidez l'un & l'autre comme vous voudriez l'avoir fait, s'il falloit maintenant mourir ; & vous verrez fi l'enteftement
ou l'orgueil vous fera oublier les loix de la juftice & manquer aux devoirs de la charité. Non,
Chreftiens, il n'y aura plus rien à craindre pour
vous. La feule penfée que vous devez mourir,
corrigera vos erreurs , détruira vos prejugez ,
arreftera vos precipitations , fervira de frein à
vos empreffemens & de contrepoids à vos le-
geretez. Et n'eft-ce pas ce qui de tout temps à
conduit les Saints dans les voyes droites qu'ils
ont tenües, fans s'égarer & fans tomber ! N'eft-
ce pas ce qui leur a fait prendre fi fouvent des
refolutions que le monde condamnoit de folie, mais que leur infpiroit la plus haute fageffe de l'Evangile ! N'eft-ce pas ce qui les a portez à embraffer des vocations penibles, humi-
liantes , contraires à toutes les inclinations de
la nature, & où la feule grace de Dieu les pouvoit foutenir ! Les routes qu'ils devoient fuivre
pour ne fe pas perdre, eftoient autant de fecrets
de predeftination : mais ces fecrets autrement
impénetrables, fe développoient fenfiblement
à leurs yeux dés qu'ils regardoient la mort. Il
y avoit des dangers & des pieges dans le chemin où ils marchoient , puifqu'il y en a par

tout : mais la veûë de la mort les préservoit de
tous les pieges & de tous les dangers ; & il ne
tient qu'à vous & à moy d'en tirer le mesme
avantage.

Si donc nous n'avons pas assez de discernement pour nous bien conduire ; & si manque
de connoissance, nous faisons des fautes irre-
parables : si nous nous engageons temerairement ; si nous choisissons des estats où Dieu ne
nous a point appellez , & où il nous prive de
mille graces qu'il vouloit nous donner ailleurs ;
si nous prenons des emplois à quoy nous ne
sommes pas propres , & où nostre incapacité
nous fait commettre des pechez sans nombre ;
si nous contractons des alliances qui ne produi-
sent que des chagrins, que des amertumes, que
des guerres intestines, que des divorces scandaleux ; si nous nous jettons dans des intrigues qui
nous attirent de tristes revers, & dont le succés
ne tourne quà nostre confusion & à nostre ruine ; si nous entrons en des societez, en des par-
tis, en des negoces qui interessent la conscience,
& où le salut nous devient comme impossible
( car vous sçavez combien ce que je dis est ordinaire ; & Dieu sçait combien d'ames seront
éternellement malheureuses pour s'estre livrées
de la sorte elles-mesmes sans reflexion & sans
discretion ) Si, dis-je, tout cela nous arrive, ne
l'imputons point à Dieu, Chrestiens ; ne l'imputons pas mesmes à nostre misere. Dieu y avoit

pourveû ; & malgré noſtre miſere, le ſouvenir
de la mort pouvoit & devoit nous mettre à
couvert. Mais n'en accuſons que noſtre infidelité, qui nous fait eſloigner de nous ce ſouvenir
ſi neceſſaire, comme un objet faſcheux & dé-
ſagreable, & qui par une ſuite inévitable nous
expoſe à tous les égaremens où nous nous laiſſons entraiſner.

De là vient un autre avantage qui eſt comme une conſequence du premier. Car pour deliberer ſagement, il faut prévenir les inquietudes, beaucoup plus les repentirs & les deſeſpoirs dont nos reſolutions pourroient eſtre ſuivies, puiſque, comme dit ſaint Bernard, ce qui
doit eſtre le ſujet d'un repentir, ne peut eſtre le
conſeil d'un homme ſenſé. Or d'où peut venir
un effet auſſi avantageux que celuy-là ? qui
peut nous mettre en eſtat de dire, ſi nous voulons, à chaque moment : je prends un parti
dont je ne me repentiray jamais; ce que je fais,
je me ſçauray éternellement bon gré de l'avoir
fait : qui le peut, Chreſtiens ! l'uſage frequent
de ce que j'appelle la ſcience pratique de la
mort. Pourquoy ! excellente raiſon de ſaint Auguſtin : parce que la mort, dit ce ſaint Docteur,
eſtant le terme où aboutiſſent tous les deſſeins
des hommes, c'eſt là meſme que naiſſent leurs
repentirs les plus douloureux. Mais le ſecret de
les prévenir, c'eſt de prévenir, autant qu'il eſt
poſſible, le moment de la mort. Et comment !

En se demandant à soy-mesme : quel sentiment auray-je à la mort de ce que j'entreprends aujourd'huy ? ce que je vais faire me troublera-t-il alors ? me consolera-t-il ! me donnera-t-il de la confiance ! me causera-t-il des regrets ? l'approuveray-je, le condamneray-je ! Car pour chacune de ces questions, nous avons dans nous-mesmes une reponse generale, mais décisive, sur laquelle nous pouvons faire fond ; & cette reponse, pour appliquer icy la parole du grand Apostre, c'est la reponse de la mort ; *Et ipsi in nobis responsum mortis habemus.* Tandis que nous raisonnons selon les principes de la vie, les reponses que nous nous rendons à nous-mesmes, nous entretiennent dans un déreglement de conduite, qui fait que nous nous repentons maintenant de ce qui devroit nous consoler, & que nous nous applaudissons de ce qui devroit nous affliger : mais la pensée de la mort par une vertu toute contraire, & que l'experience nous fait sentir, redresse, si je puis ainsi parler, tous ces sentimens. Elle ne nous donne de joye, que pour ce qui doit estre le vray sujet de nostre joye, & ce qui le sera toûjours. Elle ne nous donne de douleur & de repentir, que pour ce qui doit estre le vray sujet de nostre repentir & de nostre douleur, & ce qui ne le sera plus à la mort aprés l'avoir esté dans la vie. En nous attachant à la vie, nous ne concevons que des repentirs passagers & variables,

riables, qui nous font aujourd'huy condamner ce que demain nous approuverons : d'où
vient que nos repentirs mefmes ne peuvent former en nous cette conduite uniforme, qui eft
le caractere de la prudence chreftienne. Mais
quand nous meditons la mort, nous la pré-
voyons, & en la prévoyant, nous prévenons
des repentirs éternels, dont l'horreur toûjours
la mefme, non feulement eft fuffifante, mais
toute-puiffante pour arrefter les faillies de noftre efprit, & pour empefcher que la cupidité ne
l'aveugle & qu'elle ne l'emporte. Or c'eft bien
icy que la prudence des juftes triomphe de la
temerité des impies. Car enfin, mon Frere, dirois-je avec faint Jerofme à un libertin du fiecle, quelque endurci que vous foyez dans voftre peché, quelque tranquille que vous affectiez
de paroiftre en le commettant, quelque force
d'efprit que vous marquiez lorfqu'il faut vous
y réfoudre ; voftre malheur eft de ne pouvoir
faire un retour fur vous-mefme, fans porter déja contre vous-mefme ce trifte arreft : je vais
faire un pas qui me jettera dans le plus cruel defefpoir, du moins à la mort, & que je voudrois
alors réparer par le facrifice de mille vies.

Je fçais qu'autant qu'il eft en vous, vous é-
touffez ce fentiment : mais je fçais auffi qu'il n'eft
pas toûjours en voftre pouvoir de vous en défaire. Je fçais que cette reflexion fe prefente à
vous malgré vous, lors mefmes que vous faites

plus d'efforts pour l'eſloigner de vous : je ſçais
qu'elle vient juſques au milieu de vos plaiſirs,
parmi les divertiſſemens & les joyes du monde, dans les momens les plus heureux en apparence, vous ſaiſir, vous troubler, & qu'au fond
de l'ame elle vous fait bien payer avec uſure cette fauſſe tranquillité qui ne conſiſte que dans
des dehors trompeurs. Mais moy qui veux me
garantir de ces allarmes & de ces agitations ſe-
crettes, que fais-je ? J'aime à m'occuper du ſouvenir de la mort, afin qu'un remords piquant
& importun ne l'excite pas dans moy contre
moy. Je préviens par la penſée tous les repentirs de la mort ; & au lieu de les réſerver à cette
derniere heure, je me les rends utiles pour l'heure preſente. J'en veux eſtre touché maintenant,
afin qu'ils ne me deſeſperent pas à la mort.
C'eſt à dire, je veux maintenant me remplir
de cette idée, que je me repentirois, afin de ne
me repentir jamais. Je dis comme le Prophete
Royal : *Circumdederunt me dolores mortis*, les
douleurs de la mort, ſes regrets, ſes deſeſpoirs
m'ont inveſti, m'ont aſſiegé de toutes parts ; &
bien loin de m'en défendre, j'en fais mon bonheur & ma ſeûreté. Car qu'y a-t-il de plus de-
ſirable pour moy, que d'avoir en moy ce qui
me repond de moy-meſme ; ce qui me ſert à
regler toutes mes demarches, à meſurer tous
mes pas, à en decouvrir les ſuites faſcheuſes, &
à les éviter ? Avec cela que puis-je craindre ! ou

*Pſalm. 17.*

avec cela que ne puis-je pas entreprendre! Pensée de la mort, remede le plus souverain pour amortir le feu de nos passions, regle la plus infaillible pour conclure seûrement dans nos deliberations; enfin, motif le plus efficace pour nous inspirer une sainte ferveur dans nos actions. C'est la troisieme partie.

C'Est de la ferveur de nos actions que depend III. PARTIE. la sainteté de nostre vie; & c'est la sainteté de nostre vie, qui doit rendre devant Dieu nostre mort pretieuse. Voilà, dit saint Chrysostome, l'ordre naturel que Dieu a establi pour ses esseûs, & dont on peut dire que sa providence ne peut pas mesmes nous dispenser. Ce qui déconcerte, ou plustost ce qui renverse ce bel ordre, c'est un fonds de lascheté & de tiédeur. Tiédeur si hautement reprouvée de Dieu dans l'Ecriture. Tiédeur, qui corrompt nos meilleures actions : je dis celles à quoy la religion & le christianisme nous engage par devoir : en sorte que toutes bonnes qu'elles sont en elles-mesmes, nostre vie bien loin d'en estre sanctifiée, n'en devient souvent que plus imparfaite, & mesmes que plus criminelle, & se termine enfin à une mort qui nous doit faire trembler, si l'on en juge dans les veûës de Dieu & par l'extresme rigueur de sa souveraine justice. Il s'agit, Chrestiens, de combattre cette lascheté, qui sans autre desordre qu'elle mesme, est seule capable de nous perdre : il s'agit de la furmonter ; & c'eft ce que le Fils de Dieu a voulu particulierement nous apprendre, & à quoy, fi nous y prenons bien garde, il a, ce femble, réduit tout fon Evangile. Car qu'eft venu faire fur la terre ce Dieu-Sauveur ? Il eft venu répandre dans les cœurs des hommes le feu de la charité & le zéle des bonnes œuvres : *Ignem veni mittere in terram.* Telle eft la fin de fa miffion. Or de tous les motifs qu'il pouvoit nous propofer, & qu'il nous a en effet propofez, pour exciter cette ferveur & pour allumer ce feu celefte, les deux plus puiffans font fans doute la proximité de la mort & l'incertitude de la mort. Proximité de la mort, qu'il s'eft efforcé, pour ainfi dire, de nous faire fentir, comme l'aiguillon le plus vif & le plus capable de nous piquer. Incertitude de la mort, qu'il nous a tant de fois reprefentée comme le fujet de noftre vigilance & d'une continuelle attention. Deux motifs où ce divin Maiftre a rapporté toutes fes adorables inftructions, & où nous trouvons de quoy réveiller toute noftre ardeur, & de quoy nous animer à faire tout le bien que fa grace nous infpire.

Oüy, Chreftiens, il faut travailler, & travailler avec cette ferveur d'efprit qui doit eftre l'ame de toutes nos actions, parce que nous approchons de noftre terme : premier motif qui confond noftre lafcheté. Marchez, difoit le Sauveur du monde, tandis que la lumiere vous é-

Luc. 12.

claire : pourquoy ! parce que la nuit vient où
perſonne ne peut plus agir. Veillez: pourquoy!
parce que le Fils de l'homme que vous attendez, eſt déja à la porte. Negotiez, & faites profiter les talents que vous avez en main : pourquoy ! parce que le maiſtre qui vous les a con-
fiez, eſt ſur le poinct de revenir & de vous en demander compte. Tenez vos lampes allumées :
pourquoy ! parce que voicy l'Epoux qui arrive.
Haſtez vous de porter des fruits : pourquoy !
parce que c'eſt bientoſt le temps de la recolte.
Que vouloit-il nous faire entendre par là. Ah !
Chreſtiens, ces paraboles, toutes myſterieuſes
qu'elles ſont, s'expliquent aſſez d'elles-meſmes,
& nous font connoiſtre malgré nous noſtre folie, lorſque nous propoſant la mort dans un é-
loignement imaginaire, quoyque ſelon le terme de l'Ecriture il n'y ait qu'un poinct entre
elle & nous, nous croyons avoir droit de nous
relaſcher dans la pratique de nos devoirs. Car tel
eſt noſtre aveuglement, & voilà l'erreur dont
Jeſus-Chriſt nous veut detromper. Cette marche qu'il nous ordonne, n'eſt rien autre choſe
que l'avancement & le progrés dans le chemin
du ſalut, *Ambulate ;* cette veille, que l'atten- *Joa. 12.*
tion ſur nous-meſmes, *Vigilate ;* ce negoce, *Luc. 21.*
que le bon uſage du temps, *Negotiamini ;* ces *Luc. 19.*
lampes allumées, que l'édification d'une vie exemplaire, *Luceat lux veſtra coram hominibus ;* *Matth. 5.*
ces fruits, que les œuvres de penitence & de

sanctification, *Facite fructus dignos pœniten-
tiæ :* & ce jour de la recolte, ce retour du maiſtre, cette arrivée de l'époux, cette nuit qui
vient, n'eſtoient dans le langage ordinaire du
Fils de Dieu que les ſymboles, mais les ſymboles naturels d'une mort prochaine. Comme ſi
Jeſus-Chriſt nous euſt declaré, que ſa ſageſſe,
toute infinie qu'elle eſt, ne luy fourniſſoit rien
de plus propre à nous embrazer d'un ſaint zéle, & à nous retirer d'une vie tiéde & languiſſante, que la proximité de la mort.

En effet, Chreſtiens, quand nous aurions à
vivre des ſiecles entiers, & que Dieu par une
conduite, ou de ſeverité, ou de bonté, nous
laiſſeroit ſur la terre auſſi long-temps que ces
premiers Patriarches fondateurs du monde,
nous aurions encore mille raiſons de nous reprocher nos relaſchements. Quelque éloignée
que fuſt la mort, chacune de nos actions ſe rapportant toûjours à l'éternité, eſtant toûjours la
matiere du jugement de Dieu, pouvant toûjours nous meriter une gloire immortelle, il ſeroit toûjours juſte qu'elle fuſt faite d'une maniere digne de Dieu, puiſque Dieu doit toûjours eſtre ſervi en Dieu : il ſeroit toûjours juſte qu'elle fuſt faite d'une maniere digne de la
recompenſe que nous attendons de Dieu ; &
malheur à nous, ſi nous abuſions alors meſmes
d'un temps ſi cher, & ſi nous faiſions, comme
parle l'Ecriture, l'œuvre du Seigneur negli-

gemment. Mais eſtre à la veille de paroiſtre devant Dieu, & demeurer tranquille dans une vie
negligente; toucher de prés au terme où l'on ne
peut plus rien faire, & ne pas redoubler ſes ſoins
par une vie plus agiſſante; avoir déja la mort à
ſes coſtez, mourir comme l'Apoſtre à chaque
moment, *Quotidiè morior,* & ne s'empreſſer 1. Cor. 15.
pas d'arriver à la ſainteté par la voye courte &
abregée d'une vie fervente : il n'y a, mes chers
Auditeurs, ou qu'une ſtupidité groſſiere, ou
qu'une infidelité conſommée, au moins com-
mencée, qui puiſſe aller juſques-là. C'eſt néanmoins noſtre eſtat, & l'eſtat le plus deplorable.
Ah ! Chreſtiens, Jeſus-Chriſt nous dit en ter-
mes exprés : *Ecce venio citò,* me voicy, j'arrive : *Apoc.* 22.
*Merces mea mecum eſt,* j'ay ma recompenſe a-
vec moy, pour donner à chacun ſelon ſes œuvres. Peſez bien ces paroles. Il ne dit pas, je vien-
dray, ni je me diſpoſe à venir; mais il dit, je
viens, *Ecce venio;* & je viens bientoſt, *Ecce*
*venio citò.* Haſtez-vous donc, conclut le Seigneur, en s'addreſſant à une ame pareſſeuſe &
lente; chargez-vous de dépouilles; faites-vous
un riche butin de tant d'actions vertueuſes que
vous ômettez, que vous negligez, & dont vous
perdez le merite: *Accelera ſpolia detrahere, feſ-* *Iſaï.* 8.
*tina prædari.* Dieu, dis-je, dans l'un & dans
l'autre Teſtament, par luy-meſme, par ſes Prophetes, par ſes Preſtres, nous parle de la ſorte,
nous preſſe de la ſorte; & toûjours inſenſibles

C iiij

aux avertiſſemens qu'il vous donne, & qu'il
vous fait donner, vous demeurez dans le meſme aſſoupiſſement & dans la meſme langueur;
pourquoy ! parce que vous n'avez jamais bien
conſideré la brieveté de voſtre vie.

Car enfin, ſi vous & moy, mes Freres, nous
eſtions bien convaincus qu'il ne nous reſte plus
que fort peu de jours : ſi nous nous diſions ſouvent avec ſaint Paul, mais en ſorte que nous
fuſſions bien remplis de cette penſée, *Ego enim
jam delibor, & tempus reſolutionis meæ inſtat;*
je ſuis comme une victime qui va eſtre immolée, & qui a receû l'aſperſion pour le ſacrifice;
le temps de ma derniere diſſolution approche,
& il me ſemble que j'y ſuis déja : ſi par le miniſtere d'un Ange, Dieu nous annonçoit que
ce ſera pour demain, que ferions nous ! ou pluſtoſt que ne ferions nous pas ! Cette ſeule idée
que je vous propoſe, & qui n'eſt aprés tout qu'-
une ſuppoſition, toute pure ſuppoſition qu'elle
eſt, a néanmoins, au moment que je vous parle, je ne ſçay quoy qui nous touche, qui nous
frappe, qui nous anime. Nous ferions tout; &
en faiſant tout, nous gémirions encore d'en faire trop peu. Bien loin de nous rallentir, nous
nous porterions à des excés qu'il faudroit moderer. Ni divertiſſement, ni plaiſir, ni jeu qui
nous diſſipaſt; ni ſpectacle, ni compagnie, ni
aſſemblée qui nous attiraſt; ni eſperance, ni intereſt qui nous engageaſt; ni paſſion, ni liaiſon,

2. Timot. 4.

ni attachement qui nous arreſtaſt. Tout recueillis & comme tout abyſmez dans nous-meſmes ;
ou pour mieux dire, tout recueillis & comme
tout abyſmez en Dieu, morts au monde & à
tous ſes biens, à toutes les vanitez, à tous les
amuſemens du monde, nous n'aurions plus de
penſées que pour Dieu, plus de deſirs que pour
Dieu, plus de vie que pour Dieu : pas un moment qui ne luy fuſt conſacré ; pas une action
qui ne fuſt ſanctifiée par le merite de la plus pure & de la plus fervente charité. Et comme il
arrive qu'un élement, à meſure qu'il retourne
vers ſon centre, s'y porte avec un mouvement
plus rapide ; ainſi plus nous avancerions vers
noſtre terme, plus nous ſentirions croiſtre noſtre activité & noſtre zéle. C'eſt le miracle viſible que la preſence de la mort opéreroit. Or
pourquoy ne l'opére-t-elle pas dés maintenant !
Jeſus-Chriſt ne s'eſt-il pas expliqué en des termes aſſez précis ; & la parole d'un Dieu a-t-elle
moins d'efficace que la parole d'un Ange !

Voulez-vous ſçavoir, Chreſtiens, comment
parle, & ſur tout comment agit un homme qui
enviſage la mort de prés, & qui en fait le ſujet
de ſes reflexions ! Ecoutez le ſaint Roy Ezechias, & formez-vous ſur cet exemple. J'ay dit,
s'écrioit-il profondément humilié devant Dieu,
j'ay dit au milieu de ma courſe : je m'en vas aux
portes de l'Enfer, c'eſt à dire, ſelon le langage
du Saint Eſprit, aux portes de la mort ; *Ego dixi*

*in dimidio dierum meorum : vadam ad portas inferi :* J'ay fupputé le nombre de mes années, *Quæfivi refiduum annorum meorum ;* & j'ay reconnu que je devois dans peu quitter cette demeure terreftre, pour eftre transferé ailleurs, comme l'on tranfporte la tente d'un berger d'un champ à un autre, *Generatio mea ablata eft à me, quafi tabernaculum paftorum ;* que par une deftinée à laquelle je fuis forcé de me foumettre, le fil de mes jours alloit eftre coupé comme une toile à demi-tiffuë, *Præcifa eft velut à texente vita mea ;* que du matin au foir ce feroit fait de moy, & que mon arreft ayant efté prononcé dans le confeil de Dieu, l'execution n'en pouvoit plus eftre long-temps retardée, *De mane ufque ad vefperam finies me.* Or ces principes ainfi eftablis ( car c'eftoit là en effet, remarque faint Ambroife, comme autant de principes qu'il pofoit ) quelles confequences en tiroit-il ? quelles conclufions pratiques pour la reformation de fa vie ! Elles font admirables, & je ne puis vous donner un plus beau modelle. Ah ! Seigneur, pourfuivoit le faint Roy, c'eft donc pour cela que je pouïferay fans ceffe des cris vers vous, comme le petit d'une hirondelle qui demande la pafture, *Sicut pullus hirundinis, fic clamabo :* voilà la ferveur de fa priére. C'eft pour cela que je gémiray comme la colombe, & que je m'appliqueray jour & nuit à mediter la profondeur de vos jugemens, *Medi-*

*tabor ut columba :* voilà la ferveur de sa medi- *Ibidem.*
tation. C'est pour cela que mes yeux se sont affoiblis à force de regarder en haut, d'où j'at-
tendois tout mon secours, & où je cherchois
mon unique bien, *Attenuati sunt oculi mei sus-* *Ibidem.*
*picientes in excelsum :* voilà la ferveur de sa confiance. C'est pour cela que je resiste aux plus
violentes tentations qui m'attaquent , & que
pour n'y pas succomber, instruit que je suis de
la force de vostre grace, je vous prie de combattre & de repondre pour moy, *Domine, vim* *Ibidem.*
*patior, responde pro me :* voilà la ferveur de sa
foy. C'est pour cela que je repasseray devant
vous toutes les années de ma vie dans l'amertume de mon ame, *Recogitabo tibi annos meos* *Ibidem.*
*in amaritudine animæ meæ :* voilà la ferveur de
sa penitence. Car je sçais, ô mon Dieu, ajoustoit-il, que ce n'est, ni l'Enfer, ni la mort, qui
célebrent vos louanges, *Quia non infernus con-* *Ibidem.*
*fitebitur tibi , neque mors laudabit te :* c'est à dire, selon l'explication de saint Jerosme, je sçais
que ce ne sont pas les mourants qui vous glorifient , ni qui sont en estat de vous glorifier par
leurs œuvres ; & qui donc ! ceux qui vivent,
Seigneur, mais qui vivent aussi persuadez que
moy qu'ils doivent bientost mourir ; mais qui
vivent determinez comme moy, à faire de cette
persuasion la regle de toutes leurs actions : *Vi-* *Ibidem.*
*vens , vivens, ipse confitebitur tibi, sicut & ego*
*hodiè.* Ainsi parloit ce religieux Monarque ; &

de là, Chreſtiens, nous apprenons cette methode ſi ſolide, ſi connuë des Saints, ſi peu pratiquée parmi nous, mais ſi praticable néanmoins, & d'où depend la ſanctification de noſtre vie ; ſçavoir, de faire toutes nos actions comme ſi chacune eſtoit la derniere, & devoit eſtre
ſuivie de la mort. Prier comme je prierois à la
mort ; examiner ma conſcience, comme je l'e-
xaminerois à la mort ; pleurer mon peché comme je le pleurerois à la mort ; le confeſſer commé
je le confeſſerois à la mort ; recevoir le ſacrement
de Jeſus-Chriſt comme je le recevrois à la mort :
voilà de quoy corriger toutes nos tiédeurs &
toutes nos laſchetez, de quoy vivifier toutes nos
œuvres par le ſouvenir meſme de la mort &
de ſa proximité.

    Mais il m'eſt incertain ſi la mort eſt proche,
ou ſi elle eſt encore éloignée de moy : je le
veux, mon cher Auditeur, que concluez-vous
de là ? Parce qu'il eſt incertain quand & à quel
jour vous mourrez, en devez-vous eſtre móins
actif, moins vigilant, moins fervent dans l'ob-
ſervation de vos devoirs ; & cette incertitude
qui peut-eſtre vous ſert de prétexte pour juſtifier vos negligences, n'eſt-elle pas au contraire une nouvelle raiſon pour les condamner ?
Car pourquoy le Sauveur du monde nous ordonne-t-il de veiller ? ce n'eſt pas ſeulement parce que la mort eſt prochaine, mais parce qu'elle eſt incertaine, c'eſt à dire, parce que nous

n'en sçavons, ni le jour, ni l'heure, *Quia nes-* Matt. 25.
*citis diem, neque horam.* Ah ! Chrestiens, Jesus-Christ sans doute auroit bien mal raisonné, si l'incertitude de la mort authorisoit en
aucune sorte nos laschetez & nos tiédeurs. Mais
c'est icy que saint Augustin a admiré la sagesse
de Dieu, qui nous a caché le jour de nostre mort,
pour nous faire employer utilement & saintement tous les jours de nostre vie : *Latet ulti-* Aug.
*mus dies, ut observentur omnes dies.*

En effet, si nous connoissions précisement
le jour & l'heure où nous mourrons, plus de
penitence dans la vie, plus d'exercices de pieté. Tout seroit remis à la derniere année ; &
dans la derniere année, au dernier mois ; &
dans le dernier mois, à la derniere semaine ;
& dans la derniere semaine, au dernier jour ;
& dans le dernier jour, à la derniere heure, ou
mesmes au dernier moment. Et de là plus de
salut : pourquoy ! parce que le moment de la
mort, n'est ni le temps des bonnes œuvres, ni
le temps de la penitence, & qu'on ne peut néanmoins se sauver que par la penitence & les bonnes œuvres. Mais que fait Dieu ! par une conduite également sage & misericordieuse, il nous
tient dans une incertitude absolüe touchant ce
dernier moment, afin que nous nous tenions
nous mesmes en garde à tous les momens. Car
quelle pensée est plus capable de nous renouveller sans cesse en esprit, que celle-cy ! peut-

estre ce jour sera-t-il le dernier de mes jours : peut-estre aprés cette confession, peut-estre aprés cette communion, peut-estre aprés cette prédication, peut-estre aprés cette conversation, peut-estre aprés cette occupation, la mort tout à coup viendra-t-elle m'enlever du monde, pour me transporter devant le tribunal de Dieu. Quand on porte par tout cette idée, & que par tout on la conserve fortement imprimée dans son souvenir, bien loin de se relascher & de se laisser abbattre, il n'y a plus rien qui arreste, plus rien qui étonne ; plus rien que l'on n'entreprenne, que l'on ne soutienne, à quoy l'on ne parvienne. On devient ( belle peinture d'une vie fervente, que l'Apostre luy mesme nous a tracée ) on devient laborieux & appliqué, *Sollicitudine non pigri ;* prompt & ardent, *Spiritu ferventes ;* infatigable dans le service du Seigneur, *Domino servientes ;* detaché du monde, & uniquement attentif aux choses du ciel, *Spe gaudentes ;* patient dans les maux, *In tribulatione patientes ;* addonné à l'oraison, *Orationi instantes ;* charitable envers ses freres, & toûjours prest à exercer la misericorde, *Necessitatibus sanctorum communicantes, hospitalitatem sectantes :* également fidelle à tout ce que l'on doit à Dieu, à tout ce que l'on doit au prochain, & à tout ce que l'on se doit à soy-mesme, *Providentes bona, non tantùm coram Deo, sed etiam coram omnibus hominibus.*

Disons quelque chose de plus pressant encore & de plus convenable à ce que Dieu demande sur tout de nous dans ce saint temps où nous entrons. C'est un temps de penitence ; & la grande action de nostre vie, estant pecheurs comme nous le sommes, c'est nostre retour à Dieu, c'est une sincere & parfaite conversion à Dieu. Or n'est-ce pas sur cela mesme que nous sentons davantage nostre foiblesse, & que nous paroissons plus lasches & plus irresolus ? Il s'agit de nous determiner à rompre nos liens par un genereux effort: il s'agit de nous inspirer cette ferveur de conversion, qui ravit une ame, qui l'arrache au monde & à elle-mesme, qui ne luy permet pas le moindre delay ; & voilà ce que doit faire l'incertitude de la mort. Car dites-moy, pecheur, à quoy serez-vous sensible, si vous ne l'estes pas au danger affreux où elle vous expose ! Mourez dans vostre peché, vous estes perdu, & perdu sans ressource : mais tandis que vous y demeurez, n'y pouvez-vous pas mourir ! & n'y pouvez-vous pas mourir à chaque moment, puisqu'il n'y a rien de plus incertain pour vous & pour moy que la mort !

Je me trompe, Chrestiens, il y a dans la mort quelque chose de certain pour nous : & quoy ! c'est que nous y serons surpris. Le Sauveur du monde ne s'est pas contenté de nous dire : veillez, parce que vous ne sçavez ni le jour ni l'heure que viendra le Fils de l'homme ; il ne s'en est point tenu là : mais il a expressément ajousté, veillez, parce que le Fils de l'homme viendra à l'heure que vous ne l'attendrez pas. Est-il rien de plus formel que cette parole ; & l'infaillibilité de cette parole, n'est-ce pas encore ce qui redouble mon crime, quand je vis tranquillement dans mon peché & que je neglige ma conversion ! Si ce divin maistre ne m'avoit dit autre chose, sinon que le temps de la mort est incertain, peut-estre serois-je moins coupable. Puisqu'il est incertain, dirois-je, je n'ay pas perdu tout droit d'esperer. Je suis un temeraire, il est vray, d'en vouloir courir les risques : mais enfin ma temerité ne détruit pas absolument ma confiance. Je puis estre surpris ; mais aussi je puis ne l'estre pas : & dans la conduite que je tiens, toute aveugle qu'elle est, j'ay du moins encore quelque prétexte. Ainsi raisonnerois-je. Mais aprés la parole de Jesus-Christ, il ne m'est plus permis de raisonner de la sorte ; & je dois compter de mourir à l'heure que je n'y penseray pas. Le Fils de Dieu ne me l'a fait connoistre que par là, cette heure fatale. Tout ce que je sçais, mais ce que je sçais à n'en pouvoir douter, c'est que le jour de ma mort sera pour moy un jour trompeur : *Quâ horâ non putatis.* Aprés cela ne faut-il pas que j'aye moy-mesme conjuré ma perte, si dans le desordre où je suis, & me voyant exposé à tou-

*Luc. 12.*

te la

re la haine & à toutes les vengeances de mon
Dieu, je ne prends pas de juftes & de prom-
ptes mefures pour me remettre en grace avec
luy, & pour prévenir par la penitence le coup
dont il m'a fi hautement & tant de fois menacé! Y avez-vous jamais fait, Chreftiens, je ne
dis pas toute la reflexion neceffaire, mais quelque reflexion! Maintenant mefmes que je vous
parle de la mort, penfez-vous à la mort, ou y
penfez-vous bien! y penfez-vous attentivement! y penfez-vous chreftiennement! y penfez-vous efficacement! Mais fi vous n'y pen-
fez pas, à quoy penfez-vous! & fi vous n'y pen-
fez pas à prefent, quand y penferez-vous, ou
qui jamais y penfera pour vous! Heureux qui
n'attend pas à y penfer, lorfqu'il ne fera plus
temps d'y penfer; heureux qui y penfe dans la
vie! c'eft ainfi que la mort, chaftiment du peché, en fera pour nous le remede. Elle eft entrée dans le monde par le peché; mais fi nous
la confiderons comme les Saints, fi nous y penfons comme les Saints, elle nous fera entrer
comme eux par la grace dans l'éternité bienheureufe que je vous fouhaite &c.

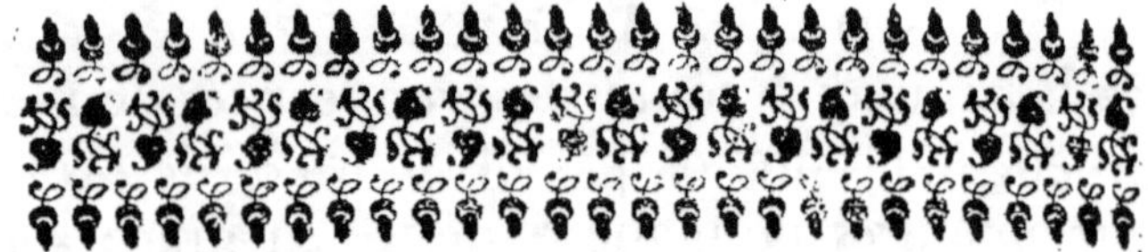

# AUTRE SERMON
## POUR LE MECREDY
### DES
### CENDRES.

*Sur la céremonie des Cendres.*

Pulvis es, & in pulverem revertêris.

*Vous estes poussiere, & vous retournerez en poussiere.* Dans la Genese, chap. 3.

CE sont les memorables paroles, que Dieu dit au premier homme dans le moment de sa desobeissance ; & ce sont celles que l'Eglise addresse en particulier à chacun de nous par la bouche de ses ministres dans la céremonie de ce jour. Paroles de malediction, dans le sens que Dieu les prononça ; mais paroles de grace & de salut, dans la fin que l'Eglise se propose, en nous les faisant entendre. Paroles terribles

& foudroyantes pour l'homme pecheur, puisqu'elles luy fignifierent l'arreft de fa condamnation ; mais paroles douces & confolantes pour
le pecheur penitent, puifqu'elles luy enfeignent
la voye de fa converfion & de fa juftification.
Ainfi, remarque faint Chryfoftome, Dieu en
a-t-il fouvent ufé, & s'eft-il fervi du mefme
moyen, tantoft pour imprimer aux hommes la
terreur de fes jugemens, & tantoft pour leur
faire éprouver l'efficace de fes mifericordes.

Je ne fçais, Chreftiens, fi vous avez jamais
fait reflexion à ce que nous lifons dans le livre de l'Exode. Ecoutez-le : l'application vous
en paroiftra naturelle, & elle convient parfaitement à mon fujet. Quand Dieu voulut punir
l'Egypte, il commanda à Moyfe de prendre
dans fa main une poignée de cendres; & en pre-
fence de Pharaon, de la repandre fur tout le peuple : *Tollite manus plenas cineris , & fpargat* Exod. 9.
*illum Moyfes coram Pharaone.* L'Ecriture a-
joufte que cette cendre ainfi difperfée, fut comme la matiere, dont Dieu forma ces fleaux qui
affligerent toute l'Egypte, & qui y cauferent
une defolation fi generale : *Sitque pulvis fu-* Ibidem.
*per omnem terram Ægypti.* A en juger par l'apparence, Dieu fait aujourd'huy le mefme commandement aux miniftres de fon Eglife. Il
veut que les Preftres de la loy de grace, comme difpenfateurs de fes myfteres, prennent la
cendre de deffus l'Autel, & qu'ils la repandent

D ij

solemnellement sur tout le peuple chrestien : *Tollite manus plenas cineris.* Mais dans l'intention de Dieu, l'effet de cette céremonie est par rapport au christianisme, bien different de ce qu'elle opéra dans l'ancienne loy. Car au lieu que Moyse & Aaron ne repandirent la cendre sur les Egyptiens, que pour leur faire sentir le poids de la colere de Dieu ; que pour marquer à Pharaon, qu'il estoit reprouvé de Dieu ; que pour dompter l'impieté & l'endurcissement de ce Monarque livré dessors à la vengeance de Dieu : par une conduite toute opposée, les Prestres de la loy nouvelle ne repandent aujourd'huy la cendre sur nos testes, que pour nous attirer les graces & les faveurs du mesme Dieu, que pour nous mettre en estat & nous rendre capables d'en éprouver la bonté, que pour exciter dans nos cœurs les sentimens d'une veritable penitence. C'est ce que j'entreprends de vous faire voir, & par où je commence à m'acquitter auprés de vous du ministere dont Dieu m'a chargé & que j'ay à remplir pendant tout ce saint temps du Caresme.

Vous, mes Freres, qui par la misericorde du Seigneur avez enfin renoncé au schisme pour vous reünir à l'Eglise. Vous pour qui je suis particulierement envoyé ; que je regarde icy comme le premier objet de mon zéle ( & plaise au ciel que je puisse vous appeller un jour ma couronne & ma joye, *Gaudium meum & co-*

*Le Pere Bourdaloüe fût envoyé par le Roy à Montpellier en faveur des nouveaux convertis, pour y prescher le Caresme.*

*rona mea!* )Vous, dis-je, nouvelle conqueſte de  *philipp. 4.*
la grace de Jeſus-Chriſt, apprenez à reſpec-
ter une de ces céremonies religieuſes dont uſe
l'Egliſe catholique dans le ſein de laquelle vous
eſtes rentrez. Il y en a de plus eſſentielles : mais
ſans parler des autres, ou pour juger des autres
par celle-cy, comment l'hereſie l'a-t-elle pû rejetter, puiſque l'Autheur meſme de cette fatale diviſion où vous fuſtes malheureuſement engagez, reconnoiſt que les céremonies peuvent
aider la pieté des fidelles ; qu'il eſt, non ſeulement bon, mais neceſſaire d'en conſerver quel-
ques-unes ; que pour n'eſtre plus dans la loy de
Moyſe, il ne s'enſuit pas qu'il les faille toutes
abolir ; qu'il eſt juſte que par des ſignes exterieurs l'on monſtre les ſentimens de religion
qu'on a dans le cœur, & que d'oſter tout ce qui
s'appelle céremonie, c'eſt mettre parmi le trou-
peau une confuſion monſtrueuſe ! Or entre les
céremonies, quelle autre a dû moins bleſſer l'E-
gliſe proteſtante que la céremonie des cendres !
Qu'a-t-elle de ſuperſtitieux ! qu'a-t-elle qui ne
ſoit authoriſé par l'Ecriture ! quel ſouvenir nous
eſt plus utile que celuy de noſtre foibleſſe, de
noſtre néant, & n'eſt-ce pas là ce qu'elle nous
remet devant les yeux ! Cependant cette céremonie dont la ſimplicité & la ſainteté devoient
édifier, a eſté un ſcandale pour ces miniſtres que
vous avez ſuivis. Ils l'ont reprouvée, & ils vous
l'ont fait réprouver comme eux, parce qu'ils ne

D iij

la connoiſſoient point aſſez, ou parce qu'ils ne vous la faiſoient point aſſez connoiſtre. Mais oublions le paſſé, & béniſſons Dieu du preſent. Béniſſons-le meſmes par avance de l'avenir, qui nous promet l'entier accompliſſement de ce grand ouvrage que le Seigneur a commencé. Nous nous unirons tous ; & tous de concert nous conſpirerons à le ſoutenir, à le perfectionner, à le conſommer. Qu'il me ſoit permis d'en faire icy le vœu ſolemnel & public ; ce ne ſera pas envain. Oüy, mon Dieu, voſtre œuvre s'achevera, voſtre nom ſera glorifié, voſtre loy obſervée, voſtre Egliſe reconnuë : vous verſerez ſur mes Auditeurs vos graces les plus abondantes ; vous les verſerez ſur moy, & elles donneront de l'efficace à mes paroles. C'eſt pour cela meſme encore que je m'addreſſe à Marie, & que je luy dis. *Ave Maria.*

IL ne ſuffit pas pour la foy de croire de cœur, ſi l'on ne confeſſe de bouche : c'eſt ce que ſaint Paul nous declare en termes exprés ; & à quoy j'ajouſte, ſuivant la doctrine du meſme Apoſtre, qu'il ne ſuffit pas pour la penitence d'avoir un cœur contrit & humilié, ſi le pecheur au meſme temps n'offre à Dieu en forme d'hoſtie, une chair mortifiée & crucifiée avec ſes deſirs corrompus. Tel eſt, dit ſaint Gregoire Pape, le devoir de l'homme, qui ſe trouvant compoſé d'une ame & d'un corps, d'une ame ſpirituelle &

toute celeſte, d'un corps terreſtre & tout materiel, doit ſelon l'un & l'autre honorer Dieu, s'il
veut rendre à Dieu ce culte raiſonnable en quoy
conſiſte l'integrité de la religion.

Excellent principe que je ſuppoſe d'abord,
& d'où je conclus que la penitence chreſtienne
priſe dans toute ſon étenduë, eſt donc un double ſacrifice que Dieu exige de nous. Sacrifice
de l'eſprit, & ſacrifice du corps : ſacrifice de l'eſprit, par l'humilité de la componction ; & ſacrifice du corps, par l'auſterité meſme exterieure de
la ſatisfaction : ſacrifice de l'eſprit, ſans le quel,
comme nous l'enſeigne le maiſtre des Gentils,
le ſacrifice du corps ne ſert à rien ou preſque à
rien, ni ne peut jamais appaiſer Dieu ; & ſacrifice du corps, ſans quoy le ſacrifice de l'eſprit
n'eſt ſouvent qu'une illuſion & un phantoſme
devant Dieu. En ſorte que l'union de ces deux
ſacrifices eſt abſolument neceſſaire pour rendre
parfait l'holocauſte dont je parle, & d'où dépend l'entiere reconciliation de l'homme pecheur avec Dieu.

Je m'attache à cette penſée qui me conduit
naturellement à mon ſujet : & parce que ces
deux ſacrifices que la penitence doit faire à
Dieu, trouvent en nous deux grands obſtacles,
dont le premier eſt l'eſprit d'orgueil, & le ſecond l'eſprit de molleſſe ; l'eſprit d'orgueil, incompatible avec l'humilité de la penitence ; l'eſprit de molleſſe, eſſentiellement oppoſé à l'auſ-

D iiij

terité de la penitence : je veux pour ne vous rien
dire aujourd'huy qui ne foit utile & pratique,
vous apprendre à les furmonter par le fouvenir
de la mort que nous retrace l'Eglife dans la céremonie des cendres. C'eft tout le deffein de ce
difcours, que je réduits à deux propofitions. Il
faut par une penitence folidement humble, a-
néantir devant Dieu l'orgueil de nos efprits ; &
c'eft à quoy nous oblige la veûë de ces cendres,
qui font pour nous les marques & comme les
fymboles de la mort, ce fera le premier poinct.
Il faut par une penitence genereufement aufte-
re, facrifier à Dieu la molleffe & la delicateffe
de nos corps ; & c'eft à quoy nous engage l'im-
pofition de ces cendres, qui nous annoncent, ou
pluftoft qui nous font déja fentir l'inévitable neceffité de la mort, ce fera le fecond poinct. Humiliation de l'efprit fous le joug de la penitence, mortification de la chair dans l'exercice de
la penitence : deux fruits du faint ufage que
nous devons faire de ces cendres confacrées par
la benediction des Preftres, & de la penfée de
la mort que nous rappelle une céremonie fi touchante. Donnez-moy voftre attention.

I. Partie.

Ecclef. 10.

COmme il eft de la foy que l'orgueil fût le
premier peché de l'homme, & qu'il eft encore la
fource & le principe de tout peché, *Initium om-*
*nis peccati fuperbia ;* il ne faut pas s'étonner que
le mefme orgueil foit un obftacle effentiel à la

penitence, establie de Dieu pour estre le remede du peché. Je m'explique. Si l'homme perse-
verant dans le bienheureux estat où Dieu l'avoit
créé, estoit demeuré dans les termes de cette humilité, qui luy estoit comme naturelle, puisque
l'humilité n'est rien autre chose que la parfaite
connoissance de soy-mesme ; quelque avantage
ou de la nature ou de la grace qu'il eust reçeû,
il n'auroit jamais couru risque d'en abuser au
préjudice de ce qu'il devoit à Dieu : & si dans
l'instant que nous violons la loy de Dieu, nous
faisions un retour sur nous-mesmes, il nous suf-
firoit de nous connoistre nous-mesmes, pour
rentrer dans l'ordre & pour nous mettre comme pecheurs en disposition de satisfaire à Dieu.
Mais cet esprit de penitence & de justice qui
nous porte à réparer les offenses de Dieu, se
trouve combattu dans nous par un autre esprit,
qui est l'esprit d'orgueil; & de mesmes qu'en pechant nous nous revoltons contre ce souverain
legislateur, nous avons aprés le peché une opposition secrette à luy en faire la juste reparation
qui luy est dûë.

Quel remede, Chrestiens! celuy mesme que
l'Eglise nous propose dans la céremonie de ce
jour, en nous obligeant à nous souvenir de ce
que nous sommes, afin de corriger nostre vanité par nostre vanité, comme parle saint Augustin. Car il faut faire de temps en temps remonter l'homme jusqu'à son origine, dit ce grand

Docteur ; & par la confideration de fa foibleffe, de fa mifere, de fon néant, le forcer malgré
luy de renoncer aux prefomptueufes & vaines
idées qu'il a de luy-mefme, & qui l'empefchant
de s'humilier, l'empefchent de fe convertir. Or
c'eft ce que fait la penfée de la mort. Quand un
homme fans qualité & fans naiffance, mais élevé néanmoins à une haute fortune & comblé
de biens & d'honneurs, vient à s'enorgueillir
& à s'oublier, le moyen de réprimer fon orgueil
eft de luy remettre devant les yeux l'obfcurité
& la baffeffe de fon extraction. Ne vous enflez
point, luy dit-on ; on fçait qui vous eftes, &
d'où vous eftes venu. Cela feul eft capable de le
confondre, & de luy infpirer des fentimens de
modeftie. Mais fi de plus, par une veûë anticipée de l'avenir, on luy marquoit ce qui luy doit
bientoft arriver ; fi l'on pouvoit luy dire, & luy
dire avec affeûrance : prenez garde ; quelque
grand que vous foyez, vous eftes fur le poinct
de voftre ruine ; une difgrace dont vous eftes
menacé & que vous n'éviterez pas, va vous réduire à n'eftre plus que ce que vous eftiez dans
voftre premiere condition : fi, dis-je, on pouvoit luy parler ainfi, en forte qu'on luy fift connoiftre à luy-mefme la verité de ce qu'on luy
annonce, cette veûë fans doute feroit encore
fur luy une bien plus forte impreffion. Penetré
de cette penfée, il n'y a plus pour moy de reffource & je vais perir, il feroit doux & humain :

il ne feroit plus voir dans sa conduite, ni arrogance, ni fierté ; cette enflure de cœur que luy causoit la prosperité & l'élevation, s'abbaisseroit tout à coup : pourquoy ! parce qu'il n'envisageroit plus sa fortune, si je puis user de cette expression, que comme la hauteur du précipice où il va tomber ; & qu'au lieu de s'éblouir de ce qu'il est, il gémiroit sur ce qu'il va devenir.

Or c'est justement, mes chers Auditeurs, de cette double veuë, & de ce que nous avons esté, & de ce que nous serons, que l'Eglise se sert aujourd'huy pour nous tenir devant Dieu dans l'humilité & dans la soumission. L'homme, dit l'Ecriture, estoit dans l'honneur & dans la gloire, où Dieu l'avoit élevé par la création ; mais au milieu de sa gloire l'homme s'estoit méconnu : *Homo cum in honore esset, non intellexit.* Psal. 48. Cet oubli de luy-mesme, par une suite necessaire, l'avoit porté jusqu'à l'oubli & mesmes jusqu'au mépris de Dieu. Que fait l'Eglise ! Pour restablir en nous ce respect de Dieu, & cette crainte que nous perdons par le peché & qui doit estre le fondement de la penitence, elle nous engage, ou plustost elle nous oblige à concevoir du mépris pour nous-mesmes, en nous addressant ces paroles : *Memento, homo, quia pulvis es, & in pulverem reverteris.* Comme si elle nous disoit : Pourquoy, homme mortel, vous attribuer sans raison une grandeur chimerique & imaginaire ! Souvenez-vous de ce que vous estiez il y a quelques années, quand Dieu par sa toute-puissance vous tira de la boüe & du néant. Souvenez-vous de ce que vous serez dans quelques années, quand ce petit nombre de jours qui vous reste encore, sera expiré. Voilà les deux termes, où il faut malgré vous que tout vostre orgueil se borne. Raisonnez tant qu'il vous plaira sur ces deux principes; vous n'en tirerez jamais de consequence, non seulement qui ne vous humilie, mais qui ne vous rappelle à vostre devoir, lorsque vous serez assez aveuglé & assez insensé pour vous en écarter. Telle est encore une fois, Chrestiens, la salutaire & importante leçon, que fait l'Eglise, comme une mere sage, à tous ses enfants.

Mais examinons plus en detail la maniere dont elle y procede, & toutes les circonstances de cette cérémonie des cendres qu'elle observe en ce saint jour. Car il n'y en a pas une qui ne nous instruise, & qui n'aille directement à ces deux fins, de rabbattre nostre orgueil, & de nous disposer à la penitence. En effet, c'est pour rabbattre nostre orgueil qu'elle nous presente des cendres, & qu'elle nous les fait mettre sur la teste. Pourquoy des cendres? parce que rien, dit saint Ambroise, ne doit mieux nous faire comprendre ce que c'est que la mort, & l'humiliation extresme où nous réduit la mort, que la poussiere & la cendre. Oüy, ces cendres que nous recevons prosternez aux pieds des minis-

tres du Seigneur ; ces cendres dont la benediction, selon la pensée de saint Gregoire de Nys-
se, est aujourd'huy comme le mystere, ou si
vous voulez, comme le sacrement de nostre mortalité & par consequent de nostre humilité, si
nous les considerons bien, ont quelque chose
de plus touchant que tous les raisonnemens du
monde, pour nous humilier en qualité d'hommes, & pour nous faire prendre en qualité de
pecheurs les sentimens d'une parfaite conversion & d'un retour sincere à Dieu. Car elles
nous apprennent ce que nous voudrions peut-
estre ne pas sçavoir, & ce que nous taschons
tous les jours à oublier. Mais malheur à nous,
si jamais nous tombons, ou dans une ignorance si deplorable, ou dans un oubli si funeste.

Elles nous apprennent que toutes ces grandeurs dont le monde se glorifie, & dont l'orgueil des hommes se repaist ; que cette naissance
dont on se pique, que ce credit dont on se flatte,
que cette authorité dont on est si fier, que ces
succés dont on se vante, que ces biens dont on
s'applaudit, que ces dignitez & ces charges dont
on se prévaut, que cette beauté, cette valeur, cette reputation dont on est idolastre, que tout cela malgré nos preventions & nos erreurs n'est
que vanité & que mensonge. Car que je m'approche du tombeau d'un Grand de la terre, &
que j'en examine l'Epitaphe ; je n'y vois qu'é-
loges, que titres specieux, que qualitez avanta-

geufes, qu'emplois honorables : tout ce qu'il a jamais efté & tout ce qu'il a jamais fait, y eft étalé en termes pompeux & magnifiques. Voilà ce qui paroift au dehors. Mais qu'on me faffe l'ouverture de ce tombeau, & qu'il me foit permis de voir ce qu'il renferme ; je n'y trouve qu'un cadavre hideux, qu'un tas d'offemens infects & deffechez, qu'un peu de cendres, qui femblent encore fe ranimer pour me dire à moy-mefme : *Memento, homo, quia pulvis es, & in pulverem revertêris.*

Elles nous apprennent que nous fommes donc bien injuftes, quand à quelque prix que ce foit, & fouvent contre l'ordre de la Providence, nous pretendons nous diftinguer, & que nous voulons faire dans le monde certaines figures qui ne fervent qu'à flatter noftre vanité : que ces rangs que nous difputons avec tant de chaleur, ces droits que nous nous attribuons, ces poincts d'honneur dont nous nous enteftons, ces fingularitèz que nous affectons, ces airs de domination que nous nous donnons, ces foumiffions que nous exigeons, ces hauteurs avec lefquelles nous en ufons, ces ménagemens & ces égards que nous demandons, font autant d'ufurpations que fait noftre orgueil, en nous perfuadant auffi-bien qu'au Pharifien de l'Evangile, que nous ne fommes pas comme le refte des hommes : erreur, dont la cendre où nous réduit la mort, nous detrompe bien, par

l'égalité où elle met toutes les conditions, difons mieux, par leur entiere deftruction. Car
voyez, dit éloquemment faint Auguftin au livre de la Nature & de la Grace ; voyez fi dans
les débris des tombeaux vous diftinguerez le
pauvre d'avec le riche, le roturier d'avec le noble, le foible d'avec le fort. Voyez fi les cendres des fouverains & des monarques y font differentes de celles des fujets & des efclaves. Ah !
l'efclave & le Roy ne font là qu'une mefme chofe ; & ce fut la belle réponfe que fit un Philo-
fophe à un fameux conquerant, lorfqu'interro-
gé, pourquoy il paroiffoit fi attentif à contempler des offemens de morts entaffez les uns fur
les autres, je tafche, luy dit-il, Seigneur, à difcerner dans ce meflange le Roy voftre pere ; je
l'y cherche, mais en vain, parce que fes cendres confonduës avec celles du peuple, n'y re-
tiennent plus nulle marque de diftinction par
où je puiffe le reconnoiftre. Paroles dont le plus
fier des hommes, quoyque payen, ne laiffa pas
de s'édifier, & qui reviennent à ce qu'on nous
dit aujourd'huy : *Memento, homo, quia pulvis
es, & in pulverem revertêris.*

Elles nous apprennent que malgré les vaftes
deffeins que forme l'ambitieux de s'eftablir, de
s'aggrandir, de s'élever, de croiftre toûjours,
fans dire jamais, c'eft affez ; la mort par une trifte deftinée le bornera bientoft à fix pieds de terre : c'eft trop ; à une poignée de cendres. Car

voilà, mes chers Auditeurs, pour m'exprimer ainsi, jusqu'où Dieu nous pousse à son tour. Voilà à quoy aboutissent tous nos projets, toutes nos entreprises, toutes nos pretentions, toutes nos intrigues, en un mot toutes nos fortunes & toutes nos grandeurs, lorsque nos corps par la derniere resolution qui s'en fait dans le tombeau, se raccourcissent, s'abbrégent presque jusques à s'anéantir. *Ecce vix totam Hercules implevit urnam.* Quel changement, disoit un Sage, quoyque mondain, en voyant l'urne sepulchrale où estoient les cendres d'Hercule ! cet Hercule, ce heros à qui la terre ne suffisoit pas, est icy ramassé tout entier ! à peine a-t-il dequoy remplir cette urne ! Reflexion que l'Eglise nous fait faire aujourd'huy bien plus saintement & bien plus efficacement, quand elle nous dit : *Memento, homo, quia pulvis es, & in pulverem revertêris.*

Elles nous apprennent que non seulement la mort détruira ce phantosme de grandeur & de fortune aprés lequel nous courons, mais que nostre memoire mesme perira ; qu'on ne parlera plus de nous, qu'on ne pensera plus à nous, qu'on se consolera de nostre perte ; que quelques-uns s'en réjoüiront ; que nos proches seront les premiers à nous oublier ; que ces amis sur qui nous comptions se lasseront bientost de nous pleurer ; que l'indifference des uns, que l'ingratitude des autres effacera dans peu de

jours ;

jours, le souvenir des bons offices que nous leur
avons rendus; & que tout ce que nous aurons
fait dans une autre veuë que celle de Dieu, sera
semblable à la poussiere que le vent emporte : car
ainsi le concevoit Job, *Memoria vestra compa-* — Job. 13.
*rabitur cineri.* Ainsi Dieu le marquoit-il luy-
mesme, quand il disoit par la bouche d'Ezechiel
à ce Roy impie : *Dabo te in cinerem,* je te rédui- — Ezech. 28.
ray en poudre, & ces éclatantes actions dont tu
te promettois dans la memoire des hommes u-
ne espece d'immortalité, s'évanoüiront & se dis-
siperont comme la cendre. En effet, Chrestiens,
c'est le veritable symbole de cette fausse gloire
dont nous sommes si jaloux, puisqu'il est certain, qu'elle a toutes les proprietez de la cendre;
qu'elle est vile comme la cendre, legere comme
la cendre, sterile & inutile comme la cendre;
& que quand nous en aurions autant que nostre vanité en peut demander, ce qui ne sera jamais, on auroit toûjours droit de nous dire :
*Memento, homo, quia pulvis es, & in pulverem*
*revertêris.*

Enfin elles nous apprennent que quelque enraciné que soit nostre orgueil, il ne tient qu'à
nous de trouver dans nous nostre humiliation,
*Humiliatio tua in medio tui ;* puisque cette par- — Mich. 6.
tie de nous-mesmes, dont nous sommes si oc-
cupez & si idolastres, ce corps n'est au fond que
le plus abjet de tous les estres, qu'un sujet de
corruption, & selon l'expression de Tertullien,

*Tome I.* E

qu'un peu de boüe figurée en homme, *Limus titulo hominis incisus.* Or est-il juste que la poussiere & la boüe s'enfle de ce qu'elle est ; & que par la malice du peché, elle s'éleve contre celuy qui l'animant de son esprit, l'a élevée par sa misericorde au dessus de ce qu'elle estoit ! *Quid superbit terra & cinis ?* La mort que nous avons sans cesse devant les yeux, devoit estre sur tout cela pour nous une continuelle leçon : mais parce qu'il arrive, comme l'a fort-bien remarqué saint Chrysostome, que tous les hommes voyent la mort, mais que peu ont le don de la comprendre, *Mortem omnes vident, pauci intelligunt ;* l'Eglise joint à cette veüe de la mort, l'usage des cendres qu'elle nous presente, & qui sanctifiées par les prieres de ses ministres ont une grace speciale pour faire entrer dans nos cœurs ces importantes veritez : *Memento, homo, quia pulvis es, & in pulverem reverteris.*

Cependant vous me demandez pourquoy l'on nous met ces cendres sur la teste & sur le front : autre mystere qu'il est aisé d'éclaircir, & qui doit encore édifier vostre pieté. On nous met ces cendres sur la teste, qui est le siege de la raison, pour nous faire entendre que l'objet le plus ordinaire de nos reflexions & de nos considerations pendant la vie doit estre la mort & les suites de la mort. Or c'est ce que l'on nous declare quand on nous dit, *Memento,* souvenez-vous-en, & ne l'oubliez jamais ; parce qu'

en effet il nous ferviroit peu d'eftre une fois convaincus que nous fommes mortels, fi par une
forte penfée & par un frequent fouvenir, la
conviction que nous en avons, n'eftoit pour
nous une fource de fageffe, & ne produifoit en
nous cette difpofition d'humilité, qui eft déja le
commencement de la penitence.

Auffi eft-ce le fouvenir de la mort, qui de tout
temps a le plus retenu les hommes dans l'ordre,
& les a mis, malgré les foulevemens de leur orgueil, comme dans la neceffité d'eftre humbles.
De là vient, dit faint Jerofme ( & ce ne fera
point là une digreffion, ou cette digreffion n'aura rien d'ennuyeux & de fatiguant pour vous )
de là vient que parmi toutes les nations, non
feulement chreftiennes, mais payennes, le fouvenir de la mort & mefmes l'ufage de la cendre
a efté une des principales circonftances des pompes les plus folemnelles & des céremonies les
plus auguftes : que les Grecs, au rapport du Cardinal Pierre Damien, aprés avoir couronné
leurs Empereurs, leur offroient un vafe plein
d'offemens & de cendres, pour les avertir que
la fuprefme dignité dont ils venoient d'eftre re-
veftus, ne les exemptoit pas de la mort : que
les Romains dans leurs triomphes faifoient marcher un Héraut aprés le vainqueur, pour luy
crier au milieu des applaudiffemens publics,
qu'il eftoit homme & fujet à la mort : que le
grand Preftre dans l'ancienne loy fe purifioit a-

vec la cendre, quand il devoit entrer dans le sanctuaire ; & que maintenant encore dans la consecration des Papes, on fait passer devant les yeux du nouveau Pontife quelques étoupes que le feu consume, pour luy faire entendre que la gloire du monde passe de mesme, & que la Thiare ne l'empesche point d'estre tributaire de la mort : comme si les hommes avoient eux-mesmes reconnu, qu'à mesure que le monde ou que la providence les exalte, ils ont besoin d'un contrepoids qui les rabbaisse, & que le plus puissant & le meilleur est le souvenir de la mort. De là vient que les peuples les plus barbares, par un secret instinct de religion, se sont fait un devoir de conserver les cendres de leurs ancestres. Ces cendres leur faisoient voir à quoy leur sort devoit enfin se terminer ; & ce souvenir les rendoit naturellement humbles, dans le mesme sens que nostre ame, selon le langage de Tertullien, est naturellement chrestienne. Ces cendres, s'ils se sentoient ou passionnez ou préoccupez, leur suffisoient pour se dire à eux-mesmes : *Memento, homo :* souviens-toy, homme, & humilies-toy ; souviens-toy, & modéres-toy ; souviens-toy, & détrompes-toy. De là vient que Moyse sortant de l'Egypte, au lieu d'emporter les riches dépouilles des Egyptiens, comme les autres Hebreux dont il estoit le conducteur, se contenta d'emporter les cendres du Patriarche Joseph ; ne croyant pas pouvoir mieux dompter ni mieux foumettre à l'empire de Dieu ces efprits fiers & indociles, qu'en leur monftrant les cendres de ce grand homme, dont ils fe glorifioient d'eftre defcendus. De là vient que les mefmes Ifraëlites ayant abandonné Dieu dans le defert, & l'ayant irrité par une fcandaleufe rebellion, lorfqu'en l'abfence de Moyfe ils adorerent un veau d'or, ce fage Legiflateur animé de zéle, prit le veau d'or, le bruffa, le pulverifa, & les obligea d'en boire la cendre, pour confondre leur idolaftrie, en leur faifant voir la vanité de leur Idole. Delà vient enfin que quelques Princes Chreftiens, par une pratique toute fainte, quoyqu'elle n'ait pas efté du gouft du monde, pour fe former de la mort une idée plus vive, non contents de la mediter, ont voulu fe la rendre fenfible & palpable ; & que les uns pendant leur vie mefme ont fait placer dans leur palais la biére deftinée à leur fepulture ; les autres ont gardé parmi leurs meubles les plus pretieux le crane d'un mort, qui fembloit leur redire fans ceffe: *Memento, homo, quia pulvis es, & in pulverem revertêris.* Excellente devotion pour les grands du monde, qui dans l'éclat de leur condition, éblouïs eux-mefmes de la pompe qui les environne, ne peuvent prefque devenir humbles que par la penfée & le fouvenir de la mort.

Or foit pour les grands, foit pour les petits, quand une fois l'humilité a pris poffeffion d'un

E iij

cœur, il est aisé d'y faire entrer la componction
& la penitence. Pourquoy ! non seulement parce que le grand obstacle de la penitence est le-
vé, j'entends ce fonds de presomption & d'orgueil avec lequel nous naissons; mais parce qu'à
bien examiner les choses, l'humilité est en effet
la partie la plus essentielle de la conversion du
pecheur. Car du moment que je suis disposé à
m'humilier, dés-là je le suis à m'accuser, à me
condamner, à me punir moy-mesme; dés-là
je suis dans la voye de chercher Dieu, d'implorer la misericorde de Dieu, de satisfaire à la
justice de Dieu, de me remettre sous l'obeissan-
ce de la loy de Dieu : dispositions les plus necessaires à la penitence chrestienne. Et voilà pourquoy l'Eglise aprés nous avoir fait considerer
deux sortes de cendres, celle de nostre origine, *Memento quia pulvis es*, & celle de nostre
corruption future, *& in pulverem revertêris* : la
premiere, qui nous apprend que nous ne sommes que néant; & la seconde, qui nous dit que
nous sommes encore quelque chose de moins,
ou plustost quelque chose de plus mauvais, puisque nous ne sommes que peché; aprés, dis-je,
nous avoir mis devant les yeux cette double
cendre, nous en impose une troisieme, qui se
rapporte parfaitement à l'une & à l'autre, sçavoir, la cendre de la penitence.

    Car que fait le pecheur quand il reçoit au-
jourd'huy par les mains du Prestre la cendre qui

luy eſt preſentée ! apprenez , mes chers Auditeurs, à vous acquitter en chreſtiens de ce devoir chreſtien : que fait le pecheur converti,
quand il reçoit cette cendre conſacrée à la penitence ! C'eſt comme s'il diſoit à Dieu : oüy, je
veux, Seigneur, accomplir dés à preſent en eſprit , ce que vous acheverez bientoſt d'accomplir réellement & en effet. Vous avez reſolu
pour la punition de mon peché, de me réduire
un jour en cendres ; & j'en viens faire dés aujourd'huy moy-meſme l'eſſay. Je préviens l'arreſt de voſtre juſtice, & je l'execute déja. Ces
cendres dans l'ordre de vos divins decrets, doivent eſtre une partie de la ſatisfaction & de la
vengeance que vous voulez tirer de moy : com-
mencez, ſans attendre davantage, à vous ſatisfaire , Seigneur, & à vous venger ; car me voilà
couvert de cendres. Il eſt vray que ce ne ſont
pas encore les cendres de la mort ; mais au
moins ſout-ce les cendres de la penitence, qui
eſt une eſpece de mort, bien plus propre à vous
flechir & à vous appaiſer, que la mort-meſme.
Appaiſez-vous donc, ô mon Dieu, en voyant ces
cendres, qui ne ſont que les ſignes exterieurs
de l'humiliation & de la contrition de mon ame;
& faites que la penitence me rende auprés de
vous ce bon office, de prevenir dans moy l'effet de la mort; c'eſt à dire, de me ſoumettre volontairement & librement à voſtre juſtice adorable, avant que la mort m'y ſoumette par cet-

E iiij

te inévitable necessité, dont le souvenir, quoy
qu'amer, m'est si salutaire : *Memento, homo,
quia pulvis es, & in pulverem revertêris.*

Voilà, Chrestiens, les sentimens qu'une ame
vrayment touchée concoit en ce jour au pied
des autels ; & il faut toûjours reconnoistre que
ce souvenir de la mort, est un admirable moyen pour preparer à la penitence les pecheurs
les plus orgueilleux. En effet, nous voyons que
ce moyen en certaines occasions, menagé avec
prudence & avec vigueur, a operé des changemens qui parurent comme des miracles de la
grace. Et ne fut-ce pas ainsi que saint Ambroise
dompta, si j'ose me servir de ce terme, la fierté
de Théodose ; & qu'aprés la sanglante journée
de Thessalonique il le rangea à l'ordre de la penitence & de la rigoureuse discipline qui s'observoit alors dans l'Eglise ! Peut-estre, luy dit-il,
ô Empereur ( car c'est la remontrance qu'il luy
fit, rapportée par Theodoret ; je n'y ajousteray
rien, & je n'en fais qu'une traduction simple &
fidelle ) Peut-estre, ô Empereur, cette souveraine puissance que vous exercez dans le monde, est-elle comme un nüage épais qui obscur-
cit vostre raison, & qui vous empesche de voir
l'énormité de vostre peché. Mais pour dissiper
ce nüage, considerez le commencement & la
fin de toute vostre grandeur ; c'est à dire, considerez cette cendre dont vous avez esté formé,
& où vous estes prest à retourner, & alors je

me promets tout de voſtre religion. Avoüez
qu'aſſis ſur le throſne, vous ne laiſſez pas d'eſtre
homme, un homme rempli de miſeres & ſujet
à la mort. Avoüez que ces hommes qui vous ré-
verent & qui tremblent devant vous, ſont de
meſme nature que vous; & puiſque vous eſtes
mortel & pecheur comme eux, penſez comme
eux à vous humilier devant ce Dieu de Majeſté, auprés de qui vous ne devez point eſperer
grace, ſi vous ne vous haſtez de détourner ſon
couroux par voſtre penitence & par vos larmes.
Ces paroles émeûrent Théodoſe. Il ſe proſterna
aux pieds de ſaint Ambroiſe; il pleura ſon crime, il le deteſta; & tout Empereur qu'il eſtoit,
il en fit la penitence la plus exemplaire & la plus
édifiante. Pourquoy ! parce qu'on luy fit connoiſtre ce qu'il eſtoit & ce qu'il devoit eſtre un
jour : *Memento, quia pulvis es, & in pulverem revertêris.* Or ſi l'on en uſoit ainſi avec tous
les Grands du ſiecle qui vivent dans le déreglement des mœurs, & qu'on leur repetaſt ſouvent qu'ils doivent mourir; que l'arreſt qui les
y condamne, eſt ſans appel; que pendant qu'ils
abuſent des biens de la vie, & qu'ils ſe laiſſent
emporter au torrent de leurs paſſions, la mort
s'avance à grands pas; qu'elle n'aura nul égard à
tout ce faſte qui les accompagne, mais que la
derniere de toutes les humiliations, qui conſiſte à devenir pouſſiere & cendre, eſt le ſort infaillible qui les attend; & qu'au meſme temps

que la mort leur fera subir toute la rigueur de
sa loy, elle les conduira devant ce Juge redoutable, qui doit rendre à chacun selon ses œuvres : si ceux qui les approchent leur tenoient
souvent ce langage, quelque endurcis dans le
peché que nous nous les figurions, il penseroient à se convertir. Ce qui les entretient dans
l'impenitence, c'est un profond oubli de cette
grande & incontestable verité. C'est qu'au lieu
de leur parler de leur misere & de leur foiblef-
se, on ne leur parle que de leur grandeur & de
leur pouvoir. C'est qu'au lieu de les faire souvenir de la mort, on les flatte sans cesse d'une
pretendüe immortalité de gloire. C'est qu'au
lieu de leur dire qu'ils sont hommes, on voudroit presque leur faire accroire qu'ils sont des
Dieux.

Mais il ne s'agit pas seulement icy de la conversion des grands ; il s'agit, mes chers Auditeurs, de la vostre & de la mienne, qui n'est peut-
estre ni moins difficile, ni moins esloignée. Car
pour estre peu de chose dans le monde, on n'est
pas exempt de la corruption de l'orgueil ; & l'orgueil dans une condition mediocre, est encore,
selon l'Ecriture, plus reprouvé de Dieu. Cependant, Chrestiens, tel est souvent nostre caractere ; & voilà le desordre affreux qui doit estre aujourd'huy le sujet de nostre confusion. Malgré
l'anéantissement où nous réduit la mort, malgré l'aveu solemnel que nous en faisons dans la

céremonie des cendres, nous ne laiſſons pas d'eſtre pleins d'eſtime pour nous-meſmes ; & par une funeſte conſequence, d'eſtre enteſtez, d'eſtre infatüez, d'eſtre enyvrez de l'amour de nous-meſmes. Malgré le ſoin que prend l'Egliſe de nous retracer & de nous imprimer vivement ces veritez mortifiantes & tout-enſemble vivifiantes, mortifiantes ſelon l'homme, vivifiantes ſelon Dieu, nous n'en ſommes ni plus morts à nous-meſmes, ni plus detachez de nous-meſmes. Dieu, dit le Prophete Royal, nous humilie dans ce jour d'affliction, en nous couvrant de l'ombre de la mort, *Humiliaſti nos in loco* *afflictionis, & cooperuit nos umbra mortis ;* mais renverſant les deſſeins de Dieu, plus nous paroiſſons humiliez, moins nous ſommes humbles ; plus l'ombre de la mort nous couvre, moins le ſouvenir de la mort nous convertit. Combien de chreſtiens hypocrites : car pourquoy craindrois-je de les qualifier de la ſorte, lorſque je vois une ſi monſtrueuſe oppoſition entre ce qu'ils profeſſent au dehors, & ce qu'ils cachent dans l'ame ! combien de chreſtiens & peut-eſtre de ceux qui m'écoutent, ont reçeû la cendre de la penitence avec des cœurs pleins d'ambition, avec des cœurs vains, avec des cœurs durs & incirconcis, avec des cœurs rebelles au Saint Eſprit! Or cela meſme, n'eſt-ce pas une hypocriſie groſſiere ! Combien de femmes mondaines & criminelles ont paru devant les Autels

*Pſalm.* 43.

pour y recevoir cette cendre; mais y ont paru avec toutes les marques de leur vanité, avec tout l'étalage de leur luxe, & ce qui en est comme inséparable, avec toute l'enflure de leur orgueil! Or en de telles dispositions ont-elles eû l'esprit de la penitence; & n'ayant eû que l'exterieur de la penitence, sans en avoir l'esprit, ne sont-elles pas du nombre des hypocrites, que condamne aujourd'huy le Fils de Dieu dans l'Evangile! Ce sont néanmoins, me direz-vous, des femmes reglées; & du reste, hors la vanité qui les possede, irreprochables dans leur conduite: mais, Chrestiens, jugerons nous toûjours des choses selon les fausses idées du monde, & jamais selon les pures maximes de la loy de Dieu? Appellez-vous femmes reglées, celles qui n'ont pour principe de toutes leurs actions que l'amour d'elles-mesmes! appellez-vous femmes irreprochables, celles qui voudroient n'estre au monde que pour y estre adorées & idolastrées! appellez-vous simple vanité, celle qui exclut & qui bannit d'une ame deux vertus les plus necessaires au salut, sçavoir l'humilité & la penitence? Terre, terre, disoit le Prophete, écoutez la voix du Seigneur; *Terra, terra, audi vocem Domini:* c'est a dire, pecheurs, qui formez de la terre, devez bientost retourner dans le sein de la terre; vous cependant qui oubliez ce que vous estes, & qui vivez tranquilles dans l'estat de vostre peché, écoutez Dieu qui vous parle par ma bouche, & ne méprifez pas fa voix. Pour faire de dignes fruits de penitence, humiliez-vous fous fa toute-puiffante main, *Humiliamini fub po-* *tenti manu Dei;* & que cette humiliation ne foit pas feulement exterieure & fuperficielle, mais qu'elle pénetre jufques dans l'interieur de vos ames. Déchirez vos cœurs, & non point vos vef-temens; *Scindite corda veftra, & non veftimen-* *ta veftra :* & ne reffemblez pas à celuy que le Saint Efprit réprouve dans ces paroles; *Eft qui* *nequiter fe humiliat, & interiora ejus plena funt* *dolo.* Tel s'humilie en apparence, dont le cœur eft rempli de menfonge & d'artifice. Tel prend la cendre de la penitence, qui fous cette cendre & fous un vifage de penitent, entretient un or-gueil de démon. Tel dit, je fuis poudre & je feray poudre, qui voudroit, s'il eftoit poffible, s'élever comme Lucifer au deffus des cieux. Pré-fervons-nous de cette malediction par l'humili-té & la fincerité de noftre converfion. C'eft ce que la voix du Seigneur vous fait entendre. E-coutez-la, & refpectez-la : *Terra, terra, audi* *vocem Domini.* Mais elle vous dit encore qu'ou-tre le facrifice de vos efprits par l'humilité, la penitence demande le facrifice de vos corps par la mortification ; & j'ajoufte que rien ne doit plus vous faciliter ce fecond facrifice, que le fou-venir de la mort & la veûë des cendres : c'eft la feconde partie.

1. *Pet.* 5.

*Joel.* 2.

*Eccli.* 19.

II. PARTIE.

C'Est une illusion, dont l'esprit du monde, cet esprit de mollesse, a voulu de tout temps se prévaloir, de croire que la penitence soit une vertu purement interieure, & qu'elle n'exerce son empire que sur les puissances spirituelles de nostre ame; qu'elle se contente de changer le cœur, qu'elle n'en veuille qu'à nos vices & à nos passions, & qu'elle puisse estre solidement pratiquée, sans que la chair s'en ressente, ni qu'il en couste rien à cet homme exterieur & terrestre qui fait une partie de nous-mesmes. Si cela estoit, dit saint Chrysostome, il faudroit retrancher de l'Ecriture des livres entiers, où l'esprit de Dieu a confondu sur ce poinct la prudence charnelle, par des témoignages aussi contraires à nostre amour propre, que la verité est opposée à l'erreur. Il faudroit dire que saint Paul ne l'entendoit pas, & qu'il concevoit mal la penitence chrestienne, quand il enseignoit, qu'elle doit faire de nos corps des hosties vivantes; *Ex-* *Rom. 12.* *hibeatis corpora vestra hostiam viventem:* Quand il vouloit que cette vertu mesme allast jusqu'au crucifiement de la chair; *Galat. 5. Qui sunt Christi, carnem suam crucifixerunt cum vitiis & concupiscentiis :* Quand il recommandoit aux fidelles, ou plustost, quand il leur faisoit une loy de porter sensiblement & réellement dans leurs corps *2. Cor. 4.* la mortification de Jesus-Christ; *Semper mortificationem Jesu in corpore vestro circumferen-*

*tes :* Enfin, quand pour leur donner l'exemple, il mattoit luy-mesme son corps & le réduisoit en servitude ; craignant, ajoustoit-il, qu'aprés avoir presché aux autres la penitence & ne la pratiquant pas, il ne devinst un reprouvé ; *Cas-* *tigo corpus meum, & in servitutem redigo ; ne forté cum aliis prædicavero, ipse reprobus effi- ciar.*

1. Cor. 9.

Je sçais que l'heresie avec sa pretenduë reforme, n'a pû s'accommoder de ces pratiques exterieures : & qu'aprés avoir anéanti la penitence dans ses parties les plus essentielles, en luy ostant & la confession & la contrition mesme du peché, au moins ne les admettant pas comme necessaires ; elle a encore trouvé moyen de l'adoucir, en rejettant comme inutiles les œuvres satisfactoires, en abolissant le precepte du jeusne, & en traittant de foiblesses & de folies toutes les austeritez des Saints. Mais il suffit que ce soient les ennemis de l'Eglise, qui en ayent jugé de la sorte, pour ne pas suivre l'attrait pernicieux d'une doctrine aussi capable que celle-là de seduire les ames & de les corrompre. Non, Chrestiens, de quelque maniere que nous prenions la chose, il n'y a point de veritable penitence, sans la mortification du corps ; & tandis que nos corps aprés le peché demeurent impunis, tandis qu'ils ne subiront pas les chastimens qu'un saint zéle de venger Dieu nous oblige à leur imposer, jamais nos cœurs ne seront bien

convertis, ni jamais Dieu ne se tiendra pleinement satisfait. Depuis que le Sauveur du monde
a fait penitence pour nous aux dépends de sa
chair adorable, il est impossible, dit saint Augustin, que nous la fassions autrement nous-
mesmes. Il faut que nous accomplissions dans
nostre chair, ce qui manque, par un admirable
secret de la sagesse de Dieu, aux satisfactions
& aux souffrances de nostre divin Mediateur.
Puisque c'est dans nostre chair que le peché regne, comme parle saint Paul, c'est dans nostre
chair que doit regner la penitence; car elle doit
regner par tout où regne le peché. Nos corps
par une malheureuse contagion, & par l'intime
liaison qu'ils ont avec nos ames, deviennent les
complices du peché, servent d'instrument au
peché, sont souvent l'origine & la source du peché, jusques-là que le mesme Apostre ne craint
point de les appeller des corps de peché, *Corpus
peccati;* comme si le peché estoit en effet incor-
poré dans nous, & que nos corps fussent par
eux-mesmes des substances de peché : expression dont abusoient autrefois les Manichéens;
mais qui dans le sens orthodoxe ne signifie rien
davantage que des corps sujets au peché, des
corps par où subsiste le peché, des corps où ha-
bite le peché : nos corps, dis-je, ont part au peché; il est donc juste qu'ils participent à l'expia-
tion & à la reparation du peché, qui se doit faire par la penitence. Quoyque la vertu & le merite

rite de la penitence soit dans la volonté ; l'exercice & l'usage de la penitence doit consister en
partie dans la mortification du corps, & quiconque raisonne autrement, est dans l'erreur &
s'égare. Voilà, mes chers Auditeurs, la disposition où nous devons entrer aujourd'huy, si nous
voulons profiter de la grace que Dieu nous offre pendant ce saint temps d'abstinence & de
jeusne.

Or à cette loy de penitence ainsi establie,
s'oppose une autre loy que nous portons dans
nous-mesmes, & qui est l'amour dereglé de nos
corps. Amour, concevez-en bien le progrés,
pour en éviter le desordre & la corruption, a-
mour de tout ce qui nous paroist necessaire, ou
plustost, de tout ce qu'une aveugle cupidité
nous represente comme necessaire pour l'entretien de nos corps ; amour de toutes les commoditez que nous recherchons avec tant de soin
& qui flattent nos corps ; amour des delices de
la vie, qui par leur superfluité & leur excés af-
foiblissent souvent, ou mesmes détruisent nos
corps ; amour des plaisirs défendus & des voluptez illicites, qui souillent nos corps. Car ce sont-
là, confessons-le devant Dieu, Chrestiens, &
apprenons au moins à nous connoistre par ce
qu'il y a dans nous de plus grossier, ce sont là
les demarches d'une ame qui se deregle, en se
rendant esclave de son corps. Elle ne va pas d'a-
bord au crime ; mais sous ombre d'entretenir ce

*Tome I.*                          .F

corps & de pourvoir à ses besoins, du necessaire elle passe au commode, du commode au superflu, & du superflu au criminel : au lieu, dit saint Gregoire Pape, que la penitence qui a pour but d'assujettir & de mortifier le corps, par une conduite toute contraire nous fait d'abord renoncer au criminel que nous avoüons nous-mesmes criminel ; ensuite à mesure que nous avançons dans ses voyes, nous retranche le superflu, que nous pretendions innocent ; de là nous prive mesmes du commode, dont nous avions crû ne nous pouvoir passer ; enfin nous oste, non pas le necessaire, mais l'attachement & l'attention trop grande au necessaire. Excellente idée de la penitence, & de ses divers degrez. S'il y en a où nostre foiblesse n'ose encore esperer d'atteindre, du moins ne les ignorons pas, & desirons d'y parvenir. Elle nous fait renoncer au criminel, c'est à dire, aux plaisirs impurs que la loy de Dieu nous défend, parce qu'il n'y a point de peché plus opposé à la sainteté de Dieu, ni plus incompatible avec son esprit, que l'impureté : *Non permanebit Spiritus meus in homine quia caro est.* Elle nous retranche le superflu, c'est à dire, les delices de la vie, parce qu'il n'y a rien de plus difficile à accorder ensemble qu'une vie molle & l'innocence des mœurs, & que cette innocence, dit Job, ne se trouve point parmi ceux qui ne pensent qu'à satisfaire leurs sens : *Non invenitur in terrâ suavi-*

Genes. 6.

Job. 28.

*ter viventium.* Elle nous prive du commode, c'eſt
à dire, des aiſes de la vie, qui quoyque abſolument permiſes, ne laiſſent pas de fomenter la
rebellion de la chair; & elle nous oſte meſmes u-
ne trop grande attention au neceſſaire, parce que
c'eſt un poinct de morale inconnu aux Saints,
de pretendre ne ſouffrir rien, ne ſe refuſer rien,
ne manquer de rien, & faire néanmoins penitence. Mais ce que les Saints ne comprenoient
pas, eſt devenu un des ſecrets de la devotion du
ſiecle. Car on peut dire que jamais ſiecle n'a
parlé avec plus d'oſtentation que le noſtre de la
penitence ſevere, ni n'a porté plus loin dans la
pratique le raffinement ſur tout ce qui s'appelle vie douce. Ne s'aveugle-t-on pas meſmes
quelquefois juſqu'à ſe faire un devoir de ménager ſon corps? Ne va-t-on pas juſqu'à ſe perſuader qu'on eſt neceſſaire au monde, & que c'eſt
une raiſon ſuperieure pour ſe diſpenſer des loix
les plus communes de la mortification chreſtienne? Cependant l'Apoſtre l'a dit, & il eſt
vray : la penitence pour eſtre parfaite, doit s'é-
tendre juſqu'à la haine de ſoy-meſme; & l'on
ne peut bien réparer le peché, qu'en crucifiant
cette chair de peché, qui eſt l'ennemie de
Dieu : *Qui Chriſti ſunt carnem ſuam crucifi-*
*xerunt.*

Or le moyen d'arriver là ? ſouvenons-nous
de la mort, & conſiderons les cendres qu'on repand aujourd'huy ſur nos teſtes ; c'eſt aſſez :

*Memento.* Occupons-nous de la penfée qu'il faut mourir, & rendons-nous-la familiére, *Memento.* Entrons par de ferieufes & de folides reflexions dans le myftere de ces cendres, *Memento :* & jamais l'efprit de molleffe ne l'emportera fur l'efprit de mortification.

Oüy, Chreftiens, le fouvenir de la mort vous détachera peu à peu & prefque malgré vous-mefmes de l'amour de voftre corps ; comment cela ? en vous faifant connoiftre là-deffus voftre aveuglement & voftre injuftice. Voftre aveuglement : car dites-moy s'il en fut jamais un plus deplorable, que d'idolaftrer un corps qui n'eft que poufliere & que corruption ; un corps deftiné à fervir de pafture aux vers, & qui bientoft fera dans le tombeau l'horreur de toute la nature. Or voilà le terme de tous les plaifirs des fens ; c'eft là que fe réduifent toutes ces graces exterieures de beauté, de fanté, de teint, d'embonpoint, qui vous font negliger les pus pretieufes graces du falut ; c'eft là qu'elles vont aboutir : à un corps qui commence déja à fe détruire, & qui aprés un certain nombre de jours ne fera plus qu'un affreux cadavre dont on ne pourra pas mefmes fupporter la veuë. Ah, mes chers Auditeurs, quelle indignité, qu'une ame chreftienne capable de poffeder Dieu, s'attache à un fujet fi méprifable ! Vous fur tout, Mefdames, à qui je parle, & qui avez de la pieté, ne devez-vous pas gémir pour ces perfonnes de voftre fexe, qui femblent n'eftre fur la terre, & n'avoir une ame que pour fervir leur corps! Combien en voit-on dans le chriftianif- me uniquement appliquées à le parer, à le nour- rir, à l'embellir, à le plaftrer! Combien en fe- roient, s'il leur eftoit poffible, l'idole du mon- de, & en font fans y penfer une victime de l'En- fer! Puifque ce corps eft quelque chofe de fi vil & de fi abjet, n'eft - on pas bien plus fenfé de le méprifer, de le dompter, de l'affujettir, & de luy faire porter le joug de la penitence! Pour peu que nous confultions & la raifon & la foy, ne doit-on pas rougir, de fe rendre fi a- tentif à étudier fes goufts, de s'affervir à fes ap- petits, & de luy donner honteufement tout ce qu'il demande & fouvent plus qu'il ne deman- de!

Mais d'ailleurs quelle injuftice dans cet a- mour immoderé de noftre corps, fi nous envi- fageons la mort! Prenez garde à ces trois pen- fées. Quelle injuftice envers Dieu, ce Dieu é- ternel, d'aimer plus que luy un corps fujet à la pourriture, & de l'aimer, comme dit faint Paul, jufqu'à s'en faire une divinité! Quelle injuftice envers noftre ame, cette ame immortelle, de luy préferer un corps qui doit mourir; & toute im- mortelle qu'elle eft, d'abandonner fa felicité & fa gloire aux fales defirs d'une chair corrupti- ble! Quelle injuftice envers ce corps mefme, de l'expofer pour des voluptez paffageres à des souffrances qui ne finiront jamais , & de luy faire acheter un moment de plaifir par une éternité de fupplices ! Ah ! mes freres, s'écrie faint Chryfoftome, faifant une fuppofition qui vous furprendra , mais qui n'a rien dans le fond que de chreftien & de folide ; fi le corps d'un reprouvé , maintenant enfeveli dans le fein de la terre, mais pour eftre un jour enfeveli dans l'enfer, pouvoit au jugement de Dieu s'élever contre fon ame & l'accufer , quel reproche n'auroit-il pas à luy faire, fur la cruelle indulgence dont-elle a ufé à fon égard ! Et fi cette ame qui s'eft perdüe parce qu'elle a trop aimé fon corps, pouvoit au moment que je parle revenir du lieu de fon tourment, pour voir ce corps dans le tombeau, quels reproches ne fe feroit-elle pas à elle-mefme du criminel attachement qu'elle a eû pour luy ? Difons mieux, que ne fe reprocheroient-ils pas l'un à l'autre, fi Dieu venoit à les confronter ? Permettez - moy de pouffer cette figure, qui toute irreguliere & toute outrée qu'elle peut paroiftre, vous fera plus vivement fentir la verité que je vous prefche. Ame infidelle, diroit l'un, deviez-vous me trahir de la forte ! falloit-il pour me rendre un moment heureux, me precipiter avec vous dans l'abyfme d'une éternelle damnation ! falloit-il avoir pour moy une fi funefte condefcendance ! falloit-il déferer lafchement à mes inclinations ! ne les deviez - vous pas réprimer ! ne deviez-vous pas prendre l'afcendant fur moy ! que ne m'avez-vous condamné aux falutaires rigueurs de la penitence ! pourquoy ne m'avez-vous pas forcé à vivre felon les regles que Dieu vous o-bligeoit à me prefcrire ! n'eftoit-ce pas pour ce-la qu'il m'avoit foumis à vous ! Mais, corps re-belle & fenfuel, repondroit l'ame, à qui dois-je imputer ma perte qu'à toy-mefme ! je ne te connoiffois pas ; je me laiffois feduire à tes char-mes, parce que je ne penfois, ni à ce que tu a-vois efté, ni à ce que tu devois eftre. Si j'avois toûjours eû en veûë l'affreux eftat où la mort devoit te réduire, je n'aurois eû pour toy que du mépris ; & dans la focieté qui nous uniffoit, je ne t'aurois regardé que comme le compagnon de mes miferes, ou pluftoft comme le complice de mes crimes, obligé par là mefme à en par-tager avec moy les chaftimens & les peines.

En effet, Chreftiens, c'eft de tout temps ce qui a produit dans les ames bien converties, non feulement ce mépris héroïque, mais cette fainte haine de leurs corps : c'eft ce qui a tant de fois operé dans le chriftianifme des miracles de con-verfion. Il n'en fallut pas davantage à un Fran-çois de Borgia, pour le déterminer à quitter le monde. La veûë du cadavre d'une Reine & d'une Imperatrice, qu'il eût ordre de faire folem-nellement inhumer, & qu'il ne reconnut pref-que plus, lorfqu'il fallut attefter que c'eftoit elle-mefme, tant elle luy parut hideufe & defigurée;

F iiij

ce spectacle acheva de le persuader. Il ne pût voir cette beauté que la mort par un changement si soudain & si prodigieux avoit détruite, sans former la resolution de mourir luy-mesme à toutes les vanitez du siecle. L'image de la mort en frappant ses yeux, fit naistre dans son cœur tous les sentimens de la penitence. Car pourquoy, se dit-il à luy-mesme & se sont dit comme luy les Saints, pourquoy traitter mollement un corps condamné à la mort ? Quand on a prononcé l'arrest à un criminel, on ne se met plus en peine de le bien nourrir : s'il faut encore le soutenir pendant quelques heures, on se contente de luy donner le necessaire ; & l'on ne pense à luy conserver la vie, que pour luy faire mieux sentir les douleurs de la mort. Or telle est la condition de nos corps. Ce sont des criminels que la justice divine a condamnez. L'arrest en est porté, & l'on ne differe l'exécution que de quelques jours. Mais ce sera bientost. Il ne s'agit donc plus de leur procurer des douceurs & de les flatter ; il s'agit de les maintenir dans l'ordre de cette justice rigoureuse à laquelle Dieu les a livrez ; il s'agit de leur faire déja gouster la mort par la pratique de la penitence, afin de les préserver de cette seconde & derniere mort, bien plus terrible que la premiere, puisque c'est une mort éternelle. Ainsi raisonne un pecheur penitent. *Memento, homo, quia pulvis es, & in pulverem revertéris.*

Mais cette haine de son corps est encore bien plus vive, quand il vient à pénetrer dans le mystere des cendres que l'Eglise luy presente : quand remontant plus haut, & jusques aux sources mesmes de sa religion, il cherche l'origine d'une si sainte pratique ; & qu'il pense que ces cendres qui dans l'une & dans l'autre loy ont toûjours esté le symbole de la penitence, n'estoient pas un symbole vuide, ni une pure céremonie : quand il se represente les austeritez & les macerations dont elles devoient estre accompagnées suivant les regles de l'ancienne discipline : quand instruit par les Prophetes, il apprend que le cilice & le jeusne dans l'observance commune des fidelles, estoient inseparables de la cendre, *Accingere cilicio, & conspergere cinere, filia populi mei :* quand il remarque dans les Conciles, avec quelle severité l'on condamnoit à des œuvres penibles & laborieuses ces sortes de penitents que Tertullien appelloit, *Conciliati, & concinerati*, couverts de cendres, quoyque déja reconciliez. Car enfin, doit dire aujourd'huy dans l'amertume de son ame un homme touché de la veûë de ses desordres & de l'esprit de componction, ces penitents de la primitive Eglise n'estoient pas plus chargez de crimes, ni plus coupables que je le suis ; & ces cendres qu'on leur imposoit, ne devoient pas estre pour eux un engagement plus étroit à la penitence, qu'elles le doivent estre pour moy. Il seroit donc

*Jerem. 6.*

*Tertul.*

bien étrange que j'en fiſſe un uſage tout different ; & que cette céremonie ayant eſté à leur
égard un exercice de mortification, & de la plus
réelle, de la plus dure mortification, elle n'en
fuſt pour moy que l'apparence & que l'ombre.
Il ſeroit bien indigne, aprés avoir receu ces cendres, de penſer encore aux divertiſſemens &
aux joyes prophanes du monde ; & comme parloit un ſolitaire, de chercher juſques dans la
cendre de la penitence les delices de la vie.

Car quoyque nous ne ſoyons plus à ces premiers ſiecles, où les pecheurs achetoient ſi cher
la grace de leur abſolution & de leur reconciliation, nous n'en devons pas moins ſatisfaire à
Dieu. L'Egliſe a pû adoucir les peines qu'elles
avoit ordonnées pour chaque eſpece de peché:
mais elle n'a rien relaſché des peines preſcrites
par le droit divin ; & Dieu luy-meſme nous aſſeûre qu'il ne s'en relaſchera jamais qu'en faveur
de la penitence. Il faut donc que ce ſoit la penitence qui m'acquitte auprés de luy. Et comme
il s'agit de ſon intereſt, qui maintenant ou a-
prés la mort, doit eſtre pleinement reparé, il
faut que je prenne le bon parti, & que par la penitence de cette vie je m'épargne la penitence
de l'autre. Il faut qu'en m'impoſant des peines
volontaires, qu'en me privant de certains plaiſirs, meſmes permis, qu'en me faiſant quelques
violences, qu'en me réduiſant à une vie plus
exacte & plus reglée, & qu'uniſſant enfin ma

penitence à la penitence de Jesus-Christ, je pré-
vienne les affreux chastimens que Dieu réserve
à ceux qui refusent de se punir eux-mesmes.
Ah ! mon Dieu, que vostre misericorde est adorable, de nous en quitter à ce prix, de vouloir
bien accepter l'un en échange de l'autre, & de
nous remettre ainsi pour une penitence temporelle une penitence éternelle ?

Prenons, mes chers Auditeurs, des sentimens
si raisonnables : ce sont ceux que nous doit inspirer la céremonie des cendres. Si nous entrons
dans ce Caresme bien pénetrez de ces veritez,
le jeusne ne sera plus un joug trop pesant pour
nous, comme il l'est pour les chrestiens lasches;
beaucoup moins un sujet de scandale & de peché, comme il l'est pour les libertins. Nous l'entreprendrons avec joye, nous le continuërons
avec ferveur, & nous l'acheverons avec constance. Heureux de nous trouver engagez par un
precepte à ce qui nous est d'ailleurs si utile & si
necessaire, nous ne ferons point tant les deli-
cats; mais pour peu que nous soyons disposez
à nous faire justice, nous avoüerons, que si le
jeusne nous paroist impossible, cette impossibilité prétendüe n'est qu'un pur défaut de nostre
volonté. Nous ne raisonnerons point tant sur
nostre santé, ni sur nostre temperament ; mais
nous nous souviendrons que nous sommes enfants de l'Eglise & pecheurs devant Dieu : enfants de l'Eglise, & par consequent que nous de-

vons luy obéir : pecheurs devant Dieu, & par consequent que nous devons l'appaiser. Car c'est là de quoy nous rendrons compte à Dieu, dit saint Bernard, ou de quoy nous devons nous rendre compte à nous-mesmes ; ayant plus d'égard à nostre estat & à nostre profession, qu'à nos forces & à nostre complexion : *Non de complexione judicandum, sed de professione.* Nous ne nous prévaudrons point pour rompre le jeusne, d'une indisposition legere, puisque suivant cette regle la loy du jeusne deviendroit une loy chimerique, & qu'il n'y auroit plus personne dans le christianisme qui n'en fust exempt. Nous ne craindrons pas mesmes en l'observant de nous incommoder, puisqu'il est vray que si le jeusne ne nous incommodoit en rien, il ne seroit plus ce qu'il doit estre. Nous ne demanderons plus de fausses dispenses ; persuadez qu'on ne trompe point Dieu, & que toutes les dispenses des hommes ne sont rien, si elles ne sont receûes & authorisées de Dieu. Bien loin de nous plaindre que l'Eglise en establissant le jeusne du Caresme, ou comme il est plus vraysemblable, en nous le proposant & nous l'expliquant, ait trop exigé de nous ; nous serons surpris qu'elle nous ait tant ménagez, & nous aurons honte que ce soit nostre lascheté qui l'ait en quelque sorte réduite à nous traiter avec tant d'indulgence. Ce n'est pas assez ; & aprés avoir rempli ce que l'Eglise nous ordonne dans le commandement du jeufne, nous ne croirons pas avoir pour cela fatisfait au precepte naturel de la penitence. Nous ferons eftat que ce qu'elle a reglé, ne nous exempte pas de ce qu'elle a durefte abandonné à noftre prudence & à noftre zéle. Et c'eft ainfi que la penfée de la mort & la veûë des cendres fervira à humilier noftre orgueil, à mortifier noftre delicateffe ; & que l'humilité nous conduira à la vraye gloire, & la penitence au fonverain bonheur que je vous fouhaite, &c.

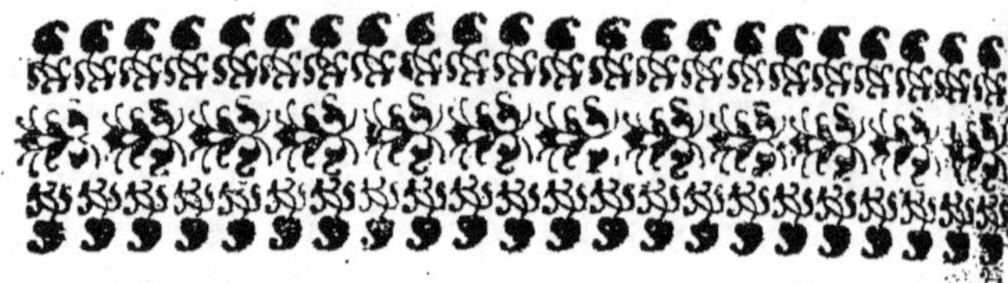

# SERMON

## POUR LE PREMIER JEUDY

### DU

# CARESME.

### *Sur la Communion.*

*Ait illi Jesus : Ego veniam, & curabo eum. Et respondens Centurio, ait : Domine, non sum dignus, ut intres sub tectum meum.*

*Jesus-Christ dit au Centenier : j'iray moy-mesme, & je le guériray. Mais le Centenier luy répondit : Seigneur, je ne suis pas digne que vous entriez dans ma maison. En Saint Matthieu, chap. 8.*

VOILA, Chrestiens, entre Jesus-Christ & le Centenier une espece de combat ; mais dans ce combat qu'admirerons nous davantage, ou la charité d'un Dieu, ou l'humilité d'un payen ! Je puis dire qu'il n'y eût jamais de contestation plus sainte, ni plus propre tout-ensemble, & à nous instruire, & à nous édifier. Le

Sauveur du monde par un mouvement de sa charité bien-faisante, veut aller en personne dans la maison du Centenier ; & le Centenier ne croit pas pouvoir accepter cet honneur. Le Fils unique de Dieu, dont la misericorde n'a point de bornes, luy dit qu'il ira, & que par sa presence il guérira son serviteur paralytique ; *Ego veniam, & curabo eum :* mais le Centenier confus d'une si insigne faveur, proteste hautement qu'il ne la merite pas, & s'en reconnoist indigne ; *Domine, non sum dignus.* Prenez garde, s'il vous plaist. C'est un Gentil, à qui Jesus-Christ en qualité de Messie, n'a point esté encore annoncé ni revelé comme aux Juifs ; & cependant tout Gentil qu'il est, il se sent déja prévenu pour ce Messie qui luy parle, d'une idée si haute & d'un respect si profond, qu'il ne peut mesmes consentir à recevoir sa visite. Humilité, s'écrie saint Augustin, qui proceda d'une foy vive & ardente, & qui par un effet sensible de la grace du Redempteur, forma dés lors dans ce Gentil, non seulement un veritable Israëlite, mais un parfait chrestien. Humilité que Jesus-Christ agréa, que Jesus-Christ admira, dont Jesus-Christ fit l'éloge ; mais à laquelle il est pourtant vray qu'il ne défera pas, puisque ce fut au contraire pour cela mesme qu'il persista à vouloir entrer chez le Centenier.

Arrestons-nous-là, mes chers Auditeurs ; & pour profiter selon le dessein de Dieu d'un si grand exemple, appliquons-nous tout le mystere de cet Evangile. Car comme dit saint Chrysostome, ce qui se passa entre Jesus-Christ & le Centenier, se renouvelle encore aujourd'huy entre Jesus-Christ & nous. Je m'explique. Ce mesme Sauveur instituant la divine Eucharistie, nous a laissé un Sacrement par où il pretend se communiquer à nous, & habiter, tout Dieu qu'il est, corporellement en nous. Un Sacrement, par où il vient en personne nous visiter & guérir nos infirmitez spirituelles & nos foiblesses. Quand donc nous nous préparons à le recevoir dans ce mystere adorable, il nous dit encore avec autant de verité qu'il le dit alors : *Ego veniam, & curabo :* J'iray ; & en quelque estat de langueur que vous soyez, si de bonne foy vous voulez estre guéris, je vous guériray. Et nous par un sincere aveu de nostre foiblesse & de nostre néant, nous luy répondons comme le Centenier : Non, Seigneur, je ne suis pas digne que vous veniez à moy & dans moy. Car ce sont les paroles vénerables que l'Eglise nous met dans la bouche, lorsque ce Dieu de gloire caché sous les sacrez symboles, est sur le poinct d'entrer dans nous : *Domine, non sum dignus.* Paroles efficaces, qui selon l'ingenieuse remarque de saint Augustin, ont la vertu d'opérer dans l'ame chrestienne un miracle tout opposé à ce qu'elles signifient ; puis qu'en mesme temps que nous les proferons, elles font cesser l'indignité

que

que nous nous attribuons, & nous donnent à
l'égard de Jesus-Christ & de son Sacrement un
fonds de merite, que sans elles nous n'aurions
pas. Paroles, qui par un secret merveilleux de
la grace, nous conduisent au terme mesme dont
elles semblent nous esloigner ; puisque dans la
doctrine de tous les Peres, la premiere & l'essentielle disposition pour approcher dignement
du corps de Jesus-Christ, est de nous en croire & de nous en confesser indignes. Paroles enfin, qui marquent au Fils de Dieu nostre humilité, sans mettre un obstacle à sa charité ; &
qui loin de le détourner de nous, luy servent
d'attrait pour venir à nous.

Mais qu'arrive-t-il, Chrestiens ! suivez ma
pensée. Nous nous appliquons ces paroles, souvent au delà des intentions mesmes de Jesus-
Christ ; & pour en user trop selon nos veûës,
nous nous mettons en danger d'aller directement contre les veûës de ce Dieu Sauveur.
Comment cela ! Le voicy. Jesus-Christ nous recherche dans ce Sacrement, & nous nous en re-
tirons. Il veut par un excés de son amour nous
honorer de ses saintes visites, & nous nous y
opposons. Il nous demande l'entrée dans nostre cœur ; & sous des pretextes non seulement
specieux, mais religieux, nous la luy refusons :
car pour nous disculper de ce refus, nous nous
retranchons sur nostre indignité ; & nous disons,
mais par un esprit peut-estre bien different de

celuy du Centenier : Seigneur, je ne suis pas digne ; *Domine, non sum dignus*. Comme cette
excuse est la plus apparente & la plus commune, j'ay crû devoir m'y attacher, non pas absolument pour la combattre, non pas aussi pour
l'authoriser ; mais pour l'examiner dans ce discours, & pour avoir lieu de vous instruire des
plus solides & des plus importantes veritez qui
regardent la pratique & l'usage de la communion. Quel besoin pour cela n'auray-je pas des
lumieres du ciel ! Demandons les par l'intercession de la mere de Dieu. *Ave Maria.*

S'Essoigner de la communion dans la veüë
de son indignité, c'est une excuse, Chrestiens,
qui selon la qualité & les dispositions de ceux
qui s'en servent, peut avoir des caracteres bien
differens ; & mon dessein, dont voicy d'abord
l'idée, est de vous representer aujourd'huy la difference de ces caracteres, pour vous faire juger
de la nature de cette excuse, & des bonnes ou
des mauvaises consequences qu'on en peut tirer. Car il y a dans le christianisme deux sortes
de personnes, qui se fondent sur ce principe, &
qui peuvent dire avec le Centenier : Seigneur, je
ne suis pas digne que vous entriez chez moy.
Les justes qui vivent dans la pratique de la loy
de Dieu, & les pecheurs qui sont engagez dans
les desordres d'une vie criminelle. Pour les justes, on ne peut guéres douter que ce ne soit un

sentiment d'humilité, qui les fait parler de la
sorte : mais de sçavoir jusqu'à quel poinct cette
humilité doit estre portée, & s'il est raisonnable
qu'elle aille jusqu'à les esloigner en effet de Jesus-Christ & de son Sacrement ; de sçavoir si la
privation de la divine Eucharistie peut estre censée pour une ame juste un exercice ordinaire de
penitence, & si cette espece de penitence est
conforme aux intentions du Fils de Dieu ; si elle s'accorde avec la fin & l'institution de ce mystere, si elle repond à l'usage de la primitive Eglise, si elle est reçeûë ou approuvée par l'Eglise
des derniers siecles, si les Peres l'authorisent &
si elle peut estre utile ; en un mot, de sçavoir
si Jesus-Christ, en tant qu'il est contenu dans
le Sacrement de son corps, se tient honoré que
les justes, au lieu d'aller à luy, se retirent de luy ;
& si c'est luy rendre un vray respect, en tant qu'il
est le pain de vie, que de se contenter seulement
de le réverer & de l'adorer, sans le manger : ce
sont des questions, mes chers Auditeurs, où bien
des raisons particulieres & generales m'empeschent d'entrer, & que je vous laisse à examiner
vous-mesmes. Outre qu'il seroit assez difficile de
vous rien dire de nouveau sur cette matiere,
peut-estre le fruit en seroit-il moindre que je ne
le dois pretendre d'un discours uniquement
consacré à l'edification de vos ames.

Parlons donc précisément des pecheurs, qui
bien plus que saint Pierre ont droit de dire à

G ij

Jefus-Chrift : Retirez-vous de moy, parce que je fuis un pecheur ; *Exi à me, quia homo peccator fum.* Je les divife comme en trois efpeces. J'appelle les premiers, pecheurs finceres ; les feconds, pecheurs aveugles ; & les derniers, pecheurs hypocrites & diffimulez. Pecheurs finceres, qui traitent avec Dieu de bonne foy, & qui ne font pas trompez. Pecheurs aveugles, qui ne fe connoiffent pas, & qui fe trompent eux-mefmes. Enfin, pecheurs hypocrites & diffimulez, qui couvrent leur libertinage d'un voile de pieté & affectent de tromper les autres. Les premiers ont de la religion, & agiffent par efprit de religion. Les feconds, quoyqu'ils ayent de la religion, fe flattent & font dans l'erreur de croire qu'ils agiffent par religion. Et les derniers, quoyqu'ils veulent paroiftre agir par religion, n'ont dans le fond nulle religion. Or ces trois fortes de pecheurs peuvent tenir le langage de ce Centenier de noftre Evangile, *Domine, non fum dignus ;* & s'excufer de communier fur ce qu'ils s'en jugent indignes. Mais, quoyqu'ils le difent également, ils n'en doivent pas eftre égalemeut crûs. Car pour continuer à vous développer mon deffein, dans les premiers, c'eft à dire dans les pecheurs finceres, cette excufe eft une raifon ; dans les feconds, c'eft à dire dans les pecheurs aveugles, cette excufe eft un pretexte ; & dans les derniers, c'eft à dire dans les pecheurs hypocrites & libertins,

cette excuse est un abus & mesmes un scandale : voilà ce que j'ay à vous monstrer. Mais ce
n'est pas assez : car à cela j'ajouste trois choses qui
vous feront connoistre ces trois caracteres de pecheurs, & qui doivent estre pour vous d'une
grande instruction. Dire, je ne communie pas,
parce que j'en suis indigne, c'est une raison dans
un pecheur sincere ; mais moy je dis que cette
raison a besoin d'estre éclaircie. C'est un pretexte dans un pecheur aveugle qui se flatte ; & il est
important de luy oster ce pretexte. C'est un a-
bus & un scandale dans un pecheur hypocrite, & il est de mon devoir de combattre ce scandale & cet abus : voilà tout le sujet de vostre
attention.

P Our bien expliquer ma premiere pensée, je   I. Partie.
parle, Chrestiens, d'un pecheur, qui ne laisse
pas au milieu de ses desordres de conserver le
fonds de sa religion ; qui traite au moins de bonne foy & sincerement avec Dieu ; qui reconnoist le malheureux estat de sa conscience, qui
confesse son peché, qui en gémit & qui le déplore, mais qui ne se sent pas neanmoins encore parfaitement disposé à le quitter. S'essloigner
alors de la communion parce que l'on s'en
trouve indigne, j'avoüe que c'est une raison &
une raison tres-bien fondée, puisqu'il est évident & de la foy mesme, que le pecheur, tandis que son peché subsiste, ne peut approcher de

G iij

ce Sacrement, sans se rendre coupable d'un sacrilege. Mais je dis, mes chers Auditeurs, que
cette raison a besoin d'estre éclaircie ; & cet é-
claircissement consiste à vous faire voir que le
pecheur n'en doit pas demeurer là, c'est-à-di-
re, qu'il ne doit pas tellement s'esloigner de la
communion pour son indignité, qu'il croye en
s'abstenant de participer au divin mystere, avoir
satisfait pleinement à son devoir ; mais qu'il doit
estre persuadé d'un autre principe non moins
essentiel ni moins incontestable, je veux dire,
de l'obligation où il est de sortir au plustost &
incessamment de l'estat de son indignité pour
pouvoir estre admis à la table du Seigneur : en
sorte que la communion mesme luy soit un motif, mais un motif pressant, qui le réduise à la
necessité de se convertir ; & que dans la veûë de
l'adorable Sacrement dont son peché le tient esloigné, il fasse les derniers efforts pour meriter
par une veritable & prompte penitence de s'en
approcher. Voilà, s'il connoist bien ses devoirs,
la disposition où il doit estre, & sans laquelle je
pretends qu'il n'y a rien de solide dans sa conduite.

Car la grande maxime, Chrestiens, sur laquelle doit rouler toute la conduite d'un pecheur, en ce qui regarde l'usage de la communion, est de ne separer jamais ces deux veritez,
qui sont deux regles inviolables dans le christianisme ; l'une, que Jesus-Christ nous comman-

de de manger sa chair ; & l'autre, qu'il nous défend de la manger indignement : l'une, que la
chair de cet homme-Dieu doit estre la nourriture de nos ames : & l'autre, que cette nourriture, quoyque par elle-mesme salutaire, devient
un poison pour quiconque en use dans l'estat
du peché : l'une, que comme il est impossible
d'entretenir la vie naturelle sans le secours des
alimens, aussi est-il impossible d'entretenir, sans
la sainte Eucharistie, la vie de la grace ; & l'autre,
que comme les alimens dans un corps malade,
bien loin de le fortifier & de le nourrir, l'affoi-
blissent & se tournent en corruption , jusqu'à
détruire le principe de la vie, ainsi la divine Eucharistie cause-t-elle la mort à tout homme, qui
sans avoir purifié son cœur, est assez témeraire
pour la recevoir. Si le pecheur s'attache à l'une
de ces veritez sans y joindre l'autre, il s'égare &
il se perd ; mais s'il les embrasse toutes deux, il
commence à entrer dans la voye de Dieu. Car
écoutez comment il raisonne. Jesus-Christ me
défend de manger sa chair, & me separe de luy,
tandis que le peché regne en moy ; il ne faut
donc pas que je la mange dans l'estat present où
je suis. Mais il m'advertit d'ailleurs, que si je ne
la mange pas, je n'ay pas en moy, ni ne puis
avoir cette vie surnaturelle qui fait la sanctification & le bonheur des justes ; il faut donc, quoy
qu'il m'en couste, que je sorte de l'estat où je
suis, pour me rendre capable de la manger. Je

G iiij

ne puis me difpenfer d'obéir à l'un & à l'autre
de ces deux commandemens ; au premier, pour
l'intereft de Jefus-Chrift ; au fecond, pour mon
intereft propre. Si je communie indignement,
je prophane le corps du Seigneur ; voilà l'intereft de Jefus-Chrift, à quoy je dois pourvoir. Si
je ne communie pas, je fuis homicide de mon
ame, en la privant de ce qui feul peut la nourrir
& la faire vivre ; voilà mon intereft propre que
je dois fauver. Si je mange ce pain des Anges,
moy pecheur & demeurant pecheur, je le mange à ma condamnation. Mais d'ailleurs fi je ne
le mange pas, il eft feûr que je periray. Il ne me
refte donc qu'un parti à prendre, & qu'il faut
que je prenne neceffairement, fçavoir de changer de vie, de renoncer à mon peché, de rentrer en grace avec Dieu, & de me mettre en eftat
de manger ce pain vivant, afin qu'il puiffe eftre
pour moy un pain vivifiant. Car je fatisferay par
là à ce qui regarde l'honneur de Jefus-Chrift,
& je fatisferay par là mefme à ce qui regarde
mon avantage particulier. Ainfi j'accompliray
tout ce que Dieu exige de moy, qui eft que je
mange, & que je vive de ce pain en le man-
geant utilement. Voilà, dis-je, comment il rai-
fonnera : & ce raifonnement encore une fois fera la caufe déterminante & infaillible de fa converfion ; au lieu que s'il s'arrefte uniquement à
fon indignité, il en demeurera toûjours au terme d'une vie criminelle fans rien refoudre pour

son salut, & sans faire aucune demarche pour re-tourner promptement à Dieu.

Or ce principe, Chrestiens, que le pecheur luy-mesme doit s'appliquer, est encore celuy dont les ministres de Jesus-Christ doivent se ser-vir en travaillant à son instruction. De ces deux preceptes que je viens de vous expliquer, ils ne doivent jamais luy representer l'un sans le faire au mesme temps souvenir de l'autre. Pourquoy! parce que l'un sans l'autre, ne luy peut estre qu'-inutile, ou mesmes préjudiciable. Car si vous re-monstrez sans cesse à un pecheur l'affreux dan-ger d'une communion indigne, sans jamais luy parler de la necessité indispensable d'une bonne communion, vous le portez à ne communier ja-mais, contre le commandement du Fils de Dieu, *Nisi manducaveritis carnem Filii hominis, non* Joa. 6. *habebitis vitam in vobis.* Au contraire, si vous luy parlez seulement de la necessité de commu-nier, sans jamais luy faire craindre le danger d'une communion indigne, vous luy donnez lieu de faire bien des communions imparfaites & mesmes sacrileges, contre le commandement de saint Paul, *Probet autem seipsum homo.* Et 1. Cor. 11. voilà, mes chers Auditeurs, permettez-moy de faire icy une reflexion, dont je suis certain que vous conviendrez avec moy, voilà quelle a esté la source de tous les maux qu'a produits la di-versité des opinions qu'on a veûë de tout temps dans l'Eglise, & qui si souvent a partagé les es-

prits touchant l'ufage du Sacrement de nos Autels. Les uns bornant leur zéle à intimider les
pecheurs, pour les effoigner des faints myfteres;
& les autres à leur donner de la confiance, pour
les en approcher : ceux-cy leur repetant millefois ces paroles terribles, *Qui manducat indi-
gnè, judicium fibi manducat & bibit ;* & ceux-
là les invitant toûjours par ces paroles confolantes, *Qui manducat hunc panem, vivet in æ-
ternum :* les premiers réduifant toute leur conduite à donner horreur des communions indignes ; & les feconds femblant la rapporter toute à exciter dans les cœurs le defir d'une fainte
communion, ni les uns, ni les autres ne s'unif-
foient parfaitement pour l'execution des deffeins de Jefus-Chrift. S'ils eftoient convenus enfemble, on auroit fait de leurs divers fentimens
un temperament admirable, dont l'Eglife auroit profité, & qui eftoit le grand moyen de fan-
étifier les pecheurs. Mais parce qu'ils ne s'enten-
doient pas, & que chacun d'eux peut-eftre a-
bondoit en fon fens, ni les pecheurs ni l'Eglife n'en tiroient l'avantage que Dieu pretendoit.
Car ceux qui n'avoient dans la bouche que les
anathefmes de la parole de Dieu contre les a-
bus de la communion, fans jamais rien dire qui
puft fervir d'attrait à ce Sacrement, alloient peu
à peu à en abolir l'ufage, & à faire difparoiftre
de la table de l'Epoux tous les conviez : mais
ceux auffi qui ne penfoient qu'à donner une

haute idée des fruits de la communion, & qui
se proposoient d'attirer à la table du Sauveur un
grand nombre de conviez, se mettoient au hazard, comme les serviteurs de la parabole, d'y attirer indifferemment les bons & les mauvais. Ce
qu'ils disoient de part & d'autre pouvoit estre
vray, & cependant ils ne disoient ni de part ni
d'autre ce qui devoit produire l'entier effet du
Sacrement de Jesus-Christ, parce que chacun
n'en disoit qu'une partie. Que falloit-il donc?
c'est la judicieuse remarque du saint Evesque de
Genéve. Il falloit dire tout, & joindre aux menaces de ceux-cy les invitations de ceux-là. Dire aux pecheurs : craignez d'approcher de cette
sainte table, & craignez de n'en approcher pas.
Craignez d'en approcher, si vous n'avez pas la
robe de noces, qui est la grace; & craignez de
n'en approcher pas, parce qu'il n'y a que les ennemis de Dieu qui en soient exclus. La viande
qui vous est presentée est mortelle pour vous,
si vous n'en faites pas un juste discernement par
l'esprit de la foy: mais comprenez aussi, que c'est
une viande salutaire, sans laquelle le Fils de
Dieu ne demeurera point en vous, ni vous en
luy. Ainsi, tremblez en recevant cette viande ;
car trembler respectueusement, c'est mesmes
une des dispositions necessaires pour la recevoir:
mais tremblez encore davantage si vous ne la
recevez pas, parce que vous ne voulez pas y apporter la preparation necessaire. Voilà comment il falloit parler.

Et c'est, Chrestiens, le langage, qu'ont tenu tous les Peres de l'Eglise, quand ils se sont expliquez sur cette matiere. Comme ces grands hommes estoient conduits par l'esprit de Dieu, ils n'ont eû garde de separer ces deux choses, qu'ils sçavoient bien n'avoir jamais esté separées dans l'intention du Sauveur du monde. Eprouvons-nous, disoit saint Chrysostome, & jugeons-nous, depeur qu'en participant au corps de Jesus-Christ, nous n'attirions sur nos testes des charbons de feu, c'est à dire, l'indignation de Dieu & ses vengeances. Car ainsi ce Pere s'exprimoit-il, & ces paroles estoient capables d'inspirer aux fidelles qui l'écoutoient, de la frayeur. Mais au mesme temps il y ajoustoit le correctif: Or je ne vous dis point cecy afin que vous n'y participiez pas; à Dieu ne plaise! mais pour vous engager à y participer avec les dispositions & selon les regles que la loy de Dieu vous prescrit. *Hoc autem non dico ut non accedatis, sed ut temerè non accedatis.* Car de mesmes, poursuivoit-il, que d'y participer indiscretement, c'est s'exposer à se perdre; aussi n'y point participer, c'est la ruine & la mort de l'homme chrestien. *Nam sicut temerè accedere periculum est, ita omnino non accedere fames est & mors.* J'en vois parmi vous, disoit saint Augustin, qui se retirent de la communion, parce qu'ils se sentent coupables; *Adverto nonnullos ex vobis communionem declinare, idque ex conscientiâ gravium delictorum:Et*

*Chrysost.*

*Idem.*

*Aug.*

moy, reprenoit-il, decifion importante de ce
faint Docteur, je leur declare, que s'ils s'en tiennent précifement là, ils ne font qu'augmenter
le poids & le nombre de leurs pechez, en commettant encore un nouveau peché, & fe privant
du plus neceffaire & du plus fouverain remede :
*Hoc eft enim reatum congregare, & remedium* *Idem.*
*declinare.* Je vous conjure donc, mes Freres,
concluoit-il, que fi quelqu'un de vous fe juge
indigne de la communion, il travaille à s'en rendre digne, parce que quiconque n'eft pas digne
de ce Sacrement, n'eft pas digne de Dieu : *Qua-* *Idem.*
*propter hortor vos, Fratres, ut fi quis ex vobis*
*indignum fe communione Ecclefiafticâ putat,*
*dignum fe faciat.* Voilà comment parloient les
Peres. Or ce qu'ils difoient generalement & abfolument, eft encore plus vray par rapport à ce
faint temps où le precepte de Jefus-Chrift determiné par celuy de l'Eglife, impofe aux fidelles
une obligation expreffe & particuliere de communier. Telle eft la folemnité de Pafques, à laquelle nous devons nous préparer chaque jour
de ce Carefme, & qui ne peut eftre celebrée
dans le chriftianifme que par la manducation de
l'agneau, qui eft Jefus-Chrift. Car fe contenter
alors de menacer un pecheur de la colere de
Dieu, s'il eft affez temeraire pour communier
dans l'eftat de fon peché, & ne le pas menacer de la colere du mefme Dieu, s'il ne quitte fon peché & s'il ne communie pour fatis-

...aire à ce commandement, *Nisi manducaveritis ;* c'est ne l'instruire qu'à demi, & luy donner lieu de fomenter par là son impenitence. Il faut luy signifier l'ordre du maistre, j'entends du grand maistre, en luy disant ce que le Sauveur par deux de ses disciples envoya dire à cet homme dont il avoit choisi la maison pour y faire la Pasques : *Magister dicit, apud te facio pascha.* C'est chez vous, mon Frere, ainsi doit-on parler à un pecheur, c'est chez vous ou plustost dans vous que le mystere de la Pasques doit estre accompli ; puisque le temps approche où Jesus-Christ qui est la veritable Pasques des chrestiens, veut & doit estre reçeû de vous dans l'adorable Eucharistie. Vous n'y estes pas disposé ; mais c'est pour cela mesme qu'on vous l'annonce de bonne heure, afin que vous vous y disposiez, & que vous vous y disposiez serieusement, promptement, efficacement. Car il n'y a point icy de milieu pour vous. Demeurant dans vostre peché, & ne vous disposant pas, vous ne pouvez éviter d'estre, ou un prophanateur, ou un deserteur du Sacrement de Jesus-Christ ; un prophanateur, si vous mangez cette Pasques sans vous y estre preparé par une conversion sincere ; un deserteur, si faute de preparation & de conversion vous vous trouvez hors d'estat de la manger. De pretendre qu'on a eû tort de vous réduire à cette extremité, c'est vouloir controller la conduite, & de l'Eglise qui

*Matth. 26.*

est vostre mere, & de Jesus-Christ qui est vostre Dieu. De dire que cette extremité peut vous porter à des abus, c'est vouloir vous justifier par vostre propre desordre, qui consiste à abuser de tout, mesmes des choses les plus saintes. Quoy-qu'il en soit, voicy la peine dont l'Eglise en vertu du pouvoir qu'elle a de lier & de deslier, est en droit selon les Canons de punir vostre desobéissance ; sçavoir, de vous retrancher de sa communion comme un membre scandaleux, quand par l'endurcissement de vostre cœur, ou par un attachement opiniastre à l'objet de vostre passion, vous venez à vous separer vous-mesme de la communion du corps de Jesus-Christ. Elle n'a point prétendu par là vous dresser un piége, ni vous exposer au peril d'ajouster peché sur peché; mais comme une mere zelée, elle a prétendu vous faire un devoir necessaire , un devoir indispensable de ce qu'il y a dans le christianisme que vous professez, de plus salutaire pour vous & de plus sacré. Pour cela il faut rompre vos liens , & sortir des engagemens criminels où vous estes; mais c'est justement à quoy tend le precepte de la communion. Pour cela il faut arracher l'œil qui vous scandalise, c'est à dire, renoncer à ce commerce qui est le scandale de vostre vie ; mais c'est en quoy vous devez admirer le precepte de la communion , qui vous force, pour ainsi dire, à ce qui doit faire selon Dieu tout vostre bonheur.

Et en effet, quel a esté le dessein de l'Eglise, quand elle a establi ces loix rigoureuses contre les pecheurs endurcis, qui desobéissent à ses ordres, & qui negligent de célebrer la Pasques! Elle a voulu les obliger, les necessiter; & puisque le Saint Esprit mesme s'en explique ainsi, les contraindre en quelque maniere à se purifier par la penitence pour meriter d'estre admis à la table de Jesus-Christ : *Compelle intrare*. Voilà l'utile contrainte dont elle usoit autrefois, & la sainte violence qu'elle faisoit à ces sortes de pecheurs. Car tout pecheurs qu'ils estoient, ne cessant pas d'estre chrestiens & ses enfants, elle se promettoit de leur religion & de leur foy, qu'ils ne seroient jamais assez endurcis pour se presenter à cette table sans s'estre auparavant bien éprouvez. Aussi, touchez eux-mesmes, quoyque pecheurs, d'un respect religieux & d'une profonde veneration pour ce Sacrement, ils faisoient dans la veûë de le recevoir, ce que jamais sans cela ils n'auroient fait; je veux dire, qu'on voyoit en eux des changemens & des réformes, à quoy tout autre motif ne les auroit jamais engagez. Cette obligation de manger la chair d'un Dieu, & d'ailleurs cette horreur de la manger indignement, voilà ce qui les convertissoit, voilà ce qui leur faisoit prendre toutes les mesures necessaires pour rentrer en grace avec Dieu, voilà ce qui arrachoit de leurs cœurs les passions les plus dominantes. Vous me direz encore une fois,

*Luc. 14.*

fois, que de là venoient aussi les sacrileges : &
moy je réponds qu'il n'y a rien en effet de si sacré, que l'homme ne puisse prophaner, mais qu'il
est toûjours vray, que le danger de cette prophanation n'a point empesché le Sauveur du monde d'obliger tous les fidelles à manger sa chair
sous peine d'une éternelle mort ; & que l'Eglise
son Epouse n'auroit pas agi conformément à ses
intentions, si dans le mesme temps qu'elle publie
aux fidelles l'anathesme de saint Paul contre les
communions indignes, elle ne les réduisoit par
ses censures à l'heureuse necessité d'en faire de
saintes & de profitables.

Cependant, pour ne pas joindre ces deux veritez, voicy, mes chers Auditeurs, les deux é-
cüeils, où conduit aujourd'huy l'esprit du siecle. Pourveû qu'on persuade à un pecheur, &
qu'on obtienne de luy qu'il fasse au dehors son
devoir de chrestien, & qu'il s'approche des autels, on croit avoir beaucoup gagné. Avec cela,
& cela seul, on loüe sa religion, on ne doute
point de sa conversion, on se promet tout de
sa perseverance : c'est le premier écüeil. Mais
d'ailleurs aussi pourveû qu'on fasse entendre à un
pecheur qu'il n'y a point de communion pour
luy, tandis qu'il est dans l'habitude de son peché, on croit avoir tout fait ; & si ce pecheur confessant son indignité, se tient esloigné des autels, on en est content, comme s'il avoit accompli toute la justice : avec cela, qu'il persevere

*Tome I.*                                    H

dans ſon libertinage, on le tolere, on le ſouffre.
Vous diriez que l'eſloignement de la communion mette tout le reſte à couvert, & qu'il luy ſoit
permis alors de vivre avec impunité, & ſelon tous
les deſirs de ſon cœur. Du premier de ces deux
abus que s'enſuit-il ? que parmi ceux qui communient, il y en a tant de foibles, tant d'aſſoupis
& de languiſſans ; & pour uſer du terme de ſaint
Paul, tant qui dorment du ſommeil de la mort ;
*Ideò inter vos multi infirmi & imbecilles, & dor-
miunt multi.* Et qu'arrive-t-il du ſecond ! que
parmi ceux qui ne communient pas, il y en a tant
de ſcandaleux, qui ſont aujourd'huy comme en
poſſeſſion de ne donner plus à l'Egliſe nulle
marque de chriſtianiſme, puiſque la plus eſſentielle marque qui nous diſtingue en qualité de
chreſtiens, eſt ſelon l'Apoſtre, la participation
du corps de Jeſus-Chriſt. De là vient que par un
excés de relaſchement, & meſmes par une malheureuſe preſcription, on ne s'étonne preſque
plus de voir des mondains & des mondaines,
qui de notorieté publique ſemblent depuis pluſieurs années s'eſtre eux-meſmes librement &
volontairement excommuniez ; & qu'au mépris
de la religion, ces canons & ces loix ſi ſaintes,
qui puniſſoient un tel deſordre, ne ſont, ou pa-
roiſſent n'eſtre plus de nul uſage. Décadence
qui plonge dans l'amertume les vrays Paſteurs,
& qui les jette dans le trouble, lorſqu'ils ſont temoins de la perte de tant d'ames. Et tout cela,

1. Cor. 11.

je le repete, parce qu'on n'inftruit pas affez les pecheurs de leurs devoirs, parce qu'on ne leur en fait pas connoiftre toute l'étenduë, parce qu'on leur fait feulement éviter un fcandale par un autre fcandale ; le fcandale de la mauvaife communion par le fcandale de l'impenitence & de l'irreligion, ou le fcandale de l'irreligion & de l'impenitence par le fcandale de la mauvaife communion : au lieu de leur faire bien entendre, qu'il ne fuffit pas de retrancher l'un ou l'autre fcandale, mais qu'il faut tout à la fois fe préferver de l'un & de l'autre.

Car c'eft pour les pecheurs, ô mon Dieu, comme pour les juftes que voftre Sacrement eft inftitué. Je ne dis pas pour les pecheurs impenitens, mais pour les pecheurs convertis, pour les pecheurs changez, & fanctifiez. Tandis que vous eftiez fur la terre, adorable Sauveur, vous n'avez pas dédaigné de manger à la table des pecheurs ; maintenant par une conduite bien differente, mais toûjours par le mefme efprit, vous admettez les pecheurs pénitens à voftre table : & comme autrefois vous mangiez à la table de ces pecheurs que voftre grace convertiffoit, bien plus volontiers qu'à la table des Pharifiens orgueilleux & fuperbes ; auffi puis-je dire pour la confolation de mes Auditeurs & pour la mienne, qu'il n'y a point de chreftiens plus favorablement receûs de vous, que les pecheurs qui fe convertiffent, & qui renoncent à

H ij

leur peché, pour se rapprocher de vous. Mais cela, comme j'ay dit, suppose, que ce sont des pecheurs sinceres & qui agissent de bonne foy ; car
si ce sont des mondains qui s'aveuglent & qui
se flattent, le respect prétendu qu'ils alleguent
pour s'esloigner du Sacrement de Jesus-Christ,
n'est plus une raison à éclaircir, mais un pretexte que je dois lever dans la seconde partie.

II. PARTIE.

IL n'est rien de plus subtil que l'esprit du monde pour nous conduire à ses fins, ni rien de plus
artificieux pour donner aux choses la couleur
& la forme qu'il luy plaist, quand il s'agit de
nous éblouïr & de nous tromper dans le discernement que nous avons à faire des voyes de
Dieu. Car il n'y a point alors de motif specieux
qu'il ne nous propose ; & souvent nous nous y
laissons surprendre, jusques à nous persuader
& à croire, qu'en nous esloignant mesmes de
Dieu, nous honorons Dieu. Or voilà le caractere de ces autres pecheurs, dont j'ay presentement à vous parler ; je veux dire, de ces mondains, qui se flattant d'avoir de la religion, & d'a-
gir par esprit de religion, se trompent eux-mesmes ; & qui s'écartant du chemin droit & simple de la verité, se font une erreur grossiere de
leur pretenduë humilité. Je m'explique. Ils disent, & mesmes ils le pensent, que c'est par respect qu'ils se retirent de la communion, parce
qu'ils conviennent devant Dieu qu'ils en sont

indignes. Et moy je soutiens, que ce respect dans eux est un vain respect. Je pretends, & je vais leur demonstrer, que ce respect dans l'usage qu'ils en font, & à l'examiner dans ses circonstances, est un faux respect. Enfin j'ajouste, que c'est un respect qui n'a nulle conformité avec celuy qu'ont fait paroistre dans tous les temps les vrays chrestiens, quand ils se sont separez du Sacrement de Jesus-Christ selon les regles & l'esprit de l'Eglise. Trois importantes reflexions par où j'entreprends, non pas de les confondre, mais de confondre dans leurs personnes l'esprit du monde qui les aveugle, & qui pour les attirer dans le precipice & pour les perdre, fait luire à leurs yeux un faux jour de devotion jusques dans leur indevotion mesme.

Je dis que c'est un vain respect; en voicy la preuve. Car qu'est-ce que j'appelle vain respect! celuy qui n'opére rien, qui n'est suivi de rien, qui n'aboutit à rien, qui n'engage à rien, qui ne fait rien faire pour se rendre moins indigne de Jesus-Christ & de son Sacrement; celuy qui laisse toûjours le pecheur dans ses mesmes imperfections, qui ne le rend ni plus fervent, ni plus regulier, ni plus saint; en un mot, celuy dont l'unique marque est de ne pas communier. N'est-ce pas là évidemment un respect inutile & sans fruit! Or tel est le respect de ces pecheurs à qui j'addresse cette seconde instruction; & s'il sçavent se faire justice, ils seront les premiers à le

H iij

reconnoiſtre. Et en effet, ſi le reſpect qu'ils ont,
ou qu'ils croyent avoir pour Jeſus-Chriſt, eſtoit
le vray motif qui les eſloignaſt de la communion,
ce motif à force d'agir & de faire impreſſion ſur
eux, les engageroit à quelque choſe de plus ; &
pour peu qu'il euſt d'efficace, au moins paroiſ-
troit-il dans leur conduite qu'ils en ſont touchez. Or c'eſt ce qui ne paroiſt en aucune ſorte.
Car à quoy ce motif, s'ils en eſtoient réellement
touchez, à quoy dans la pratique ce ſentiment
de reſpect les porteroit-il ? à ſe detacher du monde, puiſque c'eſt de leur propre aveu l'amour
du monde qui les rend indignes de la table du
Fils de Dieu. Penetrez qu'ils ſeroient de leur
indignité, & reconnoiſſant que leur indignité
vient de la paſſion malheureuſe qu'ils ont pour le
monde, pour les fauſſes joyes du monde, pour
les divertiſſemens peu chreſtiens & dangereux
du monde, pour les intrigues du monde, pour
la vanité & le luxe du monde, que ſeroient-ils !
Ils ſe priveroient de ces divertiſſemens, ils s'inter-
diroient ces plaiſirs, ils retrancheroient ce luxe,
ils renonceroient à cette vanité, ils quitteroient
ces intrigues ; & par ce ſacrifice parfait qu'ils en
feroient à Jeſus-Chriſt, d'indignes qu'ils ſont de
manger ſa chair ils commenceroient à s'en rendre dignes. Ce ſont là les ſolides temoignages
qu'ils luy donneroient, & qu'ils devroient luy
donner de leur reſpect. Ils ne font rien de tout
cela ; & à juger d'eux par leurs œuvres, on ne

peut pas croire qu'ils y ayent encore la moindre disposition. Eux-mesmes, si j'en attestois leurs consciences, ils avoueroient qu'ils en sont trés-esloignez. Il n'est donc pas vray que ce respect les touche autant qu'ils le prétendent : ce n'est donc pas ce respect qui les empesche d'approcher des divins mysteres. Mais quoy ! Je l'ay dit, & je le redis : un attachement opiniastre au monde, & à tout ce qui s'appelle monde. Ils sont du monde; & ce monde que Dieu réprouve, ne gouste point Jesus-Christ. Ils aiment le monde plus que Jesus-Christ, & voilà pourquoy ils quittent Jesus-Christ pour le monde. Cette apparence de respect n'est qu'un voile dont ils se couvrent, & dont leur amour propre se fait honneur. Mais au fond, c'est le monde qui les possede, & qui leur inspire pour la communion cette froideur, cette indifference, disons mieux, ce dégoust.

Et c'est-ce que le Sauveur luy-mesme a voulu nous faire comprendre dans la parabole des conviez qui negligerent de venir au festin, parce que d'autres soins leur occupoient l'esprit & le cœur. Avec cette difference bien remarquable, reprend saint Augustin, qu'au moins les conviez de la parabole confesserent de bonne foy les vrayes raisons qui les arresterent; au lieu que ces mondains dont il est icy question, affectent de ne pas connoistre, & se cachent à eux-mesmes la cause de leur desordre; se prévalant toûjours de ce vain pretexte, qu'indignes qu'ils font de communier, le meilleur pour eux est de s'en abstenir; se consolant interieurement, comme s'ils honoroient par là Jesus-Christ, & que Jesus-Christ dust un jour les recompenser de ce qu'ils abandonnent ses Autels, pour joüir plus en repos & avec plus de liberté des plaisirs du siecle. Car voilà, mes chers Auditeurs, jusqu'où va leur aveuglement. Et pour les convaincre, ajoustoit saint Chrysostome, ( cecy paroist sans replique ) pour les convaincre, que par rapport à eux ce prétendu respect n'est qu'un pretexte, & non pas une raison, c'est que pour communier plus rarement, ils n'en communient pas plus dignement; c'est à dire, que lorsqu'ils communient, ils ne s'y disposent pas mieux, qu'ils ne s'éprouvent pas avec plus de soin, qu'ils ne s'en separent pas plus du monde, & si j'ose ainsi m'exprimer, que pour recevoir chez eux Jesus-Christ, ils ne s'en mettent pas plus en frais; se persuadant par la plus fausse de toutes les maximes, que communier peu, sans y rien ajouster de plus, doit leur tenir lieu de merite & de tout merite; & par une visible erreur, dont ils ne s'appercoivent pas, mesurant tout le respect qu'ils rendent au divin mystere, non par plus d'attention sur eux-mesmes, non par plus de fidelité à leurs devoirs, non par plus d'exactitude ni plus de regularité, mais par l'intervalle & l'espace de temps qu'ils mettent entre une communion & l'autre : *Non munditiam animi, sed in-*

*tervalla temporis longioris meritum putantes.*
Marque infaillible, dit ce Pere, que ce n'eſt, ni
humilité, ni reſpect; mais une illuſion toute pure de l'eſprit du monde qui les ſeduit.

Or je dis, Chreſtiens, qu'il eſt d'une im-
portance extreſme de leur oſter ce pretexte. Et
comment ! Prenez garde, s'il vous plaiſt ; non
pas en leur facilitant la communion, ni en les
y portant, tandis qu'ils ſont encore dans les
engagemens d'une vie mondaine : je ſçais trop
ce que la dignité de ce Sacrement exige d'une
ame fidelle; & malheur à moy ſi dans la plus
grande action du chriſtianiſme & dans les diſ-
poſitions qu'il y faut apporter, je venois jamais à ouvrir la porte aux moindres relaſche-
mens. Mais j'appelle oſter à une ame mondaine
ce pretexte, l'obliger à parler juſte, & à ne plus
dire : je m'eſloigne du corps de Jeſus-Chriſt,
parce que je le reſpecte ; mais je m'en eſloigne,
parce que je ſuis une ame libertine qui ne veux
pas m'aſſujettir aux ſaintes loix que ma religion
me preſcrit pour en approcher. Je m'en eſloigne, parce que je ſuis une ame diſſipée, qui n'ay
en teſte que le monde & que mon plaiſir. Je
m'en eſloigne, parce que je ſuis une ame laſche
qui n'ay pas le courage de rien faire, ni de rien
entreprendre pour mon ſalut. Je m'en eſloigne,
par ce que j'ay un empreſſement pour les affaires temporelles, qui me deſſéche le cœur, &
qui m'endurcit à l'égard de Dieu. Je m'en eſ-

Ioigne, parce que je ne puis me resoudre à me
mortifier, ni à me faire la moindre violence. Je
m'en esloigne, parce que je veux vivre sans regle, & selon le caprice de mon humeur. Obliger, dis-je, les mondains à convenir de tout cela, & leur remonstrer ensuite le desordre de leur
conduite & l'injure qu'ils font à Jesus-Christ
de negliger ainsi son adorable Sacrement. Leur
bien faire entendre que non seulement il ne s'en
tient pas honoré, mais que c'est l'outrager, que
c'est l'irriter, que c'est s'attirer de sa part cette
terrible malediction, par où il conclut la parabole de l'Evangile, *Dico autem vobis, quod ne-*
*mo virorum illorum qui vocati sunt, gustabit cœ-*
*nam meam :* ma table estoit preste & dressée pour
eux, & ils ont cherché des pretextes pour s'en
esloigner ; mais je scauray bien les en punir; car
je vous declare, que pas un d'eux ne sera reçeû
au sacré banquet que je leur avois preparé: voilà de quoy les détromper de la dangereuse illusion qui les aveugle. Combien de fois, mes chers
Auditeurs, cette prediction du Sauveur du monde, quoy qu'elle ne soit, si vous voulez, que
comminatoire, s'est-elle accomplie à la lettre! &
combien de chrestiens pour avoir abandonné
pendant la vie l'usage de la communion, par
un secret jugement de Dieu, en ont-ils esté privez à la mort! Mais allons plus avant.

Non seulement vain respect, mais faux respect. Pourquoy! parce qu'il n'est pas accompa-

gné des deux conditions essentielles qu'il doit avoir. L'une est la douleur, & une douleur vive d'estre separé du corps de Jesus-Christ; l'autre est le desir, & un desir sincere d'en approcher: deux conditions inseparables du vray respect; mais que le mondain, s'il veut bien rentrer en luy-mesme, ne trouvera pas dans son cœur. Douleur vive d'estre separé du corps de Jesus-Christ : car si j'honore Jesus-Christ autant que je dois l'honorer, si j'ay pour Jesus-Christ ce respectueux attachement dont je me flatte, je dois regarder comme mon souverain bien dans cette vie de luy estre uni; je dis uni sur tout par le Sacrement qu'il a luy-mesme institué, pour entretenir entre luy & moy une sainte & ineffable union : d'où il s'ensuit, que je dois par la mesme regle, regarder comme mon souverain mal, d'estre separé de ce Sacrement, dont la participation est le gage de ma beatitude, ou plustost, est ma beatitude anticipée. Et c'est ce que saint Chrysostome comprenoit si bien, quand il disoit en parlant de la communion : *Unus sit vobis dolor hac escâ privari;* que vostre grande douleur, mes Freres, ou pour mieux dire, que voltre unique douleur soit d'estre privez de cette viande celeste, qui est la chair de Jesus-Christ. Voltre unique douleur, *Unus dolor :* car quels sont en comparaison de celuy-cy, tous les autres sujets qui vous affligent! S'il est donc vray, que je respecte le Sa-

crement de Jesus-Christ, autant qu'il est respectable, & autant que je veux paroistre le respecter, rien ne doit estre plus douloureux & plus
affligeant pour moy, que de me voir privé de
cette divine nourriture; & j'y dois estre plus sensible, qu'à toutes les pertes du monde, qu'à toutes les afflictions du monde. Cette pensée, je suis
separé de mon Dieu, si j'ay de la foy, doit me
désoler, doit me consterner, doit me jetter dans
un abbattement pareil à celuy d'Esaü, quand il
se vit exclus de la benediction de son père; &
par là, j'entre comme chrestien dans le sentiment de saint Chrysostome : *Unus sit vobis dolor hac escâ privari.*

Douleur encore plus vive, si j'ay à me reprocher que c'est moy-mesme qui m'en separe;
moy-mesme qui m'en separe par mon infidelité, moy-mesme qui m'en separe par mon attachement opiniastre à l'objet d'une honteuse passion dont je me suis rendu esclave, moy-mesme qui m'en separe pour ne vouloir pas faire à
Jesus-Christ le sacrifice qu'il attend de moy.
Mais quel surcroist de peine, si je comprends
tout le malheur d'une si triste separation! Quand
l'Eglise, exerçant sur les premiers chrestiens la
severité de sa discipline, les retranchoit pour un
temps de la communion, que faisoient-ils, &
quels estoient leurs sentimens ! Les Peres nous
apprennent qu'ils en tomboient dans la plus
profonde tristesse, qu'ils gemissoient, qu'ils sou-

piroient, qu'ils verfoient des torrens de larmes, qu'ils regardoient cet eftat comme une réprobation paffagere. Ainfi, quoyque feparez de Jefus-Chrift, marquoient-ils néanmoins leur refpect, & un refpect folide à Jefus-Chrift. Mais ces mondains dont je parle, ont-ils jamais fenti les impreffions de cette douleur chreftienne & religieufe! J'en appelle au temoignage de leur cœur, & je les en attefte eux-mefmes. Efloignez de la communion, avec quelle tranquillité ne foutiennent-ils pas cet efloignement! Avec quelle indolence ne fe voyent-ils pas feparez du Dieu de leur falut! Avec quelle infenfibilité ne s'y accouftument-ils pas, non feulement jufqu'à n'en eftre plus affligez, mais jufqu'à s'en trouver foulagez! La communion dans le cours de leur vie mondaine eft un fardeau pefant, & ils s'en déchargent : la communion trouble ou interrompt leurs vains plaifirs; pour les goufter fans interruption & fans trouble, ils l'abandonnent : il faudroit pour communier, garder des mefures & fe contraindre; il leur eft plus commode de s'en abftenir, & de ne communier plus. Avec de telles difpofitions me perfuaderont-ils qu'ils ont pour Jefus-Chrift & fon Sacrement un vray refpect; & s'ils le pretendoient encore, n'ay-je pas droit de ne les en pas croire!

Faux refpect, parce qu'il n'eft accompagné d'aucun defir de la communion. Autre preuve contre eux. Car obſervez bien, Chreſtiens, ce que j'ajouſte : le reſpect que je dois avoir pour Jeſus-Chriſt, peut bien m'engager quelquefois à me retirer pour un temps de la communion; mais il ne doit jamais, s'il eſt veritable, éteindre en moy, ni meſmes diminuer le deſir de la communion. Au contraire, plus je me trouve indigne de communier, plus je dois dans un ſens deſirer avec ardeur de communier; pourquoy? parce qu'il eſt évident que ce deſir eſt au-moins une reſſource contre mon indignité. Et en effet, c'eſt par ce deſir que je reviens à Jeſus-Chriſt, & en vertu de ce deſir que je taſche à me rapprocher de luy. C'eſt par ce deſir que j'en cherche tous les moyens, que j'en ſurmonte tous les obſtacles, que je ſuis fidelle à en executer toutes les reſolutions. Tandis que ce deſir eſt en moy, le principe de la vie y eſt encore, & il n'y a rien dont je ne ſois capable : au lieu que ce deſir ceſſant, je ſuis comme mort, n'ayant plus aucun ſentiment qui me ramene à Jeſus-Chriſt, ni qui me preſſe de retourner à luy: d'où ils s'enſuit, que non ſeulement toute mon indignité ſubſiſte, mais que l'extinction de ce deſir eſt comme la conſommation de mon indignité. Indignité conſommée, dont ſaint Ambroiſe ne craignoit point d'exaggerer les ſuites affreuſes, quand il ſoutenoit que la perte de ce deſir n'eſtoit pas moins qu'un préſage de la réprobation future. Ah! Seigneur, diſoit-il, c'eſt

de ce pain adorable de l'Euchariftie qu'il eft é-
crit, que tous ceux qui s'efloignent de vous periront, c'eft à dire, que tous ceux qui perdent
le defir de s'unir à vous, feront rejettez de vous.
*Domine, de hoc pane fcriptum eft, omnes qui* Ambrof.
*elongant fe à te, peribunt.*

Ainfi le comprenoient parfaitement les premiers fidelles. J'en reviens à leur exemple, & je
ne puis trop vous le propofer. Car c'eft pour cela que privez de l'ufage des faints myfteres & de
la communion, ils temoignoient un empreffement fi vif & fi ardent d'y eftre reftablis. C'eft
pour cela qu'ils le demandoient avec tant d'in-
ftance, & que profternez aux pieds des Preftres,
ils les conjuroient par les entrailles de la mifericorde de Jefus-Chrift, de leur abbreger ces jours
malheureux où ils vivoient feparez de leur Sauveur. C'eft pour cela qu'ils employoient mefmes l'interceffion des Martyrs; & en cela, dit
faint Cyprien, paroiffoit leur refpect & leur vray
refpect. Que fait le mondain ? Content de leur
reffembler dans cette trifte feparation, il eft peu
en peine de les imiter fur le refte; & confondant
avec la communion le defir de la communion,
il renonce également à l'un & à l'autre, & n'a
plus pour le Sacrement de Jefus-Chrift qu'une
indifference de cœur dont il devroit eftre effrayé. Car voilà, mes chers Auditeurs, ce que les
Peres de l'Eglife déploroient fi amérement; voilà ce qu'ils regardoient comme une des playes

& comme un des plus grands malheurs de leur siecle ; voilà ce que saint Chryſoſtome reprochoit au peuple d'Antioche avec tant de force. Quelle honte, leur diſoit-il, mes Freres, de voir voſtre froideur, quand on vous parle de recevoir le Saint des Saints ! S'agit-il d'un ſpectacle dans voſtre ville ! vous y courez en foule ; & rien ne vous peut attirer, quand il eſt queſtion de venir prendre part au ſacrifice de nos Autels. Toutes vos places publiques, tous vos amphitheatres ſont remplis ; & la table de Jeſus-Chriſt eſt vuide. Envain y ſommes-nous aſſidus, pour vous diſtribuer les dons celeſtes ; aucun de vous ne s'y preſente. Jeſus-Chriſt en perſonne vous y attend, & il y eſt delaiſſé. Tantoſt ce Pere leur repreſentoit avec quel zéle ils s'aſſembloient pour écouter ſes predications, tandis qu'ils en marquoient ſi peu pour recevoir de ſes mains le gage precieux de leur ſalut. Tantoſt il ſe plaignoit de leur dureté à l'égard de ce Sacrement d'amour. Tantoſt il leur remettoit devant les yeux les funeſtes conſequences de ce reſpect mal entendu, dont ils vouloient ſe prévaloir, & de l'abus qu'ils en faiſoient. Imaginez-vous, mes chers Auditeurs, que c'eſt encore icy saint Chryſoſtome qui vous parle, puis qu'en effet c'eſt luy-meſme ; ou béniſſez le Ciel, de ce que Dieu dés lors inſpiroit à ce grand homme, ce qui doit aujourd'huy confondre vos pitoyables, mais pernicieuſes erreurs.

Enfin,

Enfin, j'ay dit, & je viens déja de vous le faire voir en partie, que le respect dont s'authorisent les mondains pour s'essloigner de la communion, n'a nulle conformité avec celuy des
premiers siecles de l'Eglise; la preuve en est sensible. Car dans ces siecles florissants du christianisme, tandis qu'un pecheur demeuroit separé
du corps de Jesus-Christ, il estoit dans les exercices d'une penitence laborieuse, à la quelle il se
condamnoit, & dont il subissoit avec courage
toutes les rigueurs; & cette penitence, selon les
loix de l'Eglise, n'estoit point une simple céremonie, puis qu'elle consistoit en de trés penibles
austeritez. L'abstinence & le jeusne, le sac & la
cendre, le cilice & les macerations du corps en
estoient, comme nous sçavons, les accompagne-
mens inseparables; & cela pour monstrer combien le pecheur honoroit Jesus-Christ, puisqu'il vouloit bien se soumettre à de si rigoureuses pratiques, & qu'aux dépens de luy-mesme, il vouloit bien faire à Jesus-Christ un telle
réparation. Or avoüons-le à nostre honte, de pareilles épreuves ne sont ni du goust, ni de la devotion des mondains. De quelque respect qu'ils
se piquent pour Jesus-Christ, ils ne veulent pas
qu'il leur en couste tant. Aveuglez par l'esprit
du monde, par cet esprit de mollesse, ils prétendent en estre quittes à meilleur compte. Toute leur penitence se termine à ne communier
plus; & ce genre de penitence ne les incommo-

de point. Bien loin de les incommoder, il flatte
leurs inclinations, & il leur donne lieu de vivre dans une plus grande liberté, disons mieux,
dans un plus grand libertinage. Car voilà où le
pretexte de ce faux respect porte les choses; &
plust au ciel que ce que je combats icy, fust une
chimere, & non une verité. J'acheve, & il me
reste à vous monstrer que ce prétendu respect est
un scandale dans le pecheur hypocrite. C'est la
troisieme partie.

III. PARTIE. C'Est une maxime communement reçeüe, que
ce qui est bon en soy, ne l'est pas toûjours par
rapport au principe d'où il part; & une des regles de la prudence humaine, est de tenir les
choses mesmes les plus salutaires pour suspectes,
quand nous decouvrons qu'elles viennent d'une
source infectée & empoisonnée. Or nous pouvons & nous devons mesmes appliquer cette regle à ce qui concerne la religion & les pratiques de pieté. Je ne scais, Chrestiens, si vous a-
vez jamais fait une reflexion, qui m'a paru bien
solide, & dont je suis seûr que vous compren-
drez encore mieux que moy la verité, sçavoir,
que lorsqu'il s'est élevé dans le christianisme des
contestations sur le relaschement ou la severité de
la discipline, certains libertins du monde n'ont
presque jamais manqué à se declarer pour le
parti severe; non pas afin de l'embrasser dans la
pratique & de le suivre, disposition dont ils es-

toient bien esloignez; mais, ou par une conduite bizarre, pour avoir le plaisir d'en parler, ou
par un interest secret, pour s'en servir comme
d'un voile propre à couvrir d'autres desseins.
Ainsi tant de fois a-t-on veû des hommes engagez d'ailleurs dans des desordres honteux, des
hommes également corrompus & dans l'esprit
& dans le cœur, vains, sensuels, amateurs d'eux-
mesmes, estre les premiers & les plus zélez en
apparence à s'expliquer en faveur de la reforme
& à la maintenir. Ainsi a-t-on veû des femmes
trop connües pour ce qu'elles avoient esté, &
peut-estre pour ce qu'elles estoient encore ; des
femmes à qui le passé devoit au moins fermer la
bouche, devenir les plus éloquentes sur la dépravation des mœurs, ne trouver rien d'assez
exact ni d'assez rigide dans la police de l'Eglise, & en appeller sans cesse aux anciens Canons,
tels qu'ils s'observoient dans leur premiere institution. Mais ce zéle de la pureté des mœurs
& de la perfection du christianisme n'est-il pas
loüable dans un chrestien ? Oüy répond saint
Bernard : mais autant qu'il est loüable dans un
chrestien, autant, pour ne rien dire de plus, est-
il équivoque & douteux dans un libertin ; & je
dois selon le precepte de Jesus-Christ m'en défier comme de la plus dangereuse hypocrisie.

Or ce que remarquoit en general saint Bernard touchant la pureté & la regularité des
mœurs, c'est encore plus particulierement &

plus fenfiblement ce qui s'eft verifié & ce qui
fe verifie tous les jours à l'égard de la communion. Car qu'eft-il arrivé ? vous le fçavez : on a
parlé & avec raifon des abus qui fe commet-
toient ou qui pouvoient fe commettre dans la
frequentation du Sacrement de nos Autels, de
l'extrefme facilité avec laquelle il eftoit à craindre qu'on n'y admift les pecheurs, de la neceffité d'en feparer pour un temps certaines ames
imparfaites qui n'en profitoient pas, de la difcretion & de la prudence que les Pafteurs y devoient apporter. Tout cela eftoit bon, faint, é-
difiant ; & je ne doute point, appliquez-vous,
s'il vous plaift, à ce que je dis, je ne doute point
que les vrays fidelles, touchez de l'intereft de
Dieu & de celuy de fon Eglife, n'ayent eû des
intentions trés pures, en temoignant la-deffus
leur zéle : mais ce qui m'étonne, c'eft que des
gens d'un caractere tout oppofé, j'entends les
libertins du fiecle, ayent prétendu eftre de la partie ; & que s'ingerant dans une caufe où ils n'a-
voient rien de commun, ils fe foient quelquefois monftrez les plus vifs & les plus ardens à
faire valoir le refpect dû au Sacrement de Jefus-
Chrift & à fon corps adorable. Ce qui m'étonne, c'eft que des hommes qui parmi les intelligens paffoient pour avoir peu de religion, des
hommes engagez dans les derniers déreglemens, ayent affecté de parler avec plus de chaleur contre les communions frequentes, fe

foient plus hautement fcandalifez fur ce poinct
des moindres relafchemens, ou réels, ou imaginaires, & foient entrez dans cette queftion comme dans leur affaire propre. Voilà ce qui m'a
toûjours furpris.

Car enfin d'où leur peut venir ce zéle ! Impies comme je les fuppofe, ils n'ont pour tous
les autres devoirs du chriftianifme qu'un fecret
mépris, & ils tiennent fur celuy-cy le langage
des parfaits & des fpirituels. Il faut donc qu'ils
y envifagent quelque intereft, & vous eftes trop
éclairez pour ne pas comprendre d'abord en
quoy cet intereft confifte, puifqu'il eft facile à
connoiftre, & qu'aumoins il eft certain qu'en
parlant de la forte ils fe mettent en poffeffion
d'eftre libertins, non feulement avec feûreté,
mais fi j'ofe le dire, avec honneur : car encore
une fois, ce font de ces hommes que faint Paul
dépeignoit à Timothée, des hommes corrompus dans le principe & dont la foy eft comme
éteinte; des hommes à qui tout exercice de religion eft onéreux, & qui veulent s'en décharger. Cependant, parce qu'ils n'ignorent pas que
la communion a toûjours efté regardée comme une marque fpeciale de chriftianifme, &
que d'y renoncer ouvertement, ce feroit une efpece d'apoftafie qu'ils auroient peine à foutenir; pour ne pas fe commettre jufques-là, &
néanmoins pour fecoüer le joug qui les incommode, ils fe font un voile de religion de leur

I iij

propre irreligion ( je ne fcais fi je m'explique bien ) & ils fe portent pour approbateurs de cette maxime qui va à nous effoigner de Jefus-Chrift par un fentiment de crainte & de refpect, afin qu'on ne puiffe plus les diftinguer d'avec les chreftiens mefmes les plus exacts, puifqu'ils parlent comme eux & qu'ils paroiffent auffi zélez qu'eux.

Or je pretends que ce langage dans la bouche du libertin, eft un fcandale pour les foibles. Pourquoy ! Encore un moment d'attention : parce qu'il aboutit à deux chofes également pernicieufes, fçavoir, à décrier indifferemment les bonnes & les mauvaifes communions, c'eft la premiere; & à detourner les ames, non feulement de la communion, mais univerfellement de tout ce qu'il y a de faint dans la religion, c'eft la feconde. Je dis à décrier indifferemment les bonnes & les mauvaifes communions : car comme raifonnoit fort bien faint Jean Chryfoftome, s'il eft toûjours dangereux en blafmant la fauffe pieté, de decrediter la vraye; beaucoup plus l'eft-il, quand celuy qui fe mefle d'en juger, eft un efprit prophane qui fe foucie peu de confondre l'une avec l'autre; ou pluftoft, qui n'attaque l'une, que parce qu'il eft fecretement ennemi de l'autre, & qui bien loin d'ufer de la precaution neceffaire pour feparer le vray d'avec le faux, femble n'avoir point d'autre but que de détruire le vray par le faux. Or ce que

difoit ce Pere de la devotion, j'ay droit de le dire, & la mefme experience le confirme touchant la communion. S'il faut toûjours craindre, en condamnant les mauvaifes communions, de condamner les bonnes ; beaucoup
plus, quand celuy qui s'en fait le cenfeur, eft
un efprit perverti, qui n'a ni pour les bonnes ni
pour les mauvaifes nul égard veritable, & qui
ne compte pour rien de préjudicier à celles-cy
en declamant contre celles-là.

Et en effet, à quoy fe termine le zéle malin que
je combats, que je combats, dis-je, dans les impies du fiecle qui s'en prévalent, & qui par là
troublent les ames juftes & innocentes : à quoy
fe réduit-il ! A faire dans l'Eglife de Dieu ce que
faifoient dans le Temple de Jerufalem les enfants du grand Preftre Héli, qui detournoient
les hommes du facrifice : crime que deteftoit le
Seigneur, & pour lequel il les réprouva ; *Pec-*   1. *Reg.* 2.
*catum grande nimis, quia retrahebant homines à*
*facrificio Domini :* ou bien, fi vous voulez, à
renouveller ce que firent dans la fuite les Pharifiens, à qui pour cela le Sauveur du monde
difoit avec indignation: malheur à vous qui fer-
mez aux autres le Royaume de Dieu ; car vous
n'y entrez pas vous-mefmes, & vous arreftez encore ceux qui voudroient y entrer ; *Vos enim*  *Matth.* 23.
*non intratis, nec introëuntes finitis intrare.* Figuré fenfible de ce qui s'accomplit tous les jours
dans la perfonne de ces mondains, qui par un

endurciſſement de cœur s'eſtant eux-meſmes
ſeparez du divin myſtere, où ſelon la penſée de
ſaint Cyrille, le Royaume de Dieu nous eſt ouvert, voudroient, s'il leur eſtoit poſſible, en exclure tous les autres. Voilà à quoy ils travaillent, & meſmes à quoy ils parviennent, en con-
trollant les gens de bien ſur leurs communions,
en cenſurant leur vie, en critiquant leur conduite, en relevant leurs moindres defauts, en
ne leur pardonnant rien , & en leur faiſant un
crime de tout. Saint Auguſtin avec toutes ſes
lumieres n'oſoit pas deſapprouver l'uſage de
communier tous les jours; un mondain temeraire & aveugle dans les choſes de Dieu, le condamne hardiment & ſans heſiter. Le dernier
Concile ſouhaitoit de voir la frequente communion reſtablie dans l'Egliſe ; & le mondain
voudroit au contraire l'exterminer & l'anéantir. Ne penſez pas, mes chers Auditeurs, que par
là je prétende juſtifier toutes les communions
frequentes; il y en a de frequentes que je déplore, mais dont je laiſſe à Dieu le jugement : c'eſt
à dire, il y en a de frequentes, mais inutiles ; de
frequentes, mais laſches; de frequentes , mais
trés peu édifiantes, mais qui pourroient meſmes
pluſtoſt ſcandaliſer qu'édifier. Peut-eſtre en par-
leray-je dans un autre diſcours , & vous verrez
bien que mon intention ne fut jamais de les authoriſer. Du reſte, j'ay dit que j'en laiſſois à Dieu
le jugement, parce qu'autant que je craindrois

de rien avancer qui favorisaſt de telles communions, autant me croirois-je prévaricateur, de
donner la moindre atteinte aux communions
frequentes, mais ferventes. Les autres deshonorent Jeſus-Chriſt, mais celles-cy le glorifient;
& comme je dirois anatheſme à quiconque ap-
prouveroit les communions vaines & imparfaites, auſſi le diray-je toûjours au libertinage,
quand il s'élevera contre celles qui ſanctifient
les ames, & dont le Fils de Dieu tire ſa gloire.
Qui pourroit dire combien le Demon par ce
ſeul artifice à retiré de juſtes des Autels! combien d'épouſes de Jeſus-Chriſt il a troublées
dans leurs ſaintes communications avec l'époux
celeſte! combien de communions dont les Anges ſe feroient rejoüis dans le ciel, il a comme
interdites ſur la terre!

Je dis plus: de l'eſloignement de la communion le ſcandale paſſe, ſi l'on n'a ſoin de s'en
préſerver, juſqu'à l'abandon & au retranche-
ment de tout ce qui ſe pratique de plus ſaint
dans le chriſtianiſme, & c'eſt la ſeconde remarque de ſaint Chryſoſtome. Car ſuppoſé ce principe d'une humilité feinte & mal conçeûe, quelle conſequence n'en peut-on pas tirer, & à quel
exercice de la religion une ame fidelle n'eſt-elle pas tentée de renoncer! Vous n'eſtes pas digne
de vous preſenter à la table de Jeſus-Chriſt, ce
ſont les paroles de ſaint Chryſoſtome: & eſtes-
vous digne d'entrer dans le Temple de Dieu! &

estes-vous digne de prier & d'invoquer Dieu?
& estes-vous digne d'entendre la parole de Dieu!
& estes-vous digne d'estre admis à la penitence,
& au tribunal de la misericorde de Dieu! & estes-vous digne de chanter avec l'Eglise les loüanges de Dieu? & estes-vous digne d'assister au
sacrifice qui est offert à Dieu! Il faudra donc par
la mesme raison abandonner tout cela, & que la
veüe de vostre indignité, si j'ose m'exprimer de
la sorte, vous tienne dans une espece d'excom-
munication, où vous n'ayez plus de part à tout
ce qui s'appelle culte & devoir chrestien : *Sum,
inquis, indignus communione altaris ; ergò &
illâ quoque communione quæ in precibus est ; ergò & illâ quæ in verbo Dei est.* Ainsi concluoit
ce saint Docteur; & sans parler des bonnes ames,
dont la simplicité peut estre seduite par cette illusion, voilà l'avantage que les libertins en voudroient remporter. Ils se feroient un plaisir d'é-
tendre à toutes les obligations chrestiennes ces
paroles du Centenier, expliquées & corrom-
pûes selon leur sens; *Domine, non sum dignus.*
Et comme ils s'en servent pour paroistre, tout
libertins qu'ils sont, humbles & religieux, en
ne communiant pas; aussi passant plus loin, se
sçauroient-ils bon gré, d'avoir trouvé moyen
de ne paroistre jamais dans nos Temples par respect, de ne plus prier par respect, de s'affranchir
par respect de tous leurs devoirs. Or c'est-là,
mes chers Auditeurs, le scandale qu'il falloit

*Chrysost.*

combattre. Pardonnez-moy, si j'en parle avec quelque vehemence : c'est pour l'interest de Jesus-Christ & de sa religion. Que les Prelats de l'Eglise fassent des loix & des Ordonnances, pour corriger les abus de la communion, c'est ce qui les regarde, & ce que je respecteray toûjours. Que les Prestres & les Pasteurs des ames travaillent à y apporter remede, c'est leur ministere, & c'est pour cela que Dieu les a establis. Que les particuliers mesmes y contribuent selon la mesure de la grace que Dieu leur a donnée, en commençant par eux-mesmes, avant que d'étendre leur zéle sur les autres, c'est ce qui m'édifiera. Mais que des mondains, que des prophanes, aveugles dans les choses de Dieu, que des hommes peut-estre sans foy, entreprennent de decider ce qu'il y a de plus important dans la religion, de le regler, d'y mesler leurs erreurs, leurs interests, leur impieté, c'est ce que je condamneray toûjours & sur quoy je m'éleveray hautement contre eux. Appliquons-nous, mes Freres; c'est à vous à qui je parle, Prestres du Dieu vivant & Ministres de ses Autels, seculiers ou reguliers : appliquons-nous à preparer au Seigneur un peuple parfait. Unis par le lien de la charité, travaillons à convertir les pecheurs, à perfectionner les justes, à purifier les ames fidelles, pour les rendre dignes du Sacrement de Jesus-Christ. Voilà à quoy nous devons nous employer ; voilà le but que nous de-

vons nous propofer. Car je vous le dis, mes Freres, jamais l'Eglife de Dieu ne fera fanctifiée, ni
jamais le chriftianifme ne fera bien reformé, que
par le bon ufage de la communion. Raifonnons
tant qu'il nous plaira ; il en faudra toûjours revenir à ces adorables paroles du Sauveur : fi vous
ne mangez la chair du Fils de l'homme, vous
n'aurez point la vie en vous ; *Nifi manducaveri-*
*tis carnem Filii hominis , non habebitis vitam in*
*vobis :* Au contraire, fi quelqu'un mange de ce
pain , il vivra éternellement ; *Qui manducat*
*hunc panem , vivet in æternum ;* il vivra en ce
monde par la grace, & dans l'autre par la gloire,
où nous conduife &c.

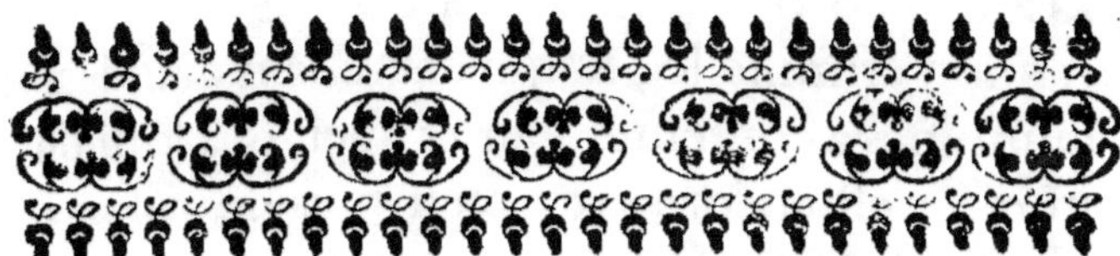

# SERMON

## POUR LE PREMIER VENDREDY

### DU

# CARESME.

### *Sur l'Aumosne.*

Cum ergò facis eleemosynam, noli tubâ cane-
re ante te, sicut hypocritæ faciunt in Synago-
gis & in vicis, ut honorificentur ab hominibus.

*Quand donc vous faites l'Aumosne, ne faites pas
sonner de la trompette devant vous, comme font
les hypocrites dans les Synagogues & dans les
places publiques pour estre honorez des hommes.*
En saint Matth. chap. 6.

# MONSEIGNEUR,

Monsieur, Fre-
re unique du
Roy.

SI l'Evangile condamne ces ames vaines qui
corrompent les plus saintes œuvres par une in-

tention criminelle, & qui cherchent dans leurs
aumofnes à contenter leur orgueil & à fe diftinguer ; c'eft encore avec bien plus de raifon &
plus de rigueur, qu'il doit condamner ces ames
dures, qui laiffent impitoyablement fouffrir tant
de pauvres, & qui les voyent prefque réduits
aux dernieres extremitez fans fe mettre en peine de les affifter dans leurs miferes & de pourvoir à leurs befoins. Car ce defordre n'eft-il pas
plus condamnable que l'autre ! Et que ferviroit,
Chreftiens, de vous apprendre quelles veües
vous devez vous propofer en faifant l'aumofne, lorfque vous n'eftes pas mefmes inftruits,
ou que vous paroiffez au moins dans la pratique fi peu perfuadez du devoir indifpenfable
qui vous engage à la faire !

Quand la loy de Dieu ne nous l'ordonneroit
pas, faudroit-il une autre loy que les fentimens
naturels ! Et voilà, Monfeigneur, les heureufes
difpofitions que Voftre Alteffe Royale a reçeües
en naiffant, & qu'elle a fi bien cultivées. Si les
Princes font les images de Dieu, & fi la mifericorde eft un des premiers caracteres de la divinité, je puis dire que nous voyons dans Voftre
Alteffe Royale les plus beaux traits de cet excellent modelle. Car nous y voyons, Monfeigneur, un Prince bienfaifant, dont l'inclination
prédominante eft d'obliger & de faire des graces : un Prince liberal & magnifique, qui prend
plaifir à difpenfer fes dons, & qui met fa gran-

deur à les repandre, non moins sur les petits que sur les grands mesmes : un Prince prévenant & affable, qui par des manieres toûjours engageantes, par un accueil toûjours ouvert & un visage où la douceur est peinte, inspire à ceux qui l'approchent autant de confiance, que la pompe de sa Cour, l'éclat de sa naissance, la dignité de sa personne leur impriment de respect & de veneration : un Prince charitable & compatissant, toûjours prest à écouter les humbles supplications des affligez, & toûjours disposé à prendre en main leur cause & à défendre leurs interests. Ce ne sont point-là, Monseigneur, de ces éloges estudiez que la flatterie donne aux Princes, & qui quelquefois expriment plustost ce qu'ils doivent estre que ce qu'ils sont : je ne dis rien que n'ait dit cent fois avant moy, que ne dise encore tous les jours comme moy & aussi hautement que moy, tout ce peuple qui m'écoute & dont vous possedez les cœurs. Juste & glorieuse possession, où vous à maintenu jusqu'à present, & où vous maintiendra, cette grandeur d'ame qui paroist en tout, cette generosité de sentimens, cette bonté de naturel, tant d'autres qualitez que nous admirons ; & s'il m'est permis de le dire, Monseigneur, pour m'acquitter de mon ministere & pour vostre édification, qui ne doivent pas seulement servir à faire de Vostre Altesse Royale, un Prince selon le cœur des hommes, mais un

Prince vrayment chrestien & selon le cœur de
Dieu. J'auray donc l'avantage, Monseigneur,
en parlant de l'aumosne & du soin des pauvres,
d'entrer dans vos veûës & de seconder vostre
zéle. Les Peres semblent avoir épuisé sur ce sujet leur éloquence ; saint Jean Chrysostome ne
faisoit presque pas un discours au peuple, qu'il
ne recommandast la charité & la misericorde
chrestienne, & c'est ce qui le fit appeller le predicateur de l'aumosne. Avant que de proposer
mon dessein, implorons le secours du Ciel, &
addressons-nous pour l'obtenir à la mere de misericorde, en luy disant : *Ave Maria.*

Rien n'est plus ordinaire dans le christianisme que d'entendre parler de l'excellence & des
avantages de l'aumosne : mais on n'est guéres
accoutumé, ou du moins on ne se plaist guéres
à entendre parler du précepte & de la necessité
de l'aumosne. Ceux qui ne la font pas, n'en ont
communement nul scrupule, & ne s'en accu-
sent jamais au tribunal de la penitence : & ceux
qui la font, dit saint Jean Chrysostome, la regardent volontiers comme une œuvre de surérogation, & non point comme une obligation
étroite & rigoureuse. Ils la font ; mais au mesme
temps ils ont une secrette complaisance de faire
au de là de leurs devoirs ; ils se flattent de cette
pensée, & ils aiment à s'y entretenir, soit pour se
conserver la liberté de ne pas donner, soit pour

s'attribuer

s'attribuer tout le merite de ce qu'ils donnent. C'est neanmoins une verité incontestable, que la loy de Dieu nous oblige à soulager les pauvres par nos aumosnes; & cette loy, Chrestiens, est si severe, qu'il n'y va pas moins que de nostre salut éternel. Dieu ne veut point vous oster le merite de vostre charité, quand vous faites l'aumosne; mais il n'est pas juste aussi que vous luy ostiez, ou que vous pretendiez luy oster le pouvoir qu'il a, & qu'il aura toûjours, de vous la commander : comme il ne vous refuse point l'un, vous ne pouvez luy contester l'autre; & pour vous inspirer là-dessus toute la soumission necessaire, il faut vous bien convaincre de trois choses. En premier lieu, que l'aumosne n'est point un simple conseil, mais un précepte. En second lieu, que ce n'est point un commandement vague & indefini, mais determiné à une certaine matiere. En troisieme lieu, que ce précepte doit estre observé avec ordre & selon les regles de la charité. Or voilà les trois poincts qui vont partager ce discours. Je dis donc qu'il y a un précepte de l'aumosne; & mon dessein est de vous faire voir sur quoy il est fondé; ce sera la premiere partie. Je dis qu'il y a une matiere affectée & destinée de Dieu pour l'aumosne, & je pretends aujourd'huy vous la determiner; ce sera la seconde partie. Enfin, je dis qu'il y a un ordre à garder dans l'aumosne; & je veux vous le faire connoistre; ce sera la conclusion.

*Tome I.* .K

Trois poincts de morale que je vais developper selon les principes les plus communs de la
Theologie : car ne pensez pas que j'affecte icy
une severité particuliere & outrée. Quand il s'a-
git d'obligation de conscience, surtout de peché mortel, nous ne devons dire que ce qu'il y a
de vray, & d'incontestablement vray. Précepte
de l'aumosne, matiere de l'aumosne, ordre de
l'aumosne, c'est tout le sujet de vostre attention.

I. PARTIE.

IL y a un précepte de l'aumosne ; & ce précepte sur quoy est-il fondé ? ce précepte en quelles conjonctures, en quelles necessitez des pauvres oblige-t-il ? Ce sont les poincts importans
que j'ay d'abord à éclaircir, & qui demandent,
Chrestiens, toute vostre reflexion. Qu'il y ait
un précepte de l'aumosne, c'est une verité constante. Le Sauveur du monde nous l'a expressément declaré en son Evangile ; & ce commandement est si rigoureux, qu'il suffira de ne l'a-
voir pas accompli, pour estre reprouvé de Dieu
Matth. 25.    & pour entendre ce formidable arrest : *Disce-*
*dite à me, maledicti ;* Retirez-vous de moy,
maudits. Mais où iront-ils ? & à quoy sont-ils reservez ? au feu éternel : *In ignem æternum.* Pourquoy ? en voicy la raison : c'est, dira le Seigneur,
que j'ay eû faim, & que vous ne m'avez pas donné à manger ; *Esurivi enim, & non dedistis mihi*
*manducare.* C'est que j'ay esté malade & en pri-

fon, & que vous ne m'avez pas visité; *Infirmus & in carcere, & non visitastis me.* C'est que dans la personne des pauvres, que je regardois comme mes freres, comme mes membres vivants, j'ay souffert des besoins extresmes, & que vous n'avez pas pensé à me secourir; *Nudus, & non cooperuistis me.* Chose étrange, reprend saint Chrysostome! l'Evangile ne marque point d'autre chef d'accusation que celuy-là : comme si toute la rigueur du jugement de Dieu devoit consister dans la discussion de ce seul article ; & que Jesus-Christ en qualité de souverain Juge ne dûst venir à la fin des siecles, que pour condamner la dureté & l'insensibilité des riches envers les pauvres. Or ce Dieu si juste & si équitable, ajouste le mesme Pere, ne réprouvera jamais les hommes, pour avoir obmis de simples conseils, mais pour avoir violé ses préceptes. Il faut donc, conclut-il, que l'aumosne soit un précepte : cette preuve est convaincante, & résout en peu de paroles toute la question.

Allons plus avant, Chrestiens, & voyons sur quoy ce précepte est fondé. Car de là comme d'une source feconde, je tireray non seulement de grandes lumieres pour vous instruire, mais de puissans motifs pour vous exciter à la pratique d'un devoir si essentiel, & d'une loy dont la transgression doit avoir pour vous des consequences si affreuses. Sur quoy, dis-je, est fondé le précepte de l'Aumosne! cecy est remar-

K ij

quable. Sur deux titres, répond le Docteur Angelique saint Thomas : sçavoir , la souveraineté de Dieu d'une part , & de l'autre l'indigence
du prochain. Deux principes d'où résulte pour
les riches du siecle une obligation si étroite, que
l'aumosne n'est pas seulement à leur égard un
précepte , mais un précepte de droit naturel ,
mais un précepte de droit divin ; & par consequent un précepte , dont nulle puissance sur la
terre ne les peut dispenser. Appliquez-vous, &
ne perdez rien de cette morale.

En effet , mes chers Auditeurs , Dieu est le
souverain maistre de vos biens , il en est le seigneur, il en est mesmes absolument le vray pro-
prietaire ; & par comparaison de vous à luy,
vous n'en estes, à le bien prendre, que les œco-
nomes & les dispensateurs. C'est ce que la raison & la foy nous démonstrent évidemment.
Or puisque vos biens sont à Dieu par droit de
souveraineté, vous luy en devez le tribut, l'hommage , la reconnoissance ; & puisqu'il en a la
proprieté mesme, & qu'elle luy appartient, il
en doit avoir les fruits. Que fait Dieu, Chrestiens ! il affecte ce tribut & ces fruits à la subsistance des pauvres ; c'est à dire, qu'au lieu d'exiger ce tribut par luy-mesme, & pour luy-mesme , ce qui ne convient pas à sa grandeur, il
l'exige par les mains des pauvres ; ou plustost, il
substitüe les pauvres, pour l'exiger en son nom.
Tellement que l'aumosne, qui par rapport au

pauvre est un devoir de charité & de misericorde, est par rapport à Dieu un devoir de justice, un devoir de dépendance & de sujettion : & c'est ce que le Saint Esprit nous a fait entendre par cette belle parole, *Honora Dominum de tuâ substantiâ.* Prenez garde, s'il vous plaist : il veut que l'homme fasse honneur à Dieu de ses biens, qu'il a reçeûs de la main de Dieu ; & l'homme, dit saint Léon Pape, s'acquitte de ce devoir, en payant à Dieu, & comme vassal, & comme sujet, les droits dont il luy est redevable. Droits honorifiques, puisqu'en effet ils honorent Dieu ; mais au mesme temps droits utiles & profitables aux pauvres, à qui Dieu par sa providence les a resignez. Car Dieu, je le repete, a establi les pauvres dans le monde pour recueillir ses droits en sa place ; & l'aumosne est le seul moyen par où les riches puissent rendre à Dieu ce qu'ils luy doivent. C'est pourquoy saint Pierre Chrysologue parlant des pauvres, leur donne une qualité bien glorieuse & une commission bien honorable, lorsqu'il les appelle les receveurs du domaine de Dieu, & qu'il nous fait considerer la main du pauvre comme le trésor de Dieu sur la terre. *Gazophylacium Dei, manus pauperis.*

Que fait donc le riche quand il oublie le pauvre, & qu'il luy refuse l'Aumosne ? vous ne vous estes peut-estre jamais formé l'idée de ce peché, telle que je la conçois, & telle que l'Ecriture mesme nous la donne. Je dis qu'un riche qui

Prov. 3.

Chrysol.

K iij

refuſe au pauvre l'aumoſne, eſt un ſujet rebelle
qui refuſe le tribut à ſon ſouverain ; que c'eſt un
vaſſal orgueilleux, qui par un eſprit d'indépen-
dance ne veut pas reconnoiſtre ſon Seigneur.
Excellente idée qui nous fait comprendre d'une
part la ſuperiorité infinie de l'eſtre de Dieu, &
de l'autre la nature de l'aumoſne. Car de là,
mes chers Auditeurs, je tire deux conſequences, qui ne peuvent eſtre ni aſſez attentivement
meditées, ni aſſez fortement preſchées dans le
chriſtianiſme. La premiere, qu'il eſt eſſentiel à
l'Aumoſne d'eſtre faite dans un ſentiment d'humilité ; & que bien loin que ce ſoit une œuvre
propre à nous inſpirer l'orgueil & à nous enfler,
elle nous tient au contraire dans la ſoumiſſion,
en nous réduiſant à la connoiſſance de nous-
meſmes. Pourquoy ? parce que l'aumoſne eſt
eſſentiellement un aveu, que l'homme fait à
Dieu de ſa dépendance. Or il n'eſt pas naturel,
qu'un ſujet tire vanité de ſa condition de ſujet,
ni du temoignage meſme qu'il rend de ſa fidelité & de ſon obéiſſance.

Et c'eſt le ſecret que comprit parfaitement
Abraham, lorſqu'il receût trois Anges dans ſa
maiſon ſous la figure & ſous l'habit de trois pauvres. L'Ecriture dit, que pour ſe diſpoſer à leur
rendre ce devoir d'hoſpitalité, il s'humilia ; &
que proſterné en leur preſence, les voyant trois,
il n'en adora qu'un ; *Tres vidit, & unum ado-*
*ravit.* Que ſignifient ces paroles, demandent les

interpretes ! en adora-t-il un des trois qu'il
voyoit! ou s'élevant au deſſus des trois, en adora-t-il un quatriéme qu'il ne voyoit pas! Quelques-uns ont crû que Dieu deſſors par une grace particuliere luy révela l'auguſte myſtere de
l'ineffable Trinité; & que l'adoration d'un ſeul
à la veûë de trois, fut comme la confeſſion de
foy qu'en fit ce ſaint Patriarche, reconnoiſſant
en trois perſonnes l'unité d'un Dieu : c'eſt la
penſée de ſaint Auguſtin, auſſi ſolide, qu'inge-
nieuſe. Mais il me ſemble que ſaint Jeroſme a
pris la choſe dans un ſens plus naturel; & j'aime
mieux dire avec luy, qu'Abraham voyant trois
pauvres, ſe proſterna devant Dieu, parce qu'il
alloit payer à Dieu dans la perſonne de ces trois
pauvres le tribut de ſes biens : comme s'il euſt
ainſi voulu marquer le principe de l'aumoſne
qu'il alloit faire, & nous monſtrer par ſon exemple avec quel eſprit nous la devons faire nous-
meſmes; *Tres vidit, & unum adoravit.* Car telle
eſt, mes Freres, dit ſaint Chryſoſtome, la premiere veûë que nous devons avoir dans nos aumoſnes, puiſque l'aumoſne eſt une eſpece de
culte que nous rendons à Dieu. Tel eſt le premier ſentiment que la foy doit former dans nos
cœurs, & dont elle nous doit remplir : un ſentiment de veneration pour Dieu. Que vais-je
faire par cette aumoſne ! Je vais reconnoiſtre
l'empire de Dieu ſur moy. Je vais proteſter à
Dieu qu'il eſt mon Dieu, & que je ſuis ſa créa-

ture. Oüy, Seigneur, & c'eſt pour cela que je me mets en devoir d'aſſiſter le pauvre, delaiſſé & abandonné. En le ſoulageant dans ſa miſere je ne vous donneray rien ; & que pourrois-je vous donner, ô mon Dieu ! vous eſtes trop riche, & je ſuis trop foible : mais je pretends par là meſme avoüer ma foibleſſe ; je pretends confeſſer par là que tout ce que j'ay eſt à vous, & que je n'ay rien qui ne reléve de vous. Ainſi, dis-je, y doit proceder un chreſtien, qui veut ſatisfaire au précepte de l'aumoſne en chreſtien.

De là ſuit une autre conſequence : que l'aumoſne pour eſtre faite dans la rigueur du précepte, doit eſtre proportionnée aux biens & à leur quantité. Car Dieu, mes chers Auditeurs, qui regle tout par ſa ſageſſe, & qui a tout fait avec nombre, poids, & meſure, exige de vous ce tribut ſelon toute l'étenduë de voſtre pouvoir. Les Princes de la terre n'en uſent pas toûjours de la ſorte ; & ſouvent par des raiſons de politique, que la neceſſité meſme authoriſe, ils ſe trouvent obligez à tirer les plus grands ſecours de leurs moindres ſujets, pendant qu'ils ménagent les plus opulens & les plus aiſez. Mais noſtre Dieu qui ne voit point de neceſſité ſuperieure à ſa loy, & devant qui toutes les conditions du monde ne ſont rien, ſans ſe relaſcher de ſes droits, & ſans égard à vos perſonnes, fait une impoſition réelle ſur vos biens. Eſtes-vous dans l'abondance ! il attend de vous un tribut abon-

dant; & c'est vous flatter, ou pour mieux dire,
c'est vous tromper vous-mesmes, si vous vous en
tenez quittes pour de legeres aumosnes, quand
vous pouvez les grossir, & que vous avez de
quoy fournir à de plus amples largesses. Abus,
disoit saint Ambroise; ce n'est point aumosne,
que de donner peu, lors qu'on a beaucoup reçeû:
*Non est eleemosyna è multis pauca largiri.* Sur
quoy ce saint Docteur ajoustoit : *Non ergò quid
fastidio expuas, sed quid religionis affectu &
studio conferas pensandum est.* Prenez donc garde, concluoit-il, en parlant à un riche chrestien, que l'aumosne n'est point une œuvre de surérogation, mais une dette, dont Dieu vous
a chargé; & qu'il ne s'agit pas seulement pour
vous, de donner aux pauvres le rebut de vostre
maison, & je ne scais quels restes de vostre luxe
jettez au hazard ou arrachez par importunité,
comme peut-estre vous vous estes contenté jusques à present de le faire; parce que traiter ainsi vostre Dieu, & le partager si mal, c'est le mepriser. *Non ergò quid fastidio expuas.* Mais voulez-vous luy rendre ce qui luy est dû ! rentrez en
vous-mesme, examinez vos facultez & vos forces; pesez, mais dans la balance du sanctuaire,
comment vous faites l'aumosne : si vous la faites
avec cet esprit d'équité, avec cette exacte proportion que la loy demande; si vous la faites suffisamment, si vous la faites liberalement, si vous la
faites pleinement. Car ce que vous devez crain-

dre, pourfuivoit faint Ambroife, c'eft qu'au lieu d'eftre recompenfé pour avoir donné, vous ne foyez puni pour avoir donné trop peu. *Metuendum eft enim ne plus plectaris ob retenta, quàm compenferis ob data.*

Ambrof.

Or, quel eft, mes chers Auditeurs, le grand defordre qui regne aujourd'huy dans le monde, je dis mefmes dans le monde chreftien! Permettez-moy de vous le reprefenter, & portez-en devant Dieu la confufion. Quel eft, dis-je, l'injufte procedé des riches mondains! le voicy: ils mefurent tout, hors l'aumofne, fur le pied de leurs revenus & de leurs biens. Je m'explique. Ils veulent eftre fervis à proportion de leurs biens, ils veulent eftre veftus à proportion de leurs biens, ils veulent eftre logez, meublez à proportion de leurs biens; & non feulement à proportion, mais fouvent bien audelà de cette proportion: car à quels excés ne va-t-on pas! Il n'y a que l'aumofne, où l'on ne fe pique de nulle proportion, quoyqu'il n'y ait que l'aumofne où la proportion foit un devoir indifpenfable. Car en verité, mes Freres, les riches du fiecle reglent-ils leurs aumofnes par leurs biens; & quelle proportion voyons-nous entre ce qu'il leur en coufte pour le foulagement des pauvres, & ce que l'efprit du monde leur fait facrifier à tant d'autres depenfes! c'eft à dire, les riches du fiecle font-ils magnifiques dans leurs aumofnes, autant par proportion qu'ils font fuperbes

dans leurs habits, autant qu'ils font splendides
dans leurs tables, autant qu'ils font prodigues
dans leur jeu ! J'en appelle à eux-mefmes. Eft-
ce de leur part que viennent les grandes contri-
butions pour l'entretien des pauvres ! eft-ce par
eux que les hofpitaux fubfiftent ! par eux que
tant de malades font confolez ! par eux que tant
de prifonniers font fecourus ! Qu'une famille
foit ruinée, qu'une Province foit dans la defolation, qu'un eftabliffement de pieté foit preft à
tomber ; eft-ce fur eux que l'on doit faire fonds
pour y pourvoir ! N'eft-ce pas au contraire dans
les conditions, dans les fortunes mediocres,
que Dieu par fa mifericorde fait trouver les plus
abondantes reffources ! combien dans cette ville capitale de perfonnes vertueufes, à qui leur
eftat ne fournit rien ou prefque rien au delà du
neceffaire, fçavent néanmoins ménager fur ce
neceffaire de quoy fubvenir aux befoins des pauvres ! le diray-je ! combien de pauvres font plus
charitables, plus liberaux pour les pauvres, que
ces puiffans, que ces opulens, qui tiennent dans
le monde les premieres places, & que Dieu a
comblez de fes benedictions temporelles ! Cependant, c'eft une loy, & une loy generale &
abfoluë, que l'aumofne & les biens doivent eftre proportionnez : & quand Dieu viendra pour
vous juger, il eft de la foy qu'il prendra pour
regle de fon jugement cette proportion. Vos
biens comparez à vos aumofnes, ou vos au-

mofnes comparées à vos biens , c'eft ce qui doit
faire à fon tribunal , ou voftre juftification , ou
voftre condamnation. Pourquoy ! parce qu'eftant le fouverain Seigneur , plus il vous a fait
part de fes dons, plus il a droit d'en exiger le legitime hommage, & que la raifon mefme naturelle le veut ainfi. Souveraineté de Dieu, premier
fondement du précepte de l'aumofne. Quel eft
le fecond !

C'eft l'indigence & la neceffité du prochain,
à quoy Dieu vous oblige de pourvoir, & par titre de juftice, & par titre de charité : fuivez moy.
Titre de juftice, parce que c'eft pour cela mefme,
& uniquement pour cela , que fa providence
vous a faits ce que vous eftes, & qu'elle vous a é-
levez à ce degré de profperité qui vous diftingue. Car il faut vous détromper , Chreftiens,
d'une erreur auffi commune dans la pratique,
qu'elle eft infoutenable dans la fpeculation ; &
ne vous pas perfuader , fi vous eftes riches, que
vous le foyez pour vous-mefmes. Ce ne font
point là les veûës de Dieu, ce n'eft point là fa
conduite. Vous eftes riches, mais pour qui ! pour
les pauvres ; & s'il n'y avoit des pauvres dans le
monde, j'ofe dire que Dieu l'arbitre & le fuprefme moderateur de toutes les conditions du
monde, ne vous auroit jamais donné ces biens
que vous poffedez. Qu'a-t-il donc pretendu, &
que pretend il encore ! que vous foyez les fub-
ftituts, les miniftres, les cooperateurs de fa pro-

vidence à l'égard des pauvres. Voilà ce qu'il s'eſt
propoſé, & à quoy il vous a deſtinez. Employ
plus glorieux pour vous, employ mille fois plus
eſtimable que vos richeſſes meſmes. Car qu'eſt-
ce pour des hommes, que d'eſtre les cooperateurs de leur Dieu ! Or comprenez ma penſée :
ſi Dieu immediatement & par luy-meſme avoit
pris ſoin de pourvoir aux beſoins des pauvres, il
y auroit pourveû abondamment & en Dieu.
Vous donc les cooperateurs de Dieu, vous les
miniſtres, les ſubſtituts de Dieu, comment y devez vous ſubvenir ! comme Dieu. Tel eſt le ſoin
dont il s'eſt dechargé ſur vous ; telle eſt la commiſſion qu'il vous a donnée. Il a voulu faire dé-
pendre les pauvres de voſtre charité, afin que cette dépendance fûſt le lien qui formaſt entre eux
& vous une mutuelle ſocieté. Mais du reſte, ce
que je conclus, c'eſt que l'aumoſne n'eſt point
ſeulement une charité pure, une charité gratui-
te, puiſque vous ne donnez au pauvre que ce
que vous avez reçeû pour le pauvre & avec une
obligation étroite de l'employer au profit du
pauvre. Ce que je conclus, c'eſt que manquant
à faire l'aumoſne, ou la faiſant au deſſous de voſtre condition, vous outragez, vous deshonorez,
je dis plus, vous détruiſez en quelque ſorte, vous
anéantiſſez la providence de Dieu, Pourquoy !
parce qu'autant qu'il eſt en vous, vous la rendez
imparfaite & defectueuſe ; parce que vous authoriſez contre elle les plaintes & les murmures

des pauvres ; parce que vous leur donnez un
fpecieux pretexte de l'accufer, de la blafphef-
mer, de la renoncer.

Mais penfez-vous que Dieu jaloux de fa gloire, & touché des reproches injurieux que luy
attirent vos fordides épargnes à l'égard des pauvres, ne les faffe pas retomber fur vous-mefmes,
fouvent par des vengeances d'autant plus terri-
ribles qu'elles font moins connües ? Je ne parle
point de cés maledictions temporelles qu'il ré-
pand quelquefois fur ces riches fi infenfibles &
fi refferrez. Je ne parle point de ces renverfe-
mens de fortune, de ces coups impréveûs qui
partent de la main du Dieu vengeur des pauvres.
S'il ne s'attaque pas toûjours à vos biens, vous
en devez plus craindre pour vos perfonnes, vous
en devez plus craindre pour voftre ame. Vous
oubliez fes pauvres, d'autres ne les oubliront
pas. Dieu vous avoit élevez pour leur foulagement, d'autres feront fubftituez pour en eftre
les tuteurs : mais en prenant fur la terre voftre
place auprés des pauvres, ils auront dans le ciel
la place qui vous eftoit refervée auprés de Dieu.

Titre de charité : ah ! mes chers Auditeurs,
qui font ces infortunez dont je plaide aujourd'-
huy la caufe ; & qui que vous puiffiez eftre felon le monde, ne font-ce pas vos freres ! N'eft-
ce pas dans le langage du Saint Efprit, voftre
propre chair ! c'eft à dire, ces pauvres ne font-ce
pas des hommes de mefme nature que vous ! ne

font-ce pas les enfants de Dieu comme vous, appellez à la mesme adoption que vous, à la mesme grace que vous, à la mesme gloire que vous! ne font-ce pas les héritiers de Dieu, les coheritiers de Jesus-Christ aussi bien que vous ? Or quel moyen, reprend le disciple bien-aimé saint Jean, que leur estant unis d'un nœud si intime & par tant d'endroits, vous les puissiez voir dans la souffrance, & ne leur pas ouvrir les entrailles de vostre misericorde! ou que vous puissiez les abandonner dans leur disette, & avoir l'amour & la charité de Dieu en vous! Mais si vous n'avez pas alors l'amour de Dieu, vous estes donc ennemis de Dieu: si vous estes ennemis de Dieu, vous avez donc violé un précepte de Dieu; & ce précepte ne peut estre que l'incontestable & l'indispensable commandement de l'aumofne. *Qui habuerit substantiam hujus mundi, & viderit fratrem suum necessitatem habere , & clauserit viscera sua ab eo, quomodò charitas Dei manet in eo ?*   1. Joa. 3.

    Et ne pensons pas que ce devoir ne regarde que certaines necessitez des pauvres plus pressantes & plus rares. Quand je dis que la justice, que la charité nous oblige à aider nos freres dans leurs besoins, qu'est-ce que j'entends ? besoins communs, tels qu'ils se presentent tous les jours à nos yeux, ou tels que nous ne les connoissons pas; mais dont sans doute nous ferions émûs, tout communs qu'ils font, si nous estions plus

attentifs à les découvrir & à les connoiſtre. Car
c'eſt une autre illuſion non moins groſſiere, &
qui renverſe toutes les loix de l'humanité, de
croire que le précepte de l'aumoſne n'eſt rigoureux qu'à l'égard des neceſſitez extreſmes des
pauvres. Outre ces extreſmes neceſſitez, il y a
des neceſſitez griéves & plus frequentes; & ſi
Dieu dans ces griéves neceſſitez nous permettoit de laiſſer les pauvres ſans ſecours, comment
le Sauveur du monde, en condamnant un jour
tant de réprouvez, prendroit-il pour le ſujet capital & univerſel de leur reprobation, l'oubli
volontaire des pauvres? Y a-t-il donc tant de riches aſſez impitoyables, pour voir périr un pauvre à leurs yeux, pour le voir preſque réduit aux
abois & preſt à rendre l'ame, ſans prendre ſoin de
luy conſerver la vie & de le tirer d'une telle extremité! Y a-t-il d'ailleurs tant de pauvres dans
un eſtat ſi miſerable & ſi dépourveû! Par conſequent, concluent les Theologiens, pour expliquer l'Evangile, il ne faut pas ſeulement l'entendre de ces neceſſitez extraordinaires, mais des
autres qui nous frappent plus communément la
veuë, & à quoy Dieu nous ordonne ſous peine d'une damnation éternelle d'apporter le remede qui dépend de nous & que nous avons
dans les mains. En ſorte que ſuivant la penſée
d'un des plus ſçavans hommes du ſiecle paſſé, un
chreſtien qui formeroit, ou qui forme en effet
cette reſolution, de ne faire l'aumoſne que dans
les

les dernieres necessitez des pauvres, dés là commet un peché grief, & perd la grace de Dieu, parce qu'il est dans une disposition criminelle & dans une volonté directement opposée à la loy de Dieu.

Tristes veritez pour vous, Riches du monde, & qui ne confirment que trop ce terrible anatheme que le Fils de Dieu à prononcé contre vous; *Væ vobis divitibus*, malheur à vous qui vivez dans l'opulence: pourquoy! parce que vostre opulence mesme a presque toûjours l'un de ces deux effets; ou d'allumer dans vostre cœur la cupidité & l'envie d'avoir, au lieu de l'éteindre; ou de vous rendre plus sensuels & plus amateurs de vous-mesmes. Deux principes de vostre indifference pour les pauvres : car possedez d'une avare convoitise, vous voulez profiter de tout & ne vous désaisir de rien. Toûjours biens sur biens, toûjours acquests sur acquests; toûjours les mains ouvertes pour recevoir, & jamais pour donner : que dis-je? & souvent mesmes fallust-il dépouiller le pauvre & luy arracher le peu qui luy reste, bien loin de contribuer à sa subsistance; fallust-il l'opprimer, bien loin de le relever, tout n'est-il pas mis en usage pour contenter la faim insatiable qui vous dévore! Les droits les plus saints ne sont-ils pas foulez aux pieds! ne se porte-t-on pas jusqu'à la violence la plus injuste & la plus criante, jusqu'à la cruauté, jusqu'à la barbarie! ou bien, idolastres de vos sens.

*Tome I.*                                    .L

& tout occupez de vous-mesmes, vous n'avez d'attention que pour vous-mesmes, de sentiment que pour vous-mesmes. Que le pauvre patisse dans la disette, que le malade languisse sur la paille, que la veuve chargée d'enfants & percée de leurs cris, ressente toutes leurs douleurs & ne puisse repondre à leurs gemissemens que par ses larmes; comme ce sont des maux étrangers & qui n'approchent point de vous, pourveû que vostre sensualité soit satisfaite, pourveû que vostre corps ait toutes ses commoditez & toutes ses aises, vous estes contents & vous ne pensez guéres si les autres le doivent estre. Mais Dieu y pense; & viendra le temps où il sçaura vous y faire penser malgré vous, quand pour la justification de sa providence, il vous demandera raison du pauvre; quand il vous traitera comme vous avez traité le pauvre; quand il vous jugera sans misericorde, comme vous avez rejetté le pauvre sans compassion. Voilà, mes chers Auditeurs, sur quoy il faudroit s'examiner, s'accuser soy-mesme. Voilà de tous les poincts de conscience, l'un des plus essentiels, & sur quoy les ministres du Seigneur devroient estre plus vigilans & plus severes, puisqu'il y va de l'honneur de Dieu & de l'interest du prochain. Cependant convaincus du précepte de l'aumosne, vous voulez sçavoir quelle en doit estre la matiere, & c'est ce que je vais vous apprendre dans la seconde partie.

EStablir le précepte de l'aumosne, & n'en pas II. Partie. determiner la matiere, c'est dans le sentiment du docte Chancelier Gerson, troubler les ames foibles & scrupuleuses, & authoriser sans le pretendre les ames insensibles & dures. C'est, dis-je, troubler les ames foibles & scrupuleuses, en les jettant dans l'embarras d'une décision dont elles sont par elles-mesmes incapables ; & c'est authoriser les ames insensibles & dures, en leur laissant de vains pretextes pour éluder la loy de Dieu, & l'obligation qu'elle leur impose. C'est, ajoustoit ce grand personnage, assigner au pauvre une dette sur le riche, mais une dette sans fonds, une dette litigieuse, une dette dont le pauvre se verra immanquablement frustré, & dont le riche croira toûjours estre en droit de se defendre. Or il est important & necessaire d'obvier à de tels inconveniens ; & voicy ce que la Theologie me fournit de regles & de principes, pour en arrester les dangereuses consequences. Elle m'apprend que dans les necessitez communes des pauvres, c'est le superflu des riches qui doit faire la matiere de l'aumosne. Voilà d'abord ce qu'elle suppose ; & en le supposant, elle se fonde sur les maximes les plus constantes de la raison & de la foy. Car elle s'attache à la parole expresse de saint Paul, qui veut que dans le christianisme l'abondance des uns soit le supplément de l'indigence des autres ; *Vestra au-*

*tem abundantia inopiam illorum suppleat.* Or ce
que l'Apostre appelle abondance, n'est rien autre chose que le superflu mesme, dont je parle.
Elle s'en tient au consentement unanime des
Peres, qui s'expliquant sur ce superflu, l'ont toûjours regardé comme un bien qui appartient
aux pauvres, comme un bien dont les riches sont
seulement les dépositaires & les distributeurs,
comme un bien qu'ils ne peuvent retenir dans
les necessitez publiques sans commettre la plus
criminelle injustice, & selon l'expression de saint
Ambroise, sans se rendre coupables de vol. Car
c'est ainsi que s'en declare ce saint Docteur, dont
la morale d'ailleurs est des plus exactes & d'un
caractere moins outré : *Non enim majus crimen*
*est habenti tollere, quàm cum abundas indigen-*
*ti denegare.* Oüy, disoit ce Pere, vous devez estre persuadé que ce n'est pas un moindre crime,
de refuser au pauvre vostre superflu, que de luy
enlever son bien mesme. Elle s'appuye sur le raisonnement de saint Thomas, tiré de la nature
mesme des choses, & de l'ordre primitif où Dieu
les avoit crées. Car dans la premiere intention
de Dieu, dit le Docteur Angelique, c'est à dire
avant que le peché eust depouillé l'homme de
cette justice originelle qui tenoit dans une regle
si parfaite ses affections & ses desirs, tous les
biens de la terre estoient communs ; & si Dieu
dans la suite des temps en a ordonné le partage,
ce n'est que pour corriger le desordre du peché

2. Cor. 8.

Ambros.

& pour reprimer la cupidité de l'homme. Or ce
partage, reprend saint Thomas, ne seroit pas
l'ouvrage de Dieu, si le superflu des uns ne devoit estre communiqué aux autres.

Et en effet, Chrestiens, à le bien prendre,
Dieu n'a rien fait de superflu dans le monde; &
ce que nous appellons superflu, n'est point en
soy ni absolument superflu; ou si vous voulez,
ce qu'il est pour le riche, il ne l'est pas pour le
pauvre. Pour le riche, c'est superflu; pour le pauvre, c'est necessaire. Mystere de providence, &
d'une providence infiniment sage : mystere que
le grand Apostre développoit aux Corinthiens,
en leur faisant remarquer comment Dieu par là
avoit voulu restablir cette bienheureuse égalité
de l'estat d'innocence ; *Vestra autem abundan-*    2. Cor. 8.
*tia illorum inopiam suppleat, ut fiat æqualitas,*
*sicut scriptum est, qui multùm, non abundavit ;*
*& qui modicum, non minoravit.* Que vostre a-
bondance, ce sont toûjours les paroles du Maistre des nations, que vostre abondance supplée
à la disette de vos freres, afin que tout soit égal,
conformément à ce qui est écrit de la manne,
qui se partageoit de telle sorte parmi le peuple,
que l'un n'en avoit ni plus ni moins que l'autre,
soit qu'il en eust beaucoup ou peu recueilli. Saint
Thomas porte encore la chose plus loin ; & il
soutient qu'il est mesmes de l'avantage du riche
que Dieu l'ait ainsi ordonné. Pourquoy ? parce
que si le riche avoit du superflu, dont il ne fust

ni comptable, ni redevable aux pauvres, ce superflu non seulement ne seroit plus un don de Dieu, mais une malediction, puisque ce seroit un des plus grands obstacles du salut. Car il est vray que rien n'est ni ne doit estre plus dangereux pour le salut, que la superfluité du bien ; sur tout d'un bien abandonné à la discretion & au gré de l'amour propre avec un pouvoir sans reserve d'en disposer. Il a donc esté de la misericorde & de la providence de Dieu sur les riches, de leur oster un pouvoir dont infailliblement ils abuseroient, & de ne leur donner le superflu que pour en faire part aux pauvres. Tels sont les principes des Theologiens. Mais quoy qu'il en soit, Chrestiens, de toutes ces reflexions, on convient, & c'est un sentiment universel, que le superflu est la matiere de l'aumosne, & que vous estes indispensablement obligez de l'employer selon que les necessitez des pauvres le demandent. Or ces necessitez, poursuivent les docteurs, ne manqueront jamais dans le monde ; & il y en aura toûjours assez, pour épuiser tout ce superflu, quand les riches touchez de leur devoir y satisferont avec une entiere fidelité.

Mais qu'est-ce que ce superflu! Voilà l'importante & l'essentielle question qu'il s'agit maintenant de bien resoudre. Si je consulte la Theologie, que me repond elle ! que sous ce terme de superflu elle comprend tout ce qui n'est point necessaire à l'entretien honneste de la condition

& de l'estat; & c'est là qu'elle s'en tient. Mais c'est de là mesme que l'ambition, que le luxe, que la cupidité, que la volupté empruntent des armes pour combattre le précepte de l'aumos- ne. Car de cette definition du superflu, naissent les prétextes, non seulement pour secoüer le joug & pour s'affranchir de la loy, mais pour la détruire & pour l'anéantir; & si nous ne les ren- versons, ces faux prétextes, c'est ne rien faire. Ecoutez donc ce qu'opposent les avares & les ambitieux du siecle. Ils n'ont point, disent-ils, de superflu, & tout ce qu'ils ont leur est neces- saire pour subsister dans leur estat, & selon leur estat : mais voicy ma réponse ; & je dis qu'il faut examiner sur cela deux choses. En premier lieu, quel est cet estat; & en second lieu, ce qui est necessaire dans cet estat. Quel est cet estat ! est- ce un estat chrestien, ou est-ce un estat payen ! est-ce un estat réel, ou est-ce un estat imaginai- re ! est-ce un estat borné, ou est-ce un estat sans limites ! est-ce un estat dont Dieu soit l'au- theur, ou est-ce un estat que se soit fait une pas- sion aveugle ! car voilà le nœud de toute la dif- ficulté. Si c'est un estat qui n'ait point de bor- nes, un estat qui ne soit fondé que sur les vastes idées de vostre orgueil, un estat dont le paga- nisme mesme auroit condamné les abus, & dont le faste immoderé soit le scandale & la hon- te du christianisme, ah ! mon cher Auditeur, je conçois alors comment-il peut estre vray que

L iiij

vous n'ayez point de superflu ; comment-il est
possible que le necessaire mesme vous manque.
Car pour maintenir ces sortes d'estats, à peine
des revenus immenses suffiroient-ils ; & bien
loin d'en avoir trop, on n'en a jamais assez. C'est,
dis-je, ce que je comprends : mais ce que je ne
comprends pas, c'est qu'estant chrestien comme vous l'estes, vous apportiez une telle excuse
pour vous dispenser de l'aumosne. En effet, si
ces sortes d'estats prétendus estoient authorisez,
& s'il estoit permis de les maintenir, que deviendroit donc le précepte de l'aumosne ? ou plustost, que deviendroient les pauvres en faveur
de qui Dieu l'a porté ? où trouveroit-on pour
leur entretien du superflu dans le monde, & faudroit-il que Dieu sans cesse fist des miracles pour
y pourvoir ?

Mais n'entrons point, je le veux, Chrestiens,
dans la discussion de vos estats. Supposons les
tels que vous les imaginez, tels que vostre présomption vous les fait envisager : voyons seulement ce qu'il y a dans ces estats, ou de necessaire pour vous, ou de superflu. Or j'appelle
au moins superflu, ce qui vous est, je ne dis
pas précisement inutile, mais mesmes évidemment préjudiciable. Car pour ne rien exaggerer, je ne prends de ces estats que ce qui sert à
en fomenter les dereglemens, les excés, les crimes, & cela me suffit pour y trouver du superflu. J'appelle superflu ce que vous donnez tous

les jours à vos débauches, à vos plaisirs honteux : renoncez à cette idole dont vous estes a-
dorateur, & vous aurez du superflu. J'appelle
superflu, Femme mondaine, ce que vous dépen-
sez, disons mieux, ce que vous prodiguez en
mille ajustemens frivoles, qui entretiennent vostre luxe, & qui seront peut-estre un jour le sujet de vostre reprobation : retranchez une partie
de ces vanitez, & vous aurez du superflu. J'appelle superflu ce que vous ne craignez pas de risquer à un jeu qui ne vous divertit plus, mais
qui vous attache, mais qui vous passionne, mais
qui vous deregle, mais sur tout qui vous ruine
& qui vous damne : sacrifiez ce jeu, & vous aurez du superflu. Quoy donc! vous avez de quoy
fournir à vos passions, & à vos passions les plus
dereglées tout ce qu'elles demandent ; & vous
pretendez ne point avoir de superflu! vous avez
du superflu pour tout ce qu'il vous plaist, &
vous n'en avez point pour les pauvres! Voilà ce
que le devoir de mon ministere m'oblige à vous
representer, & ce que je vous conjure de vouloir bien vous representer à vous-mesmes.

Mais ne puis-je pas me servir de ce superflu,
pour m'aggrandir & pour accroistre ma fortune! Ah! Chrestiens, voicy l'écueil & la pierre
de scandale pour tous les riches du siecle. Ce desir de s'aggrandir, de s'élever, de parvenir à tout,
sans jamais borner ses veûës, & sans jamais dire, c'est assez. Mais enfin ce desir est-il criminel!

car il faut parler exactement & dans la rigueur
de l'Ecole. Hé bien, j'y consens, parlons dans
la rigueur de l'Ecole; elle me sera avantageuse,
& je ne craints point qu'elle affoiblisse la verité
que je vous presche. Je ne dis rien de ceux qui
revestus des benefices & des dignitez de l'Eglise, voudroient employer le superflu des revenus
Ecclesiastiques à se faire une fortune & à se distinguer dans le monde : ils sçavent mieux que
moy quels anathesmes l'Eglise a fulminez contre ce desordre; ils sçavent que le relaschement
de la morale n'a point encore esté jusqu'à favoriser la-dessus en aucune sorte leur ambition &
leur convoitise; ils sçavent avec quelle severité les
Theologiens les moins étroits & les plus indul-
gens ont raisonné sur l'employ de ce superflu,
qui mesmes independamment des pauvres, n'appartient point aux riches beneficiers ; & ils n'i-
gnorent pas que tout usage prophane qu'ils en
font, est de l'aveu de tous les Docteurs & incontestablement un sacrilege. Que si vous me
demandiez à quoy leur sert donc cette multi-
plicité de benefices, qu'ils recherchent avec tant
d'ardeur , & qu'ils poursuivent avec tant d'em-
pressement , puis qu'elle ne fait qu'augmenter
le poids de leurs obligations, sans leur pouvoir
estre de nul avantage par rapport à ces fins humaines d'accroissement & d'élevation; c'est sur
quoy je n'aurois garde icy de m'étendre, & j'ai-
merois mieux m'en rapporter à leurs conscien-

ces, que de faire une censure de leur conduite,
dont vous seriez peu édifiez, & dont peut-estre ils seroient encore moins touchez. Ainsi revenons au poinct & à la question generale.

Est-ce un desir injuste & criminel que de
vouloir aggrandir son estat! Non, Chrestiens,
il ne l'est pas toûjours; ou si vous voulez, il ne
l'est pas en soy. Mais prenez bien garde aux
conditions requises, afin qu'il ne le soit pas; &
voyez si de tous les desirs que l'on peut former,
il y en a un plus dangereux & communément
plus pernicieux! Je veux qu'il vous soit permis
d'aggrandir vostre estat, mais comment! selon
les loix de vostre religion. Par exemple, qu'il
vous soit permis d'acheter cette charge, si vous
avez le merite necessaire pour l'exercer, si vous
estes capable d'y glorifier Dieu, si c'est pour l'utilité publique : car pourquoy vous éleverez-
vous aux dépens du public & de Dieu mesme!
Or combien de riches néanmoins voyons-nous
tous les jours ainsi s'élever! Il estoit de l'interest
de Dieu, que cet homme qui n'a, ni conscience, ni probité, n'eust jamais le pouvoir & l'authorité entre les mains; & toutefois parce qu'il
estoit riche, il a sçû monter aux premiers rangs
& parvenir à tout. L'ignorance & l'incapacité
de celuy-cy devoient l'exclure de toutes affaires
& de toute administration; mais parce qu'il estoit opulent, sa présomption l'a porté à vouloir
estre assis sur les tribunaux de la justice pour

decider & pour juger. Cependant, si l'un &
l'autre ne se fust point mis en teste d'aggrandir
son estat, ils auroient eû l'un & l'autre du superflu ; & c'est de ce superflu qu'ils auroient accompli le précepte de l'aumosne. Mais cette morale nous conduiroit trop loin.

Je veux, Chrestiens, qu'il vous soit permis
d'aggrandir vostre estat, pourveû que vous vous
conteniez dans les termes d'une modestie raisonnable & sage, & que ce desir n'aille pas jusqu'à l'infini. Pourquoy ! non seulement parce
qu'il n'est rien de plus opposé à l'esprit du christianisme que de vouloir toûjours s'élever, &
que cela seul, dit saint Bernard, est un crime
devant Dieu : mais parce qu'il s'ensuivroit de là,
que le commandement de l'aumosne ne seroit
plus qu'un commandement chimerique & en
speculation. Car il est évident que les riches
ayant droit alors, comme ils l'auroient, d'épargner tout, de ménager tout, de retenir tout,
il n'y auroit plus de superflu dans le monde; &
qu'ainsi le précepte de l'aumosne ne seroit plus
que l'ombre d'une ancienne loy, qui obligeoit
nos Peres tandis que la simplicité du siecle bor-
noit leurs veûës & les fixoit à un estat; mais qui
dans la suite auroit perdu toute sa force, depuis
que la science du monde nous a inspiré de plus
hautes idées, & appris à bastir de grandes fortunes. Or dites-moy, mes chers Auditeurs, si
cette consequence est soutenable !

Je veux qu'il vous foit permis d'aggrandir
voftre eftat, pourveû qu'en mefme temps vos aumofnes groffiffent à proportion, & que vous po-
fiez pour principe qu'elles font une partie & une
partie effentielle de voftre eftat. Mais ce que je
veux fur tout, retenez bien cette maxime, c'eft
qu'il ne vous foit point permis d'aggrandir voftre eftat, qu'aprés que vous aurez pourveû aux
neceffitez des pauvres, & qu'autant que les neceffitez des pauvres pourront s'accorder avec
cette nouvelle grandeur. Eft-il rien de plus jufte ! Quoy, mon Frere, vous travaillerez par de
continuelles & de longues épargnes à vous eftablir & à vous pouffer dans le monde, pendant
que les pauvres fouffriront ! Au lieu de les foulager, vous n'aurez point d'autre foin que d'a-
maffer & d'acquerir ; & vous infulterez, pour
ainfi parler, à leur mifere, en leur faifant voir
dans voftre élevation l'éclat & la pompe qui
vous environne ! Non, mon Dieu, direz-vous
fi vous eftes chreftien, il n'en ira pas de mefmes.
Je fçais trop à quoy m'engage la charité que je
dois à mon prochain. Il n'eft pas neceffaire que
je fois plus riche, ni plus grand ; mais il eft neceffaire que vos pauvres fubfiftent. Mon premier devoir fera donc de les fecourir ; & tandis
que je les verray dans l'indigence, je ne regar-
deray le fuperflu de mes biens que comme un
dépoft que vous m'avez confié pour eux. Voilà
comment vous parlerez : & fi la neceffité des

pauvres devenoit extresme, non seulement vous y employerez le superflu, mais le necessaire mesme de voftre eftat : pourquoy ? parce que vous devez aimer voftre prochain préferablement à voftre eftat; & s'il faut rabbattre quelque chofe de voftre eftat, pour conferver voftre frere, c'eft à quoy vous devez confentir & vous foumettre, afin que voftre frere ne periffe pas. Ainfi l'enfeigne toute l'Ecole.

Et quand je dis neceffité extresme du prochain, je n'entends pas feulement neceffité extresme par rapport à la vie : j'entends neceffité extresme par rapport aux biens, à l'honneur, à la liberté. Je m'explique. Vous fçavez que ce malheureux doit languir des années entieres dans une prifon, fi l'on ne contribue à fa delivrance; vous fçavez que cette jeune perfonne va fe perdre, fi l'on ne s'empreffe de l'aider : c'eft du neceffaire mefme de voftre eftat que leur doit venir ce fecours; par quelle raifon ? parce que ce font là des neceffitez extresmes. Telle eft ma penfée; & ce que penfe n'eft point ce qui s'appelle morale fevere, puifque c'eft la morale mefme de ceux qu'on a le plus foupçonnez & accufez de relafchement.

Ah ! Chreftiens, qu'il y a de veritez, dont on n'eft pas encore perfuadé dans le chriftianifme ! Je vois bien, reprend faint Auguftin dans fes commentaires fur le Pfeaume trente-huictieme; ( & j'avoüe, mes Freres, que voicy le feul pre-

texte qui feroit capable de m'arrefter, & que
j'aurois peine à combattre, fi ce faint Docteur
ne l'avoit luy-mefme détruit ) je vois ce que
vous m'allez oppofer. Vous dites que vous avez
une famille & des enfants à pourvoir : d'où vous
concluez que vous pouvez donc garder voftre
fuperflu ; *Video quid dicturus es : filiis fervio.* Aug.
Mais je vous reponds, ajoufte ce Pere, que fous
une apparence de pieté, cette parole n'eft qu'une
vaine excufe de voftre iniquité : *Sed hæc vox
pietatis excufatio eft iniquitatis.* Non, Chreftiens, ce pretexte, tout fpecieux qu'il eft, ne
vous juftifiera jamais devant Dieu. Soit que vous
ayez des enfants à eftablir ou non, du moment
que vous avez du fuperflu, vous le devez aux
pauvres, felon les regles de la charité : car ces
regles font faites pour vous, & elles n'ont rien
d'incompatible avec vos autres devoirs. Vous
devez pourvoir vos enfants! mais vous ne devez pas oublier les membres de Jefus-Chrift. Si
Dieu vous avoit chargé d'une plus nombreufe
famille, vous fçauriez bien partager vos foins
paternels entre tous les fujets dont elle feroit
compofée. Or regardez ce pauvre comme un
enfant de furcroift dans voftre maifon. Excellente pratique, d'adopter les pauvres qui vous
reprefentent Jefus-Chrift, & de les mettre au
nombre de vos enfants!

Mais enfin, ajouftez-vous, les temps font
mauvais ; chacun fouffre ; & n'eft-il pas alors

de la prudence, de penſer à l'avenir, & de garder
ſon revenu! C'eſt ce que la prudence vous dicte;
mais une prudence réprouvée , une prudence
charnelle & ennemie de Dieu. Tout le monde
ſouffre & eſt incommodé, j'en conviens : mais
aprés tout ſi j'en jugeois par les apparences, peut
eſtre aurois-je peine à en convenir : car jamais
le faſte, jamais le luxe fut-il plus grand qu'il l'eſt
aujourd'huy ; & qui ſçait ſi ce n'eſt point pour
cela que Dieu nous chaſtie, Dieu , dis-je, qui
ſelon l'Ecriture a en l'horreur le pauvre ſuperbe.
Mais encore une fois, je le veux, les temps ſont
mauvais, & que concluez-vous de là ! ſi tout le
monde ſouffre, les pauvres ne ſouffrent-ils point;
& ſi les ſouffrances des pauvres ſe trouvent juſques chez les riches, à quoy doivent eſtre réduits
les pauvres meſmes ! Or à qui eſt-ce d'aſſiſter
ceux qui ſouffrent plus, ſi ce n'eſt pas à ceux qui
ſouffrent moins ! Eſt-ce donc bien raiſonner de
dire que vous avez droit de retenir voſtre ſuperflu, parce que les temps ſont mauvais , puiſque
c'eſt juſtement pour cela meſme que vous ne le
pouvez retenir ſans crime , & que vous eſtes
dans une obligation particuliere de le donner!

   Cette morale vous étonne , & vous paroiſt
n'aller à rien moins qu'à la damnation de tous
les riches. Il me ſuffit de vous repondre avec le
Chancelier Gerſon, que ce n'eſt point cette morale qui damne les riches, mais que ce ſont les
riches qui ſe damnent, pour ne vouloir pas ſuivre

vre cette morale. Aussi le Fils de Dieu n'attribuë point la réprobation du mauvais riche de
l'Evangile à une autre cause. De conclure, que
tous les riches sont damnez, c'est mal penser de
son prochain ; c'est vouloir entrer dans les conseils de Dieu, & juger des autres avec temerité
& avec malignité. Faisons nostre devoir, mes
Freres, dit saint Augustin ; & il ne nous arrivera
jamais de tirer de pareilles consequences. Quand
nous serons charitables & misericordieux, nous
trouverons qu'il y en a d'autres qui le sont aussi-
bien que nous, & qui le font plus que nous.
Quoyqu'il en soit, mon cher Auditeur, n'abu-
sez point du superflu de vos biens ; & puisque
Dieu vous le demande pour servir à vostre salut, ne le faites pas servir à vostre perte éternelle. Souvenez-vous qu'il le faudra laisser un jour,
ce superflu ; & qu'aprés vous estre rendu odieux
dans le monde en le reservant, aprés vous estre
attiré la haine de Dieu, vous le quitterez à la
mort : au lieu qu'en le consacrant à la charité,
vous le ménagez pour le ciel. Souvenez-vous
que rien mesmes n'engagera plus Dieu à verser
sur vous ses benedictions temporelles, qu'un
saint usage de vos biens en faveur des pauvres.
La parole de Jesus-Christ y est expresse : donnez, & vous recevrez. Achevons. Précepte de
l'aumosne, matiere de l'aumosne, c'est de quoy
je vous ay parlé. En voicy l'ordre, & c'est le sujet de la derniere partie.

*Tome I.*            M

**III. Partie.**

C'Est l'ordre qui donne la perfection aux choses; & quand le Saint Esprit dans l'Ecriture veut nous faire entendre que Dieu a tout fait en Dieu, il se contente de nous dire qu'il a tout fait avec ordre & avec mesure. La charité mesme, dit saint Thomas, cette reine des vertus, cesseroit d'estre vertu, si l'ordre y manquoit. Aussi l'Epouse des Cantiques comptoit parmi les graces les plus singulieres qu'elle eust receuës de son Epoux, celle d'avoir ordonné la charité dans son cœur; *Ordinavit in me charitatem.* Mais quoy! demande saint Augustin, la charité a-t-elle besoin d'estre ordonnée; & n'est-ce pas elle qui met l'ordre par tout, ou n'est elle pas elle-mesme l'ordre & la regle de tout! Oüy, mes Freres, répond ce saint Docteur; la charité, la vraye charité est ordonnée dans elle-mesme, & ne doit point chercher l'ordre hors d'elle-mesme : mais il y a une fausse charité, & un de ses caracteres est d'estre dereglée & sans ordre. De là vient, continüe ce Pere, que l'Epouse, figure de l'ame chrestienne, se tient redevable à Dieu de deux grandes graces; l'une de luy avoir donné la charité, & l'autre d'avoir establi dans elle l'ordre de la charité, *Ordinavit in me charitatem.* C'est l'explication que fait saint Augustin de ces paroles. Or ce qu'il dit de la charité en general, se doit dire en particulier de l'aumosne, puisque l'aumosne est essentiellement une partie de la charité. Il faut

*Cant. 2.*

donc de l'ordre dans l'aumofne : & cet ordre, felon les Theologiens, doit eftre obfervé, premierement par rapport aux pauvres à qui l'aumofne eft dûë ; fecondement, par rapport aux riches, à qui l'aumofne eft commandée : voilà une inftruction dont il ne faut, s'il vous plaift, rien perdre.

Je dis que par rapport aux pauvres à qui l'aumofne eft dûe, il y a un ordre à garder ; & cet ordre quel èft-il ? c'eft que l'aumofne, du moins dans la preparation du cœur, ou pour parler plus intelligiblement, c'eft que la volonté de faire l'aumofne, doit eftre generale & univerfelle : c'eft à dire, qu'elle doit s'étendre à tous les pauvres de Jefus-Chrift, fans en exclure un feul ; car dés que vous en excepterez un feul, vous n'aurez plus le veritable efprit de la charité. Il faut, dit faint Chryfoftome, que cette vertu ramaffe dans noftre cœur tout ce qu'il y a au monde de neceffiteux & de miferables, comme ils font tous ramaffez dans le cœur de Dieu. C'eft-là, pour m'exprimer de la forte, c'eft dans les entrailles de la charité de Dieu, que faint Paul trouvoit tous les hommes réunis, & que tous les hommes nous doivent paroiftre également dignes de nos foins : *Cupio vos omnes in vifceribus Chrifti Jefu.* En *Philipp. 1.* forte, que s'il fe pouvoit faire que voftre charité euft une auffi grande étenduë que les miferes du prochain, vous voudriez foulager par voftre charité toutes les miferes du monde, afin de pouvoir dire en parlant aux pauvres, ce que difoit le mefme Apoftre aux Corinthiens : *Cor nof-trum dilatatum eft ; non anguftiamini in nobis.* Non, mes Freres, qui que vous foyez, mon cœur n'eft point refferré pour vous ; mais vous y avez tous place : car voilà le caractere de la charité & de la mifericorde chreftienne.

Que dis-je, de la mifericorde chreftienne ! Dieu mefme dans l'ancien Teftament ne pref-crivoit-il pas aux Juifs cette loy ; & en leur or-donnant l'aumofne, ne leur marquoit-il pas en particulier la perfonne de leur ennemi ; *Si efu-rierit inimicus tuus, ciba illum ; fi fitit, potum da illi :* voulant par là leur faire entendre que l'aumofne ne devoit point eftre bornée, mais qu'eftant, felon l'expreffion de faint Pierre Chry-fologue, l'émule de la mifericorde de Dieu, el-le doit fe repandre auffi bien fur les ennemis que fur les amis, comme Dieu fait lever fon foleil auffi bien fur les mechans que fur les juftes ; *Si efurierit inimicus tuus, ciba illum:* Or fi Dieu le vouloit de la forte dans une loy, où il eftoit, ce femble, permis de haïr fon ennemi, ou du moins quelque ennemi, ainfi que l'expliquent les Peres ; jugez, Chreftiens, ce qu'il exige de nous, pour qui l'amour des ennemis eft un de-voir propre & un commandement particulier.

Et de là mefme concluons quel eft l'aveugle-ment & l'erreur de certaines perfonnes, qui juf-ques dans leurs aumofnes fe laiffent gouverner

par leurs paffions & leurs affections naturelles :
qui donnent à ceux-cy, parce que ceux-cy leur
plaifent ; & qui ne donnent jamais à ceux-là ,
parce que ceux-là n'ont pas le bonheur de leur a-
gréer : qui fe font une gloire & un poinct d'honneur de pourvoir aux befoins des uns , & qui
n'ont que de la dureté ou de l'indifference pour
les autres : c'eft à dire, qui contentent leur a-
mour propre en faifant l'aumofne, & qui fuivent le mouvement d'une antipathie fecrette en
ne la faifant pas. Car c'eft ce qui arrive aux fpirituels mefmes, fans qu'ils y faffent reflexion.
Or eft-ce là l'efprit de l'Evangile? Accoutumons
nous, mes chers Auditeurs, à faire les actions
chreftiennes chreftiennement, & n'en corrompons point la fainteté par le meflange de l'iniquité. Faire ainfi l'aumofne , ce n'eft point pratiquer, mais prophaner une vertu. Si je fais l'aumofne dans l'ordre de Dieu , je dois eftre preft
à la faire fans diftinction & fans exception ; à la
faire par tout où je verray le befoin , & felon la
mefure du befoin que Dieu me fera connoiftre.
Tellement qu'à prendre la chofe en general , fi
je vois mon ennemi mefme dans une neceffité
plus preffante, je dois le fecourir par preference
à tout autre. Voilà ce que m'apprend le chriftianifme que je profeffe ; & fans cela je n'ay qu'une
charité apparente. Car je ne merite rien dans les
aumofnes que je fais ; & je me rends doublement coupable dans celles que je ne fais pas :

M iij

pourquoy ? parce que dans les aumofnes que je
fais, je ne fuis que mon inclination ; & dans celles que je ne fais pas, je fatisfaits mon reffentiment, & je manque à une de mes plus étroites
obligations.

Ce n'eft pas qu'il ne foit permis, & qu'il ne
foit mefmes à propos d'avoir là-deffus certains
égards ; & je conviens avec tous les maiftres de
la morale, que les proches & les domeftiques
doivent communément l'emporter fur les é-
trangers ; ceux qui fe trouvent dans une impuif-
fance abfoluë de s'aider, fur ceux à qui il refte
encore dans leur travail quelque reffource ; ceux
qui s'employent à procurer de gloire de Dieu
& à fanctifier le prochain, fur ceux qui ne font
occupez que d'eux-mefmes & de leur propre falut. Ce fut le puiffant motif qui porta faint Loüis
à repandre fi liberalement fes graces fur ces deux
Apoftres de fon fiecle, faint Dominique & faint
François d'Affife. Il n'épargna rien pour les foutenir, pour les feconder, parce qu'il les regarda
comme les defenfeurs de l'Eglife, comme les
propagateurs de la foy, comme les difpenfateurs
de la patole de Dieu. Ce n'eft plus guéres peut-
eftre la devotion de noftre temps ; mais la devotion de faint Loüis eftoit fans doute auffi folide que la noftre.

L'ordre de l'aumofne ainfi reglé par rapport
au pauvre à qui l'aumofne eft duë, il refte à le
regler par rapport au riche à qui l'aumofne eft

commandée ; & c'eſt ce que je réduits à cinq articles, par où je finis en peu de paroles, pour ne pas fatiguer voſtre patience.

Premiere regle : que l'aumoſne ſoit faite d'un bien propre , & non point du bien d'autruy , comme il arrive tous les jours ; non point d'un bien injuſtement acquis, & que la conſcience me reproche. Car noſtre Dieu, Chreſtiens , a l'injuſtice en horreur, & la déteſte juſques dans le ſacrifice & l'holocauſte , comme parle l'Ecriture : *Odio habens rapinam in holocauſto.* Faire des aumoſnes du bien d'autruy, dit ſaint Chryſoſtome, c'eſt faire Dieu le complice de nos larcins , & vouloir qu'il participe à noſtre peché. Puiſque l'aumoſne, ſelon ſaint Paul, eſt comme une hoſtie qui nous rend Dieu favorable, *Talibus enim hoſtiis promeretur Deus ;* offrons luy cette hoſtie toute pure, & ne confondons jamais une aumoſne & une reſtitution : car ce ſont deux choſes eſſentiellement diſtinguées que la reſtitution & l'aumoſne; & jamais l'aumoſne ne peut eſtre le ſupplément de la reſtitution , ſi ce n'eſt que la reſtitution nous ſoit impoſſible.

*Iſai.* **61.**

*Hebr.* 13.

Seconde regle : que les actions de juſtice envers les pauvres, paſſent toûjours devant les œuvres de pure charité ; ou ſi je puis ainſi parler, que l'aumoſne de juſtice précede toûjours l'aumoſne de charité. Car il y a , mes Freres , une aumoſne de juſtice; & j'appelle aumoſne de juſtice, payer aux pauvres ce qui leur appartient,

M iiij

payer de pauvres domestiques, payer de pauvres artisans, payer de pauvres marchands, ou
mesmes de riches marchands, mais qui de riches
qu'ils estoient, tombent dans la pauvreté, parce
qu'on les laisse trop long-temps attendre. Or la
loy de Dieu veut que cette espece d'aumosne ait
le premier rang, & c'est par là qu'il faut commencer. Mais avoüons-le, Chrestiens, c'est une
morale que bien des riches du monde ne veulent pas entendre aujourd'huy. Vous le sçavez.
On traite ce marchand, cet artisan, qui fait quelque instance, de fascheux & d'importun. On le
fait languir des années entieres; & aprés bien des
remises, qui l'ont peut-estre à demi ruiné, on luy
donne à regret ce qui luy est le plus legitimement acquis, comme si c'estoit une grace qu'on
luy accordast, & non une dette dont on s'acquit-
tast. Combien mesmes en usent de la sorte par
une politique d'interest, que je n'examine point
icy : voulant paroistre incommodez dans leurs
affaires, & cacher leur estat aux yeux des hommes, mais sans le pouvoir cacher aux yeux de
Dieu. Quoy qu'il en soit, ce n'est pas sans raison
que je touche ce poinct ; & sans que je m'explique davantage, tel qui m'écoute, comprend assez ce que je dis, ou ce que je veux dire.

Troisieme regle : que les aumosnes ne soient
point jettées au hazard, mais données avec mesure, avec reflexion. Autrement, ce sont des aumosnes souvent mal placées. L'un reçoit, parce

que le hazard vous l'a presenté ; & l'autre ne reçoit rien, parce que vous n'avez pas pris soin de
le chercher & de le connoistre. Mais celuy-là
peut-estre que vous soulagez, pouvoit encore se
passer d'un tel secours ; & celuy-cy que vous ne
soulagez pas, manque de tout, & se voit réduit
aux dernieres extremitez.

Quatriéme regle : que les aumosnes soient
publiques, quand il est constant & public que
vous possedez de grands biens, & que vous estes
dans l'abondance ; pourquoy ? pour satisfaire à
l'édification, pour donner l'exemple, pour accomplir la parole de Jesus-Christ, *Luceat lux*   *Matth. 5.*
*vestra coram hominibus, & videant opera vestra*
*bona.* Car n'est-ce pas un scandale, de voir des
riches vivre dans l'opulence, & de ne sçavoir,
ni s'ils font l'aumosne, ni où ils la font. Ce n'est
point pour eux que le Sauveur du monde a dit :
*Nesciat sinistra tua quid faciat dextera tua ;*   *Matth. 6.*
que vostre main gauche ne sçache pas ce que
fait vostre main droite. Ce seroit une fausse humilité.

Cinquieme & derniere regle : c'est de faire
l'aumosne dans le temps où elle vous peut estre utile pour le salut, sans attendre à la mort,
ou mesmes aprés la mort. Et voilà, mes chers Auditeurs, le poinct important que je ne puis assez vous recommander. Car de quel merite peuvent estre devant Dieu des aumosnes faites seulement à la mort ; & quel fruict en pouvez-vous

retirer alors, qui soit comparable à ce qu'elles auroient valu pendant la vie! Est-ce bien temoigner
à Dieu voftre amour, que de luy faire part de
vos biens, quand vous n'eftes plus en eftat de les
poffeder, quand la mort vous les arrache par violence, quand ils ne font plus proprement à vous!
On dit : cet homme a beaucoup donné en mourant ; & moy je dis : il n'a rien donné ; mais il a
laiffé, & il n'a laiffé que ce qu'il ne pouvoit retenir, & que parce qu'il ne le pouvoit retenir. Il
l'a gardé jufqu'au dernier moment; & s'il euft pû
l'emporter avec luy, ni Dieu, ni les pauvres n'auroient eû rien à y pretendre. Auffi, que luy fervent de telles aumofnes, & quel profit en doit-
il efperer ! Car il eft de la foy, Chreftiens, que
toutes vos aumofnes aprés la mort n'ont plus de
vertu pour vous fauver. Elles peuvent bien foulager voftre ame dans le purgatoire : mais quant
au falut, ce font aprés la vie des œuvres fteriles;
pourquoy ? parce que l'affaire du falut eft déja
decidée, & que l'arreft eft fans appel. Cependant, Riches du fiecle, la grande vertu de l'aumofne à voftre égard, c'eft de contribuer à voftre falut. Si ce riche dans la vie euft fait une partie des aumofnes qu'il a ordonnées à la mort,
fes aumofnes l'auroient fauvé : elles luy auroient
attiré des graces de converfion ; elles auroient
prié pour luy, felon le langage de l'Ecriture.
Car ce ne font pas tant les pauvres qui prient
pour nous, que l'aumofne mefme : *Conclude*

*elecmosynam in sinu pauperis, & ipsa exorabit* **Ecclis. 29.**
*pro te.* Que le pauvre prie, ou qu'il ne prie pas,
l'aumosne prie toûjours independamment du
pauvre : mais envain aprés la mort prieroit-elle
pour vostre conversion, puisque ce n'est plus le
temps de se convertir. Envain reclameroit-elle
pour vous la misericorde divine, puisque ce n'est
plus le temps de la misericorde.

La consequence qui suit delà, c'est la gran-
de leçon que nous fait saint Paul : *Dùm tem-* **Galat. 6.**
*pus habemus, operemur bonum.* Si nous aimons
Dieu, & si nous nous aimons nous-mesmes, faisons de bonnes œuvres tandis que nous en avons
le temps. Je ne pretends pas vous detourner d'en
faire à la mort ; à Dieu ne plaise ! c'estoit un u-
sage trop saint & trop chrestien que celuy des fidelles autrefois, de vouloir que Jesus-Christ fust
leur heritier & qu'il eust part à leurs dernieres
volontez. Mais du reste, souvenons-nous que
les bonnes œuvres de la vie sont de tout un autre
poids. Ah ! Chrestiens, voicy le temps où Dieu
se dispose à verser plus abondamment ses graces,
& où il vous appelle plus fortement à la penitence. Or un des moyens les plus efficaces pour le
toucher en vostre faveur, c'est de luy envoyer,
selon la figure de l'Evangile, des mediateurs qui
luy parlent pour vous, & qui s'engagent à con-
sommer l'affaire de vostre conversion, & celle
de vostre salut & de vostre sanctification. On s'é-
tonne quelquefois de voir des pecheurs chan-

ger tout à coup ; des libertins & des impies renoncer à leurs habitudes, & s'attacher à Dieu;
des aveugles & des endurcis fe reconnoiftre, &
devenir fenfibles aux veritez éternelles ; des impenitens de plufieurs années, par une efpece de
prodige , aprés une vie dereglée & diffoluë,
mourir de la mort des Saints : mais moy je n'en
fuis point furpris, fi ces pecheurs, fi ces impies
& ces libertins, fi ces aveugles & ces endurcis,
fi ces impenitens ont efté charitables envers les
pauvres. C'eft l'accompliffement des oracles de
l'Ecriture ; c'eft un effet des paroles de Jefus-
Chrift; c'eft la benediction de l'aumofne. Il faut
pour cela que Dieu faffe des miracles; mais les
miracles, pour recompenfer l'aumofne, ne luy
couftent point. Il faut que Dieu fe relafche de fes
droits, & qu'il arrefte tous les foudres de fa juftice : mais, fi j'ofe m'exprimer de la forte, l'aumofne fait violence à la juftice divine; & pour
les interefts du pauvre & du riche qui l'affifte,
Dieu n'a point de droits fi legitimes & fi chers
qu'il ne foit preft à ceder. David difoit qu'il n'a-
voit point veû de jufte abandonné , *Non vidi*
*juftum derelictum ;* & je puis dire, que je n'ay
point veû de riche liberal & tendre pour les pauvres, en qui je n'aye remarqué certains effets de
la grace, qui m'ont rempli de confolation. Mais
au contraire, il n'eft helas ! que trop commun,
de voir ces riches avares, ces riches infenfibles
aux miferes du prochain, vivre fans foy & fans

Pfalm. 36.

Ioy; vieillir & blanchir dans leurs desordres, &
mourir enfin dans leur impenitence. Pourquoy!
parce que suivant l'arrest du Saint Esprit, il n'y
a point de misericorde pour celuy qui n'exerce
point la misericorde: *Judicium sine misericordiâ* Jacob. 2.
*ei qui non facit misericordiam.* Prevenons, mes
chers Auditeurs, un jugement si terrible. Re-
veillons dans nos cœurs tous les sentimens de la
charité chrestienne ; & par de saintes aumosnes, faisons-nous des amis qui nous reçoivent
dans l'éternité bienheureuse que je vous souhaite &c.

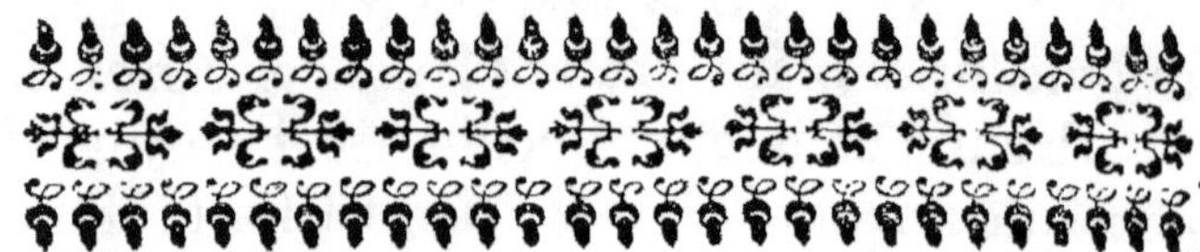

# SERMON
## POUR LE DIMANCHE
### de la premiere Semaine.

#### Sur les Tentations.

*Ductus est Jesus in desertum à Spiritu, ut tentaretur à Diabolo. Et cum jejunasset quadraginta diebus & quadraginta noctibus, posteà esuriit.*

*Jesus fut conduit dans le desert par l'Esprit, pour y estre tenté du Demon. Et ayant jeusné quarante jours & quarante nuits, il se sentit pressé de la faim. En saint Matth. chap. 4.*

SIRE,

N'EST-il pas étonnant que le Fils de Dieu qui n'est descendu sur la terre, comme dit saint Jean, que pour détruire les œuvres du Demon, ait voulu les éprouver luy-mesme & se voir exposé aux attaques de cet Esprit tentateur ? Mais quatre grandes raisons, remarque saint Augustin, l'y ont engagé, & toutes sont prises de nostre interest. Nous estions trop fragiles & trop foibles pour soutenir la tentation, & il a voulu nous fortifier. Nous estions trop timides & trop lasches, & il a voulu nous encourager. Nous estions trop imprudens & trop temeraires, & il a voulu nous apprendre à nous précautionner. Nous estions sans experience & trop peu versez dans l'art de combattre nostre commun ennemi, & il a voulu nous l'enseigner.

Or c'est ce qu'il fait admirablement aujourd'huy. Car selon la pensée & l'expression de saint Grégoire, il nous a rendus plus forts, en surmontant nos tentations par ses tentations mesmes, comme par sa mort il a surmonté la nostre. *Justum quippe erat, ut tentatus nostras tentationes suis vinceret, quemadmodum mortem nostram venerat sua morte superare.* Il nous a rendus plus courageux & plus hardis, en nous animant par son exemple, puisque rien en effet ne doit plus nous animer que l'exemple d'un homme-Dieu, nostre souverain Pontife, éprouvé comme nous en toutes manieres suivant la parole de saint Paul. *Tentatum autem per omnia.* Il nous a rendus plus circonspects & plus vigilants, en nous faisant connoistre que personne ne doit se tenir en asseûrance, lorsque luy-mesme, les Saint des Saints, il n'est pas à couvert

de la tentation. Enfin il nous a rendus plus habiles & plus intelligens, en nous monſtrant de
quelles armes nous devons uſer pour nous défendre, & en nous traçant les regles de cette milice ſpirituelle.

En cela ſemblable à un grand Roy, qui pour
repouſſer les ennemis de ſon Eſtat, & pour diſſiper leurs ligues, ne ſe contente pas de lever des
troupes & de donner des ordres; mais paroiſt
le premier à la teſte de ſes armées, les ſoutient
par ſa preſence, les conduit par ſa ſageſſe, les
anime par ſa valeur, & toûjours malgré les obſtacles & les perils leur aſſeûre la victoire. Or ſi
l'exemple d'un Roy a tant de force & tant de
vertu, comme vous le ſçavez, Chreſtiens, &
comme vous l'avez tant de fois reconnu vous-
meſmes, que doit faire l'exemple d'un Dieu!
Voicy ſans doute un des plus importans ſujets
que je puiſſe traiter dans la chaire, & qui demande plus de reflexion. Parmi tant d'excellentes leçons que nous donne Jeſus-Chriſt dans
l'Evangile de ce jour, touchant la maniere dont
nous devons nous gouverner dans la tentation,
j'en choiſis deux auxquelles je m'arreſte & que
me fourniſſent les paroles de mon texte. La premiere eſt, que ce divin Maiſtre ne va au deſert où
il eſt tenté, que par l'inſpiration de l'eſprit de
Dieu: *Ductus eſt in deſertum à ſpiritu ut tentaretur.* La ſeconde, qu'il n'y eſt tenté qu'après
s'eſtre prémuni du jeuſne & de la mortification

des

des sens. *Et cum jejunasset quadraginta diebus & quadraginta noctibus, accessit tentator.* De-là je tireray deux consequences, l'une & l'autre bien utiles & bien necessaires. Demandons &c, *Ave Maria.*

DE quelque maniere que Dieu en ait disposé dans le conseil de sa sagesse sur ce qui regarde cette preparation de graces, que saint Augustin appelle predestination, trois choses sont éviden-tes & incontestables dans les principes de la foy ; sçavoir, que pour vaincre la tentation le secours de la grace est necessaire, qu'il n'y a point de ten-tation qui ne puisse estre vaincuë par la grace, & que Dieu enfin par un engagement de fidelité ne manque jamais à nous fortifier de sa grace dans la tentation.

Sans la grace je ne puis vaincre la tentation : c'est un article decidé contre l'erreur Pelagien-ne. Or quand je dis vaincre, j'entends de cette victoire sainte dont parloit l'Apostre, lorsqu'il disoit, *Qui legitimè certaverit :* de cette victoire 2. Timot. 2. qui est un effet de l'esprit chrestien, qui a son me-rite devant Dieu, & pour laquelle l'homme doit estre un jour recompensé dans le ciel & couron-né. Car de vaincre une tentation par une autre tentation, un vice par un autre vice, un peché par un autre peché ; de surmonter la vengeance par l'interest, l'interest par le plaisir, le plaisir par l'ambition, ce sont les vertus & les victoires

*Tome I.*                                        . N

du monde où la grace n'a point de part. Mais de surmonter toutes ces tentations & le monde mefme pour Dieu, c'eft la victoire de la grace & de noftre foy. *Et hæc eft victoria quæ vincit mundum, fides veftra.*

Il n'y a point de tentation qui ne puiffe eftre vaincuë par la grace : autre maxime effentielle dans la religion ; & le bien-aimé difciple faint Jean en apporte une excellente raifon : car, dit-il en parlant aux fidelles, celuy qui eft en vous par fa grace, eft bien plus fort que celuy qui eft dans le monde, & qui y regne en qualité de prince du monde: *Viciftis eum, quoniam major eft qui in vobis eft, quàm qui in mundo.* C'eft donc faire injure à Dieu, que de croire la tentation infurmontable, & de dire ce que nous difons néanmoins fi fouvent : je ne puis refifter à telle paffion ; je ne puis tenir contre telle habitude & tel penchant. C'eft dans la penfée de faint Bernard, une parole d'infidelité encore plus que de foibleffe: pourquoy ? parce qu'en parlant ainfi, ou nous n'avons égard qu'à nos propres forces, & en ce fens la propofition eft vraye, mais nous fommes infidelles de feparer nos forces de celles de Dieu; ou nous fuppofons la grace & le fecours de Dieu, & en ce fens la propofition non feulement eft fauffe, mais héretique, parce qu'il eft de la foy qu'avec le fecours de Dieu nous pouvons tout: *Omnia poffum in eo qui me confortat.*

Mais avons-nous toûjours ce fecours de Dieu

dans la tentation ! C'eſt ce qui me reſte à vous expliquer & ce qui doit faire le fonds de ce diſcours,
où j'oſe dire que ſans embaraſſer vos eſprits, &
ſans rien avancer dont vous ne ſoyez édifiez, je
vais vous donner l'éclairciſſement de ce qu'il y
a de plus important & de plus ſolide dans la matiere de la grace. Oüy, Chreſtiens, il eſt encore
de la foy, que Dieu ne permet jamais que nous
ſoyons tentez audelà de ce que nous pouvons.
*Fidelis Deus qui non patietur vos tentari ſuprà* 1. Cor. 16.
*id quod poteſtis.* Or nous n'avons ce pouvoir que
par la grace. Elle ne nous manque donc point
du coſté de Dieu, non ſeulement pour vaincre
la tentation, mais pour en profiter, *Sed faciet* Ibid.
*cum tentatione proventum.* Voilà comment parle ſaint Paul, & de quoy nous ne pouvons douter, ſi nous ne ſommes pas aſſez aveugles pour
nous figurer un Dieu ſans miſericorde & ſans
providence. Mais quoyque cela ſoit ainſi, il y a
pourtant une erreur qui n'eſt aujourd'huy que
trop commune, & qui ſe decouvre dans la conduite de la pluſpart des hommes : c'eſt de croire que ces graces nous ſont toûjours données
telles que nous les voulons, & au moment que
nous les voulons. Erreur dont les conſequences ſont trés pernicieuſes, & dont j'ay crû qu'il
eſtoit important de vous détromper. Pour vous
faire entendre mon deſſein, je diſtingue deux
ſortes de tentations ; les unes volontaires, & les
autres involontaires. Les unes où nous nous en-

gageons de nous-mesmes contre l'ordre de Dieu; & les autres où nous nous trouvons engagez par une espece de necessité attachée à nostre condition. Dans les premieres, je dis que nous ne devons point esperer d'estre secourus de Dieu, si nous ne sortons de l'occasion; & que pour cela nous ne devons point alors nous promettre une grace de combat, mais une grace de fuite : ce sera la premiere partie. Dans les autres, je pretends qu'envain nous aurons une grace de combat, si nous ne sommes en effet resolus à combattre nous-mesmes, & sur tout comme Jesus-Christ par la mortification de la chair : ce sera la seconde partie. Toutes deux renferment de solides instructions.

**I. PARTIE.**

Dans quelque obligation que nous puissions estre & que nous soyons en effet, d'exposer quelquefois nostre vie, c'est une verité incontestable, fondée sur la premiere loy de la charité que nous nous devons à nous-mesmes, qu'il ne nous est jamais permis d'exposer nostre salut. Or il est évident que nous l'exposons, & par consequent que nous pechons, autant de fois que nous nous engageons temerairement dans la tentation. Je m'explique. Il n'y a personne qui n'ait, & en soy-mesme, & hors de soy-mesme, des sources de tentations qui luy sont propres : en soy-mesme, des passions & des habitudes; hors de soy-mesme, des objets & des occasions, dont il a per-

fonnellement à fe défendre, & qui font par rapport à luy des principes de peché. Car on peut
trés bien dire de la tentation, ce que faint Paul
difoit de la grace, que comme il y a une diverfité de graces & d'infpirations, qui toutes procedent du mefme efprit de fainteté, & dont
Dieu qui opére en nous, fe fert, quoyque dif-
feremment, pour nous convertir & pour nous
fauver; auffi il y a une diverfité de tentations,
que le mefme efprit d'iniquité nous fufcite, pour
nous corrompre & pour nous perdre. Nous
fçavons affez quel eft le foible, par où il nous attaque plus communément ; & pour peu d'attention que nous ayons fur noftre conduite,
nous diftinguons fans peine, non feulement la
tentation qui prédomine en nous, mais les circonftances qui nous la rendent plus dangereufe.
Car felon la remarque de faint Chryfoftome,
ce qui eft tentation pour l'un, ne l'eft pas pour
l'autre; ce qui eft occafion de chute pour celuy-
cy, peut n'eftre d'aucun danger pour celuy-là,
& tel ne fera point troublé ni ébranlé des plus
grands fcandales du monde, qu'une bagatelle,
fi je l'ofe dire, par la difpofition particuliere où
il fe trouve, fera malheureufement échoüer. Le
fçavoir, & ne pas fuir le danger, c'eft ce que
j'appelle s'expofer à la tentation contre l'ordre
de Dieu. Or je pretends qu'un chreftien alors ne
doit point attendre de Dieu les fecours de graces préparez pour combattre la tentation & pour

N iij

la vaincre. Je pretends qu'il n'eſt pas en droit
de les demander à Dieu, ni meſmes de les eſperer. Je vais plus loin, & je ne craints point d'a-
jouſter, que quand il les demanderoit, Dieu ſelon le cours de ſa providence ordinaire eſt expreſſément determiné à les luy refuſer. Que
puis-je dire de plus fort, pour faire voir à ces
ames préſomptueuſes le deſordre de leur conduite, & pour les faire rentrer dans les ſaintes
voyes de la prudence des juſtes !

Non, Chreſtiens, tout homme qui temerairement & contre l'ordre de Dieu s'engage dans
la tentation, ne doit point compter ſur ces graces
de protection & de défenſe, ſur ces graces de reſiſtance & de combat, ſi neceſſaires pour nous
ſoutenir. Par quel titre les pretendroit-il, ou les
demanderoit-il à Dieu ? Par titre de juſtice ! ce
ne ſeroient plus des graces, ce ne ſeroient plus
des dons de Dieu, ſi Dieu les luy devoit. Par
titre de fidelité ! Dieu ne les luy a jamais pro-
miſes. Par titre de miſericorde ? il y met par ſa
preſomption un obſtacle volontaire, & il ſe rend
abſolument indigne des miſericordes divines.
Le voilà donc, tandis qu'il demeure dans cet eſtat, & qu'il y veut demeurer, ſans reſſource de
la part de Dieu & privé de tous ſes droits à la
grace : j'entends à cette grace, dont parle ſaint
Auguſtin, & qu'il appelle victorieuſe, parce
que c'eſt par elle que nous triomphons de la tentation.

Je dis plus : non seulement l'homme ne peut présumer alors, que Dieu luy donnera cette grace victorieuse; mais il doit mesmes s'asseûrer que Dieu ne la luy donnera pas. Pourquoy ? parce que Dieu luy-mesme s'en est ainsi expliqué, & qu'il n'y a point de verité plus clairement marquée dans l'Ecriture que celle-cy ; sçavoir, que Dieu pour punir la temerité du pecheur, l'abandonne & le livre à la corruption de ses desirs. Et ne me dites point que Dieu est fidelle, & que la fidelité de Dieu, selon saint Paul, consiste à ne pas permettre que nous soyons jamais tentez au dessus de nos forces. Dieu est fidelle : j'en conviens. Mais ce sont deux choses bien differentes, de ne pas permettre que nous soyons tentez au dessus de nos forces, & de nous donner les forces qu'il nous plaist, quand nous nous engageons nous-mesmes dans la tentation. L'un n'est point une consequence de l'autre ; & sans préjudice de sa fidelité, Dieu peut bien nous refuser ce que nous n'avons nulle raison d'esperer. Il est fidelle dans ses promesses : mais quand & où nous a-t-il promis de secourir dans la tentation celuy qui cherche la tentation ! Pour raisonner juste & dans les principes de la foy, il faudroit renverser la proposition , & conclure de la sorte : Dieu est fidelle, il est infaillible dans ses paroles; donc il abandonnera dans la tentation , celuy qui s'expose à la tentation , puisque sa parole y est expresse & qu'il nous l'a dit en termes formels. Or la fidelité de Dieu n'eſt pas moins intereſſée à verifier cette formidable menace, quiconque aime le peril y perira, *Qui amat periculum in illo peribit;* qu'à s'acquitter envers nous de cette conſolante promeſſe, le Seigneur eſt fidelle, & jamais il ne nous laiſſera tenter au delà de noſtre pouvoir; *Fidelis Deus qui non patietur vos tentari ſuprà id quod poteſtis.*

Mais ſans inſiſter davantage ſur les promeſſes de Dieu ou ſur ſes menaces, je prends la choſe en elle-meſme. En verité, mes chers Auditeurs, un homme qui temerairement & d'un plein gré s'expoſe à la tentation, qui volontairement entretient la cauſe & le principe de la tentation, a-t-il bonne grace d'implorer le ſecours du ciel & de l'attendre? Si c'eſtoit l'intereſt de ma gloire, luy peut repondre Dieu, ſi c'eſtoit un devoir de neceſſité, ſi c'eſtoit un motif de charité, ſi c'eſtoit le hazard & une ſurpriſe qui vous euſt engagé dans ce pas gliſſant, ma Providence ne vous manqueroit pas, & je ferois pluſtoſt un miracle pour vous maintenir. Et en effet quand autrefois pour tenter la vertu des vierges chreſtiennes, on les expoſoit dans des lieux de proſtitution & de debauche, la grace de Dieu les y ſuivoit. Quand les Prophetes pour remplir leur miniſtere, paroiſſoient dans les cours des Princes idolaſtres, la grace de Dieu les y accompagnoit. Quand les ſolitaires obéiſſant à la voix &

à l'inspiration divine, sortoient de leurs deserts,
& entroient dans les villes les plus debordées
pour exhorter les peuples à la penitence, la grace de Dieu y entroit avec eux. Elle combattoit
dans eux & pour eux ; elle remportoit d'éclatantes & de glorieuses victoires, parce que Dieu
luy-mesme tuteur & garant de leur salut les
conduisoit : ils estoient à l'épreuve de tout. Mais
aujourd'huy par des principes bien differens,
vous vous livrez vous-mesmes à tout ce qu'il y a
pour vous dans le monde de plus dangereux &
de plus propre à vous pervertir. Mais aujourd'-
huy, pour contenter vostre inclination, vous
entretenez des societez libertines & des amitiez pleines de scandale, des conversations dont
la licence corromproit, si je puis ainsi parler, les
Anges mesmes. Mais aujourd'huy par un engagement, ou de passion, ou de foiblesse, vous
souffrez auprés de vous des gens contagieux,
démons domestiques, toûjours attentifs à vous
seduire & à vous inspirer le poison qu'ils portent
dans l'ame. Mais aujourd'huy pour vous procurer un vain plaisir, vous courez à des spectacles, vous vous trouvez à des assemblées, capables de faire sur vostre cœur les plus mortelles
impressions. Mais aujourd'huy pour satisfaire
une damnable curiosité, vous voulez lire sans
distinction les livres les plus prophanes, les plus
lascifs, les plus impies. Mais aujourd'huy, Femme mondaine, par une malheureuse vanité de

voſtre ſexe, vous vous piquez de paroiſtre partout, d'eſtre partout applaudie, de voir le monde & d'en eſtre veuë, de briller dans les compagnies, de vous produire avec tout l'avantage
& tous les artifices d'un luxe affecté : & dans une
telle diſpoſition vous vous flattez que Dieu ſera
voſtre ſoutien & voſtre appuy. Or je dis moy
qu'il retirera ſon bras, qu'il vous laiſſera tomber;
& que quand par des veûës toutes humaines,
vous ſçauriez vous garantir de ce que le monde
meſme condamne & traite de dernier crime,
vous ne vous garantirez pas de bien d'autres chu-
tes moins ſenſibles, mais toûjours mortelles par
rapport au ſalut. Je dis que ces graces ſur quoy
vous fondez voſtre eſperance, n'ont point eſté
deſtinées de Dieu pour vous fortifier en de pareilles conjonctures, & que vous ne les aurez jamais, tandis que vous vivrez dans le deſordre
où je viens de vous ſuppoſer. Voilà ce que j'a-
vance comme une des maximes les plus inconteſtables & les plus ſolidement authoriſées par
les trois grandes regles des mœurs, l'experience,
la raiſon, & la foy : voilà le poinct au quel nous
devons, vous & moy, nous en tenir dans toute la conduite & le plan de noſtre vie.

Ah ! mes Freres, reprend ſaint Bernard, s'il
eſtoit vray, comme vous voulez vous le perſuader, que Dieu de ſa part fuſt toûjours également
preſt à nous défendre & à combattre pour nous,
ſoit lorſque malgré ſes ordres nous nous jettons

dans le danger, soit lorsque nous nous trouvons innocemment surpris, il faudroit conclure que les Saints auroient pris la dessus des mesures bien fausses & des precautions bien inutiles. Ces hommes si célebres par leur sainteté, & que l'on nous propose pour modelles, ces hommes consommez dans la science du salut l'auroient bien mal entendu, si la grace se donnoit indifferemment, à celuy qui aime la tentation, & à celuy qui la craint; à celuy qui l'excite & qui s'y plaist, & à celuy qui la fuit. C'est bien en vain qu'ils s'éloignoient du commerce du monde, & qu'ils se tenoient enfermez dans de saintes retraites, si dans le commerce du monde le plus corrompu l'on est également seûr de Dieu & de sa protection toute-puissante.

Pourquoy saint Jerosme avoit-il tant d'horreur des pompes du siecle ? pourquoy se troubloit-il, comme il le témoigne luy-mesme, au seul souvenir de ce qu'il avoit veû dans Rome ? il n'avoit qu'à quitter sa solitude & à retourner dans les mesmes assemblées ; il n'avoit qu'à rentrer sans crainte dans les mesmes cercles. Pourquoy ce grand maistre de la vie spirituelle, ce Docteur si sage & si éclairé, obligeoit-il cette sainte vierge Eustochium à s'interdire pour jamais certaines libertez, dont on ne se fait point communément de scrupule : les rendez-vous derobez, les visites frequentes, les mots couverts & à double sens, les lettres enjouées &

myfterieufes, les demonftrations de tendreffe
& les privautez d'une amitié naiffante ! Pourquoy, dis-je; luy faifoit-il des crimes de tout
cela ? pourquoy luy en faifoit-il tant apprehen-
der les fuites, s'il fçavoit que Dieu nous a tous
pourveûs d'un prefervatif infaillible & d'un remede toûjours prefent !

Enfin, quand les Peres de l'Eglife invecti-
voient avec tant de zéle contre les abus & les
fcandales du theatre ; quand ils défendoient aux
fidelles les fpectacles, & qu'ils les fommoient en
confequence de leur baptefme d'y renoncer, il
faudroit regarder ces invectives comme des figures & ces difcours fi pathetiques comme des
exaggerations. Mais penfez-en, mes chers Auditeurs, tout ce qu'il vous plaira, il eft difficile
que tous les Saints fe foient trompez ; & quand
il s'agit de la confcience, j'en croiray toûjours
les Saints, pluftoft que le monde & tous les partifans du monde : car les Saints parloient, les
Saints agiffoient par l'Efprit de Dieu ; & l'Efprit de Dieu ne fut jamais, ni ne peut jamais eftre fujet à l'erreur.

Mais allons jufqu'à la fource, & pour vous
convaincre encore davantage de la verité que
je prefche, tafchons à la decouvrir dans fon principe. Pourquoy Dieu refufe-t-il fa grace à un
pecheur qui s'expofe luy-mefme à la tentation !
c'eft pour l'intereft & pour l'honneur de fa grace mefme ; & la raifon qu'en apporte Tertullien

est bien naturelle & bien solide : parce qu'autrement, dit-il, le secours de Dieu deviendroit le fondement & le pretexte de la temerité de l'homme. Voicy la pensée de ce Pere. Dieu tout liberal qu'il est, doit ménager ses graces de telle sorte, que le partage qu'il en fait, ne nous soit pas un sujet raisonnable de vivre dans une confiance presomptueuse; cette proposition est évidente. Or si je sçavois que dans les tentations mesmes où je m'engage contre la volonté de Dieu, Dieu infailliblement me soutiendra, je n'userois plus de nulle circonspection; je n'aurois plus besoin du don de conseil, ni de la prudence chrestienne : pourquoy ! parce que je serois aussi invincible & aussi fort en cherchant l'occasion qu'en l'évitant : ainsi la grace, au lieu de me rendre vigilant & humble, me rendroit lasche & superbe.

Que fait donc Dieu ! me voyant prevenu d'une illusion si injurieuse à sa sainteté mesme, il me prive de sa grace; & par là il justifie sa providence du reproche qu'on luy pourroit faire, d'authoriser mon libertinage & ma temerité. Et c'est ce que saint Cyprien exprimoit admirablement par ces belles paroles que je vous prie de remarquer : *Ita nobis spiritualis fortitudo collata est, ut providos faciat, non ut præcipites tueatur.* Ne vous y trompez pas, mes Freres, & ne pensez pas que cette force spirituelle de la grace qui doit vaincre la tentation dans nous,

Cypr.

ou nous aider à la vaincre, soit abandonnée à
nostre discretion. Dieu la tient en reserve, mais
pour qui ? pour les chrestiens sages & prévoyans,
& non pas pour les aveugles & les negligens. A
qui en fait-il part ? à ces ames justes, qui se dé-
fient de leur foiblesse, & qui s'observent elles-
mesmes. Mais pour ces ames audacieuses & pré-
cipitées, qui marchent sans reflexion, bien loin
d'avoir des graces de choix à leur communiquer, il se fait comme un poinct de justice de les
livrer aux desirs de leur cœur ; & ce chastiment,
quoyque terrible , est conforme à la nature de
leur peché.

Car que fait un chrestien, lorsque par le mouvement & le caprice d'une passion qui le domine, il ne va pas au devant de la tentation ? Escou-
tez-le. En s'engageant dans la tentation, il tente
Dieu mesme ; & tenter Dieu c'est un des plus
grands desordres, dont la créature soit capable,
& qui dans la doctrine des Peres blesse directement le premier devoir de la religion, *Non ten-*
*tabis Dominum Deum tuum.* Or ce peché ne peut
estre mieux puni que par l'abandon de Dieu.
Voicy comment raisonne sur ce poinct l'Ange de l'Ecole saint Thomas. Dans le langage de
l'Ecriture , nous trouvons , dit ce saint Docteur , qu'on peut tenter Dieu en trois manieres
differentes : premierement, quand nous luy demandons un miracle sans necessité ; & c'est ce
que firent ces Pharisiens dont parle saint Luc.

*Matth. 4.*

*Alii autem tentantes eum, signum de cœlo quæ-*    *Luc. 11.*
*rebant.* Ils prierent le Sauveur du monde de
leur faire voir un prodige dans l'air : mais pourquoy luy firent-ils cette demande ? pour le tenter. Secondement, quand nous voulons borner la toute-puiſſance de Dieu ; & c'eſt ce que
Judith reprocha aux habitans de Bethulie, lorſqu'aſſiegée par Holophernes & deſeſperant du
ſecours d'enhaut, ils eſtoient preſts à capituler
& à ſe rendre. *Qui eſtis vos qui tentatis Domi-*   *Judith. 8.*
*num ? conſtituiſtis terminos miſerationis ejus ?*
Qui eſtes vous, leur dit-elle, & comment oſez-
vous tenter le Seigneur, en marquant un terme
à ſa miſericorde & à ſon pouvoir ? Enfin, quand
nous ſommes de mauvaiſe foy avec Dieu , &
que nous ne tenons pas à ſon égard une conduite ſincere & droite : c'eſt ainſi qu'en uſerent
les Juifs lorſqu'ils preſenterent à Jeſus-Chriſt
une piece de monnoye, & qu'ils le preſſerent de
repondre ſi l'on devoit payer le tribut à Céſar.
*Quid me tentatis, hypocritæ ?* Hypocrites, leur   *Matth. 22.*
repartit le Sauveur du monde, pourquoy me
tentez-vous ? voilà, reprend ſaint Thomas, ce
que c'eſt que tenter Dieu ; voilà les trois eſpeces
de ce peché.

Or un chreſtien qui s'expoſe à la tentation
fondé ſur la grace de Dieu dont il préſume, ſe
rend tout à la fois coupable de ces trois ſortes
de pechez. Car d'abord il demande à Dieu un
miracle ſans neceſſité. Pourquoy ? parce que ne

faifant rien pour fe conferver, il veut que Dieu
feul le conferve; & que n'employant pas la grace qu'il a, il fe promet de la part de Dieu la grace qu'il n'a pas. La grace qu'il a, c'eſt une grace de fuite; mais il ne veut pas fuir. La grace
qu'il n'a pas, c'eſt une grace de combat, mais
comptant néanmoins que Dieu combattra pour
luy, il veut affronter le peril : c'eſt à dire, qu'il
renverfe, ou qu'il voudroit renverfer toutes les
loix de la providence. L'ordre naturel eſt qu'il
fe retire de l'occafion, puifqu'il le peut; mais il
ne le veut pas : & cependant il veut que Dieu
l'y foutienne par un concours extraordinaire,
en forte qu'il n'y périffe pas. N'eſt-ce pas vouloir un miracle, & le miracle le plus inutile!
Quand Dieu voulut préferver Loth & toute fa
famille de l'embrazement de Sodome, & qu'il
luy commanda de fortir de cette ville reprouvée, fi Loth euſt refufé cette condition, s'il euſt
voulu demeurer au milieu de l'incendie, s'il euſt
demandé que Dieu le garantiſt miraculeufe-
ment des flammes, comment euſt eſté reçeuë
une telle priere? comment euſt-elle dû l'eſtre!
Or voilà ce que nous faifons tous les jours. Nous
voulons que dans des lieux où le feu de l'impureté eſt allumé de toutes parts, Dieu par une
grace fpeciale nous mette en eſtat de n'en point
reffentir les atteintes. Nous voulons aller par
tout, entendre tout, voir tout, eſtre de tout, &
que Dieu cependant nous couvre de fon bouclier

clier & nous rende invulnerables à tous les traits. Mais Dieu sçait bien nous réduire à l'ordre, & confondre nostre presomption. Car il nous dit justement, comme il dît à Loth : *Nec stes in* *Genes. 19.* *omni circà regione.* Eloignez-vous de Sodome & de tous ses environs ; renoncez à ce commerce qui vous corrompt, *Nec stes ;* rompez cette societé qui vous perd, *Nec stes ;* quittez ce jeu qui vous ruine & de biens & de conscience, *Nec stes ;* sortez de là, & ne tardez pas. Je n'ay point de miracle à faire pour vous; & dés à present je consents à vostre perte, si par une sage & prompte retraite vous ne prevenez le malheur qui vous menace, *Nec stes in omni circà regione.*

Aussi, Chrestiens, prenez garde que le Fils de Dieu qui pouvoit accepter le défi que luy fait dans nostre Evangile l'Esprit tentateur; qui pouvoit, sans risquer, se precipiter du haut du Temple, & charger par là de confusion son ennemi, se contente de luy opposer cette parole, *Non* *Matth. 4.* *tentabis Dominum Deum tuum*, vous ne tenterez point le Seigneur vostre Dieu. Pourquoy cela ! ne vous en étonnez pas, repond saint Augustin, c'est que cet ennemi de nostre salut ne doit point estre vaincu par un miracle de la toute-puissance de Dieu, mais par la vigilance & la fidelité de l'homme, *Quia non omnipotentiâ Dei, sed* *Aug.* *hominis justitiâ superandus erat.* A entendre les Peres s'expliquer sur ce poinct, on diroit qu'ils

*Tome I.* .O

parlent en Pelagiens: cependant toutes leurs propositions font orthodoxes, parce qu'elles n'ex-
clüent pas la grace, mais feulement le miracle
de la grace; & voilà ce qui a rendu les Saints fi
attentifs fur eux-mefmes, fi timides & fi refer-
vez. Mais nous, mieux inftruits des confeils de
Dieu que Dieu mefme, nous portons plus avant
noftre confiance. Car l'efprit de menfonge nous
dit, *Mitte te deorfum*, ne craints point, jettes-
toy hardiment dans cet abyfme, vois cette perfonne, entretiens cette liaifon; Dieu a commis
des Anges pour ta feûreté, & ils te conduiront
dans toutes tes voyes, *Scriptum eft, quia An-
gelis fuis mandavit de te.* C'eft ainfi qu'il nous
parle, & nous l'écoutons; & nous nous perfua-
dons que les Anges du ciel viendront en effet à
noftre fecours, je veûx dire, que les graces divines defcendront fur nous; & nous fermons
enfuite les yeux à tout, pour marcher avec plus
d'affeûrance dans les voyes les plus dangereufes;
& au lieu de repondre comme Jefus-Chrift,
*Non tentabis*, vous ne mettrez point à l'épreuve
la toute-puiffance de voftre Dieu, nous hazar-
dons tout fans hefiter; nous voulons que Dieu
faffe pour nous ce qu'il n'a pas fait pour fon Fils;
nous luy demandons un miracle, qu'il s'eft, pour
m'exprimer de la forte, refufé à luy-mefme.

De plus, & au mefme temps que le pecheur préfomptueux tente Dieu par rapport à
fa toute-puiffance, il ofe encore le tenter par

rapport à fa mifericorde : non pas en la bornant comme les Preftres de Bethulie, mais au contraire en l'étendant audelà des bornes où il a plû à Dieu de la renfermer. Car cette mifericorde, dit faint Auguftin, n'eft que pour ceux qui fe trouvent dans la tentation, fans l'avoir voulu ; & nous voulons qu'elle foit encore pour ceux qui donnent entrée à la tentation, qui fe familiarifent avec la tentation, qui nourriffent dans eux & qui fomentent la tentation : comme fi nous eftions maiftres des graces de Dieu, & qu'il fuft en noftre pouvoir d'en difpofer. Or qui fommes-nous pour cela ! *Qui eftis vos, qui tentatis Dominum ?* Enfin, nous tentons Dieu par hypocrifie, lorfque nous implorons fa grace dans une tentation, dont nous craignons d'eftre delivrez & d'où nous refufons de fortir. Dieu peut bien nous repondre ce que Jefus-Chrift repondit aux Juifs : *Quid me tentatis, hypocritæ !* car nous luy demandons une chofe, mais de bouche, tandis qu'au fond & dans le cœur nous en voulons une autre. Nous le prions d'éloigner de nous la tentation, & nous-mefmes contre fa défenfe expreffe nous nous en approchons. Nous luy difons : Seigneur, ayez égard à noftre foibleffe, & fauvez-nous de la violence & des furprifes du tentateur ; & cependant par une contradiction monftrueufe nous devenons nos propres tentateurs ; nous en exerçons dans nous-mefmes, comme dit excellemment faint

*Judith. 8.*

*Matth. 22.*

Gregoire Pape, & contre nous-mesmes, le prin-
cipal & le funeste ministere. N'est-ce pas user
de dissimulation avec Dieu ! n'est-ce pas luy in-
sulter !

Voilà, mes chers Auditeurs, permettez-moy
de vous appliquer particulierement cette morale, voilà ce qui vous rendra éternellement inexcusables devant Dieu. Quand on vous reproche vos desordres, vous vous en prenez à vostre condition, & vous pretendez que la Cour où
vous vivez, est un sejour de tentations, mais de
tentations inévitables, mais de tentations insurmontables: c'est ainsi que vous en parlez, que
vous rejettez sur des causes étrangeres ce qui
vient de vous-mesmes & de vostre fonds. Mais
il faut une fois justifier Dieu sur un poinct où sa
providence est tant interessée : il faut en détrui-
sant ce vain pretexte, vous obliger à tenir un autre langage & à reconnoistre humblement vostre
desordre. Oüy, Chrestiens, je l'avoüe, la Cour
est un sejour de tentations, & de tentations dont
on ne peut presque se préserver, & de tentations
où les plus forts succombent ; mais pour qui
l'est elle ! pour ceux qui n'y sont pas appellez de
Dieu, pour ceux qui s'y poussent par ambition,
pour ceux qui y entrent par la voye de l'intrigue, pour ceux qui n'y cherchent que l'establissement d'une fortune mondaine, pour ceux qui
y demeurent contre leur devoir, contre leur
profession, contre leur conscience ; pour ceux

dont on demande ce qu'ils y font & pourquoy ils y font; dont on dit, ils font icy, & ils devroient eftre là : en un mot, pour ceux que l'Efprit de Dieu n'y a pas conduits. Eftes-vous de ce caractere & de ce nombre? alors j'en conviens, il eft prefque infaillible que vous vous y perdrez. C'eft un torrent impetueux qui vous emportera. Car comment y refifterez-vous, puifque Dieu n'y fera pas avec vous? Mais eftes-vous à la Cour dans l'ordre de la providence : c'eft à dire, y eftes-vous entré avec vocation? y tenez-vous le rang que voftre naiffance vous y donne? y faites-vous voftre charge? y venez-vous par le choix du Prince? une raifon neceffaire & indifpenfable vous y retient-elle? non, Chreftiens, les tentations de la Cour ne font plus des tentations invincibles pour vous. Car il eft de la foy non feulement que Dieu vous a preparé des graces pour les vaincre; mais que les graces qu'il vous a preparées, font propres à vous fanctifier au milieu mefmes de la Cour.

Si donc vous vous perdez à la Cour, ce n'eft point aux tentations de la Cour que vous vous en devez prendre : c'eft à vous-mefmes, & à voftre lafcheté, à voftre infidelité, puifque le Saint Efprit vous le dit en termes formels : *Per-* Ofe. 13. *ditio tua, Ifraël.* Et en effet n'eft-ce pas à la Cour, que malgré les tentations l'on a pratiqué de tout temps les plus grandes vertus? n'eft-ce pas là qu'on a remporté les plus grandes victoires?

O iij

n'eſt-ce pas là que ſe ſont formez tant de Saints!
n'eſt-ce pas là que tant d'autres peuvent ſe former tous les jours ? Dans des miniſteres auſſi penibles qu'éclatans, eſtre continuellement aſſiegé d'hommes intereſſez, d'hommes diſſimulez,
d'hommes paſſionnez ; paſſer les jours & les
nuits à décider des intereſts d'autruy, à écouter
des plaintes, à donner des ordres, à tenir des
conſeils, à negotier, à deliberer, tout cela &
mille autres ſoins pris en veûë de Dieu, ſelon
le gré de Dieu, n'eſt-ce pas aſſez pour vous é-
lever à la plus ſublime ſainteté!

Mais quel eſt ſouvent le principe du mal! le
voicy : c'eſt qu'à la Cour où le devoir vous arreſte, vous allez bien audelà du devoir. Car
comptez-vous parmi vos devoirs tant de mouvemens que vous vous donnez, tant d'intrigues
où vous vous meſlez, tant de deſſeins que vous
vous tracez, tant de chagrins dont vous vous
conſumez, tant de differens & de querelles que
vous vous attirez, tant d'agitations d'eſprit dont
vous vous fatiguez, tant de curioſitez dont vous
vous repaiſſez, tant d'affaires où vous vous in-
gerez, tant de divertiſſemens que vous recher-
chez ! Diſons quelque choſe de plus particulier,
& inſiſtons ſur ce poinct. Comptez-vous parmi
vos devoirs tel & tel attachement, dont la ſeule
paſſion eſt le nœud, & qu'il faudroit rompre;
tant d'aſſiduitez auprés d'un objet vers qui l'inclination vous porte, & dont il faudroit vous ſeparer !

Je ne le puis, dites-vous. Vous ne le pouvez ! Et moy je pretends, souffrez cette expreſſion, oüy, je pretends qu'en parlant de la ſorte, vous mentez au Saint Eſprit, & vous faites outrage à ſa grace. Voulez-vous que je vous en convain- que, mais d'une maniere ſenſible & à la quelle vous avoüerez que le libertinage n'a rien à op- poſer ! Ce ne ſera pas pour vous confondre, mais pour vous inſtruire comme mes freres, & com- me des hommes dont le ſalut doit m'eſtre plus cher que ma vie meſme : *Non ut confundam vos.* 1. *Cor.* 4. La diſpoſition où je vous vois, m'eſt favorable pour cela, & Dieu m'a inſpiré d'en profiter. El- le me fournit une démonſtration vive, preſſan- te, à quoy vous ne vous attendez pas, & qui ſuffira pour voſtre condamnation, ſi vous n'en faites aujourd'huy le motif de voſtre conver- ſion. Ecoutez-moy, & jugez-vous.

Il y en a parmi vous, & Dieu veuille que ce ne ſoit pas le plus grand nombre, qui ſe trouvent au moment que je parle, dans des engagemens de peché, ſi étroits, à les en croire, & ſi forts, qu'ils deſeſperent de pouvoir jamais briſer leurs liens. Leur demander que pour le ſalut de leur ame, ils s'éloignent de telle perſonne, c'eſt, di- ſent-ils, leur demander l'impoſſible. Mais cette ſeparation ſera-t-elle impoſſible, dés qu'il fau- dra marcher pour le ſervice du Prince, à qui nous faiſons tous gloire d'obéir ! Je m'en tiens à leur temoignage : y en a-t-il un d'eux, qui pour donner des preuves de sa fidelité & de son zéle, ne soit déja disposé à partir, & à quitter ce qu'il aime! Au premier bruit de la guerre qui commence à se repandre, chacun s'engage, chacun pense à se mettre en route; point de liaison qui le retienne; point d'absence qui luy couste, & dont il ne soit resolu de supporter tout l'ennuy. Si j'en doutois pour vous, je vous offenserois; & quand je le suppose comme indubitable, vous recevez ce que je dis comme un éloge & vous m'en sçavez gré. Je ne compare point ce qu'exige de vous la loy du monde, & ce que la loy de Dieu vous commande. Je sçais qu'en obéissant à la loy du monde vous conserverez toûjours la mesme passion dans le cœur, & qu'il y faut renoncer pour Dieu : & certes il est bien juste, qu'il y ait de la difference entre l'un & l'autre, & que j'en fasse plus pour le Dieu du ciel que pour les puissances de la terre. Mais je veux seulement conclure de là, que vous imposez donc à Dieu, quand vous pretendez qu'il n'est pas en vostre pouvoir de ne plus rechercher le sujet criminel de vostre desordre, & de vous tenir au moins pour quelque temps, & pour vous éprouver vous-mesme, loin de ses yeux & de sa presence. Car encore une fois vous retiendra-t-il, quand l'honneur vous appellera ; & avec quelle promptitude vous verra-t-on courir & voler au premier ordre que vous recevrez, & que vous vous estimerez heureux de recevoir! Qui-

conque auroit un moment balancé, feroit-il digne de vivre ! oferoit-il paroiftre dans le monde ! n'en deviendroit-il pas la fable & le joüet !

Ah ! Chreftiens, difons la verité, on a trop
affoibli, ou mefmes trop avili les droits de Dieu.
S'il s'agit du fervice des hommes, on ne recon-
noift point d'engagement neceffaire; tout eft fa-
crifié, & tout le doit eftre, puifque l'ordre de
Dieu le veut ainfi. Mais s'agit-il des interefts de
Dieu mefme, on fe fait un obftacle de tout, on
trouve des difficultez partout, & l'on manque
de courage pour les furmonter. Ceux mefmes
qui devroient s'oppofer à ce relafchement, les
Preftres de Jefus-Chrift, malgré tout leur zéle,
fe laiffent furprendre à de faux pretextes, & font
eux-mefmes ingenieux à en imaginer, pour moderer la rigueur de leurs decifions. On écoute un mondain, on entre dans fes raifons, on
les fait valoir, on le ménage, on a des égards
pour luy, on luy donne du temps; on dit que
l'occafion, quoyque prochaine, ne luy eft plus
volontaire, quand il ne la peut plus quitter fans
intereffer fon honneur; & on luy laiffe à décider, tout mondain qu'il eft, fi fon honneur y eft
en effet intereffé, & intereffé fuffifamment pour
contrebalancer celuy de Dieu : on veut qu'il puiffe demeurer dans cette occafion, ou du moins
qu'on ne puiffe l'obliger à en fortir, s'il n'en
peut fortir fans fe fcandalifer luy-mefme; & on
s'en rapporte à luy-mefme, ou pluftoft à fa paf-

sion & à son amour propre, pour juger en effet s'il le peut. On cherche tout ce qui luy est en quelque sorte favorable, pour ne le pas rebuter: c'est à dire, qu'on l'authorise dans son erreur, qu'on l'entretient dans son libertinage, qu'on le damne & qu'on se damne avec luy. Car j'en reviens toûjours à ma premiere proposition. En vain attendons-nous une grace de combat pour vaincre la tentation, lorsque la tentation est volontaire, & qu'il ne tient qu'à nous de la fuir. En vain mesmes l'aurons nous cette grace de combat dans les tentations necessaires, si nous ne sommes en effet disposez à combattre nous-mesmes: comment! sur tout comme Jesus-Christ, par la mortification de la chair. Vous l'allez voir dans la seconde partie.

II. Partie.

POur bien comprendre ma seconde proposition, il faut encore, s'il vous plaist, présupposer ce grand principe, sur quoy roule, pour ainsi dire, tout le mystere de la predestination des hommes, & que j'ay déja developpé en partie dés l'entrée de ce discours ; mais qui vous paroistra bien plus noblement conçeû, & plus fortement exprimé par ces paroles de saint Cyprien, qui sont remarquables : *Ordine suo, non nostro arbitrio, virtus Spiritus sancti ministratur.* La vertu du Saint Esprit, c'est à dire, la grace ne nous est pas donnée selon nostre choix, beaucoup moins selon nostre goust & nos in-

Cypria.

clinations; mais dans un certain ordre eftabli de Dieu, fuivant lequel elle doit eftre menagée, & hors du quel elle demeure inutile & fans effet. Principe admirable, d'où je tire trois confequences, qui font d'une étenduë prefque infinie dans la morale chreftienne; & qui appliquées à la conduite de la vie, font le jufte temperament de tous les devoirs que nous avons à remplir, pour correfpondre aux deffeins de Dieu dans l'importante affaire du falut. Suivez bien cecy, je vous prie.

Premiere confequence : dans les tentations & dans les dangers où la mifere humaine nous expofe, je dis par neceffité & malgré nous-mefmes, Dieu dont la fidelité ne manque jamais, eft toûjours preft à nous aider de fes graces; mais il veut que nous en ufions, & conformément à l'eftat où il nous a appellez, & par rapport à la fin pour laquelle ces mefmes graces nous font données. Car c'eft proprement ce que faint Cyprien a voulu nous marquer : *Ordine fuo, non noftro arbitio.* Or vous fçavez, mes chers Auditeurs, qu'en qualité de chreftiens, nous faifons tous profeffion d'une fainte milice, & qu'il n'y a perfonne de nous, qui n'en porte le caractere. D'où il s'enfuit que toute noftre vie, felon le temoignage de l'Ecriture, ne doit plus eftre qu'une guerre continuelle de l'efprit contre la chair, de la raifon contre les paffions, de la foy contre les fens, de l'homme interieur contre l'homme exterieur, enfin de nous-mesmes contre nous-mesmes. Et si nous prétendons à la veritable gloire du christianisme, qui consiste dans les solides vertus, saint Paul, ce maistre suscité de Dieu pour nous les enseigner & pour nous en donner une juste idée, semble n'en point reconnoistre d'autres que de militaires. Car se servant d'une metaphore qui nous doit estre venerable, puisque le Saint Esprit mesme en est l'autheur, il nous fait un bouclier de la foy, une cuirasse de la justice, un casque de l'esperance; nous recommandant en mille endroits de ses Epistres de nous revestir de ces armes spirituelles, *Induite vos armaturam Dei :* & nous faisant entendre que nous en devons user, & que sans cela tout le bien qui est en nous, ou que nous présumons y estre, n'est que mensonge & illusion. Voilà nostre estat.

Que fait Dieu de sa part ! il nous prepare des graces proportionnées à cet estat. Nous avons à soutenir une guerre difficile & dangereuse : il ne nous donne pas des graces de paix, comme il en donnoit au premier homme; car elles ne nous feroient plus propres : mais des graces de combat, de défense, d'attaque, de resistance, parce qu'il n'y a que celles-là qui nous conviennent. Les tentations sont des assauts que nous livre nostre ennemi, & ces graces sont des moyens pour les repousser. Par consequent faire fond sur la grace, sans estre determiné à resis-

Ephes. 6.

ter & à combattre, c'est oublier ce que nous sommes, c'est nous figurer une grace imaginaire & chimerique, c'est aller contre toutes les veûës de Dieu. Tel est néanmoins le desordre le plus ordinaire, & fasse le ciel que ce ne soit pas le nostre. Nous voulons des graces qui nous garentissent de tous les dangers ; mais nous voulons que ce soient des graces qui ne nous coustent rien, qui ne nous incommodent en rien, qui nous laissent dans la possession d'une vie douce & paisible : & Dieu veut que ce soient des graces qui nous fassent agir, qui nous tiennent dans la sujettion d'un exercice laborieux & sans relasche. *Ordine suo, non nostro arbitrio, virtus Spiritus sancti ministratur.* Le repos de la vie, voilà ce qu'on cherche & ce que tant de personnes vertueuses, seduites par leur amour propre, se proposent jusques dans leur pieté mesme. Et moy, leur dit Jesus-Christ, je ne connois point cette vie sans action, puisque rien n'est plus contraire à mon esprit, & que le Royaume du Ciel ne peut estre emporté que par violence. Car c'est pour cela que je suis entré, comme vostre chef, dans le champ de bataille ; & qu'au lieu de vous apporter la paix, je vous ay apporté l'épée ; *Non ve-* Matth. 10. *ni pacem mittere, sed gladium.* Temoignage sensible & convaincant qu'il ne veut à sa suite que des ames genereuses, que des hommes infatigables & toûjours en estat de remporter de nouvelles victoires. Le repos est pour le ciel, &

le combat pour la terre : *Non veni pacem mitte-*
*re, fed gladium.*

Seconde confequence : la premiere maxime
en matiere de guerre eft d'affoiblir fon ennemi
& de le fatiguer. Car de vouloir l'épargner & le
traiter avec douceur, d'avoir pour luy de l'indulgence, ce feroit fe perdre & fe détruire foy-
mefme. Or quel eft noftre ennemi, Chreftiens;
je dis l'ennemi le plus puiffant que la grace ait
à combattre en nous ! Reconnoiffons-le devant
Dieu, & ne nous aveuglons pas : c'eft noftre
chair ; cette chair de peché qui ne conçoit que
des defirs criminels, cette chair efclave de la
concupifcence, cette chair toûjours rebelle à la
loy de Dieu. Voilà, dit un Apoftre, l'ennêmi
le plus à craindre, & par qui nous fommes plus
communément tentez : *Unufquifque verò ten-*
*tatur à concupifcentia fua.* Ennemi d'autant plus
dangereux qu'il nous eft plus intime, ou pluftoft qu'il fait une partie de nous-mefmes; ennemi d'autant plus redoutable, que naturellement
nous l'aimons; ennemi d'autant plus invincible,
qu'il ne nous attaque qu'en nous flatant : c'eft
cet ennemi, reprend faint Chryfoftome, qu'il
faut foumettre, qu'il faut dompter; par où ! par
la mortification chreftienne, fi nous voulons que
la grace triomphe de la tentation.

Car je dis qu'un chreftien qui n'a aucun u-
fage de cette mortification Evangelique, qui
nourrit fa chair dans la molleffe, qui l'entre-

tient dans le plaisir, qui luy donne toutes les commoditez de la vie ; qui toûjours d'intelligence avec elle, la ménage en tout, la choye en tout, & cependant se confie dans la grace de Dieu, & se persuade qu'elle suffira pour le sauver, ne la connoist pas cette grace, & n'a pas les premiers principes de la religion qu'il professe : pourquoy ? voicy la preuve qu'en donne saint Bernard ; parce que la premiere action de la grace qui le doit soutenir, & asseûrer son salut, est d'éteindre la concupiscence en mortifiant la chair. Vous aucontraire, mon cher Auditeur, vous, chrestien sensuel & delicat, au lieu de l'affoiblir, vous la fortifiez ; au lieu de luy retrancher ce qui luy donne l'avantage sur vous, vous la secondez : c'est à dire, qu'au lieu d'aider la grace contre la tentation, vous aidez la tentation contre la grace mesme & que vous détruisez celle-cy par l'autre. Jamais donc vous ne devez attendre que la grace ait son effet, à moins que vous ne demandiez deux choses contradictoires : sçavoir, que la grace & la concupiscence vous dominent tout à la fois ; ou que Dieu par un miracle singulier crée pour vous des graces nouvelles, qui sans assujettir la chair fassent triompher l'esprit. Mais ne vous y trompez pas, & souvenez-vous toûjours que ce n'est point au gré de l'homme que Dieu dispense ses graces, mais selon la sage & invariable disposition de sa providence. *Ordine suo, non nostro arbitrio, virtus Spiritus sancti ministratur.*

Et en effet, comment est-ce que tous les Saints ont combattu la tentation, & de quel stratagesme se sont-ils servis, quel moyen ont-ils employé contre elle ! la mortification de la chair. N'est-ce pas ainsi que David au milieu des pompes & des plaisirs de la Cour, se couvroit d'un rude cilice, lorsquil se sentoit troublé par ses propres pensées, & que les desirs de son cœur le portoient au mal & le tentoient ! *Ego autem cùm mihi molesti essent, induebar cilicio.* N'est-ce pas pour cela que saint Paul traittoit rigoureusement son corps, & qu'il le réduisoit en servitude! *Castigo corpus meum & in servitutem redigo.* Quoy donc ! la grace est elle d'une autre trempe dans nos mains, que dans celles de cet Apostre! avons-nous, ou un esprit plus fervent, ou une chair plus soumise, que David! l'ennemi nous livre-t-il d'autres combats , ou sommes-nous plus forts que tant de religieux, & tant de solitaires, les essûs & les amis de Dieu! Pas un d'eux qui ait compté sur la grace separée de la mortification des sens: & sans la mortification des sens, que dis-je! dans une vie douce, aisée, commode, dans une vie mesme voluptueuse & molle, nous osons tout esperer de la grace. Un saint Jerosme comblé de merites ne crût pas avec la grace mesme pouvoir resister , s'il ne faisoit de son corps une victime de penitence; & nous pretendons tenir contre tous les charmes du monde & les plus violens efforts de l'Enfer, en fai-

*faisant*

Psalm. 34.

1. Cor. 9.

fant de nos corps des idoles de l'amour propre.
Les Hilarions & les Antoines, ces hommes tout
celestes & comme les Anges de la terre, se sont
condamnez aux veilles, aux abstinences, à toutes les rigueurs d'une vie penible & austere :
pourquoy! parce qu'ils ne sçavoient point d'autre
secret pour amortir le feu de la cupidité, & pour
repousser ses traits; & nous nous flattons de la faire mourir, en luy fournissant tout ce qui peut
plus contribuer à la faire vivre. Un saint Jean Ba-
ptiste, sanctifié presque dés sa conception, & qui
pouvoit dire que la grace estoit née avec luy, n'a
fait fond sur cette grace qu'autant qu'il l'a exercée, ou pour parler plus correctement, qu'autant qu'il s'est exercé luy-mesme par elle & a-
vec elle dans la pratique de la plus parfaite abnegation; & nous conceûs dans le peché, nous a-
prés avoir vescu dans le peché, nous nous pro-
mettons de la grace des victoires sans combats
ou des combats sans violence, une sainteté sans
penitence ou une penitence sans austerité. Mais
si cela estoit, conclut saint Jerosme, la vie de ce
glorieux Precurseur & de ceux qui l'ont suivi,
bien loin d'estre un sujet d'admiration & d'éloge, ne devroit-elle pas estre regardée comme
une illusion & une folie! *Si ita esset, annon ri-*   *Hieron.*
*denda potiùs, quàm prædicanda esset vita Jo-*
*annis?*

C'est ainsi qu'ont raisonné les Peres que Dieu
nous a donnez pour maistres, & qui doivent es-

*Tome I.*            . P

tre nos guides dans la voye du salut. Ne vous
étonnez donc pas si des mondains, marchant,
comme dit l'Apoſtre, ſelon la chair, & ennemis de la croix & de la mortification de Jeſus-
Chriſt, ſe trouvent ſi foibles dans la tentation.
Ne me demandez pas d'où vient qu'ils y reſiſ-
tent ſi rarement, qu'ils y ſuccombent ſi aiſément,
qu'ils ſe relevent ſi difficilement : ce ſont les ſuites naturelles de leur delicateſſe & de leur ſen-
ſualité : & ſi des ames idolaſtres de leur corps ne
ſe laiſſoient pas entraiſner par la concupiſcence,
ce ſeroit dans l'ordre de la grace un des plus
grands miracles. Non non, diſoit Tertullien,
parlant aux premiers fidelles dans les perſecutions de l'Egliſe, je ne me perſuaderay jamais
qu'une chair nourrie dans le plaiſir, puiſſe entrer
en lice avec les tourmens & avec la mort. Quelque ardeur qu'un chreſtien faſſe paroiſtre pour
la cauſe de ſon Dieu & pour la défenſe de ſa
foy, je me defieray toûjours, ou pluſtoſt je deſeſ-
pereray toûjours que de la delicateſſe des repas,
des habits, de l'équipage & du train, il accepte
de paſſer à la rigueur des priſons, des roües &
des chevalets. Il faut qu'un Athlete pour combattre, ſe ſoit auparavant formé par une abſti-
nence reguliere de toutes les voluptez des ſens,
& par une épreuve conſtante des plus rudes fatigues de la vie : car c'eſt par là qu'il acquiert des
forces. De meſmes, il faut qu'un homme pour
entrer dans le champ de bataille où ſa religion

l’appelle, ait fait l’essay de soy-mesme par une dure mortification, qui l’ait disposé à supporter tout & à n’estre étonné de rien. Or ce que Tertullien disoit des persecutions, qui furent comme les tentations publiques & exterieures du christianisme, je le dis avec autant de sujet des tentations interieures & particulieres de chaque fidelle. C’est la grace qui les doit vaincre : mais en vain présumons-nous que la grace, toute-puissante qu’elle est, les surmontera, si nous ne domptons nous-mesmes la chair qui en est le principe ; & quiconque en juge autrement, est dans l’erreur & s’égare.

Mais en quoy consiste cette mortification de la chair ; & dans la pratique du monde, à quoy se réduit cet exercice ? troisiéme & derniere consequence. Ah ! mes chers Auditeurs, dispensez-moy de vous dire ce que c’est dans la pratique du monde, que cette vertu, puis qu’à peine y est-elle connuë, puis qu’elle y est meprisée, puis qu’elle y est mesmes en horreur. Mais quelque idée que le monde en puisse avoir, l’oracle de l’Apostre ne laisse pas de subsister : que pour estre à Jesus-Christ, & pour luy garder une fidelité inviolable, il faut crucifier sa chair, & mourir à ses passions & à ses desirs dereglez : *Qui* Gal. 5. *Christi sunt, carnem suam crucifixerunt cum vitiis & concupiscentiis.* Mais de quelque maniere que le monde en puisse penser, il sera toûjours vray qu’il n’y a point de condition parmi les

hommes où ce crucifiement de la chair ne soit
d'une absoluë necessité, parce qu'il n'y en a pas
une qui ne soit exposée à la tentation. Mais quelque peine que puisse avoir le monde à en convenir, la seule experience de ses desordres luy
fera reconnoistre malgré luy-mesme, que la condition des grands, des riches, des puissants du
siecle est celle, entre toutes les autres, où cette
mortification des sens devroit estre plus ordinaire, parce que c'est celle où les tentations sont
plus communes & plus violentes. Mais de quelque opinion que le monde puisse estre prevenu,
du moins avoüera-t-il que plus un pecheur est
sujet à la tentation, plus cette loy de mortifier
son corps, est-elle d'une obligation étroite & rigoureuse pour luy. Si nous estions aussi chrestiens qu'il faudroit l'estre, ces regles de l'Evangile, quoyque generales, seroient plus que suf-
fisantes pour nous faire comprendre nos devoirs.
Mais parce que l'amour propre nous domine,
& que dans l'excés d'indulgence que nous avons
pour nous-mesmes, à peine prenons nous jamais le parti de nous imposer la plus legere penitence, qu'à fait l'Eglise ! Elle a determiné ce
commandement general à un commandement
particulier, qui est le jeusne du Caresme : se fon-
dant en cela sur nostre infirmité d'une part, &
de l'autre sur nostre besoin ; se reglant sur l'exemple des anciens Patriarches, & beaucoup plus
sur celuy de Jesus-Christ ; s'authorisant du pou-

voir que Dieu luy a donné de faire des loix pour
la conduite de ses enfants, & se promettant de
nostre fidelité, que si nous avons un desir sincere
de mortifier nostre chair, autant qu'il est necessaire pour vaincre la tentation, non seulement
nous ne trouverons rien de trop rigoureux dans
ce précepte, mais nous ferons bien plus qu'il
ne nous prescrit, parce qu'en mille rencontres
nous éprouverons qu'il ne suffit pas encore pour
réprimer nostre cupidité & pour éteindre le feu
de nos passions.

Voilà, Chrestiens, le dessein que s'est proposé l'Eglise dans l'institution de ce saint jeusne.
Mais dans la suite des temps ! qu'est-il arrivé
nous ne le déplorerons jamais assez, puisque c'est
un desordre qui cause tant de scandale. Le Démon & la chair, se sentant affoiblis par une si salutaire observance, ont employé toutes leurs
forces pour l'abolir. Les Heretiques se sont declarez contre ce commandement. Les uns ont
contesté le droit, & les autres le fait. Ceux-là
ont pretendu que l'Eglise en nous imposant un
tel précepte, passoit les bornes d'un pouvoir legitime, comme si ce n'estoit pas à elle à qui le
Sauveur du monde a dit, en la faisant l'heritiere & la depositaire de son authorité : tout ce que
vous lierez sur la terre, sera lié dans le ciel. Ceux-
cy ont reconnu le pouvoir de l'Eglise, mais n'ont
point voulu convenir qu'elle ait jamais porté cette loy, & qu'elle nous y ait assujettis : comme

si la tradition n'estoit pas évidente sur ce poinct, & que saint Augustin, il y a déja plus de douze siecles, n'en eust pas parlé, lorsqu'il disoit que de jeusner dans les autres temps de l'année, c'estoit un conseil, mais que de jeusner pendant le Caresme, c'estoit un précepte. *In aliis temporibus jejunare consilium est ; in quadragesima jejunare præceptum.* Combien mesmes de catholiques libertins & sans conscience, se sont élevez contre une pratique si utile & si solidement establie, non pas en formant des difficultez ou sur le droit ou sur le fait, mais en méprisant l'un & l'autre, mais en violant le précepte par profession & avec la plus scandaleuse impunité, mais ne cherchant pas mesmes des pretextes pour colorer en quelque sorte leur desobéissance & pour sauver certains dehors. Que dis-je, & devrois-je les compter parmi les catholiques, & leur donner un nom qu'ils deshonorent & dont ils se rendent indignes, puisque Jesus-Christ veut que nous les regardions comme des payens & des idolastres! *Qui Ecclesiam non audierit, sit tibi sicut ethnicus & publicanus.*

Enfin, jusques dans ce petit nombre de fidelles qui respectent l'Eglise & qui semblent soumis à ses ordres, combien en altérent le commandement, & par où! par de fausses interpretations qu'ils luy donnent en faveur de la nature corrompuë; par de pretenduës raisons de necessité qu'ils imaginent, & que la seule delica-

*Aug.*

*Matth. 18.*

teſſe leur ſuggere ; par de vaines diſpenſes qu'ils
obtiennent ou qu'ils s'accordent à eux-meſmes.
Je dis vaines diſpenſes ; & pour vous en convaincre, remarquez cecy, il n'y a qu'à conſiderer trois grands deſordres qui s'y gliſſent, & dont
je veux que vous conveniez avec moy. Car en
premier lieu, c'eſt communément à certains eſtats que ces ſortes de diſpenſes, ſemblent eſtre attachées, & non point aux perſonnes meſmes :
marque infaillible que la neceſſité n'en eſt pas la
regle. Et en effet, n'eſt-il pas ſurprenant, Chreſtiens, que dés qu'un homme aujourd'huy ſe
trouve dans la fortune & dans un rang honorable, il n'y ait plus de jeuſne pour luy ; que dés
lors il ſoit ſi fecond en excuſes pour s'en exem-
pter ; que dés lors les forces luy manquent, & que
ſon temperament, que ſa ſanté ne luy permette
plus ce qu'il pouvoit & ce qu'il feroit dans un eſtat mediocre, dans une maiſon Religieuſe, dans
une vie plus reglée & plus chreſtienne ! En ſecond lieu, ceux qui ſe croyent plus diſpenſez du
jeuſne, ce ſont ceux-meſmes à qui le jeuſne doit
eſtre plus facile : ce ſont ces riches du ſiecle chez
qui tout abonde, & qui joüiſſent de toutes les
commoditez de la vie. Je dis plus, & en troiſiéme lieu, ceux qui font plus valoir une foibleſſe
imaginaire, pour ſe dégager de l'obligation du
jeuſne, ce ſont ceux qui devroient ſe faire plus
de violence pour l'obſerver, parce que ce ſont
ceux à qui le jeuſne eſt plus neceſſaire. Car qui

font-ils ! Ce font des pecheurs non feulement refponfables à la juftice divine de mille dettes contractées dans le paffé, & dont il faut s'acquitter ; mais encore liez par de longues habitudes qui les rendent plus fujets à de frequentes rechutes dans l'avenir, dont il faut fe préferver. Ce font des mondains, engagez par leur condition en mille affaires, ayant fans ceffe devant les yeux mille objets qui font pour eux autant de tentations. Ce font des courtifans, que le bruit de la Cour & fes divers mouvemens, que fes couftumes & fes maximes, que fes intrigues & fes foins, que fa molleffe, fes plaifirs, fes pompes expofent aux occafions les plus dangereufes. Ce font de jeunes perfonnes, ce font des femmes obfedées de tant d'adorateurs, qui les flattent, qui les idolaftrent, qui leur prodiguent l'encens, qui leur tiennent des difcours, qui leur rendent des affiduitez, c'eft à dire, qui leur livrent des attaques & qui leur tendent des piege à quoy elles ne fe laiffent prendre que trop aifément. Ce font ceux-là pour qui le jeufne eft d'une obligation particuliere ; & néanmoins ce font particulierement ceux-là qui fe croyent plus privilegiez contre le jeufne. Ils le renvoyent aux monafteres & aux cloiftres : mais, repond faint Bernard, fi dans le cloiftre & le monaftere le jeufne eft mieux pratiqué, ce n'eft pas là toutefois qu'il eft d'une neceffité plus preffante ; pourquoy ! parce que d'ailleurs par la

retraite , par tous les exercices de la profession religieuse, on y est plus à couvert du danger.

Ah ! mes chers Auditeurs , souvenez-vous
que vous ne surmonterez jamais la tentation ,
tandis que vous obéirez à la chair, & que vous
en suivrez les appetits sensuels. Souvenez-vous
que Dieu dans sa loy ne distingue , ni qualitez, ni rangs ; ou que s'il les distingue, ce n'est
point, par rapport à vous & à vostre estat, pour
élargir le précepte ; mais au contraire pour le
rendre encore plus étroit & plus rigoureux.
Souvenez-vous que vous estes chrestiens comme les autres, & que plus vous estes élevez au
dessus des autres, plus vous avez d'ennemis à
combattre & d'écueils à éviter. Par consequent
que plus vous estes dans l'opulence & dans la
grandeur, plus vous devez craindre pour vostre ame & faire d'efforts pour la conserver. Employez y, outre le jeusne & la penitence, la
parole de Dieu & les bonnes œuvres : la parole de Dieu, puisque c'est en ce saint temps que
les ministres de Jesus-Christ la dispensent avec
plus de zéle, cette divine parole, qui doit vous
éclairer & vous fortifier. Les bonnes œuvres,
puisque c'est en ce saint temps que l'Eglise redouble toute sa ferveur, ou plustost qu'elle travaille à reveiller toute la ferveur des fidelles.
Munis de ces armes de la foy, vous marcherez
en asseûrance. Malgré les artifices & la subtili-

té de la tentation, malgré les frequents retours
& l'importunité de la tentation, malgré les plus
violents assauts & toute la force de la tentation,
vous vous maintiendrez dans les voyes de Dieu,
& vous arriverez à la gloire que je vous souhaite, &c.

# SERMON

## POUR LE LUNDY

### de la premiere Semaine.

#### Sur le Jugement dernier.

Cùm venerit Filius hominis in majeſtate ſuâ, &
omnes Angeli cum eo, tunc ſedebit ſuper ſe-
dem majeſtatis ſuæ, & congregabuntur ante
eum omnes gentes.

*Quand le Fils de l'homme viendra dans l'éclat de
ſa majeſté, & tous les Anges avec luy, alors
il s'aſſiera ſur ſon Throſne, & toutes les nations
ſe raſſembleront devant luy.* En ſaint Matth.
chap. 25.

NOus reconnoiſſons, mes Freres, deux
avénemens de Jeſus-Chriſt, que l'Egliſe
nous propoſe comme deux grands objets de noſtre foy, & ſur les quels on peut dire que roule
toute la religion chreſtienne. Car il eſt venu, ce
Dieu-homme, dans le myſtere adorable de ſon
incarnation; & il doit encore venir au jour terri-

ble de son jugement universel. Dans le premier avénement il a pris la qualité de Sauveur ; mais dans le second il prendra la qualité de Juge. Dans l'un il s'est revestu d'une chair passible & sujette à la mort; mais dans l'autre il paroistra sur le Throsne & revestu de tout l'éclat d'un corps glorieux. Quand il commença à se faire voir au monde, ce fut sous un visage aimable & plein de douceur, *Ecce Rex tuus venit tibi mansuetus;* mais quand il se monstrera pour la seconde fois au monde, ce sera sous le visage le plus effrayant & la foudre à la main, *Ecce dies Domini terribilis.* Enfin, dit saint Chrysostome, dans son incarnation, il semble que son humanité eust comme anéanti toute la gloire de sa divinité ; & dans son jugement dernier, il semble que sa divinité doive comme absorber toutes les foiblesses de son humanité. *Cùm venerit in majestate suâ, tunc sedebit super sedem majestatis suæ.*

C'est, Chrestiens, de cet avénement de terreur, de ce jugement de Dieu que je viens aujourd'huy vous entretenir. Mais pour vous apprendre à le craindre, je ne vous parleray, ni de la chute des étoiles, ni des éclipses du Soleil & de la Lune, ni de cet incendie general qui embrazera toute la terre, ni de cette confusion de tous les élemens qui fera retomber le monde dans un nouveau cahos. Au lieu de ces phénomenes prodigieux & de ces signes éclatans, qui surprendont toute la nature, mais qui ne doivent arriver qu'à la fin des siecles, je veux vous en donner de plus simples, de plus presens, de plus naturels, & par là mesme de plus propres à faire impreſſion ſur vos cœurs. Je veux vous faire connoiſtre la rigueur du jugement de Dieu, par la rigueur de certains jugemens que vous craignez tant ſur la terre, & que vous avez dés maintenant à ſubir dans la vie. Je veux vous convaincre par vous-mesmes, & n'employer icy point d'autres preuves que vos ſentimens les plus ordinaires. Ce deſſein eſt particulier; mais il aura de quoy vous édifier & vous toucher. Vierge ſainte, il ne ſera plus temps à ce dernier jour, à ce jour des vengeances divines, d'implorer voſtre ſecours; mais vous eſtes preſentement encore le refuge & l'azile des pecheurs. C'eſt pour cela que nous nous addreſſons à vous & que nous vous diſons, *Ave Maria.*

QUelque diſproportion qu'il y ait entre Dieu & la créature, c'eſt par les créatures, dit le grand Apoſtre, & par les choſes viſibles que nous apprenons à connoiſtre ce qu'il y a d'inviſible en Dieu; *Inviſibilia enim ipſius per ea quæ faċta ſunt* Rom. 1. *intelleċta conſpiciuntur.* Et moy je dis, Chreſtiens, appliquant à mon ſujet cet excellent principe de ſaint Paul; quelque diſproportion qu'il y ait entre le jugement de Dieu, & le jugement des hommes, c'eſt par les jugemens des hommes, que nous devons meſurer, ſonder, pene-

trer, & non seulement apprendre à connoistre,
mais à craindre le jugement de Dieu. Vous me
demandez, comme les Apostres à Jesus-Christ,
des présages & des signes de ce jugement redoutable, dont le Fils de Dieu nous parle dans nostre Evangile : *Et quod signum adventus tui ?* En
voicy deux, mes chers Auditeurs, que je vous
propose d'abord, & où je renferme tout ce que
j'ay à vous dire dans ce discours. La censure du
monde dont nous ne pouvons nous parer ; & la
censure de nos propres consciences que nous ne
pouvons éviter : les jugemens que l'on fait de
nous, & celuy que nous en faisons nous-mesmes. Les jugemens que l'on fait de nous, & que
j'appelle la censure du monde ; le jugement que
nous faisons de nous-mesmes, & que j'appelle
la censure de nostre propre conscience. Je m'explique. Il est certain que Dieu nous jugera ; c'est
ce que nous attendons, & ce qui doit estre la fin
du second avénement de Jesus-Christ : mais
sans attendre que Jesus-Christ vienne pour nous
juger, dés maintenant le monde nous juge, &
dés maintenant nous nous jugeons nous-mesmes. Le monde nous juge, & combien craignons-nous ce jugement du monde ! premier
prejugé de la rigueur du jugement de Dieu
& le sujet de la premiere partie. Nous nous jugeons nous-mesmes, & rien ne nous trouble davantage que ce jugement de nostre conscience :
second prejugé de la rigueur du jugement de

Dieu & le sujet de la seconde partie. Tirons donc, Chrestiens, de ce double jugement, de celuy que le monde fait de nous, & de celuy que nous faisons nous-mesmes de nous-mesmes, une double conjecture de l'extresme severité du jugement de Dieu : ou plustost, apprenons à craindre le jugement de Dieu, & par la crainte que nous avons des jugemens du monde, & par les peines que nous cause le jugement de nos propres consciences. Tout cecy donnera lieu à des reflexions bien sensibles & bien solides.

Nous craignons les jugemens du monde, je dis les jugemens que le monde fait de nous; & ce qui nous doit estre un grand sujet de confusion & de reflexion, dans l'idée que nous nous formons de ces jugemens du monde, à quoy nous sommes exposez, nous n'en craignons pas seulement l'iniquité & la malignité, mais nous en craignons encore plus la verité, nous n'en pouvons souffrir la liberté, nous en supportons avec peine la sincerité, nous en redoutons l'exacte & rigide severité; & quand ces jugemens s'accordent sur ce qui peut nous rendre odieux & nous décrier, c'est sur tout alors qu'ils nous accablent & que nous n'en pouvons soutenir l'uniformité. Je le repete, & je dis en peu de paroles qui vont faire tout le fonds de cette premiere partie : nous craignons la censure des hommes, & nous la craignons parce qu'elle n'est sou-

I. PARTIE.

vent que trop juste, nous la craignons parce
qu'elle est libre, nous la craignons parce qu'elle
est sincere, nous la craignons parce qu'elle ne
nous fait nulle grace, nous la craignons parce
qu'à force de se repandre, elle devient enfin contre nous un jugement public. Tout cela, mes
chers Auditeurs, ce sont autant de conjectures
de l'extresme rigueur du jugement de Dieu, &
autant d'épreuves sensibles par où Dieu semble
déja nous y disposer. Ecoutez-moy ; & taschez
à tirer de là des consequences dignes, & du sujet que je traite, & de la sainteté du christianisme que vous professez.

Nous voulons souvent par une pretenduë
force d'esprit, nous mettre au dessus de la censure & des jugemens des hommes, & nous nous
flattons quelquefois d'estre en effet parvenus à
cette heureuse independance ; mais au mesme
temps, pour peu que nous nous consultions
nous-mesmes, nous voyons bien que nous nous
trompons : c'est à dire, que nous voudrions mepriser cette censure du monde, & pouvoir la
compter pour rien ; mais quelque mepris que
nous en faissions, ou que nous affections d'en faire, nous sentons assez au fond de l'ame que nous
la craignons. Car de là vient la desolation où l'on
tombe & le trouble qui nous saisit, quand cette
censure nous attaque personnellement, & qu'il
nous arrive d'en éprouver les traits. De là vient
que nous en sommes si mortifiez, si piquez, si
offensez.

offenſez. De là vient que les moindres rapports
qu'on nous fait, excitent en nous des mouvemens ſi vifs de dépit, de colere, de vengeance :
marque évidente que nous ne la mepriſons pas.
En effet, ſi nous ſçavions en bien des rencontres
& ſur bien des ſujets, les idées qu'on a de nous,
ce que l'on penſe de nous, comment on parle de
nous, nous en ſerions outrez de douleur. Si
lorſque nous ſommes tranquilles, & peut-eſtre
contents de nous-meſmes, on nous faiſoit connoiſtre pour qui nous paſſons dans l'eſtime du
monde, il n'en faudroit pas davantage pour nous
conſterner & pour nous plonger dans le plus
noir & le plus mortel chagrin. Ainſi le repos &
la tranquillité de noſtre vie ne roule ſouvent que
ſur l'ignorance où nous ſommes des jugemens
qu'on fait de nos perſonnes, de nos actions,
de nos qualitez : mais qu'on nous tire de cette
ignorance, & dés là nous commencerons à eſtre malheureux.

Il eſt donc vray que malgré nous nous les
craignons, ces jugemens : & il eſt de l'ordre de
la providence, dit ſaint Chryſoſtome, que cela
ſoit de la ſorte. Pourquoy ! parce que ſans parler
des autres biens que produit cette crainte, quoy
qu'humaine ; ou pour mieux dire, ſans parler
des maux qu'elle empeſche en contenant les
hommes dans le devoir ; ſans parler des deſordres qui s'enſuivroient immanquablement, ſi
cette crainte n'eſtoit pas une barriere pour nous

arrester, au moins est-il certain qu'elle nous éleve à la crainte du jugement de Dieu, qu'elle nous fait sentir par avance le jugement de Dieu, qu'elle nous sert à connoistre la severité du jugement de Dieu. Car pour peu que nous ayons non seulement de religion, mais de raison, voicy, ce me semble, les reflexions que nous devons faire. Nous devons chacun nous dire à nous-mesmes : si les jugemens que les hommes forment contre moy, font en moy de si vives impressions, que sera-ce quand Dieu luy-mesme viendra me juger ! Si je craints tant d'estre censuré par des hommes foibles comme moy, que sera-ce d'estre condamné par un Dieu infiniment au dessus de moy ? Pour peu que je sois fidelle à la grace, cette reflexion que je fais, ce raisonnement suffit pour réveiller toute ma ferveur & pour me faire marcher devant Dieu, comme l'Apostre, avec crainte & avec tremblement.

Je sçais que saint Paul agissoit par des principes plus relevez, quand il disoit plein d'une genereuse confiance : peu m'importe que le monde me juge, parce que c'est assez pour moy de sçavoir que le Seigneur me jugera ; *Mihi autem pro minimo est, ut à vobis judicer.* Mais il n'appartenoit qu'à saint Paul de parler ainsi : outre que la sainteté de sa vie estoit à l'épreuve, & le mettoit à couvert de tous les jugemens du monde, il avoit esté ravi jusques au troisieme ciel ; il avoit puisé dans la source mesme la con-

1. Cor. 4.

noiſſance des veritez éternelles ; & par conſequent il n'eſtoit pas neceſſaire qu'il fiſt aucune attention aux jugemens du monde pour eſtre penetré de la penſée du jugement de Dieu. Mais
nous ſenſuels & groſſiers, nous eſclaves des ſens
& attachez à la terre, il n'eſt pas étrange que
nous ayons beſoin de ce ſecours, & c'eſt à nous,
puiſqu'il nous eſt propre, à nous en aider. Oüy,
devons-nous dire, il m'importe de penſer que
les hommes ſont les cenſeurs de ma vie : il m'importe de ne pas oublier que les hommes m'é-
clairent qui que je ſois & quoyque je faſſe, &
qu'ils ſont en poſſeſſion de me juger : il m'importe de me ſouvenir qu'en mille occaſions cette cenſure des hommes m'allarme, me déconcerte, m'humilie, m'abbat ; parce que ce ſont là
autant d'advertiſſemens pour moy, & que j'apprends quelles precautions j'ay donc à prendre
pour me préſerver de ce jugement ſuperieur où
je dois paroiſtre & qui doit decider de mon é-
ternité. Car ſi ce pretendu tribunal des hommes qui me jugent ſans authorité, & dont je ne
reconnois point la juriſdiction, eſt néanmoins
un tribunal formidable pour moy, quel ſentiment dois-je avoir de celuy d'un Dieu, dont je
révere la ſainteté & dont je redoute la puiſſance ! Et ſi je me contraints, ſi je m'obſerve, ſi je
garde tant de meſures, pour me ſauver des jugemens du monde ; avec quel ſoin, avec quelle
circonſpection dois-je regler ma vie, pour me

mettre en eſtat de repondre à ce ſouverain juge qui tient en ſes mains ma deſtinée ! C'eſt ainſi que je m'inſtruis, & que me faiſant à moy-meſ-me de ſalutaires leçons, du monde je m'éleve à Dieu. Avançons : voicy quelque choſe encore de plus important & de plus fort.

Quelque vains & quelque injuſtes que nous ſuppoſions les jugemens du monde, nous n'en craignons pas tant aprés tout l'iniquité & la ma-lignité, que nous en craignons la verité. Car pourquoy ces jugemens critiques & deſavanta-geux, quand nous venons à les connoiſtre, nous ſont-ils ſi ſenſibles, ou pourquoy y ſommes-nous ſi ſenſibles nous-meſmes ? avoüons-le de bon-ne foy; parce que nous ne les trouvons que trop veritables. S'ils l'eſtoient moins, ils nous trou-bleroient beaucoup moins ; & s'il eſtoient évi-demment faux, on les negligeroit. Ils ne nous bleſſent que parce qu'ils ſont trop bien fondez, que parce qu'ils trouvent & qu'ils doivent trou-ver dans les eſprits trop de créance, que parce que nous n'avons rien à y oppoſer. Et certes ſur tous les jugemens outrez, que la paſſion & la ven-geance inſpire contre nous, nous nous faiſons aiſément raiſon. Nous en appellons au temoigna-ge de noſtre conſcience & à la verité connuë; & le temoignage de noſtre conſcience, la verité qui nous favoriſe, eſt un ſoutien pour nous contre la temerité & l'injuſtice: mais il y a une cenſure du monde équitable, droite, deſintereſſée; une cen-

fure à la quelle il eſt évident que la paſſion n'a
point de part ; une cenſure irreprochable, & qui
porte avec ſoy ſa conviction, & c'eſt celle-là qui
nous fait trembler. Donnons plus de jour à cette penſée. Nous haïſſons, dit ſaint Auguſtin,
non ſeulement la calomnie qui nous impoſe,
mais la verité qui nous reprend ; & ſi nous y prenons bien garde, ſouvent la verité qui nous reprend, nous choque & nous aigrit bien plus vivement que la calomnie qui nous impoſe. Car
nous avons de quoy repouſſer la calomnie & de
quoy la confondre ; mais la verité, en nous convaincant, nous confond nous-meſmes. La calomnie qui nous impoſe, ſe détruit avec le temps
& ſe diſſipe ; mais la verité qui nous reprend, s'é-
claircit toûjours d'un jour à un autre ; & à meſure qu'elle s'éclaircit, elle decouvre noſtre honte, & ne nous laiſſe rien à repliquer.

.Triſte image du jugement de Dieu. Car, dit
ſaint Jeroſme, ce qu'il y a pour nous de plus redoutable dans ce jugement, ce n'eſt ni la majeſté du juge, ni ſa puiſſance, ni ſa grandeur, mais
ſa verité : cette verité qui s'élevera contre nous ;
cette verité qui nous accuſera, qui nous convaincra, qui nous condamnera, qui nous confondra :
non pas cette foible verité des hommes, mais cette invincible verité de Dieu, cette immuable
verité de Dieù, cette irréfragable verité de Dieu ;
cette verité qui ne peut eſtre, ni deſavoüée, ni
conteſtée, ni éludée ; en un mot, ô mon Dieu,

cette verité qui environne voſtre Throſne, &
que l'Ecriture appelle pour cela voſtre verité;
*Et veritas tua in circuitu tuo.* Voilà, reprenoit
ſaint Jeroſme, ce que j'ay à craindre. Car pour la
verité des hommes & de leurs jugemens, quelque forte qu'elle fuſt contre moy, peut-eſtre
m'en pourrois-je défendre : quelque évidente
qu'elle paruſt, peut-eſtre pourrois-je l'obſcureir;
peut-eſtre au moins, à force de ſubtilitez & de
pretextes, pourrois-je l'affoiblir. Mais contre la
verité de Dieu, que feray-je, & que diray-je,
moy pecheur, moy ver de terre ! Si je veux entrer en diſcuſſion avec elle, diſoit le ſaint homme Job, de cent crimes qu'elle me reprochera,
je ne repondray pas ſur un ſeul. Si j'entreprends
de me juſtifier, ma propre juſtification deviendra ma condamnation. Si je me crois innocent,
dés là je me rendray coupable. Quand il y auroit en moy quelque trace ou quelque rayon de
juſtice, cette juſtice humaine éclairée de la verité
de Dieu, s'effacera, s'évanoüira. Ah ! Seigneur,
concluoit-il, vous dont la lumiere ſonde les plus
profonds abyſmes, vous à qui nul ne peut reſiſ-
ter, que voſtre verité eſt adorable, mais qu'elle
eſt redoutable ! Il y a en effet, Chreſtiens, entre
la verité des hommes & la verité de Dieu des
differences infinies : mais le caractere le plus diſ-
tinctif & le plus particulier de la verité de Dieu,
c'eſt qu'en nous jugeant elle nous fermera la
bouche; qu'en nous condamnant & en nous

réprouvant, elle nous réduira à la malheureuse
& cruelle necessité d'approuver nous-mesmes
par un aveu forcé de nostre injustice, l'arrest de
nostre réprobation. Aussi est-ce vostre verité,
Seigneur, & ne convient-il qu'à vostre verité
d'exercer sur nous un tel empire : *Et veritas tua
in circuitu tuo.* Revenons aux jugemens des
hommes.

Comme nous en craignons la verité, nous
n'en pouvons souffrir la liberté. Nous voudrions
que la censure au moins nous respectast ; nous
la voudrions à nostre égard, ou plus discrette,
ou plus timide ; & Dieu pour nous tenir dans
l'ordre, permet qu'elle soit libre & hardie. Car
nous avons beau présumer de nous-mesmes,
nous n'empescherons pas le monde de juger &
de parler. Nous avons beau nous promettre que
dans le rang où nous sommes, on nous épargnera ; fussions nous encore plus grands, on ne
nous épargnera pas : que dis-je ! souvent mesmes
plus nous serons grands, moins serons nous é-
pargnez. Envain nostre orgueil s'en offensera :
ce que nous temoignerons de sensibilité ou de
hauteur, ne servira qu'à piquer encore davantage, & à faire examiner de plus prés nostre conduite. Envain trouverons nous des fauteurs de
nos passions, des esprits assez complaisans & assez lasches pour applaudir à nos vices ; nos vices,
à mesure qu'ils seront connus, seront hautement
condamnez. Pour un flatteur qui nous approu-

Q iiij

vera, Dieu suscitera mille censeurs, qui se scan-
daliseront de nos desordres & qui ne s'en tairont
pas. Pour une langue müette qui retiendra la verité captive & dans le silence, cent autres la feront éclater à nostre confusion. Or qu'est-ce que
cela, dit saint Chrysostome, sinon le jugement
de Dieu en figure ? Oüy, cette liberté, ou si vous
voulez cette licence, & mesmes cette impunité
des jugemens du monde, dont rien ne nous
peut garantir durant la vie, & qui selon l'oracle
du Saint Esprit est encore plus inévitable à la
mort ; cette censure du monde, à quoy malgré
nous, vivants & mourants, nous sommes livrez,
& qui n'excepte ni qualité, ni dignité, ni fortune, que nous annonce-t-elle, sinon le jugement de Dieu, & ce qu'il y a peut-estre dans le
jugement de Dieu de moins soutenable & de
plus accablant ?

    Je veux, Chrestiens, vous en donner une
idée encore plus sensible : rendez-vous attentifs
à la supposition que je vais faire ; vous en serez
touchez. Si donc au moment que je parle, Dieu
par un trait de sa lumiere me decouvroit ce qu'il
y a dans chacun de vous de plus interieur & de
plus caché : ce n'est pas assez ; s'il m'ordonnoit
de vous reprocher icy publiquement & en face,
ce qu'il y a dans vostre vie de plus secret & de plus
humiliant : s'il me disoit comme au Prophete,
*Fode parietem*, perce la muraille, & par le droit
que je te donne de révéler les consciences, fais-

Ezech. 8.

en voir toute la noirceur & toute l'horreur: *Ex-* Ifa. 58.
*alta vocem tuam;* éleve ta voix, & fans craindre
ceux qui t'écoutent, dis leur hardiment ce qu'ils
craignent le plus d'entendre, ce qu'ils feront au
defefpoir d'avoir entendu , ce qu'on ne leur a
jamais dit, ce qu'ils n'ofent fe dire à eux-mefmes, *Et annuntia populo meo fcelera eorum.* Si Ibid.
pour obéir à cet ordre, j'étendois jufques-là
mon miniftere & la liberté qu'il me donne; &
que fans nul difcernement de vos conditions,
je vinffe à manifefter dans cette chaire tant de
myfteres d'iniquité, difons mieux, tant de myfteres d'ignominie. Enfin, fi reveftu de l'authorité de Dieu, j'entreprenois actuellement certains de mes auditeurs, réputez gens d'honneur,
& paffant pour tels, mais dans le fond hommes
corrompus, & peut-eftre fcelerats infignes : fi je
les défignois en particulier, & que je leur fiffe
effuyer l'opprobre de je ne fçais combien de crimes, mais de crimes honteux, dont ils demeu-
reroient fleftris : ah ! Chreftiens, tel qui m'écoute avec plaifir en mouroit de dépit & de douleur.
Or ce n'eft là néanmoins qu'une ombre du jugement que je vous prefche : de ce jugement,
dont une des circonftances effentielles , eft la liberté abfoluë, ou pour ufer d'un terme encore
plus propre, la liberté imperieufe , avec laquelle Dieu condamnera ceux, qui dans le monde
fe feront crûs en poffeffion de n'eftre jamais condamnez ; avec laquelle il reprendra ceux qu'on

n'aura jamais repris ; avec laquelle il monstrera qu'il est pour tous sans exception , mais encore plus pour ceux-là , le Dieu des vengeances ; *Deus ultionum Dominus.* Car dit le Prophete Royal, par la raison mesme que la vengeance luy appartient, *Deus ultionum,* il agira librement & souverainement, c'est à dire, en Dieu ; en Dieu sans égards, ou pluftoft, superieur à tous les égards ; en Dieu qui dans la derniere justice qu'il rendra aux hommes, n'aura ni conditions à distinguer , ni personnes à ménager , parce qu'il viendra pour venger les abus qu'auront fait les hommes de leurs conditions, & pour punir les ménagemens criminels qu'on a eûs pour leurs personnes : *Deus ultionum liberè egit.*

En effet, si nous l'en croyons luy-mesme, & quel autre que luy en croirons-nous ? comme Dieu des vengeances, bien loin de respecter la qualité, c'est contre la qualité mesme qu'il s'élevera ; bien loin de considerer la grandeur, c'est à la grandeur mesme qu'il s'en prendra, non pas, adjoufte saint Chryfoftome, par une vaine oftentation de la préeminence de son eftre & de sa souveraine authorité, mais par une necessité indifpensable & par une loy inflexible de son adorable équité. Pourquoy ? parce que la qualité & la grandeur, quoy qu'innocentes d'elles-mesmes, perverties par le peché, se trouveront alors chargées des plus griéves & des plus énormes iniquitez du monde. Comme Dieu des vengeances, il parlera, il rompra ce silence étonnant que sa patience luy avoit fait garder, mais dont la malice & le libertinage des pecheurs aura a-busé; *Deus noster, & non silebit.* Comprenez *Psalm. 49.* bien cecy, Grands de la terre, disoit le plus sage des Roys, ou plustost disoit Dieu mesme, dont ce sage Roy n'estoit que l'organe & l'interprete. Cette independance d'un Dieu qui examinera vos œuvres, & qui les censurera; cette liberté d'un Dieu qui vous reprochera vos injustices, n'a-t-elle pas de quoy vous saisir de frayeur! & n'est-ce pas pour cela mesme qu'il est important que vous en soyez instruits! Car puisqu'il est de la foy qu'il doit y avoir un jugement rigoureux, & selon le terme de l'Ecriture, rigoureux jus-ques à la dureté, pour ceux qui sont élevez & qui gouvernent les autres, *Quoniam judicium* *Sap. 6.* *durissimum his qui præsunt;* vostre capital inte-rest n'est-il pas qu'on vous y fasse penser, qu'on vous le mette sans cesse devant les yeux, que sans cesse on vous en renouvelle le souvenir : & aurois-je pour vous la charité que Dieu m'inspi-ré, & qui me presse, comme l'Apostre, si je ne m'acquittois de ce devoir avec tout le zéle d'un libre & desinteressé ministre de l'Evangile! Pour-suivons.

Comme nous craignons la verité & la liber-té des jugemens du monde, nous n'en pouvons supporter la sincerité, ni mesmes la fidelité. Je m'explique : un ami sincere & fidelle, à force

d'eſtre fidelle & ſincere, nous devient odieux.
Nous le voulons fidelle, mais fidelle avec diſ-
cretion, fidelle avec circonſpection, fidelle a-
vec précaution : nous voulons qu'il ſoit ſincere,
mais ſincere juſques à un certain poinct. Où
eſt celuy qui le vouluſt autrement & ſincere
& fidelle, qu'à ces conditions ; c'eſt à dire,
où eſt l'homme aſſez ſeûr de luy-meſme, ou
aſſez ſolidement humble, qui touché du deſir
de ſe connoiſtre, s'accommodaſt d'un ami fidelle ſans prudence ; d'un ami dont l'ingenuité
allaſt juſques à la ſimplicité, juſques à l'importunité ! Un ami de ce caractere, pour peu que
nous nous ſentions foibles, & que la verité nous
bleſſe, nous eſt plus incommode qu'un ennemi. Car au moins ſommes-nous en droit de
n'en pas croire un ennemi ? s'il nous condamne, nous pouvons penſer que c'eſt prevention,
averſion, jalouſie : mais d'un ami, dont on ne
peut, ni accuſer, ni ſoupçonner les intentions,
certain trait de ſincerité eſt comme un coup de
foudre qui nous écraſe.

Appliquons cecy, mes Freres, au jugement
de Dieu. Nous voulons dans nos amis de la fidelité ; mais nous pretendons, bien ou mal,
qu'une partie de leur fidelité doit conſiſter à
nous eſtre quelquefois un peu moins fidelles.
Nous pretendons que s'il s'agit de certaines veritez aſſommantes, pardonnez-moy cette expreſſion, le devoir d'un ami, quoyque ſincere, eſt de

nous les adoucir, de les envelopper, de nous y preparer, de bien prendre & son temps & le nostre pour nous les faire entendre. Telles sont les loix de la societé. Or Dieu, mes chers Auditeurs, independamment de ces loix, nous jugera selon les siennes. Car sans adoucissement, sans déguisement, il nous fera voir la verité, & la verité toute nuë, la verité avec toute son amertume, la verité avec tout son poids, la verité avec tout ce qu'elle aura de plus douloureux & de plus desolant pour nous. Veûë affligeante par où Dieu punira ces delicatesses, ou pour mieux dire, ces honteuses foiblesses, à ne la pouvoir écouter, quand elle mortifioit nostre orgueil; ces artifices à l'éluder, quand elle troubloit nostre repos; cette obstination à vouloir l'ignorer, quand elle avoit de quoy nous déplaire. Veûë par où Dieu confondra ces erreurs grossieres où nous aurons vescu; ce profond oubli de nous-mesmes, où le mensonge & la flatterie nous aura entretenus. *Existimasti iniquè, quod ero tui* *Psalm. 49.* *similis; arguam te, & statuam contra faciem* *tuam.* Vous vous promettiez, dira Dieu, paroles foudroyantes, vous vous promettiez, & vous estiez assez insensé pour croire que je serois d'intelligence avec vous; que comme vous preniez plaisir à vous aveugler, en éteignant toutes les lumieres qui vous éclairoient, j'aurois assez d'indulgence pour favoriser vostre aveuglement, sans vous forcer jamais à ouvrir les yeux. Mais

en cela vous ne m'avez pas connu. Car eſtant
ce que je ſuis, & comme Juge ſouverain ne pouvant me diſpenſer de vous faire voir ce que vous
eſtes & de vous en convaincre, je vous repren-
dray, *Arguam te ;* & par cenſure de mon jugement je ſuppléray aux conſeils fidelles que vous
avez rejettez, aux ſages remonſtrances que vous
avez negligées, aux reprehenſions ſalutaires de
ceux qui vouloient & qui devoient vous redreſ-
ſer, mais dont voſtre indocilité a refroidi &
comme anéanti le zéle. *Arguam te,* je vous re-
prendray ; & parce que vous n'avez pas voulu
profiter de la ſincerité des hommes, ni pour
vous corriger, ni pour vous inſtruire, je vous
expoſeray, je vous produiray vous-meſme devant vous-meſme : *Et ſtatuam contra faciem
tuam.* Ce n'eſt pas aſſez, Chreſtiens ; & ce prejugé dont le fond eſt inépuiſable, me fournit
encore quelque choſe de plus eſſentiel.

Car pourquoy craignons-nous les jugemens
des hommes ? c'eſt, adjouſte ſaint Chryſoſtome,
parce que nous ſçavons que ce ſont des jugemens où l'on ne nous pardonne rien, où l'on ne
nous fait nulle grace, où l'on nous rend une é-
troite juſtice ; & cette juſtice étroite que l'on
nous rend, nous deſeſpere. Nous voudrions
qu'on nous jugeaſt avec humanité ; & ſans faire attention à la maniere dont nous traitons les
autres, ſans nous ſouvenir de ce qui eſt écrit,
qu'on ſe ſervira à noſtre égard de la meſme me-

fure, que nous prenons pour les autres, c'eſt à
dire, qu'on nous jugera comme nous les jugeons, ( loy, dit ſaint Auguſtin, qui dés cette
vie s'obſerve inviolablement ) par un excés de
préſomption, tandis que nous jugeons les autres à la rigueur, & ſouvent plus qu'à la rigueur,
nous trouvons étrange qu'ils n'ayent pas pour
nous toute la douceur que nous demandons, &
un certain fond de benignité, ſans quoy nous
comprenons bien que leurs jugemens n'iront
jamais qu'à nous condamner & à nous humilier. C'eſt là ce qui nous les fait tant craindre.
Or avons-nous l'eſprit de Dieu, reprend ſaint
Chryſoſtome, avons-nous meſmes la raiſon, ſi
de là nous n'apprenons pas quel ſera ce jugement ſans miſericorde dont Dieu nous menace?

Et voilà, mes chers Auditeurs, de tous les
poinčts de noſtre foy un des plus incroyables,
à ce qu'il ſemble d'abord, mais néanmoins des
plus inconteſtables : je dis ce jugement ſans
grace & ſans compaſſion. C'eſt ainſi que Dieu
meſme l'a defini, en parlant au Prophete Oſée :
Prophete, luy diſoit le Seigneur, donne à ma
juſtice un nom qui luy ſoit propre, & qui ſig-
nifie dans toute ſon étenduë ce qu'elle eſt ou ce
qu'un jour elle doit eſtre : & comment l'appel-
leray-je, Seigneur! une juſtice ſans miſericorde, *Voca nomen ejus abſque miſericordia.* Mais   Oſe. 1.
une juſtice ſi rigoureuſe peut-elle convenir à

un Dieu ; & Dieu dont la nature n'est que bonté, peut-il estre juste, sans estre misericordieux! Non, repond saint Augustin, il ne le peut estre absolument & en luy-mesme : mais à certain temps, il peut & il doit l'estre par rapport à nous. Une justice sans misericorde ne luy convient pas, tandis que nous sommes encore sur la terre : mais elle luy conviendra quand le temps des vengeances sera venu, & qu'aux dépends des pecheurs, luy-mesme, Juge & arbitre dans sa propre cause, il entreprendra de se satisfaire. Aussi pendant la vie Dieu fait justice & misericorde tout ensemble : sa misericorde precede toûjours sa justice, & jamais sa justice n'est separée de sa misericorde ; souvent sa misericorde agit toute seule, mais sa justice n'a point d'action qui selon le texte sacré ne soit temperée par sa misericorde: *Cùm iratus fueris, misericordiæ recordaberis ;* dans l'ardeur de vostre colere, vous vous souviendrez, Seigneur, & il paroistra que vous estes le Dieu des misericordes, puisque vostre colere mesme est bien souvent pour les pecheurs une des plus grandes misericordes. Ainsi en use-t-il maintenant. Mais dans son jugement, il exercera sa justice toute pure, à peu prés comme nous l'exerçons envers nos plus declarez ennemis. Pardonnez-moy, mon Dieu, si je fais entrer un de vos plus saints attributs en comparaison avec nos passions les plus dereglées. A l'égard d'un ennemi nous nous piquons d'é-
quité,

*Habac. 3.*

quité, mais d'une équité felon la lettre, d'une équité fans bonté. Or, Chreſtiens, la foy nous apprend que Dieu nous jugera de la ſorte ; & ce qui eſt en nous dureté, dans Dieu ſera ſainteté : ce jugement fans miſericorde que la charité nous défend & dont on nous fait un crime, c'eſt ce qui fera ſa gloire ; *Judicium abſque miſericordia*. Achevons.

Ce qu'il y a d'inſoutenable dans la cenſure du monde, c'eſt qu'elle ſoit generale, & qu'elle devienne contre nous un jugement public. Qu'il me ſoit encore permis de m'expliquer. Nous voir décriez dans l'opinion d'un petit nombre de perſonnes, c'eſt une peine ; mais une peine que nous ſoutenons, parce que nous trouvons de quoy nous dédommager dans l'eſtime de pluſieurs autres dont les jugemens nous font, ou plus favorables, ou moins contraires. Mais quand le décri eſt univerſel, & que tous les ſentimens s'accordent contre nous ; quand noſtre reputation eſt abſolument ruinée, que noſtre conduite eſt en horreur à tous les gens de bien, qu'on n'oſe plus prendre dans le monde noſtre parti, que les plus moderez & les plus ſenſez nous condamnent ; que nos amis meſmes réduits à ſe taire, en diſent plus par leur ſilence que ceux qui ſe declarent ouvertement : ah ! Chreſtiens, ce dechaiſnement general eſt une eſpece de reprobation à la quelle nous ſuccombons, & qui nous paroiſt plus affreuſe que

*Tome I.* .R

la mort. Je fçais qu'il y a des ames peu fenfibles
à tout ce qui s'appelle honneur, & peut-eftre
me direz-vous, qu'il y en a mefmes fans pudeur;
je fçais qu'il y a des pecheurs qui ne rougiffent
de rien, & qui fe font fait un front fur tout:
mais outre que ce font des monftres qui ne peuvent fervir d'exemple; outre que nul de ceux
qui m'écoutent, ne voudroit avoir part à ce
honteux privilege d'infenfibilité, & pour ufer
des termes propres, d'impudence & d'effronte-
rie; toûjours eft-il vray, mefmes pour le plus
hardi pecheur, que ce qu'il foutiendroit le
moins, ce feroit d'eftre regardé comme l'objet
de l'abomination & de la haine publique; d'eftre meprifé, abhorré, detefté de tout ce qui
l'environne: toûjours eft-il vray que pour les
ames bien nées, ce feroit le comble de tous les
maux. Or maintenant, dans quelque décri que
nous foyons, il n'eft jamais complet, ni uniforme. En perdant l'eftime des uns, nous confer-
vons encore celle des autres; pour un qui fçait
noftre defordre, cent l'ignorent, cent ne le
croyent pas, cent le pardonnent & l'excufent:
Tel à la Cour eft abyfmé, qui garde ailleurs tout
fon credit. Tel eft diffamé dans un pays, qui
marche dans un autre la tefte levée; & il n'y a
point enfin de reputation tellement détruite,
qu'elle ne trouve encore dans le monde quelques partifans pour en fauver les débris.

Mais au jugement de Dieu, nulle reffource

pour le pecheur : pourquoy ! parce que Dieu reprouvant le pecheur, répandra dans tous les efprits l'horreur qu'il en a luy-mefme conçeûë ;
parce que toutes les créatures intelligentes prenant contre le pecheur le parti de Dieu, non
feulement le condamneront avec Dieu, mais
s'uniront avec Dieu pour le haïr, felon cet arreft prononcé par le Saint Efprit : *Et pugnabit* Sap. 5.
*cum illo orbis terrarum contra infenfatos.* Un criminel que l'on conduit au fupplice aprés la fen-
tence de mort portée contre luy, eft une image, quoy qu'imparfaite, de la reprobation de
Dieu, parce qu'alors il eft juridiquement & publiquement diffamé, & qu'on a droit de le regarder comme un fujet de malediction & d'opprobre. La juftice des hommes va jufques-là.
Que fera-ce donc quand Dieu aura ouvert ce
tribunal, où toutes les nations du monde com-
paroiftront ; & qu'il y produira le reprouvé,
pour en faire l'objet éternel de leur mepris &
de leur execration ! Ah ! mes chers Auditeurs,
nous ne le comprenons pas : mais il faut que ce
foit quelque chofe de bien terrible, puifque Dieu
luy mefme affecte fi fouvent de nous en menacer par la bouche de fes Prophetes : *Oftendam* Nahum. 3.
*gentibus nuditatem tuam & regnis ignominiam*
*tuam.*

Quel fruict de cette premiere partie ! Le voicy, Chreftiens, réduit en pratique. Pour nous
difpofer au jugement de Dieu, refpectons les

jugemens du monde. Car le monde mesme,
selon la regle de saint Paul, doit estre respecté;
& il ne le merite jamais mieux, que lorsqu'il
condamne nos desordres. Mettons nous en estat, s'il est possible, de ne pas craindre sa censure; mais souvenons-nous en mesme temps,
qu'il ne nous est point permis de la negliger: ou
plustost, souvenons-nous qu'autant que nous
avons droit de mépriser la censure du monde,
dés qu'elle nous detourne de nos legitimes devoirs; autant Dieu veut-il que nous ayons d'é-
gard pour elle, quand elle nous y attache. Pour
nous preparer au jugement de Dieu, aimons
dans les jugemens du monde la verité qui nous
corrige, & non pas celle qui nous flatte; la verité qui nous rend humbles, & non pas celle qui
nous enfle: l'une, quoy qu'amere & fascheuse,
nous guérira, nous sauvera; l'autre, par l'abus
que nous en ferons, nous corrompra & nous
perdra. Ne nous figurons point si aisément que
le monde ait tort, quand il censure nostre conduite: le monde tout decrié qu'il est, ne laisse
pas d'estre équitable; il fait justice à chacun, &
lorsqu'il nous condamne hautement, il est difficile que nous ne soyons pas en effet condamnables. Pour nous mettre en estat de paroistre
au jugement de Dieu, profitons de la liberté du
monde à nous juger. Regardons-la comme un
moyen que Dieu par sa misericorde nous fournit, pour nous maintenir dans l'ordre: tirons-

en l'avantage que nous a marqué le grand A-
poftre par ces belles paroles, *Sicut in die honef-* Rom. 13.
*tè ambulemus,* foyons irreprochables dans nos
mœurs, & marchons avec bienféance, comme
des gens qui marchent durant le jour & à la
veûë des hommes qui les obfervent. Pour nous
trouver purs & fans tache au jugement de Dieu,
ayons dans le monde un ami prudent & fidelle,
mais en qui la prudence n'affoibliffe point la fidelité. Choififfons-le entre mille, fi nous voulons; mais choififfons-le pour la reformation
de noftre vie, & non point feulement pour une
vaine confolation. Engageons-le à nous parler
fans déguifement & de bonne foy. Diffuadons-
le de la penfée où il pourroit eftre, que nous attendons de fa part une complaifance aveugle.
Tafchons au contraire à le bien convaincre que
nous ne luy fçaurons jamais gré de fa complaifance; & que quand la fincerité de fon zéle iroit
jufques à la dureté, nous aimerons toûjours
mieux aprés tout fa dureté mefme que fa molleffe.

Si le monde eft un cenfeur fevere, édifions
nous de la feverité de fa cenfure. Adorons la Providence & béniffons-la, de ce que le vice n'a
pas encore prévalu jufqu'à obtenir du monde
qu'il luy fift grace. Attendons encore moins de
grace au tribunal de Dieu, & dans cette penfée
tafchons dés cette vie à le toucher en noftre faveur & à le fléchir. Si le monde eft un cenfeur

R iij

public, & si nous avons tant de peine à porter
cette censure publique du monde, jugeons quelle sera cette confusion universelle des reprouvez
au jugement de Dieu , & ne craignons point
maintenant de déposer dans le sein d'un conses-
seur qui seul nous écoute, & d'effacer par la penitence , ce qui seroit nostre honte dans l'assemblée generale de tous les hommes. Car voilà,
mon Dieu, les saintes regles que vous nous pres-
crivez. Regles dont nostre orgueil & nostre dé-
licatesse ne s'accommodent pas ; mais que nous
inspire une humilité & une sagesse chrestienne.
Regles que vos Saints ont de tout temps obser-
vées , & que nous devons suivre nous-mesmes.
Jugement du monde, premier prejugé du jugement de Dieu. Jugement de nostre propre
conscience , second prejugé du jugement de
Dieu, & le sujet de la seconde partie.

II. Partie.  QUelque emportez que nous soyons dans
nos passions, & quelque déreglez que nous puissions estre dans nos mœurs, nous avons, Chrestiens, une conscience ; & il nous est mesmes si
naturel non seulement d'en avoir une, mais d'en
suivre les mouvemens, que jusques dans l'estat
& le desordre du peché, quand nous secoüons
le joug de la conscience, par une conduite bien
surprenante, mais qui n'a rien néanmoins de
contradictoire, nous nous faisons une conscience pour n'en point avoir , & pour pecher avec

plus de liberté. Conduite, remarque judicieuſe-
ment ſaint Bernard, dans l'excellent traité qu'il
a compoſé ſur cette matiere, conduite d'où nous
apprenons, qu'il faut diſtinguer en nous deux
ſortes de conſciences ; l'une que Dieu nous a
donnée, & l'autre dont nous ſommes nous-meſmes les autheurs : l'une, pure & droite, parce
qu'elle eſt l'ouvrage de Dieu ; l'autre fauſſe &
pleine d'erreurs, parce que nous la formons dans
nous, & qu'elle vient de nous. Prenez garde,
s'il vous plaiſt. Conſcience droite dont nous ne
ſçaurions-nous défaire, & que nous ne pouvons corrompre. Fauſſe conſcience, mais qui
par la raiſon meſme qu'elle eſt fauſſe, ne peut
jamais eſtre tranquille ; ou du moins dont la
tranquillité ne peut eſtre conſtante ni à l'épreuve de certains eſtats, de certaines conjonctures,
où elle eſt immanquablement & neceſſairement
troublée : voilà ce que je vous donne encore
comme un prejugé ſecret & domeſtique, mais
ſeûr & infaillible du jugement de Dieu. Celle-
là dans ſa droiture & dans ſon integrité ; celle-
cy dans ſes variations & dans ſon inſtabilité.
Celle-là dans la pureté de ſes lumieres ; celle-cy
juſques dans ſon aveuglement. L'une & l'autre
par leurs reproches & leurs anxietez. Suivez-
moy toûjours, mes chers Auditeurs. Ces deux
articles par où je vais finir, comprennent ce qu'il
y a dans la religion de plus ſolide & de plus
touchant.

R iiij

Il a esté de la sagesse & de l'Empire de Dieu, disoit David, d'establir sur les hommes un Legislateur; & ne puis-je pas dire que sans autre Legislateur & sans autre loy, nous avons une conscience qui suffit pour nous tenir lieu de loy, & qui nous domine avec plus d'empire, que tous les Legislateurs! Qu'est-ce que la conscience! un jugement, repond saint Bernard, que nous faisons de nous-mesmes, & que malgré nous nous prononçons contre nous-mesmes. Car il n'est pas en nostre pouvoir, tandis que nous avons une conscience de ne nous pas juger; il ne nous est pas libre de pecher, & de ne nous pas condamner. Or ce jugement forcé de nous-mesmes est déja le préliminaire du jugement de Dieu, puisqu'il n'est forcé, que parce que c'est Dieu mesme qui le fait en nous indépendamment de nous; ou plustost, parce que c'est Dieu mesme qui se sert de nous pour exercer sur nous sa plus souveraine & sa plus absoluë domination.

Ne sçavez-vous pas, dit-il à Caïn, au moment qu'il meditoit le meurtre de son frere, & que saisi de l'horreur d'une si noire perfidie il avoit peine à s'y resoudre, ne sçavez-vous pas que si vous faites bien, vous en aurez la recompense; & que si vous faites mal, vostre peché se presentera d'abord devant vous! *Nonne si benè egeris, recipies! sin autem malè, statim in foribus peccatum aderit.* C'est à dire, comme l'expli-

Genes. 4.

quent faint Jerofme & aprés luy tous les interpretes, ne fçavez-vous pas que le jugement de
voftre peché fuivra de prés voftre peché mefme;
& qu'à l'inftant que vous l'aurez commis, fans
aller plus loin, & fans attendre davantage, vous
en trouverez dans vous-mefme la condamnation & le chaftiment ! Ne fçavez vous pas que
ce peché ne fera pas pluftoft forti de voftre cœur
où vous l'aurez conceû & enfanté, qu'il fe tour-
nera contre vous, qu'il fe fera voir à vous pour
vous troubler, pour vous effrayer, pour vous
tourmenter ! *Statim in foribus peccatum aderit.* C'eft ce qu'éprouva Caïn, & l'effet repondit à la menace. A peine a-t-il fatisfait fon reffentiment & fa paffion, à peine a-t-il porté fes
mains parricides fur l'innocent Abel, que le
voilà livré à fa confcience, qui comme un juge inexorable, difons mieux, qui comme un
impitoyable bourreau luy fait fouffrir le plus
cruel fupplice. Il tombe, dit le texte facré, dans
un abbattement qui paroift fur fon vifage, mais
qui n'eft encore qu'une legere figure du trouble de fon ame & des remords dont fon cœur
eft dechiré. Il entend la voix de Dieu qui le
pourfuit. Qu'avez-vous fait, luy dit le Seigneur!
le fang de voftre frere crie vengeance contre
vous. Cette voix de Dieu qui luy parle, cette
voix du fang d'Abel qui crie contre luy, ce n'eft
rien autre chofe, difent les Peres, que la voix
interieure de fa confcience qui luy reproche fon

crime. Ah ! mon peché eſt trop grand, conclut-il luy-meſme, pour en eſperer la remiſſion. Il en convient, il ne s'en défend pas : bien loin de penſer à ſe juſtifier, il eſt le premier à ſe condamner & à ſe punir. Car il ſe retire, ſelon l'expreſſion de l'Ecriture, de devant la face du Seigneur, il eſt fugitif & vagabond ſur la terre, il ſe regarde comme un homme maudit ; & ce que nous remarquons dans l'exemple de ce fameux reprouvé, l'image de tous les reprouvez, c'eſt encore ce qui ſe paſſe tous les jours dans la conſcience des pecheurs.

Or n'eſt-ce pas là, reprend éloquemment ſaint Auguſtin, le jugement de Dieu déja commencé ! ces agitations, ce ſaiſiſſement du pecheur à la veûë de ſes crimes, cette horreur de luy-meſme en les commettant, cette honte & meſmes ce deſeſpoir de les avoir commis, ce ſoin de les couvrir & de les tenir cachez, ces allarmes ſecretes mais pleines d'effroy, ces agonies mortelles, convaincu qu'il eſt de ce qu'il a fait & de ce qu'il merite : que nous préſage tout cela, diſons mieux, que nous demonſtre tout cela, ſinon un jugement, mais un jugement redoutable dont nous ſommes menacez, & qui dés-maintenant & en partie s'execute dans nous-meſmes !

Oüy, c'eſt par nos propres conſciences, que Dieu déja nous fait noſtre procés, & il n'a pas beſoin pour nous juger d'un autre tribunal. Ce

font nos propres confciences qui luy fourniffent
contre nous des temoignages & des preuves;
& quand ma confcience me reproche que je fuis
un criminel, que j'ay peché contre la loy, que
ce que je fais eft injufte, c'eft comme fi Dieu me
difoit, ce que le maiftre de l'Evangile dit à ce
mauvais ferviteur, *De ore tuo te judico,* je vous Luc. 19.
condamne par voftre bouche. Il s'enfuit donc,
qu'à prendre la chofe dans un fens, & dans un
fens trés naturel, le jugement de Dieu à noftre
égard eft déja fait, & qu'il n'eft point neceffaire
que nous attendions pour cela ce dernier jour,
où le Fils de l'homme affis fur le Throfne de fa
gloire portera des arrefts de vie & de mort. Car
ce jugement exterieur & public que Dieu fera
de nous à la fin des fiecles, n'adjouftera rien à
ce jugement fecret & interieur de nos confciences, que l'appareil & la folemnité; & fuppofé
la juftice que nous nous ferons renduë, & que
nous nous rendons malgré nous dans le fond
de l'ame, il ne reftera plus, ce femble, au Sauveur
du monde, que de produire au jour ce que nous
aurons caché dans les tenebres.

C'eft pourquoy l'Apoftre parlant du jugement dernier, l'appelle fi fouvent le jour de la ma-
nifeftation des cœurs, le jour de la revelation,
où le livre des confciences fera ouvert; comme fi
tout le jugement de Dieu devoit confifter à ouvrir ce livre, & à nous faire voir que nous fommes déja jugez par nous-mefmes & dans nous-

mesmes. Mystere que saint Augustin avoit bien compris, lorsqu'expliquant ces paroles de Jesus-Christ, *Qui non credit jam judicatus est*, celuy qui ne croit pas est déja jugé, il en tire cette admirable consequence : *Nondùm apparuit judicium, & factum est judicium* : le jugement de Dieu ne paroist pas encore, & il ne paroistra qu'à la consommation des temps; mais sans paroistre, il est néanmoins déja fait pour nous. Nous le prevenons; ou plustost, nous n'en attendons, pour ainsi dire, que la publication, parce que nous en trouvons déja dans nous l'instruction & la decision : *Nondùm apparuit judicium, & jam factum est judicium.* Ah ! mes chers Auditeurs, avec quelle attention, avec quelle crainte, avec quel respect, ne devons-nous donc pas écouter la voix de la conscience puisque c'est la voix de Dieu mesme, non seulement qui nous menace, mais qui nous juge ?

Cependant si cette voix secrete que Dieu nous fait entendre, sans se monstrer encore à nous, toute secrete qu'elle est, nous saisit néanmoins si vivement, & nous cause tant de frayeur & d'épouvante, que sera-ce quand Dieu éclatera ! Quand au son de la trompette fatale qui reveillera les morts, & qui des quatre parties du monde rassemblera tous les hommes, il nous appellera nous-mesmes devant son tribunal ! Quand assis sur le Throsne, non point seulement de sa

Majesté, mais de sa justice, au milieu de ses ministres & armé de son tonnerre, il se presentera luy-
mesme à nous comme un Dieu irrité, comme
un Dieu ennemi, comme un Dieu vengeur ?
Quand aux yeux de tout l'univers également
attentif à l'écouter & à nous considerer, il tirera
de nostre cœur nostre condamnation pour la
rendre juridique & solemnelle ; & que par un
dernier jugement il viendra confirmer, & pour
user de cette expression, sceller l'arrest que nous
aurons tant de fois déja porté contre nous ! C'est
là, dit le sage, que les pecheurs sentiront plus
que jamais tout le poids de leurs pechez. C'est
là qu'ils en gemiront plus amérement que ja-
mais ; *Et erunt gementes.* C'est là qu'ils en ver- *Sap. 4.*
ront avec plus d'horreur que jamais, & toute
l'énormité, & toute la honte ; *Et erunt in con-* *Ibid.*
*tumeliâ inter mortuos in perpetuum.* C'est là
qu'ils en craindront plus que jamais les suites
affreuses ; *Venient in cogitatione peccatorum suo-* *Ibid.*
*rum timidi ;* qu'ils en seront accablez, qu'ils en
seront desolez, *Usque ad supremum desolabun-* *Ibid.*
*tur :* & que la conscience, si griévement blessée
& si souvent meprisée, temoin & juge, mais
temoin alors & juge public, vengera pleinement sur eux & authentiquement ses droits ;
*Et traducent illos ex adverso iniquitates ipso-* *Ibid.*
*rum.*

Conscience droite dont nous ne pouvons dés
cette vie mesme, ni toûjours, ni absolument

nous défaire. Cecy eſt remarquable. Car il ne
dépend pas de nous d'avoir ou de n'avoir pas
cette lumiere que Dieu fait luire ſur nous, &
comme parle le Prophete, qu'il a gravée dans nos
ames en nous imprimant ce caractere de raiſon
qui eſt une partie de nous-meſmes : *Signatum
eſt ſuper nos lumen vultus tui, Domine.* Il ne dépend pas de nous de l'effacer, ce divin caractere. Dés qu'il a plû à Dieu de nous donner cette droiture d'eſprit, comme la premiere grace
& le fondement de toutes les autres graces,
quoyque nous faſſions, nous avons à compter
avec nous-meſmes, & il ne nous eſt plus libre
de vivre dans cette independance où le libertinage voudroit bien parvenir, mais où il ne par-
viendra jamais tandis que cette raiſon ſubſiſ-
tera.

Envain voulons nous éteindre ce rayon qui
nous éclaire ; envain faiſons-nous des efforts
pour ſecoüer le joug de la conſcience, pour en
étouffer la voix qui nous importune, pour en
émouſſer les poinctes qui nous piquent, pour
nous endurcir contre ſes remords & nous affermir contre ſes reproches. C'eſt un cenſeur qui
nous ſuit partout, qui nous accuſe partout,
qui nous condamne partout : nous le trouvons
au milieu de nos plaiſirs, & il y repand l'amertume : nous le trouvons dans les plus nombreu-
ſes compagnies, & malgré le tumulte & le bruit
du monde il nous fait entendre ſes cris : nous

nous difons millefois à nous-mefmes , pour nous rafleûrer , comme les impies, Paix, Paix, *Dicentes , Pax , Pax ;* & millefois la confcien- ce nous repond : point de paix; guerre, & mort; *Et non erat pax.* Or de là , concluoit faint Auguftin , j'apprends , Seigneur, ce que je dois craindre de voftre juftice. Car je me dis à moy-mefme, adjouftoit ce Pere : fi je ne puis éviter le jugement de ma confcience, dont les lumieres, quoyque pures , ne font néanmoins encore qu'obfcurité & que tenebres comparées à celles de Dieu , comment me defendray-je de ce jugement où fera employée contre moy toute la fageffe , toute la verité , toute la fcience, & ce qui doit bien plus me faire trembler, toute la fainteté de Dieu mefme! Jugement inévitable : rien qui puiffe me derober au pouvoir du Juge qui me pourfuit. Jugement irrévocable : rien qui luy faffe changer l'arreft qu'il aura une fois prononcé. Jugement éternel : autant que Dieu fera Dieu, & il le fera toûjours , autant fera-t-il mon Juge ; & autant qu'il fera mon Juge, autant me tiendra-t-il toûjours dans fa puiffance & toûjours foumis à fes coups.

Mais aprés tout , à force de fe pervertir , ne peut-on pas fe faire une fauffe confcience ; & du moins la fauffe confcience n'affoiblit-elle pas alors, ou mefmes ne détruit-elle pas entierement ce prejugé que nous pouvons tirer de nous-mefmes pour connoiftre le jugement de Dieu !

*Jerem. 6.*

Ecoutez ma reponſe : car je conviens du principe ; mais ſur ce principe, je raiſonne bien autrement que vous, & je pretends qu'il en doit
ſuivre une conſequence toute contraire. Il eſt
vray que par l'aveuglement où nous jette le peché, l'on ſe fait tous les jours dans le monde de
fauſſes conſciences : mais je dis que ces fauſſes
conſciences ſont elles-meſmes les plus ſenſibles
& les plus triſtes prejugez du jugement de Dieu.
Comment cela ? ah ! Chreſtiens, que le temps
ne me permet il de donner à cette verité toute
l'étenduë qu'elle demande ! mais il y faudroit
un diſcours entier. En effet, ces fauſſes conſciences que nous nous faiſons, & qui ſe forment en nous par la corruption du peché, ne
ſont jamais, ou preſque jamais des conſciences
tranquilles ; & l'experience ſur tout nous apprend qu'elles ne ſont point à l'épreuve, ni des
frayeurs de la mort, ni de certaines conjonctures dans la vie, où malgré nous leur apparente &
pretenduë tranquillité eſt neceſſairement troublée. Or cela meſme dans la penſée de ſaint Auguſtin, eſt une des plus fortes conjectures & une
des plus inconteſtables preuves du jugement de
Dieu que je vous preſche, & de ſon extreſme
ſeverité.

Car s'il n'y avoit point de jugement à craindre, ou ſi l'idée de ce jugement pouvoit eſtre
effacée de mon eſprit, en ſorte qu'il n'en reſtaſt
nulle veuë, nul ſouvenir, nulle créance ; dans
quel-

quelque aveuglement que ma confcience fe fuft
plongée, il me feroit aifé d'y trouver la tranquillité & la paix : quelque groffieres que fuffent
mes erreurs, bien loin de troubler mon repos,
elles l'affermiroient. Ne penfant jamais qu'il y a
un Juge au deffus de moy & un tribunal où je
dois repondre, je vivrois fans inquietude ; & le
dernier de mes foins feroit de m'éclaircir, & de
m'inftruire fi ma confcience eft droite ou non ;
fi je fuis dans la bonne voye, ou fi je n'y fuis pas ;
fi je me flatte, fi je me trompe, fi je m'égare :
parce que je ne verrois pas le danger que l'on
court en fe flattant, en fe trompant, en s'éga-
rant. Voilà la fituation où je ferois. D'où vient
donc qu'il n'en va pas ainfi ! d'où vient que cette fauffe confcience ne peut eftre calme, & qu'elle eft au contraire une fource de remords que
nous combattons inutilement, & que nous ne
pouvons étouffer ! D'où vient qu'à travers les
nüages épais de l'intereft ou de la paffion qui la
forment, il s'échappe toûjours certains rayons
de lumiere, qui malgré nous, nous font entre-
voir ce que nous voudrions ignorer ! En un mot,
d'où vient que la confcience aveugle & corrompuë ne l'emporte jamais tellement fur la faine
confcience, que celle-cy, quoyque d'une voix
foible, ne réclame encore contre le mal que
nous faifons, & qu'au moins par des doutes affligeants & par des fynderefes importunes, elle n'empefche la prefcription de l'erreur qui nous

*Tome I.*                              S

fait agir ! Pourquoy tout cela, Chrestiens ! parce que nous ne sentons que trop qu'il y a un jugement de Dieu, où les tenebres de nos consciences doivent estre dissipées & nos erreurs
confonduës.

C'est pour cela mesme, dit saint Gregoire Pape, belle & solide remarque, c'est pour cela,
que plus le jugement de Dieu est proche, plus
la fausse conscience devient chancelante & timide dans son erreur. Pendant le cours de la
vie, elle peut se soutenir en quelque maniere, &
plus elle est fausse, plus elle paroist ferme & paisible. Mais aux approches de la mort, toute sa
fermeté se dément, la verité reprend l'ascendant
sur elle, & c'est là qu'elle commence à se reveiller, à s'examiner, à se defier d'elle-mesme, à
s'agiter. Ainsi, par exemple, tandis que vous estes encore dans une santé florissante, vous jouïs-
sez tranquillement du bien d'autruy & vous le
retenez sans scrupule ; vous avez pour cela vos
raisons dont vous estes convaincu, ou dont vous
croyez l'estre ; vous avez consulté des gens habiles ou prétendus tels, & vous vous en reposez
sur eux ; malgré l'injustice vous comptez sur
vostre bonne foy, vous demeurez en paix : ainsi, dis-je, le présume-t-on, tandis qu'on ne pense qu'à gouster les douceurs de la vie, & que
l'aiguillon de la mort ne se fait pas encore sentir ; car jusques-là quelquefois s'étend le regne
de la fausse conscience. Mais qu'il survienne une

maladie dangereuse & qu'on se trouve pressé des douleurs de la mort, c'est alors que cette conscience tout à coup se déconcerte ; c'est alors qu'elle tombe dans les incertitudes & les perplexitez les plus cruelles : c'est alors que ces raisons sur quoy l'on s'appuyoit, ne paroissent plus si convaincantes ; que les conseils qu'on a suivis, deviennent suspects ; que cette bonne foy dont on se flattoit, semble douteuse ; qu'on ne trouve plus cette possession si legitime & si valide, & qu'on prend bien d'autres idées touchant le devoir rigoureux & indispensable de la restitution : pourquoy ? parce que le jugement de Dieu qui n'est pas loin, change tout le système des choses & les met dans une évidence où elles n'ont jamais esté. Si c'estoit une conscience droite & conforme à la loy de Dieu, elle se soutiendroit à la veûë mesme du jugement de Dieu ; ou s'il n'y avoit point de jugement, quoyque fausse & erronée, elle seroit tranquille à la mort mesme. Mais ce qui l'effraye à cette derniere heure, c'est sa fausseté opposée à la verité de ce jugement redoutable dont la mort doit estre suivi. Ce qui l'effraye, c'est la presence d'un Juge souverain de qui seul dépend, ou tout nostre bonheur, ou tout nostre malheur ; à qui seul nous devons tous rendre compte, mais qui ne rend compte à nul autre qu'à luy-mesme de ses arrests : d'un Juge équitable qui pése tout dans la plus juste balance, & qui punit précisement, ou qui recompenſe ſelon les œuvres : d'un Juge éclairé, qui lit dans le fond des cœurs pour en connoiſtre les plus ſecrets ſentimens, qui voit tout & qui n'oublie rien , qui tient tout marqué dans ſon ſouvenir avec des caracteres ineffacables ; par conſequent à qui rien n'échappe , pas une penſée , pas un deſir, pas une parole, pas une œillade, pas un geſte, pas un mouvement : d'un Juge tout-puiſſant , qui bien au deſſus des Juges de la terre, les quels n'exercent leur juſtice que ſur le corps, peut avec le corps perdre l'ame, & la perdre pour jamais : d'un Juge inflexible, que rien ne touche, ni inclination , ni compaſſion , ni égard , ni conſideration , ni crainte, ni eſperance : voilà ce que le plus aveugle & le plus endurci pecheur ne peut voir de prés aveç aſſeûrance ; voilà ce qui le ſurprend , ce qui l'interdit , ce qui le confond.

Concluons par l'excellente reflexion de ſaint Bernard , qui renferme tout le fruit de ce diſcours. De trois jugemens que nous avons à ſubir, celuy du monde, celuy de nos conſciences, & celuy de Dieu, ſaint Paul mépriſoit le premier , il ſe repondoit du ſecond , mais il redoutoit le troiſiéme. Il mépriſoit le premier, quand il diſoit : peu m'importe que le monde me juge. Il ſe repondoit du ſecond , quand il adjouſtoit : ma conſcience ne me reproche rien. Et il redoutoit le troiſiéme, quand tout Apoſtre qu'il eſtoit, il craignoit d'eſtre reprouvé. *Exierat Pau-*

Bernard.

*lus judicium mundi quod aspernabatur , judi-*
*cium sui quo gloriabatur ; sed restabat judicium*
*Dei quod reverebatur.* Or quoyqu'il en soit à
nostre égard, & du jugement du monde, & du
jugement de nostre conscience, craignons au
moins, mes chers Auditeurs, & craignons toûjours le jugement de Dieu. Et parce que cette
crainte est un don de Dieu, demandons la tous
les jours à Dieu. Car il n'est rien de plus naturel que de craindre; mais il n'est rien de plus
surnaturel, ni de plus divin, que de craindre utilement pour le salut. Ce qui faisoit dire au Prophete Royal : *Confige timore tuo carnes meas ;*  *Psalm. 118.*
Seigneur, penetrez ma chair de vostre crainte :
de vostre crainte, ô mon Dieu, & non pas de la
mienne : car la mienne me seroit inutile & mesmes préjudiciable; elle me troubleroit sans me
convertir, au lieu que la vostre me convertira
& me sanctifiera en me troublant. Or voilà celle dont j'ay besoin, & que je vous demande comme une de vos graces les plus exquises, sçachant
bien qu'elle vient de vous & non pas de moy :
*Confige timore tuo.*

Craignons le jugement de Dieu , & craignons-le, quelque justes & dans quelque estat
de perfection que nous puissions estre. Car les
Saints eux-mesmes le craignoient; & ils estoient
Saints parce qu'ils le craignoient. Ne nous en
rapportons pas aux libertins du siecle, qui vivent dans l'ignorance & dans l'oubli des choses

de Dieu. Mais croyons en ceux qui furent éclairez des plus pures lumieres de la vraye sageſſe.
Conſultons les Jeroſmes & les Hilarions ; ils
nous feront là-deſſus des leçons touchantes. Te-
nons-nous-en toûjours à ce parallele ; & diſons-
nous à nous-meſmes : ſi ces hommes qui furent
des modelles & des miracles de ſainteté , ont
craint le jugement de Dieu ; comment dois-je
le craindre , moy pecheur, moy couvert de crimes ? s'ils l'ont craint dans les deſerts & les ſoli-
tudes ; comment dois-je le craindre , moy qui
me trouve expoſé à tous les ſcandales & à toutes les tentations du monde ! s'ils l'ont craint
dans les exercices & dans la ferveur d'une vie ſi
auſtere & ſi penitente ; comment dois-je le craindre dans une vie ſi commune , ſi laſche , ſi imparfaite ! Pour peu que nous ayons de chriſtianiſme & de foy , cette comparaiſon nous per-
ſuadera & nous édifiera.

Craignons le jugement de Dieu ; mais craignons-le ſouverainement : car il ne ſert à rien
de le craindre , ſi nous ne le craignons préferablement à tout, comme il ne ſert à rien d'aimer
Dieu, ſi nous ne l'aimons par deſſus tout. Et
voilà, mes Freres, noſtre deſordre : nous craignons le jugement de Dieu , mais nous craignons encore plus les maux de la vie. Car la
crainte des maux de la vie nous rend ſoigneux,
vigilans, actifs; & la crainte du jugement de Dieu
ne nous fait faire aucun effort, ni rien entre-

prendre. Craignons le jugement de Dieu, mais craignons encore plus le peché, puifque c'eft le peché qui le doit rendre fi formidable : ou pour mieux dire, craignons le jugement de Dieu pour fuir le peché ; & fuyons le peché, pour ne plus tant craindre le jugement de Dieu.

Craignons le jugement de Dieu , mais ne nous contentons pas de le craindre : fervons-nous de cette crainte pour corriger les erreurs de noftre efprit , pour moderer les paffions de noftre cœur, pour refifter aux attaques de la concupifcence , pour nous détacher des vains plaifirs du fiecle , en un mot pour reformer toute noftre vie, fuivant la belle maxime de faint Gregoire de Nazianze : *Hæc time , & hoc timore eruditus animum à concupifcentiis quafi fræno quodam retrahe.* Quand noftre confcience nous fera des reproches fecrets, & que par de preffans remords elle nous avertira que nous ne fommes pas dans l'ordre , & que nous nous damnons ; rentrons en nous-mefmes, & difons à Dieu : Ah ! Seigneur, comment pourray-je foutenir voftre jugement, puifque je ne fçaurois mefmes foutenir celuy de ma raifon & de ma foy ! Quand nous nous trouvons engagez dans une occafion dangereufe, figurons-nous Dieu qui nous voit & qui de fa main va luy-mefme écrire noftre arreft comme celuy de l'impie Baltazar : ce ne fera point une imagination, mais une verité. Quand la tentation nous attaquera , & que nous fenti-

*Greg. Naz.*

S iiij

rons noftre volonté ébranlée, armons-nous de
cette penfée, & demandons-nous : que vou-
drois-je avoir fait, lorfqu'il faudra comparoif-
tre devant le tribunal de Dieu ! Quand la paffion
voudra nous perfuader que ce peché n'eft pas fi
grand qu'on le penfe, & qu'il n'eft pas probable
que le falut dépende de fi peu de chofe, faifons
la reflexion de faint Jerofme : mais Dieu en ju-
gera-t-il de forte ?

Craignons le jugement de Dieu, & que cette crainte de Dieu nous excite à le fléchir & l'ap-
paifer. Car , comme dit faint Auguftin, il n'y a
point d'autre appel de noftre Juge irrité qu'à
noftre Juge gagné. Voulez-vous vous fauver
de luy, ayez recours à luy : *Neque enim eft quo
fugias à Deo irato, nifi ad Deum placatum : vis
fugere ab ipfo ? fuge ad ipfum.* Or nous le pouvons aifément tandis que nous fommes fur la
terre. Car ce Dieu , tout irrité qu'il eft contre
nous, s'appaife par nos larmes, s'appaife par nos
bonnes œuvres, s'appaife par nos aumofnes,&
nous avons tout cela entre les mains.

Enfin craignons le jugement de Dieu ; &
craignons fur tout de perdre cette crainte , qui
eft une reffource pour nous dans nos defordres
& comme un port de falut. Car cette crainte fe
peut perdre ; & elle fe perd tous les jours , particulierement dans le grand monde. Les foins
temporels l'étouffent , les converfations la diffipent, le petits pechez l'affoibliffent , le liberti-

nage la détruit ; & la perte de cette grace est le commencement de la reprobation. En effet que peut-on esperer d'une ame, & de quel moyen se peut-on servir pour sa conversion, quand elle a perdu la crainte du jugement de Dieu, & que les plus terribles veritez du christianisme ne font plus d'impression sur elle ! C'est en craignant Dieu, mais d'une crainte chrestienne, qu'on se dispose à l'aimer ; & c'est en l'aimant d'un amour efficace & pratique qu'on parvient à la gloire que je vous souhaite, &c.

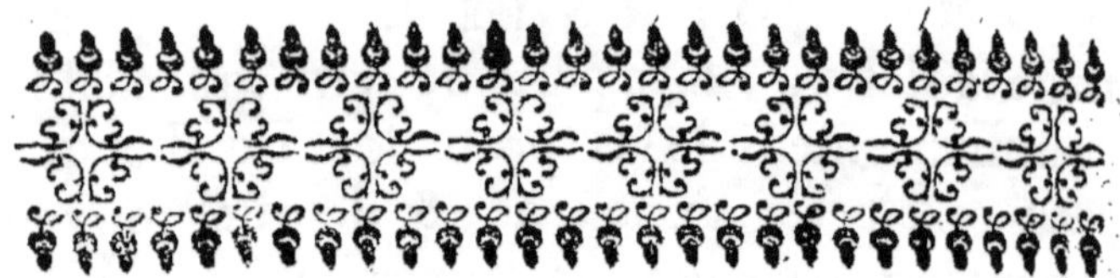

# SERMON
## POUR LE MÉCREDY
### de la premiere Semaine.

### *Sur la Religion Chrestienne.*

Responderunt Jesu quidam de Scribis & Phari-
sæis, dicentes : Magister, volumus à te signum videre. Qui respondens, ait illis : Generatio mala & adultera signum quærit, & signum
non dabitur ei nisi signum Jonæ Prophetæ.

*Quelques-uns des Scribes & des Pharisiens di-
rent à Jesus : Maistre, nous voudrions bien voir
quelque prodige de vous. Jesus leur repondit :
Cette nation mechante & adultere demande un
prodige, & il n'y en aura point d'autre pour
elle que celuy du Prophete Jonas.* En saint
Matth. chap. 12.

La Reine.

# MADAME,

CE fut une curiosité, mais une curiosité présomptueuse, une curiosité captieuse & maligne,

qui porta les Pharisiens à faire cette demande au Sauveur du monde. Curiosité présomptueuse, puisqu'au lieu d'engager le Fils de Dieu, par une humble priere, à leur accorder comme une grace ce qu'ils demandoient, ils parurent l'exiger, comme s'ils n'eussent eû qu'à le vouloir, pour estre en droit de l'obtenir : *Magister, volumus.* Curiosité captieuse, puisque selon le rapport d'un autre Evangeliste, ils ne luy firent cette proposition, que pour le tenter, & que pour luy dresser un piége : *Tentantes eum, signum de cœlo quærebant.* Curiosité maligne, puis qu'en cela mesme ils n'avoient point d'autre dessein que de le perdre, determinez qu'ils estoient à tourner contre luy ses miracles mesmes, dont ils luy faisoient autant de crimes, & dont enfin ils se servirent pour le calomnier & pour l'opprimer. Car de là vint que le Fils de Dieu ne leur repondit qu'avec un zéle plein de sagesse d'une part, mais de l'autre plein d'indignation ; qu'il ne satisfit à leur curiosité, que pour leur reprocher au mesme temps leur incredulité ; qu'il les traita de nation mechante & infidelle, *Generatio mala & adultera ;* enfin qu'il les cita devant le tribunal de Dieu, parce qu'il prévoyoit bien que le prodige qu'il alloit leur marquer, mais auquel ils ne se rendroient pas, ne serviroit qu'à les confondre : *Viri Ninivitæ surgent in judicio adversùs generationem istam.*

Voilà, mes chers Auditeurs, le précis de nos-

*Luc. 11.*

*Matth. 12.*

tre Evangile ; & dans l'exemple de Pharifiens,
ce qui fe paffe encore tous les jours entre Dieu
& nous. Je m'explique. Nous voudrions que
Dieu nous fift voir des miracles, pour nous confirmer dans la foy : & Dieu nous en fait voir
actuellement dont nous ne profitons pas, à
quoy nous fommes infenfibles ; & qui par l'a-
bus que nous en faifons, rendent noftre endurciffement d'autant plus criminel qu'il eft volontaire, puifqu'il ne procede auffi bien que celuy
des Pharifiens, que de noftre perverfité & de la
corruption de nos cœurs. Or c'eft ce que noftre
divin Maiftre condamne aujourd'huy dans ces
pretendus efprits forts du Judaïfme, & ce qui
doit fi nous tombons dans leur infidelité, nous
condamner nous-mefmes. Tertullien a dit un
beau mot, & qui exprime parfaitement le caractere de la profeffion chreftienne; fçavoir, qu'a-
prés Jefus - Chrift la curiofité n'eft plus pour
nous de nul ufage, & que deformais elle ne
nous peut plus eftre utile; beaucoup moins, neceffaire : parceque depuis la predication de l'E-
vangile le feul parti qui nous refte, eft celuy de
croire, & de foumettre noftre raifon, en la ca-
ptivant fous le joug de la foy. *Nobis curiofita-*
*te opus non eft poft Chriftum, nec inquifitione*
*poft Evangelium.* C'eft ainfi qu'il s'en expliquoit.
Mais pour moy j'ofe encherir fur fa penfée, &
j'adjoufte que quand il nous feroit permis dans
le chriftianifme de faire de nouvelles recherches,

*Tertull.*

quand nous aurions droit de raisonner sur nostre foy & sur les mysteres qu'elle nous révele, nous trouvons dans Jesus-Christ & dans son Evangile, non seulement de quoy convaincre nos esprits, mais de quoy contenter pleinement nostre curiosité. Pourquoy ! parce que Jesus-Christ nous a fait voir dans sa personne des prodiges si éclatans & d'une telle évidence, que nul esprit raisonnable n'y peut resister; & que si nous n'en sommes pas touchez, ce ne peut estre que l'effet d'une mauvaise disposition, dont nous serons responsables à Dieu, & qui ne suffira que trop pour attirer sur nous toutes les rigueurs de son jugement.

C'est l'importante matiere que j'ay entrepris de traiter dans ce discours. Et le puis-je faire, Madame, avec plus d'avantage, qu'en presence de Vostre Majesté, dont les sentimens & les exemples doivent estre pour tout cet Auditoire autant de preuves sensibles & convaincantes de ce que je veux aujourd'huy luy persuader ! Car quel effet plus merveilleux peut avoir la Religion chrestienne, que de sanctifier au milieu de la Cour & jusques sur le Throsne la plus grande Reine du monde; & cela seul ne doit-il pas déja nous faire conclure que cette Religion est necessairement l'ouvrage de Dieu & non pas des hommes ! Plaise au Ciel, Chrestiens, qu'un tel miracle ne serve pas un jour de temoignage contre nous ! mais ne puis-je pas bien vous faire la mefme menace que nous fait à tous le Fils de Dieu dans noftre Evangile, en nous propofant l'exemple d'une Reine : *Regina furget in judicio.* Le Sauveur du monde parloit d'une Reine infidelle, & je parle d'une Reine toute chreftienne. Cette Reine du midy n'eft tant vantée, que pour eftre venuë entendre la fageffe de Salomon, *Quia venit audire fapientiam Salomonis :* mais, Madame, outre que vous écoutez icy la fageffe mefme de Jefus-Chrift & fa parole, que n'aurois-je point à dire de la pureté de voftre foy, de l'ardeur de voftre zéle pour les interefts de Dieu, de la tendreffe de voftre amour pour les peuples, des foins vigilans & empreffez de voftre charité pour les pauvres, de ces ferventes prieres au pied des Autels, de ces longues oraifons dans le fecret de l'Oratoire, de tant de faintes pratiques qui partagent une fi belle vie, & qui font également le fujet de noftre admiration & de noftre édification ! Cependant, Madame, Voftre Majefté n'attend point aujourd'huy de moy de juftes éloges, mais une inftruction falutaire; & c'eft pour feconder la pieté toute Royale, que je m'addreffe au Saint Efprit, & que je luy demande par l'interceffion de Marie les lumieres neceffaires. *Ave Maria.*

CE n'eft pas fans raifon, que les Pharifiens de noftre Evangile, dans le deffein, quoyque peu

fincere, de connoiftre Jefus-Chrift, & de fçavoir s'il eftoit Fils de Dieu, luy demanderent
un prodige qui vinft de luy & dont ils fuft l'autheur : *Magifter, volumus à te fignum videre.*
Car il faut convenir, dit faint Auguftin, qu'il
y a des prodiges de deux differentes efpeces ; les
premiers qui viennent de Dieu, & les feconds
qui viennent de l'homme : les uns qui excitent
l'admiration, parce que ce font les temoignages
vifibles de l'abfoluë puiffance du créateur ; & les
autres qui ne caufent que de l'horreur , parce
que ce font les triftes effets du déreglement de
la créature : ceux-là que nous réverons, & que
nous appellons miracles ; & ceux-cy que nous
regardons comme des monftres dans l'ordre de
la grace. Faites-nous voir un prodige qui vienne de vous, difent les Pharifiens à Jefus-Chrift.
Que fait ce Sauveur adorable ! Ecoutez-moy :
en cecy confifte tout le fonds de cette inftruction. De ces deux genres de prodiges ainfi dif-
tinguez, il leur en fait voir un , qui n'avoit pû
venir que de Dieu, & qui fut un miracle évident & inconteftable ; je veux dire, la foy des
Ninivites convertis par la predication de Jonas.
Mais au mefme temps il leur en decouvre un
autre bien oppofé, & qui ne pouvoit venir que
d'eux-mefmes, fçavoir, le prodige ou le defordre de leur infidelité. Or nous n'avons, mes
chers Auditeurs, qu'à nous appliquer ces deux
fortes de prodiges, pour nous reconnoiftre au-

jourd'huy dans la perſonne de ces Phariſiens ; & pour eſtre obligez par la comparaiſon que nous ferons de leur eſtat & du noſtre, d'avoüer, que le reproche du Fils de Dieu ne nous convient peut-eſtre pas moins qu'à ces faux Docteurs de la loy ; que dans le ſens qu'il l'entendoit, peut-eſtre ne ſommes-nous pas moins qu'eux une nation corrompuë & adultere ; & qu'il pourroit avec autant de raiſon nous appeller à ce jugement redoutable où il les cita en leur addreſſant ces paroles : *Viri Ninivitæ ſurgent in judicio cum generatione iſtâ.*

Car je pretends, & en deux propoſitions voicy le partage de ce diſcours, comprenez-les : je pretends que Jeſus-Chriſt dans l'eſtabliſſement de ſa Religion, nous a fait voir un miracle plus authentique & plus convaincant que celuy des Ninivites convertis, & c'eſt le grand miracle de la converſion du monde & de la propagation de l'Evangile que j'appelle le miracle de la foy : ce ſera le premier poinct. Je pretends que nous oppoſons tous les jours à ce miracle un prodige d'infidelité, mais d'une infidelité bien plus monſtrueuſe & plus condamnable que celle-meſme des Phariſiens : ce ſera le ſecond poinct. Deux prodiges encore une fois, l'un ſurnaturel & divin ; c'eſt le monde ſanctifié par la predication de l'Evangile : l'autre trop naturel & trop humain, mais néanmoins prodige, c'eſt le deſordre de noſtre infidelité. Deux titres de condamnation

que

que Dieu produira contre nous dans son jugement, si nous ne pensons à le prevenir, en nous
jugeant dés à present nous-mesmes. Miracle de
la foy : prodige d'infidelité. Miracle de la foy,
que Dieu nous a rendu sensible & que nous a-
vons continuellement devant les yeux. Prodige
d'infidelité, dont nous n'avons pas soin de nous
préserver, & que nous tenons caché dans nos
cœurs. Miracle de la foy, qui vous remplira
d'une confusion salutaire, en vous faisant connoistre l'excellence & la grandeur de vostre Religion. Prodige d'infidelité, qui peut estre, si vous
n'y prenez garde, aprés avoir esté la source de
vostre corruption, sera le sujet de vostre éternelle reprobation. L'un & l'autre demande une attention particuliere.

IL s'agit donc, Chrestiens, pour entrer d'abord **I. Partie.**
dans la pensée de Jesus-Christ, & dans le poinct
essentiel que j'ay presentement à developper, de
bien concevoir ce grand miracle de la conversion du monde & de l'establissement du christianisme, que je regarde aprés saint Jerosme,
comme le miracle de la foy. Et parce qu'il est indubitable que ce miracle doit estre une des plus
invincibles preuves que Dieu employera contre
nous, si jamais il nous réprouve, il faut aujourd'-
huy vous & moy nous en former une idée capable de réveiller dans nos cœurs les plus vifs
sentimens de la Religion. Le sujet est grand, je

*Tome I.*          . T

Ie sçais ; il a épuisé l'éloquence des Peres de l'E-
glise, & il passe toute l'étenduë de l'esprit de
l'homme. Mais attachons nous à l'exposition
simple & nüe que saint Chrysostome en a faite
dans une de ses homelies. Pour en mieux comprendre la verité, jugeons-en par ce qu'il nous
marque en avoir esté la figure ; je dis par la conversion des Ninivites, & par l'effet prodigieux
& miraculeux de la predication de Jonas. Le
voicy.

Jonas fugitif, mais malgré sa fuite ne pouvant se derober au pouvoir du Dieu qui l'envoye, confus & touché de repentir, reçoit de la
part du Seigneur un nouvel ordre d'aller à Ninive. Il y va : quoyqu'estranger, quoyqu'inconnu il y presche, & il se dit envoyé de Dieu.
Il menace cette grande ville & tous ses habitants
d'une destruction entiere & prochaine. Point
d'autre terme que quarante jours, point d'autre preuve de sa prédiction que la prédiction
mesme qu'il fait : & sur sa parole, ce peuple a-
bandonné à tous les vices, ce peuple pour qui,
ce semble, il n'y avoit plus ni Dieu ni Loy, ce
peuple indocile aux remonstrances & aux leçons de tous les autres Prophetes, par un changement de la main du trés-haut, écoute celuy-
cy & l'écoute avec respect, revient à luy-mesme & se met en devoir d'appaiser la colere de
Dieu, fait la plus austere & la plus exemplaire
penitence ; ni estat, ni âge, ni sexe n'en est ex-

cepté ; le Roy mefme, dit l'Ecriture, pour pleurer & pour s'humilier defcend de fon Throfne ;
les enfants font compris dans la loy du jeufne
ordonné par le Prince ; chacun reveftu du cilice
& couvert de cendres donne toutes les marques
d'une douleur efficace & prompte. Enfin la reformation des mœurs eft fi generale, que la pro-
phetie s'accomplit à la lettre, *Et Ninive fubver-*   *Jons. 3. 4.*
*tetur ;* puifque felon la belle reflexion de faint
Chryfoftome, ce n'eft plus cette Ninive débor-
dée, que Dieu avoit en abomination, mais une
Ninive toute nouvelle & toute fainte, édifiée
fur les ruines de la premiere, & par qui ! par
le miniftere d'un feul homme qui a parlé, &
qui plein de l'Efprit de Dieu a fanctifié des mil-
liers d'hommes dont il a brifé les cœurs. Voilà, difoit le Fils de Dieu aux Juifs incredules,
le miracle qui vous condamnera & qui confondra voftre impenitence : & je dis à tout ce qu'il
y a de chreftiens endurcis dans leur libertinage, voilà le miracle que le Saint Efprit vous propofe comme la figure d'un autre miracle encore
plus étonnant, encore plus au deffus de l'homme, encore plus capable de vous convaincre &
de vous élever à Dieu. Ecoutez-le fans prévention, & vous en conviendrez.

Le miracle de la predication de Jonas eftoit
un figne pour les Juifs ; mais en voicy un pour
vous, que je regarde commé le miracle du
chriftianifme. Heureux, fi je puis par mes pa-

roles l'imprimer profondément dans vos esprits ! C'est la conversion, non plus d'une ville, ni d'une province, mais d'un monde entier, operée par la predication de l'Evangile, & par la mission d'un plus grand que Jonas, qui est l'homme-Dieu, Jesus-Christ ; *Et ecce plus quàm Jonas hic.* Ne supposons point qu'il est Dieu, mais oublions-le mesmes pour quelque temps : il ne s'agit pas encore de ce qu'il est, mais de ce qu'il a fait. Qu'a-t-il fait ? en deux mots, Chrestiens, ce que nous ne comprendrons jamais assez, & ce que nous devrions éternellement mediter. Donnez-moy grace, Seigneur, pour le mettre icy dans toute sa force par un recit aussi touchant qu'il sera exact & fidelle. Jesus-Christ Fils de Marie, & reputé Fils de Joseph, cet homme dont les Juifs demandoient s'il n'estoit pas le Fils de cet artisan, *Nonne hic est filius fabri ?* entreprend de changer la face de l'univers, & de purger le monde de l'idolastrie, de la superstition, de l'erreur, pour y faire regner souverainement la pureté du culte de Dieu. Dessein digne de luy, mais vaste & immense ; & toutefois dessein dont vous allez voir le succés. Pour cela qui choisit-il ? douze disciples grossiers, ignorants, foibles, imparfaits, mais qu'il remplit tellement de son esprit, que dans un jour, dans un moment il les rend propres à l'execution de ce grand ouvrage.

*Matth.* 12.

*Matth.* 13.

En effet, de grossiers, & pour user de son expression, de lents à croire qu'ils estoient, par la vertu de cet esprit qu'il leur envoye du ciel, il en fait des hommes pleins de zéle & pleins de foy. Aprés les avoir persuadez, il s'en sert pour persuader les autres. Ces pescheurs, ces hommes foibles, que l'on regardoit, dit saint Paul, comme le rebut du monde, *Tamquam purgamenta hujus mundi,* fortifiez de la grace de l'Apostolat, partagent entre eux la conqueste & la reformation du monde. Ils n'ont point d'autres armes que la patience, point d'autres tresors que la pauvreté, point d'autre conseil que la simplicité; & cependant ils triomphent de tout: ils preschent des mysteres incroyables à la raison humaine, & on les croit; ils annoncent un Evangile opposé contradictoirement à toutes les inclinations de la nature, & on le reçoit. Ils l'annoncent aux Grands de la terre, aux doctes & aux prudents du siecle, à des mondains sensuels, voluptueux, & l'on s'y soumet. Ces grands reçoivent la loy de ces pauvres, ces doctes se laissent convaincre par ces ignorants, ces voluptueux & ces sensuels se font instruire par ces nouveaux predicateurs de la Croix, & se chargent du joug de la mortification & de la penitence. De tout cela se forme une chrestienté si sainte, si pure, si distinguée par toutes les vertus, que le paganisme mesme se trouve forcé à l'admirer.

1. Cor. 4.

T iij

Ce n’eſt pas tout ; & ce que j’adjouſte vous
doit encore paroiſtre plus ſurprenant. Car à peine la foy publiée par ces douze Apoſtres, a-t-elle commencé à ſe repandre , qu’elle ſe voit attaquée de mille ennemis. Toutes les puiſſances
de la terre s’élevent contre elle. Un Dioclétien,
le maiſtre du monde, veut l’anéantir & s’en fait
un poinct de politique : mais malgré luy , malgré les plus violents efforts de tant d’autres per-
ſecuteurs du nom chreſtien, elle s’eſtablit ſi ſolidement, cette foy , que rien ne peut plus l’é-
branler.  Des millions de Martyrs la défendent
juſques à l’effuſion de leur ſang ? des gens de toutes les conditions font gloire d’en eſtre les victimes , & de s’immoler pour elle : des vierges ſans
nombre , dans un corps tendre & delicat, luy
rendent le meſme temoignage, & ſouffrent avec
joye les tourmens les plus cruels. Elle s’étend,
elle ſe multiplie, non ſeulement dans la Judée
où elle a pris naiſſance, mais juſques aux extremitez de la terre, où dés le temps de ſaint Jeroſme, c’eſt luy-meſme qui le remarque comme
une eſpece de prodige, le nom de Jeſus-Chriſt
eſtoit déja reveré & adoré, non ſeulement parmi les peuples barbares, mais parmi les nations
les plus polies; dans Rome, où la Religion d’un
Dieu crucifié ſe trouve bientoſt la Religion dominante ; dans le Palais des Céſars , où Dieu
pour l’affermiſſement de ſon Egliſe , au milieu
de l’iniquité, ſuſcite les plus fervens chreſtiens:

enfin, obfervez cecy, dans le plus éclairé de tous les fiecles, dans le fiecle d'Augufte, que Dieu choifit pour marquer encore davantage le cara-ctere de cette loy, qui feule devoit furmonter toute la pretenduë fageffe de l'homme & tout l'orgueil de fa raifon.

Avoüons-le, mes chers Auditeurs, avec faint Chryfoftome: quand la Religion chreftienne dés fon berceau auroit trouvé dans le monde toute la faveur & tout l'appuy neceffaire; quand elle feroit née dans le calme, par mille autres en-droits elle ne laifferoit pas d'eftre toûjours l'œu-vre de Dieu. Mais qu'elle fe foit eftablie dans les perfecutions, ou pluftoft par les perfecutions; & qu'il foit vray qu'elle n'a jamais efté plus flo-riffante, que lorfqu'elle a efté plus violemment combattuë : que le fang de fes Difciples inhu-mainement repandu ait efté, comme parle un Pere, le germe de fa fecondité : que plus il en pe-riffoit par le fer & par le feu, plus elle en ait for-mé par l'Evangile : que la cruauté exercée fur les uns ait fervi d'attrait aux autres pour les ap-peller; & qu'à la lettre, l'expreffion de Tertul- *Tertul.* lien fe foit verifiée, *In chriftianis crudelitas il-lecebra eft fectæ :* que fans rien faire autre cho-fe que de voir fes membres fouffrir & mourir, ce grand corps du chriftianifme ait eû de fi prompts & de fi merveilleux accroiffemens : ah, mes Freres, c'eft un de ces prodiges, où il faut que la prudence humaine s'humilie, & qu'elle

T iiij

faſſe hommage à la puiſſance de Dieu. Voilà
néanmoins ce que nous voyons ; & c'eſt la merveille ſubſiſtante dont nous ſommes temoins
nous - meſmes & que nous avons devant les
yeux. Car nous voyons malgré l'Enfer le monde devenu chreſtien , & ſoumis au culte de cet
homme-Dieu dont le Juif s'eſt ſcandaliſé , &
dont le Gentil s'eſt mocqué. Voilà ce que le Seigneur a fait : *A Domino factum eſt iſtud, & eſt*
*mirabile in oculis noſtris.*

*Pſalm.* 117.

Et afin que cette merveille fiſt encore ſur
nous une plus vive impreſſion , le meſme Seigneur l'a renouvellée dans les derniers ſiecles de
l'Egliſe. Vous le ſçavez. Un François Xavier,
ſeul & ſans autre ſecours que celuy de la parole & de la verité qu'il preſchoit, a converti dans
l'Orient tout un nouveau monde. C'eſtoient
des Payens & des idolaſtres ; & il leur a perſuadé la meſme foy , & il les a formez à la meſme
ſainteté de vie , & il leur a inſpiré la meſme ardeur pour le martyre , & il a fait voir dans eux
tout ce qu'on a veû de plus heroïque & de plus
grand dans cet ancien chriſtianiſme ſi parfait &
ſi venerable. Et comment l'a-t-il fait ? par les
meſmes moyens , malgré les meſmes obſtacles ,
avec les meſmes ſuccés : comme ſi Dieu euſt pris
plaiſir à reproduire dans ce ſucceſſeur des Apôſ-
tres , ce que ſa main toute-puiſſante avoit operé par le miniſtere des Apoſtres meſmes ; & qu'il
euſt voulu par ces exemples preſens nous ren-

dre plus croyable tout ce que nous avons entendu des siecles passez.

Or je soutiens, mes chers Auditeurs, qu'aprés cela nous n'avons plus droit de demander à Dieu des miracles ; & que nous sommes plus infidelles que les Pharisiens, si nous avons la présomption de dire comme eux : *Volumus signum videre.* Pourquoy ! parce qu'il est constant que cette conversion du monde, telle que je l'ay representée, quoyque trés imparfaitement, est en effet un perpetuel miracle. Sur quoy il y a trois reflexions à faire, ou trois circonstances à remarquer. Miracle qui surpasse sans contredit tous les autres miracles. Miracle qui présuppose necessairement tous les autres miracles. Miracle qui dans l'ordre des desseins de Dieu justifie tous les autres miracles. Et par une triste consequence, mais inévitable, miracle qui nous rend dignes de tous les chastimens de Dieu, s'il ne sert pas à nostre propre instruction & à nostre conversion. Mon Dieu, que n'ay-je une de ces langues de feu qui descendirent sur les Apostres, & que ne suis-je rempli du mesme esprit pour graver une aussi grande verité que celle-là dans tous les cœurs !

Oüy, Chrestiens, la conversion du monde est un miracle perpetuel, que jamais l'infidelité ne détruira. Ainsi a-t-elle esté regardée de tous les Peres, & en particulier de saint Augustin, dont le jugement peut bien nous servir icy de

regle. Car c'eſt par là que ce grand homme ſer-
moit la bouche aux Payens, quand il leur diſoit : puiſque vous vous opiniaſtrez à ne vouloir
pas croire les autres miracles, qui ſont pour nous
des preuves inconteſtables de noſtre foy, au-
moins confeſſez donc que dans voſtre ſyſteme
il y en a un dont vous eſtes obligez de convenir;
c'eſt le monde converti à Jeſus-Chriſt ſans aucun miracle. Car cela meſme qui n'eſt pas, &
qui n'a pû eſtre, ce ſeroit le miracle des miracles.
Et à quoy donc, pourſuivoit ſaint Auguſtin, at-
tribuerons-nous ce grand ouvrage de la ſanctification du monde par la loy chreſtienne, ſi nous
n'avons recours à la vertu infinie de Dieu ! Ce
n'eſt point aux talens de l'eſprit, ni à l'éloquence que la gloire en eſt duë : car quand les Apoſtres auroient eſté auſſi éloquens & auſſi ſçavans
qu'ils l'eſtoient peu, on ſçait aſſez ce que peut l'é-
loquence & la ſcience humaine ; ou pluſtoſt, on
ne ſçait que trop combien l'une & l'autre eſt foible, quand il eſt queſtion de reformer les mœurs;
& l'exemple d'un Platon, qui jamais avec tout
le credit & toute l'eſtime que luy donnoit dans
le monde ſa Philoſophie, n'a pû engager une
ſeule bourgade à vivre ſelon ſes maximes, & à
ſe gouverner ſelon ſes loix, monſtre bien que
ſaint Pierre agiſſoit par de plus hauts principes,
quand il réduiſoit les Provinces & les Royau-
mes ſous l'obéiſſance de l'Evangile. Ce n'eſt
point par la force ni par la violence que la foy a

esté plantée : car le premier avis que receurent les disciples de Jesus-Christ, ce fut qu’on les envoyoit comme des agneaux au milieu des Loups, *Ecce ego mitto vos sicut agnos inter lupos;* & ils le comprirent si bien, que sans faire nulle resistance, ils se laisserent égorger comme d’innocentes victimes. Le Mahometisme s’est establi par les conquestes & par les armes, l’Héresie par la rebellion contre les puissances legitimes; la loy de Jesus-Christ seule par la patience & par l’humilité. Ce n’est point la douceur de cette loy, ni le relaschement de sa morale, qui fut le principe d’un tel progrés : car cette loy, toute raisonnable qu’elle est, n’a rien que d’humiliant pour l’esprit, & de mortifiant pour le corps. On conçoit comment sans miracle le Paganisme a eû cours dans le monde, parce qu’il favorisoit ouvertement toutes les passions, qu’il authorisoit tous les vices, & qu’il n’est rien de plus naturel à l’homme que de suivre ce parti : mais ce qu’on ne conçoit pas, c’est qu’une loy qui nous ordonne d’aimer nos ennemis, & de nous haïr nous-mesmes, ait trouvé tant de partisans. Ce n’est point l’effet du caprice : car jamais le caprice, quelque aveuglé qu’il puisse estre, n’a porté les hommes à s’interdire la vengeance, à renoncer aux plaisirs des sens, & à crucifier leur chair. Que s’ensuit-il de là ! je le repete : qu’il n’y a qu’un Dieu, mais un Dieu aussi puissant que le nostre, qui ait pû conduire ſi heureuſement une pareille entrepriſe & la faire réüſſir ; & que Jeſus-Chriſt, l'oracle de la verité, a donc eû ſujet de conclure, quoyqu'il parlaſt en ſa faveur, *A Domino factum eſt iſtud*, c'eſt l'œuvre du Seigneur ; & le doigt de Dieu eſt là, *Et eſt mirabile in oculis noſtris*.

Ce n'eſt pas aſſez : j'ay dit que ce miracle ſurpaſſoit tous les autres miracles. En pouvons-nous douter ; & ſi dans la penſée de ſaint Gregoire Pape, la converſion particuliere d'un pecheur inveteré couſte plus à Dieu, & eſt en ce ſens plus miraculeuſe que la reſurrection d'un mort, qu'eſt-ce que la converſion de tant de peuples, élevez & comme enracinez dans l'idolâtrie ? Rendons cette comparaiſon plus ſenſible. Il y a encore dans le monde, je dis dans le monde chreſtien, des hommes ſans religion. Vous en connoiſſez : des athées de créance & de mœurs, tellement confirmez dans leurs deſordres, qu'à peine tous les miracles ſuffiroient pour les en retirer. Peut-eſtre n'avez vous avec eux que trop de commerce. Quel effort du bras de Dieu, & quel miracle n'a-t-il donc pas fallu, pour gagner à Jeſus-Chriſt un nombre preſque infini, ne diſons pas de ſemblables libertins, mais encore de plus obſtinez & de plus inconvertibles, dont le changement également promt & ſincere a toutefois eſté la gloire & l'honneur du chriſtianiſme ! Que diriez-vous (cecy va donner jour à ma penſée & vous convaincre de ce

que j'appelle miracle au deſſus du miracle meſme ) que diriez-vous ſi par la vertu de la parole
que je vous preſche, un de ces impies dont vous
n'eſperez plus deſormais aucun retour, ſe con-
vertiſſoit néanmoins en voſtre preſence : en ſorte que renonçant à ſon libertinage, il ſe decla-
raſt tout à coup & hautement chreſtien, & qu'en
effet il commençaſt à vivre en chreſtien ! Que diriez-vous, ſi toûjours inflexible depuis de longues années, il ſortoit aujourd'huy de cet auditoire, penetré d'une ſainte componction, reſolu à reparer par une humble penitence le ſcandale de ſon impieté : y auroit-il miracle qui vous
touchaſt davantage ! Or je vous dis que ce miracle dont vous ſeriez encore plus ſurpris que
touchez, eſt juſtement ce qu'on a veû mille &
millefois dans le chriſtianiſme ; & qu'un des
triomphes les plus ordinaires de noſtre Religion
a eſté de ſoumettre ces eſprits fiers, ces eſprits
durs & opiniaſtres, de les faire rentrer dans la
voye de Dieu & de les rendre ſouples & doci-
les comme des enfants ; que c'eſt par là qu'elle a
commencé, & que malgré toutes les puiſſances
des tenebres elle nous en donne encore de nos
jours d'illuſtres exemples, quand il plaiſt au Seigneur, dont la main n'eſt pas raccourcie, d'ouvrir les treſors de ſa grace, & de les repandre
ſur ces vaſes de miſericorde qu'il a predeſtinez
pour ſa gloire. Exemples recens que nous avons
veûs, & que nous avons admirez. En cela ſeul,

n'en dis-je pas plus, que fi j'entrois dans le detail
de tant de miracles qui compofent nos hiftoires
faintes & que nous trouvons authorifez par la
tradition la plus conftante ?

J'ay adjoufté, & cecy me paroift encore plus
fort, que ce miracle préfuppofoit neceffairement
tous les autres miracles. Car enfin, demande
faint Chryfoftome, & aprés luy le Docteur Angelique faint Thomas dans fa fomme contre les
Gentils, quel autre motif que les miracles dont
ils eftoient eux-mefmes temoins oculaires, pùt
engager les premiers fectateurs du chriftianifme
à embraffer une loy odieufe felon le monde, &
contraire au fang & à la nature ! Julien l'Apoftat
condamnoit les Apoftres de legereté & de trop
de credulité, pretendant que fans raifon ils s'eftoient attachez au Fils de Dieu : mais pour en juger de la forte, repond faint Chryfoftome, ne falloit-il pas eftre impie comme Julien ! Car, pourfuit ce Pere, eftoit-ce legereté de fuivre un homme qui pour gage de fes promeffes guériffoit devant eux les aveugles-nez & rendoit la vie aux
morts de quatre jours ! Auffi défiants & auffi in-
tereffez qu'ils l'eftoient & que l'Evangile nous
l'apprend, auroient-ils tout quitté pour Jefus-
Chrift, s'ils n'euffent efté perfuadez de fes miracles; & pouvoient-ils les voir, & fe défendre de
croire en luy ! Aprés l'avoir abandonné dans fa
paffion, aprés s'eftre fcandalifez de luy jufqu'à
le renoncer, fe feroient-ils ralliez & declarez en

sa faveur plus hautement que jamais, si le mira-cle authentique de sa resurrection, n'avoit, com-me parle saint Jerosme, resuscité leur foy ! Au-roient-ils pris plaisir à se laisser emprisonner, tourmenter, crucifier, pour estre les confesseurs & les Martyrs de cette resurrection glorieuse, si l'évidence d'un tel miracle n'avoit dissipé tous leurs doutes !

Par où saint Paul dans un moment fut-il transformé, de persecuteur de l'Eglise en predi-cateur de l'Evangile ! Ce miracle put-il se faire sans un autre miracle; & jamais ce zelé défen-seur du Judaïsme, jamais cet homme si passion-né pour les traditions de ses Peres, en eust-il esté le deserteur, pour devenir le disciple d'une secte dont il avoit entrepris la ruine, si Dieu tout à coup le renversant par terre, & le rem-plissant d'effroy sur le chemin de Damas, n'eust formé en luy un cœur nouveau ! Ne confessoit-il pas luy-mesme dans les synagogues, qu'il a-voit esté obligé de se convertir pour n'estre pas rebelle à la lumiere dont il s'estoit veû inves-ti, & à la voix foudroyante qu'il avoit enten-duë, *Saule, Saule, quid me persequeris !* Et *Act. 12. & 26.* n'est-ce pas de là qu'il conçeût un desir si ardent de se sacrifier & de souffrir pour la gloire de ce Jesus, dont il avoit esté l'ennemi ! Estoit-ce sim-plicité ! estoit-ce prevention ! estoit-ce interest du monde ! mais n'est-il pas certain que saint Paul se trouvoit dans des dispositions toutes contraires ; & que ne respirant alors que sang & que carnage, il ne pouvoit estre arraché à l'ancienne loy dont il estoit un des plus fermes appuis, ni gagné à la loy nouvelle qu'il vouloit détruire, par un moindre effort, que l'effort miraculeux & divin qui le terrassa & qui l'emporta ?

On est étonné quand on lit de saint Pierre, que dés la premiere fois qu'il prescha aux Juifs, aprés la descente du Saint Esprit, il convertit trois mille hommes à la foy. Mais en faut-il estre surpris, dit saint Augustin ? On voyoit un pescheur, jusques-là sans autre connoissance que celle de son art, expliquer en maistre les plus hauts mysteres du Royaume de Dieu, parler toutes sortes de langues, & par un prodige inoüi se faire entendre tout à fois à autant de nations qu'une grande céremonie en avoit assemblé à Jerusalem de tous les païs du monde. Miracle rapporté par saint Luc, & rapporté dans un temps où l'Evangeliste n'eust pas eû le front de le publier, si la chose n'eust esté constamment vraye, puisqu'il auroit eû contre luy, non pas un, ni deux temoins, mais toute la terre ; puis qu'un million de Juifs contemporains auroient pû découvrir la fausseté, & le dementir ; puisque son imposture luy eust fait perdre toute créance, & qu'elle n'eust servi qu'à décrier la Religion mesme dont il vouloit faire connoistre l'excellence & la sainteté. Supposé, dis-je, ce miracle, est-il étonnant que tant de Juifs se soient alors convertis,

vertis, & n'eft-il pas plus furprenant au contraire qu'il y en euft encore d'affez enteftez & d'affez aveugles, pour demeurer dans leur incredulité !

On a peine à comprendre les converfions extraordinaires & prefque fans nombre qu'operoit faint Paul parmi les Gentils : mais en prefchant aux Gentils, n'adjouftoit-il pas toûjours à la parole qu'il leur portoit, d'infignes miracles, comme la marque & le fçeau de fon Apoftolat ! N'eft-ce pas ainfi qu'il le temoignoit luy-mefme écrivant à ceux de Corinthe, & ne les prioit-il pas de fe fouvenir des œuvres merveilleufes qu'il avoit faites au milieu d'eux ! Si tous ces miracles euffent efté fuppofez, leur euft-il parlé de la forte ! en euft-il eû l'affeûrance ! fe feroit-il addreffé à eux-mefmes ! en euft-il appellé à leur propre temoignage ; & par une telle fuppofition, fe fuft-il expofé à décrediter fon miniftere & à détruire ce qu'il vouloit eftablir !

Vous me demandez ce qui attachoit fi étroitement faint Auguftin à l'Eglife catholique. N'a-t-il pas avoûé, que c'eftoient en partie les miracles ; & luy en falloit-il d'autres que ceux qu'il avoit veûs luy-mefme ! En falloit-il d'autres que ce fameux miracle arrivé de fon temps à Carthage dans la perfonne d'un chreftien fubitement & furnaturellement guéri par l'interceffion de faint Eftienne, dont ce grand faint

*Tome I.*                                      V

proteste avoir esté spectateur, & dont il nous a laissé, au livre de la cité de Dieu, la description la plus exacte ? Quand il n'eust eû jusques-là qu'une foy chancelante, cela seul ne devoit-il pas l'affermir pour jamais ! Dirons nous que saint Augustin estoit un esprit foible, qui croyoit voir ce qu'il ne voyoit pas ? dirons nous que c'estoit un imposteur, qui par un recit fabuleux se plaisoit à tromper le monde ! Mais puisque ni l'un ni l'autre n'est soutenable, ne concluerons-nous pas plustost avec Vincent de Lerins, que comme les miracles de nostre Religion ont servi à la conversion du monde, aussi la conversion du monde est elle-mesme une des preuves les plus infaillibles des miracles de nostre Religion !

Et c'est icy, Chrestiens, que nous ne pouvons assez admirer la sagesse & la providence de nostre Dieu, qui n'a pas voulu nous obliger à croire des mysteres au dessus de la raison, sans avoir fait luy-mesme pour nous des miracles au dessus de la nature. Car à nostre égard cette conversion du monde fondée sur tant de miracles, non seulement est un miracle éternel, mais un miracle qui justifie tous les autres miracles, dont il n'est que la suite & l'effet. Aprés quoy nous pouvons bien dire à Dieu comme Richard de saint Victor : *Domine, si error est, quem credimus, à te decepti sumus :* Oüy, mon Dieu, si nous estions dans l'erreur, nous aurions droit de vous imputer nos erreurs ; & tout Dieu que

*Richar. vict.*

vous estes, nous pourrions vous rendre respon-
sable de nos égaremens. Pourquoy ! voicy la raison qu'il en apportoit : *Quoniam iis signis præ-* Idem.
*dita est ista religio, quæ nonnisi à te esse po-*
*tuerunt :* Parce que cette Religion où nous vivons, sans parler de sa sainteté & de son irrepre-
hensible pureté, est confirmée par des miracles
qu'on ne peut attribuer à nul autre qu'à vous.
Il est vray, mes Freres ; mais ce sont aussi ces miracles qui nous confondront au jugement de
Dieu : ce sera sur tout le grand miracle de la
conversion du monde à la foy de Jesus-Christ.
Ces payens, ces idolastres devenus fidelles, s'é-
leveront contre nous, & deviendront nos ac-
cusateurs, *Viri Ninivitæ surgent in judicio :* &
que diront-ils pour nostre condamnation ! ah,
Chrestiens, que ne diront-ils pas, & que ne devons nous pas nous dire à nous-mesmes ! En effet, pour peu de justice que nous nous fassions, il
nous doit estre, je ne dis pas bien honteux, mais
bien terrible devant Dieu, que cette foy ait fait
paroistre dans le monde une vertu si admirable,
& qu'elle soit maintenant si languissante & si
oisive parmi nous : qu'elle ait produit dans le paganisme le plus aveugle & le plus corrompu
tant de sainteté, & qu'elle soit peut-estre encore
à produire dans nous le moindre changement
de vie, le moindre retour à Dieu ; le moindre
renoncement au peché. S'il nous reste un rayon
de lumiere, ce qui doit nous faire trembler, n'est-

ce pas que cette foy ait eû la force de s'eſtablir
par toute la terre avec des ſuccés ſi prodigieux,
& qu'elle ne ſoit pas encore bien eſtablie dans
nos cœurs ? Nous la confeſſons de bouche, nous
en donnons des marques au dehors, nous ſommes chreſtiens de céremonie & de culte ; mais
le ſommes-nous de cœur & d'eſprit ? Or c'eſt
néanmoins dans le cœur que doit particulierement réſider noſtre foy, pour paſſer de là dans
nos mains & pour animer toutes nos œuvres.

Quel reproche contre nous, ſi nous n'avons
pas entierement étouffé tous les ſentimens de la
grace ; quel reproche, que cette foy ait ſurmonté toutes les puiſſances humaines conjurées contre elle , & qu'elle n'ait pas encore ſurmonté
dans nous de vains obſtacles qui s'oppoſent à noſtre converſion ? Car qu'eſt-ce qui nous arreſte ?
une folle paſſion, un intereſt ſordide, un poinct
d'honneur, un plaiſir paſſager, des difficultez que
noſtre imagination groſſit, & que noſtre foy, toute victorieuſe qu'elle eſt, ne peut vaincre ? Quel
ſujet de condamnation, ſi je veux devant Dieu le
conſiderer dans l'amertume de mon ame, que
cette foy ſe ſoit ſoutenuë , & meſmes qu'elle ſe
ſoit fortifiée au milieu des perſecutions les plus
ſanglantes, & que je la faſſe tous les jours ceder à de pretenduës perſecutions que le monde
luy ſuſcite dans ma perſonne, c'eſt à dire, à une
parole, à une raillerie, à un reſpect humain, ou
pluſtoſt à ma propre laſcheté ? Car voilà mon de-

sordre & ma confusion : si j'avois le courage de me declarer, & de me mettre au dessus du monde, il y a des années entieres que je serois à Dieu; mais parce que je craints le monde, & que je ne puis me resoudre à luy déplaire, j'en demeure là, & malgré moy-mesme je retiens ma foy captive dans l'esclavage du peché.

Ah, mon Dieu, que vous repondray-je, quand vous me ferez voir que cette foy, qui a confondu toutes les erreurs de l'idolastrie & de la superstition, n'a pû détruire dans mon esprit je ne scais combien de faux principes, & de maximes dont je suis préoccupé! Comment me justifieray-je, quand vous me ferez voir que cette foy qui a soumis l'orgueil des Césars à l'humilité de la croix, n'a pû déraciner de mon cœur une vanité mondaine, une ambition secrette, un amour de moy-mesme qui m'a perdu! Enfin, que vous diray-je, quand vous me ferez voir que cette foy qui a sanctifié le monde, n'a pû sanctifier un certain petit monde qui regne dans moy, & qui m'est bien plus pernicieux que le grand monde qui m'environne & qui est hors de moy! Auray-je de quoy soutenir le poids de ces accusations! m'en dechargeray-je sur vous, Seigneur! m'en prendray-je à la foy-mesme! diray-je qu'elle n'a pas fait assez d'impression sur moy, & que je n'en estois point assez persuadé pour en estre touché! Ah, Chrestiens, peut-estre nostre infidelité va-t-elle maintenant jusques

V iij

à vouloir s'authorifer de ce pretexte ; mais c'eſt ce meſme pretexte qui nous rendra plus condamnables : car Dieu nous repreſentera l'infidelité où nous ſerons tombez, comme un prodige que nous aurons oppoſé au miracle de la foy. Prodige qui ne vient plus de Dieu, mais de nous, & dont j'ay à vous parler dans la ſeconde partie.

**II. PARTIE.** EStre infidelle, ſans avoir jamais eû nulle connoiſſance de la foy, c'eſt un eſtat, qui tout funeſte & tout deplorable qu'il eſt, n'a rien, à le bien prendre, de ſurprenant ni de prodigieux. Ainſi, dit ſaint Chryſoſtome, l'infidelité dans un payen peut eſtre un aveuglement, & un aveuglement criminel ; mais on ne peut pas toûjours dire que cet aveuglement, meſmes criminel, ſoit un prodige. Il faut donc pour bien concevoir le prodige de l'infidelité, ſe le repreſenter dans un chreſtien, qui ſelon les divers deſordres aux quels il ſe laiſſe malheureuſement entraiſner, ou renonce à ſa foy, ou corrompt ſa foy, ou dément & contredit ſa foy : renonce à ſa foy, par un libertinage de créance, qui luy en fait ſecoüer le joug, & qui ſe forme peu à peu dans ſon eſprit : corrompt ſa foy, par un attachement ſecret ou declaré aux erreurs qui la combattent ; mais particulierement à l'hereſie & au ſchiſme, qui en détruiſent l'unité, & par conſequent la pureté & l'integrité : dément & con-

tredit fa foy, par un déreglement de mœurs qui
la déshonore, & par un vie licentieufe qui en
eft l'opprobre & le fcandale. Trois defordres qui
dans un chreftien perverti ont je ne fçais quoy
de monftrueux, & que j'appelle pour cela non
plus fimples defordres, mais prodiges de defordres. Trois eftats, où mefmes à ne confiderer que
ce qui peut & ce qui doit paffer pour prodige
évident, l'homme fournit à Dieu des titres invincibles pour le condamner. Appliquez-vous
à ces trois penfées.

Car pour commencer par ce qu'il y a de plus
fcandaleux, je veux dire par ce libertinage de
créance dont on fe fait une habitude, & qui
confifte à renoncer la foy, n'eft-il pas étonnant, mes chers Auditeurs, de voir des hommes nez chreftiens, & fe piquant partout ailleurs d'habileté & de prudence, devenir impies fans fçavoir pourquoy, & fecoüer interieurement le joug de la foy, fans en pouvoir apporter une raifon, je ne dis pas abfolument folide
& convaincante, mais capable de les fatisfaire
eux-mefmes? Cette foy dont par le baptefme ils
ont reçeû le caractere, & en vertu de laquelle
ils portent le nom de chreftiens; cette foy fi neceffaire fuppofé qu'elle foit vraye, & à quoy ils
conviennent eux-mefmes que le falut eft attaché; cette foy par qui feule, comme ils ne l'ignorent pas, ils peuvent efperer de trouver grace devant Dieu, s'il y a grace à efperer pour eux; cet-

V iiij

te foy fur laquelle ils avoüent qu'ils feront jugez, fi jamais ils le doivent eftre : n'eft-il pas,
dis-je, inconcevable qu'ils l'abandonnent, comment ! en aveugles & en infenfez, fans examen,
fans connoiffance de caufe, par emportement,
par paffion, par legereté, par caprice, par une
vaine oftentation, par un attachement honteux
à de fales & d'infames plaifirs : fe conduifant a-
vec moins de fageffe que des enfants, dans une
affaire, où néanmoins il s'agit du plus grand intereft, puifqu'il y va de leur fort éternel. Cela fe
peut-il comprendre ! telle eft cependant la trifte
difpofition où font aujourd'huy prefque tous les
libertins du fiecle. Obfervez-les, & dans ce por-
trait vous les reconnoiftrez.

Car enfin, qu'un d'eux, aprés une meûre dé-
liberation, aprés une longue étude, toutes chofes confiderées & pefées dans une jufte balance
autant qu'il luy eft poffible, fe determinaft à
quitter le parti de la foy, je déplorerois fon malheur, & je l'envifagerois comme la plus terrible vengeance que Dieu puft exercer fur luy,
puifque felon l'Ecriture, Dieu ne punit jamais
avec plus de feverité que lorfqu'il permet que
le cœur de l'homme tombe dans l'aveuglement :
*Isai. 6. Excæca cor populi hujus.* Mais aprés tout il n'y
auroit rien en cela de prodigieux. Et en effet,
jufques dans fon aveuglement il y auroit quelque refte de bonne foy, qui le rendroit finon
pardonnable, au moins digne de compaffion.

Mais ceux à qui je parle, & dans ce nombre je comprends la pluſpart des impies du ſiecle au milieu de qui & avec qui nous vivons, ſçavent aſſez que ce n'eſt point par là qu'ils ſont parvenus au comble du libertinage, & que le parti qu'ils ont pris de renoncer à la foy, n'a point eſté de leur part une reſolution concertée de la maniere que je l'entends. En quoy d'ailleurs, ſouffrez que je faſſe icy cette remarque, tout criminels & tout inexcuſables qu'ils ſont devant Dieu, je ne laiſſe pas auſſi de trouver pour eux une reſſource & comme une eſpece de conſolation, puis qu'aumoins eſt-il certain qu'on revient plus aiſément d'un libertinage ſans principes, que d'un autre dont on s'eſt fait par de faux raiſonnemens une opinion particuliere & une irreligion poſitive & conſommée. Quoy qu'il en ſoit, l'infidelité que j'attaque, & qui me ſemble la plus commune, ne peut diſconvenir, qu'elle n'ait ce foible, d'eſtre évidemment temeraire & ſans preuves. Car demandez à un libertin, pourquoy il a ceſſé de croire ce qu'il croyoit autrefois ; & vous verrez ſi dans tout ce qu'il allegue pour ſa défenſe, il y a ſeulement quelque apparence de ſolidité. Demandez-luy ſi c'eſt à force de raiſonner qu'il a decouvert une demonſtration nouvelle contre cette infaillible revelation de Dieu, à laquelle il eſtoit ſoumis. Obligez-le à repondre ſincerement, & à vous dire s'il a examiné les choſes; ſi cherchant avec une intention droite & pure la verité, il s'eſt mis en eſtat de la connoiſtre; s'il a eû ſoin de conſulter ceux qui pouvoient le détromper & reſoudre ſes doutes; s'il a lû ce qu'ont écrit les Peres ſur ces matieres de religion, qu'il ne gouſte pas, parce qu'il ne les entend pas & qu'il ne veut pas s'appliquer à les entendre; s'il eſt jamais entré ſerieuſement dans le fond des difficultez; en un mot, s'il n'a rien ômis de ce que tout homme judicieux & bien ſenſé doit faire dans une pareille conjonċture, pour s'inſtruire & pour s'éclaircir. Interrogez-le ſur tous ces poinċts, & qu'il vous parle ſans déguiſement. Il conviendra qu'ils n'a point tant pris de meſures, ni tant fait de perquiſitions. Il falloit au moins tout cela, avant que de franchir un pas auſſi hardi qu'il l'eſt de ſe ſouſtraire à l'obéiſſance de la foy; mais il s'en eſt ſouſtrait, Chreſtiens, & il s'en eſt ſouſtrait à bien moins de frais. Il s'eſt determiné à ne plus croire, & il s'y eſt determiné ſans conviċtion, ſans reflexion meſme, au hazard de tout ce qui pourroit en arriver, & n'ayant rien qui l'aſſeûraſt, ni qui le fixaſt dans l'abyſme affreux où il ſe precipitoit. Voilà ce que j'appelle prodige. Or en combien de mondains ce prodige, tout prodige qu'il eſt, ne s'accomplit-il pas tous les jours!

Mais encore, me dites-vous, puiſque ce n'eſt pas par raiſon que ce libertinage ſe forme, par quelle autre voye l'homme chreſtien peut-il donc ſe pervertir juſqu'à devenir infidelle! Ah,

mes chers Auditeurs, je le repete, il se perver-
tit en mille manieres, toutes opposées aux regles d'une sage conduite; mais que je regarde
d'autant plus comme des prodiges, qu'elles cho-
quent plus la droite raison. Prodige d'infidelité : il renonce à sa foy, comment! apprenez-le
& point d'autre preuve icy que vostre experience & l'usage que vous avez du monde : il renonce à sa foy par un esprit de singularité, pour a-
voir le ridicule avantage de ne pas penser comme pensent les autres, de dire ce que personne
n'a dit, & de contredire ce que tout le monde
dit; pour se figurer une Religion à sa mode, une
divinité selon son sens, une providence arbitrai-
re & telle qu'il la veut concevoir : se faisant des
systemes chimeriques qu'il establit ou qu'il renverse selon l'humeur presente qui le domine;
suivant aveuglément toutes ses idées, & à force
de les suivre, ne sçachant bien ni ce qu'il croit
ni ce qu'il ne croit pas; rejettant aujourd'huy ce
qu'il soutenoist hier, & pour vouloir controller Dieu, ne se trouvant plus d'accord avec luy-
mesme. Prodige d'infidelité : il renonce à sa foy
par un sentiment d'orgueil, mais d'un orgueil
bizarre, ne voulant pas assujettir sa raison à la
parole d'un Dieu, quoyqu'il se fasse une vertu
& mesmes une necessité de l'assujettir tous les
jours à la parole des hommes; confessant en mille affaires temporelles qu'il a besoin d'estre conduit & gouverné par autruy, mais pretendant

qu'il eſt aſſez éclairé pour ſe conduire luy-meſme dans la recherche des veritez éternelles ; &
pour me ſervir des termes de ſaint Hilaire, a-
voüant humblement ſon inſuffiſance ſur ce qui
regarde les plus petits ſecrets de la nature, &
décidant avec hardieſſe quand il eſt queſtion des
myſteres de Dieu les plus ſublimes : *Æquanimi-
ter in terrenis imperitus, & in Dei rebus impu-
denter ignarus.* Prodige d'infidelité : il renonce
à ſa foy par intereſt, & tout enſemble par deſeſpoir ; parce que ſa foy luy eſt importune, parce
qu'elle le trouble dans ſes plaiſirs, parce qu'elle
s'oppoſe à ſes deſſeins, parce qu'elle luy reproche ſes injuſtices, parce qu'il ne peut plus autrement étouffer les remords dont il eſt dechiré : aimant mieux n'avoir point de foy, que d'en
avoir une qui le cenſure & qui le condamne
ſans ceſſe ; & par un dereglement de raiſon qui
ne manque gueres à ſuivre le peché, croyant les
choſes non plus telles qu'elles ſont, mais telles
qu'il ſouhaiteroit & qu'il ſeroit de ſon intereſt
qu'elles fuſſent : comme s'il dependoit de luy,
qu'elles fuſſent ou qu'elles ne fuſſent pas ; & que
l'intereſt qu'il y prend, en duſt determiner le
vray ou le faux. Prodige d'infidelité : il renonce
à ſa foy par prévention, ſe piquant en toute autre choſe de n'eſtre préoccupé ſur rien, & en
matiere de Religion l'eſtant ſur tout ; ne ſe cho-
quant point des opinions les plus paradoxes
d'une nouvelle Philoſophie, & s'il s'agit d'une

decifion de l'Eglife, naturellement difpofé à la critiquer; craignant toûjours d'avoir trop de facilité à croire, & ne craignant jamais de n'en avoir pas affez; fe défendant fur ce poinct, de la fimplicité, comme d'un foible, & ne penfant pas à fe défendre d'un autre foible encore plus grand, qui eft l'opiniaftreté; en un mot, évitant comme une petiteffe de genie ce qui feroit équité à l'égard de la foy, & prenant pour force d'efprit ce que j'appelle enteftement contre la foy. Car fans m'étendre davantage fur d'autres efpeces de libertinage qui fe rapportent à celles-cy, voilà comment fe forme tous les jours l'infidelité, voilà comment la foy fe perd.

Il y a plus : non feulement ce libertin abandonne fa foy fans raifon, mais ce qui doit vous paroiftre plus étrange, il l'abandonne contre la raifon, & malgré la raifon; & au lieu que le merite d'Abraham fut, felon l'Ecriture, de croire contre la foy mefme, & d'efperer contre l'efperance mefme, *Contra fpem in fpem,* le defordre de l'impie eft d'eftre infidelle contre la raifon mefme, & deferteur de fa foy contre la prudence mefme. Car cette foy que nous profeffons, eft appuyée fur des motifs, qui pris féparement pourroient bien chacun nous tenir lieu d'une raifon fouveraine; mais qui tous réünis & pris enfemble, ont vifiblement quelque chofe de divin. Et en effet ils ont paru fi forts, que les premiers hommes du monde en ont efté tou-

*Rom. 4.*

chez & perſuadez. Que fait le libertin ? il s'endurcit & il ſe revolte contre tous ces motifs. Ne prenons que celuy des miracles, puiſqu'il a ſervi de fonds à ce diſcours. On luy dit que Dieu a confirmé nôſtre foy par des miracles éclatans : il s'inſcrit en faux contre ces miracles, & contre tous les temoins qui les rapportent & qui aſſeûrent les avoir veûs. Et parce qu'entre ces miracles il y en a eû d'inconteſtables, qui ſont les ſeuls dont je parle, & aux quels un Predicateur de l'Evangile doit s'attacher ; miracles du premier ordre, ſur quoy le chriſtianiſme eſt eſſentiellement fondé ; miracles reconnus par les ennemis meſmes de la foy, verifiez par toutes les preuves qui rendent des faits authentiques, & qu'on ne peut contredire ſans recourir à des ſuppoſitions inſoutenables : par exemple, que les Evangeliſtes ont eſté des impoſteurs & des inſenſez ; des impoſteurs qui ſe ſont accordez pour nous tromper, & des inſenſez qui pour ſoutenir leur impoſture, ſe ſont fait condamner aux plus cruels tourmens : que ſaint Paul s'eſt imaginé fauſſement avoir eſté frappé du ciel & renverſé par terre ſur le chemin de Damas ; & qu'il impoſoit à ceux de Corinthe, ou pluſtoſt qu'il ſe joüoit d'eux, quand il leur rappelloit le ſouvenir des miracles qu'il avoit faits en leur preſence : que ſaint Auguſtin eſtoit un eſprit foible, qui donnoit comme les autres dans les illuſions populaires, quand il ſe figuroit & qu'il proteſtoit a-

voir veû luy-mefme à Carthage ce qu'en effet
il n'avoit pas veû : parce qu'il y a, dis-je, des miracles de cette nature, & que le libertin n'en peut
éluder la force que par de fi extravagantes idées;
toutes extravagantes qu'elles font, il les reçoit,
il les prend, & ce qu'il auroit honte de dire, il
n'a pas honte de le penfer, & de donner le démenti à tout çe qu'il y a eû dans l'Antiquité de
plus venerable & de plus faint. Or rien merita-
t-il jamais mieux le nom de prodige ! O mon
Dieu, eft-il donc vray que l'impieté puiffe pervertir jufqu'à ce poinct l'efprit de l'homme, &
qu'au mefme temps, Seigneur, qu'elle l'éloigne
de vous, elle le plonge dans de fi affreufes tenebres !

Je ferois infini, fi je voulois pourfuivre &
traiter ce fujet dans toute fon étenduë. Ainfi je
ne dis qu'un mot du fecond prodige : c'eft la
corruption de la foy, par un attachement fecret
ou mefmes public aux erreurs qui luy font oppofées, & en particulier à l'herefie. Abyfme, où
Tertullien confeffe qu'il fe perdoit, toutes les
fois qu'il vouloit l'approfondir, & fonder les
jugemens de Dieu. Abyfme, où j'ofe néanmoins
dire que de fon temps il n'appercevoit pas encore certains defordres, que nous avons veûs dans
la fuite. Car fans confiderer l'herefie en elle-mefme, que les Peres ont regardée comme un mon-
ftre compofé de tout ce que le dereglement de
l'efprit eft capable de produire; il me fuffiroit

maintenant de faire avec vous la reflexion que faisoit un grand Cardinal de nostre siecle, sçavoir, que de tant de fidelles qui dans les derniers temps ont corrompu la pureté de leur Religion, en se laissant infecter du venin de l'heresie, à peine s'en est-il trouvé quelques-uns, que leur bonne foy ait pû justifier, je ne dis pas devant Dieu, mais mesmes devant les hommes, & dont par consequent l'apostasie n'ait pas esté une espece de prodige. Je n'aurois mesmes qu'à m'en tenir à l'heresie du siecle passé, & à ce que l'histoire nous en apprend. Je n'aurois, si le temps me le permettoit, qu'à vous monstrer des catholiques sans nombre qui suivant la multitude & emportez par le torrent, se declaroient pour la secte de Calvin, les uns sans la connoistre ni se donner la peine d'en demesler les questions & les controverses, les autres peut-estre positivement convaincus de sa fausseté. Car combien en vit-on à qui la doctrine de cet Heresiarque touchant la reprobation des hommes, faisoit horreur, & qui toutefois ne laissoient pas d'estre ses partisans les plus zélez ? Que si vous me demandiez, pourquoy donc ils s'attachoient à luy ? pourquoy ! autre prodige, Chrestiens, qui n'est pas moins surprenant. Car je vous repondrois, & toute l'histoire m'en serviroit de temoin, qu'ils ne se conduisoient en cela que par les motifs les plus indignes & les plus injustes : les uns par un fonds de chagrin contre l'Eglise & par une opposition generale à

ses

ſes ſentimens; gens qui dans le ſiecle d'Arius auroient eſté infailliblement Ariens, & qui du
temps de Pelage ſeroient immanquablement devenus Pelagiens : les autres par des antipathies
particulieres, ne combattant la verité que parce
qu'elle eſtoit ſoutenuë par leurs ennemis; & determinez à la ſoutenir, ſi leurs pretendus ennemis avoient entrepris de la combattre : quelques-uns par de laſches intereſts, pluſieurs par
un eſprit de cabale : ceux-cy par une maligne cu-
rioſité, & pour eſtre de l'intrigue; ceux-là par
une malheureuſe ambition & pour eſtre chefs
de parti : les grands par politique, & parce qu'ils
en faiſoient une raiſon d'eſtat; les petits par neceſſité, & parce qu'ils dépendoient des grands :
les femmes par une vaine affectation de paſſer
pour ſçavantes & pour ſpirituelles; les hommes
par une complaiſance pour elles encore plus vaine, & juſqu'à regler par elles leur Religion : les
génies mediocres, pour s'attirer la reputation &
l'eſtime attachée à la nouveauté; les génies plus
élevez, par crainte de s'attirer la haine des no-
vateurs & d'eſtre en butte à leurs traits : les amis
entraiſnez par leurs amis, les proches gagnez par
leurs proches; le peuple ſans autre raiſon que la
mode, & parce que tout le monde alloit-là; chacun pour ſatisfaire ſa paſſion : ne ſont-ce pas là
des prodiges, mais des prodiges dont noſtre foy
meſme ſeroit troublée, ſi la prédiction de l'Apoſtre ne nous raſſeûroit, & ſi dans la veûë d'une

*Tome I.* .X

tentation ſi dangereuſe, il ne nous avoit avertis, non ſeulement que toutes ces choſes ar-
riveroient, mais qu'elles eſtoient neceſſaires
pour le diſcernement des Eſlûs. *Oportet hære-
ſes eſſe, ut qui probati ſunt manifeſti fiant in vobis.*

1. Cor. 11.

Mais n'inſiſtons pas là-deſſus davantage, &
finiſſons, mes chers Auditeurs, par le dernier
prodige qui nous regarde, & qui n'eſt plus ni le
renoncement à la foy, ni la corruption de la foy,
mais une affreuſe contradiction qui ſe rencontre entre noſtre vie & noſtre foy. Je m'explique.
Nous ſommes chreſtiens, & nous vivons en payens; nous avons une foy de ſpeculation, & dans
la pratique toute noſtre conduite n'eſt qu'infidelité; nous croyons d'une façon, & nous agiſſons
de l'autre. Dans tout le reſte, nos actions & nos
affections s'accordent avec nos perſuaſions &
nos connoiſſances : car nous aimons, nous haïſſons, nous fuyons, nous recherchons, nous ſouf-
frons, nous entreprenons ſelon que nous ſommes éclairez. Il n'y a que le ſalut & tout ce qui
le concerne, où par le plus deplorable renverſe-
ment, nous fuyons ce que nous jugeons eſtre noſtre ſouverain bien, & nous recherchons ce que
nous jugeons eſtre noſtre ſouverain mal; nous
prophanons ce que nous reconnoiſſons adorable, & nous idolaſtrons ce que nous mepriſons
dans le cœur; nous abhorrons ce qui nous ſau-
ve, & nous adorons ce qui nous perd. Si, chreſ-

tiens en effet, comme nous le sommes de nom, nous vivions conformément à la foy que nous professons, nostre vie, il est vray, dit saint Jerosme, seroit un continuel miracle, mais elle n'auroit rien de prodigieux. Si, payens de profession & n'ayant pas la foy, nous vivions selon la chair & selon les sens, quelque desesperez que nous fussions, il n'y auroit rien dans nos desordres que de naturel. Mais avoir la foy, & vivre en infidelles, voilà ce qui fait le prodige. Prodige dont les impies ne veulent point convenir, pretendant que la vie & la créance se suivent toûjours, c'est à dire, que l'on vit toûjours comme l'on croit & que l'on croit comme l'on vit, pour avoir droit par là de rejetter tous leurs desordres sur le défaut de persuasion sans les imputer jamais à leur malice : mais erreur dont il est bien aisé de les detromper, puisqu'il n'est pas plus difficile d'avoir la foy & d'agir contre la foy, que d'avoir la raison & d'agir contre la raison. Or n'est-ce pas de leur propre aveu ce qu'ils font eux-mesmes tous les jours ? Ah ! Chrestiens, faisons cesser ce prodige. Accordons-nous avec nous-mesmes. Accordons nos mœurs avec nostre foy : autrement que n'avons nous point à craindre de cette foy prophanée, de cette foy scandalisée, de cette foy déshonorée ! Faisons-la servir à nostre penitence, si nous nous sommes retirez de ses voyes. Faisons-la servir à nostre perseverance, si nous y sommes déja

X ij

rentrez, ou que nous y foyons toûjours demeurez. Marchons à la faveur de fes divines lumieres, & ne les éteignons pas en nous livrant à
nos paffions & aux aveugles appetits de la chair:
car rien ne nous expofe plus à perdre la foy,
qu'une vie fenfuelle & voluptueufe. C'eft par là
que tant d'impies l'ont perduë : & c'eft encore
ce qui les attache à leur libertinage, & ce qui les
empefche d'en fortir. Ah ! Seigneur, vous avez
dans les trefors de voftre juftice bien des chaftimens dont vous pouvez punir nos defordres.
Frappez, mon Dieu ; & falluft-il nous affliger
de toutes les calamitez temporelles, ne nous é-
pargnez pas : mais confervez-nous la foy. Ce
n'eft pas affez : ranimez-la, réveillez-la, reffuf-
citez-la cette foy languiffante, cette foy mou-
rante, & mefmes cette foy morte fans les œuvres. Autant & felon qu'elle vivra en nous,
nous vivrons avec elle & par elle; & le terme où
elle nous conduira, c'eft l'éternité bienheureufe que je vous fouhaite, &c.

# SERMON
## POUR LE JEUDY,
### de la premiere Semaine.

### *Sur la Priére.*

Ecce mulier Chananæa à finibus illis egreſſa,
clamavit dicens ei : Miſerere mei, Domine,
fili David ; filia mea malè à dæmonio vexa-
tur.

*Alors une femme Chananéenne venuë de ces quar-
tiers-là, s'écria en luy diſant : Seigneur, Fils
de David, ayez pité de moy ; ma fille eſt
cruellement tourmentée par le demon.* En ſaint
Matth. chap. 15.

SI jamais la force de la priére parut ſenſiblement & d'une maniere éclatante, n'eſt-ce
pas, Chreſtiens, dans l'exemple que nous propoſe l'Evangile de ce jour, où nous voyons,
pour parler avec ſaint Ambroiſe, un Dieu meſme ſurpris & dans l'admiration ; un Dieu qui
confond les puiſſances de l'Enfer, qui ſait des

X iij

miracles, & qui déploÿe toute sa vertu en faveur d'une étrangere laquelle a recours à luy,
& qui toute idolastre qu'elle est, nous sert de modelle & nous apprend à prier! Je dis un Dieu
surpris & dans l'admiration : *O mulier, magna
est fides tua!* O femme, vostre foy est grande!
c'est ainsi que Jesus-Christ luy-mesme s'en explique; & ne semble-t-il pas que la foy de cette Chananéenne, & que la ferveur de sa priére ait
quelque chose pour luy de surprenant & de nouveau? Je dis un Dieu qui confond les puissances
de l'Enfer, & qui fait des miracles : que luy demande cette femme! qu'il guerisse sa fille cruellement tourmentée du Demon; & le Fils de
Dieu d'une mesme parole, non seulement delivre la fille, mais sanctifie encore la mere : *Fiat
tibi sicut vis;* qu'il vous soit fait comme vous le
souhaitez.

Il n'est donc rien de plus efficace auprés de
Dieu que la priére : & d'où vient toutefois, mes
chers Auditeurs, que Dieu tous les jours se
monstre si peu favorable à nos vœux; que nous
prions, & qu'il ne nous écoute pas; que nous
demandons, & que nous n'obtenons pas! C'est
ce que je veux examiner aujourd'huy, & ce qui
va faire le fonds de ce discours. Sujet d'une extresme consequence, & qui merite une reflexion
toute particuliere. Car il s'agit, Chrestiens, de
vous enseigner la plus excellente de toutes les
sciences; il s'agit de vous apprendre à bien user

Matth. 15.

Ibid.

du moyen de salut le plus puissant ; il s'agit de vous faire connoistre le secret inestimable & l'art tout divin de toucher le cœur de Dieu, & de faire descendre sur nous les plus pretieux tresors de sa grace. Pour recevoir ce don de la priére, employons la priére elle-mesme, & implorons le secours du ciel par l'intercession de Marie. *Ave Maria.*

Rien n'est plus solidement establi dans la Religion & la Theologie chrestienne, que l'infaillibilité de la priére. Elle a une telle force, dit saint Jean Chrysostome, qu'elle rend, à ce qu'il semble, la parole de l'homme aussi puissante & mesmes plus puissante que la parole de Dieu. Aussi puissante : car comme Dieu d'une parole a fait toutes choses, *Dixit & facta sunt ;* l'homme n'a qu'à parler & à demander, tout luy est accordé. *Quodcumque volueritis petetis, & fiet vobis.* Plus puissante mesmes en quelque sorte, puisque si Dieu se fait obéir, ce n'est que des estres créez ; au lieu que par la vertu de la priére, tout Dieu qu'il est, il obéit, selon l'expression de l'Ecriture, à la voix de l'homme : *Obediente Domino voci hominis.* Nous entendons tous les jours des chrestiens qui se plaignent de l'inutilité de leurs priéres & du peu de fruict qu'ils en retirent : je ne m'en étonne pas. Car en quel sens disons nous que la priére est infaillible ! nous supposons pour cela une priére sain-

X iiij

te, une priére faite avec toutes les conditions qui la doivent accompagner, & que Dieu attend de nous, lorsque de sa part il s'engage à nous accorder tout ce que nous demanderons. Or voilà souvent ce qui manque à nos priéres. Ce sont des priéres defectueuses, & quant au sujet, & quant à la forme : quant au sujet, qui en fait la matiere ; & quant à la forme, qui en fait la qualité. L'Apostre saint Jacques le disoit aux fidelles de son temps, & je vous le dis à vous-mesmes : vous demandez, mes Freres, & vous ne recevez pas, parce que vous ne demandez pas bien : *Petitis & non accipitis, eò quod malè petatis.* En effet, nous ne demandons pas à Dieu ce que Dieu veut que nous luy demandions ; défaut par rapport au sujet de la priére. Nous ne luy demandons pas de la maniere qu'il veut que nous luy demandions ; défaut par rapport à la forme ou à la qualité de la priére. Mais prions comme la Chananéenne. Rien de plus juste que la priére qu'elle fait à Jesus-Christ : elle luy demande qu'il delivre sa fille du Demon dont elle est possedée. Rien de plus engageant : elle pratique dans sa priére toutes les vertus qui peuvent gagner & interesser le Sauveur du monde. Prions, dis-je, comme cette femme : sans cela, priéres infructueuses ; pourquoy ! ou parce que nous ne demandons pas ce qu'il faut, ce sera la premiere partie ; ou par ce que nous ne demandons pas comme il faut, ce sera

*Jacob 4.*

la seconde. Deux leçons que j'ay à mettre dans tout leur jour. Rendez-vous-y attentifs, Chrestiens, & taschez à en profiter.

C'Est sur tout de la nature des choses qu'on I. Partie. demande à Dieu, que dépend l'essence de la priére, & par consequent son merite, son efficace, sa vertu. C'est donc aussi par là, dit saint Chrysostome, que nous devons commencer à nous faire justice sur le peu de valeur, & le peu d'effet qu'ont presque toutes nos priéres devant Dieu; & c'est l'admirable instruction que nous fournit d'abord l'Evangile de la femme Chananéenne. Car prenez garde s'il vous plaist, & qu'il me soit permis de m'expliquer de la sorte, au lieu que cette femme prosternée aux pieds de Jesus-Christ luy demande que sa fille soit delivrée d'un demon qui la possede ; nous, par un esprit tout opposé, nous demandons tous les jours à Dieu ce qui entretient dans nos ames le regne du demon, & mesmes de plusieurs demons dont nous voulons estre possedez. En faut-il davantage pour vous faire comprendre, pourquoy le Sauveur du monde écoute cette étrangere & luy accorde un miracle de sa toute-puissance ; & pourquoy Dieu au contraire se rend sourd à nos vœux, & rejette communément nos priéres ! Appliquez-vous, Chrestiens, aux grandes veritez que ce sujet renferme, & que je vais développer, comme les secrets les plus importans de vostre predestination.

Je dis que nous demandons tous les jours à Dieu ce qui entretient dans nos ames le regne du Demon, comment cela! c'est que dans nos priéres nous demandons, ou des choses préjudiciables au salut; ou des biens purement temporels & inutiles au salut; ou mesmes des graces surnaturelles, mais qui de la maniere que nous les concevons & que nous les voulons, bien loin de nous sanctifier, servent plustost à nous seduire, & à nous retirer de la voye du salut. Donnons à cecy tout l'éclaircissement necessaire.

Nous demandons des choses préjudiciables au salut: premier obstacle que nous opposons aux misericordes divines, & qui en arreste le cours. Car ne pensons pas, mes chers Auditeurs, que pour estre chrestiens de profession, nous en soyons moins sujets dans la pratique aux desordres du paganisme. Or un des desordres des payens, si nous en croyons les payens mesmes, c'estoit de recourir à leurs dieux & de leur demander, quoy! ce qu'ils n'auroient pas eû le front de demander à un homme de bien, ce qu'ils n'auroient pû demander ouvertement dans les temples & au pied des Autels, sans en rougir: la mort d'un parent dont ils attendoient la dépouille, la mort d'un concurrent dont le credit ou le merite leur faisoit ombrage, le patrimoine d'un pupille qu'ils cherchoient à enlever, & sur lequel ils jettoient des regards de concupiscence. Tel estoit le sujet

de leurs priéres : & pour leur donner plus de
poids, ils les accompagnoient de toutes les céremonies d'un culte superstitieux, ils y joignoient
les offrandes & les sacrifices, ils se purifioient. Cela nous semble énorme & insensé : mais, Chrestiens, en les condamnant, n'est-ce pas nous-mesmes que nous condamnons ? A comparer leurs
priéres & les nostres, sommes-nous moins coupables, que dis-je ! ne sommes-nous pas encore plus coupables qu'ils ne l'estoient ?

Car enfin c'estoient des payens, & ces payens
n'adoroient pas seulement de vaines & de fausses divinitez, mais selon leur créance mesme des
divinitez vitieuses & dissoluës. Or à de telles divinitez que pouvoient-ils demander plus naturellement, que ce qui favorisoit leurs vices & la
corruption de leurs mœurs ! n'estoit-ce pas une
suite presque necessaire de leur infidelité ! Mais
nous, mes Freres, nous servons un Dieu non
moins pur, ni moins saint, que puissant & grand;
un Dieu aussi essentiellement ennemi de toute
injustice & de tout peché, qu'il est essentiellement Dieu : & toutefois ce Dieu si pur, ce Dieu
si saint, ce Dieu si équitable & si droit, que luy
demandons nous ! l'accomplissement de nos desirs les plus sensuels & le succés de nos entreprises les plus criminelles. Ce n'est plus seulement
un desordre ; c'est, j'ose le dire, une impieté,
c'est un sacrilege.

Il est vray, & j'en conviens, que dans le chris-

tianifme nous fçavons mieux colorer nos priéres & les exprimer en des termes moins odieux:
car on a trouvé le fecret de déguifer tout. Mais
fi nous nous trompons nous-mefmes, nous ne
trompons pas Dieu qui nous entend, & qui
fçait bien difcerner la malignité de nos intentions de la fimplicité de nos expreffions. Envain
donc un homme du fiecle demande-t-il à Dieu
de quoy fubfifter dans fa condition, & de quoy
maintenir fon eftat : comme fon eftat, ou pluftoft, comme l'idée qu'il fe forme de fon eftat,
ne roule que fur les principes, ou d'une ambition demefurée, ou d'une avarice infatiable,
Dieu dont la penetration eft infinie, connoift
fes deffeins, & prend plaifir à les faire échoüer.
Envain un pere demande-t-il à Dieu l'eftabliffement de fes enfants : comme il n'a fur fes enfants que des veüës toutes prophanes, que des
veüës mondaines & qui ne font, ni reglées felon la confcience, ni foumifes à la vocation divine, Dieu fans s'arrefter aux apparences d'une
humble priére, en decouvre la fin ; & par un
jufte jugement, bien loin d'élever cette famille,
la ruine de fond en comble, & la laiffe malheureufement tomber. Envain une femme deman-
de-t-elle à Dieu la fanté du corps : comme fa
fanté dans l'ufage qu'elle en veut faire, ne doit
fervir qu'à fon oifiveté, à fa molleffe, & peut-
eftre à fon libertinage & à fon dereglement,
Dieu qui le voit, au lieu de retirer fon bras,

luy porte encore de plus rudes coups & luy fait perdre dans une langueur habituelle tout ce qui peut entretenir ses complaisances & flatter sa vanité. Envain un plaideur de mauvaise foy demande-t-il à Dieu le gain d'un procés, où toute sa fortune est engagée : comme ce procés n'est au fond qu'une injustice couverte, mais soutenuë par la chicane, Dieu qui ne peut l'ignorer, prend contre luy la cause de la veuve & de l'orphelin, & le fait honteusement déchoir de toutes ses prétentions. Cependant on n'oublie rien pour interesser le ciel & pour le toucher ; on y employe jusqu'au sacrifice, & aux priéres de l'Eglise : mais parce que cette affaire qu'on poursuit avec tant de chaleur, n'est qu'une cabale, qu'une intrigue qui ne peut reüssir qu'aux dépends du prochain, Dieu tuteur de l'innocent & du pauvre, rejette alors jusques au plus adorable sacrifice, jusques aux plus saintes priéres de son Eglise. Ce detail me conduiroit trop loin, si j'entreprenois de luy donner toute son étenduë ; mais si vous voulez, mes chers Auditeurs, aller plus avant & vous l'appliquer à vousmesmes, vous aurez bientost reconnu, que cent fois vostre cœur vous a seduits de la sorte, & fait abuser de la priére, pour porter devant Dieu mesme les interests de vos passions.

Revenons, & pour donner à ce poinct important toute la force qu'il doit avoir, souffrez que je me prévale encore de la morale des payens. J'ay dit qu'elle suffisoit pour nous convaincre ; mais j'en ay dit trop peu, & j'adjouste qu'elle est mesmes icy, dans un sens, plus propre à nous confondre que la morale des Peres. Qu'il me soit donc permis de faire parler dans cette chaire un Autheur prophane, & de vous addresser, ou pour vostre instruction ou pour vostre confusion, les mesmes reproches qu'il faisoit à son siecle en des termes si énergiques & si forts. Car répondez-moy, disoit-il, en déplorant les abus de l'ancienne Rome, & s'élevant contre les faux devots du paganisme qui fatiguoient les Dieux de leurs injustes priéres ; dites-moy ce que vous pensez de Jupiter, & quelle estime vous en faites ? si vous avez pour le plus grand des Dieux le mesme respect que pour le plus sage de vos magistrats ? cette question vous surprend, poursuivoit-il : mais ce n'est pas sans raison que je la fais : car l'iriez-vous trouver ce Magistrat dont vous respectez la vertu, pour luy faire dans son palais l'infame priére que vous venez faire à Jupiter dans le plus auguste de ses temples ? vous supposez donc Jupiter moins intégre & plus aisé à corrompre, quand vous le croyez disposé à vous écouter, & prest mesmes à vous exaucer ? Ainsi s'expliquoit un Payen. Ainsi par de sanglantes ironies, reprochoit-il à des payens les scandales de leur Religion, & peut-estre les corrigeoit-il. Or c'est bien icy, Chrestiens, que l'infidelité nous fait des leçons,

& qu'elle nous condamne. Appliquons cecy
à nos mœurs.

En effet, comment regardons nous noftre
Dieu, je dis ce Dieu de fainteté! eft-il donc le
fauteur de nos vices! eft-il le complice de nos
crimes! & le veut-il, le peut-il eftre! Toutefois
c'eft fur ce principe que nous agiffons & que
nous traitons avec luy. Car quand je prie, ne
perdez pas cette remarque de faint Chryfoftome; quand je prie, mon intention eft que Dieu
par un effet de fa mifericorde & par une condefcendance toute paternelle, fe conforme à moy;
que fa volonté, qui eft efficace & toute-puiffante, fe joigne à la mienne qui n'eft que foibleffe;
& qu'il accompliffe enfin ce que je veux, mais
ce que fans luy je veux inutilement. Si donc a-
veuglé par l'efprit du monde, bien loin de prier
en chreftien, je prie dans la veûë de fatisfaire
mon ambition, mon orgueil, mon reffentiment,
ma vengeance, que fais-je! je demande à Dieu
qu'il s'accorde là-deffus avec moy : c'eft à dire
qu'il foit vain comme moy, paffionné comme
moy, violent comme moy; & que pour moy
qui fuis fa créature, il veuille ce qu'il ne peut
vouloir fans ceffer d'eftre mon Dieu. Or le prier
de la forte, eft-ce le prier en Dieu, & n'eft-ce
pas pluftoft le deshonorer! n'eft-ce pas autant
qu'il dépend de moy, le faire fervir à mes iniquitez, comme il s'en plaint luy-mefme par fon
Prophete: *Verumtamen fervire me fecifti pecca-* Ifai. 43.

*tis tuis, & laborem mihi præbuisti in iniquitati-*
*bus tuis.* Observez cette expression, *Et laborem*
*mihi præbuisti :* comme s'il disoit au pecheur,
vostre priére m'a esté un sujet de peine ; car j'aurois voulu d'une part me rendre propice à vos
vœux, & de l'autre je n'y pouvois repondre favorablement : mon cœur estoit donc dans une
espece de violence, & comme partagé entre ma
sainteté & ma bonté ; ma bonté, qui s'interessoit
pour vous, & ma sainteté qui s'opposoit à vous ;
ma bonté, qui me portoit à vous écouter, & ma
sainteté qui m'obligeoit à vous rejetter : *Et la-*
*borem mihi præbuisti in iniquitatibus tuis.* Et
certes, Chrestiens, si Dieu oubliant ce qu'il est,
avoit alors égard à nos priéres, ne seroit-ce pas
un scandale pour nous, & ne commencerions-
nous pas nous-mesmes à douter de sa Providence ?

Je sçais, & saint Jean nous l'apprend, que
nous avons un puissant Avocat auprés du Pere,
qui est le Fils, & que c'est par les merites de ce
Fils adorable que nous prions. Mais ce que d'a-
bord & en general j'ay dit de Dieu, pour l'appliquer en particulier à l'homme-Dieu, voulons
nous en faire le patron de cette aveugle concupiscence qui nous domine ! & si ce n'est pas là le
sentiment que nous en avons, pourquoy com-
ptons nous sur ses merites, dans des prieres que
la seule concupiscence nous a inspirées !

Non, mes Freres, non ; ce n'est point pour
un

un tel ufage que Dieu dans la perfonne de Jefus-Chrift nous a donné un mediateur. Il eft
l'Avocat des pecheurs ; mais il ne le fut jamais
& il ne le peut eftre des pechez : & vouloir me
fervir ainfi de fon credit, ce n'eft rien moins
dans la doctrine de faint Auguftin, que de vouloir l'anéantir luy-mefme. Comment cela ! parce qu'au lieu que la foy nous le reprefente comme l'autheur des graces & des vertus, c'eft en
faire malgré luy le mediateur de noftre vanité, le mediateur de noftre avarice, le mediateur
de noftre concupifcence & de noftre fenfualité.
Car fi vous en jugiez autrement, reprend faint
Auguftin, auriez vous l'affeûrance d'interpofer
le nom du Redempteur, pour demander ce qui
détruit l'ouvrage de la Redemption ; & rempli
de vos projets ambitieux, oferiez vous prendre
pour interceffeur auprés de Dieu, celuy mefme
qui s'eft réduit dans la plus profonde humiliation pour vous enfeigner l'humilité !

Heureux encore, que Dieu pour voftre falut,
devienne inflexible à voftre priére. C'eft dans
cette rigueur apparente que vous devez reconnoiftre fa mifericorde ; & où en feriez vous fi c'eftoit un Dieu plus indulgent & felon voftre gré ?
Ce qui a perdu les Pompées & les Céfars, adjouftoit ce fameux Satyrique dont je n'ay pas fait
difficulté d'emprunter icy les penfées & qui femble n'avoir parlé que pour nous-mefmes : ce qui
a renverfé & ce qui renverfe tous les jours des

*Tome I.*                          Y

familles entieres , ne font-ce pas des fouhaits
trop vaftes & fans bornes , des fouhaits criminels , accomplis par des divinitez d'autant plus
mortellement & plus malignement ennemies,
qu'elles eftoient plus condefcendantes & plus
faciles : *Magna numinibus vota exaudita mali-
gnis.* Et moy je dis pour confacrer ces paroles:
quelle a efté la fource de la reprobation de tant
de chreftiens ? n'eft-ce pas d'avoir obtenu du ciel
ce que le ciel ne leur accordoit, & ce qu'il ne
pouvoit leur accorder que dans l'excés de fa colere ? Et d'où vient encore la perte de tant de
mondains qui fe damnent au milieu de l'opulence & dans la molleffe, fi ce n'eft pas de ces pretenduës faveurs de Dieu , qui les exauce felon
les defirs infenfez de leurs cœurs, pluftoft que felon les deffeins de fon aimable providence? Vous
demandez à Dieu ce qui flatte voftre paffion; & fi
Dieu vous le donne, luy qui prévoit ce qui vous
pervertira , ce qui vous corrompra , ce qui vous
entraifnera dans l'abyfme , peut-il exercer fur
vous un jugement plus rigoureux & une vengeance plus terrible ? N'en demeurons pas là.

Si l'on ne demande pas toûjours à Dieu des
chofes préjudiciables & dans des veûës directement contraires au falut, au moins luy deman-
de-t-on des biens purement temporels & inutiles au falut. Je ne veux pas dire que les biens
temporels ne foient pas des dons de Dieu, ni
qu'ils foient abfolument contraires au falut. Mais

quand le font-ils, & pourquoy Dieu les refufe-
t-il alors! quand nous ne les demandons, ni felon l'ordre qu'il a eftabli, ni par rapport à la fin
qu'il a marquée.

Car premierement, on ne luy demande que
les graces temporelles, qui toutes fe terminent
aux befoins de cette vie ; & à peine penfe-t-on
aux fpirituelles, à quoy le falut eft attaché : les
avantages de la fortune, la profperité, le repos ;
voilà ce que nous defirons & ce que nous recherchons, & ce que defirent, ce que recherchent auffi bien que nous les infidelles : *Hæc* Matth. 6.
*enim omnia gentes inquirunt.* Ce font des biens,
je l'avoüe : mais ce font des biens periffables,
des biens d'un ordre inferieur à l'homme & fur
tout à l'homme chreftien, des biens dangereux
& fujets à fe convertir en de vrays maux. Pour
les biens folides & incorruptibles, c'eft à dire,
la pureté des mœurs, la bonne confcience, l'humilité, la foy, l'amour du prochain, tout ce qui
fert à fanctifier l'ame & qui en fait la perfection,
difons-le & confondons-nous en le difant, c'eft
à quoy nous fommes peu fenfibles, & ce qui rarement nous attire au pied des Autels. Qui de
vous a jamais eû recours à Dieu, pour devenir
plus moderé dans fes paffions, & plus reglé dans
fa conduite ? On vifite les tombeaux des Martyrs, mais pourquoy! pour eftre guéri d'une maladie, & non point pour eftre delivré d'une tentation. On invoque les Saints, mais pourquoy!

Y ij

pour eſtre plus heureux & plus opulent, & non point pour eſtre plus humble & plus ennemi des plaiſirs. Ah ! mes Freres, s'écrioit Salvien, ſi nous ſommes affligez de calamitez publiques, ſi nous ſommes menacez d'une famine ou d'une contagion, s'il regne une mortalité parmi nous, nous courons en foule au temple du Dieu vivant; tout retentit de nos gemiſſemens & de nos priéres : mais s'agit-il d'un libertinage qui déshonore le chriſtianiſme & qui déſole l'Egliſe! on nous voit tranquilles & ſans inquietude; & au lieu d'engager le Ciel à faire ceſſer de ſcandaleuſes impietez, nous vivons en paix & dans la plus affreuſe indolence. Ainſi nous prions comme ce malheureux Antiochus, dont la priére intereſſée ne put trouver grace devant Dieu; *Orabat ſceleſtus Dominum à quo non erat miſericordiam conſecuturus :* il prioit, *Orabat*, & l'on ne peut douter qu'il ne priaſt avec toute l'ardeur poſſible: mais il prioit en mondain, *Orabat ſceleſtus ;* car il ne demandoit à Dieu ni l'eſprit de penitence, ni le don de pieté, ni le reſpect des choſes ſaintes qu'il avoit prophanées, mais une ſanté qu'il preferoit à tout le reſte & dont il eſtoit idolaſtre ; *Orabat ſceleſtus Dominum :* & c'eſt pour cela que le ſein de la miſericorde luy eſtoit fermé, *A quo non erat miſericordiam conſecuturus.* Voilà comment nous prions; mais envain, puiſque le Fils de Dieu n'a jamais pretendu ſe faire garent de telles priéres. Pour-

2. Mach. 9.

quoy ! confultons l'Evangile ; il va nous l'apprendre.

Le Fils de Dieu dit à fes difciples : fi vous
demandez quelque chofe à mon Pere, & que ce
foit en mon nom que vous le demandiez, il
vous l'accordera : *Si quid petieritis patrem in* Joa. 16.
*nomine meo, dabit vobis.* Mais remarquez, c'eft
la reflexion de faint Auguftin, remarquez bien
cette parole, *Si quid;* par où Jefus-Chrift nous
fait entendre que ce que nous demandons en
fon nom doit eftre quelque chofe, & quelque
chofe digne de luy, parce qu'autrement il ne
luy conviendroit pas de s'employer pour nous.
Or tous les biens de la terre feparez du falut é-
ternel, ne font rien devant Dieu. Les demander
donc précifement à Dieu, c'eft ne rien demander ; & quoyque la promeffe du Sauveur du
monde foit generale ou femble l'eftre, ils n'y
font point par eux-mefmes compris. Pour vous
en convaincre, écoutez ce qu'il adjoufte à fes
Apoftres : *Ufque modò non petiftis quidquam in* Ibid.
*nomine meo ;* Jufques à prefent vous n'avez rien
demandé en mon nom. Mais comment eft-ce,
reprend faint Auguftin, que le Fils de Dieu leur
pouvoit tenir ce langage, puifqu'il eft évident
que les Apoftres luy avoient déja demandé plufieurs graces ! Saint Pierre, de demeurer fur le
Thabor ; les enfants de Zebedée, d'eftre élevez
aux deux premieres places de fon Royaume. Ah!
repond ce faint Docteur , il eft vray qu'ils luy

avoient demandé ces sortes de graces ; mais par ce que ces graces n'estoient que des avantages humains, & que dans l'idée du Sauveur tous les avantages humains ne meritoient nulle estime, il croyoit avoir droit de compter pour rien tout ce qu'ils luy avoient demandé, *Usque modò non petistis quidquam.* En effet, demeurer avec luy sur le Thabor, ce n'estoit qu'une douceur sensible, que saint Pierre eust voulu gouster : occuper les premieres places de son Royaume, ce n'estoit dans l'intention des deux disciples qu'un vain honneur dont se repaissoit leur ambition, parce qu'ils ne le concevoient pas tel qu'il est : mais le zéle des ames, mais la constance dans les persecutions, mais le renoncement à euxmesmes, c'estoient les graces essentielles dont ils avoient besoin, & qui devoient les soutenir, les animer, les perfectionner dans leur ministere Apostolique, & c'est ce qu'ils n'avoient jamais demandé à leur maistre : *Usque modò nón petistis quidquam.* Or à combien de chrestiens ne pourrois-je pas faire aujourd'huy la mesme plainte ; & à combien mesmes de ceux qui m'écoutent, n'aurois-je pas lieu de dire par la mesme raison : mondain, vous n'avez rien demandé jusques à present à vostre Dieu, parce que vous ne luy avez encore jamais demandé le détachement & le mepris du monde : pecheur, vous ne luy avez rien demandé, parce que dans l'estat de vostre peché vous ne luy avez encore jamais demandé voftre converfion , jamais un cœur contrit & humilié, jamais la grace de vous furmonter vous-mefme & de renoncer à vos habitudes : c'eftoient là néanmoins les graces, mais les graces par excellence que vous deviez defirer & rechercher.

De plus, quand le Sauveur du monde nous affeûre dans l'Evangile, que tout ce que nous demanderons en fon nom , nous fera donné, il entend que nous le demanderons felon la regle qu'il nous à luy-mefme prefcrite. Car comme remarque Tertullien, c'eft luy-mefme qui reglant la priére & l'animant de fon efprit, luy a communiqué le pouvoir fpecial & le privilege qu'elle a de monter au plus haut des cieux , & de toucher le cœur de Dieu en luy expofant les miferes des hommes : *Ab ipfo enim ordinata, & de ipfius fpiritu animata jam tunc oratio, fuo quafi privilegio afcendit in cælum, commendans patri quæ filius docuit.* Or quelle eft cette regle divine felon laquelle le Fils de Dieu nous a ordonné de prier ? La voicy : cherchez , nous dit-il, avant toutes chofes le Royaume de Dieu & fa juftice, & rien ne vous manquera. Demandez au Pere celefte la fanctification de fon nom, l'avénement de fon regne, l'accompliffement de fa volonté, fans luy demander d'abord ce pain materiel qui vous doit fervir d'aliment, & alors je vous feconderay. Mais fi vous renverfez cet ordre; fi par un attachement au monde, indigne

Tertull.

Y iiij

de voſtre profeſſion, vous demandez le pain materiel avant le Royaume de Dieu, ne vous appuyez plus ſur mes merites tout infinis qu'ils
ſont, puiſque voſtre priére toute fervente qu'elle
peut eſtre, n'eſt plus ſelon le plan que j'ay tracé.
*Quærite primùm regnum Dei & juſtitiam ejus.*

Ce n'eſt donc pas, Chreſtiens, qu'on ne puiſſe abſolument demander à Dieu les biens temporels; l'Egliſe les demande elle-meſme pour
nous : mais demandons-les comme l'Egliſe; demandons-les aprés avoir demandé d'abord &
ſur toute choſe les biens ſpirituels; demandons
la benediction de Jacob & non point celle d'E-
ſaü. Belle figure, que l'exemple de ces deux freres! Ecoutez l'application que j'en fais à mon ſujet, & prenez garde : ils eurent tous deux dans
leur partage la roſée du ciel, & tous deux ils eurent pareillement la graiſſe de la terre. En quoy
furent-ils differens, & quelle marque l'Ecriture
donne-t-elle de l'élection de Jacob & de la reprobation d'Eſaü! Ah! Chreſtiens, c'eſt que
dans la benediction de Jacob, la roſée du ciel
fut exprimée avant la graiſſe de la terre; *De ro-*
*re cœli & de pinguedine terræ ſit benedictio tua:*
au lieu que dans la benediction d'Eſaü, il eſt
parlé de la graiſſe de la terre avant la roſée du
ciel; *Det tibi de pinguedine terræ & de rore*
*cœli.* Voilà ce qui ſe paſſe encore parmi nous,
& ce qui diſcerne les priéres chreſtiennes de celles qui ne le ſont pas. Un juſte & un homme du

monde prient dans le mefme temple & au mefme autel ; mais l'un prie en jufte, & l'autre en
mondain. Comment cela ! Eft-ce que l'un ne
demande à Dieu que les biens de la grace, &
l'autre que les biens de la terre ? Non : car il fe
peut faire que le jufte avec les biens de la grace
demande encore quelquefois les biens de la fortune, comme le mondain ; & que le mondain
avec les biens de la fortune demande auffi les
biens de la grace, comme le jufte. Mais le mondain conduit par l'efprit du monde, place les
biens de la fortune devant les biens de la grace,
*De pinguedine terræ, & de rore cæli :* & le jufte conduit par l'efprit de Dieu, donne la preference aux biens de la grace fur les biens de la
fortune, *De rore cæli & de pinguedine terræ.* Il
dit à Dieu : Seigneur, fanctifiez moy ; rendez
moy chafte, charitable, mifericordieux, patient,
*De rore cæli ;* & puis, donnez moy des biens
de la terre, ce qui peut m'eftre utile pour mon
falut, *& de pinguedine terræ.* Mais l'homme
du monde dit : Seigneur, faites moy riche,
grand, puiffant, *De pinguedine terræ ;* & ne
me refufez pas auffi les graces neceffaires pour
bien vivre dans le monde, *& de rore cæli.* Priére de reprouvé. Quand nous prions de la forte,
faut-il s'étonner fi Dieu ne nous écoute pas !

Allons à la fource, & pour connoiftre plus à
fond fur quoy l'importante verité que je vous
prefche eft eftablie, comprenez ce principe de

saint Cyprien, que nos priéres n'ont de vertu qu'autant qu'elles sont unies aux priéres de Jesus-Christ. Car il n'y a que Jesus-Christ, de qui l'on puisse dire avec saint Paul, qu'il a esté exaucé pour le respect dû à sa personne : *Exauditus est pro sua reverentia.* Quand Dieu nous exauce, ce n'est point en veûë, ni de ce que nous sommes, ni de ce que nous meritons, puisque par nous-mesmes nous ne sommes rien; & que par nous-mesmes nous ne meritons rien : mais il nous exauce en veûë de son Fils, & parce que son Fils a prié pour nous avant que nous fussions en estat de prier nous-mesmes. Cela supposé, comment Dieu pourroit-il agréer des priéres, où par preference au salut nous luy demandons des biens temporels, puisqu'elles n'ont alors nulle conformité, nulle liaison avec les priéres de cet homme-Dieu qui s'est fait nostre mediateur ? Qu'a-t-il demandé pour nous ? vous le sçavez : que nous soyons unis par le lien de la charité, *Rogo, pater, ut sint unum;* que sans ostentation, sans déguisement, nous soyons saints en esprit & en verité; *Pater, sanctifica eos in veritate ;* que vivant au milieu du monde selon nostre vocation & nostre estat, nous soyons assez attentifs sur nous-mesmes, & assez heureux pour nous preserver de son iniquité, *Non rogo ut tollas eos de mundo, sed ut serves eos à malo.* Mais que faisons-nous ? nous demandons à Dieu des richesses, des honneurs, une

vaine reputation, une vie commode; & ſans les
demander aprés le ſalut & par rapport au ſalut,
nous ne les demandons ces richeſſes, que pour
eſtre dans l'abondance; ces honneurs, que pour
eſtre dans l'éclat; cette reputation, que pour eſtre connus & diſtinguez; cette vie commode,
que pour en joüir : c'eſt à dire, que nous demandons ce que Jeſus-Chriſt n'a jamais demandé pour nous. Et pourquoy ne l'a-t-il jamais demandé? appliquez-vous à cecy : parce qu'il n'a
pû prier, adjouſte ſaint Cyprien, que conformément à la fin pour laquelle il eſtoit envoyé.
Or il eſtoit envoyé en qualité de Sauveur; & la
miſſion qu'il avoit reçeûë, ne regardoit que le
ſalut de l'homme. C'eſt donc uniquement pour
le ſalut de l'homme qu'il a dû travailler, qu'il a
dû ſouffrir, qu'il a dû meriter; & par une conſequence neceſſaire, c'eſt uniquement pour le
ſalut de l'homme & pour tout ce qui ſe rapporte au ſalut de l'homme, qu'il a dû prier.

De là, Chreſtiens, vous demandez, mais
vous n'obtenez rien, parce que vous ne demandez pas avec Jeſus-Chriſt; & que vous pourriez
dire, ſi vos priéres independamment de cette
union, eſtoient efficaces, que vous avez reçeû
des biens ſans en eſtre redevables à ce Dieu Sauveur : ce qui dans les maximes de la Religion
que nous profeſſons, eſt un blaſpheſme. Et voilà ſur quoy s'appuye ſaint Auguſtin, quand il
prouve ſi ſolidement, que l'eſperance chreſtien-

ne n'a point pour objet les biens de cette vie.
Non, difoit ce faint Docteur, ne vous y trompez pas, & que perfonne de vous ne fe promet-
te une felicité temporelle parce qu'il a l'honneur d'appartenir à Jefus-Chrift : *Nemo fibi pro-*
*mittat felicitatem hujus mundi quia chriftianus*
*eft.* Ce n'eft point pour cela que Jefus-Chrift
nous a choifis, ni à cette condition qu'il nous a
appellez. Il peut fans manquer à fa parole, nous
laiffer dans la pauvreté, dans l'abbaiffement,
dans la fouffrance. Il s'eft engagé à prefenter luy-
mefme vos priéres devant le Throfne de Dieu;
mais il a fuppofé que vous prieriez en chreftiens,
& pour le ciel, où il a placé voftre héritage. Excellente raifon dont fe fervoit encore le mefme
Pere contre les railleries des payens. Vous nous
reprochez, leur repondoit-il, que malgré nos
priéres nous vivons dans la difette & dans l'a-
bandon de toutes chofes. Mais pour nous juftifier pleinement de ce reproche auffi bien que
noftre Dieu, il fuffit de vous dire que quand
nous le prions, ce n'eft point precifément pour
les biens de la terre, mais pour les biens de l'é-
ternité. Si donc nous fommes pauvres en ce
monde, non feulement cet eftat pauvre où nous
vivons, n'eft point une preuve de l'inutilité de
nos priéres, mais c'eft une affeûrance que le fruict
nous en eft refervé ailleurs & dans une vie immortelle.

Telle eftoit la reponfe de faint Auguftin,

qu'il concluoit par la penſée la plus touchante.
Car c'eſt en cela, pourſuivoit-il, que nous devons admirer la liberalité de noſtre Dieu. Il ne
borne pas ſes faveurs à des biens temporels, parce que ce ſont des biens au deſſous de nous,
parce que ce ſont des biens incapables de nous
ſatisfaire, parce que ce ſont des biens trop peu
proportionnez, & à la nobleſſe de noſtre eſtre,
& à la valeur de nos priéres. Il ne veut pas nous
traiter comme des enfants, que l'on amuſe par
des bagatelles. Il ne veut pas nous traiter comme les idolaſtres, dont il recompenſe dans cette vie les vertus morales par un bonheur appa-
rent. Mais il veut eſtre luy-meſme tout noſtre
bonheur, luy-meſme toute noſtre recompenſe.
Ah! mes Freres, ne prenons donc pas le change dans le choix des biens que nous demandons.
Tenons nous en à la parole de noſtre Dieu, qui
nous a promis de ſe donner à nous; & pour l'engager à s'y tenir luy-meſme, ne luy demandons
que luy-meſme. Il y en a pluſieurs qui eſperent
en Dieu, mais qui ſans nul égard à Dieu eſperent toute autre choſe que Dieu; *Multi de Deo* Aug.
*ſperant, ſed non Deum.* Gardons-nous de faire
une ſeparation ſi deſavantageuſe pour nous; &
comme nous n'eſperons rien que de Dieu, n'eſperons rien auſſi que Dieu, ou que par rapport
à Dieu: *A Deo alia petunt præter Deum; tu ip-* Idem.
*ſum Deum pete.*

 Mais ce ne ſont point en effet des graces temporelles que je demande à Dieu. Ce sont des graces surnaturelles, des graces de salut ; & cependant je ne les ay pas. Non, mon cher Auditeur, vous ne les avez pas, parce que sur cela mesme vous faites un troisiéme abus de la priére, dont vous ne vous appercevez pas peut-estre & que je vais vous decouvrir.

C'est qu'au lieu d'envisager la priére comme l'instrument que Dieu nous a mis en main pour faire descendre sur nous les veritables graces du salut, c'est à dire, les graces réelles & possibles, les graces solides & necessaires, les graces reglées & mesurées selon l'ordre des decrets divins ; nous nous en servons pour demander des graces chimeriques, des graces superfluës, des graces selon nostre goust & selon nos fausses idées. Je m'explique. Nous prions, & nous prions, à ce qu'il nous semble, dans un vray desir de parvenir au salut : mais par une confiance aveugle, nous faisons fond sur la priére, comme si la priére suffisoit sans les œuvres ; comme si tout le salut rouloit sur la priére ; comme si Jesus-Christ en nous disant, priez, ne nous avoit pas dit au mesme temps, veillez & agissez ; comme s'il y avoit des graces qui pussent & qui dussent nous sauver sans nous. Nous prions & nous demandons la grace d'une bonne mort, persuadez que c'est assez de la demander sans se mettre en peine de la meriter, & sans s'y preparer par une bonne vie. Nous prions & nous de-

mandons des graces de penitence, des graces de
sanctification : mais des graces pour l'avenir, &
non pour le present ; mais des graces qui lévent
toutes les difficultez, & non qui nous laissent
des efforts à faire & des obstacles à vaincre ;
mais des graces miraculeuses qui nous entraîs-
nent comme saint Paul, & non des graces qui
nous disposent peu à peu & avec lesquelles nous
soyons obligez de marcher ; mais des graces qui
nous suivent par tout, qui nous soient asseûrées
par tout, qui nous permettent de nous exposer
par tout, & non des graces que nous ayons soin
de ménager : c'est à dire, que nous demandons
des graces qui changent tout l'ordre de la providence, & qui renversent toute l'œconomie de
nostre salut.

Concluons, Chrestiens, cette premiere par-
tie, par la priére du Prophete. *Unam petii à*  *Psalm. 26.*
*Domino :* je ne demande plus proprement au
Seigneur qu'une seule chose : *Hanc requiram ;*
c'est ce que je dois uniquement rechercher. Et
quoy ! *Ut inhabitem in domo Domini :* de de-  *Ibid.*
meurer dans sa sainte maison, & de le posseder
éternellement dans sa gloire. Car je le reconnois, ô mon Dieu, adjouste saint Augustin, &
je vois bien maintenant pourquoy vous avez si
souvent rejetté les priéres de vostre serviteur.
C'est que pour repondre aux desseins de vostre
misericorde, je devois vous demander des choses qui ne me fussent pas communes avec les

*Aug.*

payens & les impies : *Ea quippe à te defiderare debui, quæ mihi cum impiis non effent communia.* Vous vouliez que mes priéres me diftinguaffent des ennemis de voftre nom; cependant je trouve qu'entre leurs priéres & les miennes il n'y a prefque point eû jufqu'à prefent de difference, finon qu'ayant demandé comme eux des faveurs temporelles, ils les ont communément obtenuës, & que vous me les avez ordinairement refufées, ou parce qu'elles eftoient par elles-mefmes contraires à mon falut, ou parce que je ne les demandois pas pour mon falut. Mais en cela, Seigneur, je confeffe encore que vous m'avez fait grace, parce que ces faveurs temporelles que je vous demandois, auroient achevé de me pervertir, au lieu que les fleaux de voftre juftice ont fervi à me corriger. En devenant heureux dans le monde, je vous aurois plus aifément oublié. J'aurois imité l'exemple des autres, fi mes vœux euffent efté fuivis de la mefme profperité. Ainfi, mon Dieu, bien loin de me plaindre de vos refus, je vous en bénis, & je compte pour un bienfait de ne m'avoir pas exaucé felon mes defirs, mais felon l'ordre de voftre fageffe & pour mon falut : *Et gaudeo quod non exaudieris ad voluntatem, ut exaudires ad falutem.* Mais maintenant, mon Dieu, vous écouterez mes demandes, parce que je ne veux plus vous demander que les biens éternels; parce que fi je vous en demande d'autres, je ne

*Aug.*

veux

veux plus vous les demander que par subordination & par rapport aux biens éternels ; parce
qu'entre les graces du salut que je vous deman-
deray, je ne veux plus vous demander que celles
qui me doivent estre utiles, que celles qui peuvent plus seûrement, plus directement me conduire aux biens éternels. Ainsi, Chrestiens, la
parole de Jesus-Christ s'accomplira-t-elle à nostre égard : nous demanderons, & nous rece-
vrons. Au lieu que nous ne recevons pas, ou
parce que nous ne demandons pas ce qu'il faut,
ç'a esté la premiere partie ; ou parce que nous
ne demandons pas comme il faut, c'est la seconde.

SI Dieu veut écouter nos priéres, c'est à certai- II. Partie.
nes conditions necessaires & essentielles : mais de
quelque maniere, Chrestiens, que Dieu en use
avec nous, & qu'il ait plû à sa providence de
disposer les choses, ce seroit une erreur, & une
grossiere erreur, de se persuader que les conditions de la priére fussent un obstacle à l'accomplissement de nos vœux, & un pretexte dont
Dieu se servist pour avoir droit de nous refuser
ses dons. Ah ! mes Freres, disoit saint Augustin, à Dieu ne plaise que nous entrions jamais
dans ce sentiment, puisqu'il n'est rien de plus
opposé à la conduite de nostre Dieu. Luy qui
selon l'Ecriture, ne peut arrester le cours de ses
misericordes, lors mesmes que nous irritons sa

*Tome I.* .Z

*Pfalm. 76.*

colere; *Numquid continebit in ira fua mifericordias fuas :* luy qui n'attend pas qu'on le prie, mais qui dans la penfée du Prophete Royal fe plaift à exaucer les fimples defirs; *Defiderium*

*Pfalm. 10.*

*pauperum exaudivit Dominus :* luy dont l'oreille eft fi delicate, qu'il entend jufqu'à la preparation des cœurs; *Præparationem cordis eo-*

*Ibid.*

*rum audivit auris tua :* il n'a garde, fi j'ofe parler ainfi, d'eftre de fi difficile compofition quand on l'invoque de bonne foy; & bien loin qu'il fe prévale de fa grandeur, dans le commerce qu'il nous permet d'avoir avec luy par la priére, on pourroit pluftoft douter, s'il ne s'y relafche point trop de ce qui luy eft dû, & s'il ne fupporte point avec trop de condefcendance nos foibleffes & nos imperfections. J'avouë que la priére pour eftre efficace, doit eftre reveftuë de certaines qualitez : mais en cela je foutiens, qu'on ne peut açcufer Dieu, ni de reftreindre fes promeffes, ni d'enchérir fes graces. Pourquoy! parce qu'à bien examiner ces qualitez, il n'y en a aucune, qui ne foit aifée dans la pratique, aucune dont la raifon ne nous juftifie la neceffité, aucune que les hommes mefmes n'exigent par proportion les uns des autres; & ce que je vous ay déja fait remarquer, aucune dont cette femme de noftre Evangile ne nous ait donné l'exemple & dont elle ne foit pour nous le plus fenfible modelle.

Car enfin, demande faint Chryfoftome, dans

l'excellente homelie qu'il a composée sur ce sujet, quelles conditions exige noſtre Dieu pour l'infaillibilité de la priére? l'humilité, la confiance, la perſeverance, l'attention de l'eſprit, l'affection du cœur. Or y a-t-il rien là, je ne dis pas d'impraticable & d'impoſſible, mais de penible & d'onereux?

Prier dans la diſpoſition d'un eſprit humble, quoy de plus raiſonnable & meſmes de plus naturel? Peut-on avoir une juſte idée de la priére, & oublier en priant cette regle fondamentale? Prie-t-on autrement les Princes & les Monarques de la terre? Se fait-on une peine de leur rendre des hommages & des reſpects, lors qu'on a des requeſtes à leur preſenter? & ſi par ces reſpects & par ces hommages on vient à bout de ſes pretentions, ſe plaint-on qu'il en ait trop couſté? Dit-on qu'ils faſſent achepter trop cher leurs graces, quand ils les refuſent à un temeraire, qui les demande avec hauteur? & pourquoy le diroit-on de Dieu, devant qui il eſt d'ailleurs bien plus raiſonnable & par conſequent bien plus facile de s'humilier que devant les hommes? La Chananéenne dont parle ſaint Matthieu, fit-elle difficulté de ſe proſterner en la preſence de Jeſus-Chriſt & de l'adorer? Fut-ce un grand effort pour elle de confeſſer à ſes pieds ſon indignité, & compta-t-elle pour beaucoup d'eſſuyer les rebuts aux quels elle ſe vit d'abord expoſée? non non, luy dit le Sauveur du mon-

de, il ne faut pas donner le pain des enfants aux
chiens ; *Non est bonum sumere panem filiorum,*
*& mittere canibus.* Est-il une comparaison plus
humiliante ? mais toute humiliante qu'elle put
estre, cette Chananéenne en parut-elle touchée
& contristée ! que dis-je ! ne reconnut-elle pas
elle-mesme la verité de ces paroles en se les appliquant ! il est vray, Seigneur ; *Etiam, Domine.*
Ce fut ainsi qu'elle pria ; mais comment prions
nous ! Elle estoit payenne, & cette payenne s'humilie ; nous sommes chrestiens, & nous appor-
tons à la priére un esprit d'orgueil, dont nous
ne pouvons nous défaire, lors mesmes que nous
sommes forcez à reconnoistre nos miseres & nos
besoins : & parce que cet esprit nous domine,
nous prions avec presomption , comme si Dieu
devoit avoir des égards pour nous, comme s'il
devoit nous distinguer, comme s'il devoit nous
tenir compte de nos priéres. Sans parler de ce
faste exterieur qui souvent accompagne nos sacrifices, & qui bien loin d'engager Dieu à nous
écouter , l'engage à nous punir : sans parler de
ce luxe que nous portons jusques dans le sanctuaire , de cet air de grandeur & de suffisance
que nous y retenons, de ces postures vaines &
negligées que nous y affectons ; estats bien contraires à l'action d'un suppliant, & qui selon l'E-
criture rendent nos priéres abominables devant Dieu, puisque Dieu ne hait rien davantage qu'un pauvre orgueilleux, *Pauperem super-*

Matth. 15.

Ibid.

Eccli. 25.

*bum :* sans en venir à ce detail, nous demandons à Dieu des graces, mais comment ! non point comme des graces, mais comme des dettes, prests à nous élever & à nous enfler s'il nous les accorde, prests à murmurer & à nous plaindre s'il ne nous les accorde pas. Nous les demandons pour oublier, aprés les avoir reçeuës, que nous les tenons de luy, pour les posseder & en user sans les rapporter à luy. Or devons-nous estre surpris alors, que Dieu nous ferme son sein ! voulons nous qu'il nous exauce aux dépends de sa propre gloire : & ne seroit-ce pas prodiguer ses biens, que de les repandre indifferemment & sur les superbes & sur les humbles ?

Prier dans le sentiment d'une vive confiance, quoy de plus juste ! C'est nostre souverain & nostre Dieu, qui par un effet de sa misericorde, non seulement veut estre prié de la sorte, mais se tient mesmes honoré de cette confiance ; qui dans mille endroits de l'Ecriture luy attribuë plustost qu'à sa misericorde ( ne vous offensez pas de ma proposition, elle est saine & orthodoxe ) qui, dis-je, en mille endroits de l'Ecriture ; attribuë à cette confiance, plustost qu'à sa misericorde mesme, la vertu miraculeuse de la priére ; ne disant pas à ceux qui ont recours à luy, & qui le réclament, c'est ma bonté & ma puissance, mais c'est vostre foy & vostre confiance qui vous a sauvez, *Fides tua te salvum fecit.* Matth. 10.
Pouvoit-il nous proposer un parti plus avanta-

geux ! Toute infidelle qu'eſtoit la Chananéenne, n'eſt-ce pas celuy qu'elle embraſſa d'abord!
Cette ouverture de cœur qu'elle marqua à Jeſus-Chriſt, en luy portant elle-meſme la parole;
Seigneur, ayez pitié de moy, *Miſerere mei, Do-*
*mine :* ce motif tendre & affectueux par où elle
l'intereſſa, en l'appellant Fils de David, *Fili*
*David :* ces cris qu'elle redoubla à meſure que
les Apoſtres la reprenoient & luy ordonnoient
de ſe taire, *Dimitte eam, quia clamat poſt nos :*
cette aſſeûrance qu'elle eût de renoncer volontiers au pain de la table, pourveû qu'on luy don-
naſt ſeulement les miettes qui en tomboient;
c'eſt à dire, ſelon l'explication de ſaint Jeroſme,
de ſe contenter des moindres efforts de la puiſſance du Sauveur, convaincuë que ce ſeroit aſſez pour opérer le miracle qu'elle demandoit,
*Nam & catelli edunt de micis quæ cadunt de*
*menſa dominorum ſuorum :* tout cela n'eſtoit-il
pas d'une ame bien ſeûre du Dieu qu'elle in-
voquoit ? Qu'euſt-elle fait, ſi déja chreſtienne, elle euſt connu Jeſus-Chriſt auſſi parfaitement que nous ! ſi comme nous, au lieu de le
connoiſtre pour Fils de David, elle l'euſt connu pour Fils du Dieu vivant ! Et n'eſt-il pas
néanmoins vray qu'avec toutes les idées que noſtre Religion nous donne de cet homme-Dieu,
nous ne le prions preſque jamais de cette maniere ſimple, mais héroïque, qui nous eſt marquée par l'Apoſtre, je veux dire avec foy & ſans

aucun doute ! *Poſtulet autem in fide , nihil hœ-* Jacob. 1.
*ſitans.* Quoyque Jeſus-Chriſt ait pû faire pour
nous y aider , & quoyque pour vaincre noſtre
incredulité & noſtre defiance , il ſe ſoit engagé
à nous par le ſerment le plus ſolemnel, & qu'il
en ait juré par luy-meſme, luy, comme dit ſaint
Paul , qui n'avoit point de plus grand que luy-
meſme par qui il puſt jurer ; noſtre defiance &
noſtre incredulité l'emportent. Nous croyons
un homme ſur ſa parole, & nous ne croyons pas
un Dieu : nous prions , mais en meſme temps
nous nous troublons , nous nous entretenons
dans de vaines inquietudes , nous nous abandonnons à de ſecrets deſeſpoirs : nous avons recours à Dieu ; mais toûjours dans l'extremité
& quand tout le reſte nous manque : nous com-
ptons moins ſur Dieu que ſur nous-meſmes, &
nous faiſons plus de fond ſur noſtre prudence
que ſur nos priéres. Aveuglement que deplo-
roit ſaint Ambroiſe , & qui juſtifie bien la conduite de Dieu, quand il raccourcit ſon bras à noſtre égard , & qu'il ne daigne pas l'étendre pour
nous ſecourir.

Prier avec perſeverance , quoy de plus convenable ? Dieu, maiſtre de ſes dons & à qui ſeul
il appartient d'en diſpoſer , ne peut-il pas les
mettre à tel prix qu'il luy plaiſt ; & ſes graces ne
ſont elles pas en effet aſſez pretieuſes pour les
demander ſouvent & long-temps ? Quand Jeſus-Chriſt par ſon ſilence éprouva cette mere de

Z iiij

l'Evangile, & qu'il ne luy repondit pas mesmes une parole ; *Et non respondit ei verbum :* quand il sembla vouloir l'éloigner par un refus severe & mortifiant, & que devant elle il declara aux Apostres qu'il n'estoit point envoyé pour elle ; *Non sum missus, nisi ad oves quæ perierunt domûs Israël ;* cessa-t-elle pour cela de prier, de solliciter, de presser ? Non, Chrestiens ; la resistance de Jesus-Christ augmenta sa perseverance, & sa perseverance triompha de la resistance de Jesus-Christ. Elle comprit d'abord le mystere, & les inclinations de ce Dieu Sauveur ; & dans l'engagement où elle se trouva, d'entrer, pour ainsi dire, en lice avec luy, opposant à une dureté apparente les empressemens veritables d'une sainte opiniastreté, elle força en quelque sorte les loix de la providence ; elle merita, quoyqu'étrangere, d'estre traitée en Israëlite ; elle obtint le double miracle, & de la delivrance de sa Fille, & de sa propre conversion. O charité de mon Dieu, s'écrie un Pere, que vous estes adorable dans vos dissimulations, & dans les stratagesmes dont vous usez, pour combattre en apparence contre ceux mesmes pour qui vous combattez en effet ! *O dissimulatrix clementia, quæ duritiem te simulas, quantâ pietate pugnas adversùs eos pro quibus pugnas !* Ne desesperez donc point, adjoustoit-il, ô Ame chrestienne, vous qui avez commencé dans la priére à lutter avec vostre Dieu : car il aime que vous luy fassiez violence ;

il se plaist à estre desarmé par vous : *Noli igitur desperare, ô anima, quæ cum Deo luctari cæpisti : amat utique vim abs te pati, desiderat à te superari.* Et ne craignons pas, mes Freres, conclut-il, que ce Dieu de misericorde puisse estre fort & invincible contre nous, luy qui par le plus étonnant prodige a voulu jusques à la mort estre foible pour nous : *Et absit, fratres, ut fortis sit adversùm nos, qui pro nobis usque ad mortem infirmatus est.* Ainsi le concevoient les Saints : mais nous, vous le sçavez, prévenus d'une erreur toute contraire & emportez par un esprit volage & leger, nous cedons à Dieu malgré luy-mesme ; nous luy cedons lorsqu'il voudroit luy-mesme nous ceder ; nous nous ennuyons de luy dire que nous sommes pauvres & que nous attendons son secours, & il veut estre importuné. Cette assiduité nous fatigue, nous gesne, nous cause des dégousts & des impatiences. Nous voudrions en estre quittes pour nous estre une fois presentez à la porte ; & nous oublions la grande maxime du Sage, qui nous avertit de supporter les lenteurs de Dieu : *Susti-* *Eccli. 2.*

*ne sustentationes Dei.* Nous ne pouvons nous accommoder de cette parole d'Isaïe, *Expecta,* at- *Isai. 28.* tendez ; *Reexpecta,* attendez encore. Le moindre delay nous rebutte ; & souvent sur le poinct mesme de voir nos vœux remplis, nous en perdons tout le merite & tout le profit. A qui nous en devons nous prendre ! est-ce à Dieu ! ou n'est-ce pas à nous-mesmes !

Enfin prier avec attention, avec affection, je dis avec attention de l'esprit, avec affection du cœur, quoy de plus necessaire & de plus essentiel à la priére? Je finis par ce poinct le plus important de tous. Attention de l'esprit, affection du cœur, c'est ce que j'appelle aprés saint Thomas l'ame de la priére, & sans quoy elle ne peut pas plus subsister qu'un corps sans l'esprit qui le vivifie & qui l'anime. Car qu'est-ce que la priére? ne consultons point icy la Theologie, mais le seul bon sens & l'idée commune que nous avons de ce saint exercice: qu'est-ce encore une fois que la priére? un entretien avec Dieu, où l'ame admise, pour m'exprimer de la sorte, & introduite dans le sanctuaire, expose à Dieu ses besoins, luy represente ses foiblesses, luy decouvre ses tentations, luy demande grace pour ses infidelitez. Or tout cela ne suppose-t-il pas un recueillement & un sentiment interieur? Si donc il arrive qu'au moment que je traite avec Dieu, mon esprit s'égare, jusques à perdre absolument & volontairement cette attention interieure & cette devotion; quoyque je fasse du reste, ce n'est plus une priére. Quand je chanterois les loüanges du Seigneur, quand j'employerois les nuits entieres au pied des Autels; quand mon corps selon l'expression & l'exemple de David, demeureroit comme attaché & collé à la terre, dés que je cesse de m'appliquer, je cesse de prier. Et de là, Chrestiens, le Docteur Angelique ti-

roit trois grandes confequences, aux quelles je
n'adjoufteray rien, mais que je vous prie de bien
mediter pour voftre édification. Confequences
terribles, & qui vous feront pleinement connoiftre pourquoy nos priéres ont fi peu d'efficace auprés de Dieu.

Premiere confequence. Puifqu'il eft vray que
l'attention eft de l'effence de la priére, on peut
dire avec fujet, mais encore avec plus de douleur, que l'exercice de la priére eft comme a-
néanti dans le chriftianifme : pourquoy ? parce
que fi l'on y prie encore quelquefois, c'eft fans
reflexion. A quoy fe réduit toute noftre pieté !
à quelques priéres que nous recitons, mais du
refte avec un efprit diffipé & prefque toûjours
diftrait. Nous remüons les levres, non pas comme cette mere de Samuël dont le grand Preftre Heli jugea temerairement; mais comme les
Juifs, à qui Dieu reprochoit que leur cœur eftoit
bien loin de luy tandis qu'ils le glorifioient de
bouche. Ainfi nos priéres ne font plus communément qu'hypocrifie; & Jefus-Chrift pourroit
bien nous redire, ce qu'il difoit aux Pharifiens :
*Hypocritæ, benè prophetavit de vobis Ifaias :*   Matth. 15.
*Populus hic labiis me honorat, cor autem eorum*
*longè eft à me.* Ce n'eft pas feulement le peuple
qui tombe dans ce defordre, & qui par une fatale groffiereté prie tous les jours fans prier, c'eft
à dire, fans penfer à qui il parle, ni à ce qu'il demande. Ce n'eft pas feulement le fexe devot, qui

plus addonné à la priére, fait fon capital de dire
beaucoup, mais fans fixer fa legereté naturelle & en s'appliquant trés peu. Ce font mefmes
les hommes les plus éclairez & les mieux inftruits; ce font les perfonnes mefmes confacrées
à Dieu, les miniftres mefmes de Dieu, qui par le
plus deplorable renverfement, à force de prier,
ne prient point du tout; & au lieu de perfectionner une fi fainte pratique par l'habitude, la corrompent & la détruifent.

Seconde confequence. Puifque la priére renferme effentiellement l'attention, il s'enfuit que
dans les priéres qui nous font commandées, l'attention eft elle-mefme de précepte : en forte qu'il
ne fuffit point alors de prononcer, mais qu'une
diftraction notable & volontaire doit eftre con-
fiderée comme une offenfe griéve & mortelle.
Or je dis fur tout cecy, mes Freres, & pour vous
& pour moy, parce que c'eft en cela que confifte un des premiers engagemens de vôftre profeffion & de la mienne; & que la priére vocale
eft comme le facré tribut que l'Eglife chaque
jour exige de nous. Car il feroit bien étrange, que
cette action fi fainte d'elle-mefme, & qui doit
nous-mefmes nous fanctifier, ne fervift qu'à
nous condamner; & que ce qui doit eftre pour
nous la fource des graces, devinft une des fources de noftre reprobation. Souvenons-nous
qu'en nous obligeant à l'office divin, nous nous
fommes obligez à un acte de religion; qu'un

acte de religion n'est point une pratique purement exterieure; & que comme l'Eglise en nous
commandant la confession, nous commande la
contrition du cœur, aussi nous commande-t-el-
le l'attention de l'esprit en nous commandant
la priére. Soit que cette obligation naisse immediatement & directement du précepte de l'E-
glise mesme, comme l'estiment de trés habiles
Theologiens; soit qu'elle vienne du précepte
naturel qui accompagne celuy de l'Eglise, en
vertu du quel Dieu nous ordonne de faire saintement & dignement ce qui nous est prescrit,
comme veulent quelques autres : quoyqu'il en
soit, cette difference de sentimens n'est qu'une
subtilité de l'Ecole ; & dans l'une & l'autre
opinion, l'on peche toûjours également. Ah,
mes Freres, n'attirons pas sur nous cette malediction dont le Prophete dans l'excés de son zéle menaçoit le pecheur , quand il disoit : que sa
priére devienne un peché pour luy; *Oratio ejus*   Psalm. 118.
*fiat in peccatum.* Or à combien de ministres, ou
de combien de ministres n'est-il pas à craindre
qu'on n'en puisse dire autant ! Si saint Augustin
s'accusoit sur cela de negligence , nous avons
bien encore plus lieu de nous en accuser nous-
mesmes.

Troisiéme & derniere consequence. Ce n'est
donc pas sans raison que Dieu rejette nos priéres,
puisque ce ne sont rien moins que des priéres ;
& que bien loin de l'honorer, nous l'offensons,

& l'irritons contre nous. Car quelle injuſtice, mon cher Auditeur! Vous voulez que Dieu s'applique à vous, quand il vous plaiſt de le prier; & vous ne voulez pas en le priant vous appliquer vous-meſme à Dieu. Vous dites à Dieu comme le Prophete : Seigneur, preſtez l'oreille à mes paroles, *Verba mea auribus percipe :* Seigneur, écoutez mes cris , *Intellige clamorem meum :* Seigneur, ſoyez attentif à mes vœux, *Intende voci orationis meæ ;* mais au meſme temps vous portez voſtre eſprit ailleurs. Vous demandez que Dieu vous parle, & vous ne luy parlez pas : vous demandez que Dieu vous écoute, & vous ne l'écoutez pas ; vous ne vous écoutez pas vous-meſme , vous ne vous comprenez pas.

Réformons-nous, Chreſtiens, ſur ce ſeul article, & nous réformerons toute noſtre vie : car on ſçait bien vivre, dit ſaint Auguſtin, quand on ſçait bien prier : *Rectè novit vivere , qui novit orare.* Pourquoy ſommes-nous ſujets à tant de deſordres? c'eſt parce que nous ne prions point, ou que nous prions mal ; & par un retour trop ordinaire, pourquoy ne prions-nous point, ou pourquoy prions-nous mal, c'eſt parce que nous ne voulons pas ſortir de nos deſordres & que nous craignons de guérir. Demandons à Dieu des choſes dignes de luy & dignes de nous. Demandons-les d'une maniere digne de luy & digne de nous. En deux mots , demandons luy

ses graces & demandons les bien; nous les ob-
tiendrons : mais entre les autres graces, demandons luy sur tout le don de la priére. Disons luy
comme les Apostres : *Domine, doce nos orare :*  Luc. 11.
Ah! Seigneur, nostre foiblesse est telle, que nous
ne pouvons pas mesmes sans vous, vous bien
exposer nos besoins, ni bien implorer vostre secours. C'est à vous à nous faire sentir efficacement nos miseres; c'est à vous à nous attirer au
pied de vostre Autel pour vous les representer;
c'est à vous à nous inspirer ce que nous devons
vous dire pour vous toucher. Donnez nous
donc vous-mesme, ô mon Dieu, cette science
si necessaire; & par une grace où sont en quelque sorte renfermées, comme dans leur source,
toutes les autres graces, apprenez-nous à nous
servir de la priére pour faire descendre sur nous
des graces de conversion, des graces de sanctification, des graces de salut qui nous conduisent à la gloire, &c.

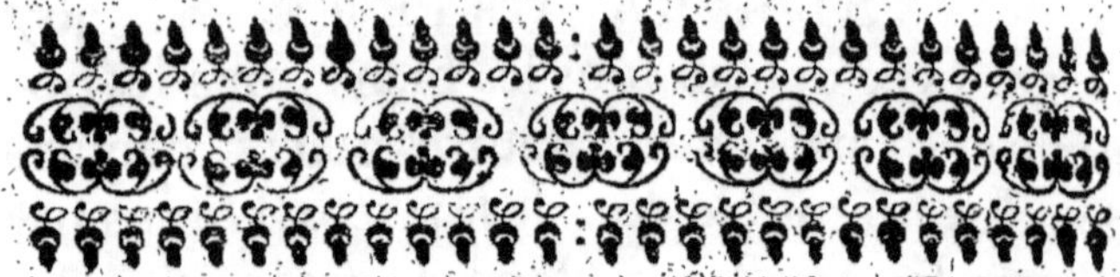

# SERMON

## POUR LE VENDREDY

### de la premiere Semaine.

#### Sur la Predestination.

Erat autem quidam homo ibi, triginta & octo
annos habens in infirmitate sua. Hunc cùm vi-
disset Jesus jacentem, & cognovisset quia jam
multum tempus haberet, dicit ei : vis sanus
fieri ?

*Or il y avoit là un homme malade depuis trente-
huit ans. Jesus l'ayant veû couché par terre, &
sçachant depuis combien de temps il estoit dans
cet estat, luy dit : voulez-vous estre guéri ?
En saint Jean chap. 5.*

SIRE,

A En juger par les apparences, fut-il jamais
une demande moins necessaire, que celle du Fils
de Dieu à ce paralitique de nostre Evangile !
C'estoit

C'eſtoit un malade de trente-huit ans, expoſé comme les autres ſur le bord de la piſcine miraculeuſe. Il attendoit avec impatience qu'on l'y jettaſt au moment que l'eau ſeroit remuée par l'Ange du Seigneur ; il cherchoit un homme charitable pour luy rendre ce bon office ; il eſtoit affligé & il ſe plaignoit meſmes de n'en avoir encore pû trouver ; enfin il ne deſiroit rien plus ardemment que ſa guériſon , & il n'avoit point d'autre penſée ni d'autre ſoin qui l'occupaſt : pourquoy donc luy demander s'il veut eſtre guéri, *Vis ſanus fieri ?* Mais ce n'eſt pas ſans raiſon, repond ſaint Auguſtin. Ce paralytique eſtoit la figure des pecheurs ; & luy-meſme, comme pecheur, il ne pouvoit eſtre guéri, ſans eſtre converti, ſelon la pratique du Sauveur des hommes de ne guérir jamais les corps qu'au meſme temps il ne ſanctifiaſt les ames. Or quelque diſpoſé que fuſt ce malade à ſa guériſon, peut-eſtre ne l'eſtoit-il pas également à ſa converſion ; & c'eſt pour cela que Jeſus-Chriſt qui ſçavoit que l'un dépendoit de l'autre, & qui ne vouloit pas luy accorder l'un s'il ne conſentoit à l'autre, luy demande avant toutes choſes : *Vis ſanus fieri ?* voulez vous eſtre guéri ?

Tel eſt, Chreſtiens, noſtre eſtat en qualité de pecheurs : il y a peut-eſtre long-temps que nous languiſſons, & que nous ſommes ſans action & ſans mouvement dans la voye de Dieu, ou pluſtoſt hors de la voye de Dieu. Peut-eſtre Dieu

*Tome I.* .A a

voit-il parmi nous des paralytiques de plufieurs années, c'eſt à dire des hommes endurcis dans leurs habitudes criminelles ; & plaiſe au Ciel qu'entre ceux à qui je parle, il n'y en ait pas dont on puiſſe dire : *Erat autem quidam triginta & octo annos habens in infirmitate ſua :* ce pecheur eſt depuis trente-huit ans dans ſon deſordre. Nous avions beſoin d'un homme pour nous affranchir de la ſervitude du peché. Cet homme eſt venu, & c'eſt Jeſus-Chriſt. Il nous a jettez dans la piſcine, je veux dire, dans les eaux ſalutaires du baptefme, où nous avons eſté régenerez. Au lieu de nous maintenir dans la poſſeſſion de cette grace, nous en ſommes déchûs : & il eſt encore preſt de nous faire entrer dans une ſeconde piſcine, qui eſt celle des larmes & de la penitence. Mais auparavant il nous demande à tous en general & à chacun en particulier : *Vis ſanus fieri ?* eſt-ce de bonne foy que vous voulez eſtre guéri ? C'eſt à quoy il faut que nous repondions, & ce qui me donne lieu de vous entretenir d'une matiére importante, puiſqu'il s'agit des deſſeins de Dieu ſur nous par rapport au ſalut, & de la maniere dont nous y devons cooperer. C'eſt en cela meſme auſſi que conſiſte le grand myſtere de la predeſtination. Myſtere profond & adorable : myſtere ſur lequel on a formé & l'on forme encore dans le chriſtianiſme tant de queſtions : myſtere dont je veux vous parler aujourd'huy, pour vous apprendre l'uſa-

ge que vous en devez faire; les égaremens, les
écüils qu'il y faut éviter. Salüons d'abord Marie, & difons luy, *Ave Maria.*

C'Est le malheur de l'homme d'abufer de tout,
& de corrompre foit par la malice de fon cœur,
foit par les erreurs de fon efprit, jufques aux dons
de Dieu, jufques aux attributs de Dieu, jufques
aux myfteres de Dieu. Verité que faint Auguftin à voulu nous faire entendre, lorfque fe fer-
vant d'une expreffion bien hardie, il a dit que
Dieu qui eft la fainteté, la pureté par excellence, n'eft pour les impies & pour les pecheurs, ni
faint, ni pur; puifque les pecheurs & les impies
fe font tous les jours de Dieu mefme comme un
fujet de prophanation : *Immundis, ne Deus qui-*     *Aug.*
*dem ipfe mundus eft.* Or ce que faint Auguftin
difoit de Dieu, eft encore plus vray de la predeftination de Dieu. Car cette predeftination eft
un myftere de grace; & par l'abus qu'en font les
hommes, elle leur devient une matiere de fcandale. Ils s'en fervent comme d'un pretexte, les
uns pour vivre dans une vaine confiance qui leur
fait negliger le falut, & les autres pour s'entretenir dans des défiances criminelles qui ruinent
en eux l'efperance du falut. Ceux-cy s'en prévalent pour préfumer trop de Dieu, & ceux-là
en font troublez jufqu'à defefperer des bontez
de Dieu : les premiers par un excés de temerité, & comptant fur la predeftination de Dieu,

concluent que leur salut est en asseûrance, sans qu'ils se mettent en peine d'y travailler ; & les seconds par une pusillanimité de cœur & dans un sentiment tout contraire, se persuadent qu'il n'y a plus de salut pour eux, & que ce seroit en-vain qu'ils y travailleroient. Deux grands de-sordres aux quels nous sommes exposez à l'é-gard de la predestination ; deux éceüils dont nous avons à nous préserver, la presomption & le desespoir. Ce sont aussi, Chrestiens, ces deux desordres que j'entreprends de combattre dans ce discours, en vous faisant voir que la predesti-nation de Dieu ne favorise ni l'un ni l'autre ; & que nous sommes inexcusables, lorsqu'en con-sequence de ce mystere, nous nous abandon-nons, ou à la presomption qui nous fait oublier le soin du salut, ce sera le premier poinct ; ou au desespoir qui nous fait renoncer au salut, ce se-ra le second. Il ne me faudroit point d'autre re-gle, ni d'autre preuve, que la parole de Jesus-Christ : *Vis sanus fieri ?* voulez-vous estre gué-ri. Car puisque sur le salut on nous demande aussi bien qu'au paralytique de l'Evangile, si nous le voulons, il faut donc en effet le vouloir & y travailler, & voilà le remede à nostre pre-somption : & puisqu'on nous fait au mesme temps connoistre qu'il ne s'agit que de le vou-loir, nous ne devons donc pas nous troubler ni desesperer, & voilà le remede à nostre défiance. Deux veritez fondamentales de nostre Religion,

fur les quelles je vais vous decouvrir mes penfées, & qui peuvent beaucoup fervir à la reformation de vos mœurs.

SE confier en Dieu , & mettre en luy toute I. Partie.
fon efperance; le regarder comme l'autheur, ou
felon le langage de l'Ecriture , comme le Dieu
de fon falut, *Deus falutis meæ* ; faire fond fur Pfalm. 17.
les merites de Jefus-Chrift , & compter fur le
bienfait de la Redemption ; dire, je puis tout en
celuy qui me fortifie, & tout ce que je feray jamais devant Dieu, c'eft par la grace que je le feray : je l'avoüe, Chreftiens , ce font des fentimens de pieté , que la Religion nous infpire,
que nous devons avoir dans le cœur, & qui
s'accordent parfaitement avec toutes les regles
de la foy. Mais en demeurer abfolument-là , &
fe repofer du foin de fon falut fur cette providence generale, qui en conduit les refforts , &
qui en ordonne les moyens ; dire , j'attends
l'heure & le moment, qu'il plaira à Dieu de me
toucher , & cependant vivre en paix & fans inquietude dans fon peché; regarder fa converfion
comme une affaire, que Dieu ait prife entierement fur luy, & dont il ne nous rendra pas refponfables ; c'eft une prefomption , mes chers
Auditeurs, auffi mal fondée dans fon principe,
qu'elle eft pernicieufe dans fes effets. Prenez
bien garde à ces deux chofes : prefomption dont
le principe eft ruineux, & prefomption dont les

A a iij

effets font trés pernicieux. Je vais vous en convaincre fi vous voulez me fuivre avec attention.

Je dis que cette prefomption eft mal fondée
dans fon principe : en voicy la raifon, qui eft
évidente. Parce que de quelque maniere que
Dieu nous ait predeftinez, il eft de la foy qu'il
ne nous fauvera jamais fans noftre cooperation.
Or s'il eft vray que je dois, pour eftre fauvé, y
cooperer avec Dieu, il ne m'eft donc plus permis de m'affeûrer tellement de Dieu, que j'a-
bandonne le foin de mon falut, & que je m'en
décharge entierement fur luy. J'ay droit d'efperer en Dieu; mais au mefme temps j'ay une o-
bligation indifpenfable de travailler avec Dieu,
d'agir avec Dieu; & fi je fepare cette confiance de ce travail, de cette action, je me perds
& je renverfe l'ordre de Dieu. En effet quel eft
l'ordre de Dieu, dans la difpofition du falut des
hommes ? Le voicy exprimé dans ces deux paroles de faint Auguftin, que vous avez cent fois
entenduës, *Qui fecit te fine te, non falvabit te
fine te.* Ce Dieu plein de fageffe & tout-puif-
fant qui vous a crée fans vous, n'a pas voulu
vous fauver fans vous; & à prendre mefmes le falut dans cette étenduë que luy donne la Theologie, c'eft à dire, en tant qu'il préfuppofe, ou
qu'il renferme noftre converfion, il n'eft pas en
quelque forte au pouvoir de Dieu de nous fauver fans nous : pourquoy ! parce que, dit faint

Thomas, c'eſt dans nous-meſmes, je veux dire,
dans noſtre volonté, preparée, élevée & fortifiée par la grace, que tout le myſtere de noſtre
converſion doit conſiſter.

Il n'en eſt pas ainſi de tous les autres ouvrages de Dieu ; & en particulier, il n'en eſtoit pas
de meſmes du miracle rapporté dans noſtre E-
vangile. Quand le Fils de Dieu demanda à ce
paralytique, s'il vouloit eſtre guéri, *Vis ?* ce
n'eſtoit pas, remarque ſaint Ambroiſe, qu'il euſt
beſoin, pour le guérir, de ſon conſentement: car
il le pouvoit guérir d'une pleine authorité, ſans
que ce malade le vouluſt, & meſmes quoyqu'il
ne le vouluſt pas. Mais quand Dieu entreprend
de nous convertir, & qu'il nous demande interieurement ſi nous le voulons, c'eſt par une eſpece d'engagement, au quel, tout Dieu qu'il
eſt, ſa ſageſſe & ſa providence ſe trouvent comme aſſujetties. Car quoyque Dieu faſſe de ſon
coſté, il eſt infaillible que nous ne ſerons jamais
convertis, ſi nous ne le voulons eſtre ; & il y
auroit meſmes de la contradiction que nous le
fuſſions, & que nous ne le vouluſſions pas, puiſque ſelon la maxime de tous les Peres, eſtre converti n'eſt rien autre choſe que le vouloir, & le
vouloir efficacement.

Je ſçais que la grace eſt le grand principe &
la premiere cauſe, qui opére en nous cette volonté. Mais je ſçais auſſi qu'elle ne l'opére pas
toute ſeule ; & quelque victorieuſe, quelque

A a iiij

puiſſante que je la conçoive, c'eſt toûjours ſans préjudice de ce que la foy m'enſeigne, que cet acte de la volonté qui fait noſtre converſion, eſt un acte libre : or du moment qu'il doit eſtre libre, nous ne pouvons plus nous en repoſer ſur un autre ; mais c'eſt à nous-meſmes à l'exiger de nous-meſmes ; à nous en demander compte à nous-meſmes, pour en pouvoir un jour rendre compte à Dieu.

C'eſt pour cela que le meſme eſprit qui nous fait dire à Dieu dans l'Ecriture, *Converte nos Domine,* Seigneur, convertiſſez-nous ; met auſſi dans la bouche de Dieu ces autres paroles, *Convertimini ad me ,* convertiſſez-vous à moy. Or reprend ſaint Auguſtin, comment accorder ces deux textes enſemble ! Si c'eſt Dieu qui nous convertit, pourquoy nous ordonne-t-il de nous convertir ; & ſi c'eſt nous-meſmes qui nous convertiſſons, pourquoy demandons nous à Dieu qu'il nous convertiſſe ! Ah ! mes Freres, repond ce ſaint Docteur, voilà juſtement le ſecret de cette predeſtination adorable, ſur quoy ſont fondez tous les devoirs de la vie chreſtienne. C'eſt qu'autant qu'il ſeroit injurieux à Dieu que nous euſſions jamais ſans luy la penſée de nous convertir, autant nous eſt-il inutile de nous flatter que Dieu ſeul nous convertira : c'eſt que pour nous ſauver ſelon les loix eſtablies par la divine Providence, deux converſions ſont neceſſaires, la converſion de Dieu & la noſtre, la conversion de Dieu à nous & nostre conversion à Dieu. Il faut que Dieu se convertisse à nous, en nous prévenant par sa grace ; & il faut que nous nous convertissions à Dieu, en suivant avec fidelité le mouvement de sa grace. Voilà toute la Theologie d'un chrestien. Il est vray que Dieu s'est chargé de la premiere de ces deux conversions, & qu'elle est uniquement de son ressort. Mais il n'est pas moins vray qu'il a pretendu que nous fussions chargez de l'autre, comme d'une condition dont nous devons personnellement luy repondre. Je dois donc, si je raisonne bien, jetter tellement, comme parle l'Apostre, dans le sein de Dieu toutes mes inquietudes, *Omnem* 1. Petr. 5. *sollicitudinem vestram projicientes in eum*, que je m'en réserve néanmoins une partie; ou plustost, je dois tellement les jetter toutes en Dieu, qu'elles demeurent encore toutes en moy. Pourquoy cela ? parce que mon salut dépendant tout à la fois, & de Dieu, & de moy, comme je suis obligé en tant qu'il dépend de Dieu, de l'abandonner à sa sagesse & à sa misericorde ; aussi en tant qu'il dépend de moy, suis-je obligé de m'y appliquer avec tout le zéle & toute la ferveur dont je suis capable. Je dois selon le précepte de Jesus-Christ, m'attacher inviolablement à ces deux termes, & en faire comme les deux poincts fixes, sur quoy roule toute ma predestination & toute ma conduite : *Vigilate & orate*, veillez Matth. 26. & priez. Je dois prier, parce que je ne puis rien fans la grace; & je dois veiller, parce que la grace, toute-puiffante qu'elle eft, ne fait rien fans moy. Si je veille fans prier , c'eft orgueil; fi je prie fans veiller , c'eft illufion. La vigilance detachée de la priére , me fait oublier ma dépendance; & la priére detachée de la vigilance, me fait oublier le foin que je dois avoir de moy-mefme. L'une & l'autre, jointes enfemble, font ce jufte temperament, en quoy confifte de noftre part la predeftination divine; & par là je fauve tout, & ne rifque rien.

Mais fi je fuis predeftiné, direz-vous, je n'ay rien à craindre ; & fi je ne le fuis pas, tous mes foins & toutes mes craintes ne me peuvent fauver. Ecoutez-moy, chreftiens : voilà le faux raifonnement dont le libertinage à de tout temps pretendu fe prévaloir. Si je fuis predeftiné, je n'ay rien à craindre , quelle confequence ! & moy je reponds que vous devez conclure tout au contraire, & dire, fi je fuis predeftiné, je dois travailler à mon falut avec crainte & avec tremblement ; fi je fuis predeftiné, cela m'engage à eftre attentif & à veiller continuellement fur moy-mefme. On diroit d'abord que cette propofition a quelque chofe de paradoxe. Nullement, Chreftiens : elle eft fondée fur les principes , non feulement les plus folides, mais les plus naturels & les plus fimples de la raifon. Car fi je fuis predeftiné, il eft évident que je ne le fuis, & que je ne le puis eftre, que dépendamment des moyens à quoy Dieu a voulu attacher ma predestination ; ou pour parler plus juste, que dependamment des moyens qui sont renfermez dans ma predestination. Or la foy m'apprend qu'un des moyens les plus essentiels est le soin de mon salut, est la crainte des jugemens de Dieu, est une défiance salutaire de ma propre fragilité, est une vigilance exacte qui me serve de frein & qui m'empesche de me livrer à mes passions & de tomber dans le relaschement. S'il y a une predestination pour nous, il est certain qu'elle comprend & qu'elle embrasse tout cela. Que fais-je donc quand je viens à me negliger sous ce vain pretexte de predestination dont j'abuse ! admirez, Chrestiens, la foiblesse de l'esprit de l'homme dans ses égaremens : ce que je fais ! je détruits moy-mesme le fondement sur lequel je bastis, c'est à dire, je détruits ma predestination, au mesme temps que je la suppose : & pourquoy ? parce que j'en separe ce qui en est inseparable, ce qui s'y trouve essentiellement lié, & sans quoy elle ne peut subsister dans le dessein de Dieu. Ainsi en voulant faire le Theologien, je raisonne en homme sans principes & sans connoissances.

En effet, mes Freres, disoit saint Prosper, Dieu ne nous a pas predestinez selon nos idées, ni de telle sorte que nostre predestination puisse jamais fomenter nos dereglemens : il nous a predestinez comme des créatures raisonnables, libres, capables de meriter, & qui doivent gagner le ciel par titre de conqueſte ou de recompenſe. C'eſt ce que nous enſeignent toutes les Ecritures. Il eſt donc vray que le bon uſage de noſtre raiſon, que la ſoumiſſion de noſtre volonté, que nos merites acquis, j'entends acquis par la grace & avec le ſecours de Dieu, que nos bonnes œuvres, que nos vertus, que nos actions, que noſtre attachement au bien, que noſtre application à fuir le mal, que tout cela doit neceſſairement entrer dans noſtre predeſtination éternelle, ſi nous ſommes du nombre des predeſtinez & des eſſûs. Et l'on peut dire que c'eſt en cela meſme que paroiſt la ſageſſe de noſtre Dieu, de nous avoir predeſtinez par ſa grace d'une maniere ſi conforme & ſi proportionnée à noſtre nature. D'où il s'enſuit que cette confiance preſomptueuſe qui nous fait abandonner à Dieu noſtre ſalut, ſans pretendre y donner nous-meſmes nos ſoins, eſt dans la conduite de la vie une contradiction manifeſte, où l'homme en quittant les voyes droites que Dieu luy a marquées, s'égare, ſe confond; & pour me ſervir de l'expreſſion du Prophete Royal, ſe dément dans ſon iniquité; *Et mentita eſt iniquitas ſibi.* En faudroit-il davantage, pour nous préſerver d'une erreur ſi groſſiere & ſi ſenſible !

*Pſal. 26.*

Mais ſi cette erreur eſt mal fondée dans ſon principe, elle n'eſt pas moins funeſte dans ſes ef-

fets, & c'eſt icy que je vous demande toute voſtre reflexion. Car à quoy va cette pernicieuſe
maxime, de ſe repoſer du ſoin de ſon ſalut ſur
ce que Dieu en a determiné ? à deux choſes également dangereuſes & inévitables, ſçavoir, à
éteindre abſolument dans l'homme le zéle des
bonnes œuvres, & à nourrir ſon libertinage. Je
dis que cette preſomption éteint dans l'homme
le zéle des bonnes œuvres; c'eſt ſa premiere proprieté : preuve infaillible qu'elle ne vient pas de
Dieu. Car enfin, en quelque ſens que nous prenions la choſe, & de quelque maniere que nous
enviſagions la predeſtination dans Dieu , il en
faut toûjours revenir à cette regle, dont il ne
nous eſt pas permis de nous départir, ſçavoir,
que ſi l'idée que nous nous formons de cette
predeſtination, va à diminuer dans nous la ferveur chreſtienne & à nous faire negliger nos devoirs, quelque ſpecieuſe qu'elle nous paroiſſe,
c'eſt une idée fauſſe. Nous ſemblaſt elle appuyée
ſur le temoignage de tous les Peres de l'Egliſe,
nous nous trompons, & nous l'entendons mal :
pourquoy ! parce que nous ne l'entendons pas
comme l'Apoſtre, qui en eſtoit mieux inſtruit
que nous, & qui rapportoit tout ce qu'il en ſçavoit à cette excellente concluſion : *Quapropter,* 2. Petr. 1.
*fratres, magis ſatagite, ut per bona veſtra ope-*
*ra certam veſtram vocationem & electionem fa-*
*ciatis :* c'eſt pourquoy, mes Freres, efforcez-
vous d'autant plus à aſſeûrer voſtre vocation &

voſtre election, par voſtre perſeverance dans les bonnes œuvres. Comme s'il euſt dit : au lieu de philoſopher, de conteſter, de ſubtiliſer ſur le choix que Dieu a fait de vous ( recherche qui ſera toûjours inutile & meſmes pernicieuſe pour vous ) appliquez-vous pluſtoſt, *Magis ſatagite ;* à quoy ! à vous rendre ce choix favorable par tout le bien que vous pouvez faire, & que vous ne faites pas, tandis que vous perdez le temps à raiſonner & à diſputer. *Quapropter magis ſatagite ut per bona opera certam veſtram vocationem & electionem faciatis.*

Et voilà, diſent les Theologiens, la marque eſſentielle, pour diſcerner dans ces matieres importantes, mais pour diſcerner ſeûrement, ce qu'il y a de ſolide, & ce qui ne l'eſt pas. Je m'explique. Telle doctrine touchant la predeſtination de Dieu eſt-elle ſaine & orthodoxe, ne l'eſt-elle pas ! c'eſt de quoy vous doutez : & ſoit pour l'intereſt de voſtre ſalut, ſoit pour obéir au commandement de ſaint Paul, vous voulez en faire l'épreuve, *Omnia autem probate :* & moy je dis, Chreſtiens, que voicy par où il en faut juger. Eſt-ce une doctrine qui me diſpoſe à travailler pour Dieu, qui m'y engage, qui m'y excite, qui m'en faſſe naiſtre le deſir, qui me ſoutienne & qui m'anime dans les reſolutions que j'en ay formées ! dés-là je dois moins m'en défier. Mais ne fait-elle rien de tout cela ! je dois la tenir pour ſuſpecte ; & quelque couleur de ve-

*1. Theſſal. 5.*

rité qu'elle ait d'ailleurs, je dois m'en éloigner comme d'un éceüil. Car ce fut ainsi que l'Eglise dans le dernier Concile jugea des opinions de Luther & de Calvin : elle les censura, elle les reprouva, pourquoy ! parce que sous pretexte d'exalter le myftere impenetrable de la predestination divine, elles infpiroient un mépris fecret des œuvres du falut.

Auffi, Chreftiens, l'un ou l'autre de ces fameux herefiarques, n'auroit-il pas eû bonne grace en s'attachant aux principes de fa fecte, de pouffer un poinct de morale fur les devoirs de la pieté chreftienne ! Aprés avoir fait entendre à fes Auditeurs, que la predeftination de Dieu impofe à l'homme une abfoluë neceffité d'agir ; que toutes nos actions, bonnes & mauvaifes, roulent fur ce decret que Dieu a formé de toute éternité ; que foumis à ce decret nous n'avons plus le pouvoir de nous determiner au bien, ni de nous detourner du mal ; que nous avons perdu noftre libre arbitre, & par confequent que les préceptes de la loy, à ceux qui ne les obfervent pas, font impoffibles : l'un ou l'autre, dis-je, aprés avoir eftabli ces fondemens, n'auroit-il pas efté bien reçeû à faire le predicateur, & à nous dire en nous prefchant la penitence : faites un effort, mes Freres ; rompez vos liens, affranchiffez vous de l'efclavage où vous eftes, fortez de l'occafion, renoncez à voftre peché. Mais comment l'entendez vous, auroit pû luy repliquer un pecheur! Si mon peché est arresté dans cet ordre immuable des decrets de Dieu, le moyen que j'y renonce; & le moyen au contraire que je n'y renonce pas, si mon salut est resolu! Si je ne suis pas predestiné, comment puis-je me convertir ; & si je le suis , comment puis-je ne me convertir pas! pourquoy donc me presser de la sorte, puisque selon vous je suis necessité à l'un ou à l'autre! Vous dites que c'est Dieu seul qui me determine à faire le bien : pourquoy donc employer vostre zéle à m'y determiner & à m'y resoudre ! Par une telle reponse, l'homme le plus endurci n'auroit-il pas justifié son impenitence contre les maximes les plus severes de cette pretenduë réforme!

De là vient , que ceux qui la preschoient, ( c'est la reflexion d'un sçavant Cardinal, l'ornement de nostre siecle, & le defenseur de l'Eglise ) delà vient que les predicateurs de cette réforme, ou plustost les ministres de cette heresie, ne s'attachoient presque jamais à l'exhortation quand ils estoient obligez d'instruire les peuples. Ils parloient sans cesse à leurs Auditeurs de cette profondeur & de cet abysme des jugemens de Dieu; ils leur en inspiroient de l'horreur; ils leur faisoient admirer cette adorable inegalité, qui fait des uns des vases de colere & de perdition, & des autres des vases de misericorde : mais à peine s'engageoient-ils, ou à les presser sur les obligations de leur estat,

tat, ou à les confondre fur le defordre de leurs
mœurs. S'ils le faifoient quelquefois, c'eftoit foi-
blement, & avec une fecrette repugnance: comme s'ils euffent bien fenti, qu'ils fe contredi-
foient eux-mefmes; & qu'ils euffent reconnu,
que ces grands & ces énergiques mouvemens
d'indignation, de reproches, de menaces, d'invectives contre les pecheurs, qui font fi propres
de la parole de Dieu, & où les Prophetes ont
fait paroiftre toute la force & toute la grace de
l'efprit faint qui les animoit : que tout cela, dis-
je, ne leur convenoit pas. Pourquoy ! parce que
tout cela fuppofoit une liberté, qu'il avoient entrepris d'abolir, & dont ils ne retenoient que le
nom. Jufques-là que pour parler confequem-
ment, & pour foutenir leur erreur par une autre erreur, ils en vinrent enfin à publier que les
bonnes œuvres n'avoient nulle part au falut; &
que toute l'affaire de la juftification fe réduifoit
à un feul poinct, je veux dire, à une fimple im-
putation des merites de Jefus-Chrift, fans qu'il
en duft coufter autre chofe, pour eftre fauvé, que
de croire, & de s'affeûrer foy-mefme par l'efprit interieur de la foy qu'on eftoit en effet jufti-
fié & predeftiné. Secret admirable, pour appla-
nir le chemin du ciel, & pour y faire marcher
à l'aife, non feulement les ames lafches, mais
mefmes les plus chargées de crimes. Or je vous
demande, fi cela feul ne fuffifoit pas pour les
convaincre de fauffeté !

*Tome I.*                              . B b

Vous me direz que cette doctrine, en rapportant tout à la predestination de Dieu, & ne laissant rien à la liberté de l'homme, est bien plus capable d'humilier l'homme & de reprimer son orgueil : & moy, Chrestiens, je ne conçois pas comment on peut se laisser seduire par une difficulté aussi vaine que celle-là. Car en quoy consiste la vraye humiliation de l'homme! n'est-ce pas, dit saint Bernard, en ce que l'homme ait quelque chose à se reprocher ; en ce qu'il soit obligé à se repentir, à s'accuser, à se condamner soy-mesme ; en ce qu'il envisage toûjours son peché, comme un sujet de honte, comme une malice punissable, comme une infidelité criminelle ; en ce qu'il ne puisse pas se défendre de porter contre luy-mesme ce temoignage, qu'en pechant il est allé contre les desseins de Dieu, & qu'il a manqué à sa grace! Voilà, selon toutes les Ecritures, ce qui peut, & ce qui doit humilier le pecheur. Or comment entrera-t-il dans aucun de ces sentimens, s'il est imbû de l'erreur que je combats! & s'il est prévenu de cette pensée, qu'il n'a pû éviter le mal, comment se le reprochera-t-il! s'il est dans cette opinion, que son peché n'a esté qu'une suite fatale & necessaire d'une destinée dont il n'estoit pas le maistre, comment s'en accusera-t-il! que ne pourra-t-il point alleguer à Dieu, pour se justifier du blasme de l'avoir commis! Il n'en va pas de mesmes dans la créance commu-

ne, & dans les principes de la doctrine catholique. Car nous difons à Dieu : Seigneur, il eſt
vray, j'ay eſté rebelle à vos ordres ; vous m'a-
vez appellé, & j'ay refuſé de vous obéir : je fuis
un ingrat & un perfide ; & ce qui fait ma confufion, c'eſt que je ne le fuis, que parce que je
l'ay voulu, & qu'eſtant aidé comme je l'eſtois
de voſtre fecours je pouvois ne le pas vouloir.
En parlant de la forte, nous nous humilions :
mais quiconque s'écarte de cette voye fimple de
la foy, tient un langage tout different. Au lieu de
s'accufer, il accufe Dieu, il fait Dieu autheur de
fes defordres, il s'en prend à Dieu de ce qu'il eſt
vitieux & emporté : ainfi bien loin qu'on luy
infpire l'humilité, en luy oſtant l'exercice de fa
liberté, c'eſt au contraire par là qu'on luy apprend à s'élever contre Dieu mefme.

De plus, il ne fuffit pas pour eſtre faine, qu'-
une doctrine ferve à nous humilier ; il faut qu'elle nous rende tout à la fois humbles & fervens ;
& fi l'humilité qu'elle produit en nous, n'eſt fui-
vie de cette ferveur, c'eſt une humilité trom-
peufe qui nous feduit & qui nous perd. Or il n'y
a que la créance catholique qui puiffe bien con-
cilier ces deux chofes, la ferveur & l'humilité,
parce que c'eſt la feule, où l'on trouve cette al-
liance parfaite de la predeſtination & de la liberté. Car le Pelagianifme, attribuant des forces à l'homme pour agir independamment de
Dieu, fembloit rendre l'homme fervent, mais

B b ij

il luy donnoit de quoy s'enorgueillir. Le Calvinifme d'ailleurs pour élever la predeftination de Dieu, anéantiffant le libre arbitre de l'homme, humilioit l'homme en apparence, mais il luy oftoit en effet toute la pratique des bonnes œuvres. Que fait l'Eglife! elle tient le milieu entre ces deux extremitez; & conduite par l'Efprit de verité qui la gouverne, elle nous enfeigne une voye qui nous maintient dans l'humilité chreftienne fans préjudice de la ferveur, & qui excite en nous la ferveur fans intereffer l'humilité chreftienne. Et cette voye, c'eft la doctrine que je vous prefche, fçavoir, que pour l'accompliffement de la predeftination de Dieu nous devons cooperer & travailler avec Dieu.

Sans cela, non feulement nous nous relafchons dans les devoirs du chriftianifme; mais nous tombons, par une fuite neceffaire, dans les derniers defordres. Car fur ce principe, que quand Dieu le voudra & l'aura préveû, on ne manquera pas de fe convertir, & que jufqueslà il feroit inutile d'y penfer, on s'abandonne à tout, on fe laiffe emporter à la violence de fes defirs, on contente fes appetits les plus fenfuels, on ne fe modere en rien. Et de là vient que les libertins du fiecle, par une politique & un intereft qu'il eft aifé de comprendre, ont toûjours appuyé & paru goufter ces opinions dures de la predeftination : pourquoy! parce que dans la dureté mefme de ces opinions, ils trouvoient de quoy se consoler, en se justifiant à eux-mesmes le dereglement de leur conduite & leurs plus scandaleux débordemens. Car ils estoient heureux, que ce mystere de la predestination divine leur fust proposé d'une maniere qui les rendist plus dignes de compassion, que de réprehension; qui leur épargnast la honte de leurs crimes; qui leur fournist des expressions pour s'en accuser sans peine, en disant, c'est Dieu qui m'a manqué; qui les authorisast, pour ainsi parler, à estre violens, médisans, lascifs, impudiques, sans qu'on eust droit de leur en faire d'autre reproche, sinon qu'ils s'estoient rendus coupables de tout cela dans la personne du premier homme en commettant avec luy, ou plustost par luy, ce premier peché qui nous a tous perdus. Ce qu'ils n'avoient nulle peine à reconnoistre, & ce qu'ils confessoient volontiers, parce que ce reproche leur estoit commun avec le reste des hommes. Au lieu que la doctrine de l'Eglise leur estoit une source de remords, parce qu'elle leur opposoit toûjours ce mauvais usage de leur liberté, sur quoy ils ne pouvoient se défendre. Celle-cy les rappelloit à l'ordre, les reprenoit, les convainquoit, les condamnoit, & par là mesme les importunoit : mais l'autre n'exigeant d'eux rien autre chose, que de déplorer leur misere, & de s'humilier sous la puissante main de Dieu, s'accommodoit parfaitement à leur goust. Car ils vouloient bien s'hu-

B b iij

milier devant Dieu, pourveû qu'ils en fuſſent quittes pour cela, & qu'on ne leur demandaſt rien davantage.

Delà vient encore, que dans les temps où la corruption des mœurs a eſté plus generale, ces matieres de la predeſtination & du libre arbitre, ſont devenuës plus communes, & ſi j'oſe dire, plus à la mode. Chacun en a pretendu diſcourir, juſqu'à ceux meſmes & juſqu'à celles qui devoient moins en parler. Elles ont affecté cette vaine ſcience que ſaint Paul leur défendoit ſi expreſſément; elles ſe ſont renduës éloquentes ſur la foibleſſe de l'homme, & ſur ſa dépendance infinie de Dieu; elles ſe ſont fait une devotion d'en raiſonner, & elles ont enfin réduit toute leur pieté à cette ſpeculation & à ce langage d'humilité. Or j'avoüe, Chreſtiens, que bien loin d'eſtre touché de ce langage, j'ay toûjours eû de la peine à ne m'en pas défier : car on ne ſçait que trop juſqu'où peut aller l'abus de cette pretenduë foibleſſe, & les conſequences qu'en tire le libertinage. Qu'une ame vertueuſe & attachée à ſes devoirs, gémiſſe de la foibleſſe extreſme où nous ſommes tombez par le peché, j'en ſuis édifié : pourquoy ? parce que ſa vie m'eſt un temoignage qu'elle prend la choſe dans le bon ſens & dans le veritable eſprit de la foy. Mais qu'une ame mondaine s'en explique ſans ceſſe, & en revienne toûjours à ce myſtere de la predeſtination de Dieu & de l'impuiſſance de

la créature, c'eſt un ſcandale pour moy. Car ſans
entreprendre de juger ce qu'elle conclut delà,
je ne puis m'empeſcher de voir ce qu'elle en peut
conclure. Or à quoy n'iroit pas cette concluſion! Encore une fois, l'ame ſimple & bien in-
tentionnée ne fait point tant la Theologienne &
la ſçavante. Elle ſçait ce que Dieu luy commande, & elle met en luy ſa confiance. Voilà à quoy
elle s'en tient. Mais ſuppoſé ce commandement
& cette confiance, elle ſçait que c'eſt à elle du
reſte à ſe conduire, à repondre de ſes actions, &
à ſe garentir par là non ſeulement de la cenſure
des hommes, mais du jugement de Dieu. Ainſi ſans philoſopher, elle trouve le poinct de la
vraye philoſophie chreſtienne, qui eſt de ſe tenir dans le devoir & de bien vivre.

Et certes, où en ſerions-nous ſi cette regle
venoit à eſtre abolie! S'il falloit que le gouvernement du monde roulaſt ſur ce principe, que
les hommes conſequemment à la predeſtination
de Dieu, ne ſont plus maiſtres de leur volonté,
où en ſeroit, je ne dis pas le chriſtianiſme & la
Religion, mais meſmes la police qui maintient
tous les eſtats! Quelle probité y auroit-il dans le
commerce, quelle fidelité dans les mariages,
quelle ſoumiſſion dans les inferieurs, quelle moderation dans les ſuperieurs! L'un diroit, la colere m'emporte, & je ne puis me retenir : l'autre,
la domination me revolte, & je ne ſuis pas né
pour obéir. Celuy-cy, je ne me ſens pas enco-

re assez efficacement inspiré de payer mes dettes : celle-la, j'attends que Dieu me touche, pour garder la foy conjugale. Et de là quel renversement dans l'univers, quelle dépravation de mœurs ? Vous le voyez, Chrestiens, & plaise au ciel que cette maladie dont nostre siecle n'est que trop infecté, n'acheve point enfin de le corrompre, & qu'elle n'en fasse pas le siecle de l'iniquité consommée ! Au moins est-il vray, que les payens mesmes en ont preveû les affreuses consequences. Car c'est pour cela, dit saint Augustin, que Ciceron n'ayant pas assez de lumiere, pour accommoder la liberté de l'homme avec la prescience de Dieu, & se croyant obligé de nier l'une ou l'autre, aima mieux douter de la prescience de Dieu, que de la liberté de l'homme; pourquoy ? parce qu'en conservant la liberté de l'homme, il sauvoit le fondement des mœurs, des vertus, des devoirs. Mais pour nous, adjouste saint Augustin, nous embrassons l'un & l'autre ensemble : la prescience, pour croire ce que nous devons croire de Dieu ; & la liberté, pour faire ce que Dieu demande de nous. *Nos autem utramque complectimur ; illam, ut benè credamus ; istam, ut benè vivamus.* Or ce qu'il disoit de la prescience, je le dis, & encore avec plus de sujet, de la predestination.

Mais peut-estre me direz-vous que le libre arbitre & cette cooperation de l'homme nous donne lieu de nous glorifier. Hé bien, mes Fre-

res, reprend saint Augustin, si nous sommes justes & enfants de Dieu, ne devons nous pas aussi bien que saint Paul, avoir de quoy nous glorifier en luy & par luy? *Qui gloriatur, in Domi-* **1. Cor. 1.**
*no glorietur?* N'est-ce pas ainsi que les Saints se
sont glorifiez, & en particulier David, quand il
s'écrioit, *In Deo laudabo sermones meos;* je me **Psalm. 55.**
glorifieray en Dieu de mes œuvres : de mes œu-
vres, parce que je les ay faites pour Dieu ; & en
Dieu, parce que c'est de luy que j'ay reçeû le
pouvoir de les faire : *Et in Deo , & meos ; in* **Aug.**
*Deo, quia ab ipso ; meos, quia accepi.* N'est-ce
pas pour cela, dit le mesme Pere, que nos bonnes œuvres, qui sont des bienfaits & des graces
de la part de Dieu, sont aussi des merites de nostre part ; & que quand Dieu nous recompense,
il couronne en nous ses propres dons, *Coronat* **Aug.**
*in nobis dona sua.* Non, non, mes Freres, conclut ce saint Docteur, il ne nous est point dé-
fendu de nous glorifier dans nostre Dieu, puisqu'il est vray au contraire que si nous n'avons
de quoy nous glorifier dans le Seigneur, il nous
reprouve. Malheur à nous, disoit saint Bernard,
si nous paroissons devant Dieu presomptueux
& superbes; mais aussi malheur à nous-mesmes,
si nous paroissons devant luy sans merites & sans
œuvres. Heureuse l'Epouse de Jesus-Christ,
c'est à dire l'Eglise, parce qu'elle a des merites
solides sans presomption & une sainte presomption sans de vains merites. *Felix Ecclesia, cui* **Bern.**

*nec merita sine præsumptione, nec præsumptio si-*
*ne meritis deest.* Elle a de quoy préfumer, mais
non pas de ses merites propres. Elle a des merites acquis par la grace, mais non pas pour préfumer d'elle-mefme : *Habet unde præsumat,*
*sed non merita ; habet merita, sed non ad præ-*
*sumendum.* D'où il s'enfuit par un secret divin,
que fa presomption mefme la fanctifie, parce
qu'elle eft uniquement fondée fur Jefus-Chrift;
& que fes merites la glorifient devant Dieu, parce qu'ils procedent d'une liberté parfaitement
foumife à Dieu.

C'eft ainfi, mes chers Auditeurs, que tout
homme chreftien doit raifonner. Confiance en
Dieu, mais au mefme temps vigilance fur foy-
mefme & attention à fon falut pour correfpondre aux deffeins de Dieu : fans cela l'on tombe dans une presomption criminelle. Et fçavez
vous, Chreftiens, par où Dieu nous confondra
fur cette presomption ? par nous-mefmes, par
nos propres fentimens, & auffi bien que le ferviteur de l'Evangile par noftre propre confeffion ; *Ex ore tuo.* Car dans les autres affaires,
tout perfuadez que nous fommes de la providence & de la predeftination de Dieu, nous ne
negligeons rien de noftre part, & nous ne prenons mefmes que trop de moyens & trop de mefures. S'agit-il d'une entreprife où noftre fortune, où noftre honneur eft intereffé ! quoyque
nous fçachions que Dieu a preveû ce qui en doit

reüffir, & que le fuccés en eft déja marqué dans l'ordre de fa predeftination, nous ne laiffons pas d'y apporter tous nos foins, d'y employer tout noftre credit, d'en prévenir toutes les fuites, d'en éloigner tous les obftacles ; & nous nous faifons mefmes de noftre zéle là-deffus & de noftre activité une fageffe & une vertu. Dieu fçait, difons-nous, ce qui en arrivera; mais il veut néanmoins que je m'aide : car il n'eft pas obligé à faire des miracles pour moy ; & fa predeftination mefme m'engage à me fervir des moyens qu'il me prefente, pour parvenir à la fin que je me propofe. C'eft ainfi que nous raifonnons, & en cela nous raifonnons bien. Il n'y a que l'affaire du falut, où nous prenons d'autres idées, où nous voulons que Dieu faffe tout, où nous nous repofons de tout fur la providence, tandis que nous demeurons tranquilles & fans action.

Or voilà, Chreftiens, ce qui achevera noftre condamnation au jugement de Dieu, cette oppofition de nous-mefmes à nous-mefmes, cette contradiction de nos fentimens, cet empreffement, cette ardeur à l'égard des chofes temporelles, & cette lafcheté, cette negligence à l'égard du falut; voilà ce qui nous fermera la bouche & à quoy nous ne repondrons jamais. Que faudroit-il faire! Ah, mes chers Auditeurs, la grande maxime, & que ne puis-je vous l'imprimer profondément dans le cœur ! comprenez-là bien. Nous nous appliquons aux affaires du monde, comme s'il n'y avoit, ni providence, ni predeſtination divine, & que tout dépendiſt de nous; & nous traitons l'affaire du ſalut comme ſi nous n'en eſtions pas chargez & que tout dépendiſt de Dieu. Rectifions l'un par l'autre; ſervons nous de l'excés de l'un pour ſuppléer au défaut de l'autre : c'eſt à dire, travaillons aux affaires du monde avec un peu plus de cet abandon à la providence que nous portons trop loin dans l'affaire du ſalut; & travaillons à l'affaire du ſalut, avec plus de cet empreſſement & de cette inquietude que nous avons trop dans les affaires du monde. Vacquons aux affaires du monde avec plus de confiance en Dieu, avec plus de ſoumiſſion aux ordres de Dieu, reconnoiſſant que ſans luy tous nos ſoins ſont inutiles : & vacquons à l'affaire du ſalut avec plus de reflexion ſur nous-meſmes, avec plus de défiance de nous-meſmes, avec plus de zéle pour nous-meſmes, reconnoiſ-ſant que ſans nous Dieu ne veut pas accomplir l'œuvre de noſtre ſanctification. Joindre ces deux choſes enſemble & les allier dans la conduite de la vie, voilà de quoy nous rendre de parfaits chreſtiens.

Mais ſur tout revenons-en toûjours à cette demande du Sauveur, & à cette volonté dont nous devons eſtre nous-meſmes garants : *Vis ſanus fieri ?* Hé bien, ne veux-je donc pas guérir de cette maladie inveterée qui cauſe la mort à mon ame, de cette paſſion dereglée, de cet at-

tachement criminel, de cette foibleſſe honteuſe! ne m'en releveray-je jamais! ne veux-je pas
enfin y mettre ordre! car à force de nous le demander & d'en concevoir la neceſſité, nous le
voudrons; & à force de le vouloir, cette volonté eſtant le commencement de noſtre guériſon,
ou pluſtoſt, de noſtre converſion meſme, nous
y parviendrons. C'eſt ainſi qu'on évite la préſomption, & vous allez voir comment on doit
encore éviter la défiance & le deſeſpoir : c'eſt la
ſeconde partie.

C'Eſt une maxime fondée ſur toutes les re- II. Partie.
gles de la prudence, qu'en matiere de délibera-
tion, il faut toûjours commencer par ce qu'il y
a de ſeûr & d'évident, pour ſe determiner enſuite ſur les poincts douteux & obſcurs; & un
des égaremens de l'homme dans la recherche de
la verité, eſt de s'attacher, comme il arrive quelquefois, à ce qu'il y a d'obſcur & de douteux,
pour s'en faire un ſujet de peine, ſur les poincts
meſmes les plus ſenſibles & les plus certains. Or
cet égarement dont les conſequences d'ailleurs
ſont ſi pernicieuſes, eſt celuy meſme où nous
tombons ſur le ſujet de la predeſtination. Je
m'explique : dans le myſtere de la predeſtination conſideré par rapport à nous, il y a quelque choſe d'incertain & quelque choſe d'aſſeûré, quelque choſe d'évident & quelque choſe
de caché : ce qu'il y a d'évident & d'aſſeûré, c'eſt

que Dieu de quelque maniere qu'il predeſtine
les hommes, eſt un Dieu de miſericorde & de
bonté ; & que ſi jamais il nous reprouve, ce ne
ſera que parce que nous n'aurons pas voulu cooperer à noſtre ſalut, & que nous aurons abuſé des
moyens & des ſecours qu'il nous avoit fournis.
Principe indubitable dans la Religion, & que
nous comprenons ſans peine : mais ce qu'il y a
d'incertain & de caché, c'eſt la maniere dont
Dieu a predeſtiné les hommes, pourquoy il traite
les uns plus favorablement que les autres, pourquoy il choiſit ceux-cy preferablement à ceux-
là, pourquoy il ne donne pas toûjours tous les
ſecours qu'il pourroit abſolument donner : car
ce ſont là ces queſtions profondes dont parloit
le Pape Celeſtin premier, ſur les quelles l'E-
criture ne s'eſt point expliquée ſuffiſamment à
nous, & que Dieu veut que nous regardions
comme des ſecrets qui luy ſont reſervez. Delà
vient que l'Egliſe elle-meſme n'a point porté
juſques-là ſes deciſions, & qu'elle a mieux aimé
nous laiſſer dans l'obſcurité & dans le doute,
que de penetrer dans les conſeils de Dieu ; &
voilà encore une fois ce que nous ne comprenons pas. Or prenez garde, Chreſtiens ; ce qui
nous trouble dans ce myſtere de la predeſtination, c'eſt ce que nous n'y comprenons pas &
dont nous doutons : mais au contraire, ce que
nous y comprenons, & de quoy nous ne doutons pas, a une vertu admirable pour nous con-

soler, pour nous fortifier, pour diſſiper tous les nüages qui s'élevent dans nos eſprits & pour nous raſſeûrer.

Si donc on agiſſoit conformément aux deſſeins de Dieu, on corrigeroit l'un par l'autre ; & des veritez conſolantes que Dieu nous a expreſſément revelées pour animer noſtre eſperance & pour la ſoutenir, on ſe feroit des armes pour combattre ces penſées & ces défiances qui ne ſont tout au plus fondées que ſur des incertitudes. Mais que faiſons-nous ! tout le contraire : de ces incertitudes mal conceûës, nous nous faiſons des ſujets de tentation au préjudice des aſſeûrances que Dieu nous a poſitivement données ; je ne ſçais ſi vous m'entendez bien : & parce qu'il y a dans le myſtere de la predeſtination, certains poin{}cts qui ſont audeſſus de nos connoiſſances, qui nous étonnent & qui nous effrayent, nous nous en préoccupons juſqu'à douter ſi Dieu en effet nous a ſincerement aimez, juſqu'à croire qu'il n'a pas eû la volonté de nous ſauver, juſqu'à nous abandonner à un deſeſpoir qui preſque toûjours eſt ſuivi des derniers deordres : *Deſperantes ſemetipſos tradiderunt impudicitiæ, in operationem immunditiæ omnis.* Y a-t-il un égarement plus dangereux & plus funeſte ! Revenons-en, Chreſtiens, aux deux grands principes que l'Evangile nous met aujourd'huy devant les yeux pour nous préſerver d'un tel malheur, la bonté de Dieu d'une part & noſtre

Epheſ. 4.

liberté de l'autre : la bonté de Dieu, dans l'offre que le Sauveur du monde fait au paralytique de le guérir ; noftre liberté, dans la condition qu'il y adjoufte, en luy demandant s'il le veut : *Vis fanus fieri ?* la bonté de Dieu, qui nous repond de Dieu ; & noftre liberté, qui nous fait imputer à nous-mefmes noftre perte : toutes deux, qui doivent nous relever de ce découragement où noftre lafcheté nous plonge, pour nous entretenir dans l'impenitence.

Car voicy comment je raifonne, & comment il me femble que tout homme-chreftien doit raifonner. Je ne connois pas les voyes fecretes que Dieu a tenuës ni les mefures qu'il a prifes dans la difpofition de mon falut, & il ne m'appartient pas de les examiner : mais je fçais par deffus toutes chofes que Dieu eft bon, & que ce myftere de predeftination qui me paroift d'abord fi terrible, eft fouverainement le myftere de fa mifericorde. Je fçais, & c'eft ce qui doit faire ma plus folide confolation, qu'en confequence de ce myftere, mon falut eft entre les mains de Dieu : voilà ce que je fçais, & dont je ne me départiray jamais. C'eftoit le fentiment de l'Apoftre : *Scio cui credidi ;* je fçais, difoit-il, quel eft celuy à qui j'ay confié mon dépoft ; & cette connoiffance fur laquelle je me fonde, me rend inébranlable dans ma confiance. Que Dieu foit bon, en puis-je douter, à moins que je ne doute de fon eftre mefme, & comme parle faint Auguftin;

2. Tim. 1.

guftin, que je ne luy difpute jufqu'à fon effence! Si donc en me parlant de Dieu, on m'en fait
une image qui me le reprefente comme un Dieu
cruel, comme un Dieu qui ne m'a crée que pour
me perdre, comme un Dieu qui attache mon
falut à des chofes que je ne puis faire, & qu'il
ne veut pas me donner le pouvoir de faire, determiné toutefois à me punir fi je ne les fais
pas : en un mot, comme un Dieu qui difpofe
tellement de fes créatures, qu'il n'y a point de
pere, pour peu équitable & pour peu fenfible
qu'il foit, qui n'euft honte d'en ufer de mefmes
à l'égard de fes enfants ( car c'eft l'idée qu'en
donnoit Calvin, & la predeftination dans les
maximes de fa fecte renfermoit tout cela ) fi,
dis-je, on me figure un Dieu de la forte, je ne
dois point m'allarmer, beaucoup moins defefperer. Car j'ay de quoy m'infcrire en faux contre cette idée chimerique & injurieufe à Dieu ;
j'ay de quoy la détruire, en difant : non, ce n'eft
point là le Dieu qui m'a fait ce que je fuis. S'il
eftoit tel, je ne pourrois plus l'aimer ; & fi je ne
pouvois plus l'aimer, il ne feroit plus mon Dieu,
ni je ne ferois plus fa créature. Ce n'eft point là le
Dieu que l'Ecriture m'apprend à réclamer comme le Dieu de mon falut, *Deus falutis meæ.*
Eftant de ce caractere, il feroit pluftoft le Dieu
de ma damnation. Il eft vray que c'eft un Dieu
terrible dans fes confeils ; mais il n'eft pas moins
vray que fes confeils font les confeils d'un Dieu

*Tome I.* .C c

fouverainement aimable, & que fa mifericorde au moins dans cette vie l'emporte toûjours
fur fa juftice. Or dans cette idée, non feulement
fa juftice furpafferoit fa mifericorde, mais elle
l'anéantiroit ; & Dieu, fi j'ofe parler ainfi, depouillé du plus divin de fes attributs, ne feroit
plus à mon égard qu'une partie de luy-mefme.
Je le craindrois, mais de la crainte des demons.
Je croirois en luy, mais d'une efpece de foy,
qui ne produiroit que l'averfion & la haine. Or
en quelque fens que je prenne les chofes, la
premiere regle que me donne le Saint Efprit,
c'eft d'avoir toûjours des fentimens avantageux
de la bonté de mon Dieu, *Sentite de Domino*
*in bonitate ;* & fi l'idée que je me forme de la
predeftination ne s'accorde pas avec ces fentimens, je dois conclure que c'eft une idée fauffe & qu'il ne m'eft plus permis de m'y arrefter.

    Je dis plus, & je pretends que ce myftére de
la predeftination de Dieu, bien loin d'avoir de
quoy nous troubler, doit pofitivement nous
confoler ; & pour en eftre perfuadé, il me fuffit de me fouvenir que c'eft le myftere de cette
charité éternelle dont Dieu nous a aimez : *In*
*charitate perpetua dilexi te.* Je puis donc bien
l'admirer cet incomprehenfible myftere : je puis
m'écrier avec l'Apoftre : *O altitudo !* ô profondeur ! ô abyfme ! mais le terme qui fuit, me fait
bien connoiftre que cette profondeur & cet a-

byſme n'a rien qui doive me décourager, puiſque l'Apoſtre me dit que c'eſt un abyſme de treſors & de richeſſes : *O altitudo divitiarum !* Or
un abyſme de richeſſes peut me cauſer de la ſurpriſe, mais non pas me jetter dans l'abbattement
& dans la défiance.

C'eſtoit auſſi ſur ce fondement que ſaint Pierre apprenoit aux fidelles à eſtablir la paix de
leurs ames : *Omnem ſollicitudinem veſtram pro-*    1. Petr. 5.
*jicientes in eum, quoniam ipſi eſt cura de vobis.*
Déchargez vous, leur diſoit-il, mes Freres, de
toutes ces inquietudes & ces anxietez qui pourroient vous accabler : & ſur qui vous en déchar-
gerez-vous ? ſur voſtre Dieu qui vous aime en
pere, & qui veut toûjours prendre ſoin de vous.
J'avoüe que noſtre ſalut eſt entre ſes mains , &
qu'il dépend meſmes bien plus de luy que de
nous. Mais n'eſt-ce pas ce qui doit faire le comble de noſtre joye, de pouvoir dire à Dieu comme David, *In manibus tuis ſortes meæ :* c'eſt    Pſal. 30.
entre vos mains, Seigneur, qu'eſt ma deſtinée ;
je ne dis pas ſeulement ma fortune temporelle,
mais mon éternité. Quand il ſeroit en mon pouvoir de mettre mon ſort ailleurs, où pourrois-
je le placer plus ſeûrement, qu'entre les mains
de ce Dieu également puiſſant, bon, & fidelle ! S'il eſtoit entre les miennes, où en ſerois-je :
& auſſi leger, auſſi fragile que je le ſuis, ſur quoy
compterois-je, & où ſeroit ma confiance & mon
appuy ! Quelle penſée plus douce pour un chreſ-

tien, que de confiderer Dieu comme le gardien
& le depofitaire de fon falut! & pour le pecheur
le plus inveteré dans fes defordres, quel fonds
d'efperance que cette reflexion qu'il peut faire,
mon falut eft encore dans les mains de Dieu!
Dieu pourroit-il le punir plus féverement, que
de luy abandonner la conduite de cette grande
affaire, en l'abandonnant à luy-mefme! & quand
Dieu veut en effet exercer toute la rigueur de fa
juftice fur une ame libertine, n'eft-ce pas ainfi
qu'il en ufe ? N'éprouvons-nous pas, quand
nous fortons de l'eftat du peché, que le premier
mouvement de noftre converfion eft d'aller trouver en Dieu ce falut, que nous avions perdu
dans le commerce du monde ? Et fi les impies
veulent nous rendre temoignage de ce qui fe
paffe dans eux, ne feront-ils pas obligez de reconnoiftre & de confeffer que le dernier pas qui
les conduit à l'endurciffement, eft cette damnable conclufion qu'ils tirent, que deformais
il n'y a plus pour eux en Dieu de falut, & qu'il
leur feroit inutile de l'y vouloir chercher! Il eft
donc de noftre intereft que le falut dépende de
Dieu, & que ce foit luy qui en difpofe le premier par cette preparation de graces que faint
Auguftin appelle predeftination.

Mais enfin, dites-vous, les Saints ont tremblé, en confiderant ce myftere; & fi ce myftere
fait trembler les Saints, pourquoy ne pourra-t-il
pas defefperer les pecheurs! Encore un mot pour

voſtre édification : j'acheve par la plus invincible
de toutes les preuves. J'en conviens ; les Saints
ont tremblé dans la veûe de ce myſtere : mais bien
loin que ce qui leur a cauſé tant de frayeur, puiſſe authoriſer noſtre deſeſpoir , je ſoutiens que
c'eſt ce qui le condamne ; & la raiſon en eſt ſenſible. Car ils n'ont tremblé , que parce qu'ils
ſçavoient que ce myſtere , outre la dépendance
infinie qu'il a de Dieu, avoit encore un enchaîſ-
nement neceſſaire avec leur liberté ; & qu'ils ont
enviſagé leur liberté comme la ſource de tous
les dereglemens. Or cela meſme, c'eſt ce qui
rend noſtre deſeſpoir inexcuſable par rapport à
noſtre ſalut : pourquoy ? parce que du moment
que noſtre liberté y entre , il s'enſuit toûjours,
que ſi nous nous perdons , ce n'eſt que parce
que nous le voulons. Noſtre libertinage voudroit n'en pas convenir : & un de ſes artifices ,
eſt de nous faire croire par exemple , qu'il eſt
impoſſible de ſe ſauver dans le monde , au-
moins dans certaines conditions du monde ,
pour avoir droit de ſe porter à tout, & pour ſe
maintenir dans la poſſeſſion de tout entreprendre & de tout faire. Mais Dieu, Chreſtiens, renverſe bien ce pretexte par la menace ſoudroyan-
te qu'il fait aux impies dans l'Ecriture : *Vocavi,*
*& renuiſtis : ego quoque in interitu veſtro ri-*
*debo.* Car il ne dit pas , je vous ay appellé &
vous n'avez pû me ſuivre : paroles qui, tout Dieu
qu'il eſt , le rendroient reſponſable de noſtre
C c iij

perte, & nous donneroient en quelque forte
gain de caufe contre luy. Mais je vous ay appellé, & vous n'avez pas voulu venir à moy: c'eft
à dire, vous ne l'avez pas voulu efficacement,
vous ne l'avez pas voulu abfolument, vous ne
l'avez pas voulu conftamment; vous ne l'avez
pas voulu de la maniere dont vous aviez coutume de vouloir les chofes, quand vous les vouliez de bonne foy. Or fuppofé qu'il ait tenu à
nous de le vouloir, quel fujet avions nous donc
ou avons nous encore de defefperer! Si pour devenir grands & riches nous n'avions qu'à le vouloir, qui defefpereroit de l'eftre! Voyez, mon
Frere, dit faint Auguftin, fi vous pouvez vous
plaindre dans un poinct où l'on n'exige rien de
vous, finon que vous le vouliez! *Vide fi labor*
*eft, ubi velle fatis eft!* Le defefpoir des damnez eft de penfer: je le pouvois, & je ne l'ay pas
voulu. Que dis-je! leur defefpoir ne vient pas
feulement de là; il vient de penfer: je le pouvois alors, mais je ne l'ay pas voulu; & maintenant que je le voudrois, je ne le puis plus. Or
noftre condition dans cette vie n'eft jamais telle. Car nous ne pouvons jamais dire, je le veux
& ne le puis pas: mais nous devons toûjours
dire avec certitude, je le puis encore par la grace de mon Dieu, & il ne s'agit pour moy que
de le vouloir.

Voilà, mes chers Auditeurs, par où Dieu
confondra un jour nos defefpoirs; ou pluftoft,

ces honteux relaschemens dont le desespoir que je combats, est le principe. Envain nous retrancherons-nous sur les difficultez du salut : vous le pouviez, nous repondra Dieu, mais vous ne l'avez pas voulu. Et bien loin que ce pretexte d'une impossibilité pretenduë de se sauver dans le monde, nous rende moins coupables devant luy, ce sera, dit saint Chrysostome, le premier chef de nostre condamnation. Car le premier de tous nos devoirs estoit de sçavoir, de croire, d'estre bien persuadé, que nous pouvions nous sauver dans le monde, & dans la condition du monde où Dieu nous avoit engagez. De nous estre donc figuré que nous ne le pouvions pas, & d'avoir par là ruiné toute l'esperance chrestienne, de nous estre par là réduits nous-mesmes à un abandon criminel, c'est par où Dieu commencera nostre jugement.

Nous voulons le salut : car où fut jamais l'insensé qui ne le voulut pas ! mais nous le voulons d'une volonté generale & indeterminée : on s'en tient à des desirs vagues, sans descendre jamais aux moyens. Nous le voulons d'une volonté foible & lasche : le moindre obstacle nous arreste, & les plus legeres difficultez nous rebuttent. Nous le voulons d'une volonté inefficace & sans action : dés qu'il faut mettre la main à l'œuvre & travailler, nous assujettir à certains devoirs indispensables, à certaines pratiques, à certaines regles, le courage nous manque &

C c iiij

nous nous rendons. Nous le voulons d'une volonté étroite & bornée : nous sommes prests à
prendre telle & telle voye, à faire telle & telle
chose, mais rien audelà.

Est-ce ainsi, nous dira Dieu, que vous vouliez tout le reste ? Est-ce ainsi que vous vouliez
la guérison d'une maladie mortelle ! Est-ce ainsi que vous vouliez le gain d'un procés ! Combien de ces volontez stériles & sans effet, Dieu
ne reprouvera-t-il pas en les rejettant comme
de fausses volontez ? Pilate vouloit sauver Jesus-Christ : en sera-t-il crû pour dire, je le voulois. Herodes vouloit épargner Jean-Baptiste :
osera-t-il dire qu'il le voulust comme il falloit
le vouloir ! Ce jeune homme de l'Evangile vouloit estre parfait : mais le vouloit-il quand il s'en
retourna triste & affligé aprés l'avis que luy donna le Sauveur du monde ! Non non, Chrestiens, ne nous flattons pas, en disant que nous
voulons nous sauver : c'est imposer à Dieu &
nous démentir nous-mesmes, puisqu'au mesme temps nous nous rendons malgré nous mille temoignages secrets, que le salut est de toutes les choses du monde celle que nous voulons moins & que nous nous efforçons moins
de vouloir.

Et c'est icy qu'il faut encore vous découvrir
une autre erreur, que vous n'avez peut-estre jamais remarquée; mais dont vous conviendrez
sans peine, pour peu que vous vous appliquiez

à la comprendre. Car que faisons-nous ! Excellente reflexion de saint Chrysostome , & qui vaut une predication toute entiere ! que faisons-nous ! le voicy. Dieu nous declare en mille endroits de l'Ecriture & dans les termes les plus exprés qu'il nous veut sauver ; *Qui vult omnes homines salvos fieri :* & en mille endroits de l'Ecriture il nous reproche dans les mesmes termes que nous ne le voulons pas ; *Quoties volui congregare filios tuos , & noluisti ?* Mais nous, par une obstination bizarre , nous taschons à nous persuader que nous le voulons, & nous pretendons que c'est Dieu qui ne le veut pas. Au lieu de douter de nous-mesmes , & de nous tenir seûrs de luy, nous nous défions de luy, & nous nous repondons de nous. Nous cherchons des subtilitez pour nous prouver qu'il ne le veut pas, lorsqu'il le veut ; & nous sommes ingenieux à nous faire accroire que nous le voulons , lorsqu'il est constant que nous ne le voulons pas. Mais à quoy se termine l'un & l'autre ! à une negligence totale & absoluë de tout ce qui regarde le salut. Cependant il sera toûjours vray, quoyque nous fassions , que nostre perte vient de nous, de nous, dis-je, librement & volontairement ; que c'est nous qui avons peché , nous qui nous sommes égarez , nous qui nous sommes précipitez dans l'abysme.

Ah, mes chers Auditeurs , n'entrons point tant dans ces questions impenetrables de la gra-

ce & dans ce tenebreux myſtere de la predeſtination : mais tenons nous-en à ce qu'il a plû à
Dieu de nous réveler. C'eſt un myſtere qui a
ſervi de fonds aux hereſies ; faiſons-en pour
nous un myſtere de foy : c'eſt un myſtere où
l'on a donné aiſément dans l'erreur ; attachonsnous aux deciſions de l'Egliſe : c'eſt un myſtere
dont les libertins ſe ſont prévalus pour demeurer dans leurs dereglemens ; ſervons nous-en
pour nous exciter à la pratique des bonnes œuvres. Portons meſmes encore, s'il le faut, la choſe plus loin, & à une extremité toute oppoſée;
& diſons comme ce ſolitaire attaqué d'une violente tentation de deſeſpoir : Hé bien, ſi je ſuis
reprouvé, au moins je glorifieray Dieu dans
cette vie. Mais pourquoy le penſerois-je de la
ſorte, puiſque Dieu me commande d'eſperer en
luy, puiſqu'il m'a obligé de l'invoquer comme
mon Sauveur, puiſqu'il m'invite à la penitence, puiſqu'il me punit ſi je ne la fais pas, & que
par là il m'apprend que je puis la faire ſi je le
veux, & me ſauver. Voilà ce que je ne puis ignorer, ce que je reconnois, & ce qu'il me ſuffit de
connoiſtre, pour me ſoutenir, pour m'animer,
pour m'encourager.

Il n'y a donc point d'eſtat dans la vie où l'on
doive deſeſperer de ſon ſalut : car la vie preſente eſt la voye du ſalut ; & tandis que je ſuis dans
la voye, je puis toûjours arriver au terme, parce
que j'ay toûjours tous les moyens neceſſaires

pour y parvenir, que je puis toûjours les prendre, & que je n'ay qu'à le vouloir & à le bien
vouloir. Autrement, pourquoy Dieu me demanderoit-il si je veux estre guéri, *Vis sanus* Joan. 5.
*fieri!* David devient tout à la fois coupable &
d'un meurtre & d'un adultere : cependant tout
coupable qu'il est, il ne perd pas pour cela toute esperance. Que dis-je! au lieu qu'avant son
peché il appelloit Dieu seulement son souverain
& son Roy ; *Rex meus, & Deus meus :* aprés Psalm. 5.
son peché, comme remarque saint Augustin,
il luy parle d'une maniere plus tendre : mon
Dieu & ma misericorde, *Deus meus, misericor-* Psalm. 58.
*dia mea.* Sur quoy ce Pere s'écrie : ô nom de
consolation & de confiance! ô nom qui ne me
permet pas de me défier jamais de mon Dieu!
*O nomen sub quo nemini fas est desperare!* Aug.

Ce qui fit le malheur de Judas & ce qui le
damna, ce ne fut pas precisément sa trahison,
mais son desespoir. Il pouvoit estre un apostat,
un sacrilege, un traitre, & devenir ensuite un
predestiné ; comme saint Pierre, de deserteur &
de blasphemateur, devint le Prince des Apostres & le chef de l'Eglise. Ce qui mit entre ces
deux pecheurs une difference si essentielle, ce ne
fut pas le peché, mais la vraye penitence de l'un
& la fausse penitence de l'autre, mais la confiance de l'un & de la défiance de l'autre. Si Judas
eust esperé comme saint Pierre, ce seroit actuellement un saint comme luy ; & si saint Pierre

euſt deſeſperé comme Judas, ce ſeroit actuellement comme luy un reprouvé. L'un crut qu'il
y avoit encore pour luy un fonds de miſericorde ; & voilà le commencement de ſa predeſtination : mais l'autre crut qu'il n'y avoit plus de
pardon pour luy , & voilà ſa condamnation.
Grande leçon pour vous-meſmes, Chreſtiens:
écoutez-la. Bien loin qu'il vous ſoit permis de
deſeſperer des bontez de Dieu , ce deſeſpoir eſt
un nouveau crime que vous adjouſtez aux autres. Car dans quelque abyſme que vous vous
ſoyez plongez, il y a toûjours un précepte qui
vous oblige à vous confier en Dieu. Plus meſmes vous eſtes pecheurs, plus devez-vous redoubler voſtre confiance, & dire avec David : Ah,
Seigneur , uſez envers moy de miſericorde &
de voſtre grande miſericorde : *Secundùm mag-
nam miſericordiam tuam.* Ce qui a perdu Judas,
c'eſt ce qui perd encore tous les jours certains
pecheurs du ſiecle. Je dis certains pecheurs , &
non pas tous les pecheurs. Car les pecheurs ordinaires ſe perdent par un excés d'eſperance :
mais les inſignes pecheurs, les libertins & les
impies ſe perdent par un défaut d'eſperance. Et
tel eſt l'artifice du demon : il oſte aux uns la
vraye confiance, & aux autres la vraye crainte;
& à la place de cette vraye crainte, de cette vraye
confiance , il donne à ceux-là une fauſſe confiance & à ceux-cy une fauſſe crainte.

Apprenez-moy donc , ô mon Dieu , à bien

ménager ces deux sentimens, la confiance & la crainte : la confiance sans la crainte m'emporte-ra au dessus de moy , & me rendra presom-ptueux ; & la crainte sans la confiance m'éloi-gnera de vous & me rendra pusillanime. Ap-prenez-moy comment je dois craindre en espe-rant , & esperer en craignant : craindre vostre justice, mais au mesme temps esperer en vos-tre misericorde ; esperer en vostre misericorde , mais au mesme temps craindre vostre justice. Le Seigneur n'a parlé qu'une fois, disoit le Pro-phete Royal, il n'a prononcé qu'une parole, & j'en ay entendu deux ; sçavoir, qu'il est tout-puissant & plein de misericorde : *Semel locutus* *est Deus, duo hæc audivi, quia potestas tibi est* *& misericordia.* Que veut dire cela, demande saint Augustin ! Il est vray, repond ce Pere, que Dieu n'a jamais produit qu'une parole au de-dans de luy-mesme, qui est son verbe : mais ce verbe, cette parole sortie de Dieu nous a fait entendre deux voix, celle de la misericorde & celle de la justice : *Misericordiam, quâ plena* *est terra ; & justitiam, quâ reddet unicuique* *secundùm opera sua.* La voix de la justice nous menace, & la voix de la misericorde nous ras-seûre. L'une & l'autre par cet admirable tem-perament de confiance & de crainte, nous con-duit dans le chemin de l'éternité bienheureuse que je vous souhaite, &c.

Psalm. 61.

Aug.

# SERMON

## POUR LE DIMANCHE

### de la seconde Semaine.

#### Sur la sagesse & la douceur de la Loy Chrestienne.

*Adhuc eo loquente, ecce nubes lucida obumbravit eos. Et ecce vox de nube dicens : Hic est filius meus dilectus in quo mihi benè complacui. Ipsum audite.*

*Tandis qu'il parloit encore, une nuée lumineuse les enveloppa, & il sortit une voix de cette nuée qui fit entendre ces paroles : c'est mon Fils bien-aimé, en qui j'ay mis mes complaisances. Ecoutez-le. En saint Matth. chap. 17.*

## SIRE,

Voicy l'accomplissement de ce grand mystere qu'annonçoit l'Apostre aux Hebreux, lorsqu'il leur disoit, que Dieu ayant autrefois parlé à nos Peres en plusieurs manieres differentes par ses Prophetes, il nous a enfin parlé dans ces derniers temps par son Fils mesme : *Multifariàm,* Hebr. 1. *multísque modis olim Deus loquens patribus in Prophetis, novíssimè locutus est nobis in Filio.* C'est dans la transfiguration de Jesus-Christ, qui fait aujourd'huy le sujet de nostre Evangile, que cette parole de saint Paul s'est pleinement & sensiblement verifiée. Dieu avoit donné aux hommes sur la montagne de Sinaï une loy, dont Moyse estoit le ministre, l'interprete, & mesmes, selon l'expression de l'Ecriture, le Legislateur. Dans la suite des temps il avoit suscité des Prophetes pour expliquer aux hommes cette loy, pour leur en faire connoistre les préceptes, pour leur en reprocher la transgression, pour les y soumettre & pour les engager soit par des menaces, soit par des promesses, à l'accomplir. Mais du reste, ni Moyse, ni les Prophetes ne furent que les précurseurs de l'homme-Dieu ; & la loy qu'ils publioient, ne fut qu'une disposition à la sainte & nouvelle loy que Jesus-Christ devoit apporter au monde. C'est pour cela qu'il paroist entre Moyse & Elie, l'un legislateur, l'autre Prophete, & qu'il y paroist tout éclatant de lumiere : c'est, dis-je, pour nous apprendre que toutes les ombres de l'ancienne loy estant dissipées, que toutes les Propheties ayant receû un parfait éclaircissement, il n'y a plus desormais que luy qui merite d'estre é-

couté, ni qui nous doive servir de maistre. E-
coutons-le donc en effet, Chrestiens, ce nouveau Legislateur, & obéissons à cette voix celeste qui nous dit : *Ipsum audite.* Pour vous inspirer ce sentiment si juste & si necessaire, je
veux vous entretenir de la loy chrestienne; &
pour traiter dignement un si grand sujet, j'ay
besoin des graces du Saint Esprit, & je les demande &c. *Ave Maria.*

Quand saint Paul dit qu'il a plû à Dieu de
sauver les hommes par la folie de l'Evangile,
*Placuit Deo per stultitiam prædicationis salvos
facere credentes ,* il ne faut pas se figurer que
la loy chrestienne ait rien pour cela de contraire à la veritable sagesse & à la raison. Car selon
la remarque de saint Jerosme, le mesme Apostre aprés avoir parlé de la sorte, declare néanmoins que son ministere est de prescher la sagesse aux spirituels & aux parfaits : *Sapientiam lo-
quimur inter perfectos.* Puisque je tiens aujourd'-
huy la mesme place que le Docteur des nations,
tout indigne que j'en puis estre, & puisque je
vous presche la mesme loy qu'il preschoit aux
Gentils, j'ay droit, Chrestiens, de vous dire
comme luy & je vous le dis dés l'entrée de ce
discours, que la loy Evangelique dont je viens
vous parler, est de toutes les loix la plus raisonnable & la plus sage : c'est ma premiere proposition. Je ne m'en tiens pas là ; mais pour vous y
atta-

1. Cor. 1.

attacher encore plus fortement, j'adjoufte que cette loy fi fage eft au mefme temps de toutes les loix la plus aimable & la plus douce. C'eft ma feconde propofition. Deux rapports fous lef quels nous devons confiderer la loy de Jefus-Chrift : rapport à l'efprit, rapport au cœur. Par rapport à l'efprit, elle n'a rien qui ne foit digne de noftre eftime : par rapport au cœur, elle n'a rien qui ne foit digne de noftre amour. C'eft ainfi que je pretends combattre deux faux principes dont les ennemis de la Religion chreftienne fe font fervis de tout temps pour nous la rendre également meprifable & odieufe : meprifable, en nous perfuadant qu'elle choque le bon fens & les regles de la vraye prudence; odieufe, en nous la reprefentant comme une loy trop dure & fans onction. Or à ces deux erreurs, j'oppofe deux caracteres de la loy Evangelique : caractere de raifon, & caractere de douceur. Loy fouverainement raifonnable, vous le verrez dans le premier poinct. Loy fouverainement aimable, je vous le monftreray dans le fecond poinct. Deux veritez importantes, qui vont faire le fujet de voftre attention.

A prendre les chofes en elles-mefmes, & dans les termes de ce devoir legitime, qui affujettit la créature au créateur, il ne nous appartient pas de controller, ni mefmes d'examiner la loy, que Jefus-Chrift nous a apportée du ciel, & qu'il

I. Partie.

est venu publier au monde. Car puisque les souverains de la terre ont le pouvoir de faire des loix, sans estre obligez à dire pourquoy; puisque leur volonté & leur bon plaisir suffit pour authoriser les ordres qu'ils portent, sans que leurs sujets en puissent demander d'autre raison, il est bien juste que nous accordions au moins le mesme privilege & que nous rendions le mesme hommage à celuy qui non seulement est nostre Legislateur & nostre Maistre, mais nostre Sauveur & nostre Dieu. Ce qui nous regarde donc, c'est de nous soumettre à sa loy, & non point de la soumettre à nostre censure ; c'est d'observer sa loy avec une fidelité parfaite, & non point d'en faire la discussion par une curiosité presomptueuse.

Cependant, Chrestiens, il se trouve que jamais loy dans le monde n'a esté plus critiquée, & par une suite necessaire, plus combattuë, ni plus condamnée que la loy de Jesus-Christ; & l'on peut dire d'elle ce que le Saint Esprit dans l'Ecclesiaste a dit du monde en general, que Dieu par un dessein particulier a voulu, ce semble, l'abandonner aux disputes & aux contestations des hommes : *Tradidit mundum disputationi eorum.* Car cette loy, toute sainte & toute venerable qu'elle est, a esté, si j'ose m'exprimer de la sorte, depuis son institution, le problesme de tous les siecles. Les payens & mesmes dans le christianisme les libertins, suivant les lumieres de la prudence charnelle, l'ont reprouvée com-

*Ecclef. 3.*

me trop sublime & trop audessus de l'humanité, c'est à dire, comme affectant une perfection
outrée & bien audelà des bornes que prescrit la
droite raison. Et plusieurs au contraire parmi les
heretiques, préoccupez de leur sens, l'ont attaquée comme trop naturelle & trop humaine,
c'est à dire, comme laissant encore à l'homme
trop de liberté, & ne portant pas assez loin l'o-
bligation étroite & rigoureuse des preceptes
qu'elle establit. Les premiers l'ont accusée d'in-
discretion, & les seconds de relaschement. Les
uns, au rapport de saint Augustin, se sont plaints
qu'elle engageoit à un détachement des choses
du monde chimerique & insensé; *Visi sunt iis*   *Aug.*
*christiani res humanas stultè & suprà quam o-*
*portet deserere :* & les autres, temeraires & prétendus reformateurs, luy ont reproché que sur
cela mesme elle usoit de trop d'indulgence, &
qu'elle exigeoit encore trop peu. Sçavez-vous,
Chrestiens, ce que je voudrois d'abord inférer
de là ! Sans penetrer plus avant, ma conclusion
seroit, que la loy chrestienne est donc une loy
juste, une loy raisonnable, une loy conforme
à la regle universelle de l'Esprit de Dieu : pourquoy ! parce qu'elle tient le milieu entre ces deux
extremitez. Car comme le caractere de l'esprit
de l'homme est de se laisser toûjours emporter
à l'une ou à l'autre, & que le caractere de l'Esprit de Dieu, selon la maxime de saint Gregoire Pape, consiste dans une sage moderation, il

D d ij

est d'une consequence presque infaillible, qu'u-
ne loy que les hommes ont osé tout à la fois
condamner & d'excés & de défaut, est justement celle où se trouve ce temperament de sagesse & de raison, qui en fait, selon la pensée du
Prophete Royal, une loy sans tache : *Lex Domini immaculata.*

Psalm. 18.

Et certes, adjouste saint Augustin, ( cette remarque est importante) si la loy de Jesus-Christ
avoit esté parfaitement au gré des payens, dés-là
elle auroit cessé, pour ainsi dire, d'estre raisonnable ; & si les libertins l'approuvoient, dés-là elle
nous devroit estre suspecte, puisqu'elle auroit
plû, & qu'elle plairoit encore à des hommes vitieux & corrompus. Pour estre ce qu'elle doit estre, pour estre une loy irreprochable, il faut necessairement qu'elle ne soit pas de leur goust ; &
l'excés mesme qu'ils luy ont imputé, est sa justification. Je dis à proportion le mesme des heresiarques prévenus d'un faux zéle & enflez d'un
vain orgueil : ils ont voulu la resserrer cette loy
déja si étroite ; ils ont entrepris dereformer, comme parle Vincent de Lerins, ce qui devoit les reformer eux-mesmes ; & il a fallu que la loy chrestienne, pour ne pas aller à une severité sans mesure, & pour demeurer dans les limites de ce
culte raisonnable qui fait son essentielle difference & par où saint Paul la distingue, ne se rappor-
tast pas à leurs idées, & qu'ils y trouvassent des
défauts afin qu'il fust vray qu'elle n'en a aucun.

S'il s'agissoit seulement icy de faire une simple apologie des devoirs du christianisme, je
pourrois m'en tenir là ; & sans rien dire de plus,
je croirois avoir suffisamment rempli mon dessein : mais je vais plus loin, & autant qu'il m'est
possible, il faut, Chrestiens, vous mettre en estat de rendre desormais sans contradiction, sans
resistance, une obéissance entiere à ce divin maistre, que Dieu nous ordonne d'écouter : *Hic est
filius meus dilectus, ipsum audite.* Il faut vous
affectionner à sa loy, vous y attacher, & pour
cela vous en donner toute la connoissance necessaire. Attention, s'il vous plaist. J'avoüe donc
que la loy de Jesus-Christ est une loy sainte &
parfaite ; mais je soutiens au mesme temps, que
dans sa perfection elle n'a rien d'oûtré, comme
l'esprit du monde se le persuade. J'avoüe que
c'est une loy moderée, &, comme telle, proportionnée à la foiblesse des hommes ; mais je pretends que dans sa moderation elle n'a rien de
lasche, comme l'esprit de l'heresie se l'est figuré. Or ces deux veritez bien conçuës, m'engagent efficacement à la pratiquer cette loy ; détruisent tous les prejugez, que le libertinage,
ou l'amour propre, pourroient former dans
mon esprit contre cette loy ; me determinent à
vivre en chrestien, parce que rien ne me paroist
plus raisonnable, ni plus droit, que la conduite
de cette loy. Quel avantage & pour vous & pour
moy, si nous estions bien remplis de ces sentimens !                                    D d iij

Non , mes Freres, dit saint Chryfoftome, traitant le mefme fujet, la loy de Jefus-Chrift dans fa perfection, n'a rien qui doive bleffer la prudence humaine la plus delicate ; & la rejetter comme une loy outrée, c'eft luy faire injure & ne la pas connoiftre. Soit que nous ayons égard aux obligations generales qu'elle impofe à tous les eftats ; foit que nous confiderions les regles particulieres qu'elle trace à chaque condition, par tout elle porte avec foy, fi je puis ufer de ce terme, le fçeau d'une raifon fouveraine qui la dirige ; par tout elle fait voir qu'elle eft émanée du confeil de Dieu, comme de fa fource. Car enfin, pourfuit saint Chryfoftome, qu'y a-t-il de fi fingulier dans la loy chreftienne, que le bon fens le plus exquis ne doive approuver? Elle oblige l'homme à fe renoncer foy-mefme, à mortifier fon efprit, à crucifier fa chair: elle veut qu'il étouffe fes paffions, qu'il abandonne fes interefts, qu'il fupporte un outrage fans fe venger, qu'il fe laiffe enlever fes biens fans les redemander : elle luy commande deux chofes en apparence les plus contradictoires, du moins les plus paradoxes, l'une de haïr fes proches & fes amis, l'autre d'aimer fes perfecuteurs & fes ennemis : elle luy fait un crime de rechercher les richeffes & les grandeurs, une vertu d'eftre humble, une beatitude d'eftre pauvre, un fujet de joye d'eftre perfecuté & affligé : elle regle jufques à fes defirs, jufques à fes penfées : elle luy ordonne en telle occasion qui se presente, de s'arracher l'œil, de se couper le bras : enfin elle le réduit à la necessité mesme de verser son sang, de donner sa vie, de souffrir la mort & la plus cruelle mort, dés que l'honneur de sa Religion le demande & qu'il est question de prouver sa foy. Or tout cela, mes chers Auditeurs, est raisonnable; & tellement raisonnable, que si la loy Evangelique ne l'exigeoit pas, tout interessé que j'y puis estre, & quelle que soit la corruption de mon cœur, j'aurois peine à ne la pas condamner. Venons au détail, & reprenons.

Oüy, il est raisonnable, que je me renonce moy-mesme : c'est de quoy je ne puis douter, sans me méconnoistre, & sans ignorer ce que je suis. Car puisque je ne suis de moy-mesme que vanité & que mensonge ; puisque tout ce qu'il y a de bien en moy, n'est pas de moy, & que je ne suis de mon fonds que misere, qu'aveuglement, qu'emportement, que dérèglement; n'est-il pas juste, que me regardant moy-mesme & me voyant tel, je conçoive de l'horreur pour moy-mesme, je me haïsse moy-mesme, je me détache de moy-mesme ! Et voilà le sens de ce grand précepte de Jesus-Christ, *Abneget semetipsum.* Il ne veut pas que je renonce, ni à mes vrays interests, ni à la vraye charité que je me dois à moy-mesme, ni à la vraye justice que je puis me rendre : mais parce qu'il y a une faus-

se justice, que je confonds avec la vraye; parce qu'il y a une fausse charité, qui me flatte &
qui me seduit; parce qu'il y a un faux interest,
dont je me laisse éblouïr & qui me perd, &
que ce que j'appelle moy-mesme, n'est rien autre chose que tout cela, il veut que pour me défaire de tout cela, je me défasse de moy-mesme
en me renonçant moy-mesme.

Il est raisonnable que je mortifie ma chair,
parce qu'autrement ma chair se revoltera contre
ma raison & contre Dieu mesme; que je captive mes sens, parce qu'autrement la liberté que
je leur donnerois, m'exposeroit à mille tentations; que je traite rudement mon corps & que
je le réduise en servitude, parce qu'autrement
affranchi du joug d'une sainte austerité, je tom-
berois dans une criminelle & une honteuse
mollesse.

Il est raisonnable que la vengeance me soit
défenduë: car que seroit-ce si chacun estoit en
droit de satisfaire ses ressentimens, & à quels excés nous porteroit une aveugle passion ? Raisonnable, non seulement que j'oublie les injures
déja reçeûës, mais que je sois prest à en essuyer
encore de nouvelles; & qu'en mille conjonctures où ma foiblesse me feroit perdre la charité,
si je m'opiniastrois à faire valoir dans toute la rigueur mes pretentions, je me relasche de mes
pretentions & je me desiste de mes demandes:
pourquoy ! parce que la charité est un bien d'un

ordre superieur, & que je ne dois risquer pour
nul autre ; parce qu'il n'y a rien que je ne doive
sacrifier pour conserver la grace qui se trouve
inseparablement liée à l'amour du prochain.
Raisonnable, que cet amour du prochain s'é-
tende jusqu'à mes ennemis mesmes les plus mortels, puisque sans parler de la grandeur d'ame,
de cette grandeur heroïque & chrestienne qui
paroist dans l'amour d'un ennemi & dans les services qu'on luy rend, la foy m'enseigne que
cet homme pour estre mon ennemi n'en est pas
moins mon frere ; & que d'ailleurs j'attendrois
moy-mesme, si j'estois ennemi de Dieu, que
Dieu usast envers moy de misericorde & qu'il
me preyinst de sa grace. Car pourquoy serois-je
plus delicat que luy dans mes sentimens & dans
mes affections ! Raisonnable par un retour qui
semble d'abord bien surprenant & bien étrange, que je haïsse mes amis, mes proches, ceux-
mesmes à qui je dois la vie, quand ceux à qui je
dois la vie, quand ceux à qui je suis le plus é-
troitement uni par les liens du sang & de l'amitié, sont des obstacles à mon salut. Car alors la
raison veut que je m'en éloigne, que je les fuye,
que je les abhorre : & c'est ainsi qu'il faut entendre cette parole de Jesus-Christ, *Si quis ve-*     *Luc.* 14.
*nit ad me, & non odit patrem & matrem, non*
*potest meus esse discipulus ;* si quelqu'un veut
venir à moy, & ne hait pas son pere & sa mere, il ne peut estre mon disciple. Parole, dit saint

Gregoire Pape, qui n'abolit point le devoir des enfants envers les parens ; mais qui comdamne l'impieté des parens prevaricateurs, lorſqu'ils abuſent de leur pouvoir pour ſervir de demons à leurs enfants, & pour les engager dans la voye de perdition. Et quoy, reprend Tertullien juſtifiant cette maxime Evangelique, il falloit que les ſoldats Romains, pour eſtre incorporez dans la milice, fiſſent comme une eſpece d'abjuration, & de peres, & de meres, entre les mains de ceux qui les commandoient ; & l'on eſtimoit cette ſeverité de diſcipline également juſte & neceſſaire : ſi donc Jeſus-Chriſt nous impoſe la meſme loy en certaines conjonctures, ſçavoir, quand l'attachement d'un fils à ſon pere, d'une femme à ſon mari, eſt incompatible avec les intereſts de Dieu & l'obéiſſance qui luy eſt duë, pouvons nous dire que c'eſt trop en demander!

Mais pourquoy s'arracher l'œil ! pourquoy ſe couper le bras ! Repondez vous-meſme, divin Sauveur ; & ſur la dureté de cette expreſſion, ſatisfaites dans un mot la prudence humaine : c'eſt qu'il vaut mieux, dit-il, entrer dans la vie n'ayant qu'un œil ou qu'une main, que d'eſtre pour jamais condamné au tourment du feu : c'eſt que tous les jours, à la honte des ſerviteurs de Dieu, un homme du ſiecle, par une ſageſſe mondaine, s'arrache l'œil, ſe coupe le bras, ſelon que Jeſus-Chriſt l'a entendu ; c'eſt à dire, s'arrache luy-meſme à ce qu'il a de plus cher,

& se separe de ce qu'il aime plus tendrement, afin d'éviter un scandale dont il craint les suites fascheuses pour sa fortune : c'est qu'une femme du monde que la raison conduit encore, ne balance pas à rompre un engagement, quelque flateur, quelque utile qu'il soit, dés qu'elle en prévoit quelque danger pour sa reputation : comme si Dieu avoit voulu que la conduite des enfants du siecle servist de leçon aux enfants de lumiere; ou plustost, comme s'il avoit voulu que ce fust une apologie du précepte de l'Evangile, *Si oculus tuus scandalizat te , erue eum.*  *Matth. 18.*

Ce n'est pas assez : pourquoy faire à l'homme une crime de ses desirs, & traiter d'adultere un regard impur & lascif! Apprenez-le de saint Jerosme : c'est qu'il n'est point permis de desirer ce qu'il n'est pas permis de rechercher ; c'est que toute loy qui laisse les desirs dans l'impunité, est une loy imparfaite, propre à faire des hypocrites plustost que des justes, puisqu'il est impossible de reformer l'homme si l'on ne commence par reformer son cœur. Pourquoy ériger en beatitude, un estat aussi vil & aussi abjet que la pauvreté! *Beati pauperes spiritu.* Jugez-en  *Matth. 5.* par vos propres sentimens : c'est qu'autant qu'on a de mepris pour la pauvreté forcée, autant convient-on que la pauvreté volontaire dont parle Jesus-Christ, est respectable; & d'ailleurs l'experience nous fait bien voir, qu'il n'y a d'heureux sur la terre que les pauvres de cœur, puisque la source la plus ordinaire de nos chagrins est l'attachement aux biens de la vie. Mais enfin, & voicy le poinct capital, pourquoy réduire des hommes foibles à cette affreuse necessité, ou d'estre apostats & anathesmes, ou d'endurer à certains temps de persecution le plus rigoureux martyre! Car c'est là-dessus que la loy de nostre Dieu pourroit paroistre aux sages du monde d'une caractere plus outré. Elle nous ordonne, & nous l'ordonne sous peine d'une éternelle damnation, d'estre habituellement disposez à mourir, plustost mesmes que de déguiser nostre foy. Or cela, dites-vous, est-il raisonnable! & moy je reponds, en pouvez-vous douter; & pour s'en convaincre, faut-il autre chose que les premiers principes de la raison! En effet, on demande s'il est raisonnable de s'exposer à la mort, plustost que de trahir la foy qu'on doit à son Dieu : mais moy je demande, s'il n'est pas raisonnable qu'un sujet soit prest à perdre la vie, plustost que de trahir la foy qu'il doit à son Prince! mais moy je demande, s'il n'est pas raisonnable qu'un homme d'honneur soit en disposition de souffrir tout, plustost que de commettre une lascheté & une perfidie! mais moy je demande, s'il n'est pas raisonnable qu'un homme de guerre se sacrifie en mille rencontres comme une victime toûjours sur le poinct d'estre immolée & de recevoir le coup mortel, plustost que de manquer à son devoir. Il ne le trouve pas seulement raisonnable, mais il s'en fait un poinct d'honneur & une gloire. Quoy donc, mes Freres, reprend saint Augustin, le martyre pour Dieu sera-t-il censé une folie, & le martyre pour le monde une vertu ! La raison de l'homme aura-t-elle peine à reconnoistre l'obligation de l'un, tandis qu'elle approuve & qu'elle authorise l'obligation de l'autre ? Non non, Chrestiens, rien en cela, rien en tout le reste qui ne soit à l'épreuve de nostre censure. Soyons raisonnables, & nous avoüerons que la loy de Jesus-Christ l'est encore plus que nous. Soumettons nous de bonne foy à tout ce que la raison ordonne, la loy Evangelique n'aura plus rien qui nous choque. Car si elle nous choque, c'est parce qu'elle nous assujettit trop à la raison, & qu'elle n'accorde rien à nostre passion. Prenez garde, s'il vous plaist : je ne dis pas que la loy chrestienne n'adjouste rien à la raison ; c'est une erreur des Pelagiens : mais je dis qu'elle n'adjouste rien à la raison, qui ne la perfectionne, qui ne l'éleve, qui ne la purifie, & que la raison elle-mesme n'eust establi, si par elle mesme elle eust esté assez éclairée pour en decouvrir l'excellence & l'utilité.

Je sçais, mes chers Auditeurs, & c'est ainsi que je passe à la seconde verité, qui bien loin d'affoiblir la premiere, va plus solidement encore la confirmer : je sçais & j'en conviens, qu'il y a eû de tout temps dans le monde des esprits finguliers, qui prévenus de leurs idées chimeriques, ont porté cette perfection de la loy chreftienne bien audelà de fes bornes. Appliquezvous à ma penfée ; cecy merite voftre reflexion. Je fçais ce que faint Auguftin a obfervé, que la perfection de l'Evangile, mal conçuë & foutenuë par un faux zéle, a fait naiftre dans la fuite des fiecles les herefies les plus opiniaftres : & pour defcendre aux efpeces particulieres, je fçais que dés la naiffance de l'Eglife, il s'éleva, comme dit l'Apoftre, des fectes de parfaits & d'illuminez, qui condamnoient, ceux-là le mariage, ceux-cy l'ufage des viandes, les uns la penitence réiterée, les autres la fuite dans les perfecutions ; reprouvant de leur authorité propre tout ce qui ne leur fembloit pas affez faint, & s'érigeant pour cela non pas en fimples reformateurs, mais en fouverains & en legiflateurs. Je fçais qu'une des illufions de Pelage, fut de confondre les confeils avec les préceptes, & de pretendre, par exemple, que fans le dépouillement réel & effectif des biens temporels il n'y avoit point de falut; ne voulant pas qu'un chreftien puft rien poffeder, fans tomber dans une efpece d'apoftafie & fans démentir fa profeffion. Je fçais que par ce principe, quelques-uns mefmes en font venus jufqu'à troubler la focieté civile, traitant de defordre l'ufage eftabli de pourfuivre fes droits en juftice; prenant à la lettre ce qui eft écrit, *Ei autem & qui aufert quæ tua sunt, ne repetas ;* & sans prévoir les funestes conséquences qui suivroient delà, & les avantages qu'en tireroit une injuste cupidité, défendant à un serviteur de Jesus-Christ de redemander jamais son bien, luy fust-il mesmes arraché par violence. Je sçais, dis-je, tout cela; & si vous voulez, je sçais encore que ces fausses idées de perfection n'ont communément servi qu'à rendre la loy chrestienne meprisable aux payens, insupportable aux libertins, scandaleuse & sujet de chûte aux ames foibles & timorées ; autre remarque de saint Augustin : meprisable aux payens, qui jugeant par là de nostre Religion, l'ont rejettée comme une religion extravagante, quoy qu'elle soit l'ouvrage & le chef d'œuvre de la sagesse d'un Dieu : insupportable aux libertins, qui sont bien-aises en matiere d'obligations & de devoirs, qu'on leur exaggere les choses, pour avoir droit de n'en rien croire & sur tout de n'en rien faire, & qu'on leur en demande trop pour avoir un pretexte de refuser tout : sujet de scandale & de chûte pour les ames foibles, qui de ces erreurs se font souvent formé des consciences, & à qui ces fausses consciences ont fait commettre de veritables crimes. Car voilà les effets qu'a produits cette pretenduë perfection, quand elle n'a pas esté mesurée selon les regles de la vraye foy. Mais tout cela, mes chers Auditeurs, n'est point la perfection de la loy chrestienne : pourquoy ! parce qu'il n'y a

rien en tout cela que la loy chrestienne n'ait des-
avoüé & qu'elle n'ait mesmes censuré. Comme
elle s'est declarée contre tous les adoucissemens
qui pouvoient altérer sa pureté, aussi n'a-t-elle
pû souffrir qu'on portast trop loin la severité de
ses préceptes, pour luy donner une fausse couleur de sainteté. Quelque apparence de reforme qu'elle ait apperçuë dans l'heresie, elle s'en
est tenuë inviolablement à cette grande parole,
*Rationabile obsequium;* afin, dit saint Jerosme,
que l'infidelité la plus critique n'eust rien à luy
opposer, & que la raison la plus censée n'y trou-
vast rien qui pust justement la blesser.

Car encore une fois étudions bien cette loy,
& plus nous l'approfondirons, plus elle nous
paroistra sage; soit qu'elle contredise nos plaisirs, soit qu'elle nous accorde certains divertissemens honnestes & moderez; soit qu'elle condamne nos entreprises, soit qu'elle nous permette certains soins convenables & souvent mesmes necessaires; soit qu'elle réprime nostre ambition, soit qu'elle nous laisse la liberté de penser à nos besoins, & de pourvoir par des voyes
legitimes à nostre establissement; soit qu'elle reprouve nostre luxe, soit qu'elle approuve une
bien-séance modeste & chrestienne : par tout
nous decouvrirons le mesme caractere de sagesse. Elle est donc parfaite, mais d'une perfection,
qui gagne le cœur en persuadant l'esprit : elle est
parfaite, mais d'une perfection qui s'accommo-
de à

Rom. 12.

de à tous les estats & à toutes les conditions des
hommes : elle est parfaite , mais d'une perfection, qui bien loin de causer du trouble, regle
tout, corrige tout, maintient tout dans l'ordre :
elle est parfaite, mais de ce genre de perfection,
dont parle saint Ambroise , qui inspire une humilité sans bassesse, une generosité sans orgueil,
une modestie sans contrainte , une liberté sans
épanchement; retenant comme dans un juste é-
quilibre tous les mouvemens & toutes les affections de l'ame : enfin elle est parfaite, mais toûjours dans l'étenduë de ces deux termes, discretion & verité.

J'adjouste que par une disposition d'ailleurs
toute divine, comme elle n'a rien d'outré dans
sa perfection, elle n'a rien aussi de lasche dans sa
moderation. Faudroit-il insister sur ce poinct ,
si nous ne vivions pas dans un siecle, où la parole de Dieu doit servir de préservatif à tout &
contre tout ! Non , la loy de Jesus-Christ dans
sa moderation n'a rien de lasche : quelque effort
qu'ayent fait les heresiarques , pour la décrier
sur cela , elle s'en est hautement défenduë, &
en a mesmes tiré sa gloire. Envain Tertullien luy
a-t-il reproché son indulgence dans le pardon
des pechez; envain a-t-il declamé contre les catholiques, & les a-t-il appellez charnels; envain
a-t-il representé l'Eglise de son temps comme
un champ ouvert à toute sorte de licence, *De* Tertull.
*campo laxissimæ disciplinæ :* ses invectives n'ont

servi qu'à marquer l'aigreur & l'amertume de
son zéle, & n'ont fait impreſſion que ſur quelques eſprits foibles. Il eſt vray que la loy chreſtienne ne deſeſpere pas les pecheurs: mais ſans les
deſeſperer, elle leur inſpire une crainte bien plus
ſalutaire que le deſeſpoir ; & ſans leur oſter la
confiance, elle ſçait bien rabbattre leur preſomption. Il eſt vray qu'en toutes choſes elle ne conclut pas à la damnation ; mais ſans y conclure
abſolument, elle ne manque pas ſur mille ſujets
d'en propoſer le danger , d'une maniere à ſaiſir
de frayeur les Saints meſmes. Il eſt vray que
dans l'ordre des pechez elle ne condamne pas
tout comme mortel ; mais à quiconque connoiſt
Dieu, à quiconque veut efficacement ſon ſalut,
elle donne une grande horreur de tout peché,
meſmes du veniel. Il eſt vray qu'elle diſtingue les
préceptes des conſeils ; mais elle declare au meſme temps que le mepris des conſeils diſpoſe à
la tranſgreſſion des precéptes & que l'un eſt une
ſuite preſque infaillible de l'autre.

Or j'avouë, Chreſtiens, que parmi tous les
motifs qui me perſuadent la verité de la ſainte
Religion que je profeſſe , il n'y en a point de
plus puiſſant que celuy-la. Saint Auguſtin diſoit que mille raiſons l'attachoient à la foy , &
il en faiſoit un détail capable d'en convaincre
les eſprits les plus indociles : *Multa me in Eccle-
ſiâ juſtiſſimè retinent.* Mais pour moy je ſents que
cette ſageſſe toute pure & toute divine de la loy

*Aug.*

de Jesus-Christ, a je ne sçais quoy de particulier,
qui me touche & qui m'entraisne. Car je dis a-
vec l'Abbé Rupert : puisqu'il y a un Dieu , &
que les preuves les plus sensibles & les plus évi-
dentes me le démonstrent ; puisqu'il faut l'honorer ce Dieu par un culte propre & par l'exercice d'une religion, je ne puis manquer en embrassant celle-cy, où je decouvre un fonds de
sagesse & de sainteté qui ne peut venir que d'enhaut, & qui est incontestablement au dessus de
l'homme. Si c'estoit une sagesse prophane, elle
pourroit d'abord m'éblouïr ; mais pour peu que
je voulusse m'appliquer à l'approfondir & à la
bien connoistre, j'y trouverois bientost quelque
foible pour m'en détromper. Il n'y a qu'une religion sage comme la nostre , c'est à dire, d'une
sagesse toute sainte, d'une sagesse establie sur le
fondement de toutes les vertus , à quoy je ne
puis refuser de me rendre, parce que c'est sans
contredit l'ouvrage de Dieu, & que je n'ay rien
à y opposer. Je m'écrie avec plus de sujet encore que saint Pierre : *Domine , bonum est nos hic
esse :* Ah ! Seigneur, c'est un bien pour moy &
un bien que je ne puis assez estimer , d'avoir
connu vostre loy & de l'avoir embrassée. C'est
là que je dois m'en tenir ; & pour m'y conserver, je dois estre prest, comme vos martyrs, à
sacrifier ma fortune & à repandre mon sang :
*Domine, bonum est nos hic esse.* Saint Pierre dans
le transport de sa joye demandoit à demeurer

fur le Thabor ; mais parce qu'en le demandant, il ne penſoit qu'à une felicité temporelle, & non point à l'éternelle beatitude de l'autre vie, l'Evangeliſte adjouſte qu'il ne ſçavoit ce qu'il diſoit : *Neſciens quid diceret.* Pour moy, mon Dieu, je comprends parfaitement ce que je dis, & c'eſt avec une connoiſſance entiere que je vous demande à demeurer toûjours ferme & inébranlable dans l'obéiſſance & dans la pratique de voſtre loy : *Domine, bonum eſt nos hic eſſe.* Je ne craints point de m'égarer en la ſuivant, parce que c'eſt de toutes les loix la plus raiſonnable dans ſes maximes & la plus ſage, comme elle eſt encore par ſon onction la plus aimable & la plus douce. Nous l'allons voir dans la ſeconde partie.

**II. PARTIE.** IL eſt de la grandeur de Dieu, d'avoir droit de commander aux hommes de grandes choſes, & d'exiger d'eux de grands ſervices ; mais il eſt auſſi de la meſme grandeur de Dieu, que ces grands ſervices qu'il exige des hommes, non ſeulement ne les accablent point par le poids de leurs difficultez, mais qu'ils leur deviennent agreables & qu'ils y trouvent de la douceur. Car comme dit le ſçavant Caſſiodore, la gloire d'un maiſtre auſſi grand que Dieu, eſt d'eſtre tellement ſervi, qu'on ſe faſſe de l'obligation meſme de le ſervir un bonheur & une felicité. Ceux qui de leur propre ſens ont voulu expliquer la

loy chrestienne, se sont encore icy égarez, en
s'attachant trop à l'un de ces principes, & ne faisant pas assez de reflexion sur l'autre. Il est vray
que Jesus-Christ nostre souverain Legislateur,
nous a proposé sa loy comme un joug & comme un fardeau; mais au mesme temps il nous a
fait entendre que ce fardeau estoit leger, & que
ce joug estoit doux : *Jugum enim meum suave* Matth. 11.
*est, & onus meum leve.* D'où vient que par une
admirable conduite de sa sagesse , il n'a invité à
le prendre , que ceux qui se trouvoient déja
chargez d'ailleurs & fatiguez ; s'engageant à les
soulager, & toutefois ne leur promettant point
d'autre soulagement que de leur imposer son
joug & de les obliger à le porter : *Venite ad me* Ibid.
*omnes qui laboratis , & ego reficiam vos.* Mystere qui sembloit d'abord impossible & contradictoire; mais dont l'accomplissement a fait connoistre l'infaillible verité. Mystere confirmé par
l'experience de tous les justes, & mesmes de tous
les pecheurs, puisqu'il est évident que rien n'est
plus capable de soulager un pecheur chargé de
la pesanteur de ses crimes, & fatigué de la servitude du monde, que de prendre le joug de Jesus-Christ & de s'y soumettre parfaitement.

Pour former donc une idée complette de la
loy Evangelique, il ne falloit jamais separer ces
deux choses, qu'elle a si saintement & si divine-
ment unies, le joug & la douceur. Or c'est néanmoins ce qu'ont separé les hommes, qui par une

préoccupation de leur amour propre, ne s'arreſtant qu'à ces termes de joug & de fardeau; & pour avoir dans leur laſcheté quelque pretexte, n'y joignant pas cette onction & cette douceur que Jeſus-Chriſt y a adjouſtée, ſe ſont figuré la loy chreſtienne, comme une loy faſcheuſe, peſante, inſoutenable, faite ſeulement pour les mortifier, & par là s'en ſont eux-meſmes rebutez, & en ont rebuté les autres. Semblables à ces Iſraëlites, qui venoient de decouvrir la terre de promiſſion, & qui n'en donnerent au peuple que de l'horreur par la triſte peinture qu'ils luy en firent, comme d'une terre affreuſe, qui dévoroit meſmes ſes habitans, & où ils n'avoient veû que des monſtres : *Hæc terra quam luſtravimus, devorat habitatores ſuos ; ibi vidimus monſtra.* Artifice le plus dangereux & le plus ſubtil qu'ait toûjours mis en œuvre l'ennemi de noſtre ſalut, pour perdre les ames & pour y étouffer toutes les ſemences du chriſtianiſme. Mais envain l'employera-t-il jamais contre un chreſtien ſolidement inſtruit de ſa Religion, & ſincerement diſpoſé à garder la loy qu'il profeſſe : pourquoy ? parce qu'eſtant tel, il s'en défendra aiſément par cette penſée dont ſa foy le prémunit, qu'autant que la loy de ſon Dieu eſt parfaite, autant l'onction qui l'accompagne, la rend-elle aimable & facile à pratiquer : & quoyque la chair & le monde puiſſent luy ſuggerer au contraire, il en reviendra toûjours à ce ſenti-

ment de David : *Quam dulcia faucibus meis e-* Pſalm. 118.
*loquia tua!* Ah! Seigneur, que voſtre loy eſt douce pour ceux qui la gouſtent, & qu'il faut eſtre
groſſier & ſenſuel pour ne la gouſter pas! Et en
effet, ſi David pouvoit parler de la ſorte en vivant ſous une loy de rigueur, telle que fut la loy
de Moyſe, ce ſeroit, non point ſeulement une
honte, mais un crime de n'en pas dire autant de
la loy chreſtienne, puiſque c'eſt une loy de grace
& une loy de charité. Remarquez bien, s'il vous
plaiſt, mes chers Auditeurs, ces deux qualitez
qui ſont eſſentielles à la loy de Jeſus-Chriſt. Loy
de grace, & loy de charité : voilà ce qui vous
met en eſtat de l'obſerver, malgré toute la difficulté de ſes devoirs, & ce qui anéantira devant
Dieu toutes vos excuſes. Ecoutez-moy.

C'eſt une loy de grace où Dieu nous donne
infailliblement de quoy accomplir ce qu'il nous
commande ; diſons mieux, où Dieu luy-meſme accomplit en nous ce qu'il exige de nous :
que pouvez vous ſouhaiter de plus! Ce qui vous
empeſche d'accomplir la loy, ce qui vous fait
meſmes deſeſperer de l'accomplir jamais, ce ſont,
dites-vous, les inclinations vitieuſes de voſtre
cœur, c'eſt cette chair conçeuë dans le peché
qui ſe revolte ſans ceſſe contre l'eſprit : mais imaginez-vous, mes Freres, repond ſaint Chryſoſtome, que Dieu vous parle en ces termes : O
homme, je veux aujourd'huy vous oſter ce
cœur, & vous en donner un autre ; vous n'avez

E e iiij

que la force d'un homme, & je veux vous donner celle d'un Dieu. Ce n'eſt point vous ſeulement qui agirez, vous qui combattrez, vous qui
reſiſterez ; c'eſt moy-meſme qui combattray
dans vous , moy-meſme qui triompheray de
ces inclinations & de cette chair corrompuë.
Si Dieu s'addreſſoit à vous de la ſorte, s'il vous
faiſoit cette offre, oſeriez-vous encore vous plaindre ! Or en combien d'endroits de l'Ecriture, ne
vous l'a-t-il pas ainſi promis ! N'eſtoit-ce pas à
vous qu'il diſoit par le Prophete Ezechiel : je
vous oſteray ce cœur endurci, & je vous donneray un cœur nouveau, un cœur docile & ſou-
ple à ma loy ! N'eſt-il pas de la foy que cette promeſſe regardoit ceux qui devoient vivre dans la
loy de grace, & n'y eſtes-vous pas dans cette loy
de grace , puiſque vous eſtes chreſtiens ! Que
craignez-vous donc ! Que Dieu ne tienne pas ſa
parole ! mais c'eſt douter de ſa fidelité. Que malgré la parole de Dieu vous ne trouviez trop de
peine à obſerver ſa loy ! mais c'eſt douter de ſa
puiſſance.

Ah, Seigneur, s'écrioit ſaint Auguſtin, commandez-moy tout ce qu'il vous plaira, pourveû
que vous me donniez ce que vous me comman-
dez, c'eſt à dire, que vous me donniez par voſtre
grace la force d'executer ce que vous me com-
mandez par voſtre précepte. *Da quod jubes, &*
*jube quod vis.* Non, mon Dieu, ne m'épargnez
pas, n'ayez point d'égard à ma delicateſſe, ne

confiderez point ce que je fuis : car puifque c'eft vous qui devez vaincre en moy, c'eft fur vous-mefme & non pas fur moy que je dois compter. Ufez donc de voftre empire abfolu, chargez-moy de tout le poids de vos commandemens, obligez-moy à tout ce que mes fens & mon amour pro-pre abhorrent le plus, faites-moy marcher par les voyes les plus étroites : avec voftre grace rien ne me couftera. J'en parle, Seigneur, adjouftoit-il, par mon experience perfonnelle. Car c'eft vous qui avez rompu mes liens, & je veux pour l'inte-reft de voftre gloire & pour la juftification de voftre loy le publier à toute la terre. Ah ! mon Dieu, que n'avez vous pas pû dans moy, & que n'ay-je pas pû avec vous ! avec quelle facilité ne me fuis-je pas privé de ces plaifirs, dont je m'eftois fait une fervitude honteufe, & combien m'a-t-il efté doux de quitter ce que je craignois tant de perdre ! je me figurois dans voftre loy & dans moy-mefme des monftres qui me paroiffoient infurmontables : mais j'ay reconnu que c'eftoient des monftres imaginaires, du moment que voftre grace a touché mon cœur ; & voilà pourquoy je ne fais plus d'exception, ni de réferve en ce qui regarde voftre fervice : *Da quod jubes, & jube quod vis.* C'eft ainfi que parloit ce grand Saint ; & fi la force de la grace eft telle, comment pouvons-nous dire à Dieu que fa loy eft un joug trop rude à porter, & qui nous accable !

Mais je n'ay pas cette grace qui foutenoit

faint Augustin, & qui le faisoit agir. Peut-estre,
Chrestiens, ne l'avez-vous pas, mais vous mettez-vous en estat de l'avoir ? vous disposez-vous
à l'obtenir ! la demandez-vous à Dieu ! la cherchez-vous dans les sources où il l'a renfer-
mée, qui sont les Sacremens ! retranchez-vous
de vostre cœur tous les obstacles qu'il luy oppose ; & n'est-il pas étrange que ne faisant rien
de tout ce qu'il faudroit faire pour vous faciliter
l'observation de la loy, vous osiez encore vous
plaindre de ses difficultez, au lieu de vous en
prendre à vous-mesmes & à vostre lascheté !
Dieu, mes chers Auditeurs, aura bien de quoy
la confondre cette lascheté criminelle, en vous
détrompant de l'erreur qui en estoit le principe
& qui luy servoit de pretexte. Car il vous dira
avec bien plus de raison qu'à son peuple : non,
ce n'est point la rigueur de ma loy qui peut &
qui doit vous justifier ; ce commandement que
je vous faisois ( ce sont les paroles de Dieu mesme dans l'Ecriture, ) n'estoit ni trop éloigné, ni
trop audessus de vous. Il n'estoit point élevé
jusqu'au ciel, pour vous donner sujet de dire ;
qui pourra y atteindre ! il n'estoit point audelà
des mers, pour vous donner lieu de demander :
qui osera se promettre d'y parvenir ! Au contraire vous l'aviez auprés de vous, il estoit au milieu de vostre cœur ; vous le trouviez dans vostre condition, dans vostre estat, pour pouvoir
aisément l'accomplir : comment cela ! parce que

ma grace y eſtoit au meſme temps attachée. Or
Dieu par ces paroles ne pretendoit rien autre
choſe, que de détruire tous nos pretextes, quand
nous nous diſpenſons de garder la loy, & que
nous la conſiderons ſeulement en elle-meſme,
ſans conſiderer les ſecours qui y ſont ſi abon-
dans.

Car de dire que ces ſecours nous manquent
lors meſmes que nous les demandons ; de dire
que toutes ces grandes promeſſes que Dieu nous
a faites, de repandre ſur nous la plenitude de
ſon eſprit, n'aillent pas juſqu'à nous donner de
quoy ſoutenir avec douceur & avec joye la pratique de ſes commandemens ; de dire que toute
la préeminence de la loy de grace audeſſus de
la loy écrite ſe réduiſe à rien, & que tout l'effet
de la redemption & de la mort de Jeſus-Chriſt
ait eſté d'appeſantir le joug du Seigneur : ah !
Chreſtiens, ce ſeroient autant de blaſpheſmes
contre la bonté & la fidelité de Dieu. Que nous
manque-t-il donc ! Deux choſes : une foy ſincere,
& une eſperance vive ; l'une pour nous attacher
à Dieu, & l'autre pour nous confier en Dieu.
Car en nous uniſſant à luy par l'une & par l'autre, nous changerions noſtre foibleſſe dans une
force invincible, comme dit le Prophete ; *Qui* *Iſai.* 40.
*ſperant in Domino, mutabunt fortitudinem :*
nous commencerions à marcher, à courir, à
voler comme des aigles ; *Aſſument pennas, ut* *Ibid.*
*aquilæ : volabunt & non deficient.* Mais parce

que nous nous detachons de luy, nous demeurons toûjours foibles & languiſſans, toûjours dans le chagrin & le dégouſt, toûjours dans l'abbattement & le deſeſpoir; comme ſi l'Evangile n'eſtoit pas une loy de grace, & que la loy de grace n'euſt pas applani toutes les difficultez.

Que ſera-ce, ſi j'adjouſte que cette loy de grace eſt encore une loy de charité & d'amour? Amour & charité, dont l'effet propre eſt d'adoucir tout; de rendre tout, non ſeulement poſſible, mais facile; non ſeulement ſupportable, mais agreable; d'oſter au joug toute ſa peſanteur, & ſi je l'oſe dire, d'en faire meſmes un joug d'autant plus leger qu'il eſt plus peſant. Paradoxe que ſaint Auguſtin explique par une comparaiſon trés naturelle, & dont je puis bien me ſervir aprés ce Pere. Car vous voyez les oiſeaux, dit ce ſaint Docteur : ils ont des aiſles, & ils en ſont chargez; mais ce qui les charge, fait leur agilité, & plus ils en ſont chargez plus ils deviennent agiles. Oſtez donc à un oiſeau ſes aiſles, vous le déchargez; mais en le déchargeant, vous le mettez hors d'eſtat de voler : *Quoniam exonerare voluiſti, jacet.* Au contraire, rendez luy ſes aiſles; qu'il en ſoit chargé tout de nouveau, c'eſt alors qu'il s'élevera : pourquoy? parce qu'au meſme temps qu'il porte ſes aiſles, ſes aiſles le portent. Il les porte ſur la terre, & elles le portent vers le ciel : *Redeat onus, & volabit.* Telle eſt, reprend ſaint Auguſtin,

*Aug.*

*Idem.*

la loy de Jesus-Christ; *Talis est Christi sarci-* Idem.
*na :* nous la portons, & elle nous porte : nous la
portons en luy obéissant, en la pratiquant ; mais
elle nous porte en nous excitant, en nous for-
tifiant, en nous animant. Tout autre fardeau n'a
que son poids, mais celuy-cy a des aisles : *Alia* Idem.
*sarcina pondus habet, Christi pennas.*

Laissons cette figure, Chrestiens, & parlons
encore plus solidement. Dieu souverain créateur, possedoit trois qualitez par rapport à ses
créatures : celle de maistre, qui nous soumet-
toit à luy en qualité d'esclaves : celle de remunerateur, qui nous attiroit à luy en qualité de
mercenaires : celle de pere, qui nous attache à
luy en qualité d'enfants. Or selon ces trois qualitez, c'est la reflexion de saint Bernard, Dieu
a donné trois loix aux hommes : une loy d'authorité comme à des esclaves, une loy d'esperance comme à des mercenaires, & une loy d'a-
mour comme à des enfants. Les deux premieres furent des loix de travail & de peine, mais
la troisiéme est une loy de consolation & de douceur. Qu'est-il arrivé de là ? Les hommes, dit
saint Augustin, ont gémi sous ces loix de travail, de peine, de crainte ; mais leurs gemisse-
missemens, leurs peines & leurs craintes n'ont
pû leur faire aimer ce qu'ils pratiquoient : au lieu
que les chrestiens ont trouvé dans la loy de grace un goust qui la leur rend aimable & une onction qui la leur fait observer avec plaisir : *Timue-* Aug.

*runt, & non impleverunt ; amaverunt, & imple-*
*verunt.* Les hommes, sous les deux premieres
loix, interessez & avares, craignoient un Dieu
vengeur de leur convoitise ; mais malgré cette
crainte ils ne laissoient pas de commettre les plus
injustes violences, de ravir le bien d'autruy, ou
du moins de le desirer : au lieu que dans la loy
nouvelle ils se sont attachez amoureusement à
un Dieu pauvre ; & par amour pour luy, bien
loin d'enlever des biens qui ne leur apparte-
noient pas, ils ont donné leurs biens propres &
se sont volontairement depouillez de toutes choses : *Timuerunt, & rapuerunt res alienas ; ama-*
*verunt, & donaverunt suas.*

Idem.

Voilà ce que les amateurs du monde ne comprennent pas, & ce qu'ils pourroient néanmoins
assez comprendre par eux-mesmes & par leurs
propres sentimens. Ils ne nous entendent pas
quand nous leur parlons des merveilleux effets
de la charité de Dieu dans un cœur ; mais qu'ils
en jugent par ce que fait dans eux l'amour mesme du monde. A quelles loix les tient-il asser-
vis, ce monde qu'ils idolastrent ! loix de devoir,
justes mais penibles ; loix de peché, injustes &
honteuses ; loix de coutume, extravagantes &
bizarres ; loix de respect humain, cruelles & ty-
ranniques ; loix de bienséance, ennuyeuses &
fatigantes. Cependant parce qu'ils aiment le
monde, ce qu'il y a dans le service du monde de
plus fascheux, de plus incommode, de plus dur,

de plus rebutant, leur devient aifé. Rien ne leur coufte pour fatisfaire aux devoirs du monde, pour fe conformer aux coutumes du monde, pour obferver les bienféances du monde, pour meriter la faveur du monde. Or qu'ils aiment Dieu, comme ils aiment le monde; que fans changer de fentimens, mais feulement d'objet, au lieu de demeurer toûjours attachez au monde, ils commencent à s'attacher à Dieu, cette loy du Seigneur qui leur paroift impraticable, changera, pour ainfi dire, de nature pour eux. Ils travailleront, & dans leur travail ils trouveront le repos; ils combattront, & dans leurs combats ils trouveront la paix; ils renonceront à tout, & dans leur renoncement ils trouveront leur trefor; ils endureront tout, ils fe mortifieront en tout, & dans leurs mortifications & leurs penitences ils trouveront leur bonheur.

C'eft ainfi que la loy de Dieu eft tout à la fois un joug & un foulagement, un fardeau & un foutien. Si vous en doutez, j'en appelle, non point à voftre temoignage, puifque vous ne pouvez rendre temoignage de ce que vous n'eftes point en eftat de fentir, mais au temoignage de tant de Saints qui l'ont éprouvé, & de tant d'ames juftes qui l'éprouvent encore tous les jours. Hé quoy! cette loy de charité n'a-t-elle pas changé les chaifnes en des liens d'honneur! témoin un faint Paul: N'a-t-elle pas donné des charmes à la croix! témoin un faint André. N'a-t-elle pas fait trouver du rafraifchiffement au milieu des flammes ! témoin un faint Laurent. N'opere-t-elle pas encore à nos yeux tant de miracles ! n'eft-ce pas elle qui fait porter à tant de vierges chreftiennes toutes les aufteritez du cloiftre ! n'eft-ce pas elle qui engage tant de penitens dans une fainte guerre contre eux-mefmes, & qui leur apprend à crucifier leur corps ! n'eft-ce pas elle qui fait preferer la pauvreté aux richeffes, l'obéiffance à la liberté, la chafteté aux douceurs du mariage, les abftinences & les jeufnes, les haires & les cilices à toutes les commoditez de la vie ! Que dis-je dont vous n'ayez pas des exemples prefens & frequens : & ces exemples que vous voyez, ne font-ce pas autant de leçons pour vous ! Si donc, conclut faint Jerofme ; la loy vous paroift difficile, ce n'eft point à la loy qu'il s'en faut prendre ni à fes difficultez, mais à vous-mefme & à voftre indifference pour Dieu. Elle eft difficile à ceux qui la craignent, à ceux qui la voudroient élargir, à ceux que l'efprit de Dieu, cet efprit de grace, cet efprit de charité ne réveille point, n'anime point, ne touche point, parce qu'ils n'en veulent pas eftre touchez. Mais prenons confiance, & dans un faint defir de plaire à Dieu entrons dans la voye de fes commandemens, nous y marcherons comme David, nous y courerons, nous arriverons au terme de l'éternité bienheureufe, où nous conduife, &c.

SERMON

# SERMON
## POUR LE LUNDY
### de la seconde Semaine.

#### Sur l'Impenitence finale.

Ego vado, & quæretis me ; & in peccato vestro moriemini.

*Je m'en vais ; vous me chercherez, & vous mourrez dans vostre peché.* En saint Jean chap. 8.

CE sont deux grands maux que le peché & la mort : le peché, par où la mort est entrée dans le monde ; & la mort par où Dieu a puni le peché : le peché qui dégrade l'homme dans l'ordre de la grace ; & la mort qui le détruit dans l'ordre de la nature : le peché qui nous a fait tomber de ce bienheureux estat d'innocence, où Dieu nous avoit crées ; & la mort qui nous dépouille de tous les biens temporels dont Dieu aprés le peché nous a encore laissé l'usage. Mais aprés tout, Chrestiens, ni la mort ni le peché

pris feparément, ne font point des maux extref-
mes ; & j'ofe mefmes dire qu'ils peuvent avoir
leur avantage & leur utilité. Car la mort fans le
peché peut eftre fainte & pretieufe devant Dieu;
& le peché fans la mort peut fervir de matiere
aux plus excellentes vertus qui rendent l'homme agreable à Dieu. La mort fans le peché fut
dans Jefus-Chrift une fource de graces & de merites ; & le peché fans la mort, comme l'enfeigne la Theologie, a efté dans les predeftinez &
un principe & un effet de leur predeftination.
La mort fans le peché acheva de fanctifier Marie ; & le peché fans la mort devint un motif de
converfion pour Magdelaine. Mais le fouverain
mal & ce qu'il y a de plus affreux, c'eft le peché
& la mort unis enfemble : la mort qui met le
dernier fçeau à l'impenitence du pecheur; & le
peché qui imprime à la mort le caractere de fa
malice : la mort qui rend le peché pour jamais
irremiffible ; & le peché qui rend la mort pour
toûjours criminelle & reprouvée. La mort dans
le peché, la mort avec le peché, la mort mefme, comme il arrive fouvent, par le peché : voilà, mes chers Auditeurs, ce qui m'effraye & ce
qui doit vous effrayer comme moy ; voilà ce
que Dieu a de plus terrible dans les trefors de
fa colere ; voilà de quoy le Fils de Dieu menace
aujourd'huy les Juifs, & de quoy nous avons
auffi bien que les Juifs à nous preferver. Pour
bien entrer dans ces fentimens, implorons le fe-

cours du ciel par l'intercession de la Vierge que nous prions tous les jours de nous estre favorable à la mort & disons luy, *Ave Maria.*

C'Estoit, Chrestiens, une triste verité pour les Juifs, mais une verité fondée sur la parole mesme de Jesus-Christ, qu'après avoir vescu dans le peché, ils mourroient dans l'impenitence : *In peccato vestro moriemini.* Or en quel sens cet oracle doit-il estre entendu ! car il nous importe de le bien sçavoir, puisque le Sauveur du monde nous parloit à nous-mesmes dans la personne des Juifs, & qu'il n'y va pas moins que d'une éternelle reprobation. Est-ce une simple menace que Jesus-Christ faisoit à cette nation incredule, pour les obliger à se reconnoistre! Est-ce un arrest definitif qu'il portoit contre eux ; & pretendoit-il leur signifier que la mesure de leurs crimes estoit remplie, & qu'ils n'avoient plus de grace à esperer de la part de Dieu. Saint Chrysostome l'a pris dans le sens le plus favorable; & ce Pere estime que ce fut seulement comme une sentence comminatoire qui declaroit aux Juifs ce qu'ils avoient à craindre, s'ils demeuroient plus long-temps dans leur infidelité ; de mesmes que Jonas, en preschant aux Ninivites, leur annonça qu'après le terme de quarante jours Ninive seroit détruite: *Adhuc quadraginta dies, & Nini-* *ve subvertetur.* Saint Jerosme s'est attaché à la lettre; & sa pensée est, que le Fils de Dieu ne parloit pas seulement aux Juifs en Prophete pour les intimider, mais en juge & en souverain pour les condamner : c'est à dire, qu'il ne leur marquoit pas seulement le danger où ils estoient d'une reprobation prochaine ; mais qu'il leur intimoit expressément que leur reprobation estoit déja consommée. Car , reprend ce saint Docteur, quand Dieu dans l'Ecriture veut seulement menacer, il adjouste toûjours à ses menaces des conditions qui en suspendent l'effet & qui les modifient. Ainsi dît-il à Adam : si tu manges de ce fruict, tu mourras ; *In quo enim die comederis, morte morieris :* au lieu que le Sauveur du monde faisoit une proposition absoluë, en disant aux Juifs : vous mourrez dans vostre peché : *In peccato vestro moriemini.*

Mais du reste, Chrestiens, soit que ce soit un arrest, ou que ce soit precisément une menace, n'est-ce pas assez pour nous faire trembler que ce soit la menace d'un Dieu ! d'un Dieu, qui ne parle point envain ; d'un Dieu , qui ne parle point par passion ; d'un Dieu, qui ne parle point sans connoissance ; mais qui penetrant dans le fond des cœurs, & decouvrant d'un coup d'œil tout l'avenir, voit par avance à quoy se doit terminer nostre vie & quelle en sera la fin. *In peccato vestro moriemini.* Ne nous en tenons pas là néanmoins ; mais consultons l'experience , & voyons si l'experience verifie à l'égard des pecheurs cette prediction de Jesus-Christ : car a-

prés la parole de Dieu, la preuve la plus convaincante & la plus fenfible, c'eft l'experience.
Comment donc meurent prefque tous les pecheurs du fiecle ; je dis ces pecheurs d'eftat & de
profeffion, ces pecheurs obftinez dans leurs defordres, qui jamais n'ont fait une vraye penitence pendant la vie ; comment meurent-ils !
Ah, mes Freres, c'eft icy que nous devons reconnoiftre une providence bien fevere & bien
terrible fur les impies, comme il y en a une toute aimable & toute bienfaifante fur les juftes.
Ils meurent, ces pecheurs invéterez, comme
ils ont vefcu. Ils ont vefcu dans le peché, & ils
meurent dans le peché. Ils ont vefcu dans la
haine de Dieu, & ils meurent dans la haine de
Dieu. Ils ont vefcu en payens, & ils meurent
en reprouvez : voilà ce que l'experience nous
apprend.

Mais pour vous en donner une idée plus jufte, & pour partager ce difcours, je les divife en
trois efpeces differentes. Car les uns meurent
dans le defordre actuel de l'impenitence ; les autres meurent fans nul fentiment & nulle de-
monftration de penitence ; & les derniers meurent dans l'exercice, ou, pour mieux dire, dans
l'illufion d'une fauffe penitence. Les premiers
font les plus criminels, parce qu'ils adjouftent à
tous les pechez de leur vie celuy de l'impenitence finale, par où il eft vray de dire qu'ils fe re-
prouvent eux-mefmes, & qu'ils confomment

F f iij

positivement leur damnation. Les seconds sont plus malheureux & par là mesme plus dignes de compassion, parce que sans le vouloir & sans y penser, ils se trouvent privez des secours de la penitence. Les derniers participent à la condamnation des uns & des autres : & sans estre, ni si criminels que les premiers, ni si malheureux que les seconds, ils sont toutefois, & malheureux parce qu'ils sont aveugles, & criminels parce qu'ils sont pecheurs & impenitens. Ainsi j'appelle l'impenitence des premiers, une impenitence criminelle. J'appelle l'impenitence des seconds, une impenitence malheureuse : & j'appelle l'impenitence des derniers, une impenitence secrette & inconnuë, ou si vous voulez, une fausse penitence qui n'est au fond qu'une veritable impenitence. Ce n'est pas tout. Car aprés vous avoir marqué ces trois characteres de pecheurs qui meurent dans leur peché, je dois adjouster trois reflexions, pour vous faire connoistre comment l'impenitence de la vie conduit à l'impenitence de la mort: comprenez cecy. Je dis que l'impenitence de la vie conduit à l'impenitence criminelle de la mort, par voye de disposition, ce sera la premiere partie. Je dis que l'impenitence de la vie conduit à l'impenitence malheureuse de la mort, par voye de punition, ce sera la seconde partie. Enfin je dis que l'impenitence de la vie conduit à l'impenitence secrette & inconnuë, ou à la fausse penitence

de la mort, par voye d'illusion, ce sera la troi-
sième partie. Commençons.

ON peut mourir dans le desordre actuel & I. Partie.
dans le peché de l'impenitence finale en deux
manieres ; ou par une volonté deliberée de renoncer absolument à la penitence, lors mesmes
qu'on se trouve aux approches de la mort ; ou
par une omission criminelle des moyens ordinaires & marquez de Dieu, pour rentrer en grace avec luy & pour faire penitence. Or ces deux
genres de mort sont si communs dans le monde, qu'ils pourroient suffire pour justifier la prédiction du Fils de Dieu, *In peccato vestro moriemini.* Entrons, Chrestiens, dans cet abysme
d'iniquité ; taschons d'en penetrer la profondeur ; & pour nous rendre cette consideration
plus utile, ne craignons point de descendre à
un détail, qui seul servira de preuve à la plus terrible de toutes les veritez du christianisme.

Quand je dis mourir dans une volonté deliberée de renoncer absolument à la penitence,
prenez garde, s'il vous plaist, à ce que j'entends.
Je ne parle pas de ce qui peut arriver, & de ce
qui arrive en effet quelquefois par une impenitence affectée, lorsque le pecheur se voyant forcé de quitter la vie, ne veut pas reconnoistre
celuy dont il l'a receuë, & qui luy en va demander compte ; & que prest à paroistre devant le
tribunal de Dieu, il ose encore se revolter con-

F f iiij

tre Dieu mesme, en disant comme ce peuple infidelle : *Non serviam;* non, je ne m'humilieray
point. Car quoyque nous en ayions des exemples, & que ceux qui passent pour athées, & qui
le sont au moins de mœurs & de conduite,
soient sujets à mourir de la sorte ; ces exemples,
dit judicieusement saint Chrysostome , sont si
monstrueux qu'ils inspirent par eux-mesmes de
l'horreur, & qu'un ministre de l'Evangile, pour
ne pas blesser la pieté de ses Auditeurs, doit plustost les ômettre que d'entreprendre de les combattre. Ainsi mourut un Julien l'apostat, vomis-
sant mille blasphesmes contre le ciel, tandis qu'il
vomissoit avec son sang son ame impure & sacrilege. Ainsi sont morts tant d'ennemis de Dieu,
dont la fin aussi funeste qu'impie a tant de fois
malgré eux rendu temoignage au souverain
pouvoir & à la divinité de ce premiere estre,
qu'ils avoient méconnu, ou plus vraysembla-
blement qu'ils avoient tasché, mais envain, à
méconnoistre. Ainsi meurent tous les jours au
milieu de nous , je ne sçais combien de mondains, qui sont encore, aprés avoir vescu sans
foy, sans loy, sans religion, sans conscience, assez temeraires & assez emportez, pour vouloir
couronner l'œuvre par une perseverance diabo-
lique dans leur libertinage. Mais encore une fois
ce sont des monstres dans l'ordre de la grace,
sur qui nous ne devons jetter les yeux qu'autant
qu'il est necessaire pour les detester & pour les
avoir en execration.

Ce n'eſt donc point par de ſemblables exemples, que je veux verifier l'oracle de Jeſus-
Chriſt : mais je parle ſeulement de tant d'autres
pecheurs, en qui cet eſtat d'impenitence, tel que
je l'ay marqué, eſt auſſi ſouvent un effet de la
foibleſſe que de la malice de leur cœur, ou pluſtoſt eſt un effet tout enſemble de l'un & de l'autre : & pour vous faire comprendre plus diſtin-
ctement & plus preciſément ma penſée, je parle
d'un homme, qui rempli de fiel & d'amertume,
aprés avoir paſſé ſa vie dans des haines & des ini-
mitiez ſcandaleuſes, meurt ſans jamais vouloir
ſe reconcilier, proteſtant qu'il ne le peut ; ou s'il
le fait en apparence, ſe diſant interieurement à
luy-meſme qu'il ne le veut pas : témoin ce chreſtien, qui ſur le poinct meſme d'endurer le martyre refuſa d'embraſſer ſon ennemi, quoyque
ſon ennemi humilié à ſes pieds, luy demandaſt
grace. Or ſans nous arreſter à ces circonſtances
particulieres, combien voyons-nous de pareilles
morts dans le chriſtianiſme, de morts ſans reconciliation, de morts accompagnées de toute
l'aigreur du reſſentiment & de la vengeance ; de
morts, où tous ces pretendus accommodemens
qui ſe negotient, toutes ces entreveuës qui ſe
ménagent quelquefois avec tant de pompe &
preſque toûjours avec ſi peu de fruict, ne ſont
que de pures & de trompeuſes ceremonies ; de
morts, où par une maxime de politique, & par
une force d'eſprit mal entenduë & pouſſée néan-

moins jusques au bout, l'on se rend plus intraittable & plus inflexible que jamais, pourquoy? pour authoriser en mourant la conduite qu'on a tenuë jusques-là ; & l'animosité où l'on a vieilli ; disons mieux, pour executer l'arrest prononcé par le Sauveur du monde : *In peccato vestro moriemini.*

Je parle d'un homme qui se trouvant chargé à la mort de biens injustement acquis, dont il s'est fait un estat & une fortune, ne veut pas mesmes alors les restituer ; gemissant d'une part sous la pesanteur du peché qui l'accable, & de l'autre refusant de se dépouiller ; partagé entre l'enfer qu'il craint, & la cupidité qui le domine ; mais du reste aimant mieux abandonner son ame que de reparer les injustices qu'il a commises, que de pourvoir au dédommagement de ceux qu'il a trompez, que de reconnoistre des dettes dont sa mauvaise foy l'a toûjours empesché de convenir, que de satisfaire à des obligations qu'il ne peut ignorer, & dont les remords secrets de sa conscience ne l'avertissent que trop ; en un mot, que de relascher la proye dont il est saisi, & que Dieu malgré luy va bientost luy arracher. Or qu'y a-t-il dans le monde de plus ordinaire, que cette aveugle obstination à conserver ce qu'on n'a pû legitimement posseder ! De tant de riches, injustes usurpateurs du bien d'autruy, où sont ceux qui pour mourir en chrestiens, se determinent à mourir pauvres ! & par consequent ne semble-t-il pas que la malediction de l'Evangile soit particulierement attachée à leur estat! *In peccato vestro moriemini.*

Je parle d'un homme qui tyrannisé de sa passion, la porte jusqu'au tombeau, & meurt idolastre d'un objet dont rien ne peut le resoudre à se detacher, au moment mesme que la mort le va detacher de tout : qui par la plus damnable fidelité, ou par le plus abominable sacrifice, sans égard aux feux éternels dont la justice de Dieu le menace, acheve, pour ainsi dire, de se consumer dans les ardeurs d'un feu impudique. Or vous sçavez, mes chers Auditeurs, si ce n'est pas là le sort de tant de chrestiens sensuels & voluptueux. Je vous renvoye à vos propres connoissances. N'est-ce pas là qu'aboutissent ces engagemens criminels : n'est-ce pas, dis-je, à une mort plus que payenne, où le pecheur en expirant soupire encore pour ce qu'il a si follement aimé ; où constant jusques à l'extravagance, jusques à la fureur, il donne encore ses derniers soins, il consacre ses derniers vœux à une passion dont il s'est fait presque une Religion ; où la seule & la vive douleur qui le touche, tout mourant qu'il est, n'est pas d'avoir tant recherché par inclination le sujet malheureux de ses desordres, mais de le quitter par necessité! car ce sont là ses dispositions & ses sentimens ; & en de tels sentimens, en de telles dispositions, vous jugez assez quelle doit estre sa mort : *In peccato vestro moriemini.*

Enfin je parle d'un homme qui depuis long-témps rebelle à Dieu, aprés avoir vescu sans crainte de ses jugemens, meurt sans rien espe-rer de sa misericorde ; qui lorsque les Prestres l'exhortent à la confiance, se faisant à soy-mes-me, comme dit saint Augustin, une justice, non pas exacte & rigoureuse, mais cruelle & insen-sée, puisqu'il se la fait independamment de la redemption & de la grace de Jesus-Christ, tom-be dans un desespoir semblable à celuy de Caïn, & conclut avec ce frere parricide, *Major est ini-quitas mea, quam ut veniam merear ;* non, il n'y a plus de pardon pour moy, mon iniquité m'en a rendu indigne, & s'il y a un Dieu, je suis reprouvé. Or n'est-il pas vray que c'est là le grand & le fameux écuëil où échouë une multitude innombrable de pecheurs, sur tout de ceux qui par des rechutes frequentes & habituelles, non seulement ont perdu toute esperance, mais au-roient honte mesmes, si je puis m'exprimer ain-si, de se tourner vers Dieu & de se confier en luy. Car cette honte qu'ils n'ont pû surmonter durant la vie, se réveille tout de nouveau & vient les accabler à la mort ; & trop fortement touchez alors de leur indignité, trop vivement frappez de la grandeur & de la justice de Dieu, ils se troublent, ils renoncent à leur salut, & se font aussi bien que Judas de leur contrition mesme & de leur repentir un dernier titre de reprobation. Voilà, dis-je, ce que j'appelle

Genes. 4.

mourir avec reflexion & avec veuë dans le peché d'impenitence : *In peccato veſtro moriemini.*

On y meurt encore d'une autre maniere non moins commune, ni moins funeſte, quand par une omiſſion criminelle, ſans eſtre directement volontaire, on ſe prive de la grace de la penitence & des moyens neceſſaires pour l'obtenir. Car enfin, mon Frere, dit ſaint Auguſtin raiſonnant avec un pecheur, ſi lorſque la mort vous touche de prés, & que Dieu vous appelle, vous ne vous diſpoſez pas au pluſtoſt à paroiſtre devant luy; ſi lorſque vous avez un port auſſi aſſeûré que celuy d'une prompte & ſincere penitence, qui vous eſt ouvert, vous negligez de vous y mettre en ſeûreté; ſi vous laiſſez échapper les momens pretieux & les temps favorables que la providence vous ménage dans le cours d'une maladie; ſi par une trop grande attention au ſoulagement de voſtre corps vous oubliez les beſoins de voſtre ame, & ſi vous rejettez les remedes ſalutaires qu'on vous preſente bien loin de les rechercher; ſi par une crainte ſervile de la mort, vous en éloignez, autant qu'il eſt poſſible, le ſouvenir, fermant l'oreille à tous les advertiſſemens qu'on vous donne, & voulant eſtre flatté & trompé ſur la choſe meſme où vous avez plus d'intereſt à ne l'eſtre pas; ſi par une foibleſſe naturelle, vous ne faites pas effort pour ſurmonter là-deſſus vos frayeurs,

& pour vacquer au moins dans cette extremité à voftre plus importante affaire ; fi vous écoutez des parens & de faux amis qui vous en detournent ; fi par un renverfement de conduite le plus deplorable, vous penfez encore à voftre famille, lorfqu'à peine il vous refte de quoy pourvoir à voftre éternité : ah, mon cher Frere, conclut faint Auguftin, changez alors de langage, & corrigez vos idées. Dire que la mort dans cet eftat d'impenitence eft le plus grand de tous les malheurs, c'eft mal parler : mais il faut dire que c'eft le plus grand & le plus inexcufable de tous les crimes. Dire que vous mourez dans voftre peché, c'eft ne s'expliquer qu'à demi ; mais il faut dire que vous mourez dans voftre peché par un dernier peché, qui furpaffe tous les autres. Car qu'eft-ce que tous les pechez de la vie, en comparaifon de ce feul peché ! Où l'homme peut-il porter plus loin fon injuftice envers Dieu & envers luy-mefme ! Se voir à ce terme fatal aprés lequel il n'y a plus de terme, & vouloir encore differer ; fe voir aux portes de l'enfer, & ne travailler pas encore à s'en retirer ; fe voir fur le poinct de perir, & balancer encore à fe rendre le plus preffant devoir de la charité, en prenant de fages mefures pour ne perir pas : cela fe peut-il comprendre, ou cela fe peut-il pardonner ! Cependant, Chreftiens, voilà jufques où va l'égarement de l'efprit mondain, quand on s'abandonne à le fuivre. On eft invefti, comme

parle l'Ecriture, des douleurs de la mort & des
perils de l'enfer; & toutefois on ne laisse pas de
risquer, de se rasseûrer, de temporiser, de se re-
poser sur le lendemain : on chicane, on élude,
on dissimule avec soy-mesme ; enfin, on meurt
dans la disgrace & dans l'inimitié de Dieu. Mort
doublement criminelle, & par l'impenitence de
la vie qui l'a precedée, & par l'impenitence de
la mort qui l'accompagne : *In peccato vestro moriemini.*

Or j'ay adjousté qu'il y a entre ces deux sortes
d'impenitences, entre l'impenitence de la vie &
l'impenitence de la mort, une telle liaison, que
l'une conduit presque immanquablement à l'autre, & cela comment ? par voye de disposition,
c'est à dire, par voye d'habitude, par voye d'attachement, par voye d'endurcissement : trois degrez que marquent les Peres dans la description
qu'ils nous font de ce premier ordre de pecheurs
impenitens : verité constante & dont la seule exposition va vous convaincre.

Par voye d'habitude : car de pretendre que
des habitudes contractées durant la vie, se détruisent aux approches de la mort, & que dans
un moment on se fasse alors un autre esprit, un
autre cœur, une autre volonté, c'est, Chrestiens,
la plus grossiere de toutes les erreurs. Je l'ay dit,
& vous ne l'ignorez pas : nous mourons comme
nous avons vescu ; & la presence de la mort bien
loin d'affoiblir les habitudes déja formées, sem-

ble encore davantage les réveiller & les fortifier. Car si jamais nous agissons par habitude,
c'est particulierement à la mort. Vous avez millefois pendant la vie differé vostre conversion,
vous la differerez encore à la mort : vous avez
dit millefois pendant la vie, ce sera dans un mois
ou dans une année ; vous direz encore à la mort,
ce sera dans un jour ou dans une heure : vous a-
vez esté pendant la vie un homme de projets,
de desirs, de resolutions, de promesses sans execution ; vous mourrez encore en desirant, en proposant, en promettant, mais en ne faisant rien.
Et ne dites point que le danger extresme vous
determinera : abus. Il vous determinera à desirer, parce que vous en avez l'habitude ; il vous
determinera à proposer & à promettre, parce
que vous vous en estes fait une coutume : mais
en desirant par habitude, en proposant & en
promettant par habitude, & par habitude n'exe-
cutant rien, vous mourrez dans vostre peché : *In
peccato vestro moriemini.*

Par voye d'attachement : car l'impenitence
de la vie, selon la parole du Sage, forme comme
une chaisne de nos pechez, & cette chaisne nous
tient presque malgré nous dans l'esclavage &
la servitude : *Iniquitates suæ capiunt impium,
& funibus peccatorum suorum constringitur.* Je
sçais que Dieu peut user de son absolu pouvoir,
& rompre au moment de la mort cette chaisne :
mais je sçais aussi que pour la rompre dans un
moment

Proverb. s.

moment, il ne faut pas moins qu'un miracle de
la grace, & que Dieu ne fait pas communément
de tels miracles. Et en effet, nous voyons un pecheur mourant dans l'estat funeste où se repre-
sentoit saint Augustin, quand il disoit, en parlant de luy-mesme : *Suspirabam ligatus, non fer-*    *Aug.*
*ro alieno, sed meâ ferreâ voluntate.* Je soupirois,
ô mon Dieu, aprés le bonheur des justes, convaincu qu'il n'estoit plus temps de deliberer, &
qu'il falloit enfin renoncer à mon peché pour
me convertir à vous : mais je soupirois, & cependant j'estois toûjours attaché, non par des
fers étrangers, mais par ma volonté propre.
L'ennemi la tenoit en sa puissance ; & cette suite de desordres compliquez, & comme autant
d'anneaux, entrelassez les uns dans les autres,
m'arrestoit presque malgré moy & malgré toutes les frayeurs de la mort, sous le joug & la loy
du peché.

Par voye d'endurcissement : car cette volonté toûjours criminelle, comme je le suppose, &
ne se repentant jamais, s'est enfin endurcie dans
le peché. Si touché du sentiment de sa misere,
ce pecheur s'estoit de temps en temps tourné
vers Dieu, & que par de genereux efforts il se
fust relevé de ses chûtes, autant de fois qu'il suc-
comboit aux tentations du monde & de la chair ;
avec tout le malheur de son inconstance, il auroit néanmoins profité de l'usage de la penitence. La penitence, quoyque suivie de foiblesses &

*Tome I.*                   . **G g**

de rechutes, auroit détruit en luy ce que le peché y avoit édifié. Mais ayant toûjours mis pierre sur pierre, & entassé iniquité sur iniquité, le moyen que son cœur ne soit pas arrivé au comble, & qu'il n'ait pas contracté dans l'estat du crime, non seulement toute la solidité, mais toute la dureté que le crime est capable de produire! & quelle apparence qu'endurci de la sorte, il devienne tout à coup, quand la mort approche, souple & flexible aux mouvemens de la grace! On meurt donc dans le peché, parce qu'on a vescu dans le peché; & l'on y meurt, comme j'ay dit, par un noûveau peché, parce que cette impenitence mesme est la consommation de tous les pechez. Voilà ce que j'ay appellé une impenitence criminelle: passons à l'impenitence malheureuse, qui fera le sujet de la seconde partie.

**II. Partie.** CE n'est point assez pour mourir dans l'estat de la grace, que le pecheur soit resolu de recourir un jour à la penitence, & qu'il se propose de sortir au moins à la mort de son peché. Comme cette grace de la penitence finale, ne dépend point absolument de luy, & que par un secret jugement de Dieu, elle est attachée à mille circonstances, qui ne sont point en son pouvoir, il faut, afin qu'il ait le bonheur de se reconnoistre en mourant, que toutes ces circonstances concourrent ensemble à sa conversion. Qu'une seule vienne à manquer, le voilà fruſtré de ſon eſperance; & euſt-il mille fois deſiré de mourir de la mort des juſtes, euſt-il dit cent fois à Dieu, *Moriatur anima mea morte juſtorum*, ſes deſirs Num. 23. ſont inutiles & ſes eſperances vaines. Pourquoy! parce que dans le cours de la Providence qu'il n'a pas plû à Dieu de changer, il s'eſt trouvé un obſtacle, qui par des cauſes en apparence naturelles, mais d'un ordre divin & ſuperieur, luy a rendu impoſſible cette penitence, ſur laquelle il faiſoit fond & qu'il regardoit comme ſa derniere reſſource. Il peut donc arriver que l'homme ſans devenir coupable d'un nouveau peché, meure dans ſon peché, parce qu'il peut mourir dans un défaut involontaire & meſmes forcé, de toute penitence; & c'eſt ce que j'appelle impenitence malheureuſe, & ce que je conſidere comme un autre abyſme, non plus de la corruption & de la malice du cœur humain, mais de la juſtice adorable & impenetrable de Dieu, qui paroiſt toute entiere dans la mort de ces pecheurs ſurpris, trompez, delaiſſez, exclus meſmes dés cette vie de la voye du ſalut, & en qui s'accomplit encore plus ſenſiblement cette verité évangelique: *In peccato veſtro moriemini.* Renouvellez, Chreſtiens, voſtre attention.

Quand on vous rapporte l'exemple d'une mort ſubite, & que dans la conſternation où de pareils évenemens jettent les eſprits, on vous dit que cet homme qui joüiſſoit d'une parfaite ſanté, vient d'estre enlevé tout à coup sans avoir pû prononcer une parole ; qu'un tel dans la chaleur d'une débauche, ou dans l'emportement d'une querelle, vient de rester sans sentiment & sans vie ; qu'un assassinat vient d'estre commis dans la personne de celuy-cy, ou que la ruine d'un édifice vient d'envelopper & d'écraser celuy-là : quand on nous fait le recit de ces sortes de morts & de bien d'autres ; & que selon toutes les regles de la vraysemblance, elles nous paroissent non seulement subites, mais impreveües, parce que c'estoient des pecheurs publics & scandaleux, nous sommes saisis de frayeur ; & sans entreprendre de juger, nous ne doutons point que ce ne soit alors que se verifie à la lettre la menace du Fils de Dieu, *In peccato vestro moriemini.* Mais vous vous consolez au mesme temps, Chrestiens, par la pensée que ce sont des accidens extraordinaires ; & quelque frequens qu'ils puissent estre, vous ne manquez pas d'affoiblir ainsi les salutaires impressions qu'ils pourroient & qu'ils devroient faire sur vos cœurs. Vous vous trompez, permettez-moy de vous le dire, vous vous trompez : ces genres de mort ne sont, ni si rares, ni si singuliers que vous voulez vous le persuader ; & je soutiens que dans la rigueur mesme du terme, eû égard à la conscience & au salut, il n'est rien de plus commun qu'une mort subite : en voicy la preuve.

Car j'appelle avec saint Augustin mort subite

& impreveûë, celle où le pecheur tombe tout à
coup dans un estat qui le rend pour jamais incapable de conversion & de penitence. Or qu'y
a-t-il dans le monde de plus ordinaire & mesmes
de plus universel ! que voit-on autre chose tous
les jours ! Au lieu qu'une chûte, qu'une apoplexie, qu'un meutre fait plus d'éclat & donne plus d'effroy ; combien d'autres causes dont
nous sommes moins frappez, nous réduisent à
cette impenitence malheureuse ! un transport
dans le feu d'une fiévre ardente, un délire sans
intervalle, une létargie dont on ne revient point,
un égarement d'esprit, un assoupissement mortel ; tout cela n'opére-t-il pas sans cesse le mesme effet, & n'oste-t-il pas à un moribond le pouvoir de se convertir, en luy ostant le pouvoir de
se connoistre ! Mettez un pecheur dans tous ces
estats, n'est-il pas vray qu'il est déja mort comme chrestien, s'il n'est pas absolument mort
comme homme ! Je veux qu'il dispute encore
des journées entieres un reste de vie animale,
qui ne sert plus qu'à le faire languir ; qu'importe, si la vie raisonnable & la vie surnaturelle sont
éteintes ! que peut la grace, toute-puissante
qu'elle est, lorsque la nature qui devoit luy servir de fonds, ne peut plus agir !

Sans mesmes parler de ces symptomes où la
raison est tout à fait obscurcie, le seul épuise-
ment de toutes les forces, la seule douleur du
corps ne suffit-elle pas pour oster à l'esprit toute

sa reflexion, & par consequent pour nous fermer les voyes de la penitence! Combien de pecheurs, jusques dans le cours des maladies les plus reglées, meurent ainsi d'une mort subite, non selon le monde, mais selon Dieu! Ils meurent, dit saint Chrysostome, sans un nouveau peché, parce qu'ils ne sont plus en estat d'en commettre; ils meurent sans qu'on leur puisse reprocher d'abuser alors du temps que Dieu leur donne, parce qu'ils ne peuvent plus proprement, ni en abuser, ni s'en servir; ils meurent dans une impenitence, qui quoyque finale, ne leur est pas par elle-mesme imputée, parce qu'elle ne leur est ni connuë ni libre: cependant ils meurent dans leur peché, & la malediction de Jesus-Christ n'en est pas moins consommée: *In peccato vestro moriemini.*

Que diray-je de ceux qui meurent dans une ignorance non coupable, mais funeste, du danger prochain où ils se trouvent! car de là s'ensuivent les mesmes consequences & les mesmes effets de reprobation. Si l'on avoit averti ce malade, qu'il estoit temps de penser à luy, il auroit mis ordre à sa conscience, & il seroit mort chrestiennement. Mais parce qu'on luy a fait entendre le contraire, & que par de faux menagemens on l'a trompé, il meurt sans retour à Dieu & sans conversion. De n'avoir pas sceû le péril où il estoit, est-ce un crime dans luy! Non, Chrestiens, car il souhaitoit de le sçavoir. Mais

à qui il faut s'en prendre, c'est à la foibleſſe d'un
confeſſeur, c'est à la trompeuſe conjecture d'un
medecin, c'est au vain reſpect d'un domeſtique,
c'est à la paſſion aveugle d'une femme ; c'est à
l'intereſt des uns, à la negligence des autres; c'est
à tout ce qu'il vous plaira, mes Freres, dit ſaint
Auguſtin : mais aprés-tout le mourant en porte
la peine, & pour avoir ignoré l'extremité où il
eſtoit, il meurt dans la haine de Dieu & en reprouvé. Quoy donc, me direz vous, eſtoit-il
juſte qu'il periſt par la faute d'un autre ! Ah, repond ce Pere, ſi c'est par la faute d'un autre qu'il
perit, ce n'eſt point pour la faute d'un autre qu'il
eſt condamné, mais pour ſon propre peché. Dieu
à qui il appartient d'en ordonner, permet que
ſon propre peché, qui pouvoit eſtre expié à la
mort, par la faute d'un autre ne le ſoit pas, &
que du domaine de la grace & de la miſericorde ſous lequel il eſtoit encore, il paſſe pour l'é-
ternité toute entiere ſous celuy de la juſtice : *In
peccato veſtro moriemini.*

Mais ſi le pecheur luy-meſme, en mourant,
ſoupire aprés le remede, s'il le demande & qu'il
temoigne de l'empreſſement pour l'avoir, qu'arrive-t-il ſouvent ? Helas ! Chreſtiens, voicy le
comble du malheur, & c'est icy que nous devons nous écrier, *O altitudo !* ô profondeur
des conſeils de Dieu ! Semblable à l'infortuné
Eſaü, qui comme dit l'Apoſtre, ne trouva point
cette penitence qu'il cherchoit, quoyqu'il la

*Hebr. 12.*

cherchaft avec larmes, *Non enim invenit pœni-
tentiæ locum, quamquam cùm lacrymis inqui-
fiisset eam ;* ce pecheur mourant, tout empref-
fé qu'il eft de recourir aux fources publiques de
la grace, c'eft à dire, aux Sacremens de Jefus-
Chrift, peut encore eftre de ceux fur qui tombe l'anathefme du Sauveur des hommes ; & parce que ces fources ouvertes à tout le monde, ne
le font pas pour luy, il meurt dans fon peché :
*In peccato veftro moriemini.*

C'eft de quoy nous avons cent fois efté témoins, ou de quoy cent fois nous avons entendu parler. Un homme eft furpris, lorfqu'il s'y
attendoit le moins : il fe voit aux portes de la
mort ; & dans l'horreur d'un danger fi preffant,
il voudroit menager ce qui luy refte de vie.
Toute fa foy fe réveille ; l'image d'un Dieu irrité le frappe, le faifit ; & frappé, faifi de cette
image il femble conjurer tous ceux qui l'approchent, de le fecourir, & leur dire comme

*Job. 19.*

Job, *Miferemini mei, miferemini mei, faltem
vos amici mei ;* penfez à moy, vous au moins
qui eftes mes veritables amis, & pendant que
les autres s'occupent envain auprés d'un corps
que la mort va mettre au tombeau, aidez-moy
à fauver mon ame. En effet, on s'y employe,
on y travaille, on cherche un preftre, un confeffeur : mais ce preftre, ce confeffeur ne fe trouve point ; mille contretemps confpirent à l'éloigner ; ce qui ne l'avoit jamais arrefté, l'arrefte

à cette heure : il vient enfin, mais trop tard, &
lorſque le malade ſans connoiſſance & ſans parole ne peut plus ni l'entendre ni luy repondre.
Et cela pourquoy ? pour accomplir l'autre partie de la prediction de Jeſus-Chriſt, *Quæretis
me*, vous me chercherez, non plus dans ma perſonne, mais dans celle de mes miniſtres & des
diſpenſateurs de mes Sacremens, & vous ne me
trouverez pas : & parce que vous ne me trouverez pas dans mes miniſtres, & que vous n'aurez
pas d'ailleurs de quoy ſuppléer au défaut de leur
miniſtere par un pur & parfait amour, vous
mourrez dans voſtre peché : *In peccato veſtro
moriemini.*

Je dis plus : ce Preſtre, vicaire & miniſtre de
Jeſus-Chriſt, ſe trouvera ; mais par un autre ſecret de reprobation encore plus terrible, avec
tout le pouvoir de l'Egliſe dont il eſt muni, il
n'aura pas le don d'aſſiſter un pecheur mourant.
Au lieu de le toucher, il le rebutera ; au lieu de
l'éclairer, il l'embarraſſera, il le troubera : il aura
les clefs du ciel entre les mains, mais il n'aura
pas la clef de ce cœur, pour y entrer. Car Dieu,
Chreſtiens, ne ſe ſert pas de toutes ſortes d'in-
ſtrumens pour opérer ſes miracles. Comme il ne
nous convertit pas, tout Dieu qu'il eſt, par toutes ſortes de graces, auſſi ne luy plaiſt-il pas de
nous convertir par toutes ſortes de perſonnes.
Si dans la diſpoſition où eſtoit ce malade, il euſt
eû un homme éclairé, zelé, experimenté, plein

de l'esprit de Dieu & de son onction, il seroit
mort en saint; mais parce que cet homme luy a
manqué & qu'il a pû faire la mesme plainte que
le paralytique de l'Evangile, *Hominem non ha-*
*beo ,* il est mort en impenitent. Encore une fois,
tous ces malheurs l'ont-ils rendu devant Dieu
plus criminel ? non; mais ses crimes passez dont
il estoit coupable, joints à ces malheurs dont il
a esté innocent, l'ont fait mourir, sans un nouveau peché, dans l'impenitence : *In peccato ves-*
*tro moriemini.*

Affreux, mais juste chastiment du ciel : &
c'est ainsi que l'impenitence de la vie conduit à
cette seconde impenitence de la mort, par voye
de punition. Combien Dieu s'en est-il expliqué
de fois dans l'Ecriture ? combien de fois le Fils
de Dieu nous en a-t-il avertis dans l'Evangile !
Car que signifient autre chose ces menaces si ex-
presses & si souvent réiterées : je vous ay appellé,
& vous avez fermé l'oreille à ma voix; vous m'a-
vez meprisé : viendra le temps & le jour, où je
vous mepriseray; où sans vous appeller, je vous
surprendray; où sans vous parler, je vous frap-
peray. Que veulent dire ces figures si bien marquées, des vierges folles qui s'endorment, &
dont les lampes se trouvent éteintes au moment
que l'époux arrive; de ce maistre qui paroist tout
à coup dans sa maison, & qui témoin du desordre où elle est par les violences & les debauches
d'un domestique, le fait jetter dans les tene-

bres; de ce voleur qui se cache, & qui vient dans
la nuit! Quel sujet avons-nous de nous plaindre, quand Dieu nous punit de la sorte! ne peut-
il pas user de son droit, & nous prendre en telles conjonctures qu'il luy plaist! ne le peut-il pas
sur tout aprés avoir si long-temps attendu, aprés
avoir si fortement pressé & sollicité! Vous ne
vous estes pas servi du temps qu'il vous donnoit,
il vous l'ostera; vous avez lassé, fatigué, épuisé
sa patience, sa colere éclatera: vous n'avez pas
voulu retourner à luy quand vous le pouviez;
vous ne le pourrez plus quand vous le voudrez:
vous l'avez oublié pendant la vie; il vous oubliera à la mort. Car ce retour est bien naturel,
dit saint Augustin; & tout fatal qu'il peut estre,
il vous est bien dû: mépris pour mépris, oubli
pour oubli. Ce n'est pas que Dieu ne laisse quelquefois encore aux plus grands pecheurs tout
le temps & tous les moyens necessaires: mais
s'ils ne meurent pas alors dans une impenitence criminelle, dans une impenitence malheureuse, au moins meurent-ils communément
dans une impenitence secrete & inconnuë, c'est
la troisiéme partie.

Il en faut convenir, Chrestiens, & l'experien- III. Partie.
ce nous le fait voir, que Dieu laisse encore quelquefois aux pecheurs du siecle, aprés une vie
passée dans le crime, le temps & les moyens de
se reconnoistre à la mort. Je sçais mesmes, &

il est vray que plusieurs alors ont en effet recours à la misericorde de Dieu, se tournent vers Dieu, semblent revenir à Dieu par la penitence. Mais ce que j'adjouste, & ce qui vous doit paroistre, comme à moy, bien terrible, c'est que toute penitence n'est pas recevable au tribunal de Dieu; pourquoy? parce que toute penitence n'est pas une penitence efficace; mais qu'il y a mille penitences fausses & trompeuses, sur quoy l'on ne peut compter & dont nous ne pouvons attendre nul fruict de salut. Si donc le pecheur séduit par de specieuses apparences, s'égare jusques dans sa penitence mesme; où en est-il! Estat bien deplorable! sçavoir avec asseûrance qu'on est criminel, & ne sçavoir pas si l'on est penitent; avoir tous les dehors de la penitence, & peut-estre n'en avoir pas le fonds! D'où il s'ensuit que ce qui devoit estre un principe de confiance pour le pecheur, est la matiere de ses inquiétudes; que ce qui paroist le devoir sauver, est souvent ce qui le doit perdre, & qu'en mourant dans l'exercice de la penitence, il peut encore estre reprouvé, parce qu'il peut encore mourir dans son peché. Voilà, mes chers Auditeurs, ce que la religion nous enseigne, & sur quoy est fondé cet avis que nous donne le Sage, de trembler mesmes pour les peché remis, parce qu'à nostre égard, dit S. Chrysostome, ils ne peuvent estre tout au plus que présumez tels : *De propitiato peccato noli esse sine metu.*

Or si cela convient à tous les pecheurs, on peut dire & il est vray, que c'est le caractere propre de ceux qui ne reviennent jamais à Dieu durant la vie, & qui perseverent dans leurs desordres jusques à la mort. Car bien loin qu'ils puissent compter sur leur penitence, ils doivent positivement s'en défier. Je n'en dis point encore assez : j'adjouste que de la maniere dont ils se proposent de la faire cette penitence, ils ont presque tout lieu d'en desesperer. Pourquoy ! j'en donne aprés saint Augustin trois raisons. Premierement, parce que rien en soy n'est plus difficile à l'homme que la vraye penitence. Secondement, parce que de tous les temps celuy où la vraye penitence est plus difficile, c'est le temps de la mort. Troisiémement, parce qu'entre tous les hommes à qui la vraye penitence est difficile aux approches de la mort, il n'en est point pour qui elle doive plus l'estre, que pour ceux qui ne l'ont jamais faite pendant la vie. Trois propositions incontestables, & qui bien penetrées ne laissent plus aux pecheurs du siecle d'autre parti à prendre que celuy d'une prompte & d'une sincere conversion à Dieu. Encore un moment d'attention ; cecy le demande.

Rien de plus difficile à l'homme que la vraye penitence : car pour cela il faut qu'il change de cœur, il faut qu'il se haïsse luy-mesme, qu'il se renonce luy-mesme, qu'il se dépouille de luy-mesme, qu'il se détruise en quelque sorte & qu'il

s'anéantisse luy-mesme ; c'est à dire, qu'il cesse d'estre ce qu'il estoit, & qu'il devienne un
homme nouveau. Il faut qu'il ait horreur de ce
qui luy paroissoit le plus aimable, & qu'il commence à aimer ce qu'il avoit le plus en horreur ;
qu'il n'ait plus de passions que pour les combattre, plus de sens que pour les captiver, plus d'esprit que pour le soumettre, plus de corps que
pour luy declarer la guerre & le mortifier. Car
c'est en quoy consiste, je ne dis pas la perfection,
mais l'essence & le fond de la penitence chrestienne. Or vous sçavez, s'il est aisé à un pecheur
d'en venir là.

Point de temps où cette penitence soit plus difficile & par consequent plus rare, que le temps
de la mort : car à la mort, dit saint Augustin, ce
n'est point vous proprement qui quittez le peché, c'est le peché qui vous quitte ; ce n'est point
vous qui vous detachez du monde, c'est le
monde qui se detache de vous ; ce n'est point
vous qui rompez vos liens, ce sont vos liens qui
se rompent par un effet de nostre commune fragilité : *Si vis agere pœnitentiam, quandò jam
peccare non potes, peccata te dimiserunt, non
tu illa.* Or afin que vostre penitence fust devant
Dieu ce qu'elle doit estre, il faudroit que cette
separation, que ce detachement, que ce divorce
vinst de vous-mesmes. Vous me direz que l'un
sert à l'autre, & qu'on a moins de peine à se detacher des choses quand elles-mesmes elles nous

*August.*

abandonnent : mais moy je vous reponds avec saint Ambroise, qu'il en va tout autrement, & que le cœur de l'homme n'est jamais plus passionné, jamais plus ardent pour les objets qui entretiennent sa cupidité, que quand ces objets luy échappent, & qu'une force superieure nous les arrache ou qu'elle nous arrache à eux. Tout ce que nous pouvons faire alors, c'est de souffrir. Mais de s'en detacher volontairement soy-mesme, ce qui néanmoins est essentiel à la penitence, c'est à quoy nous sentons des repugnances infinies & ce qui demande les plus grands efforts.

Mais enfin & en particulier, pour qui la vraye penitence doit-elle à la mort avoir des difficultez plus insurmontables, & pour qui peut-on dire qu'elle est quelquefois comme impossible ! Ah ! Chrestiens, n'est-ce pas pour ces pecheurs obstinez qui n'en ont eû nul usage dans la vie, & qui se sont fait de leur impenitence une habitude & un estat ! Car que s'ensuit-il de cet endurcissement de cœur où ils ont vescu, & de cette presomption d'esprit qui leur fait croire à la mort qu'ils veulent se convertir ! c'est que leur penitence alors n'est communément, pour ne rien dire de plus, qu'une penitence insuffisante, pourquoy ? parce qu'elle n'est, ni volontaire dans son principe, ni surnaturelle dans son motif. Penitence forcée, & penitence toute naturelle : deux qualitez de la penitence des demons dans l'enfer, & des pecheurs à la mort.

Penitence forcée : j'ofe défier le pecheur mefme le plus prefomptueux de n'en pas convenir. Car où eft la liberté, quand le cœur, fi je puis parler ainfi, n'eft meû que par les refforts, ou d'une crainte fervile, ou d'une neceffité inévitable ! Eft-ce un renoncement libre au peché, quand on n'y renonce que parce qu'on n'eft plus en eftat de le commettre ! Eft-ce une foumiffion libre à Dieu, quand on ne s'y foumet que parce qu'on eft déja fous le glaive de fa juftice, & qu'on ne peut plus s'en défendre ! Eft-ce une feparation libre du monde, quand on ne s'en fepare que parce qu'il n'y a plus de monde pour nous ! Cependant la penitence pour eftre efficace & vraye, doit eftre volontaire & libre; & dés qu'elle ne l'eft pas, fuft-elle d'ailleurs auffi vive, auffi touchante que celle d'Efaü, qui felon l'expreffion de l'Ecriture, le fit, non pas gemir, mais rugir, *Irrugiit clamore magno,* c'eft une penitence de reprouvé. De là vient que les Peres, d'un confentement fi univerfel, ont parlé de la penitence des mourants, en des termes propres, non feulement à confterner, mais à defefperer les pecheurs. De là vient que l'Eglife à qui il appartient d'en juger, s'eft autrefois monftrée fi peu favorable à ces fortes de penitences, & que fans les rejetter abfolument, ce qu'elle n'a jamais cru devoir faire pour ne pas borner la mifericorde de Dieu, elle a au refte ufé de toute la rigueur de fa difcipline à l'égard de ces

*Genef. 27.*

penitens

penitens de la mort, pour nous apprendre combien leur penitence luy estoit suspecte. De là vient que suivant les anciens Canons rapportez dans les conciles, ceux qui ne demandoient le baptesme qu'à l'extremité de la vie, n'estoient, ce semble, reconnus chrestiens qu'avec réserve; jusques-là mesmes qu'on les tenoit pour irreguliers, & saint Cyprien en apporte la raison : c'est, dit il, qu'on les regardoit comme des hommes, qui ne servoient Dieu que par contrainte, & qui n'estoient à luy, que parce qu'ils n'avoient pû éviter d'y estre. Et en effet, reprend saint Augustin, celuy qui ne condamne les dereglemens de sa vie, que lorsqu'il faut malgré luy qu'il sorte de la vie, fait bien voir que ce n'est pas de bon gré, mais par necessité qu'il les condamne : *Qui priùs à peccatis relinquitur quàm ipse relinquat, non ea liberé, sed quasi ex necessitate condemnat.* S. Aug.

Penitence naturelle & toute humaine, c'est à dire, qui n'a ni Dieu ni le peché pour objet. Car que craignent-ils, adjouste saint Augustin, ces penitens pretendus ! craignent-ils de perdre Dieu, de déplaire à Dieu, d'encourir la disgrace de Dieu ! non, mes Freres, repond ce saint Docteur, ils ne craignent rien de tout cela, & la preuve en est évidente, puisque tandis qu'ils n'ont eû rien autre chose à craindre, ils n'ont jamais pensé à se convertir : ils craignent de blûler, & ils ne craignent point de pecher ; *Ardere* S. Aug.

*Tome I.* H h

*metuunt, peccare non metuunt.* Or dés-là leur penitence est vaine, pourquoy ! parce que ce n'est plus la grace ni le Saint Esprit, mais l'amour propre qui l'excite : il suffit de s'aimer soy-mes-mesme, sans aimer Dieu, pour faire une telle penitence ; mais il ne suffit pas de s'aimer soy-mesme pour faire une penitence chrestienne, ni pour se remettre en grace avec Dieu. On meurt donc dans l'exercice de la penitence, & néanmoins on meurt dans son peché, parce que le peché n'est pas détruit par toute penitence, & que s'il y en a une incapable de le détruire, c'est celle-là. Ce qui faisoit conclure à saint Gregoire Pape, qu'il y avoit plus de pecheurs dans le christianisme qui perissoient par la fausse penitence, que par l'impenitence mesme, & qu'ainsi la prediction de Jesus-Christ avoit toute une autre étenduë que nous ne pensons, quand il nous dit : *In peccato vestro moriemini.*

Cette consequence vous trouble, mais est-ce moy, Chrestiens, qui l'ay tirée, & pouvois-je ou la supprimer, ou l'affoiblir, sans estre prevaricateur de mon ministere ! Puis-je faire parler les Peres autrement qu'il n'ont parlé, & effacer de l'Evangile ce qui y est écrit ! Effrayé que je suis moy-mesme, dois-je vous laisser dans une securité trompeuse, sans vous donner la mesme frayeur que je ressents ! Je n'ignore pas, mes chers Auditeurs, que ce qui est impossible aux hommes, ne l'est point à Dieu, & qu'il peut, mais-

tre qu'il eft des cœurs, opérer dans le cœur mefme le plus impenitent, une penitence parfaite.
Je n'ignore pas que ce fut ainfi que ce fameux
criminel crucifié avec Jefus-Chrift, fit penitence fur la croix, & qu'il mourut dans la grace a-
prés avoir vefcu dans le peché. Mais je fçais auffi ce que remarque faint Ambroife, que c'eftoit
alors le temps des miracles, que Dieu eftoit engagé à faire des coups extraordinaires pour honorer la mort de fon Fils, qu'il falloit au Sauveur des hommes de tels prodiges pour prouver
fa Divinité; & que cette converfion, qui dans
tous les fiecles a paffé pour un exemple fingulier, doit par là mefme, bien loin de confoler les
pecheurs & de les raffeûrer, repandre au contraire dans leurs ames une fainte frayeur. Voilà ce que je fçais, & ce qui me confirme encore
davantage dans la créance de cette trifte verité,
que prefque tous ces pecheurs du monde, qui
ne font penitence qu'à la mort, avec toute leur
penitence meurent dans leur peché : *In peccata
veftro moriemini.*

Vous me demandez, comment ce dernier
myftere de reprobation s'accomplit, & par quelle voye l'impenitence de la vie les conduit à
cette fauffe penitence de la mort ! Je reponds,
& c'eft ce que je vous conjure de mediter fans
ceffe; car voicy un des poincts les plus folides
& les plus importans : je reponds & je dis que
l'impenitence de la vie conduit les pecheurs à

la fauſſe penitence de la mort par voye d'illuſion, & il n'y a, ce me ſemble, perſonne qui
n'entre d'abord dans ma penſée. Je m'explique néanmoins, & je veux dire que le pecheur
n'ayant jamais fait nul exercice de la penitence,
que ne l'ayant jamais pratiquée pendant qu'il a
veſcu, il n'a jamais appris à la connoiſtre : d'où
je conclus qu'il y doit eſtre trompé à la mort,
& que par une conſequence trés naturelle il doit
alors aiſément confondre la vraye penitence a-
vec une penitence imparfaite & defectueuſe. Car
comment pourroit-il bien juger de ce qu'il n'a
jamais connu ! & s'il n'en peut bien juger, comment n'y ſera-t-il pas ſurpris ! comment, dis-je,
ne le ſera-t-il pas, ſur tout dans une matiere
auſſi delicate que celle-là, & où il s'agit de diſcerner les mouvemens les plus ſecrets & les plus
interieurs de l'ame ! Si dans le cours de la vie cet
homme avoit fait quelque penitence, en la faiſant il s'en ſeroit formé peu à peu l'idée ; & à
force de s'éprouver ſoy-meſme, il auroit enfin
reconnu en quoy differe une douleur efficace de
celle qui ne l'eſt pas : mais il n'en a jamais fait
l'eſſay, & il ſe trouve là-deſſus à la mort ſans
habitude & ſans experience : eſt-il ſurprenant
que l'ennemi luy impoſe, que ſon propre ſens
l'égare, qu'il prenne la figure pour la verité,
l'accident pour la ſubſtance ; qu'il compte les
deſirs pour les effets, les graces & les inſpira-
tions pour les actes, & que preoccupé de ſes er-

reurs ; tout penitent qu'il est en apparence, il meure en effet dans son peché : *In peccato vestro moriemini.*

C'est à vous maintenant, Chrestiens, à deliberer ; ou plustost, y a-t-il à deliberer un moment, & la juste conclusion, n'est-ce pas de vous disposer par la vraye penitence de la vie à la vraye penitence de la mort ! Car de pretendre que vous serez tout à coup maistres dans une science où les illusions sont si frequentes, si subtiles, si dangereuses ; de croire que vostre coup d'essay sera un chef d'œuvre, c'est la plus aveugle temerité. Vous pleurerez, mais vous ne vous convertirez pas ; vous pousserez des soupirs, vous gemirez devant Dieu, mais vous ne vous convertirez pas ; vous leverez les mains au ciel, vous tendrez les bras vers le crucifix, mais vous ne vous convertirez pas : pourquoy ! parce que sous ces dehors specieux d'une douleur apparente, vous aurez toûjours un cœur de pierre, & c'est là que j'applique ces paroles du Prophete : *De medio petrarum dabunt voces.* Vous tromperez, sans le vouloir, ceux qui vous verront & qui vous entendront ; vous tromperez jusques au ministre qui vous donnera ses soins, & qui pensera les avoir utilement employez pour vous. Vous vous tromperez vous-mesme, mais vous ne tromperez pas Dieu ; & en sortant de ce monde, au lieu de trouver, ainsi que vous l'esperiez, un Dieu de misericorde, vous ne

Psalm. 105.

H h iij

trouverez qu'un Dieu vengeur. Le temps de
le chercher ce Dieu de misericorde, c'est la vie;
le temps de le trouver, c'est la mort; & le temps
de le posseder, c'est l'éternité bienheureuse, que
je vous souhaite, &c.

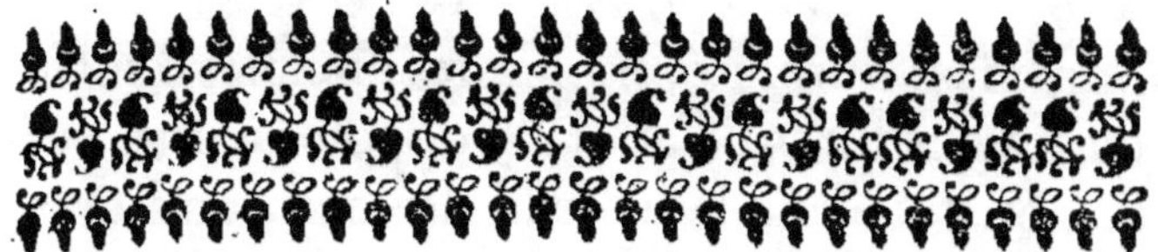

# SERMON
## POUR LE MÉCREDY
### de la seconde Semaine.

### Sur l'Ambition.

Respondens autem Jesus, dixit : Nescitis quid petatis. Potestis bibere calicem quem ego bibiturus sum ? Dicunt ei : Possumus. Ait illis : Calicem quidem meum bibetis : sedere autem ad
dexteram meam vel sinistram non est meum
dare vobis.

*Jesus leur repondit, & leur dit : Vous ne sçavez*
*ce que vous demandez. Pouvez-vous boire le ca-*
*lice que je boiray ? Ils luy dirent : Nous le pou-*
*vons. Alors il leur repliqua : Vous boirez le ca-*
*lice que je dois boire : mais d'estre assis à ma*
*droite ou à ma gauche, ce n'est pas à moy de*
*vous l'accorder. En saint Matth. chap. 20.*

# SIRE,

CE n'est pas sans une providence particuliere, que Jesus-Christ qui venoit enseigner aux
H h iiij

hommes l'humilité, choifit des difciples dont les
fentimens furent d'abord fi oppofez à cette vertu ; & qui dans la baffeffe de leur condition,
avant que le Saint Efprit les euft purifiez, ne
laiffoient pas d'eftre fuperbes, ambitieux & jaloux des honneurs du monde. Il vouloit dans
les defordres de leur ambition, nous decouvrir
les noftres; & dans les leçons toutes divines qu'il
leur faifoit fur un poinct fi effentiel, nous donner des regles pour former nos mœurs & pour
nous réduire à la pratique de cette fainte & bienheureufe humilité, fans laquelle il n'y a point
de pieté folide ni mefmes de vray chriftianifme.
C'eft le fujet de noftre Evangile : deux difciples
fe prefentent devant le Sauveur du monde, &
le prient de leur accorder les deux premieres places de fon Royaume. Comme ils ne le connoif-
foient pas encore ce Royaume fpirituel, & qu'ils
ne l'envifageoient que comme un Royaume
temporel, il eft évident que l'ambition feule, &
le defir de s'élever au deffus des autres les porta
à luy faire cette demande. Mais vous fçavez,
Chreftiens, comment ils furent reçeûs : & de ce
qui fe paffa dans une occafion fi remarquable,
nous pouvons aifément reconnoiftre en quoy
confifte le defordre de l'ambition, quels en font
les divers characteres, quels en font les effets &
les fuites, & quels en doivent eftre enfin les remedes. Matiere d'autant plus importante & plus
neceffaire, que l'ambition eft fur tout le vice de

la Cour. Car quoyqu'il n'y ait point d'estat à couvert de cette passion, & que sa sphere, pour ainsi parler, soit aussi étenduë que le monde; on peut dire néanmoins & il est vray, que c'est particulierement dans les Palais des Roys que se trouvent les ambitieux; *Ecce in domibus Regum sunt;* que c'est là qu'ils forment de plus grands projets, là qu'ils font joüer plus de ressorts, & là mesme aussi qu'il est beaucoup plus difficile de les détromper & de les guerir. Il y a des vices, dit saint Chrysostome, que l'on combat sans peine & qui se détruisent d'eux-mesmes, parce que le monde, tout aveugle & tout corrompu qu'il est, a toutefois encore assez de lumiere pour en voir la honte & assez de raison pour les condamner. Mais à la Cour, bien loin de se faire un crime de l'ambition, on s'en fait une vertu; ou si elle y passe pour un vice, du reste on la regarde comme le vice des grandes ames, & l'on aime mieux les vices des grandes ames que les vertus des simples & des petits. J'ay donc aujourd'huy specialement besoin des graces du ciel. Demandons-les par l'intercession de la plus humble des Vierges. *Ave Maria.*

I L n'appartient qu'à Dieu de nous donner les veritables idées des choses; & dans le sujet que je traite, renonçant à mes propres pensées, je dois m'en tenir uniquement aux instructions de nostre divin maistre, puis qu'en trois paroles de

Matth. 11.

l'Evangile il me fournit luy-mesme le dessein le plus naturel, le plus juste & le plus complet. Comprenez-le bien, s'il vous plaist.

Ces deux freres, enfants de Zebedée, demandent au Sauveur du monde les deux premieres places de son Royaume ; & le Sauveur du monde, au lieu de leur repondre precisément & de s'expliquer sur leur proposition, leur en fait trois autres bien differentes. Car premierement, il leur declare, que ce n'est point luy, mais son Pere qui doit nous élever à ces places & à ces rangs d'honneur dont ils paroissent si jaloux : *Sedere autem ad dexteram meam vel sinistram, non est meum dare vobis, sed quibus paratum est à Patre meo.* Secondement, il leur fait entendre qu'ils ne doivent point chercher, comme les nations infidelles, à dominer ; mais que celuy d'entre eux qui veut estre grand, doit establir pour principe de se regarder comme le serviteur des autres, & croire que la preséance où il aspire, ne sera pour luy qu'un fonds de dépendance & d'assujettissement : *Non ita erit inter vos, sed qui voluerit inter vos major fieri, fiat sicut minor ; & qui præcessor est, sicut ministrator.* Enfin il les interroge à son tour, & il veut sçavoir d'eux s'ils pourront boire son calice, c'est à dire, le calice de ses souffrances : *Potestis bibere calicem, quem ego bibiturus sum !* Trois choses, Chrestiens, parfaitement propres à détruire trois erreurs, dont ces deux Apostres

eftoient prevenus. Car ils fuppofoient fans remonter plus haut, que Jefus-Chrift en qualité
d'homme leur pouvoit donner ces places honorables qu'ils ambitionnoient; & Jefus-Chrift
leur fait connoiftre que nul ne peut legitimement les occuper, hors ceux à qui elles ont
efté preparées, & affignées par fon Pere celefte.
Leur pretention, en obtenant ces deux places,
eftoit de fe diftinguer des autres & de prendre
l'afcendant fur eux; & Jefus-Chrift les détrom-
pe en les advertiffant que d'eftre placé au deffus
des autres, n'eft qu'une obligation plus étroite
de travailler pour les autres & de les fervir. Enfin ils fe propofoient dans ce pretendu Royaume de Jefus-Chrift & dans cette preféance imaginaire un vie douce & commode; & Jefus-
Chrift leur apprend combien cette preféance
leur doit coufter, & que pour l'avoir il faut boire un calice d'amertume, & eftre baptifé d'un
baptefme de fang.

Leçons admirables, où il femble que le Fils
de Dieu ait voulu ramaffer tout ce que la morale chreftienne a de plus fort, pour corriger les
defordres de noftre ambition. Car prenez garde, mes chers Auditeurs: les honneurs du fiecle que noftre ambition nous fait rechercher a-
vec tant d'ardeur, peuvent eftre confiderez en
trois manieres, ou felon trois rapports qui leur
conviennent. Par rapport à Dieu, qui en eft le
diftributeur; par rapport au prochain, au deffus

de qui ils nous élevent ; & par rapport à nous-
mefmes, qui les poffedons ou qui nous les procurons. Sous le premier rapport les honneurs du
fiecle font dans l'ordre de la predeftination éternelle, autant de vocations de Dieu ; & noftre ambition les prophane en les recherchant comme
des avantages purement temporels, ce fera la premiere partie. Sous le fecond rapport les honneurs du fiecle font de vrays affujettiffemens à
fervir le prochain ; & noftre ambition en abufe,
en les recherchant pour exercer un vain empire & une fiére domination, ce fera la feconde
partie. Sous le troifiéme rapport les honneurs
du fiecle font des engagemens indifpenfables à
travailler & à fouffrir ; & noftre ambition les
corrompt, en les recherchant dans la veûë d'y
trouver une vie tranquille & agreable, ce fera la
conclufion de ce difcours. Armons-nous donc
aujourd'huy, contre une paffion fi dangereufe,
des trois maximes du Sauveur du monde ; &
quand l'ambition nous tente, & qu'elle nous
follicite de nous pouffer à certains rangs diftin-
guez dans le monde, difons luy que ce n'eft
pas elle, mais Dieu qui nous y doit appeller,
parce que ces rangs, quoyque rangs du monde, font en effet de la difpofition & du reffort
de Dieu ; *Sed quibus paratum eft à Patre meo:*
premiere verité. Quand elle nous infpire un orgueil caché & qu'elle nous flatte d'une fecrette
complaifance de voir les autres au deffous de

nous, opposons luy ce grand oracle de la sagesse Evangelique, que celuy qui se trouve le premier, doit estre le serviteur & l'esclave ; *Et qui præcessor est, sicut ministrator :* seconde verité. Quand elle nous attire par l'esperance des commoditez de la vie, & des douceurs qui semblent accompagner les dignitez & les emplois éclatans, confondons-la par le souvenir des devoirs laborieux, & mesmes des croix inseparables de ces emplois & de ces dignitez, & demandons nous à nous-mesmes, pourray-je boire ce calice ! *Potestis bibere calicem ?* troisieme & derniere verité. C'est tout le sujet de vostre attention.

QUelque liberté que Dieu ait donnée à l'homme en le laissant, comme parle l'Ecriture, entre les mains de son conseil, c'est une maxime generale, fondée sur tous les principes de la religion, qu'il n'y a point d'estat dans la vie, où il soit permis à l'homme chrestien d'entrer sans vocation de Dieu ; point de condition dont la premiere & l'essentielle regle ne soit, d'y estre appellé de Dieu ; point de rang, ni d'employ qui ne devienne dangereux, quand on s'y engage sans avoir consulté Dieu. En cela, dit saint Chrysostome, consiste le droit de souveraineté, que Dieu s'est reservé sur la créature raisonnable & intelligente ; & moy je dis, en cela consiste le bienheureux engagement qu'a la créature raisonnable & intelligente, à n'user de sa liber-

I. PARTIE.

té & de ses droits, que dépendamment de Dieu son Seigneur & son souverain, puisqu'il n'y a rien qui se trouve si étroitement lié avec le salut que ce que nous appellons vocation.

En effet, mes chers Auditeurs, toute nostre predestination roule presque sur ce poinct, je veux dire, sur le choix des estats que nous embrassons. De là dépend presque uniquement le bonheur ou le malheur de nostre éternité; & en voicy la raison : parce que la predestination, disent les Theologiens, n'est rien autre chose de la part de Dieu, qu'un certain enchaisnement de graces qui nous sont preparées; & de nostre part qu'une suite d'actions sur quoy est appuyé le jugement decisif, que Dieu fait de nous. Or la pluspart des graces que nous recevons, sont des graces determinées à nostre estat; & presque tous les pechez que nous commettons, viennent des tentations & des dangers où nous expose nostre estat. Combien de reprouvez dans l'enfer auroient vescu sur la terre comme des Saints, s'ils avoient suivi la voix de Dieu en embrassant l'estat où Dieu les appelloit: & combien de Saints dans le ciel auroient esté sur la terre des impies & des libertins, s'ils avoient choisi telle condition où Dieu ne les appelloit pas ?

C'est le raisonnement que tout chrestien doit faire en prenant les choses dans leur source primitive, qui est l'adorable providence. Or quoy-

que ce principe soit universel, & qu'il convien-
ne également à tout ce qui peut estre dans la vie
un sujet de deliberation & d'élection, il faut
néanmoins reconnoistre qu'il doit estre sur tout
appliqué à ce qui regarde les honneurs du siecle & nostre aggrandissement dans le monde.
Je veux dire, que pour parvenir seûrement &
irreprochablement aux honneurs du siecle, il
faut une vocation plus expresse, plus certaine,
plus infaillible. Car c'est ainsi que l'Apostre l'a
hautement declaré, en publiant cette loy si solemnelle que l'ambition des hommes a toûjours
affecté de contredire, mais que la parole de Dieu
luy opposera éternellement, sçavoir, que nul
ne doit s'attribuer l'honneur à luy-mesme, mais
qu'il est uniquement pour celuy à qui Dieu le
destine; *Nec quisquam sumit sibi honorem, sed*   *Hebr.* 5.
*qui vocatur à Deo.* Regle également fondée, &
sur l'interest de Dieu, & sur l'interest de l'homme. Interest de Dieu, puisque c'est à luy que
l'honneur appartient, & par consequent à luy
seul qu'il appartient aussi de le donner comme
il luy plaist, quand il luy plaist, & à qui il luy
plaist. Car s'il est de son droit & de sa grandeur
d'ordonner de tout dans le monde, n'est-il pas
à plus forte raison de cette mesme grandeur &
de ce mesme droit, de regler à son gré & selon
ses veûës ce qu'il y a dans le monde de plus distingué! Interest de l'homme, puisqu'on peut dire en general qu'il n'y a rien de plus dangereux

pour le falut de l'homme, que l'élevation : mais
fi toute élevation eft dangereufe, combien l'eft
celle où l'on s'eft porté de foy-mefme & felon les
defirs de fon cœur !

Quoyqu'il en foit, Chreftiens, voilà la regle que nous devons fuivre ; mais eft-ce la regle
que nous fuivons ! Ah ! c'eft icy que voftre attention m'eft neceffaire, & je n'aurois qu'à con-
fulter l'experience pour vous convaincre de ce
que j'ay maintenant à vous reprocher ou à déplorer avec vous. Les honneurs du monde font
dans les principes de la predeftination éternelle, autant de vocations de Dieu ; mais le fcandale du chriftianifme eft de les voir aujourd'-
huy traitez comme les chofes les plus prophanes.
Car au mepris de faint Paul & de fa regle, on y
entre fans vocation ; on les obtient par brigue
& par artifice ; de quelque nature qu'ils foient,
on les regarde comme dûs à fa naiffance ; on les
pourfuit comme des recompenfes de fes fervi-
ces ; on en fait des eftabliffemens de famille &
de maifon ; on les mefure par le plus ou le moins
d'intereft, le plus ou le moins de profit qui en
revient ; on en fait des commerces fordides &
honteux. Et tout cela fans remords, fans in-
quiétude, parce qu'on s'authorife d'une prefcription imaginaire & d'un faux ufage ; comme fi
le déreglement de noftre conduite pouvoit jamais devenir un titre contre les droits de Dieu.
Sur quoy gemirons-nous, fi ce n'eft pas fur de
femblables abus ?　　　　　　　　　　Venons

Venons au détail ; & quelque confusion qu'il nous en couste, ne craignons point de decouvrir nos playes, dans la necessité pressante & extresme où nous sommes de les guérir. On se pousse aux honneurs du siecle sans vocation ; & je n'en suis pas surpris, puisque l'erreur va jusqu'à supposer, qu'il ne faut point pour ces sortes d'estats de vocation. Il faut une grace de vocation pour embrasser une vie humble dans le cloistre ; on en convient : mais pour s'élever aux premiers rangs, mais pour estre assis sur les tribunaux, mais pour se charger des affaires publiques, mais pour exercer des emplois, où l'on a entre les mains les interests de toute une ville, de toute une province, de tout un royaume ; mais pour occuper des places qui demanderoient, s'il estoit possible, la sainteté des Anges, l'ambition d'un homme & sa cupidité suffit ; c'est à luy-mesme d'estre l'autheur de sa destinée, & il n'a qu'à s'en rapporter à son propre temoignage où plustost à sa presomption. Le Fils de Dieu a beau dire dans nostre Evangile, que ces places ne sont que pour ceux à qui son Pere les a destinées ; *Sed quibus paratum est* *Matth.* 20. *à Patre meo :* cette destination du pere celeste est un mystere inconnu à l'ambitieux. Envain saint Chrysostome luy remonstre-t-il, que ces emplois ont des engagemens necessaires avec la conscience, & par consequent qu'ils doivent estre, si j'ose ainsi parler, du domaine de la grace : ce domaine de la grace qui l'incommode, & qui borneroit ses projets, luy paroist chimerique. Envain saint Bernard luy fait-il entendre que plus ces honneurs sont relevez & distinguez, plus ils demandent une vocation qui les sanctifie : l'habitude qu'il s'est faite de n'y proceder que par les veûës d'une prudence charnelle, le rend insensible à tout. Pour les dignitez mesmes de l'Eglise quel égard a-t-on aujourd'huy à la vocation divine ! y engager des enfants encore incapables d'estre appellez, les y faire entrer avant qu'ils soient en estat de les connoistre ; & quand cette connoissance leur est enfin venuë, les forcer, au hazard de leur damnation, à s'en tenir là, est-ce agir dans la pensée que ces dignitez Ecclesiastiques sont d'un ordre spirituel, & qu'il n'appartient qu'à Dieu mesme d'en disposer !

Ce n'est rien encore. Car si le merite & la vertu suppléoient en quelque maniere au défaut de la vocation & de la grace, quoyqu'il y eust toûjours, selon saint Gregoire Pape, de l'indecence à s'attirer par ces voyes-là-mesmes les honneurs du siecle, encore pourroit-on dire qu'ils ne seroient pas absolument prophanez. Mais quand à l'exclusion du merite, on voit, comme il n'arrive que trop, remüer tous les ressorts de l'intrigue, de la cabale, de l'intercession, de la faveur : quand le credit & l'amitié s'en meslent, & qu'ils y ont la meilleure part :

quand on y employe la rufe & la fraude, qu'on
y joint l'importunité, & qu'à l'exemple de la
mere des deux difciples, on joüe toute forte
de perfonnages, de fuppliant, de negotiant,
d'offrant, d'adorateur & de client, *Adorans &*  *Matth. 20.*
*petens* : quand on ne fe cache pas mefmes d'u-
fer de tels moyens, mais qu'on s'en déclare,
qu'on s'explique ouvertement de fes pretentions, qu'on fe fait une politique d'en venir à
bout, & qu'aprés n'y avoir épargné ni fou-
pleffe ni baffeffe, on fe glorifie encore du fuccés, comme d'un trait d'habileté : le diray-je !
quand on s'introduit aux honneurs par la porte de l'infamie, & que pour s'en ouvrir le chemin, on corrompt celuy-cy par promeffes, celle-là par prefens, cet autre par menaces : enfin,
quand pour y reuffir plus feûrement, on s'appuye du vice mefme & de l'iniquité dont on recherche la protection : quand tout cela, dis-je,
à force d'eftre commun paffe mefmes pour innocent, pour legitime, pour honnefte ; que
peut-on conclure, finon que toutes les idées de
l'honneur, j'entends celles que Dieu nous a-
voit imprimées, s'effacent tous les jours de nos
efprits, puifque nous n'envifageons plus ces
honneurs du monde comme des rangs marquez par la providence, mais comme des objets de nos paffions, ou comme des dons de
la fortune, expofez aux entreprifes des plus
hardis.

Ecoutez-moy toûjours, Chreſtiens, & ne perdez rien d'une morale ſi étenduë. On pourſuit les honneurs meſmes les plus ſaints, comme dûs à ſa naiſſance, autre prevarication ; & ſans nul fondement que celuy-là, on ſe croit bien eſtabli, & meſmes en droit de pretendre à tout. C'eſt aſſez d'avoir de la qualité, pour aſpirer à ce qu'il y a de plus éminent dans le ſacerdoce. C'eſt aſſez d'eſtre né d'un pere opulent, pour ſe pouſſer aux plus grandes charges. C'eſt aſſez, ſelon le langage ordinaire, qu'un tel ſoit fils d'un tel, pour que le fils ait l'aſſeûrance de vouloir eſtre tout ce qu'a eſté le pere. Avec cela, quelle que ſoit ſon indignité & ſon incapacité perſonnelle, il n'y aura rien qu'il n'entreprenne : il jugera, il commandera, il gouvernera, il decidera du ſort & de la vie des hommes, il ſera, comme dit l'Evangile, ſur le chandelier, lorſqu'il devroit eſtre caché ſous le boiſſeau. Moyſe, remarque Philon le Juif, ſe voyant ſur le poinct de mourir, n'oſa jamais nommer un de ſes proches, pour luy ſucceder dans l'honorable commiſſion qu'il avoit reçeûë de conduire le peuple : pourquoy ! parce qu'il ne crut pas, adjouſte le meſme autheur, qu'un choix de cette conſequence luy appartinſt, ni qu'il luy fuſt permis d'appeller les ſiens à un miniſtere, où luy-meſme n'eſtoit parvenu, que par une vocation expreſſe de Dieu. *Aut quia non putavit rem tantam ad ſuum pertinere judicium, aut quia ip-*

Philo.

*se non potuerat nisi Deo vocante principatum*
*suscipere.* Ainsi raisonna ce saint Legislateur.
Mais l'ambitieux bien plus éclairé, ou bien
moins scrupuleux que Moyse, se destine sans
hesiter, pour successeur à qui il luy plaist ; & fait
valoir aussi bien que les enfants de Zebedée, la
proximité du sang, pour venir à bout de tous
les desseins que luy suggere son ambition. Il n'est
pas jusqu'aux dignitez les plus sacrées, dont certains esprits du monde, esprits interessez & avares, ne continuent à dire aujourd'huy, mais a-
vec bien plus de scandale, ce que disoient déja
du temps de David, les premiers du peuple d'Israël : Allons, possedons le sanctuaire de Dieu
comme nostre heritage ; *Omnes principes eo-*     Psalm. 82.
*rum, qui dixerunt : hæreditate possideamus san-*
*ctuarium Dei :* c'est un benefice qui depuis tant
d'années est dans nostre maison , & qu'il y faut
conserver. Mais moy je reponds avec le mesme
Prophete : *Deus meus pone illos ut rotam, & si-*     Ibidem.
*cut stipulam ante faciem venti.* Faites-les, mon
Dieu, tourner comme une rouë, & dissipez les,
comme le vent dissipe la paille : c'est à dire, hu-
miliez-les, détruisez-les, anéantissez-les; & puisque dans ce qui concerne mesmes vostre culte,
ils ont si peu d'égard à vous, n'ayez que des maledictions pour eux. Et en effet rien de plus fatal, ni de plus sujet à des suites malheureuses,
que ces possessions hereditaires du sanctuire de
Dieu.

Mais j'ay rendu, dites-vous, des services con-siderables, & cette place qui vient de vacquer & que je pourſuis, eſt une recompenſe qui me regarde naturellement? Hé bien, reprend ſaint Bernard, que concluez-vous de ces ſervices tant vantez par vous-meſme? Pour avoir rendu des ſervices, qui n'ont communément ni rapport, ni proportion avec la place que vous ambition-nez, en eſtes-vous plus capable de la remplir? Cette place eſt-elle faite pour reconnoiſtre des ſervices, tels que ceux dont vous voulez vous prevaloir? Eſt-il juſte, par exemple, que le ſa-cerdoce & ce qui luy eſt annexé, ſoit la recom-penſe d'un ſervice temporel & mondain? y au-roit-il ſimonie plus viſible & plus condamnable que celle-là? Faut-il parce que vous avez ſervi, qu'un pouvoir de mal faire & de vous perdre, vous ſoit mis en main? Ayez ſervi avec tout le zéle, avec toute la fidelité qu'on pouvoit atten-dre de vous, cette fidelité doit-elle eſtre recom-penſée dans voſtre perſonne, ſouffrez que je m'exprime ainſi, par la proſtitution de l'autho-rité? N'y a-t-il point pour ces pretendus ſervices que vous mettez à un ſi haut prix, d'autre juſ-tice à vous rendre, que de vous faire monter à un degré, où Dieu ne vous veut pas?

Cependant, mes chers Auditeurs, tel eſt l'a-veuglement de noſtre cupidité : contre toutes les veûës de Dieu, des honneurs où l'on doit eſtre appellé par la vocation du ciel, on ſe fait

par une indigne prophanation, des establissemens pour la terre. Combien de peres & mesmes
de peres chrestiens, ou plustost oubliant qu'ils
sont chrestiens, tiennent le langage de cette me-
re de nostre Evangile : *Dic ut sedeant hi duo fi-*    Matth. 20.
*lii mei :* placez mes deux enfants auprés de vous;
& qu'ils ayent, l'un à vostre droite, l'autre à vostre gauche, les plus hauts ministeres de vostre
Royaume. S'il y en a quelques-uns assez retenus,
pour ne s'en pas déclarer si grossierement, où
sont ceux dans le cœur qui ne se le disent pas à
eux-mesmes ? Car c'est là un des articles sur quoy
je soutiens que la morale de Jesus-Christ, dont
nous nous glorifions tant quelquefois, ne nous
a point encore reformez. Tant de devotion,
tant de regularité qu'on le voudra sur tout autre poinct; on y consent, on s'en pique. Mais
on veut voir sa famille honorablement establie, je dis honorablement selon les maximes
du monde. On veut voir ses enfants pourvûs
& pourvûs avantageusement selon les idées du
monde : c'est à dire, les uns dans l'Eglise a-
vec tout le faste du monde, les autres dans
le monde avec tout le luxe du paganisme; les
uns riches des dépouilles des peuples, les autres
du patrimoine de l'Autel; les uns sur le pinnacle
du temple, ou souvent la teste leur tourne; les
autres dans les magistratures, où le poids de
leurs obligations les accable : & parce que la
corruption des mœurs suit presque infaillible-

I i iiij

ment de là, les uns & les autres dereglez & scandaleux dans leur estat ; *Dic ut sedeant hi duo filii mei.* Malediction, qui par un juste mais terrible jugement de Dieu , semble estre de nos jours attachée à toutes les familles des grands. Vous diriez mesmes que cet abus ait deformais passé en loy, & que Dieu avec toute la superiorité de sa sagesse & de sa grace soit obligé de s'y assujettir. Il suffit que ce jeune homme soit le cadet de sa maison, pour ne pas douter qu'il ne soit dés-là appellé aux fonctions redoutables de pasteur des ames. Si les choses changeoient de face, sa vocation changeroit de mesmes. Tandis qu'il aura un aisné, elle subsistera ; & cela, dit-on, parce que pour l'interest de la famille il faut que l'un des deux s'avance par là. Disons mieux & plus simplement ; & cela, parce que la fin qu'on se propose & que se proposent mesmes bien des peres dévots, est de faire des familles puissantes, & non de faire des familles chrestiennes.

Je ne parle point d'un autre desordre , qui se trouve joint à celuy-cy , & qui faisoit autrefois gémir Salvien ce saint Prestre de Marseille; sçavoir, que dans ce departement de conditions, fait par des parens aveugles & prevenus de l'esprit du monde, si de plusieurs enfants qui composent la mesme famille , il y en a un plus meprisable, c'est toûjours celuy à qui les honneurs de l'Eglise sont reservez. S'il est disgracié, malfait, ou s'il n'a pas l'inclination du pere & de la mere, dés-là il en faut faire un beneficier. O impieté, s'écrioit ce grand homme ! comme si de n'eftre pas propre à tout le refte, c'eftoit une vocation pour la maifon Dieu, & que les autels duffent eftre pourvûs des rebuts du monde. *At vero nunc nulli Deo magis voventur, quàm quos parentum pietas minus refpicit; & qui indigni cenfentur hæreditate, digni judicantur confecratione.* Pouvoit-il s'énoncer en des termes plus forts, & plus propres pour nous ! mais maintenant, dit-il, on ne donne point d'enfants plus volontiers à Dieu, que ceux qui ont moins de part à la bienveillance paternelle; & quand on les juge indignes de foutenir l'honneur de leur naiffance, on les eftime capables d'eftre les miniftres de Jefus-Chrift & les difpenfateurs de fes myfteres.

    Faut-il s'étonner aprés cela, Chreftiens, fi Dieu, jufte vengeur de fa providence & de fes droits, s'éleve contre nous ! De quel œil peut-il voir une telle prophanation ! Seroit-il ce qu'il eft, c'eft à dire, feroit-il un Dieu fage, un Dieu faint, un Dieu parfait, s'il fouffroit tranquillement de pareils abus ! Mais fur tout, faut-il s'étonner fi toutes les conditions du monde font fi avilies, fi elles fe trouvent remplies de tant d'indignes fujets, fi l'on voit tant d'Ecclefiaftiques fcandaleux, tant de juges corrompus, tant de grands fans confcience & mefmes fans religion ! Ne feroit-ce pas une efpece de miracle, fi cela n'eſtoit pas ainſi ! Comment voulez vous que des gens qui n'ont ni grace, ni vocation pour un eſtat, y ſoient fidelles à leurs devoirs & qu'ils ne s'y perdent pas ! que la meſme cupidité, la meſme ambition qui les y a fait entrer, ne les porte pas à mille autres deſordres ! Ah, Seigneur, je preſche une morale toute raiſonnable, toute ſolide, toute chreſtienne : mais où eſt-ce que je la preſche ! au milieu de la Cour, & devant des Auditeurs appliquez à m'écouter, mais peu diſpoſez à me croire. Ce ſont des mondains ; & qui, parmi ces mondains, comprendra ce langage, ou le voudra comprendre ! *Domine quis credidit auditui noſtro !* Mais au moins, Seigneur, ſi le monde n'eſt pas touché de ces maximes, s'il ne les reçoit pas, elles luy auront eſté annoncées, il en aura eſté inſtruit, il ne ſe prevaudra pas contre voſtre loy de ſon ignorance ; & les miniſtres, par leur ſilence, ne laiſſeront pas l'ambition preſcrire contre voſtre Evangile. Car ce que je dis, je le rediray toûjours, & toûjours je rendray contre le monde ce temoignage à la verité, que les honneurs du ſiecle doivent eſtre de voſtre part autant de vocations ; & que ce ſont encore par rapport au prochain de vrays aſſujettiſſemens & des engagemens à le ſervir, comme nous l'allons voir dans la ſeconde partie.

II. PARTIE. IL n'y a que Dieu, Chreſtiens, qui ſoit grand

abſolument & par luy-meſme. Tout ce qui eſt grand hors de Dieu & parmi les hommes, ne l'eſt qu'avec dependance & que par rapport au prochain, je veux dire, pour le bien & pour l'utilité du prochain : & il n'eſt rien dans le monde de plus odieux ni de plus injuſte, qu'une fortune qui devient fiere à meſure qu'elle s'éleve & qui ſe prévaut de ce qu'elle eſt, puiſque ce qu'elle eſt, bien loin de luy inſpirer un eſprit de hauteur & d'orgueil, doit eſtre pour elle-meſme un fonds de modeſtie, de condeſcendance, de charité & d'humilité. En effet, dit excellemment ſaint Ambroiſe, dominer pour dominer, c'eſt le privilege de l'eſtre de Dieu. Mais le propre de la créature, eſt de dominer pour ſervir : & autant de fois qu'il arrive à l'homme de ſeparer ces deux choſes, en s'attribuant ce qu'il n'a pas, il détruit meſmes ce qu'il a ; pourquoy! parce que la domination de l'homme, priſe dans les deſſeins de Dieu, n'eſtant qu'un veritable miniſtere, du moment qu'il en oſte l'eſprit de zéle & de charité pour le prochain, il en oſte la partie la plus eſſentielle & par conſequent il l'anéantit.

De ſçavoir ſi ce poinct de morale a eſté connu dans le paganiſme, ou ſi c'eſt une obligation nouvelle que l'Evangile nous ait impoſée, c'eſt ce que je n'entreprends point d'examiner. Cependant il ſemble que ce ſoit une difference que l'Evangile de ce jour mette entre les payens &

nous. Car les grands parmi les payens, dit le Fils de Dieu, traitent les petits avec empire; au lieu que parmi vous, les petits doivent eftre traitez des grands avec amour, & mefmes, felon les regles de la foy, avec un fentiment de refpect. *Scitis quia principes gentium dominantur eorum.* Ainfi parloit ce divin Maistre : mais faint Jerofme remarque fort bien, que le Sauveur du monde en parlant ainfi, fuppofoit l'ufage des nations infidelles comme un defordre, & non pas comme une legitime poffeffion ; & qu'en nous apprenant à baftir fur un fondement tout contraire, c'eft à dire, à nous faire un engagement de charité, de ce qui nous éleve au deffus des autres, & particulierement de ce qui nous met en pouvoir de leur commander, il ne nous a point donné d'autre loy, que celle mefme qui nous eftoit déja prefcrite à tous par la raifon, mais que les tenebres du peché avoient obfcurcie, & qui avoit befoin des lumieres de fa fainte doctrine, pour eftre mife dans un plein jour.

Non, mes chers Auditeurs, il n'eft point neceffaire de recourir à l'Evangile pour eftre convaincu de cette verité. Le Prince des Philofophes n'avoit aucun principe du chriftianifme, & il la comprenoit néanmoins, quand il difoit que les Roys dans ce haut degré d'élevation qui nous les fait regarder comme les divinitez de la terre, ne font aprés tout que des hommes

Matth. 20.

faits pour les autres hommes, & que ce n'eſt pas
pour eux-meſmes qu'ils ſont Roys, mais pour
les peuples. Or ſi cela eſt vray de la Royauté,
nul de vous ne m'accuſera de porter à ſon égard
trop loin la choſe, ſi j'avance qu'on ne peut rien
eſtre dans le monde, ni s'élever, quoyque par
des voyes droites & legitimes, aux honneurs du
monde, que dans la veûë des'employer, de s'in-
tereſſer, de ſe conſacrer & meſmes de ſe dévoüer
au bien de ceux que la providence fait dependre
de nous : qu'un homme, par exemple, reveſtu
d'une dignité, n'eſt qu'un ſujet deſtiné de Dieu
& choiſi pour le ſervice d'un certain nombre de
perſonnes, à qui il doit ſes ſoins ; qu'un particulier qui prend une charge, dés-là n'eſt plus à
ſoy, mais au public ; qu'un ſuperieur, qu'un maiſtre n'a l'authorité en main, que parce qu'il doit
eſtre utile à toute une maiſon, & que ſans authorité il ne le peut eſtre. *Præes,* diſoit ſaint Bernard, écrivant à un grand du monde, & luy
mettant devant les yeux l'idée qu'il devoit a-
voir de ſe condition, *Præes, non ut de ſubditis*   S. Bern.
*creſcas, ſed ut ipſi de te.* Vous eſtes en place de
commander, & il eſt juſte qu'on vous obéiſſe ;
mais ſouvenez-vous que cette obéiſſance ne
vous eſt deûë qu'à titre onereux, & que vous eſtes prevaricateur, ſi vous ne la faites ſervir toute entiere au profit de ceux qui vous la doivent.

De là je conclus, que s'il ſe trouve un chreſtien, ( or combien ne s'en trouve-t-il pas ) qui par le rang que luy donne, ou sa fortune, ou sa naissance, ayant sous soy des vassaux & des sujets, ne les considere que pour soy-mesme, que pour ses interests propres, que pour s'en glorifier & s'en faire honneur ; & qui du reste les neglige, sans se mettre en peine de pourvoir à leurs avantages, & de leur procurer les biens solides qu'ils ont droit d'attendre de luy, dés-lors sans autre crime, il merite d'estre reprouvé de Dieu : pourquoy ? parce qu'il renverse cet ordre de Dieu, qui n'a fait les grands que pour les petits, & les puissans, les forts que pour les foibles. Ainsi l'a decidé saint Augustin, raisonnant sur les principes generaux de la providence.

Je sçais que le christianisme à bien encore enchéri sur cela, & que l'exemple du Fils de l'homme, qui n'est pas venu pour estre servi, mais pour servir les autres, a rendu ce devoir beaucoup plus indispensable. Car ne seroit-il pas honteux, dit saint Chrysostome, que dans une religion où nous reconnoissons Jesus-Christ pour maistre & pour maistre souverain, il y eust des hommes qui voulussent exercer un empire plus absolu que luy ! Pensée touchante pour un chrestien ! N'est-il pas juste que le Verbe de Dieu ayant pris la qualité de serviteur, que l'ayant annoblie, l'ayant comme divinisée dans sa personne, elle soit honorée parmi nous : & n'est-ce pas, adjoufte faint Chryfoftome, à quoy Dieu fagement a pourveû, lorfqu'il luy a mefmes affujetti la qualité de maiftre ; & que pour rendre hommage aux humiliations de fon Fils, il nous ordonne à quelque degré de fuperiorité que nous ayions efté élevez, de nous y regarder, & fur tout de nous y comporter comme des ferviteurs & des miniftres : en forte qu'on puiffe nous appliquer cette parole de l'Apoftre, *Omnes funt quafi adminiftratorii fpiritus !* Tout cela eft vray, Chreftiens : mais ma douleur eft, que la foy nous donnant fur ce poinct des veûës fi hautes & fi parfaites, à peine dans la pratique l'on s'en tienne aux fimples veûës de la raifon. Si je vous difois, que cet affujettiffement & ce devoir va felon l'efprit de l'Evangile, jufqu'à repondre du prochain & de fon falut, c'eft à dire, que tout homme reveftu de l'authorité, fuivant la mefure de cette authorité mefme, eft garant de la conduite du prochain, eft chargé devant Dieu des defordres & des crimes du prochain, eft refponfable de la perte & de la damnation du prochain, & cela toûjours fur le modelle de Jefus-Chrift qui n'a efté le maiftre des maiftres, que pour travailler à la redemption & à la fanctification de plufieurs, *Non miniftrari, fed miniftrare, & animam fuam dare in redemptionem pro multis ;* en vous parlant de la forte, je vous ferois tembler. Mais quoyqu'il en foit de cette importante obligation, qui feule demanderoit

*Hebr. 1.*

*Matth. 20.*

un difcours entier, voilà, Grands du monde, reprend faint Bernard, voilà le plan que vous devez fuivre, & la forme de vie que vous trace voftre religion. *Forma evangelica hæc eft, dominatio vobis interdicitur, indicitur miniftratio.* En qualité de chreftiens, plus vous eftes grands, plus vous devez eftre charitables & bienfaifans: toute domination vous eft interdite, & voftre fonction eft de fervir. Voilà l'abregé de cette morale évangelique qui doit fanctifier voftre eftat.

De là vient que faint Auguftin, fans fe laiffer ébloüir de fa prélature, trouvoit dans fa dignité mefme fa confufion, & dans fa grandeur de quoy s'humilier & s'inftruire. *Quod enim chriftiani fumus, propter nos eft ; quod præpofiti, propter vos.* Car c'eft pour vous, mes Freres, difoit-il aux fidelles qu'il conduifoit, c'eft pour vous que Dieu m'a fait Evefque dans fon Eglife, comme c'eft pour moy-mefme qu'il m'a fait chreftien; & fi je penfois à me glorifier de mon facerdoce, ce feroit affez pour attirer fur moy les vengeances divines. Or par là, concluoit admirablement ce faint Docteur, Dieu a trouvé le fecret de temperer l'inégalité des conditions de la vie, d'ofter aux petits tout fujet de fe plaindre dans leur abbaiffement, & aux grands tout droit de s'enfler dans leur élevation. Je fuis quelque chofe dans le monde; mais l'avantage que j'ay d'eftre quelque chofe dans le monde,

n'eft

n'est qu'un engagement à n'y estre rien pour moy-mesme, afin d'y estre tout pour les autres. Car s'il y a des services qu'ils me doivent, il y en a aussi que je leur dois. Si d'une maniere ils me sont sujets, je leur suis sujet de l'autre; & je ne leur rends pas justice, si je ne m'employe pas encore plus pour eux qu'ils ne doivent s'employer pour moy.

L'entendez-vous, mes chers Auditeurs, & puis-je esperer que dans la corruption du siecle vous goustiez une maxime si chrestienne & si sainte! Il s'agit de sçavoir si vous la faites entrer dans la conduite de vostre vie, & si vos sentimens sont conformes là-dessus & aux exemples & aux instructions de vostre Dieu. Car enfin Jesus-Christ l'a dit, que ce seroit la marque qui nous distingueroit des payens; & c'estoit à vous-mesmes & de vous-mesmes qu'il parloit en défendant à ses Apostres d'estre de ces hommes vains & superbes qui cherchent à dominer, *Non* *ita erit inter vos.* Voyons donc si parmi ceux qui se poussent aux honneurs du monde, on ne trouve point de ces ames payennes, qui abusent de leur condition, & qui joignant l'orgueil à l'authorité, la rendent également imperieuse & insupportable. Voyons si dans le christianisme, malgré l'exemple d'un Dieu humilié & anéanti, on ne trouve pas encore tous les jours de ces maistres hautains & durs, qui ne sçavent que se faire obéir, que se faire servir, que se faire

*Matth. 20.*

*Tome I.* K k

craindre, fans fçavoir ni compatir, ni foulager, ni condefcendre, ni fe faire aimer ; qui ùfant de toute la force & fouvent mefmes de toute l'aigreur du commandement, n'y meflent jamais, felon le précepte de l'Apoftre, l'onction & la douceur de la charité. L'efprit de domination que je combats, ne manquera pas de pretextes pour fe juftifier ; mais la parole que je prefche, aura encore plus d'efficace pour le confondre. Appliquez-vous.

On fe flatte parce qu'on eft élevé, d'un pretendu zéle de faire fa charge , de foutenir fes droits, de garder fon rang : on va plus loin, & quelquefois mefmes on fe fait de fes fiertez & de fes hauteurs un devoir ; tant l'amour propre eft ingenieux à nous déguifer les vices les plus groffiers , fous l'apparence des plus pures vertus. Mais, repond faint Bernard, fi c'eft un zéle de faire fa charge & un vray zéle , pourquoy ce zéle ne s'allume-t-il qu'en certaines rencontres, & lorfqu'il eft queftion d'abbaiffer les autres & de prendre l'afcendant fur eux ? pourquoy dans tout le refte devient-il fi pareffeux & fi lent ! pourquoy le voit-on languir & s'éteindre du moment que l'ambition eft fatisfaite ! Car quelque fubtils que nous foyons à nous tromper nous-mefmes, voicy, Chreftiens, le fujet de noftre honte, & il faut que nous en convenions. Ne s'agit-il que d'une fonction penible, laborieufe, de pure charité & de nul éclat, ce zé-

se de faire sa charge & de maintenir son rang
nous inquiette peu : mais qu'il y ait une pres-
séance à disputer, une soumission à exiger, une
loy à imposer, c'est là qu'il se réveille & qu'il
se réveille tout entier. Il estoit assoupi, & sur
toute autre chose il le seroit encore; mais il n'y a
que ce poinct d'honneur qui le pique & qui le
ranime. Or est-ce là seulement ce qui doit piquer & animer un zéle chrestien! De plus, poursuit saint Bernard, est-ce faire sa charge que d'en
rendre le joug fascheux, pesant, & presque insoutenable à ceux qui le doivent porter ? est-ce
faire sa charge, que d'irriter les esprits, au lieu
de les gagner; que de revolter les cœurs, au lieu
de les soumettre; que d'accabler les uns de chagrin, de jetter les autres dans le desespoir, d'in-
sulter à ceux-cy, de rebuter & de desoler ceux-
là, d'exciter mille murmures, & de renverser
toute la subordination en voulant l'establir &
la rendre trop exacte. Car voilà à quoy aboutit ce zéle, dont l'ambition se pare; à ne rien faire pour vouloir trop faire, & à détruire au lieu
d'édifier. On s'enteste de certains droits qu'on
veut soutenir; & parce qu'on ne consulte point
l'humilité chrestienne, il faut les soutenir, ces
droits, soit réels, soit pretendus, à quelque prix
que ce puisse estre. Il faut, quelque playe qu'en
reçoive la charité, & quoyqu'il en doive cous-
ter au prochain, les faire valoir dans toute leur
étenduë, les poursuivre dans toute leur rigueur,

K k ij

n'en rien ceder, n'en rien rabbattre, n'entendre à nul accommodement, à nulle composition; pourquoy ? parce qu'on est possedé de cet esprit d'empire & de domination, qui souvent mesmes, par le plus deplorable aveuglement, d'une pure jalousie d'authorité se fait une vertu & une justice.

Jalousie d'authorité, ah ! tentation funeste, à quelles extremitez & à quels excés ne portes-tu pas tous les jours les hommes ! combien de scandales as-tu causez ! combien de ressentimens & de vengeances as-tu authorisez ! de quels maux n'as-tu pas esté le principe, & quels biens n'as-tu pas mille fois arrestez ! Si l'humilité, telle que nostre Evangile nous la propose, servoit à cette passion de correctif & de remede, Dieu en tireroit sa gloire ; & ces droits qui nous touchent si sensiblement, n'en seroient que mieux maintenus : mais parce qu'on ne sçait rien menager, & que pour venir à bout de ses entreprises, on suit le genie altier & independant de l'ambition, il faut que pour un droit souvent trés frivole, souvent douteux, souvent chimerique, la paix soit troublée, l'union & la concorde ruinée, l'innocence opprimée, la patience outrée ; que le depit & la haine s'emparent des cœurs, & qu'un phantosme mette partout le desordre & la confusion.

Ce qu'il y a de plus étrange, c'est que les plus imperieux, ce sont communément ceux à qui

cet empire qu'ils affectent, doit moins convenir. Des gens qui de leur fonds ne font rien, des
gens fortis de l'obfcurité & du néant, mais devenus grands par machines & par refforts, ce font
là ceux qui parlent avec plus d'oftentation, qui
agiffent avec plus d'authorité, & qui pour relever leur fauffe grandeur, fe font une gloire d'abbaiffer mefmes & de dominer les vrays grands.
Ce n'eft pas affez : des gens devots par eftat &
par profeffion, des gens plus obligez par là mefme à dépouiller, du moins à meprifer toute fuperiorité humaine, ce font quelquefois les plus
jaloux de leurs pretentions, les plus obftinez
dans leurs fentimens, les plus abfolus dans leurs
ordres. Qui voudroit leur refifter, qui voudroit
les contredire & contefter avec eux, à quels retours ne s'expoferoit-il pas, & quels fcandales
n'en a-t-on pas veûs !

Tel eft, mes chers Auditeurs, le cours du
monde; & fur quoy nous ne pouvons affez gémir, tel eft le cours du monde le plus chreftien. Ce n'eft pas feulement dans les Cours des
Roys, ni dans le monde prophane, qu'on fe
laiffe enfler de la forte, & qu'on aime à exercer
fon pouvoir & à le faire fentir. Rien de plus
commun, ô opprobre de noftre fiecle, difons
mieux, ô opprobre de tous les fiecles ! non,
rien de plus commun dans l'Eglife mefme, dans
cette Eglife fondée néanmoins fur l'humilité de
Jefus-Chrift. Contre l'avis que nous donne l'A-

poſtre de ne chercher point à dominer dans le
Clergé, *Nequè ut dominantes in cleris ;* on enviſage les plus ſaintes dignitez par les reſpects, par
les hommages qu'elles attirent , & non point
par le travail qui en doit eſtre inſeparable. On
oublie qu'on eſt pere, qu'on eſt paſteur , & l'on
ſe ſouvient ſeulement qu'on eſt maiſtre. On
réduit les ames dans une eſpece de ſervitude.
Saint Paul veut que l'on traite les ſerviteurs
comme ſes freres , & l'on traite ſes freres comme des eſclaves. On a une ſecrete complaiſance à tenir bas ceux-cy; on ſe vante comme d'un
ſuccés d'avoir humilié ceux-là ; on s'en glorifie,
on en fait trophée. On veut que tout plie, que
tout ſe ſoumette dés qu'on a prononcé une parole, & ſouvent on refuſe ſoy-meſme de ſe ſoumettre à des puiſſances ſuperieures dont on re-
leve , & de plier ſous une juſte domination.
Qu'on euſt une ſemblable authorité , on ſçau-
roit bien la faire valoir : mais qu'on y ſoit ſujet,
on ne veut plus la reconnoiſtre. Eſt-ce là l'eſprit de Dieu ! ſont-ce là les enſeignemens que
Jeſus-Chriſt nous a donnez ! eſt-ce ainſi que les
Apoſtres ont converti le monde ! Ah ! Chreſtiens, tenons-nous toûjours & en tout à la belle maxime du Sauveur des hommes : *Qui major eſt inter vos , fiat ſicut miniſter.* Plus voſtre
rang vous diſtingue des autres, plus devez-vous
vous en approcher ; plus devez-vous, pour uſer
de cette expreſſion , vous humaniſer ; plus de-

vez-vous avoir de douceur, de moderation, de charité. Si j'insiste sur cette morale, & si je le fais avec la sainte liberté de la chaire, vous ne pouvez la condamner. Quand je parle aux peuples, mon ministere m'oblige à leur apprendre le respect & l'obéissance qu'ils vous doivent : mais puisque je vous parle dans cette Cour, puisque je parle à des Grands, je dois leur dire ce qu'ils doivent aux peuples. Honneurs du siecle, vocations de Dieu ; honneurs du siecle, assujettissemens à servir le prochain ; enfin honneurs du siecle, engagemens à travailler & à souffrir, c'est la troisiéme partie.

LE monde n'en conviendra jamais ; mais de quelque maniere qu'en juge le monde, c'est une verité éternelle qui subsistera toûjours, que les establissemens & les rangs d'honneur, tout propres qu'ils paroissent à flater nostre cupidité, ne sont néanmoins à les bien prendre, que des engagemens à souffrir. Aussi quand ces deux freres, enfants de Zebedée, demanderent au Fils de Dieu les premieres places de son Royaume, & qu'ils crurent y devoir trouver une beatitude & une felicité anticipée, le Sauveur sçeût bien les détromper, par cette reponse qu'il leur fit : *Potestis bibere calicem quem ego bibiturus sum ?* Pouvez-vous boire le calice de mes souffrances ! leur donnant à entendre que l'un estoit inseparable de l'autre, & que cette presséan-

III. Partie.

Matth. 20.

K k iiij

ce dont ils se formoient une fausse idée, ne seroit pour eux, s'ils l'obtenoient, qu'une mesure plus abondante de travaux, de tribulations,
de croix : *Calicem quidem meum bibetis.* Aprés
cela, mes Freres, dit saint Augustin, devons-
nous chercher dans le monde, & y pouvons-
nous esperer des honneurs exempts de cette condition ; c'est à dire, des honneurs purs, & qui
ne soient pas meslez ou mesmes remplis d'afflictions & de peines ! S'il en est de tels, c'est pour
le ciel qu'ils sont reservez : ceux de la terre sont
d'une autre espece, & Dieu ne nous les propose que comme des calices d'amertume. Si nous
les envisageons autrement, nous ne les con-
noissons pas ; & si nous en usons autrement,
nous les corrompons.

Pour vous faire entendre ma pensée, je ne
vous parleray point de ces accidens impreveûs,
de ces évenemens tragiques, dont nous sommes si souvent spectateurs. Je ne vous diray rien
de ces revers & de ces tristes revolutions, que
nous appellons décadences & malheurs du siecle ; & où ces mesmes honneurs qui furent pour
nous d'abord le sujet d'une douce joye, tout à
coup évanoüis & perdus, nous tiennent lieu,
par les regrets qu'ils nous laissent, de tourment
& de supplice. Ne nous en prenons point à la
malignité de la fortune, qui jalouse, pour ainsi
dire, de nous avoir élevez, & comme ennemie
de son propre ouvrage, nous en attire bientost

elle-mesme la haine & l'envie : en sorte que ces graces nous deviennent dans la suite une source inépuisable d'ennuis, de dégousts, de troubles, de chagrins. Vous en estes bien mieux instruits que nous; & si j'en cherchois des témoins, je n'en voudrois point d'autres que vous-mesmes. Arrestons-nous donc à ce qu'il y a dans cette matiere de plus essentiel. Supposons l'homme chrestien dans une prosperité constante & toûjours égale ; & voyons, si pour estre plus élevé, il a droit de se promettre une vie plus douce & plus commode. Je soutiens moy, que par cette raison là mesme, il n'y a rien au contraire dans la vie de si amer à quoy il ne doive s'attendre, ni rien de si dur qu'il ne doive estre prest à supporter. Pourquoy ? en voicy les preuves : écoutez-les. C'est que l'élevation où il se trouve, l'oblige à se faire de continuelles violences ; c'est qu'elle le réduit à la necessité d'endurer souvent beaucoup des autres ; c'est qu'elle l'engage dans une vie pleine de soins affligeans, dont il ne luy est pas permis de se décharger ; c'est qu'elle exige de luy qu'en mille occasions, il soit disposé à s'immoler, à se sacrifier comme une victime, tantost de la verité, & tantost de la justice & de l'innocence. Or se faire de telles violences, souffrir de la sorte, agir de la sorte, se sacrifier, s'immoler de la sorte, est-ce gouster le repos, & y a-t-il là de quoy contenter les sens ! Reprenons.

Se faire violence à soy-mesme, premier engagement des honneurs du siecle. Car comment un homme constitué en dignité, s'il veut vivre selon les desirs de son cœur, & s'il n'a nul usage de la mortification évangelique, peut-il satisfaire aux obligations de son estat! Comment un chrestien, s'il a pour principe de s'épargner en tout, & de ne se contraindre en rien, peut-il accomplir selon Dieu le ministere d'une charge ; estre assidu aux fonctions ennuieuses, se rendre ponctuel aux temps incommodes, se fixer aux lieux desagreables, où sa conscience l'attache aussi bien que son rang ! Si c'est un homme de plaisir, comment soutiendra-t-il mille fatigues qu'attire tout employ, sur tout un employ important! Il faut donc qu'il apprenne à se gesner ; & pour le bien apprendre, pour bien remplir la place qu'il occupe, il faut qu'il renonce à la mollesse & aux delices, qu'il prenne sur son repos, qu'il ne menage pas mesmes sa santé ; & qu'à l'exemple de saint Paul, ne tenant pas sa vie plus pretieuse que luy-mesme, c'est à dire, que son devoir & son salut, il trouve presque sans y penser, dans l'usage des honneurs du siecle, la pratique de cette abnegation chrestienne, qui consiste à porter sa croix, & à mortifier son esprit & sa chair.

Souffrir souvent & beaucoup des autres, second engagement des honneurs du monde. En effet, plus vous estes élevé, plus vous estes en-

vironné & affiegé d'hommes qui ont leurs défauts, qui ont leurs humeurs, qui ont leurs caprices, qui ont leurs interefts, qui ont leurs paffions & leurs vices; plus vous eftes expofé aux
traits de l'envie, à la cenfure, à la médifance.
Combien en coufta-t-il à Moyfe pour eftre le
conducteur du peuple de Dieu! de quelle patience dût il s'armer pour fournir toute la car-
riere, & pour porter jufques au bout une qualité fi onereufe! L'euft-il dignement foutenuë,
fi par une conftance inébranlable & par une
moderation, que ces efprits indociles mettoient
tous les jours à de nouvelles épreuves, il ne fe
fuft comme endurci à la contradiction & aux
injures! Et pouvez-vous, mon cher Auditeur,
dans voftre condition, quelle qu'elle foit, eftre
fidelle à vos devoirs, fi vous ne fçavez vous
vaincre, fi vous ne fçavez vous taire dans les
rencontres, fi vous ne fçavez étouffer vos reffentimens, reprimer les faillies de voftre cœur,
recevoir mille deboires & les devorer! Car fuffiez-vous encore plus grand, fuffiez-vous au
faifte de l'honneur, on vous enviera, & par confequent on vous controllera, on vous traverfe-
ra, on vous offenfera. Si vous vous emportez,
vous fouffrirez de voftre emportement mefme. Si vous vous furmontez, vous fouffrirez de
l'emportement des autres. Quoyqu'il en foit,
vous n'éviterez jamais que ce qui vous éleve,
ne foit au mefme temps ce qui vous péfe, & que

les croix ne vous viennent de là mesme d'où vous tirez voftre grandeur.

Mener une vie pleine de foins, & de foins affligeans, de foins inquiets, & dont on n'eft pas en pouvoir de fe défaire, troifiéme engagement des honneurs du fiecle. Je vous le demande, mes Freres; & fans parler des Monarques & des Souverains, qui ne font pas eux-mefmes exempts de cette loy, dites-moy où eft aujourd'huy le Seigneur, où eft le Maiftre, où eft le Juge, le Prelat, le Magiftrat, qui pour l'eftre en chreftien, ne puiffe pas & ne doive pas s'appliquer ces paroles de David, *Tribulatio & anguftia invenerunt me;* les inquiétudes & les embarras me font venus trouver! Je ne les cherchois pas, & je tafchois mefmes à les éloigner de moy. Mais cette providence adorable de mon Dieu, qui difpofe toutes chofes pour mon falut, leur a donné entrée dans mon ame, & je me vois chargé de foins qui m'accablent: *Tribulatio & anguftia invenerunt me.* Sentiment, dit faint Bernard, bien capable de rabbattre ces vaines enflures, & de moderer ces complaifances qu'infpirent d'abord certaines diftinctions & certains rangs honorables dans le monde, puifqu'on n'eft gueres fenfible à l'honneur quand on y trouve plus de peine que d'éclat: *Non eft quod blandiatur celfitudo, ubi follicitudo major.*

Enfin, avoir toûjours fon ame entre fes mains & toûjours eftre en difpofition de s'immolerfoy-

mefme, ou pour la juftice, ou pour la verité;
quatriéme engagement des honneurs du monde. Car pourquoy Dieu vous a-t-il donné ce credit, pourquoy vous a-t-il placé fur la tefte des
autres, fi ce n'eft pour luy faire, quand fa caufe le demande, un plus grand facrifice de vous-
mefme? Vous vous authorifez quelquefois de la
parole de l'Apoftre, que celuy qui defire la plus
fainte de toutes les dignitez, defire une œuvre
loüable & honnefte, *Qui Epifcopatum defidé-*   1. Tim. 3.
*rat, bonum opus defiderat :* mais faint Jerofme
vous ferme la bouche, en vous repondant que
la plus fainte de toutes les dignitez, eftoit dans
le temps qu'en parloit faint Paul, la plus prochaine difpofition au Martyre & à la mort. J'adjoufte à la penfée de faint Jerofme, ce que vous
n'avez peut-eftre jamais compris, & ce qu'il eft
bon que vous compreniez une fois; qu'il n'y a
point fur la terre de fuperiorité, point de dignité, qui ne vous engage indifpenfablement à vous
faire, en certaines conjonctures, le martyr du
bon droit & de l'équité, le martyr de l'innocence, le martyr de la religion, le martyr de la gloire de Dieu ; que vous devez alors abandonner
tous vos interefts ; & qu'autrement, tout chreftien que vous eftes de profeffion, vous n'eftes
en effet qu'un mondain & un reprouvé.

Cela eft difficile, je le veux : mais n'eft-il pas
jufte, dit faint Ambroife, qu'aprés avoir reçeû
beaucoup de Dieu, vous foyez tenu à beaucoup

pour Dieu! N'est-ce pas ainsi que Dieu par sa sagesse a ordonné les choses, attachant l'honneur aux charges & aux emplois pour en adoucir la peine, & joignant la peine aux emplois & aux charges pour en bannir la presomption & la corruption! Car voilà l'idée qu'en ont eû tous les vrays fidelles, qui dans les hauts rangs où Dieu les a fait monter, ne se sont jamais regardez, que comme des hosties vivantes pour essuyer tout, pour porter tout, pour se dévoüer à tout, pour seconder les desseins de la providence sur eux & pour les remplir.

Or là-dessus qu'avez-vous à repondre, Hommes du siecle! par où justifiez vous cette vie oisive & sans action, dans des places qui demandent une vigilance sans relasche & toute vostre attention! Paisibles possesseurs & vains idolastres d'un honneur dont l'éclat repaist vostre vanité, mais dont les obligations étonnent vostre amour propre, venez vous contempler dans le tableau que je vous presente: venez reconnoistre l'énorme opposition qui se rencontre entre vostre conduite, & vos devoirs: venez apprendre ce que vous devez estre, & vous confondre de ce que vous n'estes pas. Je sçais que vous trouverez assez de vaines excuses, je sçais que vous imaginerez assez de pretextes pour vous persuader que dans l'exercice de vostre ministere on doit estre aussi content de vous, que vous l'estes de vous-mesmes. Mais examinons

de bonne foy la chofe, & raifonnons. Car eftre
fans ceffe occupé de fes divertiffemens & de fon
plaifir, & prefque jamais de fes fonctions & de
fon employ; fuir un travail que vous devez au
public, & que le public attend de vous; avoir
horreur d'une affiduité neceffaire, que vous traitez de captivité & d'efclavage; fe décharger fur
autruy des foins qui vous regardent perfonnellement, & dont vous eftes par vous-mefmes refponfables; ne pouvoir fe tenir là où il faut eftre,
& fe trouver par tout où il faudroit n'eftre pas;
rejetter toute affaire qui incommode, qui fatigue, quoyque Dieu ne vous ait fait ce que vous
eftes, que pour en eftre fatiguez & incommodez;
n'écouter que la prudence humaine, & ne vouloir jamais fe commettre en rien, jamais s'expofer à rien, dans des occafions où l'on craint de fe
perdre, mais où Dieu veut que vous vous per-
diez felon le monde & que vous vous expofiez;
en un mot, ne prendre de voftre condition que
le doux & l'agreable, & en laiffer le penible &
le rigoureux, fecret que le monde enfeigne, &
que vous avez fi bien appris : ce n'eft pas affez :
regarder d'un œil indifferent ce qui devroit vous
donner de faintes inquiétudes, ce qui devroit
exciter tout voftre zéle, des abus qu'il faudroit
corriger, des violences qu'il faudroit reprimer,
des injuftices qu'il faudroit reparer, des fcandales qu'il faudroit faire ceffer : au contraire,
éclater avec impatience, avec chaleur, avec em-

portement fur les moindres fujets, & dans une
place néanmoins où l'on doit toûjours fe poffeder foy-mefme, où l'on doit toûjours eftre maiftre de foy-mefme, toûjours fe moderer, fe retenir, fans jamais écouter la fenfibilité & fans
jamais la faire paroiftre : que dis-je ! abufer de
fon pouvoir pour fatisfaire fes animofitez particulieres & fes reffentimens, pour authorifer fes
vengeances, pour fe rendre redoutable dans une
ville, pour faire fouffrir tout un païs & ne rien
fouffrir foy-mefme : tout cela & tout ce que je
paffe (car je ferois infini, fi je voulois épuifer cette morale & toucher mille autres articles non
moins importans) tout cela encore une fois vous
convient-il ! Eft-ce là ce que demande voftre eftat ! eft-ce pour cela que la providence a eftabli
dans le monde cette diverfité de conditions,
qu'elle a placé les uns fur le buffet comme des
vafes d'honneur, & qu'elle a laiffé les autres
dans la pouffiere ! Dieu en vous diftinguant &
en vous élevant, a-t-il pretendu vous entretenir dans l'oifiveté, vous faire vivre dans le repos, fournir à toutes vos commoditez, vous
abandonner à vous-mefmes, & à tous les defirs,
à tous les reffentimens de voftre cœur ! n'a-t-il
fait le monde que pour vous ! ou n'eft-ce pas
pour le gouvernement & le bon ordre du monde qu'il vous a choifis ! Or pour maintenir cet
ordre, n'y a-t-il ni reflexions à faire, ni mefures
à prendre, ni precautions à garder, ni hazards

à courir,

à courir, ni obstacles à vaincre, ni estude, ni menagemens necessaires ?

Ah ! mon cher Auditeur, saint Bernard le disoit dans un sentiment d'humilité ; mais ne pouvez-vous pas le dire avec verité : je suis la chimere de mon siecle, *Chimæra sæculi !* Car je suis tout, & je ne suis rien; ou plustost, je veux parvenir à tout , & ne m'acquitter de rien. Je suis dans la magistrature, & je n'ay du magistrat que l'authorité & la robbe : c'est l'estre, & ne l'estre pas. Je suis dans les affaires, & je n'ay de l'homme d'affaires que l'opulence & le faste : c'est l'estre, & ne l'estre pas. Je suis dans l'Eglise, & je n'ay de l'Ecclesiastique que le caractere & l'habit : c'est l'estre, & ne l'estre pas : *Chimæra sæculi.* Le beau spectacle, poursuivoit le mesme Pere, au sujet de certains ministres de Jesus-Christ, le beau spectacle de les voir engagez dans l'Eglise, pourquoy ! pour en recueillir les revenus, pour se monstrer sous la mitre & sous la pourpre; jamais pour servir à l'Autel, jamais pour assister à l'office divin, jamais pour subvenir aux besoins des pauvres, jamais pour vacquer à l'instruction des peuples, jamais pour s'employer à l'édification des ames que la providence leur à confiées. Que font-ils ! on ne peut bien le dire, puisqu'ils ne sont à proprement parler, ni du monde, ni de l'Eglise, ni de la robbe, ni de l'épée. *Chimæra sæculi.*

Ouvrons, mes Freres, ouvrons aujourd'huy

les yeux; & pour nous apprendre, ô mon Dieu,
à bien uſer des honneurs du ſiecle, apprenez-
nous ſeulement à eſtre raiſonnables: car il ne faut
qu'eſtre raiſonnable, pour en comprendre les
obligations. Détrompez-nous, Seigneur, des
fauſſes idées que nous avons des choſes, & diſſi-
pez par les lumieres de voſtre Evangile les erreurs où nous ſommes tombez par la corruption
du monde. Ne permettez pas qu'une lüeur paſ-
ſagere nous ébloüiſſe, & que des honneurs mortels & periſſables nous faſſent perdre cette gloire immortelle où vous nous appellez, & où nous
conduiſe, &c.

# TABLE
## DES SERMONS,
### *AVEC*
### l'Abregé de chaque Sermon.

Sermon pour le Mécredy des Cendres, sur la Pensée de la mort. *page 1.*

SUJET. *Souvenez-vous, homme, que vous estes poussiere, & que vous retournerez en poussiere.* Voilà le terme où doivent aboutir tous les desseins des hommes & toutes les grandeurs du monde. Voilà l'unique & solide pensée qui doit par tout & en tout temps nous occuper. Elle ne nous plaira pas; mais elle nous sera salutaire, & ce discours vous en fera voir les avantages. Priére au Saint Esprit. p. 1. 2. 3. 4.

DIVISION. Pensée de la mort, remede le plus souverain pour amortir le feu de nos passions. 1. Partie. Regle la plus infaillible pour conclure seûrement dans nos deliberations. 2. Partie. Motif le plus efficace pour nous inspirer une sainte ferveur dans nos actions. 3. Partie. p. 4. 5. 6.

I. PARTIE. Pensée de la mort, remede le plus

fouverain pour amortir le feu de nos paffions. Nos paffions font vaines, elles font infatiables, elles font injuftes : vaines dans leurs objets, infatiables dans leurs defirs , injuftes dans les fentimens préfomptueux qu'elles nous infpirent, foit à l'égard de nous-mefmes, foit à l'égard des autres. Mais pour les reprimer , & pour en amortir le feu, la penfée de la mort, 1. nous en fait connoiftre la vanité. 2. nous fait mettre des bornes à noftre cupidité. 3. fait ceffer dans noftre eftime toute diftinction , & par là nous réduit au grand principe de la modeftie qui eft l'égalité que Dieu a mife entre tous les hommes, & nous oblige, qui que nous foyions, à nous rendre au moins juftice & à rendre aux autres les devoirs de la charité. p. 6. 7.

1. La penfée de la mort nous fait connoiftre la vanité de nos paffions, en nous faifant connoiftre la vanité des objets aux quels elles s'attachent, qui font les biens de la vie. Tandis que ces biens nous paroiffent grands & eftimables, il nous eft prefque impoffible de ne les pas aimer, & en les aimant de n'en pas faire le fujet de nos plus ardentes paffions. Mais du moment que nous commençons à les meprifer, nous commençons à nous en detacher : & ce qui nous donne ce mepris des biens de la terre, c'eft la penfée de la mort, parce que la mort eft la preuve fenfible du néant de toutes les chofes humaines. *A ce jour là*, dit l'Ecriture, c'eft à dire, au jour de la mort, *toutes les penfees des hommes*, tous leurs projets *s'évanoüiront* , & par confequent toutes leurs paffions s'éteindront. Or que faifons-nous en penfant à la mort ? nous anticipons ce dernier jour, & nous prenons par avance les mefmes fentimens

que nous aurons alors. p. 7. 8. 9. 10. 11.

C'eſt ainſi que David, juſques au milieu de la Cour, reprimoit toutes ſes paſſions. Il demandoit à Dieu qu'il luy fiſt connoiſtre la fin de ſa vie; & conſiderant la brieveté de ſes jours, il concluoit que tout n'eſt que vanité, & que c'eſt bien envain que l'homme ſe trouble, ſe fatigue, s'épuiſe, pour a-maſſer & pour théſauriſer, puiſqu'il paſſe comme une ombre, & qu'il ne ſçait qui profitera de ſes tra-vaux. Concluſion que nous tirons nous-meſmes auſſi bien que ce ſaint Roy, quand nous penſons à la mort. Si nous ne devions jamais mourir, nous ne voudrions jamais reconnoiſtre la vanité des biens de la vie. Mais quand on nous dit, ou que nous nous diſons à nous-meſmes que nous mourrons, toute cette vanité ſe preſente à nous. Les autres conſide-rations chreſtiennes renferment tout au plus des te-moignages & des preuves de cette vanité : au lieu que la mort en eſt l'eſſence meſme, & qu'elle fait cette vanité meſme. D'où il s'enſuit que la penſée de la mort a une vertu ſpeciale, non ſeulement pour nous la decouvrir, mais pour nous la faire ſentir. De là cette belle leçon que faiſoit l'Apoſtre aux Corinthiens : *Le temps eſt court : réjoüiſſons-nous donc comme ne nous rejoüiſſant pas, poſſedons com-me ne poſſedant pas, uſons de ce monde n'en uſant pas.* p. 12. 13. 14. 15. 16.

2. La penſée de la mort nous fait mettre des bor-nes à noſtre cupidité. Nos paſſions ſont d'elles-meſmes inſatiables : quel avare, quel ambitieux, quel voluptueux a dit jamais, c'eſt aſſez? Mais pour vous apprendre à borner vos deſirs, je n'ay qu'à vous addreſſer les paroles de l'Egliſe : *Memento, ho-*

L l iij

*mo* ; souvenez-vous, homme, que vous estes poussiere & que vous retournerez en poussiere. Ou je
n'ay qu'à vous faire la mesme invitation que les
juifs firent au Fils de Dieu, lorsqu'ils le priérent
d'approcher du tombeau de Lazare : *Veni & vide :*
venez, & voyez ce riche du monde dans la pauvreté & la nudité où la mort l'a réduit. *Veni &
vide :* venez, & voyez ce Grand du monde : qu'est
devenuë à la mort toute sa grandeur ? *Veni & vide :* venez & voyez cette femme du monde, & taschez à reconnoistre quelques traits de cette beauté
dont elle prenoit tant de soin. Voilà comment tout
finira pour vous. p. 16. 17. 18.

    3. La pensée de la mort nous réduit au grand
principe de la modestie qui est l'égalité, & nous o-
blige à nous rendre justice, & à rendre aux autres les
devoirs de la charité. Sans cette pensée on se laisse
ébloüir de certaines distinctions qu'on a dans le
monde, on s'enteste de soy-mesme, on devient fier
& hautain. Mais quand on fait reflexion que la
mort nous égalera tous, on rabbat beaucoup de ses
fiertez & de ses hauteurs, parce qu'on voit que
d'homme à homme il y a bien peu de difference, &
l'on tient à l'égard des autres une conduite plus é-
quitable en les traitant avec plus de douceur & plus
d'humanité. p. 19. 20. 21. 22.

    II. PARTIE. Pensée de la mort, regle infailli-
ble pour conclure seûrement dans nos deliberations.
*Les pensées des hommes sont timides*, dit le sage,
*& nos prévoyances incertaines.* Nos pensées sont
timides parce que souvent nous ne sçavons si nous
prenons le meilleur parti, ou mesme un bon parti
par rapport au salut. Et nos prévoyances sont in-

certaines, parce que l'avenir nous eſtant inconnu ,
nous ſommes toûjours en doute ſi nous n'aurons
point lieu de nous repentir un jour de ce que nous
aurons entrepris, & ſi noſtre conſcience ne nous le reprochera point à la mort. Mais la penſée de la mort
eſt le moyen le plus efficace & le plus ſeûr pour
nous delivrer de ces craintes & de ces incertitudes
affligeantes, puiſque c'eſt le moyen le plus efficace
& le plus ſeûr pour bien conclure dans toutes les occaſions où la conſcience & le ſalut ſe trouvent engagez. Comment cela ? 1. parce que le ſouvenir de la
mort eſt une application vive & touchante que nous
nous faiſons à nous-meſmes de la fin derniere, qui
doit eſtre le fondement de toutes nos deliberations.
2. parce qu'en partiquant ce ſaint exercice de la
penſée de la mort, nous prevenons ainſi tous les remords & tous les troubles dont pourroient eſtre ſans
cela ſuivies nos reſolutions. p. 22. 23. 24.

1. La penſée de la mort eſt une application vive
& touchante que nous nous faiſons à nous-meſmes
de la fin derniere, qui doit eſtre le fondement de toutes nos deliberations. Car la penſée de la mort nous
rappelle la penſée de l'éternité qui la ſuit; & penetrez de cette penſée de l'éternité, nous jugeons bien
plus ſainement des choſes. Dégagez alors de mille illuſions , nous voyons plus clairement ce qui
nous éloigne & ce qui nous approche de noſtre derniere fin ; & nous concluons plus aiſément qu'il
faut donc prendre ce qui nous y conduit, & rejetter
ce qui nous expoſeroit à n'y arriver jamais. Voilà
par où la penſée de la mort devient pour nous, ſelon l'Ecriture, un fonds de prudence & d'intelligence. p. 24. 25. 26. 27.

Ll iiij

Auſſi les payens dans les traitez & les negotiations importantes, tenoient-ils leurs conſeils auprés
des tombeaux de leurs Anceſtres; comme s'ils n'euſ-
ſent pas crû pouvoir ſagement deliberer & reſoudre
ſans le ſouvenir & la veûë de la mort. Or ce qu'ils
faiſoient par ſuperſtition , nous le devons faire par
religion. Avez-vous un eſtat de vie à choiſir, eſt-il
queſtion de regler l'uſage de vos biens, s'agit-il d'un
intereſt & d'un profit à faire, faut-il former une entrepriſe, vuider un procés, terminer un different,
vacquez à tout cela comme devant un jour mourir,
& cette penſée vous preſervera de mille fautes que
vous y pourriez commettre. Les Saints en ont uſé
de la ſorte, & c'eſt ce qui les a conduits dans les
voyes droites qu'ils ont tenuës ſans s'égarer & ſans
tomber. Si donc nous faiſons tous les jours tant de
fauſſes demarches, ne nous en prenons qu'à nous-
meſmes & à noſtre infidelité, qui nous fait éloigner
le ſouvenir de la mort comme un objet faſcheux &
deſagreable, & qui par là nous expoſe à tous les é-
garemens où nous nous laiſſons entraiſner. p.27.28.
29. 30. 31.

2. En pratiquant le ſaint exercice du ſouvenir de
la mort, nous prevenons tous les remords & tous les
troubles dont pourroient eſtre ſans cela ſuivies nos
reſolutions. Cet autre avantage eſt une conſequence du premier. Quand on ſe demande à ſoy-meſme:
quels ſentinens auray-je à la mort de ce que j'entreprends aujourd'huy ? on entend, pour ainſi dire, au
fonds de ſoy-meſme la reponſe de la mort, qui nous
marque interieurement ce qui doit eſtre alors le ſujet de nos repentirs : repentirs, non paſſagers &
variables comme ceux que nous avons par rapport

aux chofes de la vie & en raifonnant felon les principes de la vie, mais repentirs éternels. Que fais-je
donc pour m'en garentir ? je préviens par la penfée tous ces repentirs de la mort ; & au lieu de les
referver à ma derniere heure, je me les rends utiles pour l'heure prefente. C'eft en quoy la prudence des juftes triomphe de la temerité des impïes.
p. 31. 32. 33. 34.

III. PARTIE. Penfée de la mort, motif le plus
puiffant pour nous infpirer une fainte ferveur dans
nos actions. C'eft de la ferveur de nos actions que
dépend la fainteté de noftre vie; & l'obftacle au contraire le plus commun à noftre fanctification, c'eft
un certain fonds de lafcheté & de tiedeur qui ne
nous eft que trop naturel. Or pour nous retirer de
cet eftat de tiedeur, il n'y a qu'à penfer fouvent, 1. à
la proximité de la mort. 2. à l'incertitude de la mort.
p. 35. 36.

1. Proximité de la mort, premier motif qui confond noftre lafcheté. Motif que le Fils de Dieu nous
a tant propofé dans l'Evangile , en nous difant :
marchez, parce que la nuit vient; veillez, parce que
le Fils de l'homme eft déja à la porte ; negotiez &
faites profiter vos talens, parce que le maiftre va arriver ; tenez vos lampes allumées, parce que l'E-
poux approche. En effet, quand nous aurions des
fiecles entiers à vivre, nous devrions toûjours fervir
Dieu d'une maniere digne de Dieu : mais combien
devons nous encore redoubler nos foins, lorfque
nous touchons de fi prés à noftre terme, & que Jefus-
Chrift nous le fait entendre fi expreffément ? Qu'un
Ange de la part de Dieu vinft nous apprendre que
nous mourrons dés demain , il n'y a rien qu'on ne

fist pour se preparer. Or çe que nous ferions alors pourquoy ne le faisons nous pas dés maintenant, puisque dés maintenant nous pouvons mourir ? p. 36. 37. 38. 39. 40. 41.

Exemple du saint Roy Ezechias, & conclusions qu'il tiroit de la proximité de la mort. Apprenons de là cette methode si solide, de faire chaque action comme si c'estoit la derniere de nostre vie. p. 41. 42. 43. 44.

2. Incertitude de la mort, second motif qui confond nostre lascheté. Si nous sçavions quand & à quel jour nous devons mourir, plus de bonnes œuvres dans la vie ; on remettroit tout à la mort : mais Dieu nous cache cette heure de la mort, afin que nous-nous tenions en garde à toutes les heures. Car quelle pensée est plus capable de nous renouveller sans cesse en esprit, que celle-cy : peut-estre ce jour sera-t-il le dernier de mes jours ? Plein de cette idée, on devient laborieux, prompt, ardent, infatigable, patient, charitable, fidelle à tous ses devoirs. p. 44. 45. 46.

En quoy sur tout nous sommes lasches, c'est dans l'exercice de la penitence. Or rien ne doit plus nous engager à faire promptement penitence & à nous convertir, que l'incertitude de la mort. Mourez dans vostre peché, vous estes perdu; & si vous y demeurez encore, que sçavez-vous si vous n'y mourrez pas? Ce qu'il y a de certain pour nous dans la mort, c'est que la mort nous surprendra : car le Fils de l'homme viendra, dit Jesus-Christ, quand vous n'y penserez pas. N'est-ce donc pas une extresme folie, de vivre dans un estat où l'on est exposé à toutes les vengeances de Dieu, & de tarder à en sortir ? Ce-

pendant y faisons-nous, je ne dis pas toute la reflexion necessaire, mais quelque reflexion ? Heureux qui n'attend pas à y penser, lorsqu'il ne sera
plus temps d'y penser. p. 47. 48. 49.

---

# Autre Sermon pour le Mécredy des Cen-
dres, sur la céremonie des Cendres.
pag. 50.

SUJET. *Vous estes poussiere, & vous retournerez en poussiere.* Paroles memorables que Dieu
dit au premier homme dans le moment de sa desobéissance, & que l'Eglise nous addresse dans la céremonie de ce jour. Paroles de malediction dans le
sens que Dieu les prononça ; mais paroles de grace
& de salut dans la fin que l'Eglise se propose en
nous les faisant entendre. Dieu commanda à Moyse de repandre de la cendre sur les Egyptiens ; &
c'est ce que font encore aujourd'huy les Prestres par
l'ordre de Dieu, mais dans un esprit bien different.
Car Moyse ne repandit la cendre sur l'Egypte, que
pour faire sentir à ce peuple le poids de la colere de
Dieu; & les Prestres ne repandent sur nous la cendre, que pour nous attirer les graces de Dieu, &
pour nous porter à la penitence, comme j'entreprends de vous le monstrer dans ce discours. Courte instruction aux nouveaux Catholiques sur la céremonie des Cendres. p. 50. 51. 52. 53. 54.

DIVISION. La penitence chrestienne prise dans
toute son étenduë, est un double sacrifice que Dieu
exige de nous ; sacrifice de l'esprit, & sacrifice du
corps : sacrifice de l'esprit par l'humilité de la com-

ponction, & sacrifice du corps par l'austerité mesme exterieure de la satisfaction. Nous avons dans nous deux grands obstacles à ces deux sacrifices, l'esprit d'orgueil & l'esprit de mollesse. Mais par où les pouvons-nous surmonter ? par le souvenir de la mort que nous retrace l'Eglise dans la ceremonie des cendres. Il faut par une penitence solidement humble anéantir devant Dieu l'orgueil de nos esprits; & c'est à quoy nous oblige la veûë de ces cendres, qui sont pour nous les marques & comme les symboles de la mort. 1. Partie. Il faut par une penitence genereusement austere sacrifier à Dieu la mollesse & la delicatesse de nos corps; & c'est à quoy nous engage l'imposition de ces cendres, qui nous annoncent, ou plustost, qui nous font déja sentir l'inévitable necessité de la mort. 2. Partie. p. 54. 55. 56.

I. PARTIE. Il faut par une penitence solidement humble anéantir devant Dieu l'orgueil de nos esprits; & c'est à quoy nous oblige la veûë des cendres, qui sont pour nous les marques & comme les symboles de la mort. L'orgueil fut le premier principe du peché, & c'est le premier obstacle à la penitence. Mais pour humilier cet orgueil, il n'y a qu'à faire remonter l'homme à son origine, & qu'à luy faire considerer sa fin. Or voilà ce que fait le souvenir de la mort & la veûë des cendres. Quand un homme sans naissance, mais élevé à une haute fortune, vient à s'enorgueillir, le moyen de reprimer son orgueil est de luy remettre devant les yeux l'obscurité & la bassesse de son extraction. Mais si de plus, penetrant dans l'avenir, on luy faisoit voir sa ruine prochaine, ce seroit bien de quoy rabattre

l'enflure de fon cœur. Double veûë dont l'Eglife fe
fert aujourd'huy : car en nous prefentant les cendres, elle nous avertit que nous fommes cendre nous-
mefmes & que nous retournerons en cendre. p. 56.
57. 58. 59. 60.

Examinons la chofe plus en detail. Pourquoy des
cendres ? parce que rien ne doit mieux nous faire
comprendre ce que c'eft que la mort, & l'humiliation extrefme où nous réduit la mort. Oüy, ces cendres ont quelque chofe de plus touchant que tous
les raifonnemens du monde pour humilier l'homme, en luy faifant connoiftre fon néant. Elles nous
apprennent que toutes ces grandeurs dont le monde
fe glorifie, ne font que vanité & que menfonge. Ou-
vrez le tombeau d'un grand : qu'y trouverez-vous ?
un peu de cendres; rien davantage. Elles nous apprennent combien nous fommes injuftes, quand nous
affectons avec tant d'oftentation certaines diftinctions dans le monde, puifque nous devons tous eftre
un jour égalez & confondus dans la cendre. Elles
nous apprennent que malgré les vaftes deffeins que
forme l'ambitieux, la mort le réduira bientoft, à
quoy ? à une poignée de cendres. Elles nous apprennent que non feulement la mort détruira ce
phantofme de grandeur aprés lequel nous courons ;
mais que noftre memoire mefme périra, & qu'il ne
fera plus parlé de nous. En un mot, elles nous apprennent que quelque enraciné que foit noftre orgueil, il ne tient qu'à nous de trouver dans nous-
mefmes noftre humiliation, puifque cette partie de
nous-mefmes dont nous fommes fi idolaftres, ce
corps n'eft au fond que le plus abjet de tous les ef-
tres & qu'un fujet de corruption. p. 60. 61. 62. 63.
64. 65. 66.

Cependant, vous me demandez pourquoy l'on nous met ces cendres sur la teste ? c'est que la teste est le siége de la raison, & qu'on veut par là nous avertir que la mort doit estre le sujet le plus ordinaire de nos reflexions, afin de nous entretenir dans cette humilité qui est déja le commencement de la penitence. p. 66. 67.

Aussi est-ce le souvenir de la mort qui de tout temps a plus retenu les hommes dans l'ordre, & les a mis comme dans la necessité d'estre humbles. Delà vient que parmi toutes les nations, Grecs, Romains, Juifs, le souvenir de la mort & l'usage de la cendre a esté une des principales circonstances des pompes les plus solemnelles, & que maintenant encore dans la consecration des Papes, on fait passer devant les yeux du nouveau Pontife quelques estoupes que le feu consume. De là vient que les peuples les plus barbares se sont fait un devoir de conserver les cendres de leurs Ancestres : ces cendres leur apprenoient à se mepriser, à se moderer, à se regler. De là vient que Moyse sortant de l'Egypte, se contenta d'emporter les cendres du Patriarche Joseph, afin qu'elles servissent à contenir le peuple dont il estoit le conducteur. De là vient qu'il obligea les Israëlites, aprés leur idolastrie, à boire la cendre du veau d'or qu'ils avoient adoré. De là vient enfin que quelques Princes chrestiens, pendant leur vie mesme, ont voulu avoir dans leurs Palais & devant leurs yeux, les uns la biére destinée à leur sepulture, & les autres le crâne d'un mort. p. 67. 68. 69.

Or soit pour les grands, soit pour les petits, quand une fois l'humilité, par la pensée de la mort, a pris possession d'un cœur, il est aisé d'y faire entrer la componction de la penitence. Car du moment que je suis disposé à m'humilier, je suis disposé à m'accuser, à me condamner, à me punir moy-mesme. Et voilà pourquoy l'Eglise aprés nous avoir fait considerer deux sortes de cendres, celle de nostre origine & celle de nostre corruption future, nous en impose une troisiéme, sçavoir la cendre de la penitence. p. 69. 70.

Car que fait le pecheur quand il reçoit aujourd'huy la cendre par les mains du Prestre ? Il se presente à Dieu comme un penitent humilié, couvert de cendres, & resolu de satisfaire à sa justice. Et il faut toûjours reconnoistre que ce souvenir de la mort & la veûë de ces cendres est un admirable moyen pour preparer à la penitence les pecheurs les plus orgueilleux. Ne fut-ce pas ainsi que S. Ambroise dompta la fierté de Theodose, & qu'aprés la sanglante journée de Thessalonique, il le rangea à l'ordre de la penitence & de la rigoureuse discipline qui s'observoit alors? Si l'on tenoit aux grands le mesme langage qu'il tint à cet Empereur, ils en seroient touchez, & ils penseroient à se convertir. p. 70. 71. 72. 73. 74.

Mais il ne s'agit pas seulement de la conversion des grands : il s'agit de la nostre; & le desordre est que malgré l'anéantissement où la mort doit nous réduire, & malgré l'aveu solemnel que nous en faisons dans cette céremonie des cendres, nous n'en sommes, ni plus humbles, ni plus detachez de nousmesmes. Combien de chrestiens ont receû la cendre avec des cœurs ambitieux ? Combien de femmes l'ont receûë avec toutes les marques de leur vanité ? *Terre, terre, écoutez la voix du Seigneur, & hu-*

*miliez-vous fous fa toute-puiſſante main.* p. 74. 75.
76. 77.

II. PARTIE. Il faut par une penitence genereu-
ſement auſtere ſacrifier à Dieu la molleſſe & la delicateſſe de nos corps ; & c'eſt à quoy nous engage
l'impoſition de ces cendres, qui nous annoncent, ou
pluſtoſt, qui nous font déja ſentir l'inévitable neceſſité de la mort. C'eſt une illuſion de croire que la
penitence ſoit une vertu purement interieure. Le
penſer de la ſorte, ce ſeroit démentir toute l'Ecriture,
& en particulier l'Apoſtre ſaint Paul. Il eſt vray
que l'héreſie a rejetté toutes les pratiques exterieures de la penitence : mais quoyque l'héreſie en ait pû
dire, il n'y a point de parfaite penitence ſans la mortification du corps ; & puiſque le corps a part au
peché, il eſt juſte qu'il ait part à la peine du peché.
p. 78. 79. 80. 81.

Or à cette loy de penitence s'oppoſe une autre
loy que nous portons dans nous-meſmes, qui eſt l'a-
mour dereglé de nos corps. Amour qui dans le ſoin
de noſtre corps, nous fait d'abord chercher le neceſſaire, & qui du neceſſaire nous fait enſuite aller au
commode, du commode au ſuperflu & du ſuperflu
au criminel. Au lieu que la vraye penitence nous
fait premierement renoncer au criminel que nous
avoüons nous-meſmes criminel ; de là nous retranche le ſuperflu que nous pretendions innocent ; enſuite nous prive meſmes du commode dont nous
avions crû ne nous pouvoir paſſer ; enfin nous oſte, non pas le neceſſaire, mais l'attachement & l'attention trop grande au neceſſaire. Sans cela les
Saints ne comprenoient pas qu'on puſt eſtre penitent : mais ce que les Saints ne comprenoient pas,

eſt

est devenu un des secrets de la devotion du siecle.
Cependant l'Apostre l'a dit : on ne peut bien reparer le peché, qu'en crucifiant cette chair de peché
qui est l'ennemie de Dieu. p. 81. 82. 83.

Considerons les cendres qu'on nous met sur la teste
& souvenons-nous de la mort : c'est assez pour nous
detacher de l'amour de nostre corps; comment cela ? en nous faisant connoistre la-dessus, 1. nostre
aveuglement. 2. nostre injustice. Nostre aveuglement, lorsque nous idolastrons un corps qui n'est
que poussiere & que corruption, & qui doit estre
bientost dans le tombeau la pasture des vers. Nostre injustice : injustice envers Dieu , d'aimer plus
que luy un corps sujet à la pourriture ; injustice envers nostre ame, cette ame immortelle, de luy préferer un corps qui doit mourir ; injustice envers ce
corps mesme, de l'exposer pour des voluptez passa-
geres à des souffrances éternelles. Si le corps & l'a-
me d'un reprouvé, selon la supposition de S. Chrysostome, venoient à estre confrontez l'un avec l'autre, & qu'ils pussent s'accuser l'un l'autre, quels reproches ne se feroient-ils pas ? p. 83. 84. 85. 86.
87.

C'est ce qui a toûjours produit dans les ames bien
converties une sainte haine de leurs corps, & ce qui
a tant de fois operé dans le christianisme des miracles de conversion. Exemple de saint François de
Borgia. p. 87. 88.

Cette haine de nostre corps est encore bien plus
vive, quand on pénetre dans le mystere de ces cendres que l'Eglise nous presente, & qu'on remonte
à l'origine d'une si sainte pratique ; quand on pense
qu'elles ont toûjours esté le symbole de la peniten-

ce; quand on confidere de quelles aufteritez & de quelles macerations elles eftoient accompagnées fuivant les regles de l'ancienne difcipline. Car enfin, doit dire aujourd'huy un pecheur touché de fes defordres, ces penitents de la primitive Eglife n'eftoient pas plus criminels que moy; & fi l'Eglife a pû adoucir les peines qu'elle avoit ordonnées pour chaque efpece de peché, elle n'a rien relafché des peines prefcrites par le droit divin, & Dieu luy-mefme nous affeûre qu'il ne s'en relafchera jamais qu'en faveur de la penitence. Il faut donc que ce foit la penitence qui m'acquitte auprés de luy. Si nous entrons dans ce faint temps du Carefme bien pénetrez de ces fentimens, le jeufne ne fera plus pour nous un joug trop pefant : nous l'entreprendrons avec joye, nous le continuerons avec ferveur, & nous l'acheverons avec conftance. p. 89. 90. 91. 92. 93.

---

## Sermon pour le premier Jeudy du Carefme, fur la Communion. *page 94.*

S U J E T. *Jefus-Chrift dit au Centenier : j'iray moy-mefme, & je le guériray. Mais le Centenier luy répondit : Seigneur, je ne fuis pas digne que vous entriez dans ma maifon.* Ce qui fe paffa entre Jefus-Chrift & le Centenier, c'eft ce qui fe renouvelle encore entre Jefus-Chrift & nous, toutes les fois que nous approchons de la fainte table. Jefus-Chrift nous dit : j'iray, & je vous guériray de vos infirmitez fpirituelles; *Ego veniam & curabo.* Et nous répondons à Jefus-Chrift : Seigneur, je ne fuis pas digne : *Domine, non sum dignus.* Paroles efficaces, qui opèrent dans nous un effet tout opposé à ce qu'elles signifient, & qui font cesser par nostre humilité mesme, l'indignité que nous nous attribuons. Mais qu'arrive-t-il souvent ? c'est que nous nous appliquons ces paroles, *Domine, non sum dignus*, au de là des intentions de Jesus-Christ ; & que par une humilité mal entenduë, nous nous servons de nostre indignité pour nous éloigner trop aisément & trop long-temps de la communion. Excuse ordinaire qu'il faut examiner dans ce discours. p. 94. 95. 96. 97. 98.

DIVISION. Sans parler icy des justes, qui par un vray sentiment d'humilité se reconnoissent indignes de recevoir Jesus-Christ, & sans examiner jusqu'où cette humilité doit estre portée, & s'il est raisonnable qu'elle aille jusqu'à les éloigner de la communion, parlons précisément des pecheurs qui peuvent dire, & qui disent en effet au Sauveur du monde avec plus de sujet que saint Pierre : *Retirez-vous de moy, parce que je suis un pecheur.* Il y en a de trois sortes : pecheurs sinceres, qui agissent de bonne foy & qui ne sont pas trompez ; pecheurs aveugles, qui ne se connoissent pas & qui se trompent eux-mesmes ; pecheurs hypocrites & dissimulez, qui couvrent leur libertinage d'un voile de pieté & qui trompent les autres. Or dans les pecheurs sinceres cette excuse, je ne suis pas digne, est une raison, mais il faut éclaircir cette raison, 1. Partie. Dans les pecheurs aveugles c'est un pretexte, & il est important de leur oster ce pretexte, 2. Partie. Dans les pecheurs hypocrites & dissimulez, c'est un abus & mesmes un scandale, & il est necesfaire de combattre ce scandale & cet abus, 3. Partie. p. 98. 99. 100. 101.

I. PARTIE. Dire, je ne communie pas parce que je m'en crois indigne, c'est une raison dans un pecheur sincere, qui ne laisse pas au milieu de ses desordres de conserver le fonds de sa religion & qui traite avec Dieu de bonne foy : c'est, dis-je, une raison, puisqu'en effet le pecheur, tandis que son peché subsiste, ne peut approcher du Sacrement de Jesus-Christ sans se rendre coupable d'un sacrilege. Mais cette raison a besoin d'estre éclaircie ; & cet éclaircissement consiste à faire voir, que le pecheur sans en demeurer-là, doit se souvenir d'ailleurs de l'obligation où il est de sortir au plustoft de son estat pour pouvoir estre admis à la table du Seigneur, en sorte que la communion soit un motif qui le réduise à la necessité de se convertir. p. 101. 102.

En effet, il ne doit jamais separer ces deux veritez : l'une, que Jesus-Christ nous commande de manger sa chair ; & l'autre, qu'il nous défend de la manger indignement. Si le pecheur s'attache à l'une de ces veritez sans y joindre l'autre, il s'égare & il se perd : mais s'il les embrasse toutes deux, il commence à entrer dans la voye de Dieu. Car voicy comment il raisonne : je ne puis communier avec mon peché : Jesus-Christ néanmoins m'ordonne de communier : il faut donc que je quitte mon peché, afin de satisfaire tout-ensemble & à l'obligation de communier & à l'obligation de bien communier. p. 102. 103. 104.

Or comme le pecheur doit se parler de sa sorte à luy-mesme, c'est ainsi que doivent luy parler les miniftres de l'Evangile. Si vous ne vous appliquez qu'à luy remonftrer le danger d'une communion indigne, il ne communiera pas. Si vous ne luy reprefentez que la neceffité de communier, il communiera indignement. Et voilà quelle a efté la fource de tous les maux qu'a produits la diverfité des opinions touchant l'ufage de la divine Euchariftie. Les uns n'avoient dans la bouche que des anathefmes contre les prophanateurs de ce Sacrement, pour les en éloigner : & les autres ne penfoient qu'à donner aux peuples une haute idée des fruicts de ce Sacrement, pour les y attirer. Mais que falloit-il ? joindre les menaces de ceux-la, & les invitations de ceux-cy. p. 105. 106. 107.

C'eft le langage qu'ont tenu les Peres, fur tout faint Chryfoftome & faint Auguftin. Ils infpiroient tout à la fois de la crainte & de la confiance : & ce qu'ils difoient en general, eft encore plus vray par rapport à ce faint temps de la Pafque. Il faut dire à un pecheur : ne communiez pas dans voftre peché ; autrement vous ferez un prophanateur du corps de Jefus-Chrift. Mais auffi, faut-il adjoufter, ne manquez pas à communier ; autrement vous ferez un deferteur du Sacrement de Jefus-Chrift, & vous violerez le précepte de l'Eglife. Par ce précepte, l'Eglife n'a point prétendu dreffer un piége aux pecheurs, ni les expofer à commettre des facrileges: mais elle a voulu les obliger au contraire, & les forcer en quelque forte à fe purifier au moins de temps en temps par la penitence. C'eft pour cela qu'elle puniffoit autrefois fi féverement ces chreftiens fcandaleux, qui laiffoient paffer la Pafque fans s'acquitter de leur devoir; & c'eft par là mefme qu'elle

M m iij

engageoit tant de pecheurs à rompre leurs engagemens criminels & à se reconcilier avec Dieu. p. 108.
109. 110. 111. 112. 113.

« Cependant pour avoir separé deux veritez qu'on
ne devroit jamais proposer l'une sans l'autre, voicy toûjours les deux éciieils où l'esprit du siecle a
conduit. Pourveû qu'on persuade à un pecheur
d'appocher des autels, on croit avoir beaucoup gagné : & d'ailleurs, pourveû qu'on fasse entendre à
un pecheur qu'il n'y a point de communion pour
luy, tandis qu'il est dans l'habitude de son peché,
on pense avoir tout fait. De là les uns abusent de
la communion, & les autres l'abandonnent. C'est
pour les pecheurs, ô mon Dieu, comme pour les justes, que vostre Sacrement est institué : mais du reste
pour quels pecheurs ? pour les pecheurs penitents.
p. 113. 114. 115.

II. PARTIE Dire, je ne communie pas par-
ce que je m'en crois indigne, c'est un pretexte dans
les pecheurs aveugles, qui se flattant d'avoir de la
religion se trompent eux-mesmes, & il est important de leur oster ce pretexte. Pretexte d'un prétendu respect, à quoy j'oppose trois reflexions. 1.
c'est un vain respect. 2. c'est un faux respect. 3. c'est
un respect qui n'a nulle conformité avec celuy
qu'ont fait paroistre les vrays chrestiens, quand ils
se sont separez du Sacrement de Jesus-Christ selon
les regles & l'esprit de l'Eglise. p. 116. 117.

1. Vain respect, pourquoy ? parce qu'il n'opére
rien. Si c'estoit un respect solide & chrestien, on
travailleroit donc à se mieux disposer, & à se rendre moins indigne de Jesus-Christ. Mais on conserve toûjours le mesme attachement au monde :

& sous cette apparence de respect, on couvre un
amour du monde dont on ne veut point se déprendre, & qui fait renoncer au Sacrement. p. 117. 118.
119.

Du moins les conviez de l'Evangile qui s'excuserent, dirent les vrayes raisons qui les arrestoient :
mais les mondains dont il est icy question, affectent
de ne se pas connoistre & se cachent à eux-mesmes
la cause de leur desordre. Et ce qui doit les convaincre, que par rapport à eux ce respect dont ils se prévalent, n'est qu'un pretexte, c'est que pour communier rarement, ils n'en communient pas plus dignement. Or leur oster ce pretexte, ce n'est pas les porter à la communion tandis qu'ils menent une vie
toute mondaine; mais c'est les obliger à parler juste, & à convenir qu'ils s'éloignent de Jesus-Christ,
non parce qu'ils respectent son Sacrement, mais
parce qu'ils ne veulent pas s'assujettir aux saintes
loix que la religion leur prescrit pour en approcher.
p. 119. 120. 121. 122.

2. Faux respect : parce qu'il n'est pas accompagné
de deux conditions essentielles qu'il doit avoir; l'une
est la douleur; l'autre, le desir. Douleur d'estre separé
du corps de Jesus-Christ: car si j'honore Jesus-Christ
autant que je dois l'honorer, je dois regarder comme
mon souverain mal dans cette vie, d'en estre separé;
sur tout si j'ay encore à me reprocher que c'est moymesme qui m'en separe par mon infidelité, & si je
comprends tout le malheur d'une si triste separation, Mais avec quelle insensibilité les mondains
se voyent-ils separez du Dieu de leur salut? Desir
de recevoir Jesus-Christ : car le respect peut bien
m'engager quelquefois à me retirer de la commu-

M m iiij

nion ; mais il ne doit jamais éteindre en moy, ni mesmes diminuer le desir de la communion. Ainsi le comprenoient les premiers fidelles. Que fait le mondain ? confondant avec la communion le desir de la communion, il renonce également à l'un & à l'autre, & n'a pas plus pour le Sacrement de Jesus-Christ qu'une indifference de cœur dont il devroit estre effrayé. Et voilà ce que saint Chrysostome reprochoit au peuple d'Antioche avec tant de force. p. 122. 123. 124. 125. 126. 127 128.

3. Respect, qui n'a nulle conformité avec celuy des premiers siecles de l'Eglise. Car dans ces siecles florissants du christianisme, tandis qu'un pecheur demeuroit separé du corps de Jesus-Christ, il estoit dans les exercices d'une penitence laborieuse à laquelle il se condamnoit : mais toute la penitence d'un mondain se termine à ne plus communier. p. 129. 130.

III. PARTIE. Dire, je ne communie pas parce que je m'en crois indigne, c'est dans les pecheurs hypocrites & dissimulez un abus & mesmes un scandale. Dans toutes les contestations qui se font élevées sur le relaschement ou la severité de la discipline, certains libertins du monde n'ont presque jamais manqué à se declarer pour le parti severe : non pas afin de l'embrasser & de le suivre dans la pratique, mais communément par un interest secret & pour couvrir leurs desseins. Ainsi pour ne parler que de la communion, n'est-il pas estrange que tant de gens engagez dans les plus honteux desordres, ayent paru les plus zélez à declamer contre la frequentation du Sacrement de nos autels ? Ce zéle peut partir d'un bon principe dans de vrays fidelles : mais d'où peut-il venir dans des libertins, si ce n'est de quelque interest particulier qu'ils y envisagent ? Que pretendent-ils donc ? se mettre en possession d'estre libertins & d'abandonner les Sacremens avec impunité, & mesmes en quelque maniere avec honneur ; tellement qu'on ne puisse plus les distinguer des chrestiens les plus reguliers & les plus exacts, puisqu'ils agissent & qu'ils parlent comme eux. p. 130. 131. 132. 133. 134.

Or je pretends que ce langage qu'ils tiennent est un scandale, puisqu'il va à deux choses également pernicieuses. 1. à décrier indifferemment les bonnes & les mauvaises communions. 2. à détourner les ames, non seulement de la communion , mais universellement de tout ce qu'il y a de saint dans la religion. p. 134.

1. Je dis à décrier indifferemment les bonnes & les mauvaises communions: car s'il est toûjours dangereux en blasmant la fausse pieté, de décrediter la vraye, beaucoup plus l'est-il de la part d'un libertin qui se soucie peu de confondre l'une avec l'autre, & qui n'attaque l'une que parce qu'il est secretement ennemi de l'autre. Comme donc les enfants d'Héli éloignoient les hommes du sacrifice, comme les Pharisiens n'entroient pas dans le Royaume de Dieu & empeschoient encore les autres d'y entrer, ainsi retire-t-on des autels une infinité de justes. p. 134. 135. 136. 137.

2. Je dis à détourner les ames non seulement de la communion, mais de tout ce qu'il y a de saint dans la religion. Car dit saint Chrysostome, supposé ce principe d'une humilité mal conceuë, il faudra tout quitter. Vous n'estes pas digne de commu-

nier, dites-vous : & estes-vous digne d'entrer dans
le temple de Dieu ? estes-vous digne de prier & d'invoquer Dieu ? estes-vous digne d'entendre la parole de Dieu ? p. 137. 138. 139.

Appliquons-nous, ministres de Jesus-Christ, &
travaillons de concert à convertir les pecheurs &
à perfectionner les ames fidelles, pour preparer au
Seigneur un peuple parfait. L'Eglise ne sera jamais
bien sanctifiée que par le bon usage de la communion. p. 139. 140.

---

## Sermon pour le premier Vendredy du Ca-<br>resme, sur l'Aumosne. *page 141.*

SUJET. *Quand vous faites l'aumosne, ne faites pas sonner de la trompette devant vous, comme font les hypocrites dans les Synagogues & dans
les places publiques pour estre honorez des hommes.*
Si le Fils de Dieu condamne ces ames vaines qui
cherchent dans leurs aumosnes à se distinguer, c'est
encore avec bien plus de raison qu'il doit condamner ces ames dures qui laissent souffrir les pauvres
sans les assister. Car ce desordre est en effet plus com-
damnable que l'autre, & c'est ce qui m'engage à
vous parler en general de l'aumosne. Compliment
à MONSIEUR Frere unique du Roy. p. 141. 142.
143. 144.

DIVISION. On parle assez de l'exellence de
l'aumosne; mais on n'aime gueres à entendre parler
du précepte & de la necessité de l'aumosne. On la
regarde comme une œuvre de surérogation : &
je dis, 1. que l'aumosne n'est point un simple con-

feil, mais un précepte. 2. que ce précepte n'eft point un commandement vague & indefini, mais determiné à une certaine matiere. 3. que ce précepte doit eftre obfervé avec ordre, & felon les regles de la charité. Précepte de l'aumofne, 1. Partie. Matiere de l'aumofne, 2. Partie. Ordre de l'aumofne, 3. Partie. p. 144. 145. 146.

I. PARTIE. Il y a un précepte de l'aumofne. Preuve: Dieu au jugement dernier, comme il eft expreffément marqué dans l'Evangile, condamnera les reprouvez pour n'avoir pas fait l'aumofne. Or Dieu ne reprouvera jamais les hommes pour avoir obmis de fimples confeils. p. 146. 147.

Sur quoy eft fondé ce précepte de l'aumofne ? 1. fur la fouveraineté de Dieu. 2. fur l'indigence du pauvre. p. 147. 148.

1. Souveraineté de Dieu, premier fondement fur quoy eft eftabli le précepte de l'aumofne. Dieu eft le fouverain maiftre de vos biens, & par confequent vous luy en devez le tribut. Or ce tribut il ne veut pas le recevoir par luy-mefme, mais il l'affecte aux pauvres. L'aumofne n'eft donc pas feulement un devoir de charité à l'égard des pauvres, mais un devoir de dependance à l'égard de Dieu : & c'eft ainfi que nous devons entendre cette parole du Saint Efprit, *Honorez le Seigneur de vos biens.* D'où il s'enfuit qu'un riche qui refufe au pauvre l'aumofne, eft un fujet rebelle qui refufe à fon fouverain le tribut qu'il luy doit. p. 148. 149. 150.

De là mefme fuivent encore deux autres confequences. La premiere, qu'il eft effentiel à l'aumofne d'eftre faite dans un fentiment d'humilité, puifque c'eft un aveu que l'homme fait à Dieu de fa de-

pendance. Ainsi Abraham voyant trois pauvres &
se disposant à leur rendre les devoirs de l'hospitalité,
commença par adorer Dieu. La seconde consequence est, que l'aumosne doit estre proportionnée aux
biens & à leur quantité : car Dieu exige de vous ce
tribut selon toute l'étenduë de vostre pouvoir; &
ce n'est point aumosne, disoit saint Ambroise, que
de donner peu, lorsqu'on a beaucoup reçeû. p. 150.
151. 152. 153. 154.

Quel est néanmoins le desordre ? c'est qu'on mesure tout, hors l'aumosne, sur le pied de ses revenus. On veut estre servi, nourri, vestu, logé, meu-
blé à proportion de ses biens, & souvent bien au delà. Il n'y a que l'aumosne où l'on ne se pique de nulle proportion. En sorte que ce sont plus les pauvres
mesmes qui fournissent à l'entretien des pauvres,
que les riches. p. 154. 155. 156.

2. Indigence du pauvre, second fondement sur
quoy est establi le précepte de l'aumosne. Vous estes obligez de pourvoir aux necessitez des pauvres,
par titre de justice & par titre de charité. Titre de
justice, puisque Dieu ne vous a pas faits riches précisement pour vous-mesmes, mais pour les pauvres.
En ne les soulageant pas vous deshonorez sa providence, & vous authorisez les murmures des pauvres
contre elle : craignez la juste vengeance qu'il en
sçaura tirer. Titre de charité : ces pauvres, ce sont
nos freres ; & comment, dit le bien-aimé Disciple,
un homme qui voit son frere dans le besoin & qui
ne l'assiste pas, peut-il avoir la charité ? p. 156. 157.
158. 159.

Au reste ce devoir ne regarde pas seulement l'extresme necessité des pauvres, mais mesmes les necessi-

tez communes. Autrement, Jesus-Christ en condamnant un jour tant de reprouvez, ne prendroit
pas pour le sujet capital & universel de leur reprobation l'oubli des pauvres. Car y a-t-il tant de riches
assez durs pour abandonner un pauvre dans l'extresme necessité, & y a-t-il tant de pauvres réduits dans
un tel besoin ? p. 159. 160. 161.

Malheur à vous, riches, parce que vostre opulence a presque toûjours l'un de ces deux effets, ou
de vous rendre plus avares, ou de vous rendre plus
sensuels. Deux principes de vostre indifference
pour les pauvres. p. 161. 162.

II. Partie. Matiere de l'aumosne : establir le
précepte de l'aumosne sans en determiner la matiere, c'est troubler les ames scrupuleuses, authoriser
les ames dures, & assigner au pauvre sur le riche
une dette sans fonds. Quelle est donc la matiere de
l'aumosne ? c'est le superflu des riches. Ainsi l'enseigne saint Paul : *Que vostre abondance,* disoit-il
aux Corinthiens, *supplée à l'indigence des pauvres.*
Ainsi l'enseignent les Peres : retenir vostre superflu, dit saint Ambroise, c'est un vol. Dieu, adjouste
S. Thomas, n'auroit pas partagé les biens en Dieu,
si le superflu des uns ne devoit estre communiqué
aux autres. Et en ce sens, il n'y a point proprement
de superflu dans le monde : car ce qui est superflu
pour le riche, est le necessaire du pauvre; & Dieu
veut que ce necessaire luy soit donné, reprend l'A-
postre, pour mettre entre les hommes une bienheureuse égalité. En quoy paroist la providence de Dieu
& sa misericorde à l'égard des riches : car s'il leur
estoit permis de garder leur superflu, ce superflu seroit un des plus grands obstacles de leur salut. p. 163.
164. 165. 166.

Mais qu'eſt-ce que ce ſuperflu ? voilà l'importante queſtion qu'il faut reſoudre. Sous ce terme de
ſuperflu la Theologie comprend tout ce qui n'eſt
point neceſſaire à l'eſtat. Mais de là naiſſent mille
pretextes : car ſelon les riches, tout ce qu'ils ont eſt
neceſſaire à leur eſtat. A quoy je réponds qu'il faut
examiner deux choſes. 1. quel eſt cet eſtat. 2. ce qui
eſt neceſſaire dans cet eſtat. Quel eſt cet eſtat ? eſt-ce
un eſtat ſans bornes, & qui ne ſoit fondé que ſur les
vaſtes idées de voſtre orgueil & de voſtre cupidité ?
ſi cela eſt, je conviens que vous n'avez point de ſuperflu : mais eſtant chreſtien peut-on apporter une telle excuſe ; & ſi ces eſtats eſtoient authoriſez, que deviendroit le précepte de l'aumoſne ? De plus, quand
voſtre eſtat ſeroit tel que vous l'imaginez, j'appelle
au moins ſuperflu ce qui vous eſt non ſeulement
inutile, mais meſmes préjudiciable ; c'eſt à dire, ce
qui ſert à entretenir vos dereglemens, vos débauches, vos plaiſirs honteux, vos dépenſes exceſſives,
vos vanitez & voſtre luxe. Retranchez tout cela, &
vous aurez du ſuperflu. p. 166. 167. 168. 169.

Mais ne puis-je pas me ſervir de ce ſuperflu pour
aggrandir mon eſtat ? voicy l'écueil & la pierre de
ſcandale pour les riches du ſiecle : ce deſir de s'aggrandir. Vous me demandez ſi ce deſir eſt criminel : écoutez ma réponſe. Il eſt conſtant d'abord
qu'il eſt criminel dans un Beneficier, dont tout le ſuperflu appartient aux pauvres. Eſt-il également criminel dans tous les autres ? non, mais prenez garde
aux conditions requiſes. Je veux qu'il vous ſoit permis d'aggrandir voſtre eſtat, mais ſelon les loix de
voſtre religion : par exemple, qu'il vous ſoit permis
d'acheter cette charge, ſi vous eſtes capable de l'exer-

cer, & si c'est pour glorifier Dieu & pour servir le public. Je veux qu'il vous soit permis d'aggrandir vostre estat, pourveû que vous vous conteniez dans les bornes d'une modestie raisonnable, & que ce soin de vous aggrandir ne détruise pas le précepte de l'aumosne. Je veux qu'il vous soit permis d'aggrandir vostre estat, pourveû que vos aumosnes grossissent à proportion, & que vous posiez pour principe qu'elles font une partie essentielle de vostre estat. p. 169. 170. 171. 172. 173. 174.

Ne dites point que vous avez une famille & des enfants à pourvoir : vous ne devez pas pour cela abandonner les membres de Jesus-Christ. D'ailleurs, dit saint Augustin, si Dieu vous avoit chargé d'une plus nombreuse famille, vous sçauriez bien partager vos soins : or regardez ce pauvre comme un enfant de surcroist dans vostre maison. Ne dites point que les temps font mauvais : s'ils le font pour vous, combien le font-ils plus pour les pauvres ? or à qui est-ce d'assister ceux qui souffrent plus, sinon à ceux qui souffrent moins ? p. 175. 176.

Souvenez-vous qu'il faudra perdre à la mort ce superflu. Souvenez-vous que rien n'engagera plus Dieu à verser sur vous ses benedictions temporelles, qu'un saint usage de vos biens en faveur des pauvres. p. 177.

III. Partie. Ordre de l'aumosne. La charité doit estre ordonnée : sans cela, c'est une fausse charité. Il faut donc de l'ordre dans l'aumosne, 1. par rapport aux pauvres à qui l'aumosne est duë, 2. par rapport aux riches à qui l'aumosne est commandée. p. 178. 179.

1. Par rapport aux pauvres à qui l'aumosne est

duë. L'aumofne, ou du moins la volonté de faire l'aumofne doit eftre univerfelle & s'eftendre à tous les
pauvres, puifqu'ils font tous les membres du mefme
corps qui eft Jefus-Chrift. Dans l'ancienne loy mefme Dieu vouloit qu'on affiftaft fes ennemis : que
faut-il donc maintenant penfer de ces chreftiens qui
jufques dans leurs aumofnes fe laiffent gouverner
par leurs affections & leurs averfions naturelles? Ce
n'eft pas néanmoins qu'il n'y ait là-deffus certains
égards à avoir, & qu'on ne puiffe préferer les proches, les domeftiques, ceux qui peuvent moins s'aider eux-mefmes, & ceux qui travaillent plus à la
gloire de Dieu & à la fanctification du prochain.
p. 179. 180. 181. 182.

2. Par rapport aux riches à qui l'aumofne eft
commandée. Cinq regles. 1. que l'aumofne foit faite d'un bien propre, & non du bien d'autruy. 2. que
l'aumofne de juftice l'emporte fur l'aumofne de pure charité : j'appelle aumofne de juftice, payer aux
pauvres ce qui leur appartient, payer de pauvres domeftiques, de pauvres artifans, de pauvres marchands. 3. que les aumofnes ne foient point jettées
au hazard, mais données avec mefure, avec reflexion, avec choix. 4. que les aumofnes, pour le
bon exemple, foient publiques, quand il eft conftant
& public que vous poffedez de grands biens. 5.
qu'on faffe l'aumofne dans le temps où elle peut
eftre utile pour le falut, fans attendre à la mort ni
aprés la mort. Ce n'eft pas que je condamne l'ufage
d'ordonner des aumofnes à la mort : mais enfin toutes les aumofnes qu'on fera pour vous aprés voftre
mort, ne vous fauveront pas, fi vous eftes mort dans
le peché; au lieu que vos aumofnes pendant la vie

vous

vous attireront des graces de conversion. p.182. 183. 184. 185. 186. 187. 188. 189.

---

## Sermon pour le Dimanche de la premiere Semaine , sur les Tentations. *page 190.*

S*UJET. Jesus fut conduit dans le desert par l'esprit , pour y estre tenté du démon ; & ayant jeusné quarante jours & quarante nuits, il se sentit pressé de la faim.* Jesus-Christ permet au démon de le tenter, pourquoy ? par quatre raisons, toutes prises de nostre interest. 1. pour nous fortifier, en surmontant, dit saint Gregoire, nos tentations par ses tentations mesmes, comme par sa mort il a surmonté la nostre. 2. pour nous encourager, en nous proposant son exemple. 3. pour nous rendre plus vigilants & plus circonspects, en nous faisant connoistre que personne ne se doit croire en asseûrance puisqu'il est attaqué luy-mesme. 4. pour nous instruire, en nous monstrant de quelles armes nous devons user , & comment nous pouvons nous défendre. Mais deux choses sur tout sont remarquables: l'une, qu'il ne va au desert où il est tenté, que par l'inspiration de l'esprit de Dieu. L'autre, qu'il n'y est tenté qu'aprés s'estre prémuni du jeusne & de la mortification de la chair. D'où nous tirerons deux consequences qui doivent faire le fonds de ce discours. p. 190. 191. 192. 193.

DIVISION. Sans la grace nous ne pouvons vaincre la tentation, j'entends d'une victoire chrestienne & qui soit de quelque merite devant Dieu. Avec la grace point de tentation qui ne puisse estre vaincuë,

*Tome I.*          . N n

puifque Dieu eft plus fort que l'enfer, que le monde
& la paffion. Enfin la grace ne nous manque point,
pour vaincre toutes les tentations, & mefmes, felon la doctrine de S. Paul, pour en profiter. Mais
du refte ne penfons pas que la grace nous foit toûjours donnée telle que nous la voulons, & au moment que nous la voulons. Deux fortes de tentations : les unes volontaires, les autres involontaires.
Or dans les tentations volontaires, envain efperons-
nous le fecours de Dieu, fi nous ne fortons de l'occafion , & nous ne devons point alors nous promettre une grace de combat, mais une grace de fuite:
1. Partie. Dans les tentations involontaires, envain
efperons-nous une grace de combat, fi nous ne fommes en effet refolus à combattre nous-mefmes, &
fur tout comme Jefus-Chrift par la mortification
de la chair : 2. Partie. p. 193. 194. 195. 196.

I. Partie. Dans les tentations volontaires envain efperons-nous le fecours de Dieu, fi nous ne
fortons de l'occafion, & nous ne devons point alors
nous promettre une grace de combat, mais une grace de fuite. Il ne nous eft jamais permis d'expofer
noftre falut : or c'eft l'expofer que de nous engager
temerairement dans la tentation. Je m'explique. Il
n'y a perfonne qui n'ait fon foible & qui ne le fen-
te : le fçavoir & ne pas fuir le danger, lorfqu'on
le peut, c'eft ce que j'appelle s'engager temerairement dans la tentation; & je pretends qu'un chreftien alors ne doit point attendre les fecours de grace preparez pour la combattre & pour la vaincre.
Par quel titre les pretendroit-il ? par titre de juftice ? ce ne feroient plus des graces : par titre de fidelité ? Dieu ne les luy a point promis : par titre de

misericorde ? il y met un obstacle volontaire, & il
se rend absolument indigne des misericordes divines. p. 196. 197. 198.

Non seulement l'homme ne peut présumer alors
d'avoir ces graces victorieuses, mais il doit mesmes
s'asseûrer que Dieu ne les luy donnera pas : pourquoy ? parce que Dieu nous a fait positivement entendre qu'il laisseroit périr celuy qui se feroit volontairement jetté dans le péril. p. 199. 200.

Aussi, pour prendre la chose en elle-mesme, un
homme qui s'expose temerairement à la tentation
a-t-il bonne grace de compter sur le secours du ciel
& de le demander ? Si c'estoit ma gloire, luy peut
répondre Dieu, si c'estoit la charité, la necessité,
une surprise qui vous eust engagé dans ce pas glis-
sant, ma providence ne vous manqueroit pas, comme elle n'a pas autrefois manqué à tant de vierges
chrestiennes, aux Prophetes & à des solitaires mesmes : mais vous sans sujet, vous vous livrez vous-
mesme à tout ce qu'il y a dans le monde de plus dangereux, assemblées, societez, amitiez, conversations, spectacles ; je dis que Dieu retirera son bras,
& qu'il vous laissera tomber. p. 200. 201. 202.

Et certes, reprend saint Bernard, si Dieu estoit
toûjours disposé à combattre pour nous quand il
nous plaist & par tout où il nous plaist, les Saints
se seroient bien trompez, lorsqu'ils s'éloignoient
tant du commerce du monde, qu'ils conseilloient
tant aux autres de s'en éloigner, & qu'ils invecti-
voient avec tant de zéle contre les scandales du théa-
tre. p. 202. 203. 204.

Allons jusques au principe. Pourquoy Dieu re-
fuse-t-il son secours à un pecheur qui s'expose à la

N n ij

tentation. C'eſt, dit Tertullien, pour l'honneur de ſa grace, & afin qu'elle ne ſerve pas de pretexte à noſtre temerité. C'eſt encore pour punir noſtre preſomption. Car s'engager dans la tentation, c'eſt tenter Dieu meſme, & ce peché ne peut eſtre mieux puni que par l'abandon de Dieu. p. 204. 205. 206.

C'eſt, dis-je, tenter Dieu en trois manieres. 1. Par rapport à ſa toute-puiſſance, en luy demandant un miracle ſans neceſſité. L'ordre naturel eſt que vous vous retiriez de l'occaſion, puiſque vous le pouvez : mais vous voulez que Dieu contre les loix de ſa providence vous ſoutienne par un concours extra-ordinaire. Dieu dît à Loth, ſortez de Sodome : s'il y fuſt demeuré, Dieu l'euſt-il ſauvé de l'embraſement ? Ce que Dieu dît à Loth, il vous le dit à vous-meſmes : mais ce que fit Loth, vous ne le faites pas. Quand l'eſprit tentateur dans noſtre Evangile veut perſuader à Jeſus-Chriſt de faire des miracles, que luy répond cet homme-Dieu ? *Vous ne tenterez point le Seigneur voſtre Dieu.* Mais vous voulez que Dieu faſſe pour vous ce que Jeſus-Chriſt n'a pas fait pour luy-meſme. 2. Par rapport à ſa miſericorde, en l'étendant audelà des bornes où il a plû à Dieu de la renfermer. 3. Par hypocriſie, en voulant uſer de diſſimulation avec Dieu, & le priant de bouche qu'il vous delivre de la tentation, lorſqu'en effet vous vous en approchez. p. 206. 207. 208. 209. 210. 211. 212.

Mais, dites-vous, la Cour eſt un ſejour de tentations, & de tentations preſque inſurmontables. J'en conviens : mais pour qui l'eſt-elle ? pour ceux qui y ſont contre l'ordre de Dieu, & ſans y eſtre ap-

pellez de Dieu. Si vous y estes par la vocation de
Dieu, les tentations de la Cour ne feront plus des
tentations invincibles pour vous : car Dieu vous défendra. Et n'est-ce pas à la Cour que se font formez
& que peuvent se former les plus grands saints ?
Mais d'où vient encore souvent le mal ? c'est qu'à
la Cour où le devoir vous arreste, vous allez bien
audelà du devoir. Car comptez-vous parmi vos devoirs tant de mouvemens & tant d'intrigues? Disons
quelque chose de plus particulier : comptez-vous
parmi vos devoirs tel attachement qu'il faudroit
rompre, tant d'assiduitez auprés de telle personne
qu'il ne faudroit plus voir ? Je ne puis, répon-
dez-vous, m'éloigner d'elle. Vous ne le pouvez ?
mais maintenant que le bruit de la guerre commence à se repandre, cette separation vous sera-t-elle
impossible, lorsqu'au premier ordre du Prince il
faudra marcher & que l'honneur vous appellera ?
Ah ! Chrestiens, s'il s'agit du service des hommes,
on ne reconnoist point d'engagement necessaire; &
quand il s'agit des interests de Dieu, on se fait un
obstacle de tout. Souvent mesmes les Prestres de Jesus-Christ, au lieu de s'opposer à ce relaschement,
se laissent surprendre à de faux pretextes, & font
eux-mesmes ingenieux à en imaginer, pour excuser
la temerité d'un mondain qui veut demeurer dans les
plus dangereuses occasions. p. 212. 213. 214. 215.
216. 217. 218.

II. Partie. Dans les tentations involontaires,
envain aurons-nous une grace de combat, si nous ne
sommes resolus à combattre nous-mesmes, & sur
tout par la mortification de la chair. Car je l'ay déja dit & je vous l'ay fait assez entendre, que la gra-

N n iij

ce ne nous est donnée, ni selon nostre choix, ni selon nostre goust ; mais dans un certain ordre establi de Dieu, hors duquel elle demeure inutile & sans fruict. D'où je tire trois consequences. p. 218. 219.

Premiere consequence: dans les tentations mesmes necessaires, Dieu veut que nous usions de ses graces conformément à l'estat où il nous a appellez. Or nostre estat, en qualité de chrestiens, est un estat de guerre; d'une guerre, dis-je, continuelle de l'esprit contre la chair. C'est pourquoy l'Apostre semble ne reconnoistre point d'autres vertus chrestiennes, que des vertus militaires. Ainsi faire fonds sur la grace dans les tentations, sans estre determiné à resister & à combattre, c'est oublier ce que nous sommes & se figurer une grace imaginaire. Tel est néanmoins nostre desordre : nous voulons des graces qui ne nous demandent nul effort, sans nous souvenir que Jesus-Christ est venu nous apporter, *non pas la paix, mais l'épée*. p. 219. 220. 221.

Seconde consequence: la premiere maxime en matiere de guerre, est d'affoiblir son ennemi. Or nostre ennemi, dit saint Paul, c'est nostre chair, cette chair esclave de la concupiscence. Il faut donc la dompter par la mortification, conclut saint Chrysostome, si nous voulons que la grace triomphe de la tentation. Aussi, reprend saint Bernard, le premier effet de la grace est d'éteindre la concupiscence en mortifiant la chair. Ne vouloir donc pas la mortifier, & vouloir cependant que la grace vous soutienne, c'est vouloir que la concupiscence & la grace vous dominent tout à la fois. p. 222. 223.

Comment les Saints ont-ils combattu la tenta-

tion ? par la mortification de la chair. Exemples de
David, de saint Paul, de saint Jerosme, de tant de
solitaires, entre autres de Jean-Baptiste. La grace
est-elle dans nos mains d'une autre trempe, que
dans celles de ces grands Saints? Non, disoit Tertullien, je ne me persuaderay jamais qu'une chair nourrie dans le plaisir, puisse entrer en lice avec les tourmens & avec la mort. Or ce qu'il disoit des persecutions qui furent comme les tentations exterieures
du christianisme, je le dis des tentations interieures
de chaque fidelle. p. 224. 225. 226. 227.

Troisiéme consequence : sans pretendre vous expliquer en quoy consiste cette mortification de la
chair, & m'en tenant au principe general, qu'elle
est necessaire dans toutes les conditions & plus necessaire encore pour les grands & pour les riches,
pour tous ceux qui sont plus sujets à la tentation ;
je dis néanmoins en particulier que l'Eglise l'a specialement determinée au jeusne du Caresme. Mais
qu'est-il arrivé ? les Héretiques se sont declarez contre le commandement de l'Eglise: les uns ont contesté le droit, & les autres le fait. De faux Catholiques,
libertins & sans conscience, ont renoncé hautement
& renoncent encore tous les jours à une pratique si
utile. Parmi mesmes ce petit nombre de fidelles qui
respectent le précepte de l'Eglise, combien taschent
à en éluder l'obligation par de vaines dispenses ? Je
dis vaines dispenses : car 1. il semble que ces dispenses soient attachées à certains estats, & non point
aux personnes : marque infaillible que la necessité
n'en est pas la regle. 2. ceux qui se croyent plus
dispensez du jeusne, ce sont ceux-mesmes à qui le
jeusne doit estre plus facile : tant de riches chez

N n iij

qui tout abonde. 3. ceux qui cherchent plus à s'e-
xempter du jeufne, ce font ceux à qui le jeufne eft
plus neceffaire : pecheurs de longues années, mondains, courtifans, jeunes perfonnes, femmes obfedées de tant d'adorateurs & d'autant de tentateurs.
p. 227. 228. 229. 230. 231. 232.

Souvenez-vous que Dieu dans fa loy ne diftingue, ni qualitez, ni rangs. Souvenez-vous que vous
eftes chreftiens comme les autres, & plus en danger
que les aurres. Adjouftez au jeufne & à la penitence, la parole de Dieu & les bonnes œuvres. p. 233.
234.

---

## Sermon pour le Lundy de la premiere Se-
maine, fur le Jugement dernier. *p. 235.*

S u j e t. *Quand le Fils de l'homme viendra dans
l'éclat de fa Majefté & tous les Anges avec
luy, alors il s'affiera fur fon Throfne, & toutes les
nations fe raffembleront devant luy.* Nous reconnoif-
fons deux avénemens de Jefus-Chrift: car il eft déja
venu ce Dieu-homme dans le myftere de fon incarnation; & il doit encore venir au jour terrible de fon
jugement univerfel, dont j'ay à vous parler dans ce
difcours, & dont je veux vous faire connoiftre la rigueur par la rigueur mefme de certains jugemens que
vous craignez tant fur la terre, & que vous avez dés
maintenant à fubir dans la vie. p. 235. 236. 337.

D i v i s i o n. Nous avons dés maintenant dans
la vie deux fortes de jugemens à fubir ; ceux que
les hommes font de nous, & celuy que nous faifons
de nous-mefmes. De là je tire deux conjectures de

la rigueur du jugement de Dieu. En deux mots : le monde nous juge, & combien craignons nous les jugemens du monde ? premier prejugé de la rigueur du jugement de Dieu : 1. Partie. Nous nous jugeons nous-mesmes, & rien ne nous trouble davantage que ce jugement de noftre confcience; fecond prejugé de la rigueur du jugement de Dieu : 2. Partie. p. 237. 238. 239.

I. PARTIE. Nous craignons les jugemens du monde, & nous en craignons fur tout, 1. la verité. 2. la liberté. 3. la fincerité. 4. la feverité. 5. l'uniformité. Tout cela, autant de conjectures de l'extrefme rigueur du jugement de Dieu, & autant d'épreuves fenfibles par où Dieu femble déjà nous y difpofer. p. 239. 240.

Quelque force d'efprit que nous affections, nous craignons les jugemens du monde. De là vient que nous fommes fi mortifiez quand la cenfure du monde nous attaque perfonnellement ; & fi nous fçavions en bien des rencontres ce qu'on penfe & ce qu'on dit de nous, nous en ferions outrez de douleur. Or cette crainte des jugemens des hommes doit nous élever à la crainte du jugement de Dieu. Car nous devons nous dire à nous-mefmes : fi je craints tant d'eftre cenfuré par des hommes foibles comme moy, que fera-ce d'eftre comdamné par un Dieu infiniment audeffus de moy ? Il eft vray que faint Paul difoit, *peu m'importe que le monde me juge :* mais il n'appartenoit qu'à faint Paul de parler ainfi. Pour moy je dis, il m'importe de me fouvenir combien la cenfure du monde m'allarme & me déconcerte, afin d'apprendre avec quel foin je dois donc me préferver du jugement d'un Dieu dont

je révere la sainteté & dont je redoute la puissance.
p. 240. 241. 242. 243. 244.

1. Mais que craignons nous sur tout dans les jugemens des hommes ? la verité. Des calomnies qu'on
invente contre nous, nous touchent moins, parce
que nous avons de quoy les confondre : mais ce qui
nous pique le plus vivement, c'est que souvent nous
sommes obligez de reconnoistre dans le fonds du
cœur, que les jugemens desavantageux qu'on fait
de nous, ne sont que trop équitables & trop bien
fondez. Triste image du jugement de Dieu : car ce
qu'il y aura plus à craindre pour nous, c'est sa verité, cette verité qui nous convaincra, en sorte que
nous n'aurons rien à répondre. p. 244. 245. 246.
247.

2. Comme nous craignons la verité des jugemens
du monde, nous n'en pouvons souffrir la liberté.
Nous voudrions du moins qu'on fust plus discret
& plus reservé à parler; nous voudrions qu'on nous
respectast dans le rang où nous sommes : mais fus-
sions-nous encore plus grands, on ne nous épargnera pas ; & plus mesmes nous serons grands, moins
on nous épargnera. Or qu'est-ce que cela, sinon le
jugement de Dieu en figure ? Pour vous en donner
une idée sensible, rendez-vous attentifs à la supposition que je vais faire. Si par l'ordre de Dieu &
usant des connoissances & de la liberté qu'il me
donneroit, je venois à réveler icy les consciences :
si j'entreprenois sans égard certains de mes auditeurs, & que je leur fisse essuyer l'opprobre de je ne
sçais combien de crimes qu'ils tiennent cachez dans
les tenebres, ils en mourroient de dépit & de chagrin. Telle est l'absoluë & imperieuse liberté avec

laquelle Dieu condamnera ce qu'il y a de plus grand dans le monde; & c'est à vous, Puissants du siecle, à y penser. p. 247. 248. 249. 250 251.

3. Non seulement nous craignons la verité & la liberté des jugemens du monde, mais nous n'en pouvons pas plus supporter la sincerité. Un ami sincere & fidelle, à force d'estre fidelle & sincere, nous devient odieux. Appliquons cecy au jugement de Dieu. Nous voulons qu'un ami, lorsqu'il s'agit de certaines veritez fascheuses, ait soin, en nous les disant, de les adoucir & de nous y preparer. Mais Dieu sans adoucissement, sans déguisement, nous fera voir la verité toute nuë. Veûë affligeante, par où il punira nos delicatesses ou nos honteuses foiblesses à ne la pouvoir écouter. Veûë, par où il confondra l'aveuglement où nous aurons vescu, & ce profond oubli de nous-mesmes où le mensonge & la flatterie nous aura entretenus : *Existimasti iniquè, quod ero tui similis ; arguam te & statuam contra faciem tuam.* p. 251. 252. 253. 254.

4. Ce qui nous fait encore tant craindre les jugemens des hommes, c'est leur severité. Car nous sçavons que le monde ne pardonne rien. Nous ne pardonnons rien nous-mesmes aux autres : & par une bizarre contradiction, nous voulons qu'ils ayent pour nous un certain fonds de benignité, tandis que nous les jugeons à la rigueur & souvent plus qu'à la rigueur. Or si les jugemens des hommes sont si severes, apprenons quel sera ce jugement sans misericorde dont Dieu nous menace. *Voca nomen ejus absque misericordia.* Pendant la vie, Dieu fait justice & misericorde tout-ensemble : mais dans son jugement il exercera sa justice tou-

te pure, à peu prés comme nous l'exercons envers nos plus declarez ennemis. p. 254. 255. 256. 257.

5. Ce qu'il y a d'insoutenable dans la censure du monde, c'est qu'elle soit generale, & que par son uniformité elle devienne contre nous un jugement public. Il est vray qu'il y a des ames sans pudeur : mais ce sont des monstres qui ne peuvent servir d'exemple. Du reste, dans quelque décri que nous soyions maintenant, il n'est presque jamais complet ni universel : mais le pecheur au jugement de Dieu se verra condamné de tout l'univers : *Et pugnabit cum illo orbis terrarum contra insensatos.* p. 257. 258. 259.

Conclusion. Pour nous preparer au jugement de Dieu, profitons des jugemens du monde lorsque le monde condamne nos desordres. Aimons dans les jugemens du monde, la verité qui nous corrige. Regardons-en la liberté comme un moyen que Dieu nous fournit pour nous maintenir dans l'ordre. Ayons dans le monde un ami prudent & fidelle, qui nous parle avec sincerité. Si le monde est un censeur severe, bénissons la providence de ce que le vice n'a pas encore prévalu jusqu'à obtenir du monde qu'il luy fist grace. Si le monde est un censeur public, & si nous avons tant de peine à porter cette censure publique du monde, jugeons quelle sera cette confusion universelle des reprouvez devant le tribunal de Dieu ; & sans differer, effaçons dans le tribunal de la penitence ce qui feroit nostre honte dans l'assemblée generale de tous les hommes. p. 259. 260. 261. 262.

II. PARTIE. Nous nous jugeons nous-mesmes, & rien ne nous trouble davantage que ce jugement secret & domestique de nostre conscience. Nous avons chacun une conscience : dans les uns conscience droite, que Dieu nous a donnée; dans les autres fausse conscience, dont nous sommes nous-mesmes les autheurs. Or de l'une & de l'autre, ou plustost des reproches & des anxietez de l'une & de l'autre, tirons un nouveau prejugé, mais seûr & infaillible, du jugement de Dieu. p. 262. 263.

1. Conscience droite, qui sans autre loy suffit pour nous tenir lieu de loy. Qu'est-ce que cette conscience ? un jugement que nous faisons de nous-mesmes, & que nous en faisons malgré nous. Exemple de Caïn dechiré des remords de sa conscience aprés son peché. Or que nous présagent ces agitations, ce saisissement, ce desespoir du pecheur à la veûë de ses crimes, sinon le jugement de Dieu ? Jugement redoutable, qui dés maintenant & en partie s'execute dans nous-mesmes? Oüy, c'est par nos propres consciences que Dieu déja nous fait nostre procez; *De ore tuo te judico :* & dans un sens on peut dire avec saint Augustin, que le jugement de Dieu à nostre égard est déja fait ; & que le dernier jugement n'adjoustera rien à ce jugement interieur que l'appareil & la solemnité. C'est pourquoy l'Apostre appelle si souvent le jugement universel le jour de la manifestation, comme si tout le jugement de Dieu devoit consister alors à ouvrir le livre de nos consciences & à faire voir que nous sommes déja jugez par nous-mesmes & dans nous-mesmes. Cependant si cette voix secrette que Dieu nous fait entendre au fond de nous-mesmes, nous cause tant de frayeur & d'épouvante, que sera-ce quand il éclatera ? p. 264. 265. 266. 267. 268. 269.

Conſcience droite dont nous ne pouvons dés cette vie meſme, ni toûjours, ni entierement nous défaire. C'eſt un cenſeur qui nous ſuit par tout, qui nous condamne par tout, & qui repand l'amertume & le trouble juſques au milieu de nos plaiſirs. Mais, mon Dieu, diſoit ſur cela ſaint Auguſtin, ſi je ne puis me garentir du jugement de ma conſcience, comment me défendray-je de voſtre jugement ; de ce jugement inévitable, de ce jugement irrévoble, de ce jugement éternel ? p. 269. 270. 271.

2. Conſcience fauſſe : il eſt vray que l'on ſe fait tous les jours de fauſſes conſciences ; mais ces fauſſes conſciences, reprend ſaint Auguſtin, ſont elles-meſmes les plus ſenſibles & les plus triſtes préjugez du jugement de Dieu : pourquoy ? parce que ce ne ſont jamais ou preſque jamais des conſciences tranquilles. Car s'il n'y avoit point de jugement à craindre, ou que l'idée de ce jugement puſt eſtre abſolument effacée de noſtre eſprit, il nous ſeroit aiſé de trouver dans la fauſſe conſcience la tranquillité & la paix. Pourquoy donc ne l'y trouvons nous pas, ſi ce n'eſt parce que la conſcience aveugle & corrompuë ne l'emporte jamais tellement ſur la conſcience ſaine & droite, que celle-cy, quoyque d'une voix foible, ne réclame toûjours contre le mal, & qu'elle ne nous faſſe ſentir qu'il y a un jugement de Dieu, où nos erreurs doivent eſtre confonduës. C'eſt pour cela meſme, remarque ſaint Gregoire Pape, que plus le jugement de Dieu eſt proché, plus la fauſſe conſcience devient chancelante, & qu'aux approches de la mort toute ſa fermeté ſe dément, parce qu'on a l'idée plus preſente d'un juge ſouveverain, d'un juge équitable, d'un juge éclairé, d'un

juge tout-puiſſant, d'un juge inflexible devant qui il faut neceſſairement paroiſtre. p. 271. 272. 273. 274. 275. 276.

Craignons donc le jugement de Dieu, & demandons tous les jours à Dieu cette crainte. Craignons le jugement de Dieu, & craignons-le en quelque eſtat de perfection que nous puiſſions eſtre, puiſque les Saints le craignoient tant eux-meſmes. Craignons le jugement de Dieu, & craignons-le ſouverainement & par deſſus tout, comme nous devons aimer Dieu par preference à tout. Craignons le jugement de Dieu, & craignons encore plus le peché, puiſque c'eſt le peché qui le doit rendre ſi formidable. Craignons le jugement de Dieu, & ſervons-nous de cette crainte pour corriger nos erreurs & pour reprimer nos paſſions. Craignons le jugement de Dieu, & que cette crainte de Dieu nous excite à le fléchir & à l'appaiſer. Enfin craignons le jugement de Dieu, & craignons ſur tout de perdre cette crainte, qui eſt une reſſource pour nous dans nos deſordres & comme un port de ſalut. p. 276. 277. 278. 279. 280. 281.

---

## Sermon pour le Mécredy de la premiere Semaine, ſur la Religion chreſtienne.
*page 282.*

SUJET. *Quelques-uns des Scribes & des Phariſiens diſoient à Jeſus-Chriſt : Maiſtre, nous voudrions bien voir quelque prodige de vous. Jeſus leur répondit : cette nation mechante & adultere demande un prodige, & il n'y en aura point d'autre pour elle que celuy du Prophete Jonas.* Ce fut une curiosité présomptueuse, une curiosité captieuse & maligne, qui porta les Pharisiens à faire cette demande au Sauveur du monde ; & c'est pour cela mesme que le Sauveur du monde les traita de nation mechante & infidelle, & qu'il les cita devant le tribunal de Dieu. Ainsi nous voudrions voir des miracles pour nous confirmer dans la foy, & nous en voyons dont nous ne profitons pas. Car nous avons dans Jesus-Christ & dans l'establissement de son Evangile, non seulement de quoy convaincre nos esprits, mais de quoy contenter pleinement nostre curiosité ; & si nous n'en sommes pas touchez, ce ne peut estre que l'effet d'une mauvaise disposition dont nous serons responsables au jugement de Dieu. Importante matiere qui fera le sujet de ce discours. Compliment à la Reine. p. 282. 283. 284. 285. 286.

DIVISION. Faites-nous voir un prodige qui vienne de vous, dirent les Pharisiens à Jesus-Christ. Sur quoy saint Augustin remarque qu'il y a deux sortes de prodiges : les uns qui viennent de Dieu, & les autres qui viennent de l'homme. La foy des Ninivites convertis par la predication de Jonas, ce fut un prodige qui ne pouvoit venir que de Dieu, & c'est celuy que Jesus-Christ propose aux Pharisiens : mais au mesme temps il leur en decouvre un autre qui ne pouvoit venir que d'eux-mesmes, sçavoir le prodige ou le desordre de leur infidelité. Appliquons-nous cecy. Je prétends que Jesus-Christ dans l'establissement de la religion, nous a fait voir un miracle plus authentique & plus convaincant que celuy des Ninivites convertis, & c'est

le

le grand miracle de la converſion du monde, & de
la propagation de l'Evangile que j'appelle le miracle de la foy : 1. Partie. Je prétends que nous oppoſons tous les jours à ce miracle un prodige d'infidelité, mais d'une infidelité plus monſtrueuſe &
plus condamnable que celle des Phariſiens : 2. Partie. p. 286. 287. 288. 289.

I. PARTIE. Converſion du monde par la predication de l'Evangile, miracle de la foy chreſtienne. Jugeons-en par ce que Jeſus-Chriſt nous marque en avoir eſté la figure, je veux dire, par la converſion des Ninivites. Jonas envoyé de Dieu, preſche au milieu de Ninive, & tout à coup cette ville
abandonnée à tous les vices devient un modelle de
penitence. Voilà, diſoit le Fils de Dieu aux juifs,
le miracle qui vous condamnera. Et je dis à tout ce
qu'il y a de libertins qui m'écoutent : en voicy un,
qui doit bien plus encore confondre voſtre incredulité : c'eſt la converſion du monde entier operée
par la miſſion d'un plus grand que Jonas, qui eſt
Jeſus-Chriſt : *Et ecce plus quàm Jonas hic.* p. 289.
290. 291. 292.

Qu'a-t-il fait? il entreprend de détruire dans tout
le monde l'idolaſtrie, la ſuperſtition, l'erreur, & d'y
eſtablir le vray culte de Dieu. Qui choiſit-il pour
cela? douze Apoſtres groſſiers, foibles, ignorants,
mais qu'il remplit de ſon eſprit. Remplis de l'eſprit
de Dieu, tout groſſiers, tout foibles, tout pauvres
qu'ils ſont d'ailleurs, ils annoncent un Evangile
contraire à toutes les inclinations de la nature, &
on le reçoit. Ils l'annoncent aux grands, aux doctes
& aux prudens du ſiecle, à des mondains ſenſuels
& voluptueux, & l'on s'y ſoumet. De là ſe forme

une chrestienté si sainte & si pure, que le paganisme mesme se trouve forcé à l'admirer. Ce n'est
pas qu'ils ne rencontrent bien des obstacles à vaincre. Toutes les puissances de la terre, s'élevent contre la nouvelle religion qu'ils preschent ; mais cette religion si fortement combattuë triomphe de
tout. Elle s'étend, elle se multiplie : c'est bientost
la religion dominante, & où ? jusques dans Rome,
jusques dans le Palais des Césars. Avoüons-le :
quand dés sa naissance elle auroit trouvé toute la
faveur & tout l'appuy necessaire, elle seroit toûjours par mille autres endroits l'œuvre de Dieu :
mais qu'elle se soit establie dans les plus sanglantes persecutions & mesmes par les plus sanglantes
persecutions, c'est un de ces prodiges où il faut que
la prudence humaine s'humilie & qu'elle rende
hommage à la toute-puissance du Seigneur. Miracle renouvellé dans ces derniers siecles. Vous le sçavez : un François Xavier a converti dans l'Orient
tout un nouveau monde : & comment ? par les
mesmes moyens, malgré les mesmes obstacles, avec
les mesmes succez. p. 292. 293. 294. 295. 296.

Or je soutiens qu'aprés cela nous n'avons plus
droit de demander à Dieu des miracles: pourquoy ?
parce que cette seule conversion du monde est le
plus sensible de tous les miracles. 1. Miracle qui
surpasse tous les autres miracles. 2. miracle qui présuppose tous les autres miracles. 3. miracle qui justifie tous les autres miracles. p. 297.

Oüy la conversion du monde est le plus sensible de tous les miracles. Vous vous obstinez à rejetter tous les autres miracles, disoit saint Augustin aux payens : mais confessez donc que dans vos-

tre fyfteme il y en a un dont vous eftes obligez de convenir, c'eft le monde converti fans aucun mira-cle. Car à quoy attribüerons-nous ce grand ouvra-ge, fi nous n'avons pas recours à la vertu infinie de Dieu ? ce ne peut eftre, ni aux talents de l'ef-prit & à l'éloquence, ni à la violence & à la for-ce, ni à la douceur de la loy & au relafchement de fa morale, ni au caprice & au hazard. p. 297. 298. 299. 300.

1. Miracle qui furpaffe tous les autres miracles. La converfion d'un pecheur inveteré, dit faint Gre-goire, coufte plus à Dieu & en ce fens eft plus mi-raculeufe que la refurrection d'un mort. Qu'eft-ce donc que la converfion de tant de peuples enraci-nez dans l'idolaftrie ? Que diriez-vous fi je con-vertiffois icy tout à coup devant vous un impie de-claré ? y a-t-il miracle qui vous touchaft davanta-ge ? Que devez vous donc juger de tant de nations foumifes à l'Evangile ? p. 300. 301. 302.

2. Miracle qui préfuppofe tous les autres mira-cles. Car comment les premiers chreftiens euffent-ils embraffé avec tant de zéle une loy fi rigoureu-fe, fans les miracles qu'ils avoient veûs ? Ne fut-ce pas un miracle que la converfion de S. Paul, & ce miracle n'en demandoit-il pas un autre que cet A-poftre rapporte luy-mefme? S. Pierre dés fa premie-re predication convertit trois mille perfonnes, pour-quoy ? parce qu'ils luy entendirent parler toutes fortes de langues. Si ce miracle euft efté fuppofé, faint Luc euft-il eû le front de le publier dans un temps où des millions de témoins l'euffent pû dé-mentir ? Si les miracles que l'Apoftre pretendoit avoir faits parmi les gentils, n'avoient efté que des

O o ij

inventions & des fauſſetez, euſt-il oſé les prier, comme il le fait, de s'en ſouvenir, & en euſt-il appellé à leur propre temoignage ? l'auroient-ils crû, & euſt-il gagné tant d'ames à Jeſus-Chriſt ? N'eſtoit-ce pas le lien des miracles, qui attachoit ſaint Auguſtin à l'Egliſe, comme il le dit luy-meſme ; & n'en racconte-t-il pas un, dont il proteſte avoir eſté ſpectateur & qui ſervit à le confirmer dans la foy ? p. 302. 303. 304. 305. 306.

3. De là, par une conſequence neceſſaire, miracle qui juſtifie tous les autres miracles. Aprés quoy nous pouvons bien dire à Dieu, comme Richard de ſaint Victor, que ſi nous eſtions dans l'erreur, ce ſeroit à luy que nous aurions droit d'imputer nos erreurs. p. 306. 307.

Mais auſſi miracle qui nous confondra au jugement de Dieu. *Viri Ninivitæ ſurgent in judicio.* Tant de payens convertis, s'éleveront contre nous. N'eſt-il pas honteux que la foy ait fait paroiſtre dans le monde tant de vertu, & qu'elle ſoit ſi languiſſante parmi nous ? Quel reproche, que cette foy ait ſurmonté toutes les puiſſances humaines conjurées contre elle, & qu'elle n'ait pas encore ſurmonté dans nous de vains obſtacles qui s'oppoſent à noſtre converſion ? Qu'auray-je là-deſſus, Seigneur, à vous répondre ? p. 307. 308. 309. 310.

II. PARTIE. Prodige d'infidelité que nous oppoſons au miracle de la foy chreſtienne. Je conſidere ce prodige d'infidelité dans un chreſtien, qui ſelon les divers deſordres aux quels il ſe laiſſe malheureuſement entraiſner, 1. ou renonce à ſa foy, 2. ou corrompt ſa foy, 3. ou dément & contredit ſa foy. Je m'explique. p. 310. 311.

1. Prodige d'infidelité dans un chreſtien, qui par le libertinage de ſes mœurs tombe dans l'impieté & dans un libertinage de créance. Car peut-on comprendre que des gens élevez dans la foy, la renoncent cette foy ſi ſainte & ſi neceſſaire, comment ? en aveugles & en inſenſez, ſans examen & ſans connoiſſance de cauſe, par emportement, par paſſion, par caprice ? Or voilà ce que nous voyons. Demandez à un libertin pourquoy il a ceſſé de croire ce qu'il croyoit, s'il a conſulté, s'il à lû, ſi par une longue étude il eſt entré dans le fonds des difficultez ; pour peu qu'il ſoit ſincere, il vous avoüera qu'il n'a point tant fait de recherches, & qu'il s'eſt ſouſtrait à l'obéiſſance de la foy ſans tant de reflexions & tant de meſures. p. 311. 312. 313. 314.

Mais encore par quelle voye un homme peut-il donc ſe pervertir juſqu'à devenir infidelle? Ecoutez-le. Prodige d'infidelité : il renonce à ſa foy par un eſprit de ſingularité, & pour avoir le ridicule avantage de ne penſer pas comme les autres. Prodige d'infidelité : il renonce à ſa foy par orgueil, voulant ſe conduire luy-meſme par ſes propres lumieres. Prodige d'infidelité : il renonce à ſa foy par intereſt & tout-enſemble par deſeſpoir; je veux dire, parce qu'elle le trouble dans ſes plaiſirs & qu'elle s'oppoſe à ſes injuſtes deſſeins. Prodige d'infidelité : il renonce à ſa foy par prévention, ſe piquant en toute autre choſe de n'eſtre preoccupé ſur rien, & en matiere de religion l'eſtant ſur tout. Il y a plus : non ſeulement il abandonne ſa foy ſans raiſon, mais contre ſa raiſon. On luy propoſe les motifs les plus convaincants, des motifs qui ont perſuadé

O o iij

les premiers genies du monde, & il s'endurcit contre tous ces motifs. On luy produit des miracles fans nombre, & des miracles éclatants: il s'infcrit en faux contre tous ces miracles, & il n'a pas honte de donner le démenti à tout ce que l'antiquité a eû de plus venerable & de plus faint. p. 314. 315. 316. 317. 318. 319.

2. Prodige d'infidelité dans un chreftien, qui par un attachement fecret ou public à l'héresie, corrompt fa foy. Sans entrer dans un long détail fur les defordres de l'héresie, il me fuffit de faire avec vous là reflexion d'un grand Cardinal de noftre fiecle, que de tant de fidelles qui dans les derniers temps ont corrompu la pureté de leur religion, en tombant dans l'erreur; à peine s'en eft-il trouvé quelques-uns que leur bonne foy ait pû juftifier, mefmes devant les hommes. Confultons feulement l'hiftoire du fiecle paffé : combien trouverons nous de catholiques engagez dans le parti de l'héresie par les motifs les plus indignes ? chagrin contre l'Eglife, antipathies particulieres, lafches interefts, efprit de cabale, curiofité, ambition, politique, neceffité, crainte, oftentation, envie de paroiftre, par tout aveuglement & paffion. p. 319 320. 321. 322.

3. Prodige d'infidelité dans un chreftien, qui par fes mœurs dément fa foy. En tout le refte, nos affections & nos actions s'accordent avec nos connoiffances. Il n'y a que le falut & ce qui concerne le falut, où nous detruifons dans la pratique ce que nous croyons dans la fpeculation. Eftre chreftien & vivre en chreftien, ou eftre payen & vivre en payen, ce n'eft pas un prodige; mais le prodige, c'eft d'avoir la foy & de vivre en infidelle. Faifons

le ceſſer ce prodige : conſervons noſtre foy , & accordons nos mœurs avec noſtre foy. Aprés avoir ſervi à noſtre penitence & à noſtre ſanctification, elle ſervira à noſtre gloire. p. 322. 323. 324.

---

## Sermon pour le Jeudy de la premiere Semaine, ſur la Priére. *page 325.*

SUJET. *Alors une femme Chananéenne venuë de ces quartiers-là, s'écria en luy diſant : Seigneur, Fils de David, ayez pitié de moy ; ma fille eſt cruellement tourmentée par le démon.* Si jamais la force de la priére a paru ſenſiblement, n'eſt-ce pas dans l'exemple de cette femme Chananéenne ? Jeſus-Chriſt en ſa faveur déployé toute ſa vertu, confond les puiſſances de l'enfer, & par un double miracle delivre la fille & ſanctifie la mere. Mais ſi la priére eſt par elle-meſme ſi efficace, d'où vient que les noſtres ſont ſi infructueuſes ? je vais vous en apprendre les raiſons dans ce diſcours. p. 325. 326. 327.

DIVISION. Rien n'eſt plus ſolidement eſtabli dans la religion que l'infaillibilité de la priére. Mais en quel ſens la priére eſt-elle infaillible ? pourveû que ce ſoit une priére ſainte & chreſtienne. Si donc nos priéres ne ſont pas écoutées favorablement de Dieu, c'eſt qu'elles ſont defectueuſes, & quant au ſujet, & quant à la forme. En deux mots, nous ne recevons pas, ou parce que nous ne demandons pas ce qu'il faut, 1. Partie : ou parce que nous ne demandons pas comme il faut, 2. Partie. p. 327. 328.

O o iiij

I. **Partie.** Nous ne demandons pas ce qu'il faut, premiere raison pourquoy Dieu n'écoute pas nos priéres. La Chananéenne demande au Fils de Dieu que sa fille soit delivrée du démon : mais nous, par un esprit tout opposé, nous demandons tous les jours à Dieu ce qui entretient dans nos ames le regne du démon & mesmes de plusieurs démons dont nous voulons estre possedez. Parlons plus clairement. Nous demandons, 1. ou des choses préjudiciables au salut, 2. ou des biens purement temporels & inutiles au salut, 3. ou mesmes des graces surnaturelles, mais qui de la maniere que nous les concevons & que nous les voulons, bien loin de nous sanctifier, serviroient pluftost à nous retirer de la voye du salut. p. 329. 330.

1. Nous demandons des choses préjudiciables au salut, & en cela nous sommes semblables aux payens. Si nous en croyons les payens mesmes, un de leurs desordres estoit de recourir à leurs Dieux, & de leur demander, quoy ? la mort d'un parent, la mort d'un concurrent, le patrimoine d'un pupille. C'est ce qui nous semble énorme : mais ne sommes-nous pas encore plus coupables qu'eux ? C'estoient des payens, & ils adoroient des divinitez vitieufes : au lieu que nous servons un Dieu non moins pur, ni moins saint, que puissant & grand. Il est vray que nous sçavons mieux colorer nos priéres, toutes injustes qu'elles sont. Un homme du siecle demande de quoy subsister dans sa condition, un pere de quoy establir ses enfants, une femme la santé du corps, un plaideur le gain d'un procés : rien de plus raisonnable en apparence ; mais rien au fond de plus condamnable, parce qu'on ne

s'y propose que des veûës d'interest, d'ambition, de plaisir. Ne nous étonnons donc pas que Dieu se rende insensible à nos vœux. p. 330. 331. 332. 333.

Les payens, tout payens qu'ils estoient, condamnoient un tel abus. Que pensez-vous de Jupiter, leur disoit un de leurs Poëtes, lorsque vous luy faites une priére que vous n'auriez pas l'asseûrance de faire à un de vos Magistrats ? Et moy je vous dis, Chrestiens : que pensez-vous de vostre Dieu, lorsque vous voulez l'engager par vos demandes à devenir le complice de vos crimes ? *Verumtamen servire me fecisti peccatis tuis, & laborem mihi præbuisti in iniquitatibus tuis.* p. 334. 335. 336.

Je sçais, & saint Jean nous l'apprend, que nous avons un puissant mediateur auprés du Pere, qui est Jésus-Christ : mais veut-il estre & peut-il estre le mediateur de nostre vanité, de nostre avarice, de nostre concupiscence, de nostre sensualité ? Heureux encore que Dieu rejette vos priéres. Ce qui a perdu les Pompées & les Césars, adjoustoit le mesme satyrique, ne sont-ce pas des souhaits criminels, accomplis par des divinitez d'autant plus mortellement ennemies, qu'elles estoient plus condescendantes ? Et si Dieu, mes Freres, vous accordoit ce qui flatte vostre passion, & ce qui, en la flattant, acheveroit de vous pervertir, ne seroit-ce pas le jugement le plus rigoureux & la plus terrible vengeance qu'il pust exercer sur vous ? p. 336. 337. 338.

2. Nous demandons des biens purement temporels & du moins inutiles au salut. Je ne veux pas

dire que les biens temporels ne foient pas des dons de Dieu, & qu'on ne puiffe les luy demander : mais il nous les refufe, parce que nous ne les demandons, ni dans l'ordre qu'il a eftabli, ni par rapport à la fin qu'il a marquée. Car on ne luy demande que les graces temporelles, fans penfer aux fpirituelles qui devroient néanmoins tenir le premier rang dans nos priéres. Nous prions comme Antiochus, qui ne demandoit, ni l'efprit de penitence, ni le don de pieté, ni le refpect des chofes faintes, mais une fanté qu'il preferoit à tout le refte. C'eft ne rien demander, puifque toutes les graces temporelles feparées du falut ne font rien devant Dieu. D'où vient que le Fils de Dieu dît à fes Difciples, en leur promettant fa mediation auprés de fon Pere, *Si quid petieritis*, fi vous demandez quelque chofe ; & qu'il leur adjoufta qu'ils n'avoient encore rien demandé, parce qu'ils n'avoient demandé que des faveurs humaines & paffageres. Or à combien de chreftiens ne pourrois-je pas faire le mefme reproche ? p. 338. 339. 340. 341. 342. 343.

L'ordre eft que nous cherchions d'abord le Royaume de Dieu, & Jefus-Chrift nous affeûre enfuite que rien ne nous manquera. Mais fi vous renverfez cet ordre, ne vous appuyez plus fur les merites de ce Dieu-homme, puifque vos priéres ne font plus felon la regle qu'il nous a prefcrite. Or cet ordre fi raifonnable & fi fage, nous le renverfons en effet tous les jours. Car au lieu de demander la benediction de Jacob, c'eft à dire, la rofée du ciel & puis la graiffe de la terre, *De rore cœli & de pinguedine terræ :* nous demandons, comme dans la benediction d'Efaü, la graiffe de la terre avant la rosée du ciel ; *De pinguedine terra & de rore cæli.* p. 343. 344. 345.

Pour mieux entendre pourquoy Dieu n'a nul égard alors à nos priéres, comprenez ce principe de saint Cyprien : que nos priéres n'ont de vertu, qu'autant qu'elles font unies aux priéres de Jesus-Chrift. Or qu'a-t-il demandé pour nous ? les biens fpirituels. Et pourquoy les a-t-il demandez ? par rapport à la fin pour laquelle il eftoit envoyé, qui eft le falut. Au contraire, que demandons-nous? des richeffes, des honneurs, une vaine reputation, une vie commode. Et pourquoy les demandons-nous ? fans nul rapport au falut. Nos priéres n'ont donc nulle conformité avec celle du Sauveur du monde, & nous ne devons plus eftre furpris fi nous n'obtenons rien. Voilà par où faint Auguftin prouvoit que l'efperance chreftienne n'a point pour objet les biens de cette vie. Voilà l'excellente raifon dont fe fervoit encore le mefme Pere contre les railleries des payens. Vous nous reprochez , leur répondoit-il, que malgré nos priéres nous vivons dans la difette & dans l'abandon de toutes chofes ; mais pour nous juftifier de ce reproche auffi bien que noftre Dieu, il fuffit de vous dire que quand nous le prions, ce n'eft point precifément pour les biens de la terre, mais pour les biens de l'éternité. En quoy, pourfuivoit-il , nous ne pouvons affez admirer la liberalité de ce fouverain maiftre : il ne borne pas fes faveurs à des biens periffables, mais il veut eftre luy-mefme noftre bonheur & noftre récompenfe. p. 346. 347. 348. 349.

3. Nous demandons des graces furnaturelles ,

mais qui de la maniere que nous les concevons &
que nous les voulons, bien loin de nous fanctifier,
ferviroient pluftoft à nous retirer de la voye du falut. Car nous demandons des graces felon noftre
gouft & felon nos fauffes idées; des graces qui
nous applaniffent tellement toutes les voyes du falut, qu'il ne nous refte, ni mefures à prendre, ni
efforts à faire. p. 350. 351.

Priére du Prophete : je ne demande plus qu'u-
ne chofe au Seigneur ; c'eft de demeurer dans fa
fainte maifon. Priére de faint Auguftin : jufques
à prefent, Seigneur, je ne vous avois demandé que
ce que demanderoient des payens & des impies;
mais, mon Dieu, je vous rends graces de ne m'a-
voir pas exaucé felon mes defirs. Vous écouterez
deformais, Seigneur, mes demandes, parce que je
ne veux plus vous demander que les biens éternels.
p. 351. 352. 353.

II. PARTIE. Nous ne demandons pas comme il faut, feconde raifon pourquoy Dieu n'écoute pas nos priéres. Les conditions que Dieu exige,
pour rendre nos priéres efficaces, ne font point fi
difficiles qu'elles doivent fervir d'obftacle à l'accompliffement de nos vœux. Le Dieu que nous
prions eft trop liberal & trop bon pour enchérir
ainfi fes graces; & à bien examiner les qualitez de
la priére, il n'y en a aucune qui ne foit aifée dans
la pratique, & d'une abfoluë neceffité. Quatre conditions. 1. humilité. 2. confiance. 3. perfeverance.
4. attention de l'efprit & affection du cœur. p. 353.
354. 355.

1. Humilité : quoy de plus raifonnable ? Peut-
on avoir une jufte idée de la priére, & oublier en

priant cette regle fondamentale ? Prie-t-on autrement les Princes de la terre ? La Chananéenne fit-
elle difficulté de se prosterner en la presence de Jesus-Christ & de l'adorer ? Comment reçeût-elle le
refus qu'il luy fit d'abord en des termes si humi-
liants & si capables de la rebutter ? Sa priére fut
humble ; & les nostres sont accompagnées d'un esprit d'orgueil, d'un esprit de presomption, d'un
faste mondain, d'un luxe qu'on porte jusques dans
le sanctuaire. Nous demandons à Dieu des graces,
non comme des graces, mais comme des dettes ;
prests à murmurer s'il nous les refuse, & prests à
nous enfler & à les oublier s'il nous les accorde.
p. 355. 356. 337.

2. Confiance : quoy de plus juste ? Quels miracles Dieu n'a-t-il pas operez en faveur de cette confiance ? N'est-ce pas à elle plustost qu'à sa misericorde, qu'il attribuë en mille endroits de l'Ecriture
la vertu toute-puissante de la priére ? Quelle confiance marqua à Jesus-Christ cette femme de nostre
Evangile ? Qu'eust-elle fait, si déja chrestienne, elle l'eust connu aussi parfaitement que nous ? Cependant tout chrestiens que nous sommes, nous nous
défions de nostre Dieu & de ses promesses les plus
solemnelles. Nous nous troublons, nous nous in-
quiétons, nous nous abandonnons à de secrets de-
sespoirs, nous n'avons recours à la priére que dans
l'extremité & quand tout le reste nous manque. p.
357. 358. 359.

3. Perseverance : quoy de plus convenable ? les
graces de Dieu ne sont-elles pas assez pretieuses
pour meriter que nous les demandions souvent &
long-temps ? la Chananéenne cessa-t-elle de prier,

* quoyque Jefus-Chrift ne luy répondift pas une parole ; & ne fût-ce pas par fa perseverance qu'elle
triompha en quelque forte de la refiftance du Fils
de Dieu ? Ne defefperez donc point, Ame chreftienne, conclut un Pere : Dieu aime que vous luy faf-
fiez violence, & il fe plaift à eftre defarmé par vóus.
Mais cette affiduité nous fatigue & nous dégoufte;
& fouvent fur le poinct de voir nos vœux remplis,
nous en perdons tout le merite & tout le profit. p.
359. 360. 361.

4. Attention de l'efprit & affection du cœur: quoy
de plus neceffaire & de plus effentiel à la priére? Car
qu'eft-ce que la priére ? un entretien de l'ame avec
Dieu. Or cela fuppofe un recüeillement & un fentiment interieur. Dés-là donc qu'il n'y a, ni attention, ni affection, il n'y a point de priére. D'où
fuivent trois confequences : 1. que l'exercice de la
priére eft prefque anéanti dans le chriftianifme,
parce que la plufpart prient, comme les juifs, des lévres & non du cœur. 2. que dans les priéres qui font
commandées, l'attention eft elle-mefme de précepte; & cecy nous regarde, Miniftres de Jefus-Chrift.
Souvenons-nous que l'Office divin eft un acte de
religion; qu'un acte de religion n'eft point une pratique purement exterieure; & que comme l'Eglife
en nous commandant la confeffion, nous commande la contrition du cœur, auffi en nous commandant la priére, elle nous commande l'attention de
l'efprit. 3. que ce n'eft donc pas fans raifon que
Dieu meprife nos priéres, puifque ce ne font rien
moins que des priéres. Chofe étrange ! vous voulez que Dieu s'applique à vous, quand il vous plaift
de le prier, & vous ne voulez pas vous appliquer

vous-mefmes à Dieu. Reformons-nous fur ce feul article, & nous reformerons toute noftre vie. Difons à Dieu comme les Apoftres : Seigneur, apprenez-nous à prier. p. 362. 363. 364. 365. 366. 367.

---

# Sermon pour le Vendredy de la premiere Semaine, fur la Predeftination. *page 368.*

**S**UJET. *Or il y avoit là un homme malade depuis trente-huit ans. Jefus l'ayant veû couché par terre, & fçachant depuis combien de temps il eftoit dans cet eftat, luy dit : Voulez-vous eftre guéri?* On ne pouvoit douter que ce malade ne vouluft eftre guéri de fon infirmité corporelle : mais, dit faint Auguftin, comme il eftoit la figure des pecheurs, & que luy-mefme en qualité de pecheur, il ne pouvoit eftre guéri fans eftre converti, felon la pratique du Sauveur des hommes de fanctifier les âmes en guériffant les corps, ce paralytique pouvoit eftre difpofé à fa guérifon, fans l'eftre également à fa converfion. Quoyqu'il en foit, c'eft à nous-mefmes, comme malades, je veux dire comme pecheurs, que Dieu fait la mefme demande, que fit Jefus-Chrift au paralytique de noftre Evangile : *Vis fanus fieri?* Eft-ce de bonne foy que vous voulez eftre guéri, & que vous voulez entrer dans la voye du falut ? Et cecy me donne lieu de vous entretenir d'une matiere importante, puifqu'il s'agit des deffeins de Dieu fur nous par rapport au falut & de la maniere dont nous y devons coopérer : en quoy confiste le grand myftere de la predeftination. p. 368. 369. 370.

DIVISION. Nous donnons fur le fujet de la predeftination dans deux écüeils : préfomption & défiance. Préfomption dans les uns, qui fe repofent uniquèment fur Dieu du foin de leur falut. Défiance dans les autres, qui defefperent de leur falut. Deux defordres que j'entreprends de combattre, en vous faifant voir que la predeftination de Dieu ne favorife ni l'un, ni l'autre ; & que nous fommes inexcufables, lorfqu'en confequence de ce myftere, nous nous abandonnons, ou à la préfomption qui nous fait oublier le foin du falut, 1. Partie : ou au defefpoir qui nous fait renoncer au falut, 2. Partie. p. 371. 372.

I. PARTIE. Préfomption qui nous fait oublier le foin du falut, premier écüeil dont nous avons à nous garentir. Se confier en Dieu, c'eft un fentiment que la religion nous infpire. Mais en demeurer abfolument là, & fe repofer uniquement fur Dieu du foin de fon falut, c'eft une préfomption, 1. dont le principe eft ruineux. 2. dont les effets font trés pernicieux. p. 373.

1. Préfomption dont le principe eft ruineux : car de quelque maniere que Dieu nous ait predeftinez, il eft de la foy qu'il ne nous fauvera jamais fans noftre cooperation. Il n'en eft pas ainfi des autres ouvrages de Dieu. Jefus-Chrift, par exemple, pouvoit guérir ce malade de l'Evangile independamment de luy : mais dans l'ouvrage de noftre converfion il faut que nous agiffions nous-mefmes, il faut que nous le voulions : *Vis ?* Il eft vray que c'eft la grace qui opére en nous cette volonté ; mais elle

elle ne l'opére pas toute feule : car cét acte de ma
volonté par où je me convertis, eftant un acte libre, il doit venir de moy-mefme aidé de la grace.
C'eft pourquoy le mefme efprit qui nous fait dire
à Dieu dans l'Ecriture, *Converte nos, Domine,* Seigneur, convertiffez-nous ; met auffi dans la bouche de Dieu ces autres paroles, *Convertimini ad
me,* convertiffez-vous à moy. Et voilà, dit faint
Auguftin, tout le fecret de cette predeftination adorable fur quoy font fondez tous les devoirs de la
vie chreftienne. Pour nous fauver, deux converfions font neceffaires: la converfion de Dieu à nous,
en nous prevenant par fa grace, & noftre converfion à Dieu, en fuivant avec fidelité les mouvemens
de fa grace. Dieu s'eft chargé de la premiere, & nous
fommes chargez de la feconde. Je dois donc, fi je
raifonne bien, tellement jetter dans le fein de Dieu,
comme parle l'Apoftre, mes inquiétudes fur l'affaire de mon falut, que j'en retienne une partie
pour moy. Je dois, felon le précepte de Jefus-
Chrift, veiller & prier. Veiller fans prier, c'eft orgueil ; mais auffi prier fans veiller & fans agir, c'eft
illufion. p. 374. 375. 376. 377. 378.

Mais fi je fuis predeftiné, dites-vous, je n'ay
rien à craindre : & moy je réponds que vous devez
dire, fi je fuis predeftiné, cela m'engage à eftre plus
attentif & à veiller continuellement fur moy-mef-
mè. Car fi je fuis predeftiné, je ne lé fuis que dépendamment des moyens à quoy Dieu a voulu attacher ma predeftination. Or la foy m'apprend qu'un
de ces moyens les plus effentiels, eft le foin que je
prendray moy-mefme de mon falut. En effet, dit
faint Profper, Dieu nous a predeftinez comme des

créatures raisonnables, libres, capables de meriter, & qui doivent gagner le ciel par titre de conqueste ou de récompense. D'où il s'ensuit que cette confiance présomptueuse qui nous fait abandonner à Dieu tout le soin de nostre salut, est dans la pratique une contradiction manifeste. p. 378. 379. 380.

2. Présomption dont les effets sont trés pernicieux. Car à quoy va-t-elle ? à éteindre absolument dans l'homme tout le zéle des bonnes œuvres, & à nourrir son libertinage. Je dis à éteindre tout le zéle des bonnes œuvres : preuve infaillible qu'elle ne vient pas de Dieu, puisqu'elle est directement contraire à l'avis que nous donne saint Pierre, d'asseûrer nostre salut par nos bonnes œuvres. Et c'est là, selon les Theologiens, la marque la plus essentielle par où nous pouvons discerner dans ces matieres importantes ce qu'il y a de solide & ce qui ne l'est pas. Telle doctrine touchant la predestination, me porte-t-elle à travailler avec ferveur ? je dois moins m'en défier. Ne le fait-elle pas ? je dois la tenir pour suspecte. Ainsi l'Eglise jugea-t-elle des opinions de Luther & de Calvin, qui inspiroient un secret mépris des œuvres du salut. p. 381. 382. 383.

Aussi l'un ou l'autre de ces deux Héresiarques, en disant que la predestination de Dieu impose à l'homme une absoluë necessité d'agir, & qu'en consequence du decret que Dieu a formé, nous n'avons plus le pouvoir de nous determiner au bien, ni de nous détourner du mal: l'un ou l'autre, dis-je, aprés avoir establi ce principe, n'auroit-il pas eû bonne grace de pousser un poinct de morale sur les devoirs de la pieté chrestienne? Le moyen, auroit pû luy répondre un pecheur, que je vive autrement, si mon salut ou ma damnation sont arrestez indépendamment de moy dans le conseil de Dieu ? C'est pour cela que les predicateurs de cette prétenduë reforme, selon la remarque d'un sçavant Cardinal, ne s'attachoient presque jamais à l'exhortation, quand ils estoient obligez d'instruire les peuples, & que pour parler consequemment, ils en vinrent enfin à publier que les bonnes œuvres n'avoient nulle part au salut. p. 383. 384. 385.

Vous me direz, que cette doctrine est plus capable d'humilier l'homme : erreur. Car en quoy consiste la vraye humiliation de l'homme ? n'est-ce pas, dit saint Bernard, en ce qu'il ait à se reprocher les pechez qu'il commet ? Or comment se les reprochera-t-il, s'il est persuadé qu'il ne les a pû éviter ? De plus, il ne suffit pas qu'une doctrine humilie l'homme ; il faut tout-ensemble qu'elle le rende humble & fervent, & c'est ce que fait la doctrine catholique en nous enseignant que le salut dépend de Dieu, mais qu'il dépend aussi de nous-mesmes. p. 386. 387. 388.

Sans cette persuasion, non seulement nous nous relaschons dans la pratique des bonnes œuvres, mais nous nous portons aux derniers desordres du libertinage. Car sur ce principe que quand Dieu voudra & qu'il l'aura preveû, on se convertira, & que jusques-là il seroit inutile d'y penser, on s'abandonne à tout. Et de là vient que les libertins du siecle ont toûjours appuyé & paru gouster ces opinions dures de la predestination, parce qu'ils y trouvoient de quoy justifier le déreglement de leur vie : au lieu que la doctrine de l'Eglise leur estoit une source de remords, en leur opposant toûjours ce mauvais usage de leur liberté sur quoy ils ne pouvoient se défendre. De là vient encore que dans les temps où la corruption des mœurs a esté plus generale, ces matieres de la predestination & du libre arbitre sont devenuës plus communes & plus à la mode. Il n'y a pas eû jusques aux personnes du sexe qui n'en ayent raisonné, & qui ne soient devenuës éloquentes sur la foiblesse de l'homme & sur sa dépendance infinie de Dieu. Langage dont je me suis toûjours defié dans une mondaine : car sans juger ce qu'elle conclut de là, je ne puis m'empescher de voir ce qu'elle en peut conclure. Et certes où en serions-nous si le gouvernement du monde rouloit sur cette maxime, que les hommes consequemment à la predestination de Dieu, ne sont plus maistres de leur volonté ? Où en seroit, je ne dis pas le christianisme, mais mesmes la police qui maintient tous les estats ? plus de probité, plus de fidelité. Voilà pourquoy, remarque saint Augustin, Ciceron aima mieux douter de la prescience de Dieu que de la liberté de l'homme. p. 388. 389. 390. 391. 392.

Mais ce libre arbitre & cette cooperation de l'homme nous donnent lieu de nous glorifier. Hé bien, répond saint Augustin, si nous sommes justes & enfants de Dieu, ne devons-nous pas comme saint Paul avoir de quoy nous glorifier en luy ? n'est-ce pas ainsi que les Saints se sont glorifiez, & en particulier David ? p. 392. 393. 394.

Esperons donc tout de Dieu, mais au mesme temps faisons tout l'effort necessaire pour correspondre aux desseins de Dieu. Autrement, nous tombons dans une préfomption criminelle. Et par où Dieu fur tout la condamnera-t-il ? par nous-mefmes. Car dans les autres affaires, tout perfuadez que nous fommes de la providence & de la predeftination dé Dieu, nous ne negligeons rien de noftre part. Nous nous y appliquons mefmes comme s'il n'y avoit, ni providence, ni predeftination divine, & que tout dépendift de nous : au lieu que nous traitons l'affaire du falut, comme fi nous n'en eftions pas refponfables & que tout dépendift de Dieu. Rectifions l'un par l'autre. Servons-nous de l'excés de l'un pour fuppléer au défaut de l'autre. Dans les affaires du monde, ayons un peu plus de cet abandon à la providence que nous portons trop loin dans l'affaire du falut; & dans l'affaire du falut, ayons un peu plus de cet empreffement que nous avons trop dans les affaires du monde. p. 394. 395. 396. 397.

II. PARTIE. Défiance ou defefpoir qui nous fait renoncer au falut, fecond écüeil dont nous avons à nous préferver. Il y a dans la predeftination de Dieu quelque chofe d'incertain, & quelque chofe de certain. Ce qu'il y a de certain, c'eft que noftre Dieu eft un Dieu de mifericorde, & que fi jamais il nous reprouve, ce ne fera que parce que nous aurons librement & volontairement abufé des moyens qu'il nous aura fournis pour nous fauver. Ce qu'il y a d'incertain, c'eft la maniere dont Dieu a predeftiné les hommes. L'un doit nous fortifier & nous animer ; mais l'autre nous trouble. Or n'entreprenons point inutilement d'examiner ce que Dieu nous a caché, & attachons-nous à ce qu'il nous a revelé. Nous y trouverons de quoy nous

P p iij

relever de ce découragement où noftre lafcheté nous plonge pour nous entretenir dans l'impénitence. p. 397. 398. 399. 400.

Car voicy comment doit raifonner tout homme chreftien : Je ne fçais pas les voyes fecrettes que Dieu a tenuës & les mefures qu'il a prifes dans la difpofition de mon falut; & c'eft une queftion qu'il ne m'appartient pas d'approfondir : mais ce que je fçais, c'eft que Dieu eft bon & qu'il m'aime ; cela me fuffit. Quelque autre idée qu'on vouluft m'en donner, c'eft une idée fauffe; & j'en dois toûjours revenir à ce poinct effentiel, qu'il eft le Dieu de mon falut : *Deus falutis mea.* p. 400. 401. 402.

Il y a plus. Bien loin que ce myftere de la predeftination doive nous troubler, il a pofitivement de quoy nous confoler : c'eft un abyfme, *O altitudo !* mais un abyfme de richeffes, *O altitudo divitiarum !* Il eft vray que noftre falut eft entre les mains de Dieu : & n'eft-ce pas ce qui doit nous raffeûrer ? Car où peut-il eftre mieux qu'entre les mains d'un Pere fi fage, fi vigilant & fi tendre ? S'il eftoit uniquement dans les noftres, que n'aurions-nous pas à craindre de noftre legereté & de noftre foibleffe ? p. 402. 403. 404.

Cependant, les Saints mefmes ont tremblé en confiderant ce myftere de la predeftination. J'en conviens : mais pourquoy ont-ils tremblé ? parce qu'ils fe défioient, non pas de Dieu, mais d'eux-mefmes, & qu'ils envifageoient leur liberté comme la fource de tous les déreglemens. Or du moment que noftre liberté entre dans l'affaire de noftre falut, il s'enfuit que fi nous nous perdons, ce n'eft que parce que nous le voulons. De là ce reproche que Dieu fera aux reprouvez : *Vocavi, & renuistis :* je vous ay appellez, & vous n'avez pas voulu me suivre. Supposé donc qu'il ne tienne qu'à vouloir le salut, quel sujet avons-nous de desesperer ? p. 404. 405. 406. 407.

Le mal est que nous ne le voulons pas bien ; que nous le voulons seulement d'une volonté generale & indeterminée, d'une volonté lasche & foible, d'une volonté inefficace & sans action, d'une volonté étroite & bornée. Est-ce ainsi, nous dira Dieu, que vous vouliez tout le reste ? Et combien reprouvera-t-il de ces volontez stériles, semblables à celles de Pilate & d'Hérodes, quand ils voulurent sauver, l'un Jesus-Christ, & l'autre Jean-Baptiste ? Nous allons plus loin : car quoyque mille preuves doivent nous convaincre que Dieu veut sincerement nostre salut, nous nous persuadons que c'est luy qui ne le veut pas. p. 407. 408. 409. 410.

De quelque maniere que nous en puissions penser, la vie presente est toûjours la voye, & par consequent il n'y a point d'estat dans la vie où nous devions desesperer. David espera aprés son peché. Ce qui perdit Judas, ce fut son desespoir ; & ce qui sauva saint Pierre, ce fut sa confiance. Le desespoir est dans un pecheur un nouveau crime qu'il adjouste aux autres. Non pas que tous les pecheurs se perdent par là : mais ce qui fait la damnation des uns, c'est un excés d'esperance ; & la damnation des autres, un défaut d'esperance. Apprenez-nous, Seigneur, à bien menager ces deux sentimens, la confiance & la crainte : la confiance que doit nous inspirer vostre misericorde, & la crainte que doit nous imprimer voſtre juſtice. p. 410. 411. 412. 413.

---

## Sermon pour le Dimanche de la ſeconde Semaine, ſur la ſageſſe & la douceur de la Loy Chreſtienne. *page 414.*

SUJET. *Tandis qu'il parloit encore, une nuée lumineuſe les enveloppa, & il ſortit une voix de cette nuée qui fit entendre ces paroles : C'eſt mon Fils bien-aimé, en qui j'ay mis mes complaiſances. Ecoutez-le.* Dieu, diſoit l'Apoſtre aux Hébreux, ayant autrefois parlé à nos peres en pluſieurs manieres differentes, il nous a enfin parlé dans ces derniers temps par ſon Fils meſme : en ſorte que ni Moyſe ni les Prophetes ne furent que les précurſeurs de ce Dieu-homme. C'eſt pour cela qu'il paroiſt aujourd'huy entre Moyſe & Elie, l'un Legiſlateur, l'autre Prophete, & qu'il y paroiſt tout éclatant de lumiere : c'eſt, dis-je, pour nous apprendre que les ombres de l'ancienne loy eſtant diſſipées, que les Propheties ayant reçeû un parfait éclairciſſement, il n'y a plus deſormais que luy qui merite d'eſtre écouté. Ecoutons-le donc, & conſiderons dans ce diſcours les excellences de ſa loy. p. 414. 415. 416.

DIVISION. Deux rapports ſous leſquels nous devons conſiderer la loy chreſtienne : rapport à l'eſprit, & rapport au cœur. Sous ces deux rapports, ſes ennemis ont voulu la rendre également mépriſable & odieuſe : mépriſable, en nous perſuadant qu'elle choque le bon ſens ; odieuſe, en nous la re-

presentant comme une loy trop dure & sans onction.
Or à ces deux erreurs, j'oppose deux caracteres de
la loy Evangelique : caractere de raison, & caractere
de douceur. Loy souverainement raisonnable: 1. Partie. Loy souverainement aimable : 2. Partie. p. 416.
417.

I. PARTIE. Loy chrestienne, loy souverainement raisonnable. Il ne nous appartient pas de l'examiner; & cependant jamais loy n'a plus esté critiquée, ni plus combattuë. Les payens & mesmes dans
le christianisme les libertins l'ont reprouvée comme
une loy trop sublime & trop audessus de l'humanité : & plusieurs au contraire parmi les Héretiques,
l'ont attaquée comme une loy trop naturelle & trop
humaine. D'où je conclus d'abord que c'est donc
une loy raisonnable, une loy conforme à la regle
universelle de l'esprit de Dieu, parce qu'elle tient
le milieu entre ces deux extremitez. Car comme
le caractere de l'esprit de l'homme est de se laisser
toûjours emporter à l'une ou à l'autre, le caractere
de l'esprit de Dieu est un sage temperament. p. 417.
418. 419. 420.

Et certes, remarque saint Augustin, si la loy de
Jésus-Christ avoit esté parfaitement au gré, ou des
payens & des libertins, ou des héretiques, dés-là elle devroit nous estre suspecte ; puisqu'elle auroit
plû à des hommes, ou plongez dans le vice, ou engagez dans l'erreur. Ainsi leurs reproches mesmes
font sa justification. Or pour les confondre ces injustes reproches, j'avance deux popositions. 1. c'est
une loy sainte & parfaite, mais dans sa perfection
elle n'a rien d'outré. 2. c'est une loy moderée, mais
dans sa moderation elle n'a rien de lasche. p. 420.
421.

1. C'eſt une loy ſainte & parfaite, mais dans ſa perfection elle n'a rien d'outré. Tout y eſt raiſonnable. Venons au détail. Oüy, il eſt raiſonnable, par exemple, que je me renonce moy-meſme, puiſque je ne ſuis de moy-meſme que vanité & que peché. Il eſt raiſonnable que je mortifie ma chair, puiſqu'autrement elle ſe revoltera contre ma raiſon, & contre Dieu meſme. Il eſt raiſonnable que la vengeance me ſoit interdite : car ſans cela à quels excez me porteroit une aveugle paſſion ? Raiſonnable que j'oublie les injures que j'ay reçeûës, & qu'en mille conjonctures je ſois preſt meſmes à me relaſcher de mes pretentions : pourquoy ? pour conſerver la charité, qui eſt un bien d'un ordre ſuperieur. Raiſonnable que cette charité s'étende juſqu'à mes ennemis, puiſque cet homme, pour eſtre mon ennemi, n'en eſt pas moins mon frere. Raiſonnable que je haïſſe mes amis, mes proches, ceux à qui je dois la vie, c'eſt à dire, que je m'en détache: quand? lorſque ce ſont des obſtacles à mon ſalut, que je dois préferer à tout. Il falloit bien que les ſoldats Romains pour eſtre incorporez dans la milice, fiſſent une eſpece d'abjuration & de peres & de meres, entre les mains de ceux qui les commandoient. p. 422. 423. 424. 425. 426.

Mais pourquoy s'arracher l'œil & ſe couper le bras ? c'eſt, répond Jeſus-Chriſt, qu'il vaut mieux entrer dans la vie n'ayant qu'un œil & qu'un bras, que d'eſtre condamné pour jamais au tourment du feu. Et tous les jours un homme du ſiecle ne renonce-t-il pas pour ſa fortune à ce qu'il a de plus cher ? Mais pourquoy faire à l'homme un crime de ſes deſirs? c'eſt, dit ſaint Jeroſme, qu'il n'eſt pas permis de defirer ce qu'il n'eft pas permis de rechercher, & que toute loy qui laiffe les defirs dans l'impunité, n'eft propre qu'à faire des hypocrites, pluftoft que des juftes. Mais pourquoy ériger la pauvreté en béatitude ? c'eft que l'experience nous apprend affez, qu'il n'y a d'heureux fur la terre que les pauvres de cœur. Mais enfin, pourquoy réduire des hommes foibles à l'affreufe neceffité, ou d'eftre apoftats & anathefmes, ou d'endurer à certains temps de perfecution le Martyre ? c'eft que comme un fujet doit perdre la vie pluftoft que de trahir fon Prince, à plus forte raifon un homme doit-il facrifier tout, pluftoft que d'abandonner fon Dieu. Rien donc que de raifonnable dans la loy Evangelique ; & fi elle nous choque, c'eft parce qu'elle nous affujettit trop à la raifon, & qu'elle n'accorde rien à la paffion. p. 426. 427. 428. 429.

Je fçais qu'il y a eû dans tous les temps des efprits finguliers, qui ont porté la perfection de cette loy bien au delà de fes bornes, & qui par là mefme l'ont renduë méprifable aux payens, infupportable aux libertins, fcandaleufe & fujet de chûte pour les ames foibles & timorées. Mais tout ce qu'ils en ont pû dire, n'eft point la perfection évangelique, puifqu'il n'y a rien en tout ce qu'ils ont fauffement imaginé, que la loy chreftienne n'ait defavoüé & mefmes cenfuré. Comme elle s'eft declarée contre tous les adouciffemens qui pouvoient altérer fa pureté, auffi n'a-t-elle pû fouffrir qu'on exaggeraft la feverité de fes préceptes pour luy donner une fauffe couleur de fainteté. Elle eft donc parfaite, mais d'une perfection fage : elle eft parfaite, mais toû-

jours dans l'étenduë de ces deux termes, difcretion
& verité. p. 429. 430. 431. 432. 433.

2. C'eft une loy moderée, mais dans fa moderation elle n'a rien de lafche. Elle n'ofte pas aux pecheurs leur confiance ; mais elle fçait bien auffi
rabbattre leur préfomption. Elle ne condamne pas
tout comme mortel ; mais elle nous donne au mefme temps une fainte horreur de tout peché, mefmes
du veniel. Elle diftingue les préceptes des confeils;
mais d'ailleurs elle nous declare que le mépris des
confeils difpofe à la tranfgreffion des préceptes.
Caractere de fageffe, qui de tous les motifs eft un
des plus fenfibles & des plus puiffants pour m'attacher à ma religion. Je m'écrie comme faint Pierre,
& avec plus de fujet que faint Pierre : *Domine, bonum eft nos hic effe.* Ah ! Seigneur, c'eft un bien
pour moy, & un bien que je ne puis affez eftimer,
d'avoir connu voftre loy & de l'avoir embraffée.
p. 433. 434. 435. 436.

II. PARTIE. Loy chreftienne, loy fouverain-
ment aimable. Jefus-Chrift nous l'a propofée comme un joug ; mais comme un joug leger & doux à
porter : d'où vient qu'il invite à le prendre ceux qui
fe trouvent déja chargez d'ailleurs & fatiguez. Pour
former donc une idée complette de la loy évangelique, il ne falloit pas feparer ces deux chofes,
le joug & la douceur ; & c'eft néanmoins ce que
les hommes ont feparé. Or malgré les faux préjugez dont nous nous laiffons préoccuper, & que
l'ennemi de noftre falut tafche par toutes fortes de
moyens à entretenir, je prétends qu'autant que la
loy chreftienne eft parfaite, autant l'onction qui
l'accompagne, la rend-elle douce & facile à prati-

quer : 1. parce que c'est une loy de grace. 2. parce que c'est une loy de charité. p. 436. 437. 438.
439.

1. Loy de grace, où Dieu nous donne de quoy accomplir ce qu'il nous commande. Ainsi nous l'a-t-il
promis en mille endroits de l'Ecriture. Douterons-
nous de sa fidelité, ou douterons-nous du pouvoir
de sa grace ? Ah ! Seigneur, disoit saint Augustin,
commandez-moy tout ce qu'il vous plaira, pourveû que vous me donniez ce que vous me com-
mandez; c'est à dire, que vous me donniez par vostre grace la force d'executer ce que vous me com-
mandez par voftre loy. Avec voftre grace rien ne
me couftera : & j'en parle, adjouftoit-il, pour l'a-
voir déja éprouvé. Si donc la force de la grace eft
telle, comment pouvons-nous dire à Dieu, que sa
loy eft un joug trop pefant & un fardeau qui nous
accable ? p. 439. 440. 441.

Mais je n'ay pas cette grace qui foutenoit faint
Auguftin. Peut-eftre, Chreftiens, ne l'avez-yous
pas : mais vous mettez-vous en eftat de l'avoir ?
la demandez-vous à Dieu ? la cherchez-vous dans
l'ufage des Sacremens ? retranchez - vous de voftre cœur tous les obftacles qu'il luy oppofe ? De
dire que Dieu vous la refufe, lorfque vous faites
tout ce qu'il faut pour l'obtenir, ce feroit une blaf-
phefme : mais deux chofes vous manquent , une
foy fincere & une efperance vive. p. 441. 442. 443.
444.

2. Loy de charité & d'amour. Amour & charité, dont l'effet propre eft d'adoucir tout. Dieu,
dit faint Bernard, poffedoit trois qualitez, celle
de maiftre, celle de remunerateur, & celle de Pe-

re. Selon ces trois qualitez, il a donné aux hommes trois loix : une loy d'authorité comme à des esclaves, une loy d'esperance comme à des mercenaires, & une loy d'amour comme à des enfants. Les deux premieres furent des loix de travail & de peine ; mais la troisiéme est une loy de consolation & de douceur, qui nous rend ses préceptes les plus rigoureux en apparence, aisez à pratiquer, parce qu'elle nous conduit, non par la crainte, mais par l'amour. p. 444. 445. 446.

Voilà ce que les amateurs du monde ne comprennent pas, mais ce qu'ils pourroient néanmoins assez comprendre par eux-mesmes & par leurs propres sentimens. Parce qu'ils aiment le monde, à quelles loix ne se soumettent-ils pas pour plaire au monde ? Qu'ils aiment Dieu comme ils aiment le monde, ils ne trouveront plus rien d'impraticable dans la loy de Dieu. Cette loy de charité n'a-t-elle pas changé les chaisnes en des liens d'honneur ? témoin un saint Paul. N'a-t-elle pas donné des charmes à la croix ? témoin un saint André. Na-t-elle pas rafraischi l'ardeur des flammes ? témoin un saint Laurent. N'a-t-elle pas operé, & n'opére-t-elle pas encore tous les jours tant d'autres miracles ? Elle n'est difficile, conclut saint Jerosme, qu'à ceux qui la craignent & qui la voudroient élargir. p. 446. 447. 448.

Sermon pour le Lundy de la seconde Semaine, sur l'Impénitence finale. *page 449.*

SUJET. *Je m'en vais ; vous me chercherez, & vous mourrez dans vostre peché.* Ce sont deux grands maux que le peché & la mort : mais aprés tout, ni la mort ni le peché, pris separément, ne sont point des maux extresmes. Le souverain mal, c'est le peché & la mort unis ensemble. Mort dans le peché que nous avons à craindre aussi bien que les juifs, & qui fera la matiere de ce discours. p. 449. 450.

DIVISION. Soit que ce fust un arrest definitif que Jesus-Christ portast contre les juifs & contre les pecheurs, en leur disant, vous mourrez dans vostre peché ; soit que ce fust seulement une menace, il n'est rien de plus terrible que cet oracle. Il se verifie tous les jours, & trois sortes de pecheurs meurent dans l'impenitence : les uns dans une impenitence criminelle, les autres dans une impenitence malheureuse, & les derniers dans une impenitence secrette & inconnuë. Les premiers, ayant tous les secours necessaires, meurent volontairement dans le desordre actuel de l'impenitence : impenitence criminelle. Les seconds, privez de ces secours, meurent sans nul sentiment & nulle demonstration de penitence : impenitence malheureuse. Enfin, plusieurs croyant faire penitence à la mort, & la faisant en apparence, ne font qu'une penitence trompeuse & fausse : impenitence secrette & inconnuë.

Ce n'eſt pas aſſez. J'adjouſte que l'impenitence de
la vie conduit à l'impenitence criminelle de la
mort par voye de diſpoſition : 1. Partie. Que l'impenitence de la vie conduit à l'impenitence malheureuſe de la mort par voye de punition : 2. Partie. Et que l'impenitence de la vie conduit à l'impenitence ſecrette & inconnuë, ou à la fauſſe penitence de la mort, par voye d'illuſion : 3. Partie. p.
451. 452. 453. 454.

I. PARTIE. Impenitence criminelle. On y
meurt, 1. ou par une volonté deliberée de renoncer
abſolument à la penitence, lors meſmes qu'on ſe
trouve aux approches de la mort ; 2. ou par une
omiſſion criminelle des moyens ordinaires, & marquez de Dieu pour rentrer en grace avec luy &
pour faire penitence. p. 455.

1. Volonté deliberée de renoncer abſolument
à la penitence. Ce que j'entends par là, ce n'eſt pas
une revolte expreſſe & poſitive contre Dieu, lorſque le pecheur, meſmes à la mort, ne veut pas reconnoiſtre le créateur dont il a reçeû la vie & qui
luy en va demander compte. Ainſi mourut un Julien l'Apoſtat, le blaſphefme dans la bouche. Ainſi ſont morts tant d'ennemis de Dieu ; & ainſi
meurent je ne ſçais combien de libertins ſans conſcience & ſans religion. Mais ce n'eſt point à de
tels exemples que je m'arreſte. Je parle ſeulement
de ces pecheurs, dont l'impenitence eſt auſſi ſouvent
un effet de la foibleſſe que de la malice de leur
cœur, ou pluſtoſt, eſt un effet tout-enſemble de
l'une & de l'autre. Je parle d'un homme qui rempli de fiel & d'amertume, refuſe de ſe reconcilier
à la mort. Or combien voyons nous de pareilles

morts

morts dans le chriſtianiſme ? Je parle d'un homme
qui ſe trouvant à la mort chargé de biens injuſtement
acquis, ne veut pas meſmes alors les reſtituer : or
qu'y a-t-il dans le monde de plus ordinaire ? Je parle
d'un homme qui tyranniſé de ſa paſſion, la porte juſqu'au tombeau, & meurt idolaſtre d'un objet dont
rien ne peut le reſoudre à ſe détacher : or n'eſt-ce
pas là le ſort de tant de chreſtiens ſenſuels & voluptueux ? Enfin, je parle d'un homme qui touché
de ſes crimes, non pas en penitent, mais en reprouvé, au lieu d'avoir recours à la miſericorde divine,
meurt dans un deſeſpoir ſemblable à celuy de Caïn,
& dit comme ce frere parricide, *Mon iniquité eſt*
*trop grande pour pouvoir jamais meriter que Dieu*
*me la pardonne* : or n'eſt-ce pas là le grand & le fameux éciieil où échoüe une multitude innombrable de pecheurs ? Voilà ce que j'appelle mourir a-
vec reflexion & avec veûë dans le peché d'impenitence : *In peccato veſtro moriemini.* p. 455. 456. 457.
458. 459. 460.

2. Du moins, omiſſion criminelle des moyens
ordinaires & marquez de Dieu pour rentrer en grace avec luy & pour faire penitence. Car enfin, mon
Frere, dit ſaint Auguſtin, ſi lorſque la mort vous
touche de prés & que Dieu vous appelle, vous
ne vous diſpoſez pas à paroiſtre devant luy ; ſi par
une attention trop grande au ſoulagement de voſtre corps, vous negligez le ſalut de voſtre ame ;
ſi par l'horreur que vous fait l'idée de la mort,
vous en éloignez le ſouvenir ; ſi par un renverſe-
ment de conduite le plus déplorable, vous penſez
encore à voſtre famille, lorſqu'à peine il vous reſte de quoy pourvoir à voſtre éternité : au lieu d'ex-

pier vos crimes passez, n'est-ce pas vous rendre coupable d'un nouveau peché, & d'un peché qui surpasse tous les autres ? Où l'homme peut-il porter plus loin son injustice envers Dieu & envers luy-mesme, que d'oublier Dieu, & de s'oublier luy-mesme dans cette extremité ? C'est néanmoins ce qui arrive tous les jours. On se rasseûre, on temporise, on remet au lendemain, & cependant on meurt dans la disgrace & dans l'inimitié de Dieu : *In peccato vestro moriemini.* p. 461. 462. 463.

J'adjouste que l'impenitence de la vie conduit à cette impenitence de la mort, par voye de disposition, c'est à dire, par voye d'habitude, par voye d'attachement, par voye d'endurcissement. Par voye d'habitude : car des habitudes contractées pendant la vie ne se détruisent pas tout à coup aux approches de la mort, & communément nous mourons comme nous avons vescu. Par voye d'attachement : les pechez de la vie, dit le Sage, forment comme une chaisne, qui tient le pecheur presque malgré luy dans la servitude, mesmes à la mort. Par voye d'endurcissement : le cœur toûjours criminel & ne se repentant jamais, s'est enfin endurci de telle sorte que rien ne le peut plus toucher. p. 463. 464. 465. 466.

II. PARTIE. Impenitence malheureuse. Il ne suffit pas pour mourir dans l'estat de la grace, que le pecheur soit résolu de recourir un jour à la penitence. Car le temps pour cela & les moyens peuvent luy manquer sans mesmes qu'il l'ait voulu, mais par un juste chastiment de Dieu. Son impenitence finale n'est donc point precisément alors un nouveau peché : mais un malheur & le plus grand de tous les malheurs. p 466. 467.

Quand on vous rapporte certaines morts subites & imprevcûës, vous en estes frappez : mais ce qui vous console, c'est que ce sont, dites-vous, des accidens extraordinaires & rares. Vous vous trompez, & je prétends qu'eû égard à la conscience & au salut, il n'est rien de plus commun qu'une mort imprevcûë & subite. Car j'appelle mort subite & imprevcûë, celle où le pecheur tombe tout à coup dans un estat qui le rend pour jamais incapable de conversion & de penitence. Or qu'y a-t-il de plus frequent & de plus universel ? Au lieu qu'une chute, qu'une apoplexie, qu'un meurtre fait plus d'éclat, combien d'autres causes nous réduisent à cette impenitence malheureuse ? un transport, un délire, une létargie, le seul épuisemént de toutes les forces, la seule douleur que ressent le corps, & qui oste à l'esprit tout sa reflexion. p. 467. 468. 469. 470.

Que diray-je de ceux qui meurent dans une ignorance non coupable, mais funeste, du danger prochain où ils sont ? On trompe un malade; & parce qu'on ne l'a pas averti de bonne heure, il meurt sans penser à Dieu. Supposons mesmes qu'il connoisse son estat & qu'il soupire aprés le remede ; on cherche un Prestre, mais on ne le trouve point ; mille contretemps l'arrestent ; il vient enfin, mais trop tard, & lorsque le malade sans connoissance & sans parole ne peut, ni l'entendre, ni luy répondre. Je dis plus : ce Prestre se trouvera, mais par un autre jugement de Dieu, il n'aura pas le don d'assister un pecheur mourant. p. 470. 471. 472. 473. 474.

Affreux, mais juste chastiment du ciel : & c'est

ainsi que l'impenitence de la vie conduit à cette se-conde impenitence de la mort, par voye de puni-tion. Combien Dieu s'en est-il expliqué de fois dans l'Ecriture ? Combien de fois le Fils de Dieu nous en a-t-il menacez dans l'Evangile ? Vous ne vous servez pas du temps que Dieu vous donne, il il vous l'ostera ; vous avez épuisé sa patience, sa colere éclatera ; vous l'avez oublié pendant la vie, il vous oubliera à la mort. p. 474. 475.

III. PARTIE. Impenitence secrette & incon-nuë, ou fausse penitence. Bien loin qu'aprés l'im-penitence de la vie, un pecheur à la mort puisse compter sur sa penitence, il doit positivement s'en défier : pourquoy ? 1. parce que rien en soy n'est plus difficile à l'homme que la vraye penitence. 2. parce que de tous les temps, celuy où la vraye pe-nitence est plus difficile, c'est le temps de la mort. 3. parce qu'entre tous les hommes à qui la vraye pe-nitence est difficile aux approches de la mort, il n'en est point pour qui elle doive plus l'estre, que pour ceux qui ne l'ont jamais faite pendant la vie. p 475. 476. 477.

1. Rien de plus difficile en soy que la vraye peni-tence. Car pour cela il faut se changer entierement soy-mesme. Il faut cesser d'estre ce qu'on estoit, & devenir un homme nouveau. Or vous sçavez si ce changement est aisé à un pecheur. p. 477. 478.

2. De tous les temps, celuy où la vraye penitence est plus difficile, c'est celuy de la mort. Car à la mort, dit S. Augustin, ce n'est point vous qui quittez le pe-ché; c'est le peché qui vous quitte. Or l'homme n'est jamais plus ardent pour les objets qui entretiennent sa cupidité, que quand ces objets luy échappent,

& qu'une force superieure nous les arrache, ou qu'elle nous arrache à eux. p. 478. 479.

3. Entre tous les hommes à qui la vraye penitence est difficile aux approches de la mort, il n'en est point pour qui elle doive plus l'estre, que pour ceux qui ne l'ont jamais faite pendant la vie : pourquoy ? parce qu'ils sont plus endurcis dans leur peché. De là souvent ils ne font qu'une fausse penitence. 1. penitence forcée. 2. penitence toute naturelle. p. 479.

Penitence forcée, parce qu'on n'agit souvent que par une crainte servile & une necessité inévitable. Or la penitence doit estre volontaire. De là vient que les Peres, d'un consentement universel, & fondez sur l'authorité de l'Eglise, ont toûjours parlé de la penitence des mourants en des termes propres, non seulement à consterner, mais en quelque sorte à desesperer les pecheurs. p. 480. 481.

Penitence naturelle & toute humaine, c'est à dire, qui n'a, ni Dieu, ni le peché pour objet. Que craignent-ils, ces prétendus penitents ? est-ce de déplaire à Dieu ? est-ce de pecher ? non, répond saint Augustin, mais de brusler. Cependant la vraye penitence doit estre surnaturelle. p. 481. 482.

Je n'ignore pas que ce fameux criminel crucifié avec Jesus-Christ, fit sur la croix une vraye penitence : mais ce fut un miracle, & cette conversion qui dans tous les siecles a passé pour un exemple singulier, doit par là mesme, bien loin de rasseûrer les pecheurs, les faire trembler. p. 483.

Du reste, vous me demandez comment l'impenitence de la vie conduit à la fausse penitence de la mort ? je dis que c'est par voye d'illusion. Car le pecheur n'ayant jamais fait nul exercice de la pénitence pendant qu'il a vescu, il n'a jamais appris à la connoistre : d'où je conclus qu'il y doit estre aisément trompé à la mort. Ayons donc soin de nous disposer à la vraye penitence de la mort par la vraye penitence de la vie. De croire que vostre coup d'essay sera un chef d'œuvre, c'est la plus aveugle temerité. Vous pleurerez, & vous ne vous convertirez pas. Le temps de chercher Dieu, c'est la vie ; le temps de le trouver, c'est la mort ; & le temps de le posseder, c'est l'éternité. p. 483. 484. 485. 486.

## Sermon pour le Mécredy de la seconde Semaine, sur l'Ambition. *page 487.*

S U J E T. *Jesus leur répondit, & leur dit : Vous ne sçavez ce que vous demandez. Pouvez-vous boire le calice que je boiray ? Ils luy dirent : Nous le pouvons. Alors il leur repliqua : Vous boirez le calice que je dois boire : mais d'estre assis à ma droite ou à ma gauche, ce n'est pas à moy de vous l'accorder.* Jesus-Christ dans l'exemple de ces deux disciples dont parle l'Evangile, veut nous faire connoistre en quoy consiste le desordre de l'ambition, quels en sont les divers caracteres, quels en sont les effets & les suites, & quels en doivent estre enfin les remedes. Matiere d'autant plus importante & plus necessaire, que l'ambition est sur tout le vice de la Cour ; & qu'à la Cour, bien loin de s'en faire un crime, on s'en fait mesmes souvent une vertu. p. 487. 488. 489.

DIVISION. Les honneurs du siecle que nostre ambition nous fait rechercher, peuvent estre confiderez fous trois rapports qui leur conviennent : Par rapport à Dieu, qui en eft le diftributeur ; par rapport au prochain au deffus de qui ils nous élevent ; & par rapport à nous-mefmes, qui les poffedons, ou qui nous les procurons. Sous le premier rapport, les honneurs du fiecle font dans l'ordre de la predeftination éternelle, autant de vocations de Dieu ; *Non eft meum dare vobis, fed quibus paratum eft à Patre meo :* mais noftre ambition les prophane, en les recherchant comme des avantages purement temporels ; 1. Partie. Sous le fecond rapport, les honneurs du fiecle font de vrays affujettiffemens à fervir le prochain ; *Qui voluerit inter vos major fieri, fiat ficut minor ; & qui praceffor eft, ficut miniftrator :* mais noftre ambition en abufe, en les recherchant pour exercer un vain empire & une fiére domination ; 2. Partie. Sous le troifiéme rapport, les honneurs du fiecle font des engagemens indifpenfables à travailler & à fouffrir ; *Poteftis bibere calicem ?* mais noftre ambition les corrompt, en les recherchant dans la veüë d'y trouver une vie tranquille & agreable ; 3. Partie. C'eft ainfi que Jefus-Chrift en trois paroles de noftre Evangile, me fournit luy-mefme le deffein le plus naturel & le plus complet. p. 489. 490. 491. 492.

I. PARTIE. Les honneurs du fiecle font dans l'ordre de la predeftination éternelle, autant de vocations de Dieu ; mais noftre ambition les prophane, en les recherchant comme des avantages purement temporels. Ils n'y a point d'eftat dans la vie où l'homme doive entrer fans vocation de Dieu, puifque toute noftre predeftination roule prefque

Q q iiij

sur le choix des estats que nous embrassons. Car la pluspart des graces que Dieu nous donne, sont des graces determinées à nostre estat ; & presque tous les pechez que nous commettons, viennent des tentations & des dangers où nous expose nostre estat. Or quoyque ce principe soit universel, c'est sur tout, selon la maxime de l'Apostre, aux honneurs du siecle & à ce qui regarde nostre agrandissement dans le monde qu'il doit estre appliqué : pourquoy ? par deux raisons ; l'une, tirée de l'interest de Dieu, & l'autre de l'interest de l'homme. Interest de Dieu : car c'est à luy que l'honneur appartient ; & s'il est de son droit & de sa grandeur d'ordonner de tout dans le monde, n'est-il pas à plus forte raison de cette mesme grandeur & de ce mesme droit, de regler à son gré & selon ses veüës ce qu'il y a dans le monde de plus distingué ? Interest de l'homme, puisqu'on peut dire en general qu'il n'y a rien de plus dangereux pour le salut de l'homme, que l'élevation : mais si toute élevation est dangereuse, combien plus l'est celle où l'on s'est porté de soy-mesme & selon les desirs de son cœur ? p. 493. 494. 495. 496.

Cependant, par une conduite toute opposée à la regle de saint Paul, comment se pousse-t-on tous les jours aux honneurs du siecle ? sans vocation. Il faut une grace de vocation pour embrasser une vie humble dans le cloistre; on en convient : mais pour s'élever aux premiers rangs, & pour occuper des places qui demanderoient toute la sainteté des Anges, on ne s'en rapporte qu'à soy-mesme, & l'on ne suit que son ambition & sa cupidité. Pour les dignitez mesmes de l'Eglise, toutes spirituelles qu'elles sont, a-t-on quelque égard à la vocation divine ? p. 496. 497. 498.

Du moins, si le merite & la vertu suppléoient en quelque maniere au défaut de la vocation & de la grace. Mais à l'exclusion de la vertu & du merite, quelles voyes prend-on pour s'avancer ? l'intrigue, la cabale, l'intercession, la faveur, le vice mesme & l'iniquité. Non seulement on n'en rougit point, mais on s'en déclare , on s'en glorifie. p. 498. 499.

On poursuit les honneurs mesmes les plus saints comme dûs à sa naissance. Moyse n'osa nommer un de ses proches pour luy succeder dans l'honorable commission de conduire le peuple : mais combien d'ambitieux disent aujourd'huy, ce que disoient du temps de David les premiers d'Israël : *Allons, possedons le sanctuaire de Dieu comme nostre heritage ?* Sur quoy je reprends avec le mesme Prophete : *Faites-les , mon Dieu, tourner comme une roüe, & dissipez-les comme le vent dissipe la paille.* p. 499. 500. 501.

J'ay rendu , dites-vous, des services considerables, & cette place est une récompense qui me regarde naturellement. Mais n'y a-t-il point pour ces prétendus services que vous mettez à un si haut prix, d'autre justice à vous rendre, que de vous faire monter à un degré, où Dieu ne vous veut pas, & où vous n'estes pas propre ? p. 502.

Tel est néanmoins nostre aveuglement. Contre toutes les veües de Dieu, on aspire à des honneurs où l'on doit estre appellé par la vocation du ciel, & l'on s'en fait des establissemens pour la terre. Combien de peres & mesmes de peres chrestiens , ou pluſtoſt oubliant qu'ils ſont chreſtiens, tiennent le langage de cette mere de l'Evangile : *Dic ut hi duo Filii mei :* placez mes deux enfants auprés de vous ; & qu'ils ayent, l'un à voſtre droite, l'autre à voſtre gauche, c'eſt à dire, l'un dans l'Egliſe, l'autre dans le monde, les plus hauts miniſteres ? C'eſt aſſez que ce jeune homme ſoit le cadet de ſa maiſon, pour ne pas douter qu'il ne ſoit dés-là appellé aux fonctions redoutables de paſteur des ames. Si les choſes changeoient de face, ſa vocation changeroit de meſmes. L'injuſtice va encore plus loin, & c'eſt ce qui faiſoit tant autrefois gémir Salvien : car ſi de pluſieurs enfants qui compoſent la meſme famille, il y en a un plus mépriſable, ou qui n'ait pas l'inclination du pere & de la mere, c'eſt celuy à qui les honneurs de l'Egliſe ſont reſervez. p. 502. 503. 504. 505.

Faut-il s'étonner aprés cela ſi Dieu s'éleve contre nous ? Faut-il s'étonner ſi toutes les conditions ſont ſi avilies ? Ah ! Seigneur, je preſche une morale toute raiſonnable & toute chreſtienne : mais je la preſche à la Cour & devant des Auditeurs peu diſpoſez à me croire. Du moins, mon Dieu, ſi le monde n'en eſt pas touché, il en aura eſté inſtruit, & il ne ſe prévaudra pas contre voſtre loy de ſon ignorance. p. 505. 506.

II. Partie. Les honneurs du ſiecle ſont de vrays aſſujettiſſemens à ſervir le prochain ; mais noſtre ambition en abuſe, en les recherchant pour exercer un vain empire & une fiére domination. Il n'y a que Dieu qui ſoit grand abſolument & par luy-meſme. Tout ce qui eſt grand hors de Dieu & parmi les hommes, ne l'eſt qu'avec dépendance

& par rapport au prochain, je veux dire pour le bien & pour l'utilité du prochain. Les grands, chez les payens, selon le temoignage de Jesus-Christ dans l'Evangile de ce jour, traitoient les petits avec empire: mais sur cela mesme, remarque saint Jerosme, Jesus-Christ condamnoit l'usage des nations infidelles comme un desordre, & il vouloit que les petits parmi les chrestiens fussent traitez des grands avec amour, & que ce fust une difference qui nous distinguast du paganisme. Sans mesmes recourir à l'Evangile, le Prince des Philosophes, par la seule lumiere de la raison, n'a-t-il pas reconnu que les Roys ne sont Roys que pour les peuples? Or si cela est vray de la Royauté, ne le doit-il pas estre à plus forte raison de tous les autres estats? Vous estes en place de commander, écrivoit saint Bernard à un Grand; mais ce n'est pas pour vous-mesme: c'est pour ceux qui vous doivent obéissance. p. 506. 507. 508. 509.

De là je conclus avec saint Augustin, qu'un grand, qui sans se mettre en peine de ceux qui luy sont soumis, ne veut estre grand que pour dominer, merite d'estre reprouvé de Dieu. Le christianisme a bien mesmes encore enchéri sur cela, & l'exemple de Jesus-Christ, qui n'est pas venu pour estre servi, mais pour servir, nous impose là dessus une obligation beaucoup plus étenduë. Mais ma douleur est que la foy nous donnant sur ce poinct des veûës si hautes & si parfaites, à peine dans la pratique l'on s'en tienne aux simples veûës de la raison. Quoyqu'il en soit, reprend saint Bernard, voilà, Grands du monde, le plan que vous devez suivre: toute domination vous est in-

terdite, & voftre fonction eft de fervir le prochain. C'eft pourquoy faint Auguftin difoit aux fidelles dont il avoit la conduite : Dieu m'a fait E-
vefque pour vous, comme il m'a fait chreftien pour
moy-mefme. Et par là, adjouftoit ce faint Docteur,
Dieu a trouvé le fecret de temperer l'inégalité des
conditions de la vie ; d'ofter aux petits tout fujet
de fe plaindre dans leur abbaiffement, & aux grands
tout droit de s'enfler dans leur élevation. p. 509.
510. 511. 512. 513.

Mais malgré le principe que je viens d'eftablir,
malgré l'exemple d'un Dieu humilié & anéanti
pour nous, ne trouve-t-on pas partout dans le
monde de ces maiftres hautains & durs qui ne fçavent que fe faire obéir, que fe faire fervir, que fe
faire craindre, fans fçavoir ni compatir, ni foulager, ni condefcendre, ni fe faire aimer ? On fe flatte, parce qu'on eft élevé, d'un prétendu zéle de faire fa charge ; on fe fait de fes fiertez & de fes hauteurs un devoir : mais, répond faint Bernard, pourquoy ce zéle ne s'allume-t-il qu'en certaines rencontres, & lorfqu'il s'agit d'abbaiffer les autres &
de prendre l'afcendant fur eux ? De plus, eft-ce faire fa charge que d'en rendre le joug infupportable, & fouvent de détruire toute la charité par une
pure jaloufie d'authorité ? Jaloufie d'authorité, tentation funefte, à quelles extremitez & à quels excés
ne portes-tu pas tous les jours les hommes ! p. 513.
514. 515. 516.

Ce qu'il y a de plus étrange, c'eft que les plus
imperieux, ce font communément ceux à qui cet
empire qu'ils affectent, doit moins convenir. Des
gens qui de leur fonds ne font rien, fe font une

gloire de dominer les vrais grands : des gens devots par profeſſion, ſont les plus jaloux de leurs
droits & les plus abſolus dans leurs ordres. On ſe
ſert meſmes des plus ſaintes dignitez de l'Egliſe
& de l'authorité qu'elles donnent, pour réduire les
ames dans une eſpece de ſervitude : car il n'eſt rien
de plus commun, juſques dans l'Egliſe, que cet eſprit de domination. Sont-ce là les enſeignemens
que nous avons reçeûs de Jeſus-Chriſt, & eſt-ce
ainſi que les Apoſtres ont converti le monde ? p.
516. 517. 518. 519.

III. PARTIE. Les honneurs du ſiecle ſont des
engagemens indiſpenſables à travailler & à ſouffrir ; mais noſtre ambition les corrompt, en les recherchant dans la veûë d'y trouver une vie tranquille & agreable. Ne cherchons point dans le
monde, dit ſaint Auguſtin, des honneurs purs,
c'eſt à dire, qui ne ſoient pas meſlez d'afflictions
& de peines. Sans parler de ces accidens, de ces
revers de fortune dont nous ſommes ſi ſouvent
ſpectateurs, ſuppoſons un homme dans une proſperité conſtante & dans la plus grande élevation,
& voyons à quoy cette proſperité meſme & cette élevation l'engage. p. 519. 520. 521.

Se faire violence à ſoy-meſme, premier engagement des honneurs du ſiecle. Car comment un
homme conſtitué en dignité, s'il ne ſçait ſe geſner
en mille rencontres & ſe contraindre, peut-il ſatisfaire aux obligations de ſon eſtat ? p. 522.

Souffrir ſouvent & beaucoup des autres, ſecond
engagement des honneurs du ſiecle. Car plus vous
eſtes élevé, plus vous eſtes environné & aſſiegé
d'hommes qui ont leurs défauts, leurs humeurs,

leurs caprices, leurs interefts, leurs paffions, leurs vices ; plus vous eftes expofé à l'envie, à la cenfure, à la medifance. Que n'en coufta-t-il point à Moyfe pour eftre le conducteur du peuple de Dieu ? p. 522. 523.

Mener une vie pleine de foins & de foins affligeants, troifiéme engagement des honneurs du fiecle. Où eft le Monarque, le Maiftre, le Prélat, le Magiftrat, qui pour l'eftre en chreftien, ne puiffe pas & ne doive pas s'appliquer ces paroles de David : *Tribulatio & anguftia invenerunt me* ; les inquiétudes & les embarras me font venus trouver ? p. 524.

Enfin, avoir toûjours fon ame entre fes mains, & toûjours eftre en difpofition de s'immoler foymefme, ou pour la juftice, ou pour la verité, quatriéme engagement des honneurs du monde. Il n'y a point de fuperiorité, point de dignité, où l'on ne doive en certaines conjonctures fe faire le martyr du bon droit, le martyr de l'innocence, le martyr de la religion, le martyr de la gloire de Dieu. p. 524. 525.

Or là-deffus qu'avez-vous à répondre, vous qui dans les honneurs du fiecle ne prenez que le doux & l'agreable, fans en prendre le penible & le rigoureux ? N'eft-ce pas pour le gouvernement & le bon ordre du monde, que Dieu vous a choifis ; & peut-on maintenir cet ordre fans étude & fans travail ? Ce que faint Bernard difoit par humilité, vous pouvez bien le dire avec verité : je fuis la chimere de mon fiecle. Car je fuis tout, & je fuis rien ; ou pluftoft, je veux parvenir à tout, & ne m'acquitter de

rien. Détrompez-nous, Seigneur, des fausses idées
que nous avons des choses, & rectifiez par les lumieres de voſtre Evangile, les erreurs où nous ſommes tombez par la corruption du monde. p. 526.
527. 528. 529. 530.

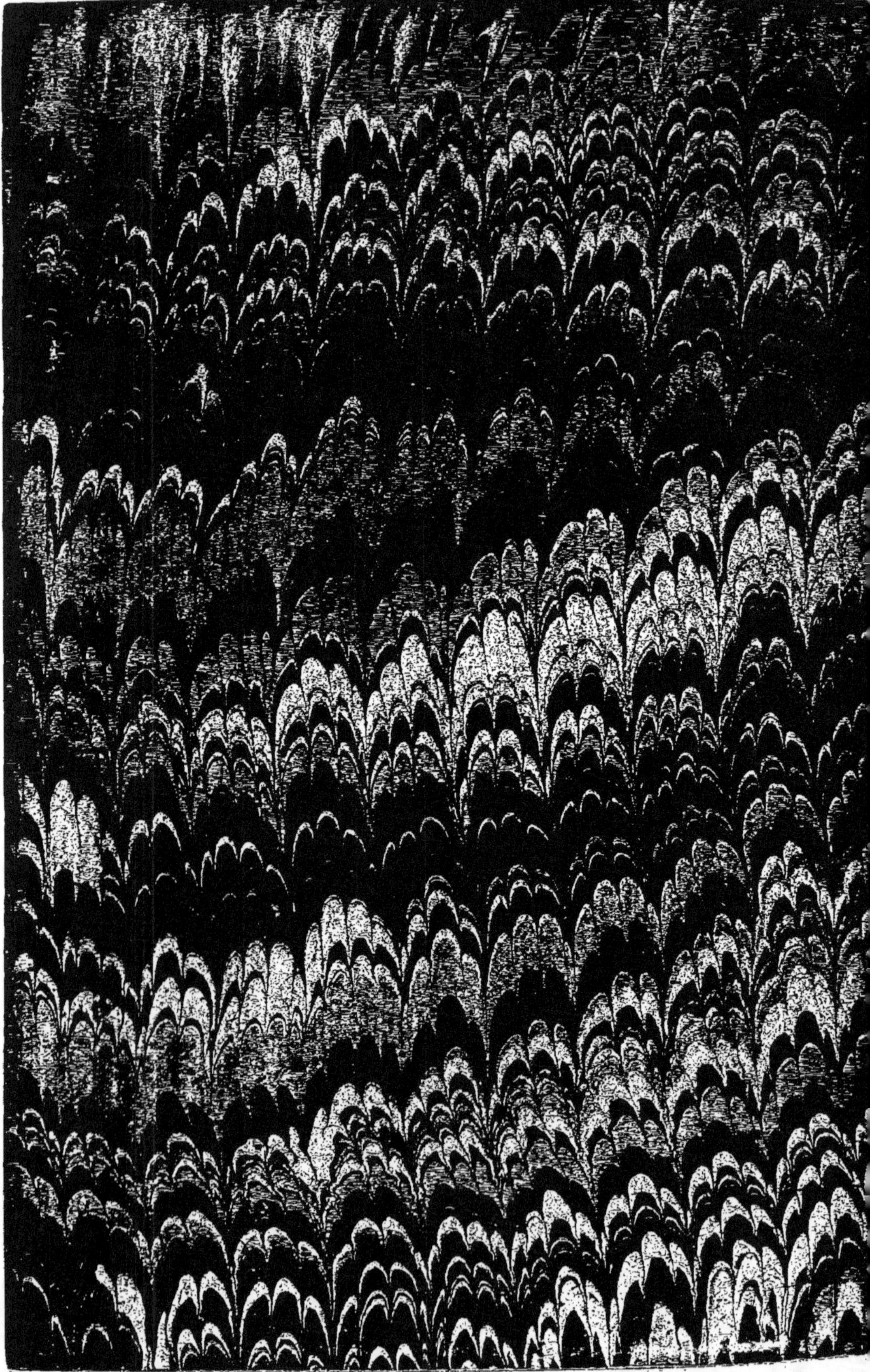

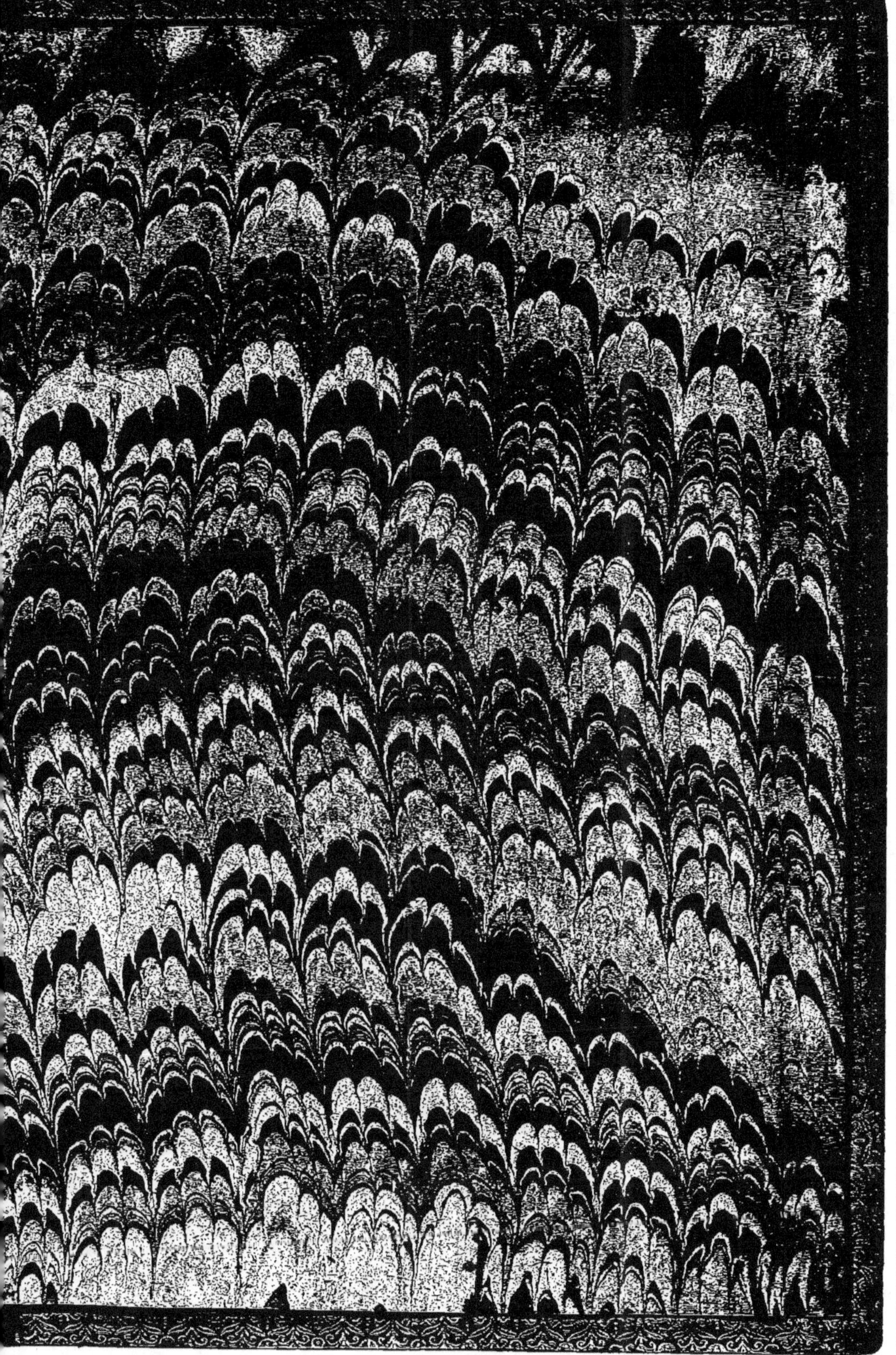

MARESL
ET P.
BOURDALOU